後六十種曲

第三册

朱恒夫　主　編

復旦大學出版社

目　　錄

燕子箋(傳奇) ……………………………… 明·阮大鋮　1
第一齣　家門 …………………………………………… 5
第二齣　約試 …………………………………………… 5
第三齣　授畫 …………………………………………… 7
第四齣　偕征 …………………………………………… 9
第五齣　合圍 ………………………………………… 11
第六齣　寫像 ………………………………………… 12
第七齣　購幸 ………………………………………… 15
第八齣　誤畫 ………………………………………… 16
第九齣　駭像 ………………………………………… 18
第十齣　防胡 ………………………………………… 20
第十一齣　題箋 ……………………………………… 21
第十二齣　拾箋 ……………………………………… 24
第十三齣　入闈 ……………………………………… 26
第十四齣　開試 ……………………………………… 29
第十五齣　試窘 ……………………………………… 30
第十六齣　駝泄 ……………………………………… 32
第十七齣　謀緝 ……………………………………… 37
第十八齣　閨痊 ……………………………………… 39
第十九齣　偽緝 ……………………………………… 40
第二十齣　守溃 ……………………………………… 44
第二十一齣　扈奔 …………………………………… 44
第二十二齣　拒挑 …………………………………… 46

第二十三齣　兵鬨 …………………………………… 47
第二十四齣　收女 …………………………………… 48
第二十五齣　誤認 …………………………………… 52
第二十六齣　謁汧 …………………………………… 54
第二十七齣　入幕 …………………………………… 56
第二十八齣　閨憶 …………………………………… 57
第二十九齣　刺奸 …………………………………… 59
第三十齣　平胡 ……………………………………… 60
第三十一齣　勸合 …………………………………… 62
第三十二齣　招婚 …………………………………… 64
第三十三齣　放榜 …………………………………… 66
第三十四齣　轟報 …………………………………… 67
第三十五齣　箋合 …………………………………… 68
第三十六齣　辨奸 …………………………………… 71
第三十七齣　遷官 …………………………………… 74
第三十八齣　奸遘 …………………………………… 76
第三十九齣　雙逅 …………………………………… 79
第四十齣　排宴 ……………………………………… 84
第四十一齣　合宴 …………………………………… 85
第四十二齣　誥圓 …………………………………… 88

占花魁（傳奇） ………………………… 清·李　玉　93
第一齣　橄禦 ………………………………………… 97
第二齣　驚變 ………………………………………… 99
第三齣　虜梦 ………………………………………… 101
第四齣　渡江 ………………………………………… 103
第五齣　拐紿 ………………………………………… 106
第六齣　萍寄 ………………………………………… 108
第七齣　落阱 ………………………………………… 109

第八齣　却醜	113
第九齣　勸妝	115
第十齣　品花	120
第十一齣　塵遇	124
第十二齣　一顧	126
第十三齣　北還	128
第十四齣　再顧	129
第十五齣　禿涎	132
第十六齣　僞册	135
第十七齣　計販	137
第十八齣　探芳	139
第十九齣　溺淫	142
第二十齣　種緣	146
第二十一齣　勸僞	152
第二十二齣　心語	153
第二十三齣　巧遇	155
第二十四齣　歡叙	159
第二十五齣　脱阱	162
第二十六齣　合璧	165
第二十七齣　會齎	166
第二十八齣　榮蔭	170

一捧雪（傳奇）　　　　　　　　　清·李　玉　173
　談概　176
　第一齣　樂圃　176
　第二齣　囑訓　179
　第三齣　燕遊　181
　第四齣　征遇　183
　第五齣　豪宴　185

第六齣　婪賄 …………………………………… 190
第七齣　勢索 …………………………………… 194
第八齣　偽獻 …………………………………… 197
第九齣　醉泄 …………………………………… 198
第十齣　譖贗 …………………………………… 201
第十一齣　搜邸 ………………………………… 203
第十二齣　遣邏 ………………………………… 207
第十三齣　關攫 ………………………………… 209
第十四齣　出塞 ………………………………… 212
第十五齣　代戮 ………………………………… 215
第十六齣　訐發 ………………………………… 217
第十七齣　株逮 ………………………………… 220
第十八齣　勘首 ………………………………… 223
第十九齣　丑醋 ………………………………… 227
第二十齣　誅奸 ………………………………… 229
第二十一齣　哭瘞 ……………………………… 233
第二十二齣　誼瘗 ……………………………… 235
第二十三齣　邊憤 ……………………………… 238
第二十四齣　徙置 ……………………………… 240
第二十五齣　泣讀 ……………………………… 241
第二十六齣　回撤 ……………………………… 243
第二十七齣　劾惡 ……………………………… 245
第二十八齣　塚遇 ……………………………… 248
第二十九齣　入塞 ……………………………… 250
第三十齣　杯圓 ………………………………… 251

清忠譜（傳奇） ………………………… 清·李　玉　257
譜概 …………………………………………………… 260
第一折　傲雪 ………………………………………… 260

第二折	書鬨	264
第三折	述瑙	270
第四折	創祠	273
第五折	締姻	279
第六折	罵像	283
第七折	閨訓	288
第八折	忠夢	290
第九折	就逮	293
第十折	義憤	298
第十一折	鬨詔	301
第十二折	哭追	307
第十三折	捕義	311
第十四折	蔭吳	315
第十五折	叱勘	316
第十六折	血奏	321
第十七折	囊首	324
第十八折	戮義	331
第十九折	泣遣	333
第二十折	魂遇	337
第二十一折	報敗	339
第二十二折	毀祠	342
第二十三折	吊墓	345
第二十四折	鋤奸	349
第二十五折	表忠	353

千忠戮（傳奇） ……………… 清・李 玉 357

第一齣	開場	361
第二齣	□□	361
第三齣	□□	365

第四齣　□□ …………………………………… 369

第五齣　議和 …………………………………… 372

第六齣　燒宮 …………………………………… 374

第七齣　披剃 …………………………………… 376

第八齣　奏朝　草詔 …………………………… 380

第九齣　警別 …………………………………… 385

第十齣　抄村 …………………………………… 388

第十一齣　慘睹 ………………………………… 392

第十二齣　劫裝　廟遇 ………………………… 395

第十三齣　雙忠 ………………………………… 401

第十四齣　上孝 ………………………………… 404

第十五齣　里首 ………………………………… 407

第十六齣　進香 ………………………………… 409

第十七齣　虎救 ………………………………… 411

第十八齣　搜山 ………………………………… 415

第十九齣　打車 ………………………………… 418

第二十齣　法場 ………………………………… 421

第二十一齣　宮會 ……………………………… 423

第二十二齣　索命 ……………………………… 425

第二十三齣　遇赦 ……………………………… 428

第二十四齣　歸宮 ……………………………… 430

第二十五齣　團圓 ……………………………… 434

十五貫(傳奇) …………………………… 清·朱　㿽　437

第一齣　開場 …………………………………… 441

第二齣　泣別 …………………………………… 441

第三齣　鼠竊 …………………………………… 444

第四齣　得環 …………………………………… 447

第五齣　摧花 …………………………………… 448

第六齣　餌毒 …………………………………………… 450
第七齣　陷辟 …………………………………………… 453
第八齣　商助 …………………………………………… 457
第九齣　竊貫 …………………………………………… 460
第十齣　誤拘 …………………………………………… 464
第十一齣　如詳 ………………………………………… 466
第十二齣　獄晤 ………………………………………… 468
第十三齣　夢警 ………………………………………… 472
第十四齣　阱淚 ………………………………………… 474
第十五齣　夜訊 ………………………………………… 476
第十六齣　乞命 ………………………………………… 480
第十七齣　踏勘 ………………………………………… 483
第十八齣　廉訪 ………………………………………… 487
第十九齣　擒奸 ………………………………………… 492
第二十齣　恩判 ………………………………………… 494
第二十一齣　請罪 ……………………………………… 498
第二十二齣　考試 ……………………………………… 500
第二十三齣　謁師 ……………………………………… 500
第二十四齣　刺繡 ……………………………………… 503
第二十五齣　拜香 ……………………………………… 505
第二十六齣　雙圓 ……………………………………… 507

附録　十五貫（昆劇） …………………… 陈静等改編 511
人物表 …………………………………………………… 515
第一場　鼠禍 …………………………………………… 515
第二場　受嫌 …………………………………………… 522
第三場　被冤 …………………………………………… 526
第四場　判斬 …………………………………………… 531
第五場　見都 …………………………………………… 537

第六場　疑鼠 …………………………………………… 543
第七場　訪鼠 …………………………………………… 549
第八場　審鼠 …………………………………………… 555

燕 子 箋

（傳奇）

明·阮大鋮

【作者簡介】阮大鋮(1587—1646)，字集之，號圓海，一號石巢，又號百子山樵。安慶府懷寧縣(今安慶市)人，一說為桐城縣人。萬曆四十四年(1616)進士。天啟初，因官職升遷受阻，投靠閹黨魏忠賢。其後，因畏東林攻擊，曾兩次辭歸故里。崇禎元年(1628)起為光祿卿，旋被劾罷官。終崇禎朝，未得復官。雖數次謀求起復，終為東林所阻。崇禎十七年(1644)三月，李自成入北京，崇禎帝自縊，馬士英等於五月立福王於南京，史稱"南明"。阮大鋮被起復重用，曾任兵部尚書兼右副都御使。與馬士英把持朝政，黨同伐異，貪贓枉法，橫行無忌。弘光二年(1645)五月，清兵破南京，大鋮輩避入浙。次年(1646)清兵入浙，大鋮乞降，從攻浙閩交界處之仙霞關，僵仆石上而死(一說先降清，後被清兵所殺或觸石自殺)。《明史》列入"奸臣傳"。大鋮為人奸詐，首鼠兩端，人品向為人所不齒。但他頗富文學才華，特別是在戲曲創作方面，不但有較高的文學修養，而且深諳聲律，通曉舞臺藝術，其所作劇本，不僅是文人愛讀的案頭佳品，也深為廣大梨園子弟喜愛，在當時和後世，均有較大影響。他一生創作了十一種傳奇，除《春燈謎》、《牟尼合》、《雙金榜》、《燕子箋》四種尚存於世外，《井中盟》、《老門生》、《忠孝環》、《桃花笑》、《獅子賺》、《翠鵾圖》、《賜恩環》等七種，均已散佚。另有《詠懷堂詩文集》傳世。其曲詞典雅優美，富有詩的意境。《曲欄閒話》云："圓海詞筆，靈妙無比。"韋佩居士謂其劇"介處、白處、有字處、無字處，皆有情有文，有聲有態"。

【劇情概要】《燕子箋》全劇共四十二齣。劇寫唐代扶風書生霍都梁與鮮于佶入京應試，因試期尚早，寓舊交名妓華行雲家中溫習功課。霍都梁畫《聽鶯撲蝶圖》，畫中人物即為自己與華行雲。畫成，令人送裱畫鋪裝裱。適禮部尚書酈安道之女酈飛雲，也將父賜吳道子《觀音圖》令僕送裱。不料裱婆失誤，兩家誤取。飛雲見圖中男子身旁的女子容貌與己相似，而對畫中男子則傾心不已，於是題詩紅箋。誰知箋被燕子銜去，墜於曲江池畔，竟被霍生拾得，即和其韻。會試中，鮮于佶賄科場吏，將霍生卷改成己卷。榜未發時，"安史之亂"爆發，酈尚書從駕往蜀。鮮于佶誣陷霍生通試官關節，霍生懼而逃，後改名卞無忌，入天雄節度使賈南仲幕，討伐安禄山。飛雲逃難途中與母走失，被賈南仲軍士收得，賈認作義女。霍都梁以軍功升參謀，賈以飛雲妻之，洞房之夜，兩人得知當初畫像與燕子箋事原委，情意更篤。酈母道遇落難的行雲，認為己女。"安史之亂"平定後，科闈放榜，鮮于佶竟占鰲頭。行雲偶見鮮于佶試卷生疑，告知酈尚書。酈尚書召試鮮于佶，不學無文的鮮于佶只得鑽狗洞逃去。霍生復得狀元，再娶行雲為妻。

【版本流傳】該劇現存下列版本：一、明崇禎間刻本，《古本戲曲叢刊二集》據之影印；二、明崇禎間吳門毛恒刻《石巢傳奇四種》所收本；三、清初懷遠堂刻本；四、清初雪韻堂刻本；五、清寄傲山房刻本；六、1919年董康誦芬室《重刊石巢傳奇四種》所收本。今以《古本戲曲叢刊二集》影印本為底本，校以誦芬室《重刊石巢傳奇四種》本及其他各本，擇善而從。

【演出情況】該劇問世後，即被搬到舞臺上。《桃花扇》第二十四齣中，劇中人物阮大鋮說："前日進了四種傳奇，聖心大悦，立刻傳旨，命禮部采選宮人，要將《燕子箋》被之聲歌，為中興一代之樂。"後多演其中的折子，戲曲選本《醉怡情》收錄有《奸遁》、《雙逅》、《合宴》、《誥圓》等。今日昆劇舞臺上演得較多的是《狗洞》。1980年，牛復奎將此劇改編為越劇同名劇目，是年由寧夏越劇團首演於上海延安劇場。周志剛導演，王玉萍扮演霍都梁，曹鳳霞扮演酈飛雲，錢鶴峰扮演酈尚書。京劇、秦腔的《燕子箋》、莆仙戲的《霍都梁》等亦是源自於此劇。

（余　越）

第一齣　家　門

【西江月】（副末）老卸名韁拘管，閑充詞苑平章。春來秋去酒樽香，爛醉莫愁湖上。　　燕尾雙叉如翦，鶯歌全副偸簧。曉風殘月按新腔，依舊是張緒當年情況。

【漢春宮】扶風才子，嫖姚後裔，霍姓都梁。摯友長安取應，為試期尚遠，追歡笑、暫過平康。丹青筆、聽鶯撲蝶，小像寫雲娘。不料朱門有女，與青樓一樣，窈窕相當。把春容箋詠，燕子銜將。被同儕計構，更名姓、決策勤王。二美並、麒麟高閣，走馬狀元郞。

　　銜做美詩箋的是多情燕子，吃無端棒打的是曲背醫王，
　　走兩路功名的是單身詞客，同一付印板的是二位雲娘。

第二齣　約　試

【滿庭芳】（生儒服上）池柳含英，山花綻錦，些兒春到琴心。裙腰芳草，一線色青青。十載茂陵燈火，時未遂，空賦凌雲。芸窗下，寒香晴雪，箋釋《送窮文》。

【集唐】寂寞相如臥茂陵，青山百鳥豈知貧。丈夫飄蕩今如此，愁思看春不當春。小生姓霍名都梁，表字秀夫，扶風茂陵人氏。原是嫖姚後裔，近來流寓西京。懸藜乙夜，長翻天祿之書；韞櫝丁年，未展龍媒之駕。技占虎頭三絕，名高駿骨千金。只是高堂早背，家室未楷。幾時月下乘鸞，必定書中有女。昔年應試，曾與秦樓妓女華行雲偶然邂逅，未免有情。哎！只是春風韋曲，浪尋門戶煙花；秋水樊川，終是夢魂詩酒。你看今日芳意撩人，心情難遣。又被學博秦先生國士相待，留我衙齋讀書，不能到樂遊原上登眺一回，且向小池花樹下略步一步，以撥煩悶，多少是好。

【黃鶯兒】（生）芳意動寒林，聽晴簷鵲喜聲，小池楚楚倒浸梅花影。欹黑貂半零，況紅鸞未盟，才人自古一例兒皆無命。待奮鵬程，自有彩球當果，敲打着看花人。

（副末持書上介）身充苜蓿寒齋役,手送桃花春信來。小人齋夫在此。這封書是相公同窗的鮮于相公捎來的,説道長安今歲黃榜招賢,他已擇吉上路,在前廂客店專等相公同去。（送書）

【前腔】（生接書看介）燈火賦停雲,不共雕盤薦五辛。為今春大比期將近,煙花帝京,不亞繁華錦城。把紫騮結束先向河橋等。敢恭迎,雙魚一紙,草草不宣情。既是鮮于相公已行,我就收拾,早晚趕上,與他同去便了。

（副末）小人極承相公看顧,但斗膽有一句要奉勸,不好説得。

（生）但説不妨。

（副末）我看鮮于相公做人,不比得相公。

【貓兒墜】他天生眼腦,不是至誠之人。更花柳場中太着情,惺惺未必相惜。請三省,算不如伯勞飛燕,各進前程。

（生）多承你好意,只是我與他同窗日久,暫時共事,也自無礙。

【前腔】同袍共事,何必太疑憎？自幼燈窗共苦辛,況繞朝鞭策暫時行。待躍龍門,那時水清鱸鯉,一霎分明。你與我請秦爺出來,當面辭過,明早好行。

（副末）秦爺有請！

【生查子】（小生上）絳帳曉風輕,梅蕊傳春信,鶯囀聽鳴琴,待走馬之新任。自家扶風學博秦若水是也。家住邢州,薄宦此邑,廣文雖冷,文史足娛。今日報升沔陽縣尹,文憑限定,走馬上任。正要與門生霍秀夫一別而行,不知請我出來有何話説。（生揖,小生答介）

（生）門生數年深蒙教誨,今日有同窗書到,説試期已迫,約同一齊取應,特請老師出來拜別,明早便可登程。

（小生）原來如此。可喜可喜！賢弟高才絕學,國士無雙,此去南宮,定占魁選。老夫今日聞信,升任沔陽,目下也要打點上任。有些微卷價,聊代餞行。專候看花,再申薄賀。（向齋夫取卷價送介）

（生接,揖介）生受老師了！

【貓兒墜】（小生）河橋新柳,贈別短長亭。管取聲名重長卿,鱸堂今已報遷鶯。唱驪聲,從此魚龍溝水,相望盈盈。

【尾聲】(生拜別介)書箱劍匣俱齊整,早準備踏花鞍凳。(小生)此乃是九萬扶搖第一程。

　　　　玉壺春酒正堪攜,野店山橋送馬蹄。
　　　　此後長安望明月,隴頭流水咽東西。

第三齣　授　　畫

【菊花新】(外冠服、從人上)寅清典禮佐明良,兩袖平分玉案香。朝罷綴鵷行,花下暫時遊賞。

【集唐】紫禁朝天拜舞同,玉樓金殿曉光中。微臣欲獻唐堯壽,遙指南山對袞龍。下官酈安道便是。早官翰苑,忝陟容臺,贊鈴閣於訏謨,掌秩宗於典禮。只是白雪絲生鬢上,青山家在夢中。膝罕麟兒,執慚虎子。幸喜夫人鮑氏,治内幽貞;女兒飛雲,性生慧淑。骨肉團聚,卿慰老懷。今日退朝回來,衙門無事,不免與夫人、孩兒,署中花下,消散片時。院子,請夫人、小姐出來則個。

(院)夫人、小姐,有情。

【花腔】(老旦)口脂面藥帶餘香,遙聽鳴珂出建章。(旦、梅香同上)花柳漏春光,彩勝又翻新樣。(外、老旦揖拜介)

(旦拜介)爹媽萬福。

(外)孩兒到來。夫人,我年逾耳順,齒髮漸衰,鱸蓴之興久酣,雞肋之味俱盡。陳力宜知止足,仕途應避險巇。但屢疏乞身,未蒙聖允,如之奈何?

(老旦)相公,如今國家正當多事,況你年紀未甚衰退,還須殫力公家,豈可遂圖私便?

(外)夫人說得有理。

(旦)孩兒見此春光明媚,爹爹退食餘閑,今日辦下春酒一杯,與母親一同為壽。

(外)如此生受你了。

(旦拜送酒介)

【榴花泣】(外)十年清鬢,憂國盡成霜。慚鳩拙,玷鵷行,尊鱸飛夢到江鄉。鏡湖投老,未許遂歸航。君恩敢忘?念漁陽鼙鼓聲悲壯。慶天階蓂葉生輝,醉春卿花裏傳觴。

【前腔】(老旦)雪晴鵷鵠,歸苑帶恩光。朝回案,舉相當,休因庭桂動淒涼。(指旦介)他知書達禮,你有女似中郎。(旦再拜介)親恩忍忘,願年年花下人無恙。祝椿萱眉介南山,又何必結絲蘿腹坦東床。

【漁家燈】(衆跪唱)染袍袖御府天香,捧雕盤玉女瓊漿。聽只聽鳥弄春聲,不住的落花輕漾。春光,合宅齊歡賞,真不羨神仙蓬閬。待傳梆,入朝時又忙,請將息百般勞攘。

(外)你們起來。

(丑門官捧紅氊包上介)朱鷺鼓敲三下響,紅猩氊裏一封書。(作擊鼓介)院公,門官稟事:外面有天雄軍節度使同年賈老爺,差人有書在此問候。(院稟介)

(外)與我取進來。(門官從轉盤遞,院接)

(門官下介)稟老爺:書禮在此。

(外接書看介)夫人、孩兒,此是我同年,天雄節度使賈公,名喚南仲,與我至厚,如同胞兄弟一般,是他差來問候的。只是禮物太多,沒個全受的道理。

【前腔】(外)念故人高牙遠方,一紙書殷勤寄將,抵多少雙鯉加餐,又何必南金重貺?

(老旦)這來意甚遠,受他一兩樣,也才使得。(外看禮帖躊躇介)也罷,受了他吳道子水墨觀音像罷!取過來看。(院展畫,看介)且酌量,領納菩提像,瞻水月青蓮合掌。夫人,此畫果是吳道子真筆,如今難得。(旦)這一幅像,爹爹把與孩兒供養罷。待焚香,把金經頌揚,小閣中梅花磬響。

(外)如此,院子你可領了這幅畫,裝裱齊整,交送小姐處供養。

(院)曉得。老爺,本衙門答應裱背繆繼伶,裱手甚好,發與他裱罷。

(外)這也由你。你可分付賈爺的差人,明日領回書便了。

（院）理會得。

【尾聲】（合）家慶集，愁眉放，且暖閣權時將養。（外）明日衙門有事，好早進去，莫誤了平旦雞聲報曉光。

花撲玉缸春酒香，故人雙鯉自遐方。
絲綸退食文章靜，竹下鵷雛引鳳凰。

第四齣　偕　征

【字字雙】（副淨上）從來筆硯太荒蕪，有故。（內問介）甚麼緣故？（副淨）三杯到口醉模糊，（內問介）難道沒有醒的時節？（副淨）待醒來又去嫖賭。文場半個字兒無，（內問介）這却怎麼處？（副淨）無非是包雇。約同窗朋友到皇都，（內問介）約去也沒干。（副淨）你那裏知道，全仗他救苦，救苦！小子鮮于佶的便是。為人滑溜，做事精靈。渾身上十萬八千根毛孔，孔孔皆是刁鑽；一年中三百六十個日頭，日日無非遊蕩。遇着疑難事，只須眼睛眨一眨，就是鬼谷子也難透一片機關；逢着劣板腔，略把嘴唇掀一掀，饒他孔聖人，早摸他三分頭腦。青樓撒漫第一，朱窩擲手無雙。最喜金山廣有，數甚麼柴米油鹽茶酒醋，般般何止千箱？可恨墨水全無，只是這之乎者也矣焉哉，字字不通一竅。文場入試，便去殺雞為黍，（半跪作割雞介）拿兩片厚臉皮道："大教全仗老兄。"交卷出來，慣會以羊易牛，蹬一副大頭腔說："頭名斷然是我。"真是青庚不去看朱子，那黃甲何曾到白丁？今年大比將近，我前日曾託學裏齋夫，去約同窗朋友霍秀夫，一同取應。此人才學過人，況且心事平坦，易於撮弄。科場中文章，未免煩他改攛改攛，代作代作，他一定不冥落我。道猶未了，此時霍兄也好來到。

【水底魚兒】（生）曙色長途，炊煙一縷孤。你看板橋霜跡，我不是後棲烏。

（生、副淨揖介）

（副介）霍兄來了，可喜，可喜。前日託齋夫寄來的書，想到了，小弟在此專等。

（生）前日承兄相約，多感，多感。因與學中秦先生相別，故此來遲，有罪了！

（副淨）今日天氣晴和，正好趲行前去，請！請！

（生）如此僭了。

【駐雲飛】（生）春到平蕪，十里紅亭草色鋪。那小雨杏花酥，輕暖游絲鶩。嗏！獻賦帝王都，待價斯沽。貨與皇家，美玉難藏櫝。不怕淩雲不動子虛。

【前腔】（副淨）螢火生疏，懶去懸梁錐刺股。梟注博長呼，裘馬遊無度。嗏！依樣畫葫蘆，（揖生介）偷取者也之乎。活剝些兒，告過休嫌妒。請莫解鶡裘酒代沽。

（副淨）此就是向年姚店主門首了。這人頗小心知事，還在他家寓罷，何如？

（生）使得。

（副淨）店主那裏？

（末扮老店主上）是那個？酒債尋常行處有，人生七十古來稀。原來二位相公，請進。

（生、副淨進門。末揖，安坐介）

（副淨）店主，別來數年，還是這樣清健，不像是七十歲的老頭兒。

（末）好說，好說。二位相公風采，也比往常大不相同，今科必定一齊高掇了。

【一封書】（末）連鑣赴帝都，准取今番雙掛綠。只是一件，如今場期改在四月初邊了。長安酒可沽，且請消停茅舍住，聞改場期在夏初。（生）這是甚麼緣故？（末）為着安祿山有作亂消息，故此官家有事，把科場權遲一遲。為胡奴，犯洛都，待奏罷鐃歌賦鳴鹿。

（副淨對生說介）如此說，我們來早了些，還去家中看看再來，何如？

（末）功名大事，沒有個打回頭的道理，就在寒舍將就住一住，一兩月光陰，也是容易過的。

（副淨）也說得有理。只是清清的，住在這幾間房子裏面，朝日

價"子曰"、"子曰",這却挨不過。還在有趣的所在,踱一踱,耍一耍,纔好!(生笑介)

(副淨)老兄笑怎麼?想是笑小弟才到這裏,就要閑遊,如此没坐性的?

(生)不是笑老兄,小弟有一椿心事。

(副淨笑介)老兄心事,小弟猜着了。(附耳介)可是這個人?

(生大笑介)瞞不過了。店主人,我問你,我昔年在此相會的女客華行雲在家好麼?

【前腔】(生)行雲似舊無?別後琴心傍玉壺。(末)聞雲娘別了相公,一心心只要相從,如今不常十分留客。他從良誓不渝,淡掃峨眉思儔侶,怎肯浪過橫塘學野鳧?(合)采蘩蕪,解珊瑚。來日呵,好重訪文君過酒壚。

　　　　清風細雨濕梅花,驟馬先過碧玉家。
　　　　巫峽行雲長入夢,西施謾道統春紗。

第五齣　合　　圍

【點絳唇】(淨胡服,女樂、衆軍上)高鼻連鬈,明駝成陣。番靴整,踏遍了華清,羯鼓把花催醒。漁陽疊鼓動黃雲,沙磧鷩看起雁羣。貂帳夜來微雪下,琵琶送酒石榴裙。自家范陽節度使安禄山是也。天生胡種,濫受國恩;外貌癡肥,中懷狡黠。金貂皂帽,一時寵冠羣僚;鐵騎雕戈,八面雄先諸鎮。繡裩賜錢於浴室,金雞設障於朝參。真是寵倖無雙,富貴已極,我的心願也罷了。只叵耐楊國忠這老兒,與那達奚珣一班的人,屢在宫裏讒譖咱家,說咱原是胡人,必萌異志。仔細思量起來,咱在邊廂,他們在裏面,到底出不得這狗頭算子。因此上整頓軍馬,直犯長安。你看所過州縣,望風瓦解,近日又差何千年、高邈二人,假以獻那射生手為名,擄了楊光翽,賺破了太原城子,好歹歇馬數日,刻期可以渡河。這都不在話下。今日天氣甚是晴和,衆軍士,可前去帳外沙地上打圍一番,多少是好。(衆應,吹打吶喊介)

【二犯江兒水】（淨）雕鞍金凳，結束了雕鞍金凳。繡幡飄，雲外影。暢好長楊蘸水，細草如煙，那紫騮韁沙路穩。鷂尾擎金鈴，爐香宋鵲薰。雪盡啼輕，風緊弓鳴，你看草茸中，狐兔滾。（衆獻打圍獵物介）禀大王，此處草坡上，可以消停片時，等衆人馬略歇一歇。（淨）使得，使得。（淨坐，胡女彈琵琶，奉酒介）琵琶數聲，響叮噹琵琶數聲。團花舞裙，顛篤速團花舞裙。灑纓時，嗹了些打剌蘇，鼾不醒。

（衆起，吹海螺聲，斜身低頭，單擺疾行三轉）（淨上桌唱介）

【前腔】你看中原數星，勒馬望中原數星。刮邊風，吹雁冷。仗着靴尖平踢，輊扣牢拴，一枝枝番箭准。想起雞頭乳半停，紅塵笑口迎。幾時得金錢重洗，舞馬轟撾，把凝碧池，歌吹領？（淨下鳴鼓行介）花腔鳴鼓，撲冬冬花腔鼓鳴。玉靶弓擎。對陣時，孩子們，挑選射雕兒做頭一等。

亂雲飛磧滿漁陽，舊是蚩尤古戰場。
胡騎歸鞍掛雙兔，彎弓猶自射黃羊。

第六齣　寫　像

【七娘子】（小旦淡妝上）風流貪看杜陵花，解春衣夜宿兒家。舊日章臺，重來繫馬，權時閒話湖山罅。

【阮郎歸】曲江寒食草青青，有人來茂陵。隔花小犬吠春星，風吹繡幕鈴。　擔酒債，閣琴心，凌雲賦早成。當壚先唱《白頭吟》，文君心似冰。奴家姓華，小字行雲，長安人氏，不幸門户單貧，落籍上廳行首。拋歌賣笑，捧心長是自憐；詠月披風，點筆亦能免俗。念頭一向只要從良，但有廝稱兒郎，不惜琴心相許。幸喜茂陵才子霍秀夫，向曾韋曲相逢，近又天臺重訪。因他試期尚早，接來此處讀書。看他聰俊多才，至誠不假，私心暗約，可託終身。今日小雨初晴，瓶花香綻，明窗淨几，甚是可人，不免請霍郎出來，閒話一回，多少是好。霍相公，有請！

【前腔】（生）酒闌風冷月初斜，剛就枕惱殺林鴉。行雨夢酣，賣花聲聒，覺晴風小透鉤簾下。

（生、小旦揖拜介）小生試期未偶，落魄西京，感卿曲意款留，一言難謝。

（小旦）霍郎說那裏話！只是陋巷茅簷，恐怕不是你看花人住的所在。

（生笑介）各色花都不在話下，只是一朵解語花兒，饒他踏遍曲江，也沒處尋得。

（小旦微笑介）

（生看几上介）雲娘，這几上手卷，是甚麼畫？

（小旦）鄰廂女伴家借來看的，是一卷《明妃上馬圖》。

（生展看介）果然畫得好。雲娘，我看你天姿出色，與這畫上明妃，分明一個粉撲兒不差甚麼。

（小旦）諸般不像，只是桃花薄命，流落平康，也與他出塞的苦沒甚差別！（作傷感介）

（生）雲娘，不必煩惱。小生一向略曉得丹青幾筆，你看今日流鶯啼樹，粉蝶過牆，風景宛然如畫，我與你作一幅聽鶯撲蝶圖，描寫得十分喜洽，免得你歡處生愁，啼痕界面，如何，如何？

（小旦）久知霍郎丹青絕妙，只是奴家風塵陋質，怎便相煩彩毫？

（生）好說！（作取絹展筆介）雲娘，待小生細看一看，方好落筆。（作從頭至腳看介，畫時帶看帶畫介）

【刷子帶芙蓉】（生）絕代玉無瑕，為卿卿特地淡掃鉛華。怎麼腮邊這一點紅得如此？半天風韻，依然人面桃花。（小旦笑取鏡自照，又看畫介）果然像得十分。（生）像只像得你的樣兒標緻，這帶笑含嚬，無情有意的天然一段韻致，教我怎畫得出？溪紗，縮眉峰春愁那答，蕩淩波弓鞋這些。（生取明妃圖對比介）明妃，明妃，我說雲娘一定不讓你！果然明妃重畫，怎肯學毛延壽，批點壞上陽花？

（小旦看畫介）

【山漁燈犯】（小旦）樊口停、蠻腰罷，準備同心，怎離鞍馬？收拾了按板紅牙,彈箏銀甲。琴心豈負當壚寡,再休題浪酒閒茶。(拜謝生,生推介)承謝你文通筆花,虎頭鉤法,擡舉得,並比着檀郎沒半點差。奴家的意思,還要霍郎把自己尊容,也畫在上面,方纔有趣。饒倖煞,只少個風流司馬。並香肩,相隨雙蝶,穿過海棠花。

　(生)這却也好。只是小生下界文魔,怎敢與個玉天仙並在一答,可不惶恐!也罷,趁此餘紅殘粉,也免不得出醜!

　【普天帶芙蓉】(生)畫眉郎怎自把眉兒畫,較玉貌,羞慚殺。(作向池邊自照介)打草稿,顧影池中,(又取鏡自照介,畫介)脫粉本,央小鏡菱花。(小旦看介)風流標緻,儼然活現,只是你一付文心,連你自家也描寫不出。描不出、詞源峽,再把腮斗邊添些喜洽,可抵得桃花洞仙子胡麻。(生、小旦同唱)比目連枝不亞,祝東皇,生生世世並作蒂木蘭花。

　(小旦)霍郎,你不但文詞壓倒一世,就是這丹青,世上那裏有這樣出色的才子!難得!難得!

　(副淨上)沽酒不醉平樂醉,尋花又過杜陵春。這幾日身上欠些爽利,不曾去看的霍兄。今日不免去尋他,溫存一溫存,幫襯一幫襯,到那入場時才好如此如此。你看轉灣抹角,已是華行雲家門首。(敲門,內開門,進揖介)

　(副淨)這幾日小弟在寓中有些小恙,不曾時常來看得老兄與雲娘,拋別,拋別。

　(生)小弟也有些小恙,因此失候鮮于兄。

　(副淨笑介)兄的病我都曉得!(作附耳低語、笑介)可是這樣?

　(生笑介)休得取笑!

　(副淨看桌上畫,問介)這是那個畫的?

　(生)不瞞兄說,是小弟胡謅。

　(副淨細看,笑介)原來是你兩口老人家傳子孫的神影子,如何像得這樣!(將畫貼在自己面上介)

　(生)這怎麼說?

　(副淨)一向不敢沾雲娘一沾,恐怕老兄有些吃醋。今日在畫兒上略沾他些便宜,莫怪,莫怪。(生笑介)

（副淨）雲娘，我還有一句話對你說，如此一幅好畫，切莫被人裱壞了，那貢院門首繆酒鬼，手段極高，是答應禮部衙門的，可着人送去與他裱褙使得。

（小旦）使得！

【朱奴帶芙蓉】（副淨）看一對班頭風雅，行雲雨是真不差。分明活現巫山畫，是藐姑權放個神仙假。把鶯兒打，休教鬧喳，仗玉人檀口，唱醒了曲江花。今日小弟要發興吃幾杯酒了。雲娘也請破例，唱一個極鑽心的曲兒，等霍兄大家樂樂纔是。

【尾聲】（小旦）請暖閣中傾杯斝。（副淨）霍兄，你與雲娘，今後不要叫甚麼，只叫做那畫兒罷！畫中人、又好做人中畫，免不得秘戲春宵，也要費臨楷。

雲想衣裳花想容，美人圖畫領春風。
流鶯巧作周遮語，蛺蝶深穿宛轉叢。

第七齣　購　幸

【梨花兒】（淨吏巾上）我做提控最有名，瞞天過海無人問。今年大比期又臨，嗏！只要賺幾貫銅錢養阿正。自家衙門中一個都吏，叫做臧不退便是。一切科場內編號謄卷，皆是我掌案。每年有人來打點，也要做一兩椿事兒，故此主顧越多。上年有茂陵一位姓鮮于的朋友，來央託我幹辦幹辦，因機會不便，不曾與他成就得。那曉有這樣好人，分文也不來倒取。今年不知此人可曾到？若到時，須去望他望，或者又要央我也不定。正是：閉門家裏坐，錢從天上來。

【前腔】（副淨）同窗朋友忒高興，客邊一個太孤另。閒來過訪外郎門，嗏！敲時看可有人來應。此是老臧的門首了，待我敲看。（作敲介。淨應，出見，進，關門揖介）

（淨）小弟正在這廂念老兄，向年做事不周，甚是惶愧，反叨厚惠，何以克當！

（副淨）這些小意思，何勞齒及。常言說得好："有心來拜年，端午也不遲。"今年一定要煩老兄與我着實設個法兒，務必中得十拿九穩方好。（淨思介）有了，我想代作傳遞，未必一時湊巧，今科關防嚴，字眼關節，一毫不通風；只有個極好的計較在此：這些號數都在我手裏編過的。兄出場時，上心訪著那位朋友中文字做得極好的，便將他什麼號數，察得明白，我悄悄打進去，把兩家卷上號改了，甚如替你做文章一般，又沒形跡，此是十拿九穩，必中的計較。何如？何如？

（副淨）如此甚好，待我先拜謝。（作拜，淨扯介）

【剔銀燈】（副淨）我家資黃金滿籯，只想副烏紗蓋頂。煩君就裏相幫襯，偷割換三場雲錦。倘成名，敢忘大恩！説過如今現封銀五百兩。待榜上有名，那時呵，加幾錠雪花相贈。

【前腔】（淨）科場中、鑽營頗精，只為着關防嚴緊，換日偷天計可行，將字號與你牢牢封進。叫他互更，機通鬼神。只一件，老兄事成、高中後做官時，還要找我一兩次肥抽豐繳使得，那時莫便（做搖身介）做張智妝喬不允。

文章憎命達，魑魅喜人過。
只因求富貴，平地起風波。

第八齣　誤　　畫

（淨圍裙扮裱背匠上）門掛招牌利市，家傳裱背生涯。非我浪把口兒誇，倒是文房風雅。任你鍾王真跡，饒他歐褚名家，和那荊關擘斧與披麻，不愁我漿兒一刷。自家乃裱背繆繼伶的便是，因我平常喜吃幾杯兒，人人都叫我做繆酒鬼。且喜手段高強，生意利市。只是禮部衙門是我當官，時常要費答應。日前禮部酈老爺衙裏，發出吳道子水墨觀音一幅。又有一位什麼霍相公，親送來春容一幅，手工倒是加倍，囑付我與他用心裝裱。（看壁介）這兩項俱乾透了。今日天氣晴朗，不免揭將下來，裝上軸頭，恐怕他們來取。媽媽，快拿出漿盆糊刷來！（丑裝裱婆上）自歎紅鸞不利，招了個漿水冤家。終朝棕刷手兒拿，好不骯髒邋遢。晚上一同住宿，又矐矐睡得昏花，把棕毛兒略略兩三爬，便有幾點漿兒滴答。老兒，漿盆糊刷都在此。

（淨）媽媽，有要緊主顧家一兩件生意，你可幫襯一幫襯，完成與他，免得他來取討聒絮。你來，你來！（做端凳子，扶淨站，揭畫介）

【鎖南枝】（淨）漿錘紙，雪打糊，拭淨平臺把畫片鋪。這一軸是霍相公送來的春容，揭起美人圖。這是鄺府中送來的觀音像，裝就觀音佛。（丑下場取酒介，做安軸介）這觀音像畫尤是要緊，待我灑些芸香末子，裝在這袋裏面。（做灑屑裝袋介）和芸屑，辟蠹魚，好把錦囊盛，休使燕泥污。

（丑持酒肉上介）老兒，我曉得你的尊性，裱完時，就要幾杯燒刀兒到口了。

（淨）這是本等，老人家勞勞碌碌，未免要幾杯兒，和和筋骨才好。（丑擺桌斟酒介）

【前腔】（丑）老兒你年老大，兩眼糊，終日波波能趁幾貫蚨？（做灌酒介）美酒兩三壺，（丑把肉塞淨口介）請吃塊燒羊肉。破衲被，就地鋪，我與你、效鴛鴦，一處宿。

（淨醉，丑醉，扭淨睡介）

（淨）青天白日，怎生去睡覺？

（丑亂扭介）

（雜上）主考窗櫺須絳帖，分簾炕頂要綾綢。這是繆酒鬼的鋪面了，裏面有人麼？

（內驚問介）是甚麼人？

（雜）是禮部提調衙門，叫你當官的。

（淨醉開門介）

（雜）我來無別的事，今年大比場中，又要糊房，提調老爺叫你去領錢糧出來，好早早叫衆人們上心趲做。

（淨）好苦惱，好苦惱！赤春頭上，生意還不曾做得幾件，就要去當官！

（雜）說不起，你是個當行的頭兒，怎麼妝憨打呆的？（做扯去，淨與丑說介）我去到衙門中見過就來。只是桌上這兩軸畫，一軸是大堂酈老爺家的觀音像，一軸是那茂陵霍相公拿來的春容，倘來討時，便把與他。

（丑）你去，你去，我曉得！這幾件難道就打發不開不成？

（淨同雜下介）好沒興！剛剛吃得像意，要與老頭兒敘一敘，答一答，又叫當甚麼官。當你娘的官！當你家奶奶的官！（笑看酒介）還剩下半壺在此，老娘不免一齊消繳了罷！（做連壺吞有聲介）

（末上介）為取深閨畫，來過裱背門。（敲門介）

（丑笑介）想是老兒半路回家了。（開門便緊摟末頭介）我的老親肉、老寶貝！你回來得正好，我的酒興兒動了，兩個去睡覺罷，再莫妝喬了！

（末）啐！這婆子瘋了？你睜眼看誰是你老兒？我是酈老爺衙裏討畫的。你老兒那裏去了？多時發與他裱的觀音像，小姐要供奉，催得緊，快拿與我去！

（丑指桌上介）畫麼，畫在這裏是不是？只是你就不是我老兒，便同吃兩杯，樂一樂去何妨？（纏末介）

（末）這是怎麼說起？一個女人家，醉得這樣一個模樣！

（丑扯末撮嘴，末推倒，撒手取桌畫，出介）兩手劈開歪纏路，一身跳出鬼婆門。（下介）

（丑起身望介）呸！原來這樣不識趣的！這樣好熱湯湯的酒兒，（扭頭行數步介）老娘這一表人材，難道是滯貨兒麼？（指內介）好沒福，好沒福！（看桌介）畫原來拿去了。呀！怎麼拿着沒袋兒的去？這一軸有袋的落在這裏，想是霍家的了。且拿進去，待霍家來討，把與他罷。（又回身罵介）你好沒福，你好沒福！

　　　　老表千年慣作精，阿婆老去有風情，
　　　　不因一軸丹青錯，怎得鶯交兩處成？

第九齣　駭　　像

【一剪梅】（旦上）春來何事最關情？花護金鈴，繡刺金針。小樓睡起倚雲屏,眉點檀心,香爇檀林。(小旦扮梅香上)春光九十過將零,半為花嗔,半為花疼。梁間雙燕語星星,道似無情,却似多情。

(旦)露濕晴花一苑香,小窗娜娜拂垂楊。

(小旦)才看紫燕銜鶯粟,又聽黃鸝叫海棠。

(旦)梅香,前日老相公與我供養的那幅觀音像,許久怎不見院子送進來?想是未曾裱的,你可催他一聲。浴佛日子將近,我要掛在小閣中朝夕供養。

(小旦)曉得。老院公那裏?

(院上)手持水月楊枝像,送與春香豆蔻人。

(小旦)院公,小姐叫我問你:日前老相公分付你裱的觀音像,可曾停當不曾?目下就要供奉哩!

(院)裱得停當在此,正要交與小姐,煩你送進去罷。(小旦接畫送介)

(旦接介)收下了。叫院子去罷!

(院)理會得。(下介)

(旦)梅香,這軸畫不比尋常,乃是菩薩示現,須要虔淨。你可焚起香來,待我先展拜過,然後供奉纔是。(小旦焚香開畫,旦駭唱介)

【不是路】瞥見丹青,哪裏是寶月珠瓔坐紫竹林?端詳審,玉題金鬘,又把吳綾幀,點綴湘江幅幅裙。妖嬈甚,喬裝詐扮多風韻,好似平康賣笑人。好奇怪!原來不是觀音像,是那一家女娘的春容,胡亂拿來了!(小旦指介)小姐,你看與那女娘同撲蝶的人兒,好不畫的標緻,又有郎君俊,紅衫翠袖肩相並。(旦)羞人答答的,一個女娘家,怎麼同那書生一搭兒耍戲?那有這般行徑,這般行徑?

【前腔】(小旦)水墨精神,也不像楊枝水月人。(背指旦介)女兒身,與毫端紙上相廝映,(回身介)小姐,這畫上的女娘呵,要與你差別些些沒半星。(旦再看介)只怕是那個隨手畫的,偶然相像,未必有心。(小旦)分明甚,安黃點翠般般稱,哪裏有沒稿的龐兒信筆成?(旦)呀!上面還落的有款,待我看來。(讀介)"茂陵霍都梁寫贈雲娘妝次"。我秋波稔,圖書一抹珊瑚暈。上有霍生名姓,又為雲娘圖贈。

(小旦)也奇,也奇,怎生也叫做雲娘?小姐,你看!(指畫介)

【紅衲襖】(小旦)你看他點眉峰,螺黛勻;你看他露春纖,約斜領,你看他滿腮渦,紅暈生,你看他立蒼苔,蓮步穩,要包彈一樣兒沒半星。逞風流,倒有十分的可憎。可喜那尋花峽蝶深深也,又一對黃鸝兒穿柳鳴。

【前腔】(旦)莫不是賺陽臺,行雨雲?莫不是謊天臺,劉阮情?莫不是暫離了倩女魂?莫不是顰效了東家逞?怎生生的打合上卓女琴!教我暗煎煎,難將這啞謎兒忖。自不曾在馬上牆頭也,露了紅粉些兒一線春。

(旦)梅香,本待要將這畫發與院子去換纏是。只是畫得有些奇怪,待我再仔細玩玩。

(小旦)不消換得,小姐留了,當做自己春容正好。

(旦)只是多了一個人兒,恐爹媽看見不當穩便!

(小旦笑介)若與老相公、夫人看,真多了那個人兒,若是小姐自己看,只怕正好不多哩!

(旦)休胡說!

【尾聲】東風暗與傳春信,好撩撥心情難忍,且細向小閣窗紗勘笑嚫。

　　　　春風圖畫若為容,帶笑含顰不語中。
　　　　最是芳心那得似,夢魂應入百花叢。

第十齣　防　　胡

【點絳唇】(末戎服率眾上)電掣風行,高牙專閫。丹心耿,不悠那羯狗橫行,看怒髮衝冠頂。

【集唐】穰苴門戶慣登壇,一劍當風白日看。但使龍城飛將在,莫教胡馬度陰山。下官天雄節度使賈南仲是也。家世邢州,立功邊徼,聖恩簡任,節鎮天雄。丹心如斗,每思裹革以酬知;赤羽薰天,忍看妖氛之犯座。叵耐安祿山這廝,本是胡奴,濫邀天眷,不特飽鷹颺去,公然瘦狗噬人。聞得起兵范陽,連破州郡。下官只得整兵秣馬,赴闕勤王。我想潼關有哥舒老將軍在彼把守,定然牢固。只恐這廝,從武牢小路抄襲商南,長安未免震動。衆將士們!你可扎住營盤在武牢關口,不許縱范陽一人一馬闖將過去。傳來烽火,上心探看,梆鈴器械,務要整齊。但遇賊騎來沖,便行奮勇截殺。如有玩縮,軍法重處!

(衆)得令!

【錦纏道】(末)你看遍西京,招烽火,我心中不平。這鼠子敢縱橫,自漁陽公然出穴弄兵。犯常山,攻陷生靈,賺太原,又佯獻射生,惡貫已充盈。慚愧篸師中老臣,教我義憤滿胸襟,冠直上,皤然雙鬢。待除凶,裏革報君恩。前面就是武牢關了,可搶上去扎營。

(衆)得令!

【朱奴兒犯】(衆)看一隊隊貔貅廝稱,一程程風翻浪滾。潼關大隊哥舒領,把武牢關鐵桶如山鎮。連營,傳烽要明,斷不放賊奴狂逞。

　　　　三戍漁陽再度遼,骍弓在臂箭橫腰。
　　　　白馬將軍頻破敵,肯教胡騎度函崤。

第十一齣　題　　箋

【步步嬌】(雙蝴蝶飛上舞介。旦徐步上)甚風兒吹得花零亂,你看雙蝶依稀見。呀!這一對蝴蝶兒,怎麼飛得如此好?只管在奴家身上撲來。為何的撲面掠雲鬟?又上花樹上探花去了,紅紫梢頭,怎般留戀!(作花下仰看,又回身介)呀!怎麼又在裙兒上旋轉?欲去又飛還,將粉鬚兒釘住裙汊線。(蝶飛在桌上,旦桌上撲打不著,遂睡。蝶下介)

(小旦上介)悄步香閨內,巫山夢未醒。呀!小姐,纔梳洗了,緣何睡在妝臺上?待我輕輕喚醒他做針指。(輕咳,喚介)

【風馬兒】(旦徐起,唱介)瑣窗午夢綫慵拈,心頭事,忒廉纖。

（起坐介）梅香，簷前是甚麼響？（小旦）晴簷鐵馬無風轉，被啄花小鳥，弄得響珊珊。

【減字木蘭花】（旦）春光漸老，流鶯不管人煩惱。細雨窗紗，深巷清晨賣杏花。　　（小旦）眉峰雙麼，畫中有個人如玉。小立簷前，待燕歸來始下簾。

（旦）梅香，我這兩日身子有些不快，剛才夢中，恍恍惚惚，像是在花樹下撲打那粉蝶兒，被荼蘼刺掛住繡裙，閃了一閃，始驚醒了。

（小旦）是了，是了，前日錯了那幅春容，有這許多光景在上面。小姐眼中見了，心中想着，故有此夢。不知夢裏可與那紅衫人兒在一答麼？

（旦）莫胡說！你且取畫過來，待我再細看一看。

（小旦）理會得。（取畫介）小姐，畫在此。

（旦取畫細看介）

【黃鶯兒】（旦）心事忒無端，惹春愁為這筆尖。啞丹青問不出真和贗，將為偶然，如何像得這般？梅香，取鏡來！（小旦取鏡介）（旦看鏡，又看畫，笑介）這畫中女娘，真個像我不過，只這腮邊多了個紅印兒。多只多粉腮邊一點桃紅綻，若為憐，倘把氣兒呵着，他便飛下並香肩。

（小旦）看那鶯兒與一雙粉蝶兒，怎生畫得這樣活現？

【鶯啼序】（小旦）似鶯啼恰恰到耳邊，那粉蝶酣香雙翅軟。入花叢若個兒郎，一般樣粉撲兒衣香人面。小姐，這畫上兩個人，還是夫妻一對，還是秦樓楚館賣笑追歡的？若是好人家，不該如此喬模喬樣妝束；若是乍會的，又不該如此熟落！若不是燕燕于歸，怎便沒分毫靦腆？難道是、橫塘野合雙鴛？小姐，這畫上郎君呵！

【集賢賓】（小旦）你看他烏紗小帽紅杏衫，與那人笑立花前，擲果香車應不乏。（旦）只是女兒們忒家常熟慣，怎般活現，平白地陽臺攔占。那落款的叫做霍都梁，筆跡尚新，眼前必有這個人兒的。我心自轉，分明有霍郎姓字描寫雲鬟。

（旦）我看這幅畫，半假半真，有意無意，心中着實難解。且喜桌兒上有文房四寶在此，不免寫下一首詞，聊寫幽悶則個。（磨硯，

取箋筆寫介)

【啼鶯兒】(旦)烏絲一幅金粉箋,春心委的淹煎。並不是織錦回文,那些個題紅宮怨。寫心情,一紙尖憨,蕩眼鏡,片時美滿。悶懨懨,(上看介)又聽梁間春燕,不住的語呢喃。(寫完自念介)

【醉桃源】沒來由事巧相關,瑣窗春夢寒。起來無力倚欄杆,丹青誤認看。綠雲鬢,茜紅衫,鶯嬌蝶也憨。幾時相會在巫山?龐兒畫一般。韋曲飛雲題。我這一首詞也抵得這畫過了。(放桌介)

(梅香做從上至下看介)好古怪!怎梁上燕子兒,只是這樣望鏡臺前飛來飛去,與往時不同?

(作往撲介)把這殘泥將妝盒都點污了。呀!怎麼把小姐題得這箋兒銜去了?(叫介)燕子,轉來!轉來!還我小姐的箋!

(旦笑介)癡丫頭!這個燕子怎麼曉得人的言語?只得隨他罷了。

【貓兒墜】(旦)飛飛燕子,雙尾貼妝鈿。銜去多情一片箋,香泥零落向誰邊?(小旦)天,天,莫不是玄鳥高媒,輻湊姻緣!

【尾聲】(小旦)小庭且把梨花掩,(指巢介)燕子,燕子,你免不得還來巢畔,我好拴上了紅絲、問你索彩箋。

(小旦)小姐,我收拾筆硯先進去,你可就到房中歇歇。紅豆且調鸚鵡粒,雪花待酌兔兒斑。(下介)

(旦斜視進介)咳!適間這妮子在此,我心事不好說出,(笑介)果是那畫上紅衫郎君,委實可人!

【四季花】畫裏遇神仙,見眉稜上,腮窩畔,風韻翩翩。天然,春羅衫子紅杏單,香肩那人偎半邊,兩回眸,情萬千。蝶飛錦翅,鶯啼翠煙。游絲小掛雙鳳鈿,光景在眼前。那須要陽臺雲現?縱山遠、水遠、人遠、畫便非遠。

【浣溪紗】麟髓調,霜毫展,方纔點筆題箋。這巢間小燕忒刁鑽,驀忽地銜去飛半天。天,天,未必行方便,便落在泥邊水邊。那些御溝紅葉蕩春煙,只落得飛絮浮萍一樣牽。

【柰子花】二三春月日長天,往常時,兀自懨煎,那禁閒事恁般牽挽。畫中人幾時相見？待見，纔能說與般般！
　　　　繡屏斜立正銷魂，侍女移燈掩閣門。
　　　　燕子不歸花着雨，春風應自怨黃昏。

第十二齣　拾　　箋

　【番卜算】（生）桃李曲江灣，浪暖魚將變。愆期未便奏甘泉，小步心情遣。

　【菩薩蠻】無可奈何花落去，步過小橋人盡處。二十四番風，鶯啼怨落紅。　　遠山青可數，取作眉兒譜。蝴蝶怎生忙？天晴花草香。小生前日為雲娘寫下小像，十分得意。誰想拿去裝裱，被一個潦倒的匠人，錯送到別處去，倒取了一幅水墨大士來。那像倒是吳道子真跡。咳！小生筆跡，雖然比不上吳道子，但雲娘的樣子，恐怕與南海水月爭差不多。這樁事也好笑，叫那裏去尋訪？只得由他。只是試期尚遠，客路無聊，不免悄地去曲江堤上，散步一回，多少是好。

　【步步嬌】（生）柳絲綰不盡東風怨，蘭露如啼眼，青青燕尾簾。壺內真珠，解鷫裘可換。悄步曲江煙，看落紅一陣陣把春光餞。我想那軸畫，描寫雲娘逼真，就別人錯去，斷沒有這一個標緻女子可以借用，縱收了也是枉然。只是偏不錯了別樣畫，偏錯了一幅觀音。如今他就掛在小閣中，焚香換水，也着實有趣。

　【醉扶歸】我破工夫描寫當爐豔，不做美的把花容信手傳。敢則是丰神出脱忒天然，因此上他化為雲雨去陽臺畔。差送了春風桃李美人顏，倒換得普陀水月觀音現。來此是曲江邊了。你看新晴後風景，怎麼這等撩人也！

　【皂羅袍】韋曲花如人面，你看胭脂雨潤，翠荇風牽。幾時馬蹄碎踏杏花煙，蛾眉重畫芙蓉面。（望天介）這燕子飛得好奇，怎生只管在我頭面上晃來晃去，似認熟的一般！飛飛燕子，隨風往還。那紅襟小尾，貼楊花舞旋，為何迎風掉下猩紅瓣？（作從上視下介）為何掉下一撮紅毛衣來了？（拾看介）呀！不是毛衣，是一片紅葉大的箋兒，寫了許多蠅頭的細字在上面，待我看來。（作念介，念前"醉桃源"詞介）呀！細看這詞，像是收了春容像的。怎生語氣筆法，件件精細，分明是個女兒家模樣。

【好姐姐】這霞箋，香閨妙填，明說出丹青收管。抽黃數白，就班姬怎讓先？咳！我剛說天下未必有像行雲的人兒，（把箋指介）那知道就有一位在此。那末句說"龐兒畫一般"，就是一紙供狀了。霍都梁，你好生難消遣也！難消遣，打熱的風流情怕閃，這扯淡的相思症轉添。且住，昨日行雲為錯失了春容，早間尚在那裏納悶，如今不免疾忙回去，與他說這畫有了下落，免得他煩惱。（轉行介）正是：踏春不覺來時晚，為著衣香惹蝶歸。（作叩門介）開門，開門！

【馬蹄花】（小旦上）剝啄百花間，知是檀郎轉。

（作開門，生進見介）霍郎，你早間出去，在哪裏行動來？

（生）雲娘，早起在曲江堤上步一步。

【江兒水】（生）我悄地尋春去，芳草邊，（小旦）曲江光景如何？（生）那邊光景甚好！見輕盈掠水有烏衣燕。春愁小語如相盼，（小旦）見那燕子怎麼？（生）為啄花褪下花箋片。落下這一幅箋在此。你看詞上，分明是為錯收了你春容而題。你莫要悶，待從容訪問取還來便是。只是也叫做什麼飛雲！細把情詞詳玩，又別有雲娘，省識你春風嬌面。

【川撥棹】（小旦）你丹青善，奴沒福分能玩展。那知落在王謝堂前，那知落在王謝堂前。那燕子啊！勝蜂媒蝶使傳，這天機非偶然。緊收藏，莫等閒。霍郎，這也非等閒。你好收着，待場後從容尋問這畫下落便了。

（丑扮保兒上）好傳折桂令，報與探花郎。霍相公，時間鮮于相公說，今日禮部出的有告示，明早就要進場，請五更頭早去。

（生）知道了。（丑下）

（生）怎麼陡然就開科起來？我身子冒了曉風，有些不爽，且在小閣樓中將息將息。這筆硯各件，煩雲娘替我打點打點！

（小旦）理會得。

【尾聲】春闈刻日青錢選,把偷香手好生磨練,折得頭一發春風出杏園。

曲江拾得錦箋回,東閣招賢此日開。
十二樓中紅粉笑,齊看高折碧桃來。

第十三齣　入　闈

【懶畫眉】(老旦上)殘年官閣領春風,自課香閨針指功。連朝女病欠惺忪。一雙白髮、只有這青春種,免不得延醫將藥餌攻。老夢臨春亂,嬌兒帶病慵。這幾日女孩兒不知為甚麼緣故,茶飯懶進,只是要睡,面龐著實瘦了。我十分放心不下,好叫院子去請個醫生診看纔是。院子那裏?

(院上)聞得堂前喚,階下聽使令。老夫人,院子在此,有何分付?

(老旦)叫你來,為小姐身子不自在,快去請個醫生來看!

(院)老爺不在衙內,醫生不便喚進來。這街上倒有個女科醫婆,叫做孟媽媽,人人道他的藥甚靈,須索去請他來看纔使得。

(老旦)如此快去請來!

(院)理會得。(起出行介)行行去去,去去行行,此間是孟媽媽門首了。孟媽媽在家麼?

(丑扮老駝婦,背包上介)是那個?

【縷縷金】(丑)金蓮巨,背兒弓,藥包肩上打,肉蓯蓉。(院)我是鄺老爺府中,請你去看病的。(丑)是看那一位病?(院)是小姐身子有些不自在,請你看。(丑)如此就同去便了。聞說官衙女、病兒沉重,老娘手到有神功,盧醫也惶恐。(到門,院子稟,同進叩首介)

(老旦)女先生,老身只有一個小女,這幾日有些小恙,煩你診看一看,調理好了,重重相謝。

(丑)夫人,女科是我的本行,自然用心。

(老旦)梅香,可服侍小姐出來,請有一位女先生在此。(內應,

小旦扶旦出介）

【懶畫眉】（旦）輕陰小閣下簾櫳，病有根芽怕藥怎攻？啾啾卿卿雨聲中，無端一夜把梨花送，怎教他一片西飛一片東？（旦扶桌介）

（老旦）女孩兒，你今日身子好些麼？

（旦）不見得。無別樣症候，只是再打不起精神來。

（丑）小姐，恕不見禮罷！待我來看看脈息，好用藥。（診脈介）

【縷縷金】（丑）小姐，你虛怯怯，怕當風。午後渾身熱，患怔忡。（旦）都說得對症。（丑）我從十七八歲看病起到如今，那有認錯了病症的！這病容易治，待我撮藥來。咀片般般備，依方撮弄。（開包撮藥介）藥在此，包管一貼下去就要好的。好時不要別樣，只要老夫人把頭號梭布見賜十來匹兒。（小旦）要布何用？（丑）要打鞋面。（小旦）那消要得許多？（丑伸腳將手指介）你看此物，每一次面子消不得丈把布麼？（小旦笑介）莫說渾話！此劑藥用什麼引子？我好去煎。（丑）薑三棗四水連鐘，煎至八分用。還請老夫人親去煎方好！

（老旦）如此，你且在此略坐坐，待我進去煎熟了，勞你親送與小姐吃了，纔去方好！

（丑）這個使得。（老旦下介）

（旦睡，丑扯小旦前行問介）梅香姐，我問你：我看小姐脈細，有些思鬱在裏面，像是個傷春的病一般。你實對老娘說，是怎麼起的？

【前腔】（小旦）非減食，不傷風，為著春容畫，兩無同。又有紅杉客，風流孽種。因此上如啼帶笑夢魂中，長叫心兒痛。實不瞞媽媽說，小姐一向是極端重的，再沒有一絲兒胡思亂想。只為前日裱軸觀音像，供奉供奉，不想裱背鋪裏，錯發了一軸畫來。

（丑）敢是錯了吃惱？

（小旦）倒不是惱，倒是好笑。

（丑）怎麼好笑？

（小旦）那曉得錯來的是軸春容圖，上面的一個女娘，與俺小姐像一個印板兒印的不差。那女娘身邊又畫一個如花似玉的郎君，生得標緻。我小姐看了，像是心上就有幾分想着那人兒一般，偶然把這節事情，在箋上題一首詞，又古怪得緊！

（丑）怎麼又古怪？

（小旦）剛剛歇了筆，却被梁上飛下個燕兒來，銜將去了。故此從那日起，小姐心上，只是這般慚慚答答的。

（丑）梅香姐，你這些都是鬼話，哄你老娘不得的。從來那裏有個不見面害相思的？我不信！

（小旦）真話與你說倒不信，你看小姐睡熟了，我悄悄取那畫與你看，便分明了。

（丑）你可取來取來！

（小旦取畫，丑看驚介）原來果然有這事！只是我也像認熟這一個女娘，一時想不起！（偷看旦介）實是像小姐不過！

（小旦）媽媽，我認不得字，小姐說，還有作畫的人兒名姓在上面哩！

（丑）我為着寫藥方引子，粗粗認得幾個字，待我看來。（看念介）茂陵霍都梁寫贈雲娘妝次，真個有個名姓。這椿事兒也奇不過了。所以他便這等胡思亂想，害出個傷春病了。只是這不見面的相思，到底感得輕鬆，也不難治。你且收了畫去，怕老婦人出來，看見不穩便。

（老旦持藥上介）熬將參麥黃湯熟，送與櫻桃絳口嘗。女先生，煎熟了藥在此。

（丑接藥，請旦醒吃介）吃了藥，且扶進暖所在睡睡方好！

（旦）好飲霍香通氣散，須煩破故紙中人！（小旦扶旦下）

【前腔】（外吉服上）歸思切，宦情慵，承恩知貢舉，絳紗籠。（老旦）相公來了！（外與老旦揖介）牽掛嬌兒病，好生珍重。夫人，女孩兒好些了麼？（老旦）適纔接此位女醫來看，說不妨事，煎了藥吃，方纔扶進睡去了。（丑叩首介）（外）有勞你了！小姐病没什麼要緊？（丑）不敢！小姐病是略略傷了風，心上也有些煩鬱，只消用一兩服藥，就平安了。（外）如此却好！夫人，怎麼處？女兒病還未好，下官又奉命知今科貢舉，即刻便要入場。這女醫可賞他銀一兩,以後小姐要藥,差人來取。為帖回避關防,你不便進來。小姐好時,待我出場後,重重相謝便了!(賞丑,丑謝下介)(外)棘闈一月不通風,關防莫疏縱。

(巡綽官領人役上介)嚴封棘院諸生坐,新築沙堤主考行。小官巡綽官是也。帶領各項人役,伺候酈老爺入場。借重大叔稟聲,分房監試在至公堂,候老爺吃入簾宴,等久了!(院稟介)

(外)夫人請進,下官就要入場了。(與夫人揖介)暫點朱衣收秀士,好開青眼看嬌娃。(老旦下)

(外出,眾官役見介)那巡綽官過來!我有關防告示一道,可即刻出印了,遍處張掛,不可遲漏!(院子發示,兵接讀介)

【皂羅袍】(外)山嶽君恩隆重,主南宮大典,濫及愚蒙。從來家世大江東,讀書以外唯耕種。並無弟男遊學,也沒親知伴從。庵堂食店,休教隱容,但有奸徒打點,與我嚴拿送。(作發出刻介)

(眾)請老爺起身!
(院)院子送老爺!
(外)你年紀老成,衙中一切着實要嚴緊。進去罷!
(院)知道了!(下介)

【前腔】頭踏齊聲歡踴,到至公堂上,高宴春風。兩傍挨擠鬧冬烘,中間一溜沙堤空。(眾喝)開來,開來!馬前喝道,靠西靠東;街心欄柵,一重兩重。真個關防嚴緊,並没絲兒縫。(下介)

彩仗春聯白鼻騧,晴風御路踏平沙。
玄都觀裏桃千樹,肯使門生隔絳紗。

第十四齣 開 試

【菊花新】(雜扮監試同巡綽官上)森森柏府曉霜寒,柱下爭看衡豸冠。奉命把舉場監,且喜鳳麟春選。金輅春遊博望開,天文垂曜象昭回。共言東閣招賢地,自有西征作賦才。下官監試官是也。今日天開文運,黄道吉期。巡綽官,可分付掌號開門。應試舉子,務要搜檢明白,魚貫而入,點名各歸號房,不許挨越。(巡應介)(吹

打開門)(巡軍上排列介)(外扮老儒生同上介)

【窣地錦襠】南宮刻日選青錢,爭看龍媒着祖鞭。(副淨後上)傍花隨柳正高眠,又要去陪場走這番。(作魚貫搜檢介)

(巡官)搜檢的!

(衆應)仔細搜!

(衆應)上下搜到着。

(衆應)搜檢無弊。(外入介)

(巡)東號房去!(下介)(生進介)

(巡)西號房去!(下介)(副淨進介)

(巡)坐滿了怎麼處?也罷,到這邊席號坐。(下介)

(巡)稟老爺,點名搜檢已畢。稟封門。(巡出封門介)

(監試)可喜今科規矩嚴明,一毫無弊。天氣又且晴爽,可為大典稱慶。

【前腔】文章濟濟集羣賢,錦織天機玉吐煙。關防內外各森嚴,掄取真才中榜元。今日起早了,不免進去略歇息一歇息,到晚好來放出。(下介)

冠冕通南極,文章列上臺。
羣英爭獻賦,獨有子雲才。

第十五齣　試　窘

(雜扮打高燈接科場人上)富貴須勤學,文章可立身。你看滿朝朱紫貴,都是進場人。我們是接場中相公的。夥計,今年規矩森嚴,莫挨近柵欄邊去,大家遠遠站立,等候各人家相公出來,上前迎罷。

【六么令】(末吉服,近隸執板上)文場防範,值門官敢憚辛艱?梆鈴高閣要森嚴。支更鼓,聽傳宣,你們切莫些兒玩。左右,今年監試老爺規矩嚴得狠,你們可趕開閒人,不許挨近柵欄。但有舉子們出來,一溜開清清楚楚放出。凡有擠的,與我着實打下去!

(衆大聲應,分付介)(內打三更,吹號三聲,大呼各號,老軍催

卷介)

【前腔】(衆)三更三點,明樓上掌號聲喧,東西各號卷催完。(內打雲板三聲,吆喝開門介)(末)裏邊打點放頭牌出來了。聽打點,便開關,大家廝認休教亂。

(皂)你們站開些,待相公們好走!(衆內望介)

【前腔】(淨扮老儒上)精神全欠,老科場只走今番。(生上)詞源滾滾起波瀾。(雜)老相公,我在此。(作馱淨下介)(雜)小人是華家伴頭接霍相公的。相公定是得意的了?(接筆硯介)(生笑唱)文似錦,興方酣,朱衣肯不把頭來點!

(皂叫封門介)

(副末)朝臣待漏五更寒,鐵甲將軍夜渡關。日上三竿場未出,算來名利不如閑。自家姚店主便是。鮮于相公進場去,怎麼日色老高,老漢在家中吃過早飯了,還未見出來?放心不下,不免向貢院前去看一看,是怎麼說?呀!此是貢院門首了,還封在那裏。

(皂)晦氣,晦氣!這些相公不知是果真有本事的,在裏面着實鏖戰,又不知是墨水乾了,一點兒榨不出?遭他家娘瘟!要我們辛辛苦苦在此侍候。平日莫去搖麽嫖麽,喧你娘的溺尿麽!

(副末)駭!你聽這些人埋怨話頭,就像曉得鮮于相公平日行徑的。

(內擂鼓。叫搶卷。打雲板開門介)

(皂)謝天謝地,好了,出來了!

(副淨緩出上)三竿紅日上,一卷墨纔完。

(副末)鮮于相公,小人在此!在此!

(副淨)好辛苦!

(皂罵介)我問你,你這樣怕辛苦,就在家裏自在自在,莫來現世也罷了。為你一個,苦了我們守到如今。我看這副嘴臉,也不像是胎孩發跡的!(要打,副末攔介)

(皂)得放手時須放手,得饒人處且饒人!(回身指罵介)

(副淨打躬介)下次再不敢如此。再若如此,但憑,但憑!(回身與副末走動說話介)那裏說起!裏邊文字,做得錦簇的一般!這是想得動了火,牙齒忽然疼起來。哎喲！恨不得要死,只得慢慢的謄寫,故弄到此時候出來,難怪這些狗頭説零碎。(作到介,姚店主接筆硯,擺出酒飯介)相公,請用些飯將息將息,小人也要去安歇。

(副淨)多勞了,請進,請進！

(副末)正是：欲求生富貴,須下死功夫！

(副淨看店下,回身笑介)鮮于佶,鮮于佶！我問你：這是怎麽起？活現世,受了許多辛辛苦苦,勞勞碌碌,三年下場一番,走到場裏面,一個字兒寫不出,倒反被那些狗頭如此作賤。不是觀場,倒是來受罪了！(作倒在桌上介)

【前腔】文思原欠,酒囊中墨汁全乾。不免把這些酒飯消繳在肚子裏,也是我老鮮走科場一遭。(作吃介)我想場中做文字時,心上慌得凶,不知寫了哪一套嫖經哪一宗酒帳？鬼畫符一般。若要中,(笑介)除非是紗帽滿天像烏鵲兒飛,我把這頭,(作上挺介)這樣一撞,就撞着了,纔使得！不然一生一世,也只是這樣嘴巴骨。如今説不起,斷斷要去與老戚商量做那法兒了。且先到霍秀夫他那裏去走一遭,問他甚麽字號。日高三丈進朝餐,仔細想用機關。將朋儕字號大小輕偸換,朋儕字號大小輕偸換。

花柳精神曲蘖腸,不才何以獻長楊。

且從河鼓傍邊路,偸取天孫織錦囊。

第十六齣　駝　泄

【小蓬萊】(生上)浪暖桃花風起,得意後渴倒相如。(小旦)打疊腰圍,放開情緒,去着宮衣。

(生)雲娘,小生場中文字甚是得意,可不負你一番指望,只是身子中着實有些欠爽利。(袖中取文介)今日不該在窗下親把文章謄寫,這一會頭目更加眩暈,心兒上又煩躁得緊,恐怕書生沒福,不能承當功名兩字了！

(小旦)説那裏話！尊體清癯,又着勞碌,故此有些不耐煩。奴家記得昔年有病,曾請過一個女醫姓孟的,用藥甚效。已曾着人請去,待他來看看,服一兩劑藥便好了,你且放心!

【桂枝香】(生)曲江尋翠,便聽春雷轟地。連朝鏖戰風雲,自笑隨行逐隊。那管輕寒透衣,輕寒透衣。(小旦)想是雄文得意,定要脫胎換體。好與你問良醫,漱止相如渴,腰扶沈約圍。

(副淨上介)欲圖虎榜登名姓,先向雞窗問號頭。此間是華行雲門首了。(作進見,小旦揖拜介)(生強起拱手介)

(副淨)霍兄,怎麼是這樣一個光景?

(生)偶爾小恙,不能相迎,得罪,得罪!

(副淨)想必是場中忒用心了!

(小旦)正是如此說。

(副淨作掇椅就生溫存介)好事將近,須要上心調理,莫作兒戲。場中得意,不消說了?

(生)風簷之下草草完篇,胡說也寫在此。(小旦送副淨看介)

(副淨哼讀介)這樣七篇錦簇,定然高中無疑,怎麼倒說草草?天下有這樣草草的!只是這病也害得你好。天殺的,你肚子裏怎生有這許多好東西?脹也該脹病了!

(生)老兄也一定得意,文字倘寫出,也要請教請教。

(副淨笑介)小弟是瞞不過老兄的,只好渾場中一兩頓酒飯吃,到家時節去哄嚇哪些鄉里的人,說鮮于相公又觀場一次了。裏邊文字,不過胡亂寫幾句出來,那裏記得?取笑,取笑!

【前腔】(副淨)你鵬飛比勢,龍媒爭馭。看棘闈星頭森沉,筆掃千人都廢。你胸中可抒,胸中可抒。定是朱衣不棄,孫山前置。只還有一件,今科場中規矩,與常年不同,要各人認定自己卷面上的字號,到放榜時,只寫了號數,不寫名字,直至進呈過,磨對明白,方纔寫名姓傳臚。(生)這個記得!(副淨)小弟編的是"戾"字號。(生)小弟的是"日"字號。(副淨)記得真麼?(生)自己號數,怎麼記得不真?(副淨笑介)雲娘,莫怪我說,你已後但遇了"日"字號,(作抱介)便叫這是我的霍相公!我的霍相公!(小旦)鮮相公,也莫怪奴家說,你也真是個"賊"字號相公了。(生)休得取笑,免得病支離,與你同踏天街馬,分穿御賜衣。(生伏桌睡介)

（丑扮駝女醫，保兒同上介）背包自有駝峰聳，攬手何愁難眼疼？

（保）媽媽，此便是我家門首了。（同進見介）

（副淨）那裏走了這樣一個婆子來？

（小旦）是一位女先生，奴家請來看霍郎病的。

（丑與副淨、小旦拜介，轉身介）我說前日酈府裏那軸畫，像個人兒，彼時急忙想不起，原來就像昔年請我看病的這位華雲娘。

（小旦喚生，攙頭見介）霍相公，請得女先生來了，好診診脈。

（丑細看生面，轉身介）好古怪！這位相公面孔，也有些熟會，急忙想不起，原來也像酈府裏看過那畫上穿紅衫的秀才。我曉得了，曉得了！（扯小旦問介）適間聽見這位相公姓霍，他可叫做霍都梁麼？

（小旦）果是叫做霍都梁。

（丑）他可曉得畫幾筆畫兒麼？

（小旦）畫得極好的。媽媽，他的名字，與他會丹青，你却怎生知道？

（丑）你莫管，有些說話在裏面。（轉身介）那裏撞得這樣巧？恰好就是他！且莫就說，待我看脈時，把些言語驚他一驚，看他如何？（看脈，眼中不住看生介）

【泣顏回】（丑）真說病因誰？為惜花心憔悴些兒。你有青樓紅粉，那隔牆花怎去輕窺？（小旦）媽媽，只請你看病，怎麼說起這些閒話來？（丑）不是閒話，病根都是從這裏起的。牙籤錦題，筆尖兒亂點得瀟湘翠。這病藥都沒效的，除非是銅雀春深，始醫得你彩鳳情癡。

（副淨）這婆子！霍相公請你來看病，病症不說，一劃胡柴鬼話。好可惡，好可惡！（作怒介）

（丑）倒不是鬼話，倒是一軸春容圖！

（副淨）還是這般胡言！

（丑）不是胡言，倒是一片詩箋。

（副淨）這是那裏說起？

（丑）説起説起，反勞動了那燕子。

（生驚，與小旦悄説介）這媽媽講的話，像是知道那丹青的下落。你可問他一問。

（小旦）媽媽，你剛才説的話，有些來歷。你可明白講罷！

（丑）你也説有些來歷麼？我直説與你聽罷！

【前腔】（丑）説起話蹊蹺，誰識其中情事？朱門有女，為兒郎皺破雙眉。實不瞞你説，老身前日酈府裏請去看小姐的病，那小姐症候，像是傷春的。細細問他梅香，説道日前因為裱軸觀音像供養，錯討了一軸春容畫來。了那畫上女娘像得他凶！（生、小旦驚介）原來有這等事！（丑）那畫上，又有一個穿紅衫的郎君，生得標緻，小姐看見，着實想了，故此害出這病來。老身彼時不信，那梅香悄悄地取畫與我細細看來。（生）原來媽媽細看過畫的，畫面上是甚麼樣？（丑）上面麼？那像小姐的女娘，就是雲娘活現；那着紅衫的，就像相公。（生笑介）天下像貌同的盡多，那裏就是小生？（丑笑介）相公你還要瞞我，那上面還落的款，我記得，念與你聽。（生）你請念來！（丑）莫怪我犯諱了。是"茂陵霍都梁寫贈雲娘妝次"十一個字兒，説得不差麼？是鬼話胡言麼？（副淨）霍兄，這些詳細，你請説説，只知道你替雲娘曾畫的有春容，是我叫送與那繆酒鬼裱。後來這些話，却不曉得。（生）鮮于兄，正為着這軸春容，因你説送於那老繆裝裱。那曉得是個酒徒，想是酒醉了，錯發了別處去，倒取了一軸觀音像來。正不知那軸春容的下落，今日孟媽這樣説，分明錯到酈府中去了。（副淨問丑介）酈府中可就是禮部酈老爺，今年知貢舉的麼？（丑）便是。（生）此小像，小弟原為雲娘而寫，那裏知道那酈小姐，生得與雲娘一樣。如今錯認做自己的，在那廂疑惑。怪道小弟在曲江閑步，見個燕子銜幅箋來，箋上字跡語氣，正與雲娘説，像個女郎。今日這位媽媽説明，方曉得是酈府小姐題的。（丑）正是，那梅香也説來，説小姐曾把烏絲詠題，猛可兒燕子銜將去。如今待文場高占鼇頭，我與你向官衙穩做蜂媒。

（小旦）媒不敢勞做，只是勞動媽媽，婉轉説與小姐，取還奴家那軸春容來，就多感你了！

（丑）要去取回，只是没個憑據，他怎肯相信？（小旦想介）有了，如今先將燕子銜來的箋兒，你拿去與小姐驗過，他便信了。待他發過春容來，然後把這幅觀音像央你送還，如何，如何？（問生取箋出介）

（副淨取箋念介）這就是酈小姐親筆？

（丑）便是！便是！我前日在曲江邊蹊一蹊，猛然間也遇一個巧。

（丑）相公遇着甚麼巧，想是也撞了個燕子？

（副淨）倒沒見有個燕子飛，只是被那鶴鳥撒得滿頭上白刺瑳的，褪下頭巾來，洗也洗得不乾淨。

（小旦付丑箋介）這是金鳳小釵一股，權送媽媽的。你換得畫來時，再加重謝。

（丑喜謝介，拜介）多謝多謝！只是如今還不能够進去。酈老爺好不嚴緊，臨入場時，親口分付過我的，叫我莫要進衙裏走動。待出場來，我去看小姐時，與你婉轉說明，或者他肯發來也未見得。

（副淨）媽媽，我有一椿事，也央你一央。我有一幅行樂圖，拿去與酈小姐看看，如何？

（丑）不用了。

（副淨）怎知道就不用？

（丑）如今不是時節了。

（副淨）怎麼不是時節？

（丑）如今端陽將近，過了年，小姐家那裏還要貼鍾馗像。（衆笑介）

（丑指生介）你看你看，霍相公聽了這些話，身子都爽利起來，不消用藥了。只是雲娘再將就他些兒便好。我去了，且將扁鵲巧心事，去作雙鶯繫足人。（下介）

（副淨）原來有這一段奇事在裏面。霍兄，你好生將養，且告辭了。

（小旦）請小坐坐何如？

（副淨）多謝了，小弟要在下處收拾收拾行李，待放了榜，不濟

事的時節,就要學這駝婆娘,彎起腰來背了包,一溜跑了!(生、小旦笑介)

【尾聲】(副淨)畫中活現陽臺女,那知又一幅巫山添注。來日裏金榜當頭,看把"日"字兒題。

(別介)(生、小旦下介)

閨裏收緗軸,江邊拾彩箋。
兩廂情意蜜,都倩老駝傳。

第十七齣　謀　緝

(副淨)欲知心腹事,但聽口中言。我適間在霍秀夫處,聽見那駝婆子說了許多話。原來為着一軸春容,弄出許多把戲在裏頭。這也由他,只是可喜把他字號,問得詳細在此。我雖不懂他文字的奧妙,看他那病中光景兒,都是得意之極,文章決定好的了。不免到老臧家去,與他商議幹那心事去。(行介)呀!此間是了。(敲門介)

(淨方巾扮臧不退上)多尋榆筴提控鈔,特為黃花舉子忙。是那個?(開門介)原來是鮮于兄,請進請進!(進,對揖介)

(淨)昨日場中得意麼?

(副淨笑介)若得意,不來尋老兄了。正為着前日約的那事,幸喜問了一位朋友的字號來了。

(淨)是那個字號?

(副淨)那個朋友編的是"日"字號,小弟的是"戾"字號,故此特地相煩,早早的打進去,便於割換,恐怕遲了就不濟事。

(淨細思介)這樣連割卷也不消,只消把老兄的字號,下半截洗去了,那個朋友的字號,下半截添幾筆兒,可不湊巧!

(副淨)有理,有理,想得到!(揖謝介)

(淨)只有一件,要文章十分好,纔中得穩。

(副淨)文章不消說得。

【撲燈蛾】(副淨)他才華壓茂陵,爛若天孫錦。字號不爭差,我親身向伊探問也,問得分明詳審。仗君早把事兒行,倘託庇一朝劄蹭,便來生犬馬,難忘你深恩!

(淨)且住!適間兄問得號數的朋友,是那裏人?

(副淨)就是小弟同學的,茂陵霍都梁。

(淨)喜得問個明白,險些兒弄出事來。這割卷的勾當,除非用旁州別縣的人,兩不相照纔使得。若是同學的,一發榜時節,墨卷傳閱,改刻不及,那姓霍的講起話來,怎麼樣處?連我也帶累得不乾淨。這個萬萬做不得的!除非再尋一個頭兒方好。

(副淨)這却怎麼處?急忙又沒別位朋友做得文章好的,可以挪移。(躊躇介)有了有了,這霍朋友,近來幹了一樁極不好的事情。

(淨)甚麼事情?

(副淨)他前日畫一軸春容,傳入到酈尚書府中去,勾引小姐。小姐見了,就想起他來,着實害病。

(淨)可就是這知貢舉的酈老爺麼?

(副淨)正是正是。那小姐又親筆題一幅箋,遞與他,他收執了。

(淨)這越發不該了。

(副淨)老兄,這分明是破壞他的閨門,借此暗道關節,罪名非小。

(淨)這事情可是真的?也要有個憑據纔好。

(副淨)這是確確真的。如今在兩邊牽馬的,全是那駝背醫婆。他還送那婆子金釵一股。小姐詩箋現在婆子手裏,但拿住了一拷問,便見明白。

(淨)那駝背醫婆可是姓孟的麼?

(副淨)正是,正是。

(淨)這個不難。他也時常在我家用藥。不瞞兄說,我有兩個小廝,現當緝捕,就叫他先去請他來,只說看病。待我哄誘出他口裏話來,挈出詩箋金釵到手,就鎖起來,把來做個作眼,去拿那姓霍的到官便了。

（副淨）甚妙,甚妙！只有一件,但拿到官時,火放大了,轉難收拾。不如嚇得他私自逃避,他的到手功名,不愁不是我的,這到渾融些。

（淨）這也見得老成。（向內叫介）小廝們那裏？走來！

（雜）聽得老爹叫,慌忙就來到。老爹叫小人們有何吩咐？

（淨）這一位相公姓鮮于,有話與我商量,叫你去做,你過來！（附耳小語,又做手勢介）你可曉得麼？

（雜）曉得。（又附耳如前介）

（雜）小人肚子裏雪亮的了。只可歇手。

（副淨）二位,你明日撈到了駝婆娘時,便悄悄地通個信與我。我做個不認得的來,到那廂,自有理會。

【前腔】（合唱）官衙女出羣,巧把丹青引。央串女盧醫,悄地私通音信也,現付與箋詩作證。仗伊再把計兒行,嚇得他、他州逃逸。那時節宮花一對,被我做荷包剪綹,插在這鬢兒橫。

文章依樣畫葫蘆,本色休教鬼畫符。
計就月中驅玉兔,謀成日裏嚇金烏。

第十八齣　閨　痊

（小旦扮梅香上）日正長時春夢短,燕子交飛柳煙底。這幾日,且喜小姐身子漸爽利了。今日是個好日子,老夫人吩咐,叫我當值他梳洗了,去佛閣上燒香。不免將鏡臺妝盒收拾了,請小姐出來梳洗則個。

【一江風】（小旦）假惺惺,按不住心頭病,這幾日柳絮風情定。好展妝臺,洗脫殘紅,淡把眉兒整。（作熏衣介）還將半臂薰,還將半臂薰。待我把新做的鞋兒取出來,（取鞋介）弓鞋沒點塵。（向內輕叫介）小姐,小姐,請出來梳洗,好去閣上燒香去。佛前香,莫久費夫人等。

【前腔】（旦上）曳金鈴,繡幕風兒緊,看花影在紗窗映。（小旦）小姐,夫人說,今日日子好,請梳洗了閣上拜拜佛。（旦）如此,待我好梳洗。（作梳洗介）一星星，症候寬鬆，免不得把雲鬟整。梅香，你取那春容畫兒與我看一看。（小旦）小姐，忙忙的要去拜佛，怎麼還要看這東西，恁地放他不下？（旦）你那曉得！我記得佛經上說，有一位瑣骨菩薩，變作淫女，勸化世人。那畫裏女人，莫非是菩薩現身？這樁公案么，何須燃香禮佛燈，燃香禮佛燈！優曇插膽瓶，慈悲瑣骨一似蓮花淨。

（小旦）小姐，進去罷！（旦同行下介）

多病金針繡懶添，如今喜氣上眉尖。
佛前挑起琉璃火，小拜檀香手自拈。

第十九齣　偽　緝

【鳳凰閣】（小旦）芭蕉雨響，點點人兒心上。茂陵消渴叩醫王，藥搗玄霜，露翻金掌，好活跳去桃花春浪。【菩薩蠻】春至年年韋杜曲，芳草無心裙帶綠。風冷酒初醒，琴心瘦長卿。　藥裏封蛛網，愁入眉峰上。小拜向經幢，佛前燒柱香。奴家前日因霍郎病中，曾在錯取來的這幅大士像前，許了香願。這兩日幸喜好了，不免權在像前，拜謝一謝則個。（作回身向像跪、焚香、告介）

【黃鶯兒】（小旦）疾效祝檀郎，拈普陀雲一柱香。謝楊枝滴露，救答文園恙。散天花妙香，壓宮花帽光，展兜羅提挈向青雲上。（生悄上聽介）（小旦）感慈祥，也不枉煙花陋格抽換了妙莊王。（小旦叩首起介）

【前腔】（生）悄步轉回廊，謝卿卿祝瓣香。原來雲娘在此為小生禱告。（揖介）夫妻露水倒是恩山傍。今日就在菩薩前說下誓來。（同小旦跪對像介）小生霍都梁，日後功名有份，便與華行雲夫榮妻貴，永不相忘。拈花誓將，便看花怎忘？效于飛始勾結了琴心帳。（叩頭起介）小生還有一句話，要先說過。若是日後，倘遇着那題箋的人兒呵，莫怪裴航，除非題箋窈窕，雙杵搗玄霜。

（雜扮捕役二人鎖駝婆上）

【賺】（衆）打點昭彰，明白是牽頭女貨郎。（丑）可憐哦，我那裏曉得甚麼別樣勾當？我為着霍秀才的病，這箋詞、釵子，他付與我去換那春容的，是甚麼牽頭？（雜指介）這般喬模樣，科場太歲倒會彎弓撞。此間是華行雲門首麼？（丑）是了。（雜）莫要大呼小叫的。到平康，且輕輕叩得雙環響，賺出他開門好劈面搶。（作輕叩門介）（內小旦應介）是那個？（雜）開門，開門！（小旦開門問介）尋那個的？（雜）霍梁都！（生聽說，起避後介）（小旦）尋他怎麼？（雜）還問怎麼怎麼，他打包家關節，盜賈家香。現有這女駝供狀，女駝供狀。（丑）華行雲，快叫霍秀才來，當面對一對。我與他甚麼牽頭？把我無干無敵，這般拷打，苦惱，苦惱！

【前腔】（副淨上）客寓鄰廂，暫過同窗話短長。進中堂，呀！為何蜂攢蟻簇相喧攘，打得個殘病醫婆當死羊。這是那裏一班閒人在此囉唣？（雜）不是甚麼閒人囉唣，為緝拿打關節的。（副淨）打關節的是那個？（雜）是霍梁都。（副淨）哎！哎！哎！霍相公是我好朋友，是個有才學本分的人，那裏幹這樣的事？你休胡撞，有何憑據何贓仗？你挾詐斯文罪怎當？管赴公堂，定要分金破木從頭講，看你們怎生結帳，怎生結賬？

（雜）這位相公說得有理。

【前腔】（衆）拿賊拿贓，就捕捉奸情委實要雙。（拿出箋、釵與副淨看介）這是甚麼物件？（副淨）是一幅箋紙。（雜）這箋紙你說那個寫的？是如今知貢舉酈老爺的小姐筆跡。那霍都梁，先畫一幅春容小像，遞送與小姐，又勾引小姐寫出詩箋來答他，意思無非借此風月傳情，暗通關節。這金釵是與這駝婆子的，央他兩邊走動，就是真贓仗，娼門包宿，又要把朱門想，描畫丹青入洞房。休結黨，拿去還要一撈、一夾、一丟、一搭，自作自受，甚麼挾詐斯文哩？（生背聽懼介）（衆）如爐官法明明亮，扛幫作哄，誰許你口兒強！況酈老爺出的有關防，奸徒犯着難輕放。連這華行雲也是緊要犯人。（要鎖小旦，副淨救介）華行雲，你也要一同前往，一同前往。

（雜）快說，霍都梁在那裏？若隱藏了，就了不得！

【前腔】（小旦哭訴介）他剛畢科場，病好些兒便出帝鄉。知何往，不過青樓暫與相偎傍，書劍飄零在那廂？（雜）既不認帳，鎖了去！（副淨）且從容講，自古道救人一命勝造浮屠像。（背與小旦輕説介）不好了，前日與這駝婆子的箋、釵，都被這些人拿得到手，是硬做不得的。快快的收拾些物件，好生打發他們出門便了。（小旦慌介）奴家身邊有没别件，只有金鐲子一付，金簪環一匣，憑鮮相公把與他們消磨這事罷。（副淨）快取來！（小旦進取釵鐲付淨，淨接介）我有處。（轉身介）列位班頭，如今霍相公場完就回去了，不在這邊。這華行雲不過暫與他相與。一個女人家，那裏曉得他來蹤去跡？有些須微意，列位收下，做個人情，看學生面放了罷！（將物送入雜袖介）金釧釵鈿且請袖裏藏。（雜）一椿天大的事，這幾件東西，怎生了得帳的？來不得，來不得！（副淨轉身與小旦説介）怎麽好？他們還要多哩！（小旦）這却没法處了！（副淨）也罷！我為著朋友份上，（腰間摸出錠子介）就腰間剩的盤費，湊出來替你打發罷。（小旦）多謝了！只一件，那詩箋不可留在他們手裏。若添了銀子，須索取還纔好。（副淨轉身介）列位，這小娘子身邊委實的没有甚麽東西，我替他再添你二十兩雪花，寬釋了他，還了他那詩箋罷！（雜）相公，你先前講的話忒不通，如今怎樣知起道理來了！千看萬看，看你尊面，真個是人情大似法度了。（副淨送銀，取詩箋與小旦介）再解衣囊，松紋兩錠鞍橋樣。（揖介）謝你還却詩箋，放了這窈窕娘。（丑）列位老爹，可憐我是個殘疾人，也放了我罷！（雜）哎！你是放不得的。還要拿去法司衙門審明定罪，纔見得我們不是打詐。難疏放，關通歇案知非虛謊，還要在霍都梁原籍，關提勾當，關提勾當。正是得放手時須放手，得饒人處且饒人！（雜鎖駝婆下）

（副淨問小旦介）這事怎麽起的？

（小旦）連奴家也不知怎麽起。好好在家裏，忽然這些差人一擁進來，那裏容人分辨？

（副淨）想必是那駝婆子口不穩當，把前日事對人講的。（作伸舌介）如今是甚麽時節，略不謹密，就弄出事情來了。我問你，霍兄在那裏？

（小旦）在後面房裏。（作關門請生出見介）（生與小旦哭介）

（副淨先哭介）

（小旦）深虧了鮮于相公，自己破費許多，方纔免得囉唣，奴家詩箋也贖過來了。（與小生看箋，生收介）

（生）鮮于兄，

【皂角兒】我連日裏兀自不強，閉門兒風波天降。招災禍幾筆丹青，這詩箋是勾魂供狀。（拜謝介）（副淨扯介）我兩個髫年相與的朋友，是何等交情，怎麼倒謝起來！（生）感謝你為朋友，解囊金，陪口舌，費盡心腸。鮮于兄，你曉得我平生那裏吃過一毫虧苦的？倘若到官，不分皂白審問起來，叫如何抵對？（副淨）也不妨。（生）那丹青果然是我畫的，恰好像那小姐。那詩箋又是酈小姐真筆，供說燕子銜來，就渾身是口，誰人肯信？定是要受刑問罪，我的命定是沒有的了，難禁刑杖，除非脫亡。（與小旦哭介）顧不得橫塘一曲，兩兩鴛鴦！

【前腔】（小旦）正自燕菩提妙香，反差下牛頭阿旁。若非是湊著恩星，一例兒吃摧花刑杖。從今後蕭蕭雨，溶溶月，雙雙影，撇殺檀郎。相思一樣，梅花主張。便風兒順稍口信，解我愁腸！

（副淨）霍兄，這椿事看起來不妨，我幫了你承個頭與那些狗頭們當官理論一場，諒不輸與他，不消遠去得的。若去了，恰不誤了功名大事！

（生）老兄，老兄，如今性命要緊，功名二字也題不起了，只得與兄相別。別後事情，還要與我照管一二。

（副淨）果然要去，那廂避避。這別後事情，小弟自然為兄打點，安頓得妥帖，不必掛心。

【尾聲】（生背唱）故鄉有路難還往，似輕薄桃花飄蕩。也罷，往沔陽尋秦老師去罷！只得向沔水魚龍，權時寄鶺鴒。

（生、旦分下）（副淨吊場介）果然算得停當，去也去得幫襯！我不免再說與老臧去，叫他放心打進字號去便了。

　　　　萬丈深潭計不差，春明門外即天涯。
　　　　十年窗下無人問，一日看遍長安花。

第二十齣　守　潰

【水底魚】（副淨扮哥舒翰率衆上）百二雄關，臨風一劍寒；老當益壯，隻手塞泥丸。平沙落日大荒西，隴上明星高復低。孤山幾處看烽火，戰士連營候鼓鼙。自家老將哥舒翰便是。奉命把守潼關，最為緊要。將士們！你看漁陽兵馬，紛紛如蟻，搶上潼關來了，待逼近時，並力一齊衝殺前去，不可退縮！

（衆）得令！

【前腔】（淨扮安祿山，丑扮何千年率衆上）殺氣漫天，欃槍蔽斗間；踏平鞏洛，乘勢闖潼關。

（安）手下的，此去潼關不遠了。哥舒翰兵馬在此，你與我殺將上去！（作搠戰，哥舒翰敗下介）（安大笑介）你看哥舒翰這老兒，不夠一兩陣，那些兵馬都紛紛鼠竄。牙將何千年，你可領鐵騎五千人，殺進潼關，徑闖長安便了。

（何）得令！

【清江引】（衆）紛紛兵馬皆奔竄，失却秦關險。猛虎啖羣羊，皂鵰欺雀燕。刻日裏，在凝碧池把哥吹演。

月黑雁飛高，哥舒夜遁逃。
漢家麟閣像，專待霍嫖姚。

第二十一齣　扈　奔

【燕歸巢】（老旦）葳蕤鎖合小庭閑，懸艾虎在簾間。（旦）病餘已過暮春天，池面鏡綠初圓。（旦拜老旦介）

【明妃怨】（老旦）梅柳纔描春色，又見菖蒲抽節。稿砧入禮闈，愁聽玉笛吹。　（旦）長日困人天氣，敧枕心情如醉。病後怯簷風，盆榴紗映紅。

（老旦）孩兒，你爹爹為知貢舉，入場中將一月了。今日又是端陽，櫥中辦得有菖蒲酒，我與你在石榴花下，小飲幾杯，應個節氣。

（旦）孩兒病體纔好，有些怯風，就在這中堂內陪侍母親罷。

（老旦）也由你。（送老旦酒，梅接送旦酒介）

【玉芙蓉】（老旦）天中節候傳，曲水風光轉。我想老相公呵，此時賜榴花天酒，和歌高宴。水心劍許仙人捧，金鏡圖從帝座懸。（合）韶光淺，又汎菖蒲一年。歡笑處，怎不共紫衣魚袋，盡醉百花前。

【前腔】（旦）釵符鳳口銜，釧臂鮫絲綰。憐黛眉一色，綠遍庭萱。惜花慵卷金鈴索，待燕長鉤繡戶簾。（合同前）

（外同院子急上介）

【滴溜子】（外）迫忙裏，迫忙裏，撤開棘院；疾速的，疾速的，權回庭畔。（進內介）（老旦見驚問介）相公！何事沖沖氣喘？君恩御墨鮮，點知文苑。怎生驀地歸來，令人兢戰！相公有何事，這等忙忙來銜裏？

（外）夫人，不好了！為哥舒翰失利，安祿山這廝闖進潼關來了！聖駕既已西巡，我只得追隨前去，待事定再傳臚了。

【前腔】祿山的，祿山的，潼關直犯。哥舒翰，哥舒翰，全軍奔散。大駕去長安西畔，傳聞凝碧池，胡奴開宴。趁此悄地更衣，奔從雕輦。

（老旦哭介）這却怎麼處？

（外）快取衣來換，把印信縛在臂上，隨身行李先發去，權且乘着小犢車出了城，再乘馬趕去未遲。（作更衣介）（雜推車上）（外上車，對老旦別介）

【尾聲】朝冠脫却，且把輕裝換，將紫綬身中密綰，說不盡的家常，憑伊自管着。

（老旦、旦哭介）（院子上介）不好了！老爺才出得城門，賊兵四面焚掠起來。梅香，快請老夫人、小姐更了衣服，往南山鄠杜莊子上去等候！（內鳴鑼喊介）（老旦、旦唱【哭相思】介）

　　扈駕西巡何日還？不堪烽火滿長安。

　　出門那敢高聲哭，多少胡兒勒馬看。

第二十二齣　拒　挑

【臨江梅】(小旦上)別夢悠悠雞唱醒,愁看煤壓孤檠。妝臺無語自含顰,眉為誰勻?淚為誰零?

【如夢令】雙蝶尋香相鬥,小鳥啼花如咒。人去沒多時,又見芭蕉綠透。消受,消受,腰比垂柳還瘦!奴家自與霍郎別後,魂夢長牽,音書不至,笑啼無主,形影自憐。不知他歸向茂陵,或者浪遊他處。那詞箋牽連的事,也不見有個下落,不能夠訪個實信,捎寄於他,心上好生煩悶也!

【宜春令】(小旦)連枝折,比目分,夢兒中還雙雙笑顰。料功名有分,拚着至誠心,寬待等。且住,他前日單身出門,行李都遺下在此。別的都沒緊要,只是平日詩文稿與場中文字,乃是才人一片錦繡心腸,須索與他檢點明白,收拾了纔好。(檢收書文介)這燈窗下滿斛明珠,號房中七篇雲錦,好打疊在針線箱中,莫被那煤殘魚損。

【前腔】(副淨介上)靈犀手,浪蝶心,效登徒,偷香比鄰。我老鮮前日設個方法,把那霍秀夫一送,送得像個風卷楊花,吹得飄飄蕩蕩,無影無蹤去了。這些時,華行雲一個單單在家,我又旅中寂寞,不免過那廂搭一搭,有何不可?(笑介)這現成的一幅金榜掛名,洞房花燭,我若不欺心欺心,天下那有這樣個呆子!說話之間,早是他門首。(做輕咳介)(小旦見介)原來是鮮于相公!(揖拜介)(副淨)雲娘,你這幾日家裏好麼?(小旦)有甚麼好處!奴家正要相問,霍郎去後,有消息沒有?(副淨笑介)天殺的!我就猜你當頭定要問這一句。消息有,在這裏!(小旦喜介)他如今現在那裏?(副淨)在那裏?呀,呀,呀!你還不曉得,就在那廂來了!(指介,旦往前看介)這是怎麼說?(副淨笑介)雲娘,我與霍秀夫極相好,你曉得的,原是一個人。你如今與我如此如此,(抱旦頭介)就是與老霍如此如此;與我那樣那樣,(做身動介)就是與老霍那樣那樣了。怕這龐兒悶損,比例兒向前來合巹。(小旦)那裏説起?好不識羞,這般舍了臉皮胡纏!(副淨)雲娘,你聽,你聽,柳梢上鶯兒對鳴,草叢中蝶兒雙趁。豈可人不如伊,倒硬挨著許多孤另!你們門戶人家,棄舊迎新,呼張抱李,原有舊規的,何必如此拘執?

（小旦）你莫差了念頭。奴家與霍郎是在佛前焚香,曾發下誓願過,做了夫妻,永不相忘的!

（副淨）他做得,我老鮮也好來做得的呢!

【解三酲】（小旦）鐵石心牢牢栓穩,松柏性怎逐浮萍?便春風紙帳梅花冷,肯重著石榴裙?你好沒道理,既說是與霍郎恁般相厚,怎麼他纔轉身,便欺心調撥奴家?你與他盟山誓海同胞友,怎做得覆雨翻雲恁色人?連聲請!請!請!(副淨笑介)好了,請我房裏去了!(進房)(小旦將手一推出門介)(小旦)請抽身轉步,別處尋春!(關門介)閑心已作沾泥絮,不逐東風上下飛。(下介)

（副淨）呀,呀,呀!如此懶賴,真個是這樣起來了!

【前腔】咳!癩黑麻天鵝到吻,那知這耗蟲淚滴向貓睛!（指內望介）難道你這樣裝腔蹬板,我就罷了不成!自古道涎夫烈女相廝稱,(指手心介)一定要手奇擎。(笑介)只是眼前好沒趣!我好似顛狂柳絮隨風舞,他倒做雨打梨花深閉門。(向內啐介)華行雲,華行雲,你在做夢哩!癡心還想着霍都梁,再續舊盟,那曉得他是身上有事的人,一去再不回頭了!伊知怎,怎知道風鳶斷線,墜井銀瓶?

（末店慌上介）好將緊急事,報與相公知。鮮于相公,不好了!如今長安城中,被賊兵焚掠起來,人人逃竄。你可回下處收拾行李,搬移搬移,老漢各自逃難去,顧不得你了（內吶喊吹號介）(副淨、末驚忙下介)

巫山不許亂行雲,堅閉桃花小院門。
正聽啼鶯纔恰恰,那堪戎馬又紛紛。

第二十三齣　兵　囂

【四邊境】（賊將領衆上）胡雛高鼻如蜂擁,邊笳踢天哄。尖哨過潼關，長安任飛鞚。皂鵰翅聳，蒼鷹韝縱。一位老哥舒，靠他有何用！自家范陽節度使安祿山前鋒將官何千年是也。因哥舒敗潰，是我乘勢搶入潼關來了。只叵耐那天雄節度賈南仲，領了五千鐵騎精兵，從商南小路緊追上來，着實利害。軍士們，長安不可久戀，將子女金珠，上緊搶掠一番，疾速望隴西一帶攻犯去便了。

（衆）得令！

【前腔】（衆）咸陽烽火兼天動，鐵騎超騰猛。荊棘長銅駝，馬嵬斷香夢，羊羔連甕，琵琶調弄。拍手卯兒姑，把如花向帳前奉。（下介）

【金錢花】（老旦、旦，梅香背行李、畫上）驀然殺氣雷轟，雷轟；街廂燒得通紅，通紅。蓬鬆短鬢瘦鞋弓，顧不得拋老面，露芳容。娘和女，緊相從。（內吶喊鳴鑼下介）

【前腔】（小旦背行李、畫同駝婆上）軍聲四起洶洶，洶洶；教人何處潛蹤，潛蹤？我腰蜂細，你背駝峰。忒軟怯，忒龍鍾。狹路上，恰相逢。（如前下介）

【前腔】（避難衆人齊上）奔騰萬馬呼風，呼風；居民逃竄西東，西東。如鷹撲兔網粘蜂，脫得去，謝天公。拿住了，一場空！

（賊衆鳴金，沖散介）

【前腔】（賊衆）弓刀耀日如虹，如虹；羽林那個當鋒，當鋒。神號鬼哭滿城中，金和寶，搶教空。拿得去，獻頭功。

　　　　萬戶傷心生野煙，百官何日再朝天？
　　　　秋槐冷落空宮裏，凝碧池頭奏管弦。

第二十四齣　收　　女

【風入松】（末戎服扮賈南仲領衆兵行上）銜枚黑夜渡潼關，森森刁斗星寒。報君恩，裹革身猶健，怎容這羯奴攻犯？齧指血淋漓未乾，刻日裏斬樓蘭。鳴笳疊鼓擁回軍，已報生擒吐谷渾。家散萬金酬士死，身留一劍答君恩。下官賈南仲，為賊兵犯洛，向領重兵，扼住武牢關口，防他小路抄襲長安。誰知哥舒老將軍敗潰，賊奴乘勢直搶潼關,(頓足介)真個可恨,可恨！因此統五千鐵騎,畫夜兼程,緊追到此。幸喜到灞上地方了。眾軍士,且暫扎住在此,待撥兒馬到來,探個消息,再作理會。(眾應介)

(雜扮探子上)報,報,報,報！一心忙似箭,匹馬走如飛。(下馬介)禀老爺,撥馬到了！(叩頭介)

(末)賊勢是怎麼樣？你慢慢説來！

(探)官軍從西去十里,頭子與賊兵抵住了,打了一個狠戰,我兵大勝,何千年這廝敗走西去了！

(末)可喜！可喜！

【前腔】(探)天兵雷雨洗腥膻,報前軍掃蕩長安,羯胡無賴狼奔竄。只是哥舒將軍敗潰的這些兵,倒在城中擄人家子女,哥舒翰殘兵為患。(末)把令箭連營遍頒,但有擄掠的斬軍前。如此,你快傳令箭一枝去,但官兵擄人口家貲者,即時梟示。如收得避難子女,送還各家,仍具冊申報,不許隱匿。

(探)得令了！手持令箭去,分付各營知。

(末)這也可恨,怎麼賊兵西遁,倒是哥舒營中殘兵,如此無禮！(又探報介)報老爺,各營把老爺令箭俱傳到了。收留婦女,但有識認的,已各各送還。內中止有兩個女人,一個說是大家的小姐,無人識認；一個是殘疾婆子,沒處收養。請老爺鈞旨發落！

(末)如此,且先喚過那大家女子來,我問他個來歷,才好發放。

(眾向內呼旦介)那個小姐走動些,老爺喚你來,面問個明白。

【玩仙燈】(旦哭唱上介)人在亂離間,顧不得拋頭露面。(旦上拜介)

(末看介)看這女子舉止,果然是大人家的。你何處住居,何家宅眷？可詳細說明,便與你察訪,送你回去。

(旦)多謝大人了！

【啄木兒】(旦)承垂問,敢訴言。這愁向心窩,送到舌尖。念生年幼小嬌癡,(哭介)平遭着兵火間關。(末)有父母麼？(旦)家尊扈從追離輦,慈親被軍馬相冲散。算不如早赴黃泉,免得受苦酸！

（末）你說家尊扈從，令尊想一定是見現任官了？尊姓大名，可說上來。

（旦）不瞞大人，我爹爹就是現任禮部酈尚書，諱做安道的。

（末大驚介）呀！原來你就是我酈年兄的令愛！

【前腔】（末）聽詳說，淚猛彈，三十載金蘭交不淺。（做悲介，旦亦悲介）酈年兄，酈年兄，嘗憐你伯道艱嗣，誰知道弱女顛連？小姐，我與你令尊是極相厚的同年。我今春曾遣書問候他，你可知得麼？（旦思介）大人莫非是節度賈公麼？（末）正是。（旦）今春蒙差人問候家尊，曾收下了吳道子大士像一軸，奴家還記得。（末）如此，的的是我酈年兄令愛無疑了。（背說介）賊陷邢州，我不幸一家遇難，親故並無一人。此女既是同年親生，何不收留養為己女，待賊平後，送他回去未遲。（回身對旦介）小姐，如今軍馬紛紛，令尊尚奔赴行在。你獨自一個，就送你到尊府，也無人照管。我意欲收你為女，待平安後送你回去，意下如何？（旦）奴家聽得爹爹常說與大人相厚，如同胞手足。（哭介）今日見大人，就是見了爹爹一般的了！只是此恩此情，丘山難報！（旦拜介）（末）似文姬出塞把胡笳按，綠珠墜井銀瓶斷，且收作親生一例看。只是軍中少個服侍的女人，怎麼處？有了，左右，先前報說還有一個婆子，可喚來。（雜應介，喚介）

（丑扮駝婆背包袱、畫上介）株連吃盡銀鐺苦，蓬轉又隨車馬塵。（見末叩頭介，見旦拜介）呀！這是酈小姐，怎麼也在這裏！正要尋你。我在賊兵中親見梅香姐被害了，遺下了包袱在此，交還與你。（旦哭介）

（末）原來認得這婆子的？

（旦）這是個醫婆，孩兒用過他藥的。

（末）如此恰好，就留他在軍中與你作伴吧。（丑叩謝介）多謝老爺了！

（末）你們亂離中途路辛苦，且同去房中將息將息。待我前營查點兵馬去。正是：前隊貔貅沖曉色，後車鶯燕雜春聲。（下介）（旦、丑同進房介）

（旦）孟媽媽，奴家那日自服了你藥，身子就好些了，誰想遭了亂離，又在此相會。

（丑）再莫題起了，說起來話長哩！小姐，你那病兒，梅香姐細細說與我緣故了。

（旦）甚麼緣故？

（丑）是畫兒上緣故。（旦微笑介）

（丑）老身實對你說，果然茂陵有個霍相公，叫做霍都梁的，來請我看病。

（旦）果然有個霍都梁，是怎麼樣個人兒？

（丑笑介）這是你心坎上第一句話，不知不覺就在喉嚨裏溜出來了。你說怎麼樣兒麼？他的樣子，就與這畫上差不多的呢！

【簇御林】（丑）文魔士，臥病榻間。霍都梁，美少年，與丹青一樣蓮花面。還有一件，你的箋詞，被燕子衘去到曲江堤上，恰好不東不西，不高不下，也落在他的面前，是他拾得了。（旦）這越發奇得緊！（丑）看病時，他曾取出來教我送還於你，換那錯了的春容。我拿在身邊時，（哭介）那曉得倒是個禍根芽，被那些兵番狗入的，把我拿住，說與他勾通牽馬，打甚麼關節，後面費了許多事才放手。（旦）如此，累了媽媽了！霍秀才如今在那廂？（丑）那霍秀才，聽得拿了我的時節，他不知嚇得走在那裏去了！他詩箋託我通繾綣，安株連，無端遭刑憲，今日裏離亂遇芳顏。

【前腔】（旦）烏衣羽倒做黃雀環，兩相通非偶然。（哭介）只是此身飄泊，倒似尋巢燕，孔雀屏何日高堂展？問天天，這丹青畫手，真京兆是何年？

（丑笑介）只是還有一樁事不好對你說。

（旦）又有甚事不好說？

（丑）那霍秀才好不風流，與一位平康女娘，叫做華行雲，打得熱不過。這春容是替他畫的。那華行雲與你一個樣子，你却錯認了頭，做了替你畫的了。

（旦）怪道我當初看時，見那般喬模喬樣，也就猜道是個煙花中人了。

（丑）説是説與你,小姐,你不會面的相思,害得不曾好,莫又去吃不相干醋,吃壞了身子。（笑下介）

兒女沾衣泣淚頻,莫叫紅粉瘞黃塵。
金籠巧障籠中羽,玉帳深圍畫裏人。

第二十五齣　誤　認

【香柳娘】（小旦背包裹、畫,緩行上介）走單絲氣怯,走單絲氣怯。路途又賒,雙幫兒挨不到前村舍。呀!此間是興慶池邊。天哪!自出了長安城門,走不上幾里路,怎麼就走不動了?且在草茸中暫歇,草茸中暫歇。（坐介）霍郎,霍郎,你如今在何處?這亂離中拋閃得奴家獨自在此,好苦呵!就地作陽臺,與他行雲片時節。歎煙花命劣,歎煙花命劣,倘早早從良,少不得有人攜挈!

【前腔】（老旦）老眼中淚血,老眼中淚血。飛雲兒,你那裏去了?連梅香也失散不見蹤影。生生把嬌兒分拆,（看天介）叫天不應,天也忒狠絶。教我如何割捨,我如何割捨!不如喪荒丘,免受生離別。（做遠看、見小旦介）呀!那前面草坡上坐的,分明是女孩兒。你看他,在草茸中坐者,草茸中坐者,（謝天介）明系嬌姿,謝天周折!

（小旦起介）

【前腔】（小旦）見娘行髮白,見娘行髮白,前來拜者,途間全望相提挈。（老旦）莫拜,莫拜,我的兒,你做小姐人家的,從來怎受的恁般苦楚?虧了你了。梅香不知在那裏?（小旦）媽媽,你口裏話,奴家都不省得。知甚麼小姐,知甚麼小姐?奴是小家門,爹媽都沒也。（老旦驚介）怎麼説不是小姐?（細細看介）你分明是我飛雲的兒那!（小旦）奴家不是甚麼飛雲,賤姓華,小字行雲,就在曲江邊住。小人家兒女,自幼亡過父母了。媽媽莫非錯認了人麼?（老旦）聽她聲音果是有些不同。（哭介）怎麼龐兒這般一樣?（細看介）只多了腮上桃紅這一點兒。覰花容沒別,覰花容沒別,只是雪暈腮邊有猩紅一撚。

（老旦）小娘子，不瞞你説，我就是禮部酈老爺夫人，與小姐飛雲一同避難出來，不料被賊兵沖散。（哭介）女兒不知那裏去了，見你模樣與她一般，故硬把你做女兒叫。老人家眼睛差池，多得罪了！

（小旦）原來是位老夫人，失敬，失敬！（拜介，背地説介）她女兒叫做酈飛雲。（想介）想起來了，那收畫的人道是飛雲。孟媽媽曾説，與奴家模樣一個印板兒，故此老夫人認差了。（對老旦介）

【前腔】（小旦）這相逢詫絶，這相逢詫絶，原來錯者，愧牆花難並天香色。（老旦）小娘子，我見你就如見我女兒一般，可一路與我作個伴，到家裏時，便做親女廝認。不知你意下何如？（小旦）多謝老夫人，只怕奴家小人家無此福分！便伏低使得，便伏低使得，情願作親枝，娘兒們共疼熱。（再拜介）（老旦）天漸晚了，我們只得挨着行去。（攜手走介）且往前村住歇，往前村住歇，（內吹打，老旦、小旦驚介）你看人馬喧騰，莫不受亂軍摧折！

【憶多嬌】（外冠服從人上）天暝黑，途跋涉，手捧天書歸鳳闕。看滿眼流離心黯咽，路轉林遮，路轉林遮，處處殘骸剩血。

（雜）禀爺，這草坡中有兩個婦人在此。

（外）與我喚過來。

（老旦，外相見，哭介）呀！夫人為何同女兒在此？（老旦哭介）

【前腔】（老旦）從你別，愁怎説！烽火連天三兩月，軍馬荒張把嬌兒撇！（外）女兒現立在身邊，怎麼説把嬌兒撇？（老旦）這個不是女兒。（外）不是女兒是誰？（老旦）老相公，這是途間遇着的。他姓畢，叫做行雲，面貌偶然與孩兒相像。（哭介）孩兒是在興慶池路口被亂兵沖散，不知那裏去了？（外哭介）如此却不痛殺我也！（小旦拜介）（外看介）（又哭介）怎生這樣像女孩兒？（指介）你看月閉花遮，月閉花遮，與他形容怎別？既然如此，就把這女子收養下，認作親生，再去找尋飛雲罷！

（老旦）老身正是這般説，他也肯了。相公你才去靈武不多幾日，怎麼就回來了？

【鬥黑麻】（外）我白首從王，丹心梗咽，在靈武新軍，把鑾輿展謁。至尊說,忙返轍,將郊廟山川,虔誠禱設。(合)那知道,蕭牆禍烈,家亡兒又撇。仔細思量,總是前生罪孽!

【前腔】(小旦大拜介)飄泊無根,願為婢妾。蒙你深恩,與親生怎別?爹爹,不必憂煩,尋姐姐不見時,作速寫下招子,沿途張貼,總只在長安城內外,料應不遠。親枝節,非永訣,細寫招尋,沿途粘貼。(合)同前。

牢落悲雙鬢,飄零愧老妻。
驚心子規鳥,偏向斷腸啼。

第二十六齣　謁　汧

(小生戎服率衆登城介)漁陽撾鼓極天來,斗大汧城隴水隈。準備連床諸葛弩,胡奴莫放等閒回。自家秦若水,升任汧陽,未及數月,忽然遇着安祿山之變。這廝猖獗之勢,所過州郡,下如破竹。我只得率滿城百姓,登陴固守。且喜人心鼓舞,守具粗備,須提防他不意中忽然衝犯。不免在這角樓上誓衆一番,多少是好。你們守城的聽者:如今天兵已至,胡騎將殲,斗大汧城,全隴門戶。凡為臣子,豈無犬馬報主之心;履此孤危,須效鼠雀自完之計。倘來衝突,切莫張慌,齊下懸簾,暗施毒弩,射人射馬,擒賊擒王。待其惰歸,疾行追襲。務使巢中燕雀,賀此生成;釜底鯨鯢,殲無噍類。有功員役,敘賞從優;怠玩不前,便宜正法。(衆應,吹三聲,吶喊介)

【玉抱肚】(小生)花封初領,報軍烽四逼孤城。好準備羅雀為餐,怎教他產黿蛙沉?五花陣替下種花情,弓上弦鳴單父琴。你們在此,我權下去歇一歇。

(生拿傘包上)貂敝棲棲那敢歸,繞枝烏鵲欲何依。胡塵迎面撲不淨,腥透芰荷遊子衣。小生自出了長安,幸脫羅網。那知命途多舛,隨處逢凶,途間胡騎充斥,官軍掠擾。幸然身上單貧,保得性命還在,一步步已挨到汧陽城下了。(望城吶喊介)原來此處城守甚嚴,未可造次,不免問那垛邊人一聲。城上大哥,你們縣裏秦爺可在城上麼？

（城上衆喝介）你是那廂來的？問秦爺怎麼？

（生）勞動你報聲，說有茂陵門生姓霍的，在此謁見。

（衆）看此人像貌生得儒儒雅雅，是個斯文中人，與他報一聲無妨。

（做望後下報介）禀老爺，城下有一個門生，姓霍的，茂陵人，要見老爺。

（小生）正當雄堞臨戎日，喜遇鱣堂問字人。快與我縋上來！（做垂繩吊上介。揖介）賢弟，你在長安取應，怎麼忽然來到此間？

（生）一言難訴。匆匆中，門生且說個大略與老師聽罷。

【前腔】（生）歡為禍本，畫春容誤入朱門。香閨中為此題箋，銜將來曉幕紅襟。風聲洩露到公庭，為避羅鉗造狹門。

（小生）適間這些話，老夫不知其詳，且同去衙齋細說個明白。且喜你是個文武兼才，偶然遠臨，老夫凡事，可以請教。

（城下飛騎到介）星火傳軍令，沿途辦草糧。俺是副元帥賈節度老爺差來的頭站便是。俺老爺後面親統鐵騎，追剿賊兵，發了令箭火牌，差俺從汧陽一帶直抵隴州，分付沿途州縣，預備糧草，來此是汧陽城下了。

（城上架弓箭，問介）是甚麼人？

（飛騎）莫要放箭，俺是元帥賈老爺差來的頭站，有令箭、令牌在此，分付各州縣速備糧草，後面親統鐵騎五千，追剿賊兵，連夜到此，不可遲誤！

（接上箭牌介。小生驗過發下介）果是賈節度頭站。說與他，一應糧草俱備下了。左右，可再問他一聲，賈老爺可是天雄節度使，邢州人麼？

（上問，飛騎應介）正是，正是。（作加鞭介）一心忙似箭，單騎去如飛。

（下介。小生對生介）可喜，可喜，賈節度是我同鄉至厚，他來過此，孤城萬萬無憂矣。

【尾聲】鸛鵝喜聽軍聲振，斗大孤城安穩，且回到琴堂敘間闊情。

布袍羸馬走西風,劍氣沖霄化作虹。
暫向西窗剪銀燭,笳聲吹出月明中。

第二十七齣　入　幕

【菊花新】(末戎服率衆上)連營刁斗月如霜,逃虜窮追洺水陽。花縣接壺漿,暫得與故人歡暢。髮為提軍白,山從勒馬青;矛頭炊麥飯,聊見故鄉情。下官親提鐵騎,來至洺陽,幸喜縣令秦若水,同里厚交,設席相留,論心一夜,直至天明。因幕中少個記室,託他訪聘。他説衙中恰好有個門生是茂陵秀士,才略兼人,遊學到此,正可借重。曾差人去請到軍前,待他來看,果是如何,以便留用。

(外扮差官上介)為領琴堂命,來過幕府中。

(作見末叩首,拿手本見介)小官是本縣差來的。禀老爺,秦縣官奉老爺鈞令,往城外給散各營糧草去了。昨夜與老爺説的,衙中茂陵秀士,分付小官送來相見。現在轅門外,不敢擅入。

(末)昨夜擾你爺了,今日不勞來見。我即刻起馬,到十里長亭相會便了。衙中秀才,便請進來。

【前腔】(生儒服上)誇胡早已獻《長楊》,又借吹噓作孔璋。投筆佩干將,好長揖元戎高帳。小生間關辛苦,幸到洺陽,又蒙秦老師薦入節度賈公幕中,着人來請相見。我想那椿事,不知怎樣結局。前日聽得,那些人還要到官行原籍拿我。故此昨日與秦老師說,對賈公言及,千萬不可道我姓名。今日相會,倘然問我籍貫姓氏,也要打點應他纔是。(想介)只是更改,便無忌諱了。也罷。就改作卞無忌罷。(進見揖介。末見喜介。生拜介。末答介)鯫生久仰威名,未申展謁,今趨虎帳,殊過龍門。

(末)先生才略,秦令備言,今日傾蓋相逢,名下果無虛士,還要請教高姓大名。

(生)小生卞無忌,久困諸生,有懷投筆,止能因人成事,但恐獎借逾倫。

（末）卞先生，觀君品格，不比庸流，只是過屈鳳鸞，暫棲枳棘，鄙心不安了。先生你聽我道來！

【駐馬聽】（末）髮指心傷，一飯君恩老不忘。手掃銅駝荊棘，蛇豕檻檣，歸報明光。（指生介）你匣中虹氣指天狼，盾頭墨草推飛將。如此英良，真是中原麟鳳，怎教疏網？先生，如今安賊雖遁長安，又窺隴石，下官手提鐵騎，不滿五千，以寡勝多，計將安出？

（生）小生愚見，賊奴勢雖獷鷙，類實犬羊。明公但須扼住隴州，堅壁持重，看那祿山凶殘老悖，久失衆心，即其孽子義兒，亦懷怨望。莫若寫下密檄，納入蠟丸，即遣腹心，傳示慶緒，許以圖父自贖，論賞酬功。此輩狼子野心，定然梟獍相食。有此一紙，殊賢萬師，收復河湟，迎回大駕，真不世之功也。唯明公三思！

（末揖介）承示良謀，令人佩服。君才磊落，遠過孔璋。這道檄文，便要煩勞大筆。

（生）待小生代勞。（取紙筆硯寫介，寫完念介）

【前腔】（生）天祚皇唐，日月山河帝澤長。敢爾怒舒螳臂，飽學鷹飛，何不直證羊攘。黃熊入水禹謨昌，樂羊食子中山相。鐵券金章，指三光為證，盟言不爽。

（末看介）檄文甚妙，差心腹之人，密遞與這賊子便了。仗先生妙策，若得功成，老夫自當疏聞，奏請大用。如今留在前營，便於朝夕請教。叫旗牌官，快撥使應人役等項，往前營伺候卞參軍，不可疏怠！

（衆）得令了。

　　　　一紙賢過十萬師，漁陽鼙鼓黯然悲。
　　　　秋風太白旗高處，頸血淋漓掛月支。

第二十八齣　閨　　憶

【十二時】（老旦）不與雁同歸，我孩兒知他怎的？（小旦）月戶砧聲，露階蟲語，件件無非摧人愁具，怎又與愁人相對？（小旦

拜介)

　　【浣溪紗】(老旦)白髮星星鏡裏生,那堪添上別離情。夜來幾陣梧桐雨,不堪聽!(小旦)菱花塵積不分明,待畫眉兒又不成。誰與輕羅揮小扇,撲流螢。

　　(老旦)我從經亂後,老病轉添,賴得你相聚一頭,朝夕侍奉。只是飛雲女兒自分散後,四處訪尋,再無蹤跡。(哭介)你看秋氣漸深,窗風颯颯,好不悽楚!他此時不知流落何方,教我如何放心得下?

　　(小旦)母親,前日賊兵擾攘,也沒多時,就安靜了。聽得說,領兵節度禁諭甚嚴,散失子女,親身察問。姐姐此身定有下落,母親且請寬心!

　　【山坡羊】(老旦)淡慘慘芙蓉霜悴,冷蕭蕭芭蕉風碎。聒剌剌疏櫺紙鳴,一陣陣天外歸鴻至。憶嬌癡,常年正授衣。這物在人亡,疊向空箱裏。那禁月上梧桐,又砧聲敲起。淒其,掃不淨香閨落燕泥;傷悲,挽不斷雕窗掛網絲。

　　(小旦背言介)愁人莫向愁人說,說起愁來愁殺人。我母親只知道他的心事,怎麼知道奴家也不是個沒心事的!

　　【前腔】(小旦)亂哄哄笳聲如沸,虛飄飄楊花無蒂。迫忙忙萍水相逢,親切切蘭玉相依倚。最慘悽,霜寒烏夜啼。紅焰雙花,怎照着孤衾睡?怕爇爐香,也懶描眉翠。這腰圍,黃花瘦一枝;皈依,把曇花禮六時。(老旦下介)

　　(小旦吊場介)母親進去安歇了,只是前日途中,慌慌亂亂的,這軸大士像,收在包袱裏,不知怎樣?不免取出展掛展掛。(取畫掛介)且喜不曾損傷。(對畫傷感拜介,跪介)

　　【五團花】展光音慘淒,淚珠兒甘露垂。那焚香說誓人何處?知他如今怎的,相逢在幾時?這一柱香,保佑他無災疾。(起介)霍郎的文字也在包裹裏,還要與他再檢點明白纔是。(檢介)且喜文稿與場中文字,俱不曾遺失。(哭介)看這些手跡與文辭,不由人不肝腸碎!

　　天色晚了,不免收拾進房中去罷。(作抱畫文字介)正是:樓

上殘燈伴曉霜,獨眠人起合歡床。相思一夜情多少,地角天涯未是長。(下介)

露冷蓮房泣粉紅,五陵無地起秋風。
欲知別後相思處,多在梧桐夜雨中。

第二十九齣　刺　奸

(副淨、丑扮二巡軍,鳴鑼上)八月霜飛柳遍黃,蓬根吹斷雁南翔。隴頭流水關山月,泣上龍堆望故鄉。

(丑)自家安大王帳前巡軍的便是。夥計,這樣霜風颯颯,大王此時,羊羔美酒,摟着如花似玉的,好不快活!苦着我們,捱着這些淒淒冷冷。如今將近三更,察點的都過去了,先間沽一壺在此處,消繳了罷!

(副淨)不瞞你說,我平日吃不慣啞酒的。你唱一個曲兒,與我下酒方好。

(丑)唱甚麼好?

(副淨)但憑,但憑,出口就是妙的!

(丑唱【粉紅蓮】)

(副淨笑對飲介)

(丑)禮無不答,你也要唱一個兒還席。

(副淨)不瞞老兄說,我前日打戲臺下過,在那裏唱甚麼"搯心"?

(丑)想必是蘇秦。

(副淨)是蘇秦,蘇秦。被我偷了幾句在肚子裏,今日放他一放。你打板,待我出醜。

(丑)好好!

(手打板介,副淨起作手勢介,唱)思憶公姑,就把山茶比我夫。我夫有志登雲路,衣錦光門户。嗏!伯伯與兒夫,本是同胞共母,一樣孩兒,兩樣看承,分什麼貧和富?富者何親貧者疏!(丑笑共飲醉倒介)

【孝南枝】【孝順歌】(末扮李豬兒,小生扮差官唱上)星光燦,月色收,(悄行介)悄步行來,在營角樓。自家李豬兒便是。因賈元帥有蠟丸檄到,俺奉小將軍命,同着差官往中營內刺那老賊。差官,此是營門角樓邊了。(作聽內介)(內打三更介)聽譙樓轉更籌,(前看二巡軍睡介)鼾呼若雷吼。(與小生說介)此臊羯狗命該盡了!待我跳進鹿角去,你可在這厢悄悄等候。若刺殺了老賊時,我便從此處拋下首級來,你可接去報功。(對天揖介)望天天護佑,(看刀介)仗三尺龍泉,掃除腥垢。肯做畫虎無成,反落他人後。(作跳進介)【鎖南枝】逾垣入,匕首投,這羯奴頭,在吾手。

(入場內介)

【前腔】(小生唱介)你看他翻身人,不轉頭,賊奴此時命合休!一紙檄書投,把機關早成就。(末上叫介)不入虎穴,焉得虎子?差官,差官,賊奴已手刃了,首級在此。(拋下,小生接介)(小生)頭已在此,只是怎麼辨得是老賊的首級,却沒憑據?(末)伊須認剖,看御賜金錢,緊拴腦後。若非拚死捐軀,怎報皇恩厚!老賊平日把御賜貴妃娘娘的洗兒錢,常緊懷在胸口,被我取來,拴在髮上,此就是憑據了。你可趁此月色朦朧,星馳到隴州報賈元帥去。我就在營中放起火來,待他們衆兵驚散便了。(小生)理會得!(作取首級入囊介)乘月色,度隴頭,元帥,元帥,這奇功,出人右!正是:一騎紅塵妃子笑,無人知是禄山頭。(作加鞭下介)

(末吹哨介)中營火起了,你們如何不救火?在此睡覺!

(丑、淨驚醒跌介)不好了!不好了!如何中營起這樣大火?列位,大家齊起來去救救火!(下介)

　　　　霜重笳聲黯不流,龍泉已斬月支頭。
　　　　捷書一奏天顏喜,麟閣高標郭細侯。

第三十齣　平　胡

【紫蘇丸】(生)牙旗閃閃曳秋雲,吹角後六軍齊靜。西飛一雁報歸聲,巫山望斷閨人信。【浣溪紗】小橋流水一籬花,路轉些兒是那家？絲絲縷縷綰春紗。　　方勝同心曾共結，如今要見隔天涯，夢中擘阮與分茶。小生自從入幕以來，深蒙節度賈公推誠投契，一見傾心。暫草陳琳之檄文，旋入山濤之啟事。棄繻投筆，甚愜胸懷；變姓更名，幸無知覺。但只長安亂後，不知華行雲家中可尚平安？每入夢魂，絕無消息。就是那酈家小姐箋兒，雖收在此，人兒知在那廂？只有一副相思，却被兩邊相嵌。你看黃花寂寂，落葉蕭蕭，幕府井梧，清閒如水，好生悶人也！

【江頭金桂】（生）自那日秦樓分鏡，虛飄飄只羽身。早是長途跋涉，胡騎憑陵，黑貂裘皆破損。你聽隴水流聲，關山秋冷，征人飲馬，少婦敲砧，大刀環共月明。幸埋名投筆，幸埋名投筆，軍書草盾。待功成，未襄元老三分策，先報佳人一紙音。

【紫蘇丸】（末率眾人上）蠟書飛去劍功成，報梟獍果然相並。蓮花幕裏運籌人，何妨便作東床倩。（與生相對揖介）卞先生，今早有飛報到來，果然蠟書到彼，孽種生心，安慶緒暗地裏遣心腹人李豬兒，刺殺祿山那廝，差官已獻過首級了。幸喜大憝已除，餘氛可掃。真個唾手而莫兩京，除凶以報千古。如此凱績，深藉幕籌。今日權在軍中，拜先生為行參軍之職，已飛章表奏，不久又當擢用。左右，取冠帶過來！（雜取冠帶，生換介。生拜謝末介）此是朝庭洪福天齊，明公威名雷動，遂使羯奴自噬。麟閣勳高，草野何功，敢蒙優祿？

（末）說那裏話！

【江頭金桂】（末）全籍你檄詞嚴整，早先聲懾虜魂。遂使胡雛革面，狼子回心，把元凶成手刃。從此盡掃膻腥，神京安枕。好把探囊發策，聚米論兵，奇功一一達聖明。（背說介）我看卞生，文武兼通，才貌並絕，不免就把酈家女兒招贅他。就日後酈年兄見有如此佳婿，斷不怪我擅專。（回身介）還有一言相告，老夫有一小女，隨在軍中，年已及笄，尚未擇婿，敢操箕帚，謬倚兼葭，老夫殊愧冰清，足下是當玉潤。覿面相訂，不用傍媒，明日吉辰，就行合巹。料飛章行在，料飛章行在，重瞳歡慶。竚綸音，麒麟未宴功臣閣，孔雀先開淑女屏。

（生）誼感斷金，慚深倚玉。只是小生曾與曲江女子，舊有姻盟，怎好頓改初心，辜彼鳳約？

（末）足下向來未曾說有家室，這分明推託，令老夫無面孔了！

（生）果是有的。那女子現在曲江，怎敢推託？

（末）我想長安亂後，此女存亡，也未知何如？日後就訪得迎來，老夫今日說過，小女情願與他不論大小，一樣相稱便了。

（生）待小生日後再躊躇躊躇！

（末）不必躊躇。叫左右吩咐軍中，明日辦鼓樂酒筵，叫賓相伺候行禮便了。正是：威行禹貢山川外，人在周公禮樂中。（生揖謝，末下介）

（生吊場介）這却怎生處？本待不應承這件事，恐辜負了賈公一片提挈大恩；待應承了，只是舊日這些盟誓，怎麼抹得過？況且華行雲、酈雲飛兩朵雲頭兒，見面與那不見面的，都想着我一個身上，叫我也難做人！

【攤破金子令】【淘金令頭】（生）紅鸞業債，兩處牢箱緊。丹青詞句，打疊為媒訂。那禁香燒佛閣，燕遞閨情。一副相思，分頭天領。他每離合知怎生？雙雲兩岫分，雙星別浦明。油幕金屏，不容推遜，將心問心真薄倖！只是"一樣相稱"，這四個字說得中聽。他說定了，日後相逢，就照依四個字兒行罷！

【錦法經】盟已成，言可聽。他日若完成，花冠翠翹都廝領。饒是比目同行，交飛一陣，還有個未見面文鴛難合頸。懊恨幾筆丹青，被老裝工送錯，勾惹起許多情。

年少辭家送冠軍，金裝寶劍去邀勳。
那知連發祁連箭，又夢巫山一片雲。

第三十一齣　勸　　合

（丑駝婆上）背敲鼉鼓冬冬響，足帶魚乾馥馥香。老身幸蒙賈老爺留在軍中，與小姐作伴，因此性命得活，真是受恩深處便為家了。今日賈老爺要酈小姐招贅卞參軍，小姐心上不從，分付老身細细勸解。説那參軍，才貌無雙，與小姐十分廝稱，叫他不必推阻。我想連小姐性命，也是賈老爺救搭的。不然亂軍中，如今不知甚麼下落了。一片好心，何必苦苦執拗？不免請他出來，着實勸一勸，多少是好。小姐有請！

【金蕉葉】（旦）秋蹙雙蛾，淚兩開黃花籬落。懶得去妝描黛螺，怕聽説屏張金雀。隴水秋深日，城高起暮砧。淚來惟有臉，愁至不知心。媽媽，你喚我出來有何話説？

（丑）老身没别的話，是賈老爺分付我，叫細細説與小姐。他道軍中只有小姐一身在此，他常要各營察點，照管不便。酈老爺急忙又不知下落，如今只得從權。有一位卞參軍，年貌廝稱，文武全才，意思將他入贅。昨日與小姐説，你未曾承應，叫老身勸你成就了罷。

（旦哭介）媽媽，奴家一身漂泊，感荷賈公收養再生，他的言語，豈敢執拗！只是我至親爹娘，不知散失何所，哪有這般閒心招贅夫婿？況且六禮未成，又無媒妁，因此心上未免躊躇。

（丑）小姐，此是百年好事，不消躊躇得的了。賈老爺也説來，他與老相公如同胞兄弟，看待小姐，就是自己親生一般。因為女婿甚佳，不可錯此機會，斷無誤你終身大事之理。他一力主婚，也就是媒妁了。小姐，你依老身説，從了罷！

【五更轉】（旦）值亂離，遭兵火，孤單恁折磨。收留存活，此德非小可。比並胞生，委無差錯。迫忙地擇婚姻，敢推託？只是嫡親骨血無一個，哪是奠雁周堂、殺羊媒妁。媽媽既如此説，也只得憑在賈老爺主張罷。

（丑）如此甚好，老身就回覆賈老爺去。只是老身是個殘疾人，又是單身，明日合巹之夕，不便進來。到後日看你罷。好將織女停梭信，報與吴剛執斧人。（下介）

（旦）孟媽媽去了，只是奴家心事，一則不忍背着爹媽自行婚配，二則那軸春容上的人兒，從今也要隔斷了，再無相見之期。只是婚姻既註定在這廂，如何那幅畫錯在奴家處？奴家題的箋，怎麽燕子又銜與霍郎？有此兩樁奇事，如今都成畫餅，不免取畫來看一

看。（取畫看，傷感介）

【梧桐樹犯】春容忒地訛，評度都成錯。沒結果，丹青收藏他怎麼？詞箋燕子空銜却，縱落去他邊看甚科？從此後虎頭妙染成高閣。霍生，霍生，若要相逢，除非來生還可！

春容，春容，奴家今日與你別過，再不得展玩了！（傷感下介）

一幅丹青畫，無端心事傳。

今生緣已盡，願結再生緣。

第三十二齣 招 婚

（雜扮院子上）屛開金孔雀，褥隱繡芙蓉。門闌多喜氣，女婿近乘龍。今日良辰吉日，小姐與卞參軍成親，各色俱停當了。請老爺出來！

【一剪梅】（末吉服上）金笳鐵馬淨胡天，燕喜堂前，雀射屛間。螟蛉有女似嬋娟，蟾滿輪邊，鵲駕橋邊。南山佳氣鬱葱葱，喜酒雙斟琥珀紅。不是閨人看射雉，還堪女婿近乘龍。左右，吉時已到，喚賓相快來贊禮，小姐與卞參軍成親。只是還有一件，今日是個吉期，分付那醫婆，他是單身，又是個殘疾人，權且回避回避！（從應介）（照常吹打，賓相出見，向場口念詩，請介）

【前腔】（生）傷秋無夢到門闌，舊賦巫山，新畫眉山。（旦）恩深猶念舊椿萱，課問金錢，絲縚金蓮。

（賓相照常贊禮遞酒介）

【梁州序】（末）秋深鄂杜，霜清灞滻，酒近南山杯獻。風聲鶴唳，威伸萬里胡天。全仗你嚇蠻書草，破虜功成，一紙勝貔貅戰。今日鵲橋高駕處，宴神仙，那玉女明星照綺筵。（合）蘭心結，絲蘿串，青油幕裏把紅絲綰。逢日吉，湊天緣。

【前腔】（生）杜陵花麗，藍田日暖，仙掌霞開一片。丈人峰畫，嵯峨塞外祁連。自愧我人非蕭史，才乏陳琳，冒濫東床選。念巫山雲斷處，夢空懸，那紫燕無緣合錦箋。

（合）同前。

【前腔】(旦)憶青閨嬌小相憐,合紅鸞燈前靦腆。對天涯花燭,紅淚偷彈。好似鄰巢燕子,別浦鴛鴦,把屏翠生生展。想畫中人少俊,隔湘川,鳥雀空啼紫玉煙。

(合)同前。

【前腔】(衆)錦堂中銀蠟光妍,繡房內芙蓉褥軟。趁良辰美景,合巹杯傳。你看一雙豔玉,並蒂名花,彩鳳傳無忝。赤繩盟已定,遂心田,願祝靈椿壽八千。

(合)同前。

(送入洞房。衆鼓樂唱,合唱《蘭心結》五句,送末下介)(生燈下見旦驚介)

【節節高】(生)燈前見婉變,態姍姍,與巫山麗質人無辨。呀,分明是雲娘!(問介)小姐莫非是華——(作止聲,轉身介)不可造次,豈有雲娘在此間的理!若是他,不該如此害羞起來。只是怎生恁像?(再細看介)險些險些認錯了!雲娘腮上有桃紅一瓣的,這却沒有。腮渦畔,淚堂邊,精詳看,原來缺却桃紅點,不然便認做離魂倩。我記得那醫婆説,酈府小姐與雲娘一樣,那曉得又添上這位賈小姐,是第三個了。女中仲尼陽貨怎恁般多?叫我眼睛打蕩心迷亂!

(旦背立,偷看生介)

【前腔】(旦)郎君似舊有緣,悄偷看,畫圖早識春風面。這卞郎似舊日會熟的一般。(想介)是了,那畫中着紅衫的像他不過。只是那人都梁喚,係祁連,殊非卞。人中畫與畫中人,伯諧故伯真難辨。天邊遙聽一聲鴻,梁間怕見雙飛燕。

(生)夜深了,小姐,我與你就枕罷!

【尾聲】(合)雙星牛女秋河現,且歇却輕羅小扇。又是此處行雲第一番。

花燭青油幕裏輝,燈前相見是耶非?
盧家少婦樓金屋,不是行雲舊舞衣。

第三十三齣 放　　榜

【六么令】(淨扮提塘官帶衆上)提塘歷辦,送樞庭邸報多年,衙門辛苦乞恩憐。許春闈試,獨傳宣,誰人敢大膽來攔賺！自家提塘官便是。因在樞府效勢多年,蒙樞密老爺賞俺今年科場專走官報。只可恨這些教門人,平白地年年前來打奪。孩子們,你們可隨我站在這坡臺上,挨着榜棚,各辦器械。但有來搶奪的,莫讓過他,就與我着實狠打一場。做出事來,我自擔當。(衆應介)(衆教門上介)

【前腔】(衆)人強馬健,番回們個個爭先,(見提塘指介)提塘官莫與鬧爭喧。遠地裏,略偷看,將紙條兒插在燕氈畔。夥計,你看提塘官站在那廂,教那般一個張智。你們不消近了榜,厮打厮打,是打他不過的。只須遠遠標,在這裏候榜一展開,便抄了紙條,竟上馬去,先搶報了狀元便了。你聽吹打聲近,是榜來了,(二旦扮押榜官,生背榜官,末入吹旗上介)

【神仗兒】(衆)睛薰春殿,睛薰春殿,自天題遣,卿雲高現。日射榜頭金燦,看龍鱗尺五間,爐香不遠。仙仗內聽臚傳,仙仗內聽臚傳。(桌上張榜介)

(丑扮一人抱起高看,抄名姓介)第一甲第一名解子信,陝西扶風人。原來狀元是扶風人,就好去扶風會館中報去。(做紙條插入鬢中,大家下介)

(提塘官抄寫念介)第一甲第一名鮮于佶,陝西扶風人。孩子們,錄條在此。

(衆接下介。衆掛榜畢鼓吹回介)

【前腔】(衆)南宮策選,南宮策選,把恩榮開宴,重瞳御覽。榜下齊聲歡忭,人人慶太平,太平重見。覆御旨報龍顏,覆御旨報龍顏。(下介)

　　　　黃金瑞榜絳河隈,白玉仙輿紫禁來。
　　　　橫汾宴鎬歡無極,歌舞年年聖壽杯。

第三十四齣 轟　　報

【風蟬兒】(副淨)掛榜出了示條,今朝日子甚好。如何等得日頭高?到如今没音耗,多應是不濟了!自家因兵馬擾亂,離開了姚店家舊寓,移住在扶風會館來。聞禮部出過告示,説今日五更頭出榜,怎麽此時還没些影兒?你聽這樹上喜鵲兒叫得好不有意思!

【泣顔回】(副淨)晨館鵲聲嘈,望春闈消息,日斷雲霄。機謀使盡,怎賺不得一領宫袍?心中轉焦。我為着幹那一節事呵,腰纏中花盡財和寶。怎麽一毫響動也没有?是了,我這事忒欺心,恐怕老天决不肯成就我!只恐怕天理分明,難容我李代桃僵!(衆同奔上介)

【前腔】(衆)驟馬過平橋,這所在是扶風會館,來報英髦。(副淨迎介)(衆)我們是先報相公的!(副淨)原來你們是報鮮相公的,我中在那裏?(衆嚷介)相公!你中得高着哩!快些寫,快些寫,要寫一千兩!你名魁金榜,須黄金百鎰酬勞。(副淨寫介,衆在鬢上取小貼與副淨看介)第一甲第一名解子信,陝西扶風人。(向衆呸介)狀元是解子信,與我何干?你們怎麽來謊報我!攤開紙條,把解狀元怎陰錯陽差報?我曉得是一幫光棍,來詐騙我的。可惡!可惡!(衆)可惡可惡,你才間自家公然認做解狀元的!(副淨)你們見鬼,誰認做解狀元?(衆)是了,是了,是官報上一黨的,串你這狗頭。誰做狀元,制出我們録條看過,私自搶先報去了,叫我們一場空。你明明是光棍,倒駡我們是光棍。(打介)饒伊有俐齒伶牙,打教你折背垂腰。(攢打,副淨倒在地介)

(衆)夥計,不要廝打,快去再尋解狀元報去未遲。(又要打,副淨叩頭介)

(衆指介)當權不肯行方便,為報頭名空手回。(下介)(副淨臥地上哼介)

(官報上介)報狀元信的。狀元是鮮于相公!

【撲燈蛾】(衆)鮮于榜首標,鮮于榜首標,特地來傳報。(見副淨伏地介)(副淨昂身起看介)列位老爹,打够了,再使不得的!我鮮于佶,吃够老尊拳,免勞再弄虛頭圈套也,我也無福消繳!(衆)原來就是鮮于相公!相公,狀元實是你,怎麼這樣嘴臉,請起來,快寫賞票一千兩!(副淨起立,搖手介)狀元名姓我知道,你們要我怎麼?狀元叫做解子信。(衆)那有此理!明明是鮮于佶,甚麼解子信?(副淨叫苦跌足介)是甚麼前生孽報?胡纏亂扯不開交!

(衆吹旗捧冠帶上)

【前腔】(衆)瓊林春宴高,瓊林春宴高,等待頭名到。小的們叩頭!是迎鮮于狀元爺赴瓊林宴的。(報)何如,何如?怎麼還苦苦不信?(副淨笑介,換冠帶介)這場事好笑!怎生齊到着災星福曜也,哎喲,哎喲!打得我渾身苦惱,官袍穿得不風標。你們不曉得,不是我不信,適間有一班人來報狀元,及至打開紙條,却是解子信。我罵他幾句,那班狗頭反把我肥打了一頓。(衆)榜上並沒有什麼解子信。是了,定是那積年搶報的教門中人,遠望見搶錯了,把尊名"鮮于佶"三個字差做"解子信"了。(副淨)這也有理。是我活晦氣!怎生把解子信三個字兒差吊?(頓足介)這班狗頭!叫你把一個簇新的狀元,打得這樣瘤腰折脚的。明日到我老爺手裏來,把你鼻梁骨打塌不輕饒!

漏泄春光與柳條,燈花送喜鵲聲高。
公道世間惟此物,狀元身上不曾饒。

第三十五齣　箋　　合

【真珠馬】(旦上介)玉簫吹起乘鸞月,仙史彩雲情乍切,心事難詳說。想到自家根節,秋至也,兀自個春鵑啼血。【長相思】秋露清,秋月明,會合牽牛織女星。倚樓無限情。　　笑幾聲,歎幾聲,歡處那知愁暗生?他家展雀屏。奴家自蒙賈公收養,看若親生,又為我擇得佳婿。只是不在爹媽膝前,合巹之夕,終是淒涼。今日只得勉強向妝臺梳洗則個。

【二郎神】(旦作梳頭介)臺鏡瞥,這幾日眉痕轉消瘦些,繡幀風輕還害怯。奴家細看卞郎面貌,宛然是畫上郎君。只是那人姓霍,却不姓卞。檀郎詳覷,分明畫裏人兒,怎名姓,如何只恁別?我欲將舊日家門明白說與他,只是才做夫妻,說話尚有些害怯。他那知道東床權借,這枝節,且待款洽些時,從容細說。(生上介)

【集賢賓】(生)文鴛雙枕秋半熱,陽臺魂夢剛接。被鸚鵡窗前翻巧舌,驚醒後餘香猶惹。小生細看新娘子面貌,宛然與華行雲無二。昨夜燈下,險些錯叫出來了。天下有這樣相像的!不是猩紅驗別,直認做舊人風月。曾記得那醫婆說道,酈家小姐也像雲娘。只怕就像,也只是略略帶幾分兒,那裏有賈小姐這般一色分辨不出的?還臆測,不知那詠箋的可有這般顏色?娘子,你在此梳洗了。

(丑扮駝婆上介)未吃殺羊酒飯,先過描鳳妝臺。昨夜小姐成親,老身原說過的,是個單身,又有殘疾,故此回避,不曾到洞房裏去。聽說招贅的這位卞參軍,果是人物齊整,郎才女貌,一雙兩美,賈老爺心上甚是喜歡。今日想無妨礙了,不免到小姐房中,看看則個。

【簇御林】(丑)回鵲駕,避果車,向香奩道喜葉。(進房見生大驚,叫介)你是霍相公!好沒道理,這是小姐洞房裏,你怎麼擅自撞將進來?在此勾勾答答的,成甚麼規矩?倘那卞參軍見了,不當穩便!(推介,生笑介)不是兒戲的。快出去!快出去!霍家郎怎到妝臺者?(旦驚介)媽媽,這就是卞參軍,怎麼叫他霍相公?(丑)小姐,我老身認得不差的。這就是霍都梁,請我看過病的。(指生介)相公,我為了你一幅詩箋,吃了許多苦,你還不曉得!為伊家受盡多磨折。(旦)這也奇了!既是霍郎,如何又姓卞?(生笑介)小生果是霍都梁,改這名姓,有個緣故,待慢慢說。(旦)我不信,若是霍都梁,媽媽,是你說的,奴家有一幅詞箋,燕子銜去的,是他拾得,如今在那裏?(生取箋介)小生收的詩箋一幅,果是燕子銜來的,確是那酈飛雲題的,與娘子無干。(取箋出看介)請驗閱,小生為酈小姐呵,詞箋一紙,心坎上自溫貼!(旦喜笑介)

(丑)霍相公,你又在做夢。這就是酈小姐,叫做飛雲,那裏又有一個酈小姐?

（生）她是賈老爺的女兒，怎麼平空姓起酈來？

（旦笑不言介）媽媽，你細細說與他罷！

【前腔】（丑）為着軍聲沸，道路賒，他女和娘相閃撤。酈飛雲收養在元戎舍，似嬌生一例無差別。（生）啐！我真個做夢了，原來娘子是賈公抱養的，活活的一個酈飛雲在此，却怎麼還把你來朝思暮想？娘子，只是小生有一軸春容畫錯送到你處，如今可留得在麼？（旦取春容看介）也請驗閱，春容一軸，緊在繡床貼。

（旦）只是這改名姓的緣故，請郎君細細與奴家說一遍。

（生）待小生從頭說來，實不瞞娘子。

【皂羅袍】（生）這軸畫呵，為華女行雲而寫，被裝工潦倒，誤送尊舍。曲江小燕語周遮，見彩箋飄下如紅葉。詞中意味，知香閨拾得。那知飛雲名字，是何閥閱？似水中撈摸天邊月。

（旦）這却是前半截話。奴家只是不明你改作姓下的緣故。

（生）待我再說來。

【前腔】（生）臥病懨懨旅舍，延這女醫診視，傳與根節。天孫擬渡鵲橋車，冰人曾許向藍橋說。小生託這媽媽把詞箋送還小姐，換那春容去，那料屬垣有耳，風聲漏泄。那些兵番們扭作打點，幾遭羅網，更名易轍，那知東床到底稱嬌客。娘子，你也把題箋的事情說與小生知道。

【前腔】（旦）正詫深閨隔絕，是幾曾瞥見，這般描寫？那知行雲女貌不爭些，陽臺賒與同歡悅。燕來妝次，銜箋去也。曲江堤上，君親檢得。

（生、旦合唱，又揖拜介）從今後兩情一倍添疼熱。

【前腔】（丑）兩地風光漏泄，這花紅羊酒，與燕子分些。（指旦介）你離魂擲果傍香車，（指生介）他險些冶長未娶先縲絏。兩廂行雨，一雙閉月。並頭菡萏，俱飛蛺蝶。巧丹青合種下風流孽。

【尾聲】（生背唱）這像畫的人兒入手也，那畫像的人兒知他何住歇？只怕巫峽行雲，又把我夢兒惹。娘子，媽媽，你在洞房那廂，且不要說出我是霍相公，還喚作卞參軍才穩便。（丑）理會得！

知君書記本翩翩，為許從戎赴朔邊。

紅粉樓中應記日，燕支山下莫經年。

第三十六齣　辨　　奸

【菊花新】（外）天門日射榜高懸，一點當頭御墨鮮，桃李競爭妍，更有一枝特冠。蓬萊正殿壓雲鼇，紅日初生碧海濤。開着五門遙北望，赭黃新帕御床高。下官今科忝知貢舉，品題諸卷，幸皆精當，久已進呈。近因逆虜就誅，武功克奏，靈武登極，重見太平。因此補唱臚傳，竣此盛典。昨日榜已發了。舊規榜首今早便該來謁見。左右，新狀元門生鮮于爺來見時，即與通報。（副淨冠帶衆引上）

【前腔】（副淨）五花驄馬踏連錢，贏得人人喚狀元。命裏合登仙，平白把宮花馬扁。命裏有時終是有，得到手時莫放手。狀元歸去馬如飛，（做剪介）被我把宮袍角兒剪一綹。那裏說起？我鮮于佶幹着那椿事，只指望榜上搭一個名字，就也夠了。誰知道一搶搶了頭一名，樂極！樂極！我如今葳葳蕤蕤不得的，倒要一個大模大樣，免得人生疑惑。（作搖擺介）左右，如今要參見主考酈老爺了。

（雜）是！已到了座主酈老爺門上。（作遞貼，門官接介）舊規頭一次見座主老爺，管家、長班，我們門上都是有禮的。稟聲你爺，照常見賜。（雜稟介）

（副淨慢慢說介）叫走館的，你說與他們知道：今科狀元老爺，是真材實料的，與別的不同。就不是酈老爺，別人也會取中。待我到了任後，連中堂老爺的人，一起賞他些罷。

（從說門官介）"賞些吧"，"賞些吧"，入你家怪娘嗓子，那裏有這樣不知事，在座主門上裝大頭鬼的！怎奈老爺分付過就要傳，只得與他傳罷。

（作傳，請進見介，拜介）門生不才，蒙老師首錄，只恐菲劣，有玷門牆。

（外）賢契高才，自當首選。老夫借光不淺，顧俊何功？（做看坐介）

【駐馬聽】（外）東閣招賢，玉筍亭亭第一班。羨你龍媒電掣，雕鶚秋騰，天祿藜懸。百花影轉玉階磚，九重炬撤金蓮焰。殊愧青藍，春風桃李，你是藥籠頭選。（老旦、小旦潛上）聞得今科新狀元來，在堂前拜見相公。女兒，好同去看一看，是甚麼樣人物？（作偷看，小旦驚，同老旦下介）（外）賢契既忝通家，你家世也要請教請教。（副淨打躬介）

【前腔】（副淨）自分寒酸，深感吹噓送上天。念我久悲烏哺，自着牛衣，未遂蟬聯。（副淨起身背輕説介）我想前日霍秀夫拾得題箋的這位女郎，就是老師的小姐了。未知可曾許人不曾，不免做個無心的，把話兒挑他一挑，看是何如？（轉唱介）偷天妙手奪臚傳，洞房小小把登科賺。（回身介）有一句話稟：門生實不瞞老師，尚無妻室。如今各位大老先生家，閨中有相應的女兒，求老師主張，大小登科一齊成就了門生罷。更仗周旋，冰清玉映，願去東床閑坦。

（外）老夫理會得。（起出三揖別介）

（副淨）蕊榜已偷金殿選，花嬌又賺玉樓春。（做叫長班，大呼大擺進介）

（外）院子，快請夫人、小姐出來，有話説。

（院）夫人、小姐有請！

【菊花新】（老旦）屏間悄見玉樓仙，看容貌趨蹌只等閒。（小旦）不識是何緣，平白地把白丁高選！

（外、老旦、小旦揖拜介）夫人，請你出來，別無話説。今科狀元，出我門下，才學人物，色色俱佳。適纔相見，問他家中，尚無妻室，我欲將這個女孩兒贅他為婿，你意下何如？

（老旦）這姻緣大事，憑在相公主張便是。只是今科狀元是那裏人氏？姓甚名誰？

（外）叫做鮮于佶，是扶風人。

（小旦）原來就是鮮于佶！（沉吟介）

（外）孩兒，你沉吟怎麼？

（小旦）爹爹，此人是個光棍，一字不識，怎麼取他中狀元？

（外驚介）你一個女兒家，不管外廂事。他一字不識，做人不好，你怎知道？也可笑！

（小旦背躊躇，復轉身介）不瞞爹爹，奴家有個嫡親表兄，叫做霍都梁，是個飽學秀才，與他同窗，故此奴家詳悉，曉得他的行徑。

（外）我也不管他甚麼一字不識，做人不好，與你表兄同不同學，但只憑他卷子上做得如花似錦，就取他頭名了。難道你爹爹一雙眼鏡，就錯到這般田地？

【番馬舞秋風】（小旦）中表周親，霍氏都梁負夙名。曾與此人同學，知他杯酒酕醄，花柳牽情。從來半字不堪成，有何才學把魁名領？還須細評論，莫被伊行瞞隱！鮮于佶文章雖好，斷斷不是他做的！

（外）今科關防極嚴，貢院門鎖了，文章不是他做，是誰人做的？（怒進，取出硃卷與老旦介）夫人，你與他看！他雖不識字，那些房考圈得這樣花撲撲的，呈上來，難道我錯了，那些房考都錯了不成？

（老旦遞與小旦，接過細看介）爹爹，字倒是奴家也粗粗識得幾個。這文字，却句句是我表兄霍都梁的。

（外）又說得好笑！是霍都梁的，你又怎麼曉得？

（小旦）奴家表兄，因為有病，完場後便回扶風原籍去了。他書廂留在奴家家裏，文稿還是奴家收藏在此。爹爹不信，且待取出來看，便見明白。（作進取文上介）

【前腔】（小旦）文稿藏真，字字是才人織錦心。現在針箱收貯，比勘將來，抄竊分明。爹爹請看！

（外接看介）果然是一字不差。看來却被這狗頭誤了！（頓足介）春闈大典，如何這般草率，被他賺過？只是既是你表兄的文章，場中各有號房，怎麼被他抄去了？却也難明。

（小旦背說）我想起來，這廝那一日苦苦問霍郎字號，必定有緣故。（回身介）爹爹，把他卷子察察，看是甚麼字號？

（外）也說得是。（將卷看介）是"昃"字號。

（小旦）聽得奴家表兄編的是"日"字號。想必被他偷改，把"日"字底下加些筆劃了。

（外再看照介）你看，這"炅"字上面"日"字太大了，下面幾筆像添的，顯有偷改情弊。倒虧你聰明，發出這一椿奸弊來，險些錯怪你了。這卷子是你表兄霍生的，被他把"日"字改作"炅"字了。原來有這等事！烏鴉搶入鳳凰羣，豈容魚目明珠混？好惱，好惱！

（老旦）相公不消煩惱，明日叫那光棍來，再面試一試，果然是個白丁，再作區處便了。

（外）夫人言之有理。除非覆試明，容喚他來親問。

　　　　　天孫橋畔理秋梭，不是黃姑莫渡河。
　　　　　且漫當頭傾玉盞，還愁到底破沙鍋。

第三十七齣　遷　　官

【天下樂】（末統衆上）單于吹徹陣雲高，早有鐃歌奏聖朝。（生）閨中認出霍嬪姚，把賈女香從隔院飄。（末、生對揖介）

（末）旄頭夜落捷書飛，來奏金門看賜衣。

（生）白馬將軍頻破敵，黃龍戍卒幾時歸？

（末）卞參軍，前日檄剿安賊，下官隨即表聞。這幾日怎不見有奉旨音信？

（生）想必旦夕到了。（雜大帽扮齎奏官上）

【玩仙燈】飛騎下雲霄，遙奉天書來到。（作進見叩首介）齎奏官叩頭。

（末）那齎奏官，你回來了，旨意如何？

（雜）捷本到日，聞得聖上大喜，當有旨下。恭喜老爺與卞爺俱有恩典，旨意在此。

（末）接上來。（看旨介）奉聖旨：安賊祿山，背天犯順，自取誅夷。賴爾各鎮忠勤，將士用命，策力並屈，醜類自殘。除郭子儀、李光弼，勳冠等倫，應封茅土，着候另敘外，副元帥賈南仲，殫厥壯猷，克平大憝，着加升平虜伯，掌樞密院使，進階上柱國，賜緋魚金袋；參軍卞無忌，草檄幕中，武功並奏，准實授羽林都尉。其餘將士，俱着從優敘錄。南仲仍着星馳到任，該衙門知道。

（末、生叩頭謝恩介）萬歲，萬歲，萬萬歲！

（生揖謝末介）過蒙岳丈大人提挈！

（末）深藉贊襄之功，只是聖旨催趲到任，賢婿官為羽林，也要入京。今日黃道大吉，請小姐出來，一同起程前去。（請小姐介）

（正旦上）

【前腔】眉上翠初描，鶯囀又聽佳報。（旦拜末介）爹爹，恭喜！

（末）孩兒你才結良緣，夫婿便承恩寵。今隨新任，骨肉定可團圓。真是好事從天，我心歡慰。

（旦）託賴爹爹了！

（末）中軍官，就此拔營起馬，赴京便了。

【甘州歌】（末）平胡拜表，喜詔從三殿，歸奏櫻桃。高原驛路，盡是朱旗圍繞。雲開紫閣千峰曙，雪卷黃河八月濤。（合）沉槍臥，鎖甲拋，將軍還有舊時橋。龍顏悅，雉尾搖，蓮花仙掌日華高。

【前腔】（生）蓮花贊幕僚，看軍書傳佈，刻日氛銷。棄縞投筆，豈似迷邦懷寶！名更張祿綈袍冷，橋過相如駟馬高。（合）狼煙淨，鷺鼓敲，主家羞舞鬱輪袍。林花潤，水荇飄，曲江舊路草蕭蕭。

【前腔】（旦）香車翠幌飄，望三峰玉女，黛色岩嶢。杜陵門巷，處處落花啼鳥。高堂未偕烏鳥思，合浦先填鶊鵲橋。（合）紅襟語，翠尾交，歸尋王謝舊時巢。秦樓月，仙史蕭，畫中眉樣盡堪描。

【前腔】（眾）回軍疊鼓嚻，聽鶼鵝喜氣，聲動鉦鐃。馬嵬坡裏，秋草夕陽猶照。羯胡事主終無賴，戰士還家盡錦袍。（合）龍顏動，麟閣標，角弓玉靶賜嫖姚。驊騮騁，鷹隼驕，角聲吹起雁痕高。

（雜扮上）興平驛驛丞接老爺。

【尾聲】（末）津亭人吏忙迎到，看點點昏鴉落照，且暫向古驛霜燈駐錦鑣。

    邊笳已淨塞塵空，露布南飛入漢宮。
    但教飛將追逃虜，麟閣何人定戰功！

第三十八齣　奸　遁

【生查子】（外）入轂混魚珠，慚主南宮試。潦草點朱衣，笑破劉蕡齒。老夫為場中誤取了鮮于佶這廝，既負聖恩，兼生物議，連日心下十分懊惱。只這節事，終無含糊之理，定須再加復試，自己檢舉方可。已曾着人喚那狗頭去了。門官那裏？

（門官應介）小人在此。

（外）你聽我分付，鮮于佶若到了，便請到書房坐下，說我出衙門後，身子不快，到晚間，出來相陪。有封口的帖一通，叫他親自拆看，是要緊的幾篇文字，煩他代作代作。他若要回去時，你說我分付的，恐他寓中事多，就在此做了罷。門要上鎖，他倘若不容你鎖門，你也說是我分付過的，恐閒人來攪擾，定要鎖了。凡事小心在意！

（門接貼介）理會得。

（外）欲防曼倩偷桃手，先試陳思《煮豆吟》。（下介）

【前腔】（副淨）酣飲玉堂回，濃抱龍陽睡。相府疾忙催，想訂紅鸞喜。今日同年中相邀，飲了幾杯，與一兩個憊懶蓮子胡同的拐子頭，睡興方濃，這些長班連報説酈老爺請講話，催了數次。我想老師請我，沒別的話講，多分是前日央他親事一節，接我對面商量。老師也是個老聰明、老在行，自然曉得我的意思了。酈飛雲，酈飛雲，你前日那首詞兒，被那燕子銜去的，倒是替我老鮮作了媒了。我好快活快活！

（長班）稟爺，到了酈老爺門首了。

（門）老爺分付，狀元爺到，徑請進書房中坐。

（副淨笑介）這個意思就好起，比往常不同，分明是入幕的嬌客相待了。（進書房介）

（門）老爺拜上，這一會身子被纏倦了，說晚間出來相陪，有一個封口帖子在此，請狀元爺親行開拆。

【一盆花】（門）老爺呵，連日衙門有事，剛轉回私署，少息勤勄。待晚來剪燭話心期,這封書特煩親啟,便知就裏端的。(副淨接書笑介)自然相體,果然作美,一見了這"親開"二字,不勝之喜!怎麽説"親手開拆"? 想必是他令愛庚貼了。我最喜的是這個"親"字兒! 待開來。(開看,得字,驚介)這却不像庚帖,是些甚麽嘮嘮叨叨,許多話説? 我一字不懂得!(問門官介)你念與我聽聽!

(門)你中了高魁,倒認不得字,反來問小人?

(副淨做不認介)不是這等説,我因連日多用了幾杯了,這眼睛濛濛松松的,認得字不清楚,煩你念與我聽了,就曉得帖中是甚麽話頭?

(門念介)恭慰大駕《西狩表》一道,《漁陽平鼓吹詞》一章,箋釋先世《水經注敘》一首。老爺分付的,這三樣文章,是要緊的,煩狀元爺大筆,代作代作!

(副淨慌背語)罷了,罷了! 我只説今日接來講親事,不料撞着這一件飛天禍事來了。這却怎麽處? 有了,門官,你多多禀上老爺,説我衙裏有些事情回去,晚間如飛做就了,明早送來何如?

(門)老爺分付過的,恐怕狀元爺衙内事多,請在此處做了回去吧。文房四寶現成安排在此。

(移桌拂椅介)請! 請!

(副淨叫疼介)不好不好,我這幾日腹中不妥帖,不曾打點得,要去走動走動來方好!

(門)不妨事,就是淨桶也辦得有,現成在裏面。(做鎖門介)

(副淨嚷介)門是鎖不得的!

(門)也是老爺分付過,叫鎖上門,不許閒人來此擾亂狀元的文思。

(副淨)怎麽只管説老爺分付分付的? 你們鬆動些兒也好!

(門)可知道,前日該與我們舊規,你也何不鬆動些兒麽! 那樣大模大樣好不怕殺人,今日也要求咱老子!(作鎖介,門下介)合了黄金鎖,單磨《白雪》詞。

(副淨跌足介)這却怎麽處? 我從來那裏曉得幹這椿事的麽? 苦! 苦!

【桂坡羊】【桂枝香】(副淨)從來現世,文章不濟。今朝打破砂鍋,好待直窮到底。我心中自思,我心中自思,只得窬垣而避。上天無翅。不免爬過牆去罷。(作爬牆跌下介)爬又爬不過去。怎生好?我想這樁事也忒殺欺心,天也有些不像意我了!【山坡羊】知之,青天不可欺。那恩師,變卦兒為怎的?

(門捧茶酒上介)未見成文字,先請吃茶湯。(敲門介)狀元爺,你來,你來!

(副淨喜介)謝天地,造化,造化!想是開門放我出去了。(做聽介)

(門)你來門邊來,老爺裏面送出茶壺手盒在此。恐怕你費心,拿來潤筆。差小人送在此,你可在轉盤裏接進去。

(副淨)你說我心中飽悶,吃不下,多謝,不用了!

(門官)吃了肚子裏面有料!(笑介)這樣好酒好菜不吃,待我拿去偏陪了,如何如何?(笑介)他的放不出來,我的收將進去。(下介)

【前腔】【桂枝香】(副淨)茶湯頻至,並無隻字,分明識破機關,故作磨礱之計。真無法可施,真無法可施,被龍門誤事。我想牆是爬不過去的了,只得往狗洞剝削一剝削,何如?(斜視介)骯髒的凶,這裏不是我狀元走的路道。沒奈何,要脱此太難,也顧不得了!把犬門偷覷。【山坡羊】且鑽之,王婆煙一溜兒,(內犬吠介,跌足介)偏是這東西,又哞哞吠怎的!(做鑽過,狗咬,跌倒,起來又飛跑下介)

(門)怎生狗這樣叫得凶?甚麼緣故?呀!這洞門口的磚塊,緣何塌下許多來了?(作開門,尋不見介)狀元爺那裏去了?想是作不出文章,在這所在溜過去的。老爺有請!

(外)不是一番寒徹骨,怎得春魁捉筆慌?狀元文字完了不曾?

【錦堂月】(門跪稟介)小人傳宣臺旨,請狀元代作文章。見他意思有些慌,説自不曾受這般刑杖。(外笑)做文章怎麼是刑杖?可笑,可笑!(門)他脚踏梅花樹上,攀枝要跳高牆。吊下來又往犬門張。(指犬門介)溜走了不知去向。

（外）原來竟日不成一字，場中明白是割卷無疑，定要上疏檢舉了。快叫寫本的伺候！

（雜上）不寢聽金鑰，因風想玉珂。小的寫本的叩頭！

（外）我為文場中誤取榜首，要上檢舉疏。可取文房四寶來，起稿則個。（寫介）

【黃鶯帶一封】（外）造次主春闈，被奸徒賺大魁，自行檢舉難回避。那霍都梁呵，是扶風大儒，將三場割取，明珠魚目須更易。售奸欺，負恩私，請罷斥昏庸歸故里。這本稿已寫完，你們可分定扣數，連夜寫了。明早就拿個帖子，送與管金馬門內相，說我有病，叫他上了號簿，作速傳進便了。

（雜）理會得。

珊瑚鐵網網應稀，魚目空疑明月輝。
不是功成疏寵位，將因臥病解朝衣。

第三十九齣　雙　逅

【似娘兒】（末）匣中劍已斬樓蘭，百戰後歸覲天顏。池上夔龍，禁中頗牧，自愧人非其選。試借君王玉馬鞭，指揮戎虜坐瓊筵。南風一掃胡塵淨，西入長安到日邊。下官忝從外鎮，晉階中樞。朝參之後，酬應頗冗。欲將酈家這女兒在我處收養事情，說與同年酈公，因他請告駐籍，今日恰好差人來說，即刻過來相訪。待他來時，面與他講罷。左右，同年禮部酈老爺來拜，即忙通報。

（雜）理會得。

【前腔】（外素圓領上）君恩岡極重如山，知貢舉鰥曠懷慚。花下鳴珂，雪中踏馬，特過故人相面。

（從）稟老爺，到了賈老爺門首了。（通稟，相見介）

（外）相別久矣，小弟有一拜。

（末）小弟亦有一拜。（外拜介）中外各居官，萍飄會面難。

（末答介）夢魂嘗耿耿，頭鬢已斑斑。（看坐介）

（外）一別停雲，忽然十載。宦海真如瀣渧，時事復爾滄桑。仗老年兄雪耻除凶,免吾左袒。可喜功垂竹帛,豈惟光庇芝蘭!

(末)豈敢!小弟謬叨閫外,不稱師中。每仗提攜,得免隕越。戎旃雖遠,寤寐未忘。幸喜風采如常,特詢懷況何若?

【瑣窗郎】(外)愧容臺伴食多年,屢陳情未許還。幾回歸夢,江上青山。膝前那討景升豚犬。更傷心,香閨一女遭離亂,與老妻呵,在途路裏遂分散。

(末)原來令愛失散了,小弟呵!

【前腔】在行間有失路嬋娟,訴衷腸,淚兩懸。詢伊籍貫,並及門閭。這女子説,就是令愛,叫做酈飛雲。(外)小女果叫做飛雲。(末)知為令愛,因而收管,論看承,與親生一樣無分辨。好識認,莫傷感。

(外喜介)原來如此,多謝年兄了!

(末)快請小姐出來,酈老爺在此。

(旦上)蓮步移出,椿庭在此間。(見外,跪,相抱哭介)

【賺】(旦)重見尊顏,真個月被雲遮却再圓。拋離遠,相逢且喜仍康健,未審萱堂在那邊?(外)且喜途間,遇着你母親了。(旦)如此,可喜可喜!(末)有一件事要奉告,小弟斗膽,連令婿也替老年兄招過了。冰清僭,乘龍代與東床選,行間奠雁且從權。令婿叫做卞無忌,茂陵人。才無忝,文章出衆韜鈐諳。幕中協贊,奇功能建。

(旦)卞郎,有請!

(生上)未獻藍田玉,先參岱嶽峰。(與外相見拜介)

【前腔】(生)玉潤多慚,泰嶽重瞻山外山。(外喜介)果翩翩,風標齊楚,又聞得才華瞻,(揖謝末介)多感年兄了,佳倩殊堪慰暮年。(堂官送報上介)手執寅清報,來過樞密堂。稟老爺,小的堂官送報來看,老爺檢舉的本,有旨意了。(外)取上來!(接報介)(末)請問老年兄,為着何事上檢舉本?(外)為着科場中事檢舉。(外讀旨介)禮部一本為檢舉事。奉聖旨:"科場大事,委宜詳慎。酈安道既自行檢舉,着安心供職,不必引咎求斥。鮮于佶着法司提去嚴行究擬。其原卷'日'字號,既係霍都梁所作,着即行察補,以裹盛典。

該衙門知道。"綸音展,為科場誤售親行檢,恕我昏庸又要補狀元。(生驚背介)原來鮮于佶割了我的卷子,中了榜首。怪道那日看我病時,切切問我字號。有這樣歹人!那齋夫勸我言語,句句不差了!(旦笑介)爹爹,如今免不得要去找尋姓霍的纔是!(外)榜首定是要補的。只是急忙裏,那裏去找尋此人?也是個難題目!(旦)這個人,孩兒倒曉得。(外驚介)孩兒,你怎生曉得?(扯生過拜外介)爹爹,這個不是?不必找尋了。(外、末皆驚介)這怎麼說?(旦)卞郎就是霍都梁改名的。(指末介)連爹爹也瞞過不知道。(外)果然是真麼?(旦)是真!(外、末大笑介)有這樣奇事!(旦)真歡忭,卞生名姓原來贋,狀元活現,霍郎當面。

(外)只是賢婿為着何事改了尊名?

(生)不好說得!

(外)我們是一家人,但說何妨!

(生)不瞞岳父說,小生曾為一個相知,寫幅春容畫,被那裱匠把來錯送了。

(外)送與誰?

(生指旦笑介)就錯送與令愛。

(外)怎麼就錯到小女處?

(旦)就是爹爹與孩兒的那幅大士像。院子在裱背家,錯取一軸春容來了。

(外)錯了,後面却怎麼?

(生)令愛拾得畫時,寫了小詞一紙,以詠其事。這一片箋,却被燕子銜去,小婿在曲江閒遊,偶然拾得。

(外)這也奇!只是怎麼曉得是小女題的箋呢?

(生)這也有個緣故。因小婿抱恙,請一醫婆來看,那醫婆說起這些事情,才曉得畫是錯到令愛處,詩箋也是令愛題的。

(外)果然小女病時,有個駝背醫婆用藥來,可是他麼?

(末問旦介)可就是相隨你的駝婆子麼?

(旦)正是他了。

(生)正是。小婿彼時將令愛詩箋託這醫婆送還,取回原畫。

（外）這也無害。

（生）不料緝捕公人知道，誣小婿託醫婆，明作牽頭，暗通關節，要拿見官拷問。故此避罪，改名入幕了。

（外）老夫在場中，那裏曉得此事？這却不是甚麼勾引關節的勾當，明明是那班應捕人役打詐了。可恨，可恨！那箋如今還在麼？

（生）小婿收得在此。

（外看念介）這也不是淫詞，恰好燕子箋了落在賢婿手中，豈不是天緣定了！（外想介）還有一件事，賢婿有一位令表妹，也為亂離失散，現在老夫家中收養。

（旦）恭喜爹爹，家中原來又收了一位妹子了！怎麼恰好就是霍郎表妹？

（生）小婿從無中表，那裏討這個表妹來？

（外）既不是令表妹，却怎生將賢婿三場文字，一一收藏？就是鮮于佶這椿情弊，倒是他辨別出來的。他説此人與賢婿同窗，一丁不識。老夫故此才喚來復試，自行檢舉。倘非中表，怎生曉得這般詳細？

（末）老年兄，我兩姓原是通家，何不接此女來面會一會，便見分曉！

（外）説得有理。左右，備轎接過二小姐來！

（雜）理會得！

【馬蹄花】（小旦）獻笑久無緣，做作出幾分靦腆。

（雜）二小姐到了。

（外出介）女孩兒，你姐姐幸已識認在此，又喜就招贅你的表兄、新狀元霍都梁。

（小旦驚介）

（外）只是狀元説，沒你這一門親眷。你可來上前見見，看他如何？

（小旦）請他到爹爹衙中會罷！

（外）何妨？既是至親中表，就在這裏會也使得。（小旦進，生

相見哭介)

【前腔】(生、小旦)相見各潸潸,果是臨邛舊伴。

(外)既説不是令表妹,如何相見時,這等悽惶起來?(生又笑介)

(末)既哭如何又笑?

(外、末相對)這却怎麼説?我兩個都不解甚緣故!

(生笑介)不瞞二位岳丈説,(指小旦)這就是……(不言介)

(外)就是誰?

(生)就是小婿一向平康中的故交,叫做華行雲。

(外、末大笑介)這樣果是該哭,又該笑了。(小旦拜外、末,與旦對拜介)

(外)好,好,連我與母親都被你瞞過了。(與末説介)果然作人極好,不像那樣人家出身的。

(末)記得招贅時,賢婿再三推辭,説曾與曲江女子結為舊盟,想就是此女麼?

(生)正是。此事蒙岳丈許下,日後相會,與令愛大小一樣相稱。

(旦驚介)甚麼"一樣相稱",這話是真的麼?

(末)這句話果然是老夫親口許下的。

(外)年兄,你看他兩個如何這樣相像?怪道小女把那軸春容認作自己的;老妻亂離中,又把行雲認作小女,因此收養在家。

(末笑介)只有一件,小弟收了飛雲做女兒,屈了令愛幾分;年兄認了行雲做女兒,略略難為老年兄些了。(衆俱笑介)(旦攜生前行唱介)

【催拍】(旦)問藥砧山外有山,這紅絲何必牽來又牽。自分癡憨,自分癡憨,難比秦樓,獻笑追歡。恐你別路風流,忘了正道姻緣。(生)娘子,舊約新婚,小生心中一樣相待。況你兩個一色的沒兩樣三般,我琴瑟好怎教偏?

(小旦扯生向前介)霍郎,你好負心也!原來撇了奴家,硬硬的招贅了酈小姐。

【前腔】記當初焚香誓言,做夫妻願效百年。怎生驀地姻連,驀地姻連,招贅朱門,忘却寒酸。閃得我月下星前,獨自孤單。(哭介)(生)雲娘,你不記得我兩個焚香發願時,原告過的,題箋的人兒,相會之時,定要圓成。才聞賈節度説,我再三退阻,豈是虛言!況且他許了日後小姐與雲娘相逢,不分大小,一樣相稱。從別後,魂夢長牽,大和小原説過一般看。

(外)既會過,都接到老夫那廂去。明日請老年兄到彼,與老妻一同拜謝收養小女擇婿大恩。

(堂官報)稟老爺,聖旨傳出,今年恩榮宴與麒麟兩宴一齊頒賜,請二位老爺與參軍爺明日早到。

(外)知道了。(合)

【尾聲】狀元走馬麒麟宴,此事從來稀罕,怎不教樂府流傳作美談?

相逢之處花茸茸,仙史高臺十二重。
鵷鷺欲歸仙仗裏,羆熊還入禁庭中。

第四十齣　排　　宴

【生查子】(小生)偃邑頌聲馳,名玷山公啟。封駁鳳凰池,兼把鹽梅理。新加大邑綬仍黄,瑣掖親沾玉案香。共沐恩波鳳池上,朝朝拂簡侍君王。下官為汧陽城守敘功,擢選黄門。且喜門生霍秀夫,薦他入同鄉賈節度之幕,改名卞無忌,已建奇功,後面又補了狀元。昨日下官將此項事情奏過官裏,准復原名。又因文學武功並著一時,遂命恩榮、麒麟合為一宴。真是特恩曠典,今古罕稀。下官因巡視光禄,亦在陪席。那值宴官過來,席面擺停當了麽?

(雜)擺停當多時了。只是次序,小官不曉得,請老爺吩咐。

(小生)原頒的有坐位圖。頭一次,是恩榮宴,該禮部鄺老爺主席正面坐,狀元霍老爺東首坐,該樞密賈老爺與我陪;第二次,是麒麟宴,該樞密賈老爺主席正面坐,也是狀元霍爺東首坐,該禮部鄺老爺與我陪。

（雜）如此說，那卞都尉坐位設在何處？

（小生）你還不知道麼？那卞都尉就是霍狀元改名的，總是一個人，我已奏過明白了。

（雜）理會得。

（小生）你可分付你典膳官與教坊官，俱要色色齊備，不可潦草。

（雜扮二官上介）珍官傾水陸，御樂奏簫韶。典膳韶舞官叩頭。

（小生）那典饍官，宴上筵席齊備了麼？

（丑）齊備了。

【大迓鼓】（丑）珍饈出御廚，絳花罩果，花簇金泥。山珍海味俱烹治，手盒攢盤色色齊。（小生）莫要誤了！（丑）若誤些兒，情願割雞。

【前腔】（雜）簫韶屬總持，諸般撮弄，有答應常規。枝頭懸線般般會，球杖蠻牌件件奇。（小生）若誤了，就要着實打！（雜）不敢，若誤些兒，情願灼龜。

（小生）此時各衙門老爺，想俱齊到了，伺候着。

（衆）理會得。

洞門高閣靄餘輝，夕奉天書拜鎖闈。
願以醍醐參聖酒，還將歌舞報恩輝。

第四十一齣　合　　宴

【點絳唇】（外）芝秀銅池，雲開仙掖。（末）天顏喜，金殿班齊。（合）看杯映峰霞紫。

（外、末揖介）

【前腔】（生）雉尾雲移，螭頭爐氣。（小生）昇平會，不醉無歸。（合）是武偃文修日。（同向外，末揖介）

（外）海晏河清賀太平，

（末）萬年枝上日初升。

（生）林香酒氣元相久，

（小生）鳥囀笙歌各自成。

（外）今日天酒頒恩，雲間奏響，光昭文德，酬勸武功。倘非禹甸風清，安得虞門喜麗？論理，此宴還該賈年兄先飲，老夫陪侍！

（末）豈有此理！從來菁莪取士，邦國賴以安寧；帷幄定謀，閫外因而奏績。定是先陳天保，後享薇車。況有欽定宴圖，豈敢任意僭越？

（外）如此僭了。（末、小生遞外、生酒，外、生還敬介。吹打上，安坐介。外左，末右，生左傍，小生右傍，坐介）

【北新水令】（外）夔龍爭集鳳凰池，魚藻宴開在五雲多處。南瞻杯酒近，北望斗文移。帝德巍巍，祝大唐聖天子。

（樂官跪念）神仙今日宴瓊林，花滿春風酒滿巡。不演二郎降八怪，單標童子拜觀音。稟老爺，頭一回跳的是《童子拜觀音》隊子。（眾吹打，假面觀音童子上，舞下介）

【步步嬌】（末）你看魚籃水月觀音示，雪展鸚哥翅，冷冷紫竹垂。五十三參，善才童子，總是歌舞報恩暉，鈞天增減作魚龍戲。

【北折桂令】（生）補傳臚御墨鮮題，玄都花謝，重領春魁。深感恩私，深感恩私，為着薦雄文似，費盡吹噓。若非是珍別魚珠，那討得網入驪珠？今日裏鳩集瑤池，虎拜丹墀，敢將一瓣寸草心，報答春暉。

（樂官跪介）瓊林宴上百花開，齊獻南山壽一杯。剛是觀音收拾去，且看太乙老人來。稟老爺，這一回，跳的是天祿青藜的隊子。（眾吹打，假面一人讀書，一老人執杖舞介）

【園林好】（小生）天祿閣，中壘夜窺；青藜火，是星精口吹。暢好是翰林先輩，玉堂中，一例的，分蓮炬，照珠璣。（同起介）

（外）恩榮宴已完了，可擺設麒麟宴桌席，待我遞酒主席。（眾應介，眾轉席吹打，末、生換功臣服，外、小生遞末、生酒，末、生回答介）

【北雁兒落】（末）呀！奉皇宣做東道主，誰知道，翻桌面又占了尊客席。兩面鼓敲一下槌，一股笙又作兩頭吹。打一副楦麒麟草稿兒,楦麒麟草稿兒。

（樂官跪介）芙蓉閣下宴功臣,美酒齊斟賀太平。拐李仙人今日舞,萬年千載慶長春。稟老爺,這一回跳的是《拐李仙人》隊子。（眾吹打,假面拐李葫蘆上介）

【江兒水】（外）帝德高千古,天威震四夷。潢池平剪鯨鯢祟,羯胡盡掃腥膻氣。因此度索桃,又翻做蟠根李,萬國不期而會。（對末、生拱手介）仗你轉戰功高,始博得管弦聲沸。

【北得勝令】（小生）呀!自那日老元戎駐六師,迫忙裏做薦子虛揚得意。全仗你愈頭風一紙書,令這些梟獍們相吞噬。驀然間,把羯奴頭手內提。今日呵,高閣上展丰姿,在元老邊傍侍。恰添注個小嫖姚,又是個下莊子。

（樂官跪介）太平天子坐朝元,日月雙懸照八蠻。今日筵前來進寶,波斯胡舞自題旋。稟老爺,這回跳的是《波斯進寶太平有象》的隊子。（眾吹打,假面矮波斯胡捧盤上介,象奴騎象上介）

【園林好】（眾）矮波斯寶盆手持,珊瑚樹連根帶枝。雜進的零星珠翠,又有個象奴兒把白馬騎,象奴兒把白馬騎。

（末、眾俱起介）（外）公宴已完,可就此權謝聖恩。明早入朝,親上謝表便是。（眾執笏拜介）

【北沽美酒】（眾）戴高天華嶽低,指黃河作盟誓,誓帶礪山河永不移!待學丹心的衛足葵,一樣兒向陽捧日。玉帛貢塗山齊會,卜年世八百周姬,歷姬還增千億,必如此臣心方喜。便如此臣心未已,齊舞蹈屏營之至。（起介）

（外）狀元,你還更了袍笏,便於天街起馬,送歸私第,使人知道今科狀元已補上了,不作缺典。

（末）言之有理。（生換進士冠,袍服,插花,騎馬,彩旗迎介）（任意唱【窣地錦襠】二個）

【尾聲】看你褪貂蟬又插上烏紗翅,打汗馬兒穿杏花紅雨。敢則撲蝶聽鶯,也畫在麒麟閣兒裏。

　　　　瑤池式燕俯清流,夾道傳呼翊翠虯。
　　　　聖酒一沾何以報?珮聲歸向鳳池頭。

第四十二齣　諧　圓

【懶畫眉】(上掛觀音像,傍掛春容介,旦平常衣服上介)六花輕點鏡臺妝,雪裏鳴珂出建章,珊珊環珮離蘭房。呀！這是奴家當日的觀音像,今日張掛在此間,不免禮拜禮拜。(拜介)落迦山早聳出華堂上,好補祝青蓮一瓣香。

【前腔】(小旦尋常服上)巫山重與夢襄王,那知道別院先偷韓壽香。家雞恐翻做野鴛鴦。呀！原來大士像與春容俱掛在此,待奴家去先拜了大士,再看春容。皈依大士重展糟糠像,(做拜介,看畫又看旦介)果與拾得人兒一樣龐。

(旦、小旦對拜介)(生吉服上)

【前腔】(生)麒麟閣高宴狀元郎,醉踏梅花玉照香。(對觀音揖介,與旦、小旦揖拜介,看春容介)你看小生止單單一人,你兩個與畫上的人兒,一印板湊成三個了。(笑介)連畫中三豔巧相當。把花冠還添住在烏雲上,可不是富貴風流兩擅場。

(小旦問生介)相公,你纔說花冠有幾副麼？
(生)怎麼有幾副？只有一副。
(小旦)畫上像兩個共得,不知那花冠可共戴得麼？
(生笑介)這却怎生共戴得？下官不好說！(指旦介)這個讓飛……
(小旦)什麼飛？
(生指旦介)權讓飛雲小姐戴罷！
(旦)相公！此是正經道理,怎麼說權讓？
(小旦)咳！權也是權不得的？
(旦)好笑好笑！

【前腔】(旦)一鞍一馬正相當,那有側出的行雲倒要戀楚王。(小旦)相公,你認一認這是那一位菩薩麼？(生)是觀世音。(小旦)却又來,盟言曾燒下普陀香,蓮花作證非虛謊,怎生別岫的飛雲倒把神女搶。

(生笑介)兩個人都說得有理,教我也難處。(旦、小旦背立介)

【玩仙燈】(吹打介。外、老旦俱吉服上)燕喜出華堂,一派笙歌嘹亮。(生揖介。兩旦背立不動介)

(外驚介)今日錦堂佳宴,正該大家歡喜纔是,怎麼兩個孩兒這般樣別調,是何緣故?

(旦上前跪介)告禀爹媽。

(外)我兒起來。

(旦)孩兒幼生閨閣,長效于歸。與霍郎合卺軍中,節度為媒,原非野合。今日華行雲要硬奪孩兒誥封,於理固是不通,說來甚是可笑。

(外)孩兒,今日是個喜慶日子,閒言閒語,略渾融些罷!

(旦)別樣事渾融得,這朝庭恩典,怎渾融的!(旦扯生前介)

【解三酲】(旦)奴本是明珠擎掌,也不羨花誥風光。你章臺別有眉兒樣,他為雲雨舊行藏。怎隨柳絮相爭逐,一任梅花自主張。(向小旦背後拜介)甘相讓,奴家只取下我當日觀音像,去長齋念佛,做在家出家的尼姑罷。甘相讓,還我白衣原像,金磬焚香。(做往上解畫,老旦扯住介)

(老旦)我的兒,你怎麼這樣性急?凡事從容講纔好!

(小旦跪介)禀告爹媽。

(外)你也起來。

(小旦)婚姻之道,何分門户大小?但論聘定後先。霍郎與孩兒原在佛前焚香設誓,願做夫婦,永不相忘。況且竊割之弊,不是孩兒發覺,眼見大魁落於奸徒之手。今日他做了夫榮,孩兒怎生做不得個妻貴?故此與霍郎尋問舊盟,非敢冒犯姐姐!

(外)這也說得有理。

(旦)爹爹,說他有理,孩兒敢是沒理了?

(小旦)難道只是姐姐有理,爹爹言語也沒理了?(哭介。小旦扯生前立介)

【前腔】(小旦)奴本是牆花劣相,怎敢並上苑春光?爐間早與琴心傍,便駟馬怎相忘?你如今新燒天子金蓮燭,再休題舊醉佳人錦瑟房。(對旦背拜介)甘相讓,奴家也只取了當日的春容,甘心裙布釵荊,空房獨守。這畫上郎君,想是不變心的,與他做一答罷!甘相讓,與畫中少俊,自結於凰。

(作解春容、生扯介)有一個性急的在那裏,又有一個性急的在這裏,怎麼處?

(丑扮駝婆上)聞説排家宴,連忙到畫堂。老身叩頭!

(外、老旦)起來。

(丑)老爺、老夫人,恭喜了!

(老旦)孟媽媽,你來得正好。兩位小姐為着誥封事,動些言語,煩你勸解勸解。

(丑)曉得。(作看旦、小旦介)哎喲,哎喲!今日好日好時,怎麼這樣一個張智?小姐,做官的人兩三房家小,是人家常有的。

【前腔】(丑)兩三房豈為偏向?(旦)媽媽,你不知道,那管甚麼兩房三房?當初在軍中贅霍郎時,是節度賈公主婚,你來說合。(丑)是那是那!(旦)我原非苟合,不是偏房,怎麼今朝華行雲要其封誥來?(丑)小姐,常言説得好,若要好,大作小。(旦)媽媽好不曉事,説甚麼大作小!(推丑介)(丑又看小旦介)雲娘,從良的有,那有你這般一從就從着個狀元!酈老爺、老夫人又把你做親生的一般看待。你也勾了,百凡省事些罷。論從良,怎似伊行。(小旦)媽媽,管甚麼從良不從良!霍郎在我家讀書中的,你那日看病時,親見那些光景,原是做夫妻的。後來為了詩箋一事,我又受了許多連累。怎麼他今日做了官,奴家討不得一個封誥?(丑)雲娘,莫怪我説,果然他是大,你是小,讓他些纔是。(小旦)好笑好笑!甚麼大?甚麼小?(推丑介)(丑看小旦介)好性子兒,狀元,你凡事也要調停些,免得他二位只管撏酸吃醋,不成個模樣。恩情兩處如山樣,也須要自平章。(生)此事甚難處。媽媽,你也是個糊塗賬,那裏為着甚麼吃醋撏酸?(丑)不是吃醋撏酸,為着甚麼?(生)為着封誥只有一份,他兩個都爭着要,故此難處。(生推丑介)(丑)好好,我老人家為了你們,吃了許多苦,受了許多累,還不勾,今日你們得了好處,都忘記了,把我當作氣球兒踢來踢去。小姐,我在千

軍萬馬相陪伴,雲娘,我為詩箋呵,百打千敲苦怎當?(大哭介)怎麼把老娘相鬧嚷?拼殘軀老命,跌在華堂!(臥地雙手捶胸介)

(生、旦、小旦)孟媽媽,請起來!

(丑)再不起來!說明你們和美了,我才起來!(旦、小旦行禮介)

(丑)還不停當,還要你們笑一笑。(生、旦、小旦作笑介)

(老旦)真個前後事都虧了你。孟媽媽,不要回去了,就在我府中養你終身便了。(丑謝介)(雜捧封誥上)

【玩仙燈】(末扮賈節度,從二人各捧花冠上)紫誥下明光,另有五花新樣。

(衆俱跪下)誥封已下,跪聽宣讀。誥曰:"朕聞揆文奮武,朝有常彝;華國經邦,才難兼擅。倘英賢之特出,斯褒贈以重新。兹爾羽林都尉霍都梁,才堪倚馬,夢可兆熊。投筆以事戎軒,解褐而資斧藻。幕檄懾天狼之魂,臚傳嗣大鳳之聲。藜火騰光,首烽寢堠,朕甚嘉焉。今着改授弘文館學士,兼河隴節度使,仍賜緋魚金袋。其父母妻子封蔭諸典,或崇文贈,或錄武功,着禮部會同樞密議定,覆請施行。欽哉!謝恩!"(謝恩介)(末、生揖介)

(外)正要請年兄過來,做一個和事的人,如今恰好奉聖旨了。

(末)是怎麼見教?

(外)適間兩個小女,正為誥封一節,動些言語,老夫也沒有個解分法兒。如今聖旨把霍生父母妻子恩典,着我兩人議定,請教老年兄,怎麼樣個議法?

(末)這雖是國事,也就是老年兄家事了,但憑尊見,作何處分就是。

(外)依老夫愚見,霍生父母贈誥,俱應從一品,以示優異。只是妻子封典,他當初中狀元時節,果在行雲家裏,這狀元的安人封誥,應與行雲;後來參贊老年兄幕中,却是小女相從,這節度的夫人封誥,應與飛雲。老年兄意下何如?

(末)處分得極停當的。請快穿戴起來,莫要爭鬧。明日小弟與老年兄覆奏便了。(二旦謝外、末介)

【清江引】（合）紫泥判斷了文鴛賬，兩下裏休爭攘。花冠一樣高，霞帔隨身量。兩段雲，好打作一段想。

（燕飛介；丑指介）你看，燕子又飛來了。

【前腔】烏衣小尾多情況，妝次頻來往。銜將一紙箋，勾却三生賬。從今後凡有情人，一般的將白鸚哥與那紫燕兒同供養。（衆俱下）

（生、旦、小旦對燕拜揖介）燕子燕子，承謝你做美。只是如今詩箋收得牢牢的，再不把你銜去了。（鳴鑼鼓下場介）

　　　　能將疏懶背時人，花落花開又一新。
　　　　佳氣徘徊籠細網，殘英淅瀝染輕塵。
　　　　自為江上樵蘇客，不議天邊侍從臣。
　　　　邊惜歡娛歌吹晚，聖明萬壽一千春。

占 花 魁

(傳奇)

清·李 玉

【作者簡介】李玉,字玄玉,因避清康熙帝玄燁之諱,改為元玉,號蘇門嘯侶,又號一笠庵主人。吳縣(今屬江蘇蘇州)人。約生於明萬曆末年(1610—1620),卒於清康熙十年(1671)以後。李玉出身低微,其父曾是明朝大學士申時行府中的奴僕,故雖才學富贍,却因申公子抑制,不得應科舉考試,到明末始中副貢。入清後無意仕進,畢生致力於戲曲創作和研究。和劇作家朱素臣、朱佐朝、畢魏、葉時章、盛際時、朱雲從、陳二白、鄒玉卿、邱園等往來密切,相互切磋。被人們稱為"蘇州派"。一生作有戲曲四十二種,今存世的有十九種,分別為《一捧雪》、《人獸關》、《永團圓》、《占花魁》(即所謂"一人永占")、《清忠譜》、《千忠戮》(又名《千鍾禄》、《千忠録》、《千忠會》)、《眉山秀》、《兩鬚眉》、《太平錢》、《萬里圓》、《牛頭山》、《麒麟閣》、《七國記》、《昊天塔》、《風雲會》、《五高風》、《連城璧》、《一品爵》、《埋輪亭》等。李玉還根據徐于室的《北詞九宫譜》原稿,重新編定了《北詞廣正譜》,吳偉業為之作序,稱讚它為"騷壇鼓吹,堪與漢文唐詩並傳不朽",此書對指導戲曲創作和研究戲曲史具有極大的價值。

【劇情概要】該劇共二十八齣。本事出自明馮夢龍《醒世恒言》卷三《賣油郎獨占花魁娘》小説。劇寫北宋末年汴京人秦種,因宋金戰爭,逃難至臨安,以賣油為生。一日經過妓院賣油,見到名妓"西湖花魁"王美娘,傾心其美貌,決心掙錢以親近之。他辛苦一年,積得十二兩銀子。乃易短服為長衫,至妓院,欲求一宿。老鴇約十日後再來。美娘之美名傳播四方,王孫公子、富商大賈接踵而至,無暇接待秦種。秦種每日問訊,月餘後方成約。是夜二更,美娘纏酩酊歸來,竟和衣而臥。秦種不但未惱,反而因與所傾慕之美人共處一室,無比幸福。他端坐其旁,懷揣裝水之暖壺,目不轉睛地欣賞其嬌好的面容。美娘忽嘔吐,秦種怕污了錦繡被褥,竟以自己的衣袖接之,然後喂以温熱的茶水。終夜没有任何輕薄的舉動。明日晨,美娘見到接了穢物的長衫,憶起夜裡秦種的體貼照料,深感其情,贈銀二十兩,囑其做好營生,不要來煙花之地糜費錢財。冬日,大雪飛揚。秦種送油至靈隱寺返回,聞一女呼救,近前,方知是美娘。原來萬俟公子等強招美娘至西湖船中侑酒,酒醉之後,對美娘百般凌辱,後又脫去美娘鞋襪,將其赤裸的小腳插入雪中,竟不顧她的死活,揚長而去。秦種見心愛之人遭受這般折磨,痛徹心肺。此時閱盡風塵的美娘,方覺秦種志誠可靠,遂將終身相託,贖身從良。

【版本流傳】該劇現存刻本與鈔本有:一、明崇禎間刻本,《古本戲曲叢刊三集》據之影印;二、清乾隆五十九年(1794)寶硯齋刻《一笠庵四種曲》本;三、葛緝甫《可讀廬曲譜》手鈔本,該本鈔有該劇二十齣,全部附有工尺譜。本書以《古本戲曲叢刊三集》本為底本,校以他本。

【演出情況】該劇是崑曲舞臺上常演之劇目,由明入清的張岱在其《陶庵夢憶》卷八中有這樣的記錄:"福王南渡,魯王播遷之越,以先父相魯先王,幸臣舊第,是日演《賣油郎傳奇》。"戲曲選本《醉怡情》收錄了《一顧》、《再顧》、《種緣》、《狂窘》四齣。《綴白裘》收錄了《勸妝》、《種情》、《串戲》、《雪塘》、《獨占》、《酒樓》等六齣。近世京劇、評劇、淮劇、川劇、越劇、湘劇、秦腔、河北梆子、滇劇、楚劇、蘇劇均有此劇目,蘇劇受崑劇影響較深,所演的《占花魁》藝術源於崑劇,却高於崑劇。

(周立波)

花引（末上）

【臨江仙】千古情根誰種就，種情深處堪傳，何須說鬼更談仙。尋常兒女事，莫作口頭言。　　花月場中存至理，情真一點偏堅。石穿木斷了情緣。九年面壁者，從此悟真禪。

【滿庭芳】宋室凌夷，康王南渡，中原士女奔逃。金閨艷質，被賺失冰操。堪恨奸徒反覆，淫風煽、身葬江潮。青樓內，名魁花譜，談笑盡英豪。　　秦種，真情種，賣油瞥見，一載勤勞。把溫存曲盡，空負良宵。幸得蘇堤巧邁，花魁占瑟弄琴調。招提內，團圓骨肉，千載話風騷。

　　　　跳得出火坑花魁女，挨得着風月賣油郎。
　　　　說得就從良劉四媽，湊得上正本趙康王。

第一齣　檄禦（齊微）

【正宮引子・齊天樂】（外髯髯將巾戰袍佩劍上）平生養就屠龍技，劍氣掃清雲翳。定遠西戎，伏波南粵，不枉英雄一世。鬚髯改矣，怕推轂難憑，勒石成虛。蒿目中原，幾回擊楫，誓清夷。【清平樂】江山錦繡，甲馬人非舊。鼎沸干戈彌宇宙，為問擎天誰手？

墜驢纔慶昇平，天津又聽鵑聲。夜半聞雞起舞，肯教老大無成。下官秦良，汴京人也。在種經略轄下做一個統制官，分守荊門鎮。髮妻早逝，有子秦種，沖齡未娶。這是俺家門事，且須按下。想我朝太祖，提一條斡棒，打下四百座軍州。太宗嗣位，歷傳七代天子，都偃武修文，民安國泰。到第八代，便是神霄玉府虛淨宣和道君皇帝，信任蔡京、童貫、楊戩、高俅一班奸佞，命梁師成建造艮嶽，鑿池築囿，大興工役。又命朱勔取三吳、兩浙、三川、兩廣奇花怪石，號曰花石綱。罄庫藏之金錢，竭天下之民力，數載纔成得一個萬壽山。以致萬民嗟怨，盜賊蜂起。又聽那奸臣之計，與金人約會攻遼。誰想金人滅遼之後背了盟誓，遣粘沒喝、斡離不，乘勢長驅汴京，危如纍卵。又虧李丞相綱與俺種經略師中竭力捍禦，金人北返，道君禪位。今上未及二載，聞得金兵又分道入寇，日來邊報甚緊。咳,此正國家多故之秋,我臣子枕戈待旦之日也。今日閒暇,不免喚孩兒出來講些武備。家丁那裡?

(二雜扮家丁上)陣列長蛇驅虎豹,營開細柳擁貔貅。老爺有何分付?

(外)裡面請舍人出來。

(雜)曉得。舍人有請。

(生披髮上)

【七娘子】生居戎馬兵戈裡,請長纓不事青藜。月魄天成,花魂夙締,溫柔鄉也知何地。(見介)爹爹拜揖。

(外)我兒,吾聞世治用文,世亂用武,況你生於武弁之家,這幾句詩云子曰,料難掙個出頭日子。若得嫻熟些弓馬韜略,後日邊庭上一刀一槍,也博個封妻蔭子。今日我和你到轅門外去演習一番。

(生)謹依嚴命。(共行介)

【正宮過曲・錦芙蓉】【錦纏道】(外)統熊羆,按乾坤三才四維,軒后創兵威。十三篇詳明衝擊攻圍,須知道度陳倉虛虛實實,出祁山正正奇奇。【玉芙蓉】(合)須藏器習韜鈐紗理,看他年封侯萬里表男兒。

【芙蓉紅】【玉芙蓉】(生)風雲自有期,龍虎應須會。管功成三箭,捷奏淮淝,鷹揚事業家聲美,麟閣丹青亘古垂。【朱奴兒】(合)空羣驥騄驥四陣,肯久向鹽車滯。

(副淨扮飛騎上)朝中天子三宣,閫外將軍一令。這裡已是轅門了,不免徑入。奉經略帥府將令,調本鎮人馬速赴汴京勤王,星夜趲行,休得有誤。(出兵符與外介)

(副淨)俺元帥爺呵,

【朱奴剔銀燈】【朱奴兒】因胡馬長驅帝畿,救國難旋徵義旗。捲甲啣枚誠疾馳,誤軍令豈同兒戲。【剔銀燈】(外合)兵機更勤王怎遲,斬樓蘭全師便回。

(外)既如此,分付三軍,星夜同到汴京便了。

(二雜執旗上)

(生)爹爹且到衙中,明日起程未遲。

（外）君父有難，臣子何以家為？你好好住在衙內，我不久就歸的。

（生）曉得。

（外）眾軍校，就此前行。

（雜）得令。

（外）疾掃金人歸朔漠，長驅鐵馬定中原。（同副淨四雜下）

（生）爹爹此去，未知勝負若何，況胡人震驚內地，又未知此處可保無虞否。教我獨處衙齋，形影孤單，好生難遣。

【尾聲】從來不解愁滋味，為問愁來甚藥醫？且自去抱影寒廬一枕欹。

躍馬掃東夷，提兵趨北極。

眼望捷旌旗，耳聽好消息。

第二齣　驚變（先天）

（小旦青衣上）煙鑠春山黛壓蛾，風光依舊歎蹉跎。雖然歌舞能殊眾，回首終身竟若何。妾身蘇翠兒是也。本為高府歌姬，織綃泉上歌成，字字明珠；拾翠洲前唱出，篇篇綠羽。自太尉亡後，歌院荒涼，諸姬分適。妾身遂嫁與莘衙沈仰橋為妻。且喜此間小姐把奴另眼相看。適來曉妝已畢，你聽環珮鏗鏘，想必小姐出閣來了。

（旦披髮上）

【南呂引子·女臨江】【女冠子頭】繡闥清悄嬌鶯囀，花影弄綠窗前。【臨江仙尾】新粧燕子簇花鈿，臉霞宜帶笑，眉翠若堪憐。【菩薩蠻】翠環斜慢雲垂耳，耳垂雲慢斜環翠。遲日恨依依，依依恨日遲。

（小旦）鳥啼驚夢好，好夢驚啼鳥。花落映明霞，霞明映落花。

（旦）奴家莘氏，小字瑤琴，年甫沖齡，行無雁序。（掩淚介）父親官拜郎署，不意與萱堂相繼云亡，止有叔父職居內班。弱息煢煢，相依為命。南都石黛，分翠羽之雙蛾；北地燕脂，寫芙蓉之兩頰。雕龍繡虎，雅好涉獵詩書；引鳳迴鸞，凤慕商量絲竹。花梢笑語,尋常不肯窺園;苔印鞋痕,踪跡唯知守户。

(小旦)你正是天上碧桃和露種,日邊紅杏倚雲栽也。

(旦)聞得金兵攻城甚急,聖上約與議和,今番同衆公卿俱往金營去了。我想虜情叵測,未知此行凶吉何如。

(小旦)此係國家大事,小姐不必憂煎。當此風和日煖,淨几明窗,何不做一首詩以消長晝?

(旦)情思懨懨,從何處覓得佳句來?

(小旦磨墨,旦拂箋介)

【南吕過曲・大聖樂】(旦)春光一片無邊,蝶粉蜂黃情致妍。可人天氣無聊景,描象管,染鸞箋。(寫介)怎比得飄飄花片飛來韻,輸却了嚦嚦鶯聲溜的圓。(合)屏際爐煙裊也,聽簫簫風敲翠竹悠然。

(小旦)詩做完了,小姐試念一遍。

(旦)朱簾寂寂下金鈎,香鴨沉沉冷畫樓。移枕怕驚鴛並宿,挑燈偏惜蘂雙頭。

(小旦)呀,好詩,好詩。果然吟得妙也。

【前腔】(小旦)清新俊逸翩翩,綠暗紅稀筆底傳。謝家道韞追芳躅,瑤臺種,洛川仙。真個是詠花才調花含笑,抵多少問柳情苗柳吐烟。(合)極目閒雲斷也,最撩人簷前鴉鵲聲喧。

(淨扮太監上)

【不是路】烽火連天,為憶嬌姿離禁苑。(入見介)阿呀,恁嬋娟,尚兀自處堂燕雀漫俄延。(旦)叔父,外邊事體如何了?(淨)為腥羶,拘留二帝多遭蹇。(旦)衆公卿便怎麼?(淨搖手介)扈駕臣僚無一還。(旦哭介)這事怎處?(淨)我兒,你不要慌,事體還大得緊哩。胡塵煽,刮盡了三宮六院將金輦。這的是國家奇變,國家奇變。

(旦)叔父,如今教我怎麼樣好?

(淨)方纔虜騎臨城,索取金幣,把內庭珠寶庫藏銀錢都刮削輦入虜營去了。(哭介)萬一打破城池,我輩性命都難保了。

(末急上)忙將地覆天翻事,報與深閨年少人。阿呀,小姐,不好了,不好了。二爺也在這裡。

(淨)城外怎麼樣了?

(末)小的在城上打聽,那金人執留二帝大臣,都要北去了。索取金銀,不飽其欲,如今統兵攻開城門,直入宮中,四下里擄掠來了。

(淨、旦、小旦各哭介)

【仙呂過曲·掉角兒】(合)鞏皇圖永固千年,豈無端一朝兵燹。裂冠裳,帝主蒙塵棄家園。羣臣被譴,閃殺人聽鳴笳,遭胡馬擄金珠,掠子女不分良賤。(旦哭介)苦阿,髫齡嬝婉,難經播遷,真個是死生未保,淚痕如霰。

(內作吶喊、金鼓聲介)

(淨)你哭也沒用,我到宮中去收拾了再來看你。(對末介)沈明,目下事體大率不妥,你們也把家中打點一打點,看了大勢,以作行止。

(旦)教我女兒家怎生主張,叔父千萬就來。

(淨)自然,自然。正是:國難思良將,身危念樂居。(下)

(內又吶喊介)

(末對小旦介)我在外邊看看動靜,你同小姐到裡面,作急收拾,不要擔閣了。(末下)

【尾聲】(旦)軍聲入耳心先戰,(小旦)早准備逃生離汴,(旦)回首皇都望眼穿。

氣運難逃劫,邦家盡受迍。

寧為太平犬,莫作亂離人。

第三齣　虜夢(家麻)

【南呂過曲·紅衲襖】(扮六金將各盔甲執械上)(副淨)俺本是奉天驕度穹廬涉白沙,(外)統領着撼天山鐵浮屠拐子馬,(丑)身掛領錦狨猊旂氈紅纓撒,(生)手提把鏟三關飛龍鑌鐵叉,(淨)吹着些壯軍威支支觱篥笳,(末)高把那射雙鵰貫扎烏號架。(齊擧械向內介)(合)殺得個血染中原趙家沒個人兒也,那時節立馬吳山豈浪誇。

（各轉介）

（副淨）胡馬新裁綠玉鞍,

（外）戰罷沙場月色寒。

（衆合）城頭鐵鼓聲猶急,匣裡金刀血未乾。

（副淨）俺金國大太子粘罕是也。

（外）俺右丞相斡離不是也。

（丑）俺左統軍郎遊麗是也。

（生）俺皇侄完顏活玄是也。

（淨）俺國舅野耶葛多被是也。

（末）俺先鋒哈哩伯奮是也。

（副淨）俺大金為宋室君臣無道,父王命俺同丞相領兵渡河而南,直搗汴京,挾取二帝、后妃、諸王,洗擄金帛北往。剩此空城無用,已立張邦昌權主中國。（向外介）丞相,所有太原、真定、兩河、相磁等處玉帛子女甚多,何不分兵掃蕩一番。

（外）殿下,向日康王為質俺營,連中三矢,疑是良家子,故此遣歸,誰想果係親王,昨已着王雲誘來。耐為宗澤所間,逃往相州,潛歸建康。不趁此追來殺却,必為後患。

（副淨）丞相之言有理。俺們就此分兵前去,擄掠州郡,襲取康王便了。

（衆）得令!

（各行介）

【番竹馬】（合）陣擺長蛇古法,半空裡彩旗兒萬縷朝霞。聽刀槍劍戟聲似轟雷,南國人都驚怕,任兵和將無一個來招架。驅帝主混中華,金珠北輦如麻。盡懷抱佳人,雕鞍和着戲耍。打竦酥飲得個口兒滑,胡笳唱羯鼓頻撾呀。親王帝室,那怕你直走到海角天涯。

（下）

第四齣　渡江（蕭豪）

【北仙呂·點絳唇】（小生金冠蟒玉急奔上）劫運相遭，胡塵溷擾，危宗廟。俺把那社稷橫挑，則這一身兒肩荷應非小。俺乃太上第九子少帝之弟康王是也。叵耐金兵入寇，二帝蒙塵。趙氏九廟，危如纍卵。金人復詭計，紿俺議和，苦為賊臣王雲迫脅離京，幾入虎口，幸遇少卿宗澤，力辯北行之誤。衆軍擊殺王雲，俺便潛歸，以圖恢復。誰想金人知俺密離相州，遣鐵騎倍道追趕，只得棄却車騎，連夜逃奔。呀，你聽金鼓之聲，看看漸近，老蒼，老蒼，若使金人執俺而歸，趙氏必至不血食矣。這都是二帝不聽忠臣之言，致有今日之禍。想那日呵，（行介）

【混江龍】李綱師道綢繆，庸户費焦勞。竟忘却徙薪曲突，甘做個額爛頭焦。亂紛紛萬騎豺狼橫劍戟，痛煞煞兩宮環珮逐腥臊。一霎裡長驅妃后遠縶臣僚，人民塗炭子女悲號，宮闈塵土幾甸蓬蒿，金甌破損玉軸摧摇，鐘簴北闕荊棘南朝。閃得俺神龍失水類枯魚，祥鸞避弋如窮鳥。（內作金鼓聲介）呀，追兵來了，怎麽處？（望介）前面有個殿宇，不免暫躱一回。遥望着長林蔥蒨，權避向古殿岩嶤。

（奔下）

（外金幞頭袍帶，二雜鬼判，丑扮馬夫牽馬上）

（外）天地人神鬼五仙，盡從規矩定方圓。逆則路路生顛倒，順則頭頭身外玄。小聖崔府君是也。本名子玉，乃東漢晉州人氏。生前文章滿腹，秉性正直無私，死後蒙上帝授俺府君之職，漢主敕封嘉應侯，唐朝累封應王，管轄相、磁二州。方纔朝禮天闕，甫回殿庭。叫鬼判，整肅威儀者。

（雜應介）

（小生急上）心慌曲徑迷蒼蘚，廟古空庭噪晚鴉。（看介）原來是崔府君之廟。

（作入揖介）崔君，崔君，俺趙構呵，

【油葫蘆】本是個革命陳橋嫡裔苗，只為着胡馬走荒郊。俺將這家憂國難一身叨。舊中原劃地里腥羶掃，新事業猛可的家邦造。方纔把蒙塵恥盡湔澆，倒懸苦頓除消。（拱手介）仗神靈默佑俺除殘暴，有日裡敕誥受封褒。禱告片時，身子甚倦，且在神厨內少睡一回再走便了。月色焰來空殿冷，夢魂遠向玉京遙。（睡介）

（外）叫鬼判，喚馬卒帶馬來，聽俺法旨。

（雜應介）

（丑帶馬入介）

（外起立介）今夜趙康王宿俺殿庭，他本是吳越王錢鏐再世，因向日曾以吳越投降，豈宋復滅其國，故此轉生宋家，以繼其業，合在臨安建都。如今金兵追趕，前有夾江之險，可將殿庭馬足渡彼過江，以顯神異。

（丑應介）

（外）胡騎南來宋祚虛，夾江夜走有神駒。臨安事業留英主，莫負中興守一隅。（同鬼判下）

（丑牽馬仍立舊處介）

（內作金兵吶喊鳴金鼓介）

（小生驚醒介）金兵追趕到了。如何是好？

【天下樂】俺只見殺氣橫空犯斗杓，魂也波銷，何處逃？（馬鈴响介）那裡鸞鈴聲响？（出見馬介）且喜有疋馬在此，不免騎着奔往前去。（問丑介）馬夫，你這馬是那裏來的？（丑不應介）不要管他，竟騎去罷。（作騎上，丑帶奔介）（小生）跨雕鞍蚤離却泥神廟，聽如雷金鼓聲，望連天旗幟招，恰便似趁雞鳴偷渡函關巧。

（馬作止介）

（小生）呀，行不多路，早是大江了。（作勒住馬介）

【那吒令】俺待要轉抽身勒驕，怎禁他追襲弓刀；俺待要向前行奔跑，閃殺人拍岸江濤。曾聞得劉玄德躍馬跳過檀溪。馬呵，你須學的盧駿驍，休撇俺烏江渡杳，好把那四蹄兒緊緊攢，脚步兒高高跳，賽過那戲海龍蛟。

（馬奔介）

【鵲踏枝】俺只見白茫茫雪浪拋，怒轟轟萬木號。賽過那瀚海瀰漫，好一似瀛島迢遙。錦乾坤回首似浮漚縹緲，莽形骸一霎裡天際飄颻。

【寄生草】銀漢殘星落，扶桑旭日高。問支機不乘着天河棹，探龍宮不惹着錢塘鬧，御風行不按着仙家道。想當初詫堅冰滹沱夜合可安劉，到今朝仗龍駒夾江利涉能延趙。且喜已到南岸了，那邊不知是何處，人馬捲地而來。（作下馬介）

（淨、副淨冠帶領雜上）巡邏防暗渡，保障佐中興。

（淨）前面一人，打扮甚奇。

（副淨）好似康王模樣。

（淨、副淨近看介）果然是殿下駕到，臣等接待不週，死罪。

（羅拜介）臣黃潛善、汪伯彥叩見，願殿下千歲千歲千千歲。

（小生扶起介）

（淨、副淨）請問殿下，用何舟楫來的？

（小生）我為金兵追趕，連夜渡江而來。（轉身指馬介）只有一人一騎到此。

（淨、副淨驚介）這是一匹泥馬，從何處來的？

（小生亦驚介）呀，明明一疋好馬，在崔府君廟中騎來，為何變了泥的？

（淨、副淨）這是殿下福分，故此神靈顯應。真所謂聖天子萬靈助順，大將軍八面威風。叫軍校，將泥馬擡入營中，他日立廟旌異便了。

（雜擡丑馬入介）

（淨、副淨）臣啟殿下，此行須往臨安建都，徐圖恢復。請到臣營整頓甲兵南行何如？

（小生）卿言有理。（行介）

【煞尾】（合）天樞拱北辰，地軸趨南曜。看吳越江山環遶，任戰守無虞堪自保。先披着世授的黃袍，再整着義旗的天討，管迎取二聖回鑾，將朔漠勦。建中興這遭，定太平要着，纔不負顯神靈泥馬渡江潮。

（下）

第五齣　拐給（尤侯）

（末背包上）塞北烽烟接帝畿，胡兵十萬閃旌旗。家山舊業空回首，血淚斑斑點客衣。自家沈仰橋，為因韃虜之變，汴京殘破，士女逃亡，我只得和妻子領了小姐隨衆南奔。一路行來，但見白骨如山，饑烏遍野。嚷嚷喧喧，盡是尋妻覓子；啼啼哭哭，無非泣父悲夫。露處從無宿店，村居絶少人烟。忙忙好似喪家狗，急急渾如漏網魚。前面已是揚州地方了，不免催促他們快些趲行。（向内介）小姐，快走動些。

（旦、小旦上）

【正宫過曲・傾杯賞芙蓉】（合）説甚麽腰纏騎鶴上揚州，觸目添僝僽。見多少冉冉黄雲，冷冷炊烟，滾滾征塵，閃閃戈矛。（旦哭介）可憐我江南弱息身千里，更牽情京國尊行兩地愁。（合）歎遭陽九暫參辰，卯酉叩穹蒼，何年相聚慰離憂。

（末）此間已是揚州了。一路下去，多是水路，待我覓個船隻來載小姐去。

（旦）正是。快些喚了船就來。

（末對小旦介）你同小姐暫住此處，不要胡亂行動。

（小旦）曉得。

（末）始信逃生苦，須知行路難。（下）

（淨喊上）賣朝報，賣朝報，八十萬韃子打破汴京，搶了兩個皇帝，擄掠宫娥、彩女、文武百官，都往金邦去了；新皇帝即位臨安，大赦天下官員。朝報——

（旦向小旦介）你問那賣朝報的，那些金兵怎麽了？

（小旦問介）如今韃子在那裡？

（淨背介）你看這兩個婦人，慌慌張張，想是逃走的。待我耍他一耍。（轉喊介）又來了，又來了一百萬韃子，分頭都殺來了。

（旦慌介）這便怎麽處？

（小旦）小姐，不要慌，待我買本來看可是真的。（小旦買朝報介）

（淨喊下介）

（旦、小旦看作慌介）

（丑小帽便服上）

【普天泣】急奔馳無昏晝，苦饑寒難消受。京華淚，回首空流。江南路，何處堪投。自家卜喬，住在汴京莘衙門首，為遭虜變，逃難到此。（看介）你看兩個標緻女子雙雙立在那裡。（又看介）呀，分明是莘衙內小姐，如何沒個男人跟隨？嗄，想也是逃難到此了。這是天送與我的衣飾，不免哄他到下路去賣些銀子，豈不快哉樂哉。（見介）呀，小姐受驚了。（小旦）原來就是卜大叔，方纔賣朝報的說韃子又殺來了，你可曉得些信息麼？（丑）果然就殺來了，那些豺狼禽獸，長驅直搗來淮右。（旦）他又來做什麼？（丑）專擄掠玉帛嬌娃，怕須臾盡作俘囚。

（旦對小旦作慌介）怎麼處？沈明不知幾時來。

（丑）可是沈大叔麼？

（小旦）正是。他去喚船，你曾見他麼？

（丑）我倒忘了，他正在那裡與船家講價，對我說，看見小姐，教他快到前面來。

（旦）既如此，煩你領了我們到船邊去。

（丑）你們又走不快，韃子又殺來了，不要拖遲了我，各自逃生罷。

（小旦）卜叔叔千萬同到舡邊。

（丑）既如此，快走快走。（作行介）

（旦、小旦合唱）

【朱綿纏】【朱奴兒】避兵戈疾忙奔走，逃性命豈容拖逗。行行羅襪頻頻溜，羊腸徑野草荒丘。（旦）還該在大路上去纔是，怎麼只管走在小路上去？（丑）大街上有兵馬，故在小路抄去。沈阿叔的船就泊在前面，再走幾步就是了。（行介）【錦纏道】（合）望一葉在河洲，好一似秦關偷渡鰲魚脫釣鉤。謝你個萍逢親故，一霎裡提攜

歧路德難酹。（下）

（末奔上）鄉遠人偏賤，心急步行遲。已喚一舡在河下，不免請小姐登舟。阿呀，怎麼都不在此？往那裡去了？（叫介）小姐！小姐！娘子！娘子！這事怎麼處？（問內介）前面朋友可見兩個女子往何處去了？

（內應介）不曉得。

（末）莫非被人騙了去麼？他此行決不往北，必定投南，我且尋遍揚州。如再不見，便渡江過去，打從潤州、平江、秀州一路尋到臨安，好歹訪問出來便了。

【尾聲】泣歧途心如疚，遍越水吳山根究，怎做得大海撈針無處求。

纔離虎口復浮沉，不測風波頃刻侵。
但願應時還得見，須知勝似岳陽金。

第六齣　萍寄（寒山）

【南呂過曲・單調風雲會】【一江風】（生披髮包傘上）影翩翩，避弋沖霄漢，捱盡昏和旦。小生秦種，世居延安，因胡虜騷擾，隨衆逃生。前日父親勤王，又未知勝敗若何。聞得新天子即位臨安，故此奔赴行在，以便尋訪消息。一路渡江以來，且喜已到臨安了。【駐雲飛】嗏，越水與吳山，長江天限。似這等錦繡乾坤，滿眼鶯花燦。不免尋個旅店住下，再作道理。且做個下榻陳蕃免露飡，恰便是王粲登樓淚雨潸。此處已是飯店門首，不免徑入。有人麼？

（小生扮主人上）門迎春夏秋冬福，戶納東西南北財。（見介）呀，小客長，請裡面坐。（坐介）

（小生）請問小客長何方人氏？尊姓大名？

（生）老翁聽稟，念秦種呵，

【繡帶宜春】【繡帶兒】良家子延安住產。（小生）家世何業？（生）嚴君掌握戎班。（小生）原來是位公子。為何到此？（生）驚烽火一旅勤王，擾安土萬馬蹂躪，悽惋。【宜春令】歎孤身歷盡風霜，詣皇都脫離危難。(拱手介)望暫假一枝棲息,權依昏晏。

(小生)老夫姓朱名仁,雖開飯店,儘有乾淨房屋。待老夫打掃一間,任憑官人住下。但只是粗茶淡飯,恐不堪用。

(生)小生難中得遇賢主人,已為大幸。飲食之類,隨便用些足矣。

【奈子落瑣窗】【奈子花】(小生)念蝸居四壁如環,駐行旌少度饗餐。聊為市隱,須知行患漢,淮陰也曾一飱。【瑣窗寒】(生)孤單,喜逆旅暫叨安,免教彈鋏長歎。

(小生)官人一路行來,腹中必饑了。且請到裡面用些酒飯,歇息一会,再作道理。

他鄉託跡類飄蓬,自媿居停禮未恭。
今日得君提掇起,免教人在污泥中。

第七齣　落阱(東鍾)

(丑上)拐騙行中第一,脫空隊裡無雙。踢天弄井有奇方,那管良心盡喪。賺得櫃中金帛,拆開被底鴛鴦。得風光處且風光,只怕閻羅算帳。區區卜喬,別號思春。近日鞋子打破京城,逃至揚州,遇着兩個標緻女子,乃是莘衙小姐和一個家人媳婦,被我一騙騙將下來。那媳婦本是高太尉歌姬,善唱曲兒,將她賣在秀州楊花船上去了。這小姐姿色倍常,好趁一主大財,哄到臨安,落在飯店。尋得此間夥里人叫做趙老實,方纔領那門户中王九媽來看過,願出百金,只要領這雌兒到家,便交身價。且待趙老實到來,一同哄他去便了。

(外上)專門囤子稱老手,多年水販要成精。自家趙老實便是。此家已是卜思春寓所,不免徑入。(見介)

(丑)呀,趙兄為何這時候纔來?

(外)與老媽設處身價,到債主人家去掇些銀子,撮足一百兩,又寫了一張婚書,只等你領人手到家,着了花字,就拿銀子了。

(丑)妙!妙!做事真個撮俏。

（外）如今行户中闖席分媒錢的甚多，不得不撮俏些。

（丑）有理，有理。待我哄他出來同去。

（丑向內介）小姐，有請。

【黃鐘引子‧西地錦】（旦上）飄泊天涯孤影，歧路未審何從。無端荊棘難棲鳳，徬徨思慮忡忡。卜大叔，你說我沈家媳婦在那裡？可喚來一見。

（丑）在此間趙大伯家內，同小姐到彼去。

（旦）他既在那裡，怎麼不來見我，反要我去？

（外）沈大嫂一到我家，得了風寒之病，出不得門，故此要請小姐去。

（丑）趙大伯與我至親，小姐不妨暫住。

（外）家下止有老夫婦兩人，極是穩便的。小姐就請移步。

（旦）只是不好叨擾，若得家信通時，自當重謝。

（外）小姐說那裡話。（行介）

（丑）呀，一路行來，已是西湖塘上了。

（旦）有水有山門第，

（丑）半村半郭人家。

（外）此間已是了，待我敲門。開門！開門！

（副淨扮鴇兒上）陷入坑內為根本，迷魂陣裡作生涯。（見介）原來是小姐光降，失迎，失迎。請到裡面坐。（行介）

（外）轉過廻廊，

（丑）又是廳堂。

（旦）為何有許多房子？（向丑介）沈家媳婦在那裡？

（丑）病在裡面，就出來了。（丑背向外介）叫這媽兒快交銀子，我要拔步了。

（外背向副淨介）快把銀子與他，他要去了。

（副淨）銀子文書多已停當，你穩住雌兒，我同卜老爹到裡面兌了銀子，寫了花押，你們自去便了。

（外背語丑介）

（丑向旦介）小姐暫坐一坐，我同媽媽去扶沈大嫂出來。

（旦）快些，快些。

（副淨同丑下）

（旦沉吟介）看他三人行藏詭秘，言語支離，莫非有些歹意麼？

（外）小姐請安坐，他們就來的。

（旦張望介）（看對念介）時逢好鳥即佳客，每對名花似美人。（作驚介）此處是何等人家？甚是可疑。

（副淨、丑上）

（丑作藏銀介）

（外向副淨索媒銀介）

（丑向旦介）沈大嫂病勢十分沉重。（對外介）我同你去請了太醫就來。

（旦）我也到店中去。

（外）小姐權住片時，我們就來的。

（旦欲下，副淨攔住介）

（丑）將軍不下馬，

（外）各自奔前程。（下）

（副淨向內叫介）后生，把大門關好了！

（旦急介）還不放我去？

（副淨）你來得去不得了。

（旦）為什麽子？

（副淨）你父親方纔立了文書，得了我三百兩銀子，把你賣與我家做女兒了。還要到那裡去？

（旦）什麼父親，他是閑人，怎麼賣得我？

（副淨）他領得你來，就賣得你了。你如今到了我門户中人家，須要習那送舊迎新、倚門獻笑的規矩，休裝着平日良家的腔兒。

（旦怒介）阿呀，你不要認錯了人。我家呵，

【黃鐘過曲・啄木兒】門楣壯，世譜崇，宦室嬌娃天上種。（副淨）這樣亂離時勢，不知辱抹多少夫人小姐，那在你一個。（旦）暫時間避難顛連，休錯認斷梗飄蓬。（副淨）進了我門，自古道人落蕩，鐵落爐，不怕你跳上天去。（旦）你逼良為賤真胡弄，我冰清玉

潔堅持控。（副淨）我也不與你鬥嘴，你休要惹老娘動手。（旦）縱你百折千廻水自東。

（副淨）我曉得你這賤骨頭不打不成的。（趕打介）

【前腔】我在烟花寨名久轟，憑你那個到我老娘手内就服帖了，伏虎降龍多操縱。這賤人還不跪在那裡。（旦立哭介）（副淨怒介）憑着我竹片皮鞭，那怕你生鐵頑銅。（向内叫介）那個丫頭在那裡？走幾個出來。（小旦、淨扮妓上）風流陣上真羅刹，陷入坑内粉骷髏。（見介）娘阿，為什麼在此着惱？（副淨）你們與我洗剥了這賤人，吊在梁上，待我打他個半死。精光剥似端陽粽，我把嚴刑全套從頭用。（小旦、淨）娘，不要氣壞了身子，待我好好勸他。（旦）就打死了我決不從你的。（副淨）却不道鬼見閻王怎放鬆。

（小旦、淨向旦介）新來姐姐，你不要太執性了。

【三段子】恁休懵懂，論青樓歡娛錦叢。恁須樂從，況嬌姿風流麗容。（副淨）不要與他説，只是打便了。（小旦、淨）姐姐，你看那無情棍棒來何橫，枉把那有情皮肉捱疼痛，我是山下來人，言非是哄。

（旦哭介）

【歸朝歡】殘生的殘生的墮落塹中，視一死如歸偏勇。一任你一任你巧計牢籠，我堅心縱石爛海枯不動。（小旦、淨）姐姐，你少不得要如此的，不若蚤蚤順從了娘罷。（旦）天那，一時誤入妖狐洞，拚得個堦前碎首清名永。罷，罷，罷，也只是薄命紅顏萬古同。

（旦觸堦，小旦、淨抱住介）

（副淨）扯他到裡面房内去，關鎖好了，待我慢慢消遣他。

（小旦、淨應介，扶旦，哭下）

（副淨）你看這丫頭這等崛强，如今把個凶勢頭與他看了，以後把些好言語騙他轉來，且看你强到那裡去。

　　　正是饒伊奸似鬼，吃了老娘洗脚水。

第八齣　却醜（尤侯）

【仙吕過曲·掉角兒序】（丑扮丫頭上）小梅香生來甚俏，學梳粧鍋邊稱秀。奴家喚做雪梅，從小賣與朱家。面龐雖醜，竅兒頗多。今經一十八歲，甚曉此道意趣。我家主開張飯店，近日歇下一個汴梁秦小官，生得標緻非常，我一見動火，不免悄悄地到他房裡去搭上了他，也不枉為人一世。（行介）見潘安渾身似麻，休道我俏紅孃不知香臭。（下）（淨扮老婆子上）說什麼老年華衰容貌，愛情郎焚慾火裙兒濕透。老身乜氏，在朱家做個燒火婆婆。只為店中住下秦小官，生得如花似玉，教人坐想眠思。乘此無人之際，趕到房中辦住了他，與他做個那話兒，我就死也瞑目了。（行介）須教急走，怎生怕羞，早闖入風流陣裡解衣鬆扣。（作到介）阿呀，原來不在房中，好殺風景，怎麼處？難道去了不成？他少不得就來的，不免住在此間等他一等。正是：欲求生富貴，須下死工夫。

（丑上）此間已是他房中了，不免徑入。（低叫介）秦小官，秦小官。（見淨介）呀，乜媽媽，你在此何幹？

（淨見丑驚介）阿呀，雪梅姐，你來做什麼子？（各背介）他來得可疑。

（丑）媽媽，

【解羅袍】【解三酲】我為着關門塞竇。（淨）雪梅姐，我為着點火添油。（丑）我為着主人差遣多生受。（淨）我為着供職役怎推頭。（丑背介）【皂羅袍】只得哄他進去，我且再來下鈎。（淨背介）只得暫時拔步，我且暗中悄偷。（丑）媽媽，我自進去了，你也去罷，省得竈下無人燒火。（淨）雪梅姐，我也去了，你也不要出來了，裡頭娘要淨桶，省得不時叫喚。（合）客房中男女休相遘。

（各下）

【醉歸花月渡】【醉扶歸】（生上）天涯隻影閒拖逗，早歸來月色冷新秋。咳，你看那一盞孤燈焰離憂，真個是蕭然客況心如疚。我秦種逗留旅店，不覺月餘，並無處尋訪父親消息。想此孤身客邸，好難消遣也。【四時花】添愁思親淚痕沾敝裘,思鄉夢魂成臥遊。【月兒高】話滿心頭,誰是個知心友,險把我芳年歲送入愁昏晝。我且伏在桌兒上權睡片時。【渡江雲】暫把閑情付水流,寄語南柯莫浪投。(睡介)

(丑上)

【羅袍歌】【皂羅袍】悄把脚踪移就,呀,見冤家獨睡,急急懷兜。(抱生介)(生驚醒介)是那個?(丑)是你心愛的雪姐兒。(生立閃開介)(丑自指介)好花枝不採柱温柔,我和你郎才女貌應非謬。(生)不要如此,姐姐放尊重,請進去。(小生暗上)小心火燭非為耍,謹防盜賊切須周。呀,各房已關好了,為何此間有人言語?(張介)(丑趕生介)和你鴛鴦交頸千抽萬抽,弄個烏龍入洞千丟萬丟。(小生怒介)這妮子這等可惡。(作喜介)你看那秦小官這等老成,可敬,可敬。(丑)秦哥哥,救我一救。(生)這事決不成的,進去,進去。(丑)叫不住心肝寶貝親親肉。(丑作趕生,生避介)(小生作看介)(淨暗上)世間無難事,只怕老面皮。(望介)你看房門口站個人兒,必定是秦郎了。(作手勢介)【排歌】我但輕輕抱款款勾,暗中搭上鳳鸞儔。(作抱住小生介)(小生喊介)什麼人?(淨作掩小生口介)不要嚷,是我。(小生)你這婆子,做甚勾當?(丑生驚出見介)(淨放手介)呸,我只道是吹簫鳳,却原來是喘月牛。啐,啐,啐,羞殺我偷花老手做盲鰍。啐。(下)

(丑對小生喊介)羞,羞,羞,怎麼叛在黑頭裡偷燒火老媽?

(小生)唉,你這賤婢,没規矩,怎麼到秦官人房裡來囉唣?

(生作赧色介)

(丑)我和你大家不要説了,秤鈎打釘,拽直了罷。

(小生)唉,還不進去。

(丑)阿爹,你不成時我不就,不如大家進去搜思春。(下)

(小生)秦官人請坐。方纔小婢無知冒瀆,不必介意。

(生)小生決不為此苟且之事。

(小生)老夫目擊秦官人,正色拒絕,真正少年老成。敬服,敬服。

（生）小生住此月餘，家父消息無處訪問。況且囊資將絕，如何是好？

（小生）臨安是天子行在，各處邊關俱有飛報。官人耐心住去，尊翁自有信音。日逐用度，或者做些生意，少遣時光，有何不可？

（生）小生止存得三兩盤纏銀子，那裡做得生意來？

（小生）常言道大本大做，小本小做。老夫原不是開飯店的，少年曾挑油擔度日，如今家伙一一俱在。官人不如將三兩銀子販些油在裡面，挑出零賣，儘堪度日。

（生）既如此，全仗老丈指教。

【尾聲】（小生）暫經營休辭陋，（生）隨時獵較且優遊，（合）那裡是謀道終身食不謀。

（小生）明日是好日，准備巾帽冠子，老夫收拾家伙生理便是。

（生）多謝，多謝。

（生）始信離鄉賤，嘗言客邸貧。

（小生）成人不自在，自在不成人。

第九齣　勸妝（江陽）

（老旦上）春花秋月儘銷磨，瞬息年華逝水波。車馬莫言今冷落，當年曾唱雪兒歌。咱家姓劉行四，武陵教坊人也。歌喉舞袖壓倒夷光，染翰填詞並驅蘇小。鶯花鬥麗，十年名噪西湖；眉黛添愁，一旦顧遺南國。生性輕盈，言詞敏辯。描出風花蹊徑，語語傳神；逗開雲雨情腸，言言刺骨。到處盡稱雌陸賈，逢人爭喚女隨何。今蚤有個結義姐姐王九媽，着人來請，只得去走遭。（行介）踏遍湖光兼水色，纔離楚館復秦樓。此處已是九媽家中了。有人麼？

（副淨上）四面常時對屏障，一家終日在樓臺。（見介）娘阿，勞步，勞步。

（老旦）姐姐，聞得侄女梳櫳了，怎麼不叫做妹子的吃杯喜酒兒？

（副淨）娘阿，不要笑話，今日特為着小女，故此求娘的妙計。

（老旦）却是為何？

（副淨）自從美兒進門之後，那一個不讚他又會寫，又會畫，又會做詩，人物又齊整，又會吹彈歌舞。

（老旦）姐姐有福，討得着好人手。

（副淨）只是一件，不肯見人接客。近日有個金公子，慕他才貌，肯出一注大財梳櫳他，被我把他灌醉了，成其好事。

（老旦）破了頭就好了。

（副淨）誰想他醒來哭地號天，尋死覓活。這幾日頭也不梳，飯也不吃，連樓也不下了。

（老旦）姐姐且慢些，不要性急了。

（副淨）娘阿，你好自在性兒。那西湖上子弟們好不口快，聞得女兒不肯接客，他就編起一隻《掛枝兒》來。

（老旦）怎麼樣的？

（副淨）待我唱與你聽。（唱介）王美兒好似木瓜樣，偌大了還不與人躺一躺。有名無實成虛帳，便不是石女兒也是二形子的娘。若還有個好好的羞羞也，如何熬得這些時的癢。

（老旦笑介）有這等事？如今你待怎麼？

（副淨）我心裡又惱他又不捨得難為他，特求娘下個說詞。若得他回心轉意，大大與娘磕個頭兒。

（老旦）這個何難。憑咱這張口兒，說得羅漢思凡，嫦娥想嫁。姐姐你且不要同去，待咱說成了纔來。

（副淨）有理，有理。（叫介）龍兒，拿茶到樓上去。（下）

（老旦）開門，開門。

（旦上）眉顰添舊怨，情懶怯新粧。（見介）

（旦）姨娘請坐。今日甚風吹得到此？

（老旦）聞得你梳櫳了，特來叫喜。

（旦作羞介）

（老旦）兒阿，做小娘的恁地怕羞，如何賺得大注銀子？

（旦）我要銀子做甚？

（老旦）兒阿，你雖不要銀子，做娘的開了大門，柴米油鹽醬醋茶,那一件不靠着女兒?九阿姐家雖有幾個粉頭,那個趕得你來?一園瓜專靠你做種哩。聞你梳櫳之後一個客也不接,是什麼意思?

(旦)言之可羞。怎教我做這樣事。

(老旦)不做這事可是緣得你的?九阿姐一向養嬌了你,你休放着鵝毛不知輕,頂着磨子不知重。他心上好生不悦,教咱勸你,你若執意不從,他翻過臉來朝一頓暮一頓,那時熬不過痛苦,只得接客,却不把千金身價弄得低微了?還要被姊妹們笑話。不若千歡萬喜,倒在娘懷裡,落得自己快活。

(旦)我是好人家兒女,誤落風塵。倘得姨娘主張從良,勝造七級浮圖。若要接客,雖死不從。

(老旦)兒阿,從良是個有志氣的事,怎麼不該?只是從良兩字非同小可,也有幾等不同。

(旦)有什麼不同?

(老旦)有個真從良,有個假從良;有個不了從良,有個了從良;有個没奈何從良,有個趁好從良;有個苦從良,有個樂從良。你耐着心聽咱分說那真從良呵。

【北越調鬥鵪鶉】欣逢着才貌雙雙,恰好的年華兩兩。誓盟言一炷心香,剪青絲萬般情況。女呵,管什麼鴇母乖張,男呵也不怕嚴親骯髒。猛可裡生不忘,一任價死難降。博得個月滿花芳,不枉却人間天上。

(旦)姨娘,那假從良便怎麼?

【紫花兒序】(老旦)唤不醒男兒愚戀,填不滿江海汪洋,買不轉女子心腸。(旦)既如此,怎麼叫從良?(老旦)只為着心貪阿堵,暫效鴛鴦,禍起蕭墻,可也又做出淫奔的故腔。(旦)這又一發不了當了。(老旦)把從良兩字安排下陷入羅網,擺列個肉陣刀槍,猛拼着潑賤皮囊。

(旦)此等人説他何用。請問姨娘,那不了從良敢也是這樣的麼?

(老旦)兒阿,不了從良又是一樣。不是他心上不了,也是個無可奈何。他起初呵,

【天淨沙】匆匆被底嬌娘，忙忙眼底情郎。只為他一時高興，沒個長算，進門之後或者尊長不容，或者大小妬忌，把一個金屋行藏，又翻出倚門伎倆，兀的不貽笑平康。

（旦）可惜，可惜。姨娘說了兩個沒結果的，如今好把那了從良的來說一說。

（老旦）那了從良的呵，

【小桃紅】他在章臺歷盡那風霜，檢點都停當。覷着那終身事業堪依傍，好結個地天長。把風花雪月俱撇漾，忍耐着饑寒情狀，甘受些卑微魔障，止圖得百歲樂糟糠。

（旦）這便纔是從良。

（丑捧茶上）石鼎烹雲陽羨，金卮醉月中山。劉親娘，茶在這裡，請杯茶兒再說。

（老旦）生受你。

（丑）劉親娘，我聽你說了許多從良，我也動了火，要從良了，你與我做一個媒。

（老旦）怕輪不到你。

（旦）這丫頭這等惹厭，還不去！

（丑）恐怕搶你的，又吃醋了。

（旦）啐，快走。

（丑下）

（旦）那沒奈何從良的便怎麼？

【調笑令】（老旦）若不是株連詞訟幾椿椿，多遭負子母怎賠償。勢豪每凌虐難輕放，受不得大江心揭天風浪。蚤覓個矮簷前，身逸心歡暢，也算做歷巇崄，勒馬收韁。

（旦）這也還好。

（老旦）兒阿，我再說個趁好從良的與你聽。

【金蕉葉】他也曾享用着紅裙繡裳，也曾消受些花香月光。盛名之下，求他的可也不少，若不急流勇退，直待老大無成，悔之何及。（旦）正是。（老旦）趁當時蚤締鸞凰，免他年歧路亡羊。

（旦）這教做見機而作。難得，難得。那苦從良却是為何？

（老旦）那子弟愛小娘，小娘却不愛子弟。做媽媽的不是貪他錢便是懼他勢。把那小娘呵，

【禿厮兒】權做個犧牲供養，入侯門受盡凄涼，列屏前青衣侍酒成何樣，受鞭笞怎免得疊被與鋪床。

（旦歎氣介）便是從良內也有落劫的。

（老旦）兒阿，這是他的命薄也。是不討得做娘的歡喜，以至於此。我把這樂從良說與你聽，教你喜得不耐煩哩。

【鬼三台】他却正青春芳名壯，美前程娘心凹，遇知己兩難忘，咏桃夭毫非鹵莽。則看他夫妻每處溫柔美鄉，生幾個兒女每拜桑榆北堂，賽過那花燭洞房，好傳留作青樓榜樣。

（旦嗟歎介）咳，這纔是個真正從良。做姊妹的有這一日也就勾了。

（老旦）兒阿，你既要從良，我教你個萬全之策。

（旦）若蒙教導，死不忘恩。

（老旦）從良一事，入門為淨，況你已破了身子，就今日嫁人也不是閨女了。假如你執意不肯接客，做娘的沒奈何，尋個肯出錢的主兒賣了你去，也叫做從良了。

【聖藥王】那裡管年和貌兩相當，不分妾婢斷送伊行。鎮日裡哭一場怨一場，就是身生兩翼怎飛翔，悔不早商量。

（旦）這是我命該如此，蚤覓一死便了。

（老旦）自古人身難得。依了咱愚見，還是憑着做娘的接客。以你怎般才貌，等閒的也不敢相扳，無非王孫公子、貴客才人，也不辱抹了你。一來受用些風花雪月，二來作成媽兒賺些銀子，三來自己積趲些私房，也免後日求人，四來呵，

（副淨上竊聽作喜介）

【絡絲孃】（老旦）揀一個潘安美貌、司馬文章、投魚水相偕儷伉。那時節呵，就是恁萱堂，也難阻擋，這冰人都憑俺老娘執掌。

（旦做低頭不語介）

（副淨作入介）娘阿，我在樓門外聽你許多說話，忒費你的心了。（對旦介）兒阿，姨娘的話一句句都是好話，你都要聽他。

（老旦）姐姐，侄女十分執意，被咱説得允從了，改日再來賀喜。
（副淨）娘阿，多謝，多謝。請到前面去吃杯酒兒罷。
【煞尾】（老旦）恁疾忙，准備鮫綃帳，管教你淡勻脂粉巧梳粧。（向副淨拱手介）竚看那南樓內添一座寶藏山，西湖上出一個煙花將。

（俱下）

第十齣　品花（簫豪）

【仙宮入雙調過曲·字字雙】（淨上）生來好酒耐麤糟，村料；粗粗技藝没分毫，無竅；藥牌扛賭更幫嫖，全套；娼家閙飽度昏朝，串到。區區祝方青便是。趨時打諢，遊手好閒。唱曲喉嚨弗响，串戲就是糟團。大老官是我恩王，衚院裡是我家園。無綿衣做勢賣俏，説戒賭只剩空拳。打官鋪討盡惹厭，送厙錢一頂就穿。燒湯修養打夥作樂，官身使布弗敢相纏。薰被頭捲脚帶捱身搊趣，燙殺酒籈攏肉滿口流涎。穿東家過西院只圖醉飽，捱着冬忍着夏滚過流年。正是：人人盡要為篾片，篾片何從賺一錢。今日衛學士和張山人要品題青樓高下，特令小子約臨安女客都到片石居會飲。方纔已請遍了，怎麽這時候衛、張二公還不到來？
（小生、外、雜隨上）四面有山皆入座，一年無日不看花。
（淨接見介）
（小生）祝兄所約諸姬不識可來否？
（淨）小子奉命往城內城外各處邀請那些女客，説了兩位老先生今日要定花案。也有個整理樂器的，也有個謄寫詩稿的，也有個梳頭的，也有個纏脚的，也有個搽脂的，也有個抹粉的，紛紛都收拾來了。
（小生）老祝這等周到。
（外）足見在行。
（淨足恭介）不敢。
（老旦、丑、小旦、副淨扮妓上）遊舫已粧吴榜穩，舞衫初試越羅

新。(見介)

(小生)今日之舉幸蒙諸名姬降重,可稱良會矣。

(老旦、小旦)妾輩得蒙品題,敢不趨赴。

(小生)聞得湖上有一王美娘字苧眉者,才色俱絕,未知是那一位?

(淨)美娘已曾請過,尚未曾到。

(外)請問各位大名。

(淨指老旦介)此位是石楚蘭。(指小旦介)此位是柳搖金。(指副淨介)此位是馬安兒。(指丑介)此位是華秋兒。

(小生)久仰久仰。

(外)此際頗閒,且臨湖賞翫片時,待美娘到了飲酒賦詩,何如?

(小生)有理。(對淨介)再煩兄去請王美娘一請。

(淨)領命。(下)

(各行出看介)

(小生)湖光瀲灩晴偏好,

(外)山色淫濛雨亦奇。

(合)若把西湖比西子,澹粧濃抹也相宜。

【黑麻序】(合)綠柳夭桃,見千株掩映堤畔飄颻,兩高峰極目崚嶒縹緲。難描青波蕩畫橈,花村颺酒標,晚鐘敲。看取瓊宮珠殿,直插雲霄。

(淨上)王美娘請來了。

(眾作進介)

(旦上)山與欹眉斂,波同翠眼流。(見介)賤妾理粧甫竟,應召稍遲,得罪得罪。

(小生外)感卿飛玉,舉座生色矣。

(小生對外介)果然名下無虛士。

(外)真堪壓倒西子。

(小生)今日品花如苧眉,卿真可稱花魁矣。

(旦)大人忒過譽了。

(淨、副淨、丑諢介)

【五供養】（小生外）丰姿孃孃，可人處眼底眉梢。海棠難比艷桃蘂，尚輸嬌。天然窈窕，活現出真真小小。壓倒羣芳遍，怎粧喬，羅浮仙子，占春高。

（小生）將酒來，請坐罷。

（各坐介）

【好姐姐】（合）香醪金樽頻倒，花簇簇珠圍翠繞。九十韶華，須臾都占了風光好。好一似乘鸞跨鳳遊三島，那裡是問柳尋花踏六橋。

（雜上）自家韓尚書府中院子是也。特邀王美娘赴席，只得逕入。（見介）美娘，老爺已候久了，就請登舟。

（旦向小生介）韓司馬大人見招，只得要暫辭了。

（小生）卿好應接不暇。

（旦）碌碌風塵，不得已也。

（外）改日同衛老先生相訪。

（旦）妾當焚香烹茗以待。

（合送介）剩看新翻眉倒暈，

（旦）未應泣別臉消紅。（下）

（小生）美姬已去，興致索然矣。

（外）諸姬畢集，豈可減興。

（小生）既如此，取筆硯來。

（老旦、小旦拂箋磨墨介）

（副淨、丑出銀拔簪送淨求做好介）

（淨諢介）

（小生寫介）

【錦衣香】（小生）一捻紅君王笑，（外）牡丹花了。（小生）九畹芳幽人操，（外）蘭花了。（小生）婆婆影伴嫦娥，（外）桂花了。（小生）晚香霜傲，（外）菊花了。（小生）秋江寂寞冷蕭蕭，（外）芙蓉花了。（小生）凌波影弄，（外）水仙花了。（小生）炤眼紅燒，（外）石榴花了。（小生）芳心夜自交，（外）百合花了。（小生）出污泥獨漾清標，（外）蓮花了。（小生）釀酒供歡樂，（外）葡萄花了。（小生）那些塵輕風掃,(外)楊花了。(小生)籬邊岸側,(外)野菜花了,(小生)還同野草。(作擲筆介)擲管一揮,有污衆卉矣。

(外)正所謂一經品題便作佳士也。

(小生向淨介)譜已成了,可付之梓人。

(淨)曉得。

(小生、外)就此別了。觀於海者難為水,除却巫山不是雲。(下)

(副淨、丑)老祝,你把花案念與我聽。

(淨)我不曉得。

(丑)他不識字的,不要他念。

(對小旦介)你念一念。

(小旦念介)王美娘他是牡丹花。

(副淨)若如此,他是花魁了。

(丑)石家姐姐是什麼花?

(小旦)是蘭花。

(副淨)你是什麼花?

(小旦)我是桂花。

(丑對副淨介)好的多占去了。

(副淨)我是什麼花?

(小旦)是楊花。

(副淨)楊花是沒結果的。

(丑)我是什麼花?

(小旦)野菜花。

(丑)難道我是辣梨?

(副淨、丑)你得我兩人銀子首飾,怎麼把我做壞了?(打淨介)

(老旦、小旦勸介)

【漿水令】(副淨丑)扭破你腌臢道袍,拔光你蓬鬆鬂毛。方巾扯似癟荷包,還我釵梳,倒出錢鈔。(淨還銀求饒介)(副淨、丑)顛翻腿,跌折腰,不許上門圖醉飽。(老旦、小旦)須饒恕,須饒恕,寬容這遭。(副淨、丑)名聲壞,名聲壞,怒氣難消。

（老旦、小旦）應笑西湖舊桃李,強勻顏色待春風。（各下）

（淨）什麼正經騙人做花案,倒惹一場氣。呸,如今再不做篾片了。

【尾聲】今朝翻却前腔調,再不向青樓奔跳,始信道篾片從來沒下梢。

（下）

第十一齣　塵遇（皆來）

【仙呂入雙調過曲·六么令】（末上）逃生無奈失散,中塗兩兩裙釵。存亡何處好傷懷,空搜索,遍天涯,願蒼蒼保佑重逢快。自家沈仰橋,在揚州失了小姐和妻子。一路尋來,並無消息,意欲奔向臨安訪問。離了平江,前面又是盛澤鎮了。熱鬧所在,各處來往的必多,不免帶走帶訪便了。願蒼蒼保佑重逢快。（奔下）

（外上）紬疋為營運,傳留是老行。若求生意盛,只願熟蠶桑。老夫許瞻雲是也。積祖開張紬行在盛澤鎮上,目今三眠已過,做重抽絲,機戶都織紬來出賣。各處客商俱帶銀兩來收貨。兩日行中,好不熱鬧。有幾個坐行客人,都往外邊閒耍去了。恐他歸來,只得在此相候。

（淨扮客上）主因信實千金託,客為公平萬里來。（拱手介）

（外）金相公,方纔在那里頑頑麼?

（淨）咱們有個絳州鄉里,下在間壁行內,故此去拜他。晚間還要到小娘家去,請他吃杯酒兒。瞻老,要你領咱們到上好的姊妹人家去。

（外）近日鎮上也沒有十分好的。

（淨）瞻老,你催這些貨起來,咱要起身快了。

（外）貨已將及齊備了,相公若有行期,決不誤的。

（副淨、小生持鼓板、簫同小旦上）不從水上歌桃葉,且向街頭賣杏花。

（副淨）此處已是許老行內,進去唱一套。（作入介）

（小旦拱手介）

（淨）妙，妙，好女客。

（外）這女客從不曾見。

（副淨）許阿爹，這裡姑娘是陳二官新尋的妹子，叫做陳三官。

（外）我説是新出來的。

（淨）請坐了唱。

（小旦坐，小生、副淨立介）

（唱《玉簪記》上北"好一似玉天仙"、南"紫竹觀音坐"二曲介）

（丑扮張天師亂喊上）【駐馬聽】鶴駕祥雲，我是天師張道陵。奉着玉皇敕命，差往人間，去捉妖精。

（淨喊出，丑亂嚷介）靈符貼處辟邪瘟，噴些法水如雷令。

（淨罵介）咦，狗才，還不出去。

（丑嚷介）打發休輕，管教取滿門安樂，生涯茂盛。

（淨作惱打出丑介）

（外勸介）

（丑嚷下）

（淨）求三娘再唱完了這一套。

（小旦、小生、副淨又唱北"那冤家歸去來"一曲介）

（淨）唱得好。妙！妙！妙！

（外包銀送介）

（淨）寶舟在何處？

（小旦）在西柵頭。

（淨）晚間同朋友來望你。

（小旦）恭候便了。（作出介）

（末奔上）心忙不擇路，念切敢辭勞。（見小旦介）呀，這個分明是我妻子。

（小旦）原來是我丈夫。（各抱哭介）

【引子·哭相思後】只道是浮萍一葉歸滄海，重相見，珠淚灑。

（小生、副淨）呀，這人為何抱我家女客？是什麽光景！

（末怒介）你這班光棍騙了人家女子，買良為娼，拿你見官去。

(各打介)

（外、淨出勘介）

（末對外、淨介）老丈,小人夫婦在京中下來。

【仙呂入雙調過曲·玉抱肚】維揚覓載,痛妻房無端被拐。(指小生、副淨介)你犯王章販賣良人。還有我家小姐呢？更嬌娃何處藏埋？相逢狹路恨難排,扭到當官除禍胎。

【玉交枝】(小生、副淨)我自明媒契買,拐來人切莫浪猜。(小旦)我是卜喬拐來賣與他們的,小姐也是卜喬載去了。(小生、副淨)身銀百兩原結債,怎空教一番圖賴。(末)倒是我圖賴你麼？(外淨)人歸故主須給財,人財俱失爭難解。(合)兩分離今朝會來,兩爭持如何處開？

（外向末介）既是令正,自然歸於足下。但令正原說不是他拐的,自然要處些財禮與他。(對小生、副淨介)你們這椿事也難認真了,將就拿幾兩銀子去罷。

(淨)處得有理。

(末向外介)小人身邊盤纏已盡,那得銀子還他。

(外)且同到公所議定了,完全你夫妻之事。些少銀兩,老夫助些便了。

(末、小旦)多謝,多謝。

(淨)我們多去,多去。

（外）天涯飄泊雨銷魂, （淨）一旦萍逢誼轉親。

（末）今日劍誅無義漢,（小旦）他年金贈有恩人。

第十二齣　一顧（齊微）

【商調過曲·山坡裡羊】（生作衣小帽挑油担上）身兒遠迢迢如寄,夢兒亂紛紛難據,影兒孤冷心兒碎,鴻雁稀書兒何處題。泪兒濕透衫兒袂,故國雲山望裡迷。我秦種流落臨安,蕭條旅邸,蒙店主指引,教我賣油。每日挑出,頗有人買,儘堪度日。只是生意微細,恐人笑耻。咳,寧戚當年曾販牛,荷薪翁子志終酬。丈夫窮

達尋常事,何必區區獨賣油。且挑到前面去,再作道理。卑窮南來遇數奇,棲遲男兒志怎灰?(下)

【仙呂過曲·皂羅袍】(副淨上)家傍西湖流水,喜滔滔生意,庭院光輝。老身王九媽,自從美兒聽了劉家妹子言語,欣然接客,往來如市。青樓名占百花魁,王孫公子爭提攜。且到門前去,看什麼東西過來,買些家中用度。真個是開門七件,晨昏怎離。當家百事,勤勞自持。(內叫介)老親娘,快些進來。(副淨)來了。甫聞行又聽得多聒絮。(下)

【解醒帶甘州】【解三酲】(生挑擔上)逐蠅頭潛身閭里,淹驥足努力馳驅。迤邐行來,已是西湖上了。看水光山色溼空翠,尋芳伴遶蘇堤。(外、小生上)暫醉佳人錦瑟傍,(旦上)湖干仿佛是巫陽。(生立住看介)(外、小生)請了,告別了。(旦)請。(外、小生)章臺且解雙遊騎,(下)(旦)畫閣頻添百和香。(下)(生作出神介)呀,好一個標緻女子,分明是仙妹恍遇天臺上,神女遙臨洛水湄。(作望內介)【八聲甘州】魂飛,險教人望斷樓西。

(副淨上)那個在門首?(見生介)呀,原來是賣油的。我正要油用,你挑進來賣。

(生入介)

(副淨)興兒,拿瓶出來買油。

(淨上)慣打金生麗,專燒雷賀倪。

(與生秤油譚下介)

(副淨)我家日逐要用幾斤的,你不時挑來,一總秤銀子罷。

(生)待我記了帳便是。

(副淨)這小官倒也又伶俐又老實,你是那裡人?

【仙呂入雙調·玉抱肚】(生唱作偷望內介)咱是東京家世,避兵戈臨安暫棲。(副淨)元來是汴梁人。你姓什麼?多少年紀了?(生)問姓名秦種,非虛數年華二九方齊。(副淨)秦小官,你去罷,明日再挑到我家來。你經營趕趁莫徘徊,我且垂却湘簾半掩扉。(下)

(生作挑出又望內介)這是什麼人家有這等好女子?為何一出

來就進去哉？難道如今再不出來的？

【掉角兒犯】傍朱樓綠柳斜欹，護雕闌名花堆砌。遇匆匆仙凡偶親，杳沉沉珮環歸去。想着他致飄蕭容貌神態猶夷，情睛兩點牢牢覷。【望吾鄉】心如醉，意似癡，回顧遍蒼苔瘞。（內叫介）秦小官，我這裡要油，快些挑這邊來了。我且到那邊去做了生意，今晚回到店中安頓，明日再來訪問便了。

【尾聲】一准清晨重相詣，今宵旅舘恁淒其。博得個枕畔朦朧悄會伊。正是

　　　　明知無益事，故作有情癡。

第十三齣　北還（江陽）

【仙呂過曲・醉扶歸】（外上）枕戈朔漠空悲壯，抵多少崆峒倚劍閃光芒。那裡是雁足傳書動君王，博得個裹尸馬革酬草莽。我孤忠一點凛冰霜，對北闕添惆悵。我秦良奉檄勤王，提兵摀塞。誰想朝廷信任奸佞，致俺主帥解兵，無人救援。我孤軍傾陷，被金人拘留冷山。已後聞得金兵打破京城，逼擄二帝，想中原無完土矣。近聞新天子即位臨安，金人歛兵北返，邊塞稍得寧靜。我趁此烽烟暫息巡邏不警之秋，偷出燕山，奔回南國。冀得少建功勳，也強似死埋胡土。今已結束停當，准備南遷。想二帝在五國城中，我此去再不能瞻天仰聖了，不免望空遙望拜舞一番。（拜介）

【大石調過曲・賽觀音】翠華迷，胡塵障，歎何日回轅舊邦。我那二帝阿，念小臣從此去呵，真個似一別九重天上。回首君門，一片塞雲黃。拜別已完，就此前行罷，省得有人知覺。（行介）

【前腔】玉關遙，平沙曠，趁飛雁偷過白狼。好教我盼煞那長安日傍，千里陰山，一霎好騰驤。（內作金鼓聲介）呀，追兵來了，如何是好？不免速速逃生。（奔介）

【人月圓】金鼓震，渾似轟雷响。畫角鳴，笳聲悽愴。心忙步急多勞攘，怎學得鼇魚縱大江。呀，不好了，那裡果然有人馬來了。旌旗颺，蚤難做秦關暗度行藏。

（淨、丑扮番將領眾上）天驕雲幕動金微，沙磧年年卧鐵衣。白草城中春不入，黃花戍上雁長悲。俺們射獵回來，正遇着一個南朝蠻子。哦，這厮南行，敢是逃走的麽？

（外）我是大宋臣子，奉金主之命，遣歸公幹的。

（淨丑）可有令箭麽？

（外拔劍介）有所賜寶劍一口，以為符信。

（丑）你姓什麽？

（外）我姓秦。

（淨背向丑介）是了，是了，聞得有一秦檜，與四太子歃血為盟，遣歸宋家反間，敢就是他了。

（丑）既是四太子心腹之人，不要惹他，放他去罷。草枯鷹眼疾，風勁角弓鳴。（下）

（外）呀，你看這夥金人，被我一哄，多散去了。趁此時不走，更待何時。（奔介）

【前腔】忙奔走，漏出瞞天網，虎穴龍潭魂驚喪。秦關漢闕堪相望，煞強似孤魂遶夜郎。心胸朗，早又是故鄉雲樹微茫。來此已是雲中界上了。我今番做了中國人，不為胡地鬼矣。想我舊鎮已經殘破，孩兒未審存亡。有一故友楊沂中，聞他身為統制，屯守泗州，不免投他麾下，冀得建功立業，有何不可。

【尾聲】詣蘭交投蓮帳，把重新事業再商量，想殺我膝下飄零轉斷腸。

　　　　去國身千里，歸家山萬重。
　　　　胸中無限事，灑淚泣西風。

第十四齣　再顧（先天）

【雙調引子·夜遊朝】（生衣帽上）透骨癡情難自遣，捱長夜展轉如年。雞唱三聲，日光一線，重提起相思千遍。我秦種，昨日偶從湖上經過，只見片石居邊，綠楊深處，畫閣迎風，朱扉臨水，閃出一個絕色女子。眉灣欺柳，癡裡藏嬌，臉暈憎桃，羞中露媚，使我目斷魂迷，神馳心死。只是可笑他一出門就進去了，我呆立半晌，並不見影兒。但不知何等人家有此美女，教我好難摹擬。今蚤巴得天明，便欲到彼飽看一回。咳，我想就得見面也是無益的事。但足尚未行，心已先往了。只得且停一日生意，閒步一回。（行介）

【仙呂入雙調過曲・忒忒令】西子湖迢迢遠旋，天臺路匆匆偏遠。迷離望眼，怕又早夭兒宴。博得個花弄影、竹搖風、人移玉，也算做三生不淺。說話間已到昨日所在了。為何不見他出來，且沒個人影兒，好掃興。（張望介）

【嘉慶子】雙扉半掩簾漫捲，止有那乳燕呢喃語畫椽，零亂飛花依蘚。好教我愁似織，望將穿，早難道昨日這一會呵，渾如夢，更疑仙。呀，且喜裡邊有人出來了，我且站立半邊，看是何人。

（旦上，淨抱琵琶隨行介）

（生緊跟作呆看介）

【尹令】（旦）度柳浪鶯聲百囀，過花港蘋香一片，春曉蘇堤芄蕑。（淨）姐姐，今日齊太尉老爺的船泊在斷橋，請姐姐快些下舡。（旦）橋斷山連絕勝，仇池小有天。（下）

（生）呀，果然有緣，又得見他，方纔飽看一回。

【品令】真個是傾城傾國，花笑玉生烟。他向湖邊，青雀頃刻影飄然。徘徊顧望，恍隔雲堨面。為雲為雨，怎做曲終不見。指點迷津，想洞口漁郎自有船。我想此番會面比昨日更覺親切，但到底不知他下落。此處有臨湖酒樓，不免上去少飲一壺。他在舡上可以眺望，倘遇著熟人，可以問個來歷。（作入介）

（丑上）李白聞香下馬，劉伶知味停車。官人樓上坐。請問官人，還是自飲還是請客？打多少酒？用多少菜？

（生）我要臨湖賞翫，自飲一壺，隨意將幾碟菜來，你自下去便了。

（丑下）

（生）你看果然好一個西湖也。

【豆葉黃】望琉璃萬頃，碧草芊芊，見浮屠倒影中流見。浮屠倒影中流，水色接山光如練。馬嘶金勒，姝聯翠鈿。看多少蘭橈畫舫,看多少蘭橈畫舫,盡度曲臨風,聒耳笙歌鬧喧。

(副淨)按摩為活計,修養作生涯。(捱近生介)官人捏一捏?

(生)不消了,你自去罷。

(副淨)官人,我們這樣人,吃酒時節再少不得的。一則可以揣摩穴道,二則假如官人這等獨坐無聊,此間好女客極多,亦便請來陪坐。

(生)你怎麼認得?

(副淨)我們叫做烟花使者,衙院先鋒。憑你臨安城內城外,若高若低,沒一個不認得的。

(生)既如此,我且問你,近邊有一絕色女子,你可認得麼?

(副淨)説他住在那裡?你從何處見來?(副淨捏背,生唱介)

【玉交枝】他住垂楊深院,粉墙高朱樓那邊。(副淨)在湖上紅樓內麼?(生)麝蘭一陣香風散,驀現出嫦娥月殿。(副淨)他什麼打扮?(生)湘江六幅恁翩遷,鮫綃兩袖多嬌倩。(副淨)多少年紀了?(生)正青春盈盈妙年,抱琵琶悠悠洛川。

(副淨)原來是花魁娘子。果然標緻,他一捻腰肢纖細,二眸秋水澄清,三寸弓鞋窄窄,四肢體態輕盈,五官秀色可採,六銖㳦㳦烟輕,七竅玲瓏透露,八眉翠黛染成,九重春色為最,十相具足堪稱。

(生)你倒不要説他標緻,我都看見的了。只說他何等人家,姓名什麼?

【么令犯】(副淨)他是青樓魁選,在王家芳名頓傳。(生)他姓王麼?原來是門户人家。(副淨)門庭盡公子王孫,車馬喧闐;受用足花臺月榭,詩酒流連。(生)他叫什麼?(副淨)小名叫做美娘,如今都稱他花魁。睡他一晚,足要十兩敲絲哩。切莫枉流涎,問織女銀河怎填。(內叫介)修養司務,下邊客人叫你。

(副淨)來了。(急下介)

(生)原來這等女子落在娼家,可惜,可惜。我想人生天地間,若得這等美人摟抱他一夜,死也甘心。(呆想介)呸,我終日挑這油擔,怎想非分之事。況他交的都是貴客,我賣油的縱有銀子,也難近他。(又想介)我想老鴇愛鈔,若有銀子,那怕不從。只是怎得這十兩銀子？咳，有志者事竟成，我自明日為始，逐日將本錢扣出，積趲三分，只消一年事便成了。

【江兒水】情向前生種，人逢今世緣。怎做伯勞東去，撇却西飛燕。教我思思想想心心念，拼得個成針磨杵休辭倦。看瞬息韶華如電，但願得一霎風光，不枉却半生之願。

（副淨上）官人，你看那邊一個船來了，正是美娘在裏面。你聽簫管之聲，好生熱鬧。

（內打十番介）

（生副淨各張望介）

【川撥棹】（生）歌聲串，反教人情展轉。盼殺那畫舫嬋娟，盼殺那畫舫嬋娟，逐春風魂飛爾前。（合）空教人望斷鳶，轉教人泣斷猿。

（副淨）官人，到樓下會鈔罷。

【尾聲】（生）從今收拾間留戀，（副淨）休負却舞裙歌扇，（生）我無限春心託杜鵑。

　　　　　花酒情偏殢，仙凡路不遙。
　　　　　若無漁父引，怎得見波濤。

（下）

第十五齣　禿涎（蕭豪）

（丑扮和尚上）色中餓鬼獸中狨，弄假成真說祖風。（自指介）此物只宜林下看，豈宜引入畫堂中。區區不是別人，本名卜喬。向年曾拐兩個婦人，賣得二百多兩銀子，自謂一生受用不盡。誰想被臨安這些老相識局去，鎮日花六隻五副頭，不上半年，弄得精光了，衣食漸漸不周。自想各樣道路難做，只有佛門乃是藏垢納污之所，因此剃了頭髮，在上天竺雲漢閣做個和尚，法名海潮。虧得乖巧，一做就做上了銀錢，儘騙得來酒肉，儘有得吃。只是一件，當初有頭髮時見了婦人，自己身子好像糟團一般。誰想吃了和尚這家飯，靠着十方，身閒心逸，日裡見了許多婦人，夜間睡裏夢裏無非掛念嬌娘，扒起來茶裏飣裏單想搜尋樂地。本房師兄、師弟、徒子、徒孫，都包婆娘、討妻子在外，只有我老海獨無，好生難過。且到寺外左近閑步一回，若得相逢有緣，不枉人生一世。（作行介）

【南呂過曲·秋夜月】頭似瓢，身上緇衣罩，隨緣喜捨忙忙叫，看經念佛成虛套。把黃湯亂倒，見婆娘活寶。（下）

【雙調引子·秋藥香前】（末上）飄泊天涯信杳，欣重敘免度昏朝。我沈仰橋。自揚州失却妻子，只道今生永無會期，誰想在盛澤遇見。幸得許瞻雲少償身價，得以完聚。又蒙他賫發盤纏，得到臨安。一向尋訪小姐，並無消息。思量難以度日，只得在九里松開個茶館。又僱一個小三在店中走動。三春內遊人香客頗多，生意儘好。今日要到城內去走遭，不免喚妻子出來則個。（叫介）娘子出來。

【秋藥香後】（小旦上）趙璧重完相會巧，管百歲夫妻偕老。（見介）

（末）娘子，我今日要往城中買幾件夏衣，你同小三在家開張店面，不要冷了生意。

（小旦）三春已過，況你又不在家，開他則甚？

（末）自古道不做不活，倘遇個人來吃了幾壺，也賺他幾文錢來買菜。

（小旦）既如此，你早去早歸，我自開店便了。

（末）這便纔是玉茗一壺消俗慮，松陰九里映蒼雲。（下）

（小旦）小三那裡？

（淨上）茶館茶館，揩檯搬碗。半分一壺，點心再算。親娘，做什麼？

（小旦）阿爹往城內去了，你把招牌掛出店面，開張起來。

（淨）親娘，不要費心，待我搬出茶壺器皿來就是了。

（小旦）我有件舊衣要做，你快煽起茶來。

（淨）曉得。

（小旦縫衣，淨煎茶介）

（丑上）

【仙吕入雙調過曲・玉抱肚】閒行古道,見茶煙斜穿樹梢。我為香市匆忙,一向不到這裡,又開了一個茶館。(張介)覷臨軒有女當壚,羨丰姿百媚千嬌。不免進去買茶吃,飽看他一回。(作入介)(淨)師父請坐。我這裡有好茶,天池陽羨價偏高,蟹眼烹來捲翠濤。

(丑)你們幾時開的?

(淨)在蚤春開的。

(丑上前揖小旦介)小僧不知娘子新開寶店,不曾送糕賀喜,得罪得罪。

(小旦背介)這個好像卜喬,難道他做了和尚不成?(對丑介)師父,上刹那裡?

(丑)小僧就在上天竺雲漢閣內。

【前腔】禪房清悄,伴松雲名稱海潮。(背介)我看他好像此人,待我問他可是。(向小旦介)請問娘娘,在何方到此安居?叩尊夫姓氏根苗。(小旦)奴家呵,汴京避難遠迢迢,拙夫方纔入城去了,看壁上明書沈仰橋。

(丑背伸舌介)原來就是他。他既不認得我,我且括他一括。

(淨)師父,請坐吃茶。

【月上海棠】香韻飄,山蔬幾種供談笑,自古道盧仝七碗,渴吻能消。(丑作搔首抓耳介)引芳魂渺渺,飛騰焚烈焰,忡忡煩躁。(老旦內叫介)沈親娘,請過來,有話與你講。(小旦)來了。(對淨介)小三,我要到間壁陳親娘家去,你收了店罷。(淨)曉得。(小旦)斜陽焰,且旋移樽罍,好掩松寮。

(丑)小僧也告別了。(出銀介)白銀一塊留在這裡,下次總算。

(淨)不消許多。

(丑)我海師父不是這樣小器的。

(淨收銀。小旦看丑作疑介)

(小旦)閉門不管窗前月,分付梅花自主張。(同淨下)

(丑望介)好笑。這個婦人被我賣了,為何原歸沈仰橋?且喜他不認得我,方纔若無小三在跟前,幾乎做起光來。我想湊口饅頭,必要弄他上手。只是有他夫主在家,難以行事,且老大用個計較,怕他走到那裡去。

【前腔】把香餌拋鰲魚,管上金鉤釣。做一個離山調虎,早難道水月空撈。九里山設就絲籠,六出計安排機較。(對天揖介)勤勤告,仗諸天護法,早締鸞交。

　　　　和尚原是人身,只差幾根頭髮。
　　　　撞見可喜冤家,忙念救苦菩薩。

第十六齣　僞册(真文)

【中呂引子·菊花新】(淨紗帽圓領上)將傾大廈勢紛紜,巢覆難期卵獨存。禍福本無門,識時務始稱英俊。虞夏商周及漢唐,幾朝興旺幾朝亡。笑殺睢陽張共許,何須苦守舊家邦。自家姓劉名豫,生來膂力千鈞,腹內甲兵百萬。流惡肆毒,可比共驩,詭智陰謀,渾如莽操。生當宋室凌夷、金兵擾攘之秋,可恨執政却選我為濟南知府。那濟南乃是金兵往來要衝,本該張韓劉岳等將守把,我輩只宜處臺閣畿省,纔得優遊自在。故此力辭,求改選東南內地。豈被趙鼎不從,只得勉強就職。到任後,那金撻懶統兵攻打城池,叵耐部將關勝欲往拒敵,被我立斬。隨將金珠玉帛厚賂金撻懶,他却德我而去。又許我奏聞金主,必當重用。此正棄暗投明、革故鼎新之會也。我有子劉麟、侄劉猊、部將張東、王瓊,俱有萬夫不當之勇。若得金邦用我,席捲宋室剩水殘山,猶如摧枯拉朽。咦,這纔見得天生我才必有用,怎忍終身牛後羞。

(丑扮劉麟上)呀,爹爹,不好了。孩兒射獵回來,只見金兵百萬,捲地而來。

(淨作慌介)

【中呂過曲·駐馬聽】(丑)盔甲如銀,招颭旌旗隊伍分。他馬稱拐子,鐵作浮圖,陣似雲屯。(淨)如今到那裡了?(丑)長驅恰似虎狼奔,看看軍馬攻城緊。(淨)我厚事金邦,怎麼反移兵攻我?(抱丑哭介)(合)玉石俱焚,怎能個雙雙殘喘苟延一瞬。

（丑）爹爹，整兵拒敵何如？
（淨）癡兒子，金人殺得他過的？就出了死力，宋家那裡曉得。
（丑）既如此，逃走了罷。
（淨）金兵趕上，你我皆為刀下之鬼了。如今無計可施，只得共你皆綁縛了出城投降。倘然金邦憐我，或得饒命，亦未可知。
（各綁作出城跪迎介）
（小生扮金將領衆捧詔上）為傳天上金烏詔，册立中原石晉臣。
（淨）罪臣劉豫自縛候迎王師。死罪，死罪。
（小生）俺奉旨册封足下，何故如此，好至城中接詔。
（淨、丑作喜放綁俯伏介）
（小生）大金皇帝詔曰：宋室不道，四海倒懸，天兵問罪，九廟丘墟。兹爾守臣劉豫，棄宋來歸，審知順逆，特賜金册玉璽，立為子皇帝。置都東平府，國號大齊，改元奉昌。立妻趙氏為皇后，子劉麟為太子。開設衙門，選任百官。爾其開疆拓土，藩屏上國，永著厥勳，汝其欽哉。謝恩。
（淨、丑）萬歲！萬歲！萬萬歲！
（淨換衮袍、丑換金冠介）（與小生揖介）
（小生）聖旨命君作速起兵攻宋。
（淨）我受聖上大恩，敢不竭力。今日黃道吉日，就同天使一同起兵，殺往宋國便了。
（小生）有理。
（淨）大小三軍就此起兵，攻打建康、泗洲等處，殺入臨安擒了宋皇帝，重重有賞。
（衆）得令。（行介）
【馱環著】（合）統貔貅列陣，統貔貅列陣，旗幟連雲，金鼓如雷，地摧天振。席捲衢州掠郡，掃蕩乾坤。竚看石頭城，望風投順。臨安府須臾殘損，獻版策君臣輿櫬。申忠悃，報厚恩。共北祝天邦，萬年綿亘。（各下）

第十七齣　計販（尤侯）

【雙調引子·搗練子】(末上)嗟跡寄，歎萍浮，鏡裏頻添客鬢秋。(小旦上)裙布相依，甘冷淡閒，將往事付東流。

(末)娘子，我和你一番分散，今得安居，雖勉強度日，也謝天不盡了。

(小旦)你我與小姐一同出京，如今我二人得以完聚，只是小姐不知下落，教我時刻掛懷。

(末)這都受了卜喬賊徒之害，以至於此。我若遇見此賊，便手刃他也不多。

(小旦)我正忘了。昨日自你入城之後，有一和尚到店吃茶，宛似卜喬模樣。

(末)他為何出了家？你該盤問便好。

(小旦)被我問他，他說是上天竺雲漢閣法號海潮，又扯着饞臉露出許多討便宜光景。

(末)這裡出家人都不相應的，該遠避他纔是。只不知果是卜喬否？

(小旦)他說今日還要來。

(末)他若來時，待我細細認他，若果此賊，我和你暗暗擺佈他便了。

(小旦)有理。

(丑扮僧，外扮香火携盒酒上)

【前腔】(丑)携酒果，暗藏鬮，謾櫓搖船下釣鈎。(外)師父阿，老道呵，終日忙忙收盞飯，休教人鈑做牽頭。

(丑)不要胡說，此間已是了。何為歇店在此？待我敲門。(輕敲介)開門，開門。

(末)是那個？(出見介)呀，師父何來？

(丑)小僧是雲漢閣海潮，是此間緊鄰。(入揖介)

(小旦)原來就是昨日師父。

（末背向小旦介）果然像他。

（丑）小僧一向不知居士移居在此，有失奉賀。今日備具水酒一壺，粗盒一架，少盡地主之禮，幸勿見罪。

（末）我們初到，不曾來拜見，反要師父壞鈔。

（丑）老道，將酒來，我與沈老爹把盞。

（末）不消，不消。

（外擺盒酒介）

（丑）你先回去罷，我就歸來的。

（外）師父，你若吃醉了，可要我來扶你？

（丑）多說。去便了。

（外）道人不是悲秋客，且聽僧敲月下門。（下）

（各坐介）

（丑）請酒。

【仙呂入雙調過曲‧風入松】杯盤草草共相酹，自古消愁惟酒。試將桑梓從君叩，因甚事山居迤逗。（末）我夫婦原是汴京人，避難到此的。（丑）你初到此間，熟識的少。小房甚近，凡事可周濟的，不要見外了。嘗言道比鄰處天涯故丘，休道是僧與俗不相謀。

（末）請問師父，

【前腔】名山飛錫幾年週，法眷何方華胄？（丑）小僧是本處人，從幼出家的。（末）請問尊姓？（丑）與君同姓相逢偶，五百歲一家非謬。（末笑介）或者是一家，亦未可知。（小旦）師父既是此處，為何口氣有些北音？（丑）小房有幾衆北邊師父，故此聲音習慣了。請問沈老爹，今日為何不開店？（末）端只為春光老行人倦遊，因此上閒茶甕掩山郵。

（丑）既如此，何不另做些生意？

【急三槍】自古道經營懶，難消遣，昏和晝。又道是坐食久，恐難周。

（末）師父，我也要做些生意。

【前腔】只為那多空乏，無移借，權株守。真個是擒虎易，告人羞。

【風入松】(丑)萍逢四海盡交遊,緩急豈論新舊。(末)雖承雅意,只是不好斗胆。(丑)不妨。敝寺各房都有領本去做生理的。想君貿易多泖溜,乏貨本我當成就。(小旦)只不知這裡做得什麼買賣?(丑)門前那裡做得生意,清幽處銀錢怎求,須不憚去撞府與衢州。

(末)外邊生意雖好,

【急三槍】只慮着諸生理,須經慣,財源茂。空教我無熟徑,向誰投。(丑)

【前腔】須知道無欺僞,多安穩,非卑陋,不過是向苕水,去收紬。

(末)紬行內須要大本錢,我那裡做得這等生意?

(丑)只消幾十金,你到湖州販了紬往平江去賣,就有幾分利息了。我明日先付五十兩銀子與你,做起來看生意局順,我再付本錢便了。

【風入松】咱家利息歲終收,止取二分非厚。(末、小旦)多謝師父。(丑)趁此新絲之日,你作速起身便好。(合)疾忙擇吉休落後,好准備平江一走。(丑)小僧告別了。(末)重蒙厚費,另日奉酬。(丑)好說,我明日清晨呵,攜白鏹毫非浪搠,再和你持杯犖餕行舟。(下)

(末)明明是卜喬那賊,他為何姓起沈來?

(小旦)他將銀掜放,亦非好意。

(末)我豈不知他?哄我出門之後,一定來行奸騙。如今且不要猜破,且拿了銀子,暗暗擺拼他,并前番茶毒,一總銷除便了。

(小旦)有理。

(末)無端禿子肆狂圖,(小旦)新恨前仇報怎疏。

(合)計就月中擒玉兔,　　謀成日裡捉金烏。

第十八齣　探芳(庚青)

(生上)【小重山】簡點春光剛一年,依然花灼灼,草芊芊。短長癡夢苦纏綿，都捱遍，寂寞奈何天。　　十二月重圓，渾如桃熟候，隔三千。夙懷新願向誰傳，銀河畔，好把鵲橋填。我秦種自見王美娘之後，神魂恍惚，寢食都捐，冀得了半晌之緣，因此攢一年之蓄。自去春到此，甫及一載，昨日將日逐積下之物扣出本錢，到銀舖內剛剛傾成十兩一大錠，二兩一小錠。特此打扮得衣帽新鮮，鞋襪乾淨，意欲到彼以了前願。但未知他肯允從否，只得硬着臉兒到他家去。（行介）想我秦種一年來好不勞神也。

【商調過曲‧鶯啼序】春花秋月生憎，掃不斷癡情。日如年夜更淒清，聽遍雞唱鐘聲，將烏兔忙忙送遣。想雲雨看看漸近，低徊自省，盻殺人炤命花星。來此已是王家了。我想每常在此賣油，今日怎好啓齒說這椿事。咳，事已至此，說不得了。（叫介）有人麼？

（副淨上）談笑有鴻儒，往來無白丁。（見介）

（生揖介）

（副淨）呀，原來是秦小官。今日為何不做生意，閒行到此？（細看生介）好阿，打扮得恁般濟楚，往那里去貴幹？

（生）小可並無別事，專來拜望媽媽。

（副淨笑介）我猜着你了。你是個老成人，見此春光明媚，花落鳥啼，也動起少年情性來了。

（生笑介）

（副淨）請坐了。（坐介）

【黃鶯兒】（副淨）鶯語巧如笙，颺晴絲飄絳英，人生怎負芳菲景。（生笑介）小可心事都被媽媽猜着了。（副淨）果有此興。我家幾個女兒都是你認得的，誰行目成，憑君意凝，相知任把纏頭贈。（生）小可意兒倒不在幾位姐姐。（副淨）笑盈盈，春心一片，教我話難醒。

【集賢賓】（生）經年積悃多志誠，頻入夢勞形。（副淨）逢場作戲的事，何須費心。（生）望斷天臺迷釣艇，揣塵凡怎到蓬瀛。（副淨）不要太謙了。（生）芳心自領，謹候取東君春令。（副淨）你端的屬意何人？（生）小可單只求與花魁娘子相處一宵，非浪逞，敢攀折碧桃紅杏。

（副淨）阿呀，你好傒落。老娘我家花魁女兒呵，

【黃鐘過曲·滴溜子犯】傾城貌，傾城貌，名揚帝京。吹簫伴，吹簫伴，聯翩俊英。（生）小可也頗知一二。（副淨）堪笑無稽薄倖，妄想天鵝成畫餅。（生）不敢。動問花魁娘子一夜敢要幾千兩麼？早難道十斛明珠買得娉婷。

（副淨）這原不消許多，只這十兩一晚，外邊那個不曉的？你是經紀人，快不要提這話。

（生）我只道要許多，原來也只得如此。（出銀介）小可剛傾十兩一錠，足色足數，另外二兩送與媽媽備東的。

（副淨背介）好一錠細絲銀子，怎好放得他去？（向生介）秦小官，敢是作耍老娘麼？

（生）小可安敢浪言，我只為着花魁娘子呵，

【商調過曲·簇御林】捱盡了昏沉晝、長短更。待相抛，又轉縈。就是這十兩銀子，也是我星星點點堅心掙，苦得個捱歲月，圖歡慶，圖歡慶。（揖介）望垂矜，但願得氤氳作合，一笑了三生。

（副淨）你且坐了，待我計較。（向內叫介）茶來。

（丑扮丫頭上）風流茶說合，酒是色媒人。親娘，茶在這裡了。客人在那裡？

（副淨指生介）這不是客人？

（丑）這是秦賣油。（向生介）你的油担放在那裡？倒坐在此閒話，敢是討賒錢麼？

（生低頭介）

（丑向副淨介）親娘，可是要拖遲他欠錢，故是這等待他？

（副淨）誰要你多管。

（丑看生介）好奇怪，今日為何打扮這樣齊整？有興，有興。

（副淨喝丑下）

（副淨）是便是了，還有多少煩難哩。

（生）媽媽是一家之主，有甚煩難？

（副淨）你好輕便。我家美兒被許多王孫公子交接慣了，豈肯輕易近人？你這樁事還不知要費老娘偌大心機哩。

（生）若得成就，生死不忘。

（副淨）你不要性急了。美兒昨日在衛學士家陪酒，尚未曾回。今日是齊太尉約下遊湖，明日是張山人一班清客邀他做詩社，後日是韓尚書公子請他賞牡丹，這幾日怎得工夫？你且過着十日纔來。

（生）既得媽媽金諾，不要說十日，就是一年，小可專等。

（副淨）你的銀子若不放心，且拿了去。

（生）今蒙媽媽收銀，就得安心了，豈敢拿回。

（副淨）你到十日後不要來得蛋了。

【琥珀猫兒墜】覷着雷峰夕照，乘興過柴扃，（生）曉得。（副淨）且教你探取姮娥月下等，（背介）那裡是琴心詩謎兩相迎。（生）叮嚀，切莫使藍橋滾滾袄廟騰騰。小可就告別了。

（淨）再坐坐去。

（生）不消。

【尾聲】須臾暫解心頭病，（副淨）竚看取佳期俄頃。（生）且捱着百二十時辰重將望眼撐。（下）

（副淨）好笑，好笑。賣油郎要相處起花魁娘子來。欲待回他，又動火這十兩銀子，只得應承了。如今且不要與女兒說明，等他數日後在那裡赴席歸家，胡亂促成其事，清早打發他去却不乾淨？

美色人人思慕，愛鈔區區偏餓。

舔他千日斫柴，也算春風一度。

第十九齣　溺淫（先天）

【仙吕入雙調過曲・雙勸酒】（丑上）山門祖傳，私藏家眷，嬌娘貌妍，相逢奸騙。但願得光通一綫，猛拚咱百計鑽研。我海潮為那婦人使盡心機，昨日所許沈仰橋銀子，今早將化下施主修殿錢糧兌足五十兩，放光送他作本。已經交割明白，他說今晚起身。方纔又差老道去送路上所用小菜為繇，打聽出門消息，準準在抵暮上船去了。天那，但得他一出了門，我老海就到手了。等了這一會，好生難過。你看紅日西沉，又早微微月色，不免捱到前面松林內，看

他可曾走動否。（行介）

【海棠醉東風】【月上海棠】曲徑旋,松梢月色朦朧現。（望介）漸口涎嚥盡,餓眼將穿。那邊有兩個人來了,不知可是他,且躱在松樹後,聽他有甚言語。（作避介）（末同淨背包傘上）（末）小三,走阿。附扁舟豈可稽遲,約同伴怎容消遣？（淨）阿爹,這裡到松木場好一段路哩。（末）方纔約過夥計,等我一上船,連夜就行了。快些走。【沉醉東風】（合）客遊意堅,棄家泪漣。但願財源百倍,欣欣歸故園。（下）

（丑喜介）呀,果然他兩個去了。口中不知嘮嘮叨叨說許多話,總之急急趕路的意思。我趁此時安心樂意到他家去,成其好事便了。（行介）

【玉枝帶六么】【玉交枝】真個天留人便,我急趨蹌歡圖一眠。此間已是了,不免敲門。（叩門介）開門,開門。（小旦上）笑殺螳螂能捕蟬,那知黃雀尾其後。是那個？（開門介）【六么令】（丑）娘子呵,是你今生相識夙世緣。（辯介）焚慾火,焰沖天,望慈悲救度咱殘喘,望慈悲救度咱殘喘。

（小旦）你為何黌夜到我家來？這是什麼規矩？

（丑跪介）我海潮累次蒙娘子笑顏垂盼,恐虛娘子美意,特設這條計策,送銀子與尊夫出外生理,冀得親近娘子,伏願俯就良姻。儻海潮日後負心,屍拋江海,永墮阿鼻地獄。

（小旦扶起介）請起。何須如此賭咒。你既有心,我豈無意。如今丈夫出去,我雖無人拘管,但你出家人,往來須要隱秀些纔好。

（丑）不消分付,小僧在行。既蒙娘子金許,如今就上床罷,我一刻熬不得了。

（小旦）我和你後會正長,何必如此性急。待我煖起酒來,共飲一壺,然後就寢何如？

（丑）隨便吃一鍾罷,不要兜搭工夫了。（對坐飲介）

【六么姐兒】【六么令】（丑）蒙卿意惓,對酌金巵,心醉如顛,念咱何福遇神仙。（小旦）再請一杯兒。【好姐姐】自古酒逢知己,且自樂陶然。（合）【梧葉兒】良夜流連,良夜流連,願得歡娛百年。

（丑）睡了罷。

（小旦）你先去睡，待我收拾過了家伙就來。

（丑）夜短得緊，不要磨延了。

（小旦）房內有火，你先睡了，我就來的。

（丑欲下介）既如此，你快些來。

（小旦）你的衣服脫在這裡罷，有燻籠在此，我與你燻一燻。

（丑）妙，妙，難得娘子這樣知趣。（脫衣與小旦介）

（丑）渾身脫得光禿禿，專等嬌娘鐺一鐺。（下）

（小旦將丑衣藏過介）

（丑內叫介）娘子，快些來。

（小旦）來了。

（末、淨上）埋伏機關擒猛虎，安排香餌釣鰲魚。（敲門介）開門，開門。

（丑內問介）娘子，是那裡敲門響？

（末又敲介）快些開門。娘子，是我回來了。

（小旦向內介）不好了，想是丈夫忘記了什麼東西，又回來了。

（丑奔出介）怎麼處？開了後門放我去。

（小旦）我家無後門的。

（末喊介）開門，開門。

（丑急介）既如此，放我在竈前或在床下躲一躲罷。

（小旦）俱不穩便，有一隻空箱在房內，你權避在裡頭，待我急急打發他去了就開你。

（丑）有理。（作暗下入箱介）

（小旦開門介）

（末）這禿驢停當了麼？

（小旦）已在箱子內了，待我將鎖來鎖好了。（虛下）

（末作嚷介）小三，你看房中箱子內什麼東西，快些擡出來。

（淨應下）

（同小旦擡箱出介）

（末）咦，可惱，可惱。

【玉肚交】【玉抱肚】狂徒胡纏入縧籠，飛蛾自燃。小三，繩索在那裡？（淨）繩索扛棒都在這裡。（末同淨扛箱介）擡伊撇向中塗，須教性命難全。娘子，你關好了門戶，我頃刻就歸的。（小旦）曉得。閉門不管窗前月，分付梅花自主張。（下）（淨）【玉交枝】阿爹阿，如今這和尚在箱子內呵，好一似非龕非轎亦非船，教他昏天黑地團團戰。（合）遠西方未知那邊，臭阿鼻須教眼前。（扛下）（小生冠帶領衆上）園林帶僥僥，（合）【園林好】奉綸音巡邏鬧喧，稽暴客驅馳市廛，暮夜敢辭勞倦。（小生）下官臨安府尹袁嚴是也。奉聖旨緝訪盜賊，已在城內巡過。叫左右，如今往城外去。（衆應介）（僥僥令）（合）龍城鳳閣行應遍，管大索茫茫山與川。（下）

（末淨扛箱上）

（末）那邊好似巡夜官來了，不免棄在此處罷。（放箱介）正是殺人猶可恕，情理最難當。（下）

（衆上）禀上老爺，方纔兩個人扛一隻箱子，棄在路旁逃走了。

（小生）想是賊人劫來，遇了我們，故此棄之而去。叫左右，打開來看。

（衆開箱亂嚷介）原來一個精赤和尚在內。

（小生）這賊禿一定夜間去人家行奸，却被人暗算了。如此奸徒，留之何用。叫左右，仍舊將箱子鎖好，擡到錢塘江邊，投在江中便了。

（衆扛箱行介）

【川撥入江水】（合）【川撥棹】淫風煽，把空門戒律捐。那些個悟道參禪，那些個悟道參禪，葬江潮沉淪九淵。（衆）禀爺，已到錢塘江了。（小生）把箱子撇在江中。（衆）嗄。（江兒水）（合）業體腌臢，怕污却水晶宮殿。（撇箱介）（小生）叫左右，就此回府去。（衆應介）（行介）【清江引】（合）宗風萬古傳一線，斬斷閒留戀。空色豈模糊，邪正須分辨。願普天下披緇的，乾乾須自勉。

（下）

第二十齣　種緣（車遮）

【雙調引子·珍珠簾】（副淨）東風吹動簷前鐵,喚醒幽窗殘夢歇。老身王九媽,自從美兒出名之後,真個車馬填門,錢財日進。可又作怪,前日那秦賣油拿十兩銀子來,要與美兒相處一晚,我回他且隔十日纔來。果然他過了十日又來,那日為女兒沒工夫,又回了去。天那,你道我家花魁女兒那裡有閒工夫招接你這賣油郎麽?咳,只是拿了他銀子,怎生是好?心下好難擺拂。今日美兒又往湖上陪酒去了,家中甚是靜悄。此時天氣傍晚,不免喚幾個丫頭在門前站站。（向內叫介）女兒們出來。（內應介）來了。（小旦上）**向晚理粧奩,懶聽那幾聲啼鴂**。（丑上）**飄蘭麝,且款款把羅襦悄拽**。（見介）娘阿,喚我們出來怎麼?

（副淨）阿呀,你們好受用哩。鎮日伴在裡面吃自在飯兒,竟不到門前招接孤老,都是你們這樣不成人的,教娘喝西風過日子麽?

（小旦、丑）美阿姐也鎮日住在房裡,怎麼只管教我們立在外面?

（副淨）呸,美阿姐的脚跟,你們也趕不上哩。快不要放屁,好好站在門首,今晚若沒有客,打你三百皮鞭,一個休想討饒一下哩。（念佛下）

（小旦、丑坐門前介）

（丑唱【銀絞絲】"一更裡難捱"介）

（生上）天臺有路應重到,月窟難逢誓不歸。我秦種自見美娘,經營一載,方有就緒。前日媽媽約過十日,豈至期到彼,又值他出。如今又過數日,只得潔誠再往。已是他門首了。你看早有兩個姐姐坐在那裡。

（丑見生抱住介）好了,好了,一個嫖客在這裡了,裡面吃茶去。

（小旦）他是秦小官,時常在這裡賣油,不做這樣事的。

（丑）你不曉得,他前日將十兩銀子與娘,要睡美姐一夜,倒是個大老官哩。（向生介）小秦,你好沒算計,有這十兩銀子足足與我赎身了,怎麼圖他一晚麼?

(生)不要胡纏,我有事要見媽媽。

(副淨)那個在門首?(出見介)呀,原來是秦小官。

(生揖介)

(副淨)裡面請坐。

(生入介)

(副淨向丑、小旦介)你們看茶出來。

(丑、小旦譚下)

(生)小可蒙媽媽相約,今日又來叩府。

(副淨)老身前日失約,心上甚不過意。今日緣法湊巧,將有九分九釐了。

(生)這一釐欠着什麼?

(副淨)小女還不在家。

(生)可回來否?

(副淨)今日是俞太尉約往游湖,他是年高的人,定不夜坐,原説過黄昏就歸的。

(生)如此恰好。小可等一等便了。

(副淨攜燈介)請到裡面去坐。

(生)池塘盡種相思樹,

(副淨)庭院偏栽並蒂花。(作同入介)

(副淨指内介)這裡頭是小女卧房,此間是客座,各位鄉紳公子都坐在此吟詩飲酒的。秦小官,你在此坐一坐,我老身去整理一個小榼與你消遣。

(生)不消媽媽費心。

(副淨)丫鬟,拿茶來。(下)

(生看介)你看四壁圖書,一枰冷玉,綺榻清幽,碧窗瀟灑,真個好精舍也。

【仙吕入雙調過曲·步步嬌】寂靜蘭房塵不到,頓覺風光别,如夢入神仙闕。冰絃張,寶鼎爇,悠然竹韻,蕭騷花影横斜。風動繡簾揭,却又早松梢漸轉樓頭月。

（副淨、丑上）雪因舞態羞頻下，雲為歌聲不忍行。

（副淨）秦小官，不知小女為甚尚不歸家？老身備一桌檯在此，先飲一杯何如？

（生）何消媽媽如此重費。

（生、副淨對坐，丑酙酒介）

【沉醉東風】（合）泛霞觴瓊漿漫啜，簇冰盤珍羞齊列，良會語霏玉屑。（副淨對丑介）庭中芍藥花開了，折取一枝供在瓶內，少助飲興。（丑折花插瓶介）（合）看銀燭光燁映花紅，將洞房照徹。正芳菲令節，休把金樽暫撤。猛拚個玉山頹，送入溫柔深處也。

（生）小可其實不飲了。

（副淨）既如此，把酒餚撤去，等少停再飲。（作開門送入房介）

（副淨）秦小官，你在此房內請坐一坐，待老身着人去接小女回來。

（生）媽媽請便。

（副淨）酒闌歸畫舫，人去冷朱樓。（同丑下）

（生）呀，這便是美娘卧房了。你看香奩尚啓，寶鏡未收。殘脂剩粉，唯聞一陣氳氳；繡帳錦衾，粧就千般旖旎。我秦種有何福分消受得起。（內傳二鼓介）你聽鼓聲二下，還不歸家，正所謂有約不來過夜半矣。

【忒忒令】漏沉沉將黃昏送迭，影淒淒輸却宿花雙蝶。（聽介）聽何處玉簫，聲冷空悲咽，（望介）天際彩雲怎躡，銀河涉，鵲橋接，願風恬浪絕。（內敲門嚷介）美娘歸來了。

（生作喜介）

（副淨扶旦，丑攜燈上）

（旦作醉態介）酒入香腮紅一捻，舞餘長袖綠雙垂。

（副淨）我兒，有客在此，你再來陪一陪。

（旦）我醉極了，那裡陪得？

（副淨遣丑拿茶介）這裡秦小官人，是臨安有名的子弟，他久慕你，今晚特在此等你，你須好好接待他。

（旦作開醉眼看介）我不認得他。

（副淨）怎麼處？

（旦坐介）

【好姐姐】謾說琴調瑟協，我只為傳杯舉沉酣麯糵。（副淨）不要虛了秦小官的美意。（旦）向醉鄉去者，任伊腸寸摺，空饒舌。（投床上欲睡介）教我羅帶難鬆結，（睡下復起介）分付莊周，休將好夢瞥。（困介）

（副淨）這事怎麼處？待我叫醒他。

（生）等他自睡，不要驚動了。

（副淨）你畧坐坐，也睡了罷。（悄向生說介）酒中之人，放溫存些。

（生）豈敢。

（副淨）待我去喚丫頭拿茶來。

（復喚旦不應介）

（副淨）美酒飲教微醉後，好花看到未開時。（下）

（丑捧茶壺上）秦小官，茶在此。美娘醉了，你做個漫櫓搖船捉醉魚罷。你也防他酒興發作，恐怕不穀他的手哩。

（生）姐姐休得取笑，你去安置罷。待我關好了房門。

（丑）好一個性急主顧。（譚下）

（生）你看他這等熟睡了。酒醉的人一定怕冷，不免再將些衣服蓋煖了他。（蓋被介）且把這壺熱茶煖好了，恐他醒來要飲。（煖茶介）我且坐在此處，不要去驚動他。（坐旦腳後介）

【園林好】（生）聽枝上烏啼慘切，覷簷畔燕雛寧貼。怎做得香偷玉竊，人自邂逅會空賒，雲影障月偏遮。

（旦翻身介）

（生）好了，他已醒了。

（旦）醉殺我也。（作欲吐狀介）

（生撫旦背介）（生將衣袖盛介）（仍將衣袖抹旦口介）

（旦睡介）

（生脫衣放床下介）

（旦作醉語介）茶來吃。

（生）有燖茶在此。（送茶與旦吃介）

（旦復睡介）

（生）呀，又睡去了。

【桃紅菊】他那裡醉中天神飛夢越，我這裡好似鏡中花，難親怎捨？捱盡了永迢迢長夜，捱盡了永迢迢長夜，（內作雞鳴介）恰又蚤曉雞聲唱疊。

（旦作醒起坐介）阿呀，好醉也。（見生介）

（旦）你是那個？

（生）小可姓秦。

（旦）我夜來醉得緊了。

（生）也不甚醉。

（旦）可曾吐麼？

（生）不曾。

（旦）這便還好。（又想介）我記得曾吐過的，又曾吃過茶來，難道做夢不成？

（生）是曾吐來。小可見小娘子多了幾杯酒，也防要吐，把茶燖好。小娘子果然吐後討茶，小可斟上，蒙小娘子不棄，飲了兩甌。

（旦驚介）臟巴巴的，吐在那裡？

（生）恐怕污了小娘子被褥，是小可把袖子盛了。

（旦）如今在那裡？

（生）連衣服裹著，藏在床側。

（旦）可惜壞了你這件衣服。

（生）這是小可的敝衣，有幸得沾小娘子的餘瀝。

（旦背介）有這等識趣的人。（向生介）你實對我說，是什麼樣人？

（生）小可秦種，曾在宅上賣油的。

（旦作點頭介）原來就是秦小官。為何昨夜在此？

（生）小可自去春一見小娘子花容呵，

【雙蝴蝶】願奢，朝和暮，夢魂呆念熱。年和歲，形影子。搗玄霜，覓絳雪。恰纔的博得半宵歡悅。（旦）我昨夜酒醉，不曾招接得你,你乾折了許多銀子,莫不懊悔麼?(生)薄劣,想着我塵凡質,我也怎生浹洽嬌怯。想着你瑤臺種,教我怎生嫚褻?

(旦)你做經紀的人,積些銀兩,何不留下養家,此地不是你來往的。

(生)小可單只一身,並無家小。

(旦作沉吟介)你今日去了,他日還來麼?

(生)只這昨宵相親一夜,已慰平生,豈敢又作癡想?

(生對鏡整理衣介)

【江兒水】(旦)聽汝言真懇,令人長欷嗟。想焚琴煮鶴多磨滅。你憐香惜玉多周折,我琴心曲意多牽惹,一段幽懷怎寫?(背介)半夜聯床蚕種就,相思萬劫。

(生)天已大明,就此告別了。

(旦)少住,還有話説。(在粧奩內出銀介)昨夜難為了你,白銀二十兩權奉為資本。

(生)雖承雅意,怎麽敢領?

(旦)我的銀子來得容易,這些須報你一宵之情,休得固遜。

【川撥棹】酬瓊瑤,愧些微少充資斧竭。憑着恁萬種温存,憑着恁萬種温存,不能個雲時款浹。(合)想藍橋成故轍,盻桃源誰理楫。

(旦)那件污穢衣服,我叫丫鬟洗淨了還你罷。

(生)粗衣不煩娘子費心,小可自去潲洗。只是領賜不當。

(旦)説那裡話。(將銀納生袖中介)

(生揖介)小可逕行了。

【尾聲】閒情萬種從今掣,(旦)論聚散浮萍一葉。(生)願結個再生緣,歲歲團圓不缺。(下)

(旦)天下有這等好人,又忠厚又老實又知情識趣。

閲盡章臺伴,教人轉斷腸。

易求無價寶,難得有情郎。

第二十一齣　勤儇（魚模）

【黃鐘引子·點絳唇】（外盔甲上）魚麗雲連，龍驤蔽野鳴笳鼓。長驅豺虎，指日平吳楚。十萬雄師意氣豪，將軍匣裡更龍韜。揚旗一鼓兵威振，昨日旄頭不敢高。小將秦良是也。自金國南歸，向投淮西制置使楊沂中麾下，累立戰功。蒙聖恩，授俺統制之職。目今逆賊劉豫三路南侵，兵犯合肥、定遠、六合等處。聖上命俺楊主帥提兵征討，日來已曾連勝幾陣，賊兵喪膽。今日刻期會勤，且待主帥升帳整旅便了。

（末盔甲上）

【前腔】〔換頭〕鳳節龍章，秉鉞馳邊戍。誅夷虜，誓清皇路，整頓中原土。

（外）主帥在上，小將甲冑在身，不能全禮。

（末）不敢。

（外）啓上主帥，劉賊屢敗，且軍餉不贍，今夜必引兵趣合肥。末將領精兵二千，抄出藕塘埋伏，主帥提大兵追襲，使彼腹背受敵，逆賊父子成擒矣。

（末）統軍之言有理。教軍校，就此分兵前去。

（衆）得令。（行介）

【越調過曲·水底魚】（衆）疊鼓鳴桴，龍沙列陣圖。桓桓隊伍，一掃淨妖狐。（下）

（淨蟒玉、丑金冠領衆上）

【前腔】（合）一統車書，中華是我墟。城狐社鼠，拉朽共摧枯。

（末上與淨戰，淨敗介）

（丑合戰末敗介）

（外上接戰，與末共擒丑淨介）

（末）逆賊父子就擒，皆賴統軍神謀勇畧，使華夏掃平，國家再造，誠不世之功也。

（外）此皆主帥神威，衆士戮力，末將何功之有？

（末）叫眾將官，就此整師獻俘。

（眾）得令。（行介）

【正宮過曲・四邊靜】（合）親提戈甲清醜虜，一戰將天補。妙計過穰苴，神機並孫武。中興指顧，太平旦暮，鳳闕沐皇恩，麟閣垂千古。

喜孜孜鞭敲金鐙响，笑吟吟齊唱凱歌回。

第二十二齣　心語（尤侯）

【南宮引子・掛真兒】（旦上）客舍長條飄泊久，腰圍減，腸斷樓頭。舒眼窺青，效顰眉皱，肯作飛花傷儔。【清平樂】春風未到，隴上先知道。雪滿山中堪寄傲，林下月明清皎。　　前生姑射羅浮，而今楚館秦樓。一任愁雲瘴霧，天然占斷風流。妾身莘氏，落籍王家，調脂弄粉，偶墮風塵。舞榭歌臺，強推歲月。只是性厭繁華，無奈門填車馬。一點芳心，自喜調琴。有待幾年浪跡，深慚倚玉無緣。日來應酬煩叢，情思慊慊，今日不免虛掩房門，靜坐半晌。（向內介）丫鬟，今日我身子不快，欲在房中嘿坐一坐，好把我房門反鎖了。若有客來，可回我不在家便了。（內應介）曉得了。

（旦）想我瑶琴自從劉四媽說騙倚門，竊謂從良指日。奈這些往來的雖多王孫貴戚，從無可意根苗。未知何日得遂我終身之願也。

【南呂過曲・香羅帶】蘭分九畹幽，明珠暗投，風光殢人無限愁。看紛紛燕侶共鶯儔也，谁是多情種？一旦詠河洲。我若隨意適人，也不至今日了。只是一誤豈容再誤，怎做得琵琶再抱過別舟？真個是極目悠悠，也恐做了風送梧桐一夜秋。我想有才的未必有貌，有貌的未必有才，有才有貌的未必多情解意。就是向日那賣油郎，他結想一年，空捱半夜，溫存百種，憐惜千般。算來富貴之輩文墨之中亦絕無此人的了。

【仙呂過曲・醉扶歸】他思思想想捱昏晝，真個是銖銖兩兩苦躑躅。想着他款款輕輕恁溫柔，翻教我心心念念閒拖逗。（長歎介)咳,早難道魚鹽版築盡庸流,把好事成虛謬。閒話半晌,身子困倦,不免假寐片時。正是夢到家山應化蝶,身覊天際會成蕉。(隱几介)

(四雜青衣上)潭府威名赫赫,班頭氣象昂昂。這裡已是了。有人麼?

(副淨上)何處鶯花使,忙來燕子樓?(見介)

(副淨)大叔拜揖。

(雜)咦,你這鴇兒,見了我們不下個全禮,這等放肆。

(副淨背介)好大來頭。(向雜介)貴府那裡?

(雜)呸,瓶兒罐兒都有耳朵的,你不曉得?除了皇帝便是俺老爺哩。俺們是万俟府中差來的,說來把你竈君也嚇得直立起來了。

(副淨)請問大叔到此何幹?

(雜)俺大爺喚你美兒快去快去。

(副淨)小女不在家裡。

(雜)放屁!俺大爺說,幾次到你家來,你女兒又不相見;幾次請他吃酒,又不肯去,大爺好生不喜歡。今日特喚你女兒遊湖,還不快去。

(副淨)小女其實不在家,你看房門也鎖在這裡。

(雜)你們姊妹人家的房門反鎖慣的,待我打開來看。

(副淨攔住介)大叔,不要動手。

【南呂過曲·香柳娘】(雜)覷炎炎勢豪,覷炎炎勢豪,橫行馳驟,你魚鰕怎與蛟龍鬥?(雜打開房門介)呀,果然在這裡。(旦作驚醒介)恁匆匆鬧喧,恁匆匆鬧喧,好夢擾丹丘,弱質驚飄柳。(雜)扶了他去便了。(副淨)大叔,就要去也是易的,不要囉唣。(旦)要到那裡去?(雜)我万俟府中喚你哩,待卿卿侑酒,待卿卿侑酒,休教逗留,扶伊急走。(挽旦介)

(副淨扯住雜,雜推倒介)

(雜)擒來好似甕中鱉,拿去渾如釜內魚。(下)

(副淨)走幾個後生出來,各處去尋問美娘下落。

(內應介)

(副淨)我老身也打點自去抓尋便了。

【尾聲】泰山勢焰摧枯朽,烈火鴻毛敢浪擲,怎能個趙璧重完開笑口。

　　　　　天有不測風雲,人有旦夕禍福。
　　　　　從來見兔放鷹,今日求魚緣木。

第二十三齣　巧遇(蕭豪)

(丑方巾色服上)蘇堤春曉聽啼鶯,曲院荷香十里清。月印三潭秋色好,斷橋殘雪一僧行。小子祝二青便是。家兄祝方青同衛太史老先到玄墓看梅花去了,小子今日奉陪万俟公子西湖一樂。你道這公子是誰?他乃樞密使万俟卨之子。他父親藉秦相國的勢,好不顯赫。方纔着許多管家去請花魁娘子,久等不至,與我先飲一回,有些醉意,往後艙去睡了。恐他酒醒出來,只得在此拱候。

(淨內叫介)小廝,看茶來吃。

(丑驚介)大爺出來了。(旁立介)

(淨高巾麗服作微醉上)

【仙呂過曲・大齊郎】沒頭角少問學,打雄吃飯酒量擴。靠着區區家父勢,橫行到處慣作惡。老祝,那王美已着人去喚久了,為何不來?

(丑)想必就來了。

(淨)可惡。這妮子屢次喚他不至,今日來時教他認俺大爺的手段。正是:饒伊貴戚盡低頭,

(丑)難道烟花不怕死?

(雜擁旦上)挾將天下無雙女,來見當今第一人。

(作扶旦上船介)

(雜)禀上大爺,王美喚到了。

(丑)過來見了大爺。

(淨)你這妮子,幾次喚你不來,敢是你有幾顆頭麼?

(旦)大爺雖曾來喚,奈賤妾先被各位老爺喚去,所以不及來

謁見。

（淨）咦，憑你那個大官府，若說了我大爺，自然放來。你敢把別人來壓我麼？好打。

（丑）今日來了，前罪俱釋。

（淨）分付開船。

（雜應介）

（淨）小廝們，擺酒來吃，着這妮子送酒。

（雜擺酒，丑、旦送酒介）

（丑、旦旁坐介）

（淨）美兒，唱曲與我聽。唱得不好，看縴板伺候。

（雜應介）

（淨飲酒介）

（旦起調衆合介）

【中呂過曲·粉孩兒】瑩瑩的淨琉璃波縹緲，覷千岩萬壑四圍環繞，花堤不斷跨六橋，好風光領畧偏饒。費騷人攜遍詩囊，丹青手豈易摹肖。

（丑）唱得好。

（淨）美兒，我如今要與你串戲了。

（旦）賤妾不會串。

（淨）你不會我偏會。

（丑）待我打鑼鼓。（敲鑼鼓介）

（淨）你看天上已下雪了，我做一出《黨太尉賞雪》。

（丑）即景得緊。

（淨攬住旦介）黨姬，你看我老爺好大腹，好大腹。

【皂羅袍】性度粗疏豪放，與劉伶伯仲，阮籍頡頏，淋漓衫袖酒痕香，幾番醉倒糟丘釀。黨姬，送酒我飲一大甌。（旦送酒介）（淨）灑落，灑落。（丑雜合）紅爐煖閣，寒威頓忘。金樽檀板，清樂未央。（執旦手跳介）呀，美人，美人，天喪我也。

【泣顏回】霸業已成灰，論英雄蓋世無敵，時遭折挫。到今枉自遲疑，思之就裏。（扯旦亂戰介）美人，我那知有今日。歎當初早不用鴻門計,把孤身冒鏑當鋒,時不利豈知今日。又換了戲文了。

（旦跌倒介）賤妾病餘,不堪凌迸。

（丑）待我同大爺串罷。

（淨）誰要你串。（扯旦起介）不要掃興,如今大爺要唱弋陽腔了。

【耍孩兒】 看貂蟬佞舌便,你說論英雄誰數先,誰人慣馬能征戰,誰居帷幄能籌算,誰個當鋒敢向前？貂蟬,你與我言一遍。（做趕旦勢介）只許你直言無隱,不許巧語花言。

（旦哭介）我又從未得罪,何苦把人如此作踐。

（淨怒介）哎,不中擡舉的。你敢頂撞我大爺麼？

（丑）大爺方便些。

（淨）叫小廝,把他摔在湖裏。

（丑）丟在湖內就要死了,饒恕他罷。

（淨）死了一百個打什麼緊。也罷,把他拔下簪珥,剝下衣服,脫下鞋子,撇在十錦塘上,奈何這小賤人一番。

（雜剝旦衣鞋,丑扶上岸介）

（丑）可憐,可憐。

（淨）灑落,灑落。放船到湖心亭去賞雪。

（眾應介）

（淨）羊羔美酒銷金帳,

（丑）淺斟低唱恣豪華。

（雜撐船下）

（旦坐地哭介）我莘瑶琴不知前世作何罪孽,至受今日之苦！

【紅芍藥】 沉劫海玷污清標,青衫濕強度昏朝。又驀遇猩猩恣凌暴,痛須臾有天難告。（立起行介）不免挨到前面問路歸家。呀,雪兒又大,赤足難行,如何是好？前行凜凜鬭寒飆,瘦伶仃趔趄傾倒。（跌倒又起介）這都是卜喬拐騙,劉四媽說誘,以至今日受此凌辱。我想做了一個村莊婦人也不到此地位。我今日千休萬休,不如死休。算不如一死為高,把本來面目重炤。（作跳湖介）

（生撐傘急上）斜穿霧陣梨花落,亂捲風鬚蝶翅狂。（扶住

旦介）

（生）你是什麼人？為何行此短見之事？

【耍孩兒】萬劫一身修不到，有甚冤和苦，却把性命鴻毛。（看旦介）呀，小娘子敢就是花魁娘子麼？（旦看生介）呀，原來是秦小官。（生）小娘子為何蓬頭垢面獨自在此？（旦）我被万俟公子差許多狼僕搶至舟中，百般凌辱，撇在這裡。傷悲痛煞煞薄命遭圈套，甚日來跳出污泥表，因此向清溪蹈。

（生）阿呀，小娘子吃了苦了。這等非意之辱，何足掛懷。待我好好送你回去，不要氣壞了身子。

（與旦挽髮介）

（旦）我赤足怎生行走？

（生）我有汗巾在此，扯開了權裹雙足。待小可扶着你走。

（旦裹脚介）

（生撐傘扶旦行介）

【會河陽】（合）裂體風吹，撲面雪飄。青山回首遍瓊瑤。斷橋更斷人，行景堪畫描。含愁淚，聊凝眺，晚鴉頻向那寒林噪。暮雲早迷却羊腸道。

（旦）天已暮了，脚又疼得緊，怎麼處？

（生）那邊樹林內透出一點燈光，想是人家了。待我敲開門來，小娘子權坐一坐。小可前面去喚乘轎子，送你回去便了。

（旦）如此甚好。

（生敲門介）開門，開門。

（小旦上）數椽幽谷悄，萬籟雪宵清。

（開門介）

（生旦入見介）

（小旦背介）好像我家小姐模樣。

（旦驚介）莫非沈家媳婦麼？

（小旦驚介）果然是我小姐。

（各抱哭介）

【縷縷金】欣萍聚，淚珠拋，月圓花再發，謝穹霄。（生）呀，原來是**兩兩分離久，相逢湊巧**。（合）天教會合在今宵，悲時轉歡笑，悲時轉歡笑。

（小旦）小姐一向在那裡？

（旦）我受卜喬詿騙，

【越恁好】墮入花營錦陣，花營錦陣，鸞鳳混鷗鴉。今日裡無端受辱，嗟薄命赴波濤。幸遇此間秦官人，歧途拯救相慰勞，攜行偶造。（小旦）難得此間官人這等厚情。（旦）你為何在此？（小旦）我被卜喬賣在唱船上，喜在盛澤見了丈夫，重得完聚。（旦）如今卜喬這賊在何處？（小旦）我們前日在九里松，他做了和尚又來奸騙，被我夫婦把他哄入箱中，乘昏夜共挈往中塗掉，遇官府蚤撒向江潮鬧。

（生）前日臨安府把箱內的和尚撒在錢塘江內，想就是他了。

（旦）這也處得他好。

（生）小娘子且在此安坐，待小可去喚轎子來。

（旦）勞動不當。

（生）豈敢。憐香多款曲，惜玉受驅馳。（下）

（旦）你丈夫在那裡？

（小旦）早上入城，想為雪阻，故此未歸。小姐且到裡面坐坐，等轎子來。今晚且去了，明日計較個長便。

（旦）有理。

【尾聲】黃昏雪映清光皎，（小旦）野僻荒居恁寂寥，（合）何日得月現雲開相聚好。

幾載飄零西復東，無端邂逅各匆匆。

一葉浮萍歸大海，人生何處不相逢。

第二十四齣　歡敘（江陽）

（副淨上）花正開時遭雨打，月當圓處被雲遮。我家花魁女兒好端端坐在房裡，被許多人口稱万俟府中，竟搶了去。四下裡訪問，杳無消息。如今天色已暮，又下這等大雪，教我那裡去尋。若有些山高水低,可不把我一顆搖錢樹活活斫折了。(望介)天那,怎得在九霄雲內掉了我女兒下來。

(生同旦上)

(生向內介)轎錢酒錢俱已付足,你們去罷。

(內應介)

【引子·三疊引】(旦)風波平地驚千丈,(生)擁護名花無恙。(作入見介)(副淨驚介)呀,好了,我兒回來了。(旦、副淨抱哭介)(合)**拭淚喜如顛,驚覷似從天降。**

(副淨見生介)秦小官為何也在此?

(旦)我被許多狼僕搶至舟中,那万俟公子百般凌虐,已後將我拔去簪珥,剝去衣服鞋子,撇在十錦塘上。風雪又大,赤足難行,正欲投河自盡,幸遇秦官人救取,扶我行至中塗,喚轎送歸。

(副淨謝生介)難得你這樣好人。多謝,多謝。

(生)小可告別了。

(副淨)說那裡話。你是我小女的大恩人,怎好歉然而去。況且前日又辜負了你一宵,今夜一定住在這裡,與小女敘敘。(對旦介)我兒,我陪秦官人在此,你到裡面去梳了頭穿了衣服出來坐。

(旦應下)

(副淨向內介)快些整治酒餚出來。(扯生介)此處寒冷,到小女煖閣中坐去。(作到介)

(生)小可偶爾送歸,怎好在此相擾。

(副淨)小女若不遇秦官人,他性命不知如何了。

(旦上)

(副淨)我兒,天氣甚冷,你陪秦官人多飲幾杯酒。燻熱了被窩,早些睡罷。我為你苦了一日,身子甚倦,先要去睡了。

(生)媽媽請自便。

(副淨)笑看綺閣搖燈影,愁聽雞聲亂曉窗。(下)

(生、旦各飲酒介)

(旦)我和你一宵虛度,半載神交。幸蒙患難周旋,不啻恩深再造。

【過曲·十二紅】【山坡羊】憶春宵棲遲鴛帳,挓永漏沉酣佳釀。悄陽臺匆匆會艱,杳巫山銘刻情和況。【五更轉】(生)擾情魔,鎮晝夜,依卿傍,啼痕點點青衫上。今朝堤畔萍逢,洵是良緣天相。【園林好】(旦)感深恩山高水長,痛微軀殘膏剩香。(生)小娘子流落之故,小可雖知一二,還要細細請問顛末。(旦)妾身莘氏,小字瑤琴,世居汴京,嚴親官拜侍中,叔父職居宮禁。先人棄世,妾倚叔父為活,後因避兵南下,遂為奸賊所紿。【江兒水】恨墮入章臺骯髒,昔日青青,偏媿向東風飄颺。(生)此乃命中偶有幾年磨折,何必介意。(旦)君家籍貫何處?家世何業?乞道其詳。(生)小生也是汴京人氏。家君職叨武弁,出鎮延安。後以勤王分失。小生特至臨安,尋訪家君音信,客邸無貲,權以賣油度日。言之可報。【玉交枝】(旦)門楣廊仿,遇天涯雙雙。故鄉蛟龍,竚待風雲壯。(生)羞殺我四海空囊。(旦)妾有一言,幸君垂聽。妾自失身,日思得一志誠君子託以終身。奈閱盡風塵,俱屬泛泛。今得遇足下如此鍾情,況尚未娶,若不嫌烟花賤質,情願永諧伉儷。(生)小娘子差矣。【五供養】自揣萍蹤浪蕩,欹旅邸羈棲,晨昏鞅掌。玉人空有意,金屋向誰藏。(旦)你若不允,我以白綾三尺死於君前矣。(生)論明珠十斛,豈易商量。(旦)贖身之資不消你費心,我自一一停當了。(低唱介)【好姐姐】白鋌躊躇非浪,早準備盈囊滿箱。(生)說便是這等說,只是小娘子呵,【玉山頹】珠填翠擁,享遍豪華萬狀。荊釵和井臼恁悽涼,怕鸞鷟難撇舊風光。(旦)妾身得侍君子,布衣蔬食,死而無怨。【鮑老催】此情怎降,韶華好景終散場,糟糠有志期未央。你若疑情未決,我和你燈前立誓。何如?(共拜介)【川撥棹】(合)辦虔誠稽顙,把盟言達上蒼。美前程月滿花芳,美前程月滿花芳,願負義虧心天厭亡。【桃紅菊】怎教人歧路亡羊,怎教人歧路亡羊,一語同心、千秋永弗忘。(生)既蒙娘子雅意,事在幾時?(旦)這事豈可遲滯?明蚤你先將三百金去整備賃房,置辦家伙。後日清晨,你到劉四媽家來問訊,候我便了。【僥僥令】一枝須揀擇,百種費端詳。(合)願浪息風恬無災障,早兩下裏成雙,喜氣洋。(生)夜已深了,去睡了罷。

【尾聲】(旦)百年已訂隨和唱,(生攜旦手介)且勾却今宵孤曠,(旦攜燈介)(合)須信道兩載神交,一番喜欲狂。(下)

第二十五齣　脫阱(先天)

【南呂引子‧臨江仙前】(老旦上)一歲韶華云暮矣,門庭更覺蕭然。老身劉四媽,聞得王家侄女受了万俟公子的氣,正欲要去問聲。今早侄女着人來請我,不免移步前往。呀,出得門來,你看雪滿羣山,風號萬木,正是皎日俄開千里白,殘雲却斷遠山鬟。此間已是了。(作入介)有人麼?

(內應介)娘在佛堂內念佛,劉親娘請坐坐,娘就出來了。

(老旦)我到美娘房中去坐坐,等娘念完了佛來罷,不要打斷了他的佛頭。

(內應介)曉得。

(老旦)此間已是房門首了。美娘有麼?

(旦上)

【臨江仙後】隔簾何事喚聲喧,凌波移綺閣,(出見介)呀,原來是風動降魚軒。(作入見介)

(老旦)聞你受了万俟公子的氣,可是有的麼?

(旦)侄女受他無端凌辱幾遍,欲待自盡。今日得與姨娘會面,亦是再生的事了。

(老旦)便是這些有財勢的都不會帮襯,門户中時常受他們的累哩。

(旦)侄女今日相請到此,非為別事,當初姨娘再三勸我勉落風塵,今如此受人凌辱,豈是久計?況且姨娘昔日原許我從良,今日特求作主。

(老旦)此話老身雖曾說過,只是你年紀還蚤,又不知你要從那個。

(旦)姨娘,莫管甚人,少不得依着姨娘言語,是個真從良樂從良了從良,不是那不真不假不了不絕的勾當。

（老旦笑介）兒阿，虧你還記得許多言語，我說便說，只怕你娘不肯。

（旦出金子介）赤金十兩送與姨娘打副釵子，全仗姨娘超拔。

（老旦）這是美事，如何要你的東西。這金子權時領下，只當與你收藏。此事都在我身上，只怕你娘開口大哩。

（旦）侄女自己贖身，求姨娘從中委曲。

（副淨上）凍勒老梅香未吐，寒凝新釀酒成醨。（見介）阿呀，妹子，來得極好。美兒受了閒氣，正要你與他話話。

（老旦）妹子亦聞知此事，特來問聲。娘阿，這都侄女的聲名大了，故有此事。

（旦）今日母親、姨娘都在此，孩兒有句話特求鑒納。

（副淨）兒阿，有什麼言語？

【南呂過曲‧紅衫兒】（旦）念孩兒呵，簪纓冑南遷，逃兵燹被賺顛連。（副淨）已往之事，說他怎麼。（旦）念連年營趁，已把恩填。（老旦）你與娘撐下家事，娘也曉得在那裏。（旦）昨日呵，受萬般恥辱憂煎，痛薄命淚漣。（副淨）你待要怎麼？（旦）娘阿，早度我苦海無邊，望慈悲一線。

（副淨）你的話兒好差了。

【前腔】念我把伊珍惜，似已女情非淺。指望你終身依傍，看承我衰年。誰知你一旦心偏，教我怒沖天。兒阿，你待要遠舉高騫，咦，我怎肯棄捐。（作氣介）（旦向老旦哭介）阿呀，姨娘阿，猛拚個身葬黃泉，須信道浮生似電。（下）

（老旦問內介）那個女兒在那裡？看好了美娘。

（丑內應介）曉得了。

（老旦向副淨介）姐姐，你不要太執性了。

【黃鐘過曲‧獅子序】風光好，終變遷，況名高須遭覆顛。就是昨日這事呵，險做個煞時性命難全，幸賴着皇天默眷。（副淨）真個謝天不盡了。（老旦）也還要防他哩，他那裏逞漁獵怎空旋，更燼天勢焰，禍機難免。（副淨）我也在這裡慮他。（老旦）風月場中也不獨有一個万俟公子，為慣惹蜂勾蝶戀，怕侯門如海，斷送嬋娟。

（副淨）我只接個上門主顧，不放他出去便了。

（老旦）姐姐說那裡話。那侄女呵，

【前腔】嬌癡性，金石堅，他起了這念頭，怎肯向青樓獻笑留連，怕做了人財兩地遭遭。（副淨）你的意見待怎麽？（老旦）我家幾個半高不低的丫頭也賺錢，又安穩。你如今出脫了他，多討幾個粉頭，粧就鶯鶯燕燕，博得個朝有錢晝有錢暮有錢，又没甚閒非胡纏。正是馬失寧非福，果然是車覆鑒宜先。

（副淨）娘阿，他雖要贖身，只是美兒比別個不同。

【南呂過曲・東甌令】花魁女到處盡名傳，鎮日裹買笑揮金車馬闐。他從了良呵，真個是名花一失空梁苑，教我捱暮景難消遣。（老旦）女兒自己贖身，也不要十分計論了。（副淨）憑伊自結好姻緣，千貫莫俄延。

（老旦）要一千銀子忒覺多些。

（副淨）他没有千金也不須説起贖身。若有千金，今日就去，也是易事。

（老旦）既如此，待侄女面決一決。（向內介）侄女出來。

（旦上介）

（老旦）兒阿，娘是決捨不得的。我再三説允，但要你千金，今日就成事了。

（旦）論來我曾與娘賺過錢的，就少了些娘也讓得我起。我如今偶有千金，盡數送與娘，也只當孝順的意思。

（老旦）你把東西出來與娘看過，等娘好去檢，原契還你。

（旦虛下，掇箱上）（出銀介）

（老旦、副淨作驚介）

【前腔】（旦）朱提檢數滿千，這都是宦債攢成豈浪言。（老旦）今朝兩下從其便，也免却生他變。（副淨）只是我幾年撫育意惓惓，不覺淚珠懸。

（老旦）姐姐，你收了銀子，把婚契還了他罷。

（副淨）果然要去了。罷，罷，留你也不做活了。（虛下）

（同丑上）

（丑）美娘，恭喜今日從良了。
（副淨將契與老旦介）
（老旦）兒阿，你收好了。
（旦收介）
（副淨向丑介）你拿了銀子到我房內去。
（丑掇箱下，即上）
（老旦）兒阿，你到房中去檢點一檢點。
（旦）我罄身而來，原罄身而去。
（老旦）難得，難得。
（旦）孩兒今日權到姨娘家中暫住。母親請上，待孩兒拜別。
（副淨）不消了。
（旦拜介）

　　　　（旦）幾載相依情誼親，一朝分袂欷離羣。
　　　　（副淨）腸斷斷腸腸欲斷，淚痕痕上更添痕。
（各下）

第二十六齣　合璧（皆來）

（小旦上）春到花重麗，雲開月再圓。明珠歸合浦，美玉種藍田。妾身蘇翠兒是也。我小姐分離六載，誤落風塵。如今幸配秦公子，僦居大屋，我夫婦得以同居。今早又將手書差我丈夫到各府內取平日所寄箱籠去了。我想如此女子真天下大有心也。方纔他兩個曉粧已畢，早膳初完，你看隔窗笑語，想出來了。

（生巾服攜旦手同上）

【仙呂過曲·醉扶歸】（生旦合）遠悠悠夢遶華胥界，暖溶溶日上傍粧臺，影雙雙魚水兩和諧，喜孜孜攜手花陰外。（旦）沈明去了這一早，為何不歸？（小旦）想必就到了。（旦）香奩幾種悄安排，抵多少盈門百輛多華采。

（末押二雜扛箱上）攜將閫內陶朱蓄，送入堂前王謝家。

（打發二雜下）

（末）各府箱籠都取到了。各位夫人都傳話上覆小姐,説改日還要來賀喜。

（旦看介）箱上封記分明,俱不必點檢了。你夫婦擡到裡面去罷。

（末小旦應介擡箱下）

（生）娘子如此作用,真女中丈夫也。

【皂袍罩黃鶯】【皂羅袍】自分飄零無奈,喜人逢秦女會勝天臺。（旦）蒹葭倚玉暢情懷,絲蘿附木蒙攜帶。（合）【黃鶯兒】宿緣該琴調瑟弄,白首笑顏開。

（旦）妾身向日許下法相寺定光佛香願一炷,擇日要去掛幡禮拜。

（生）我們齋戒了,整備香燭轎馬,同去便了。

夙因難自昧,稽首慈悲地。

不讀東土書,那識西來意。

第二十七齣　會旛（齊微）

（小生扮將官上）桓桓威武振天戈,不讓當年馬伏波。百戰功成撐半壁,重新日月靜西湖。小將秦府旗牌官便是。俺爺勦滅僞齊劉豫,平定汴京。聖上論功行賞,授俺爺殿前太尉之職。目今南北講和,干戈罷息,聖上賜北征將佐大酺三日,臨安文武羣僚合樂西湖。俺爺置酒邀請内監莘爺湖上遊玩,只得在此伺候。

（外蟒玉、丑扮將官隨上）

【北雙調・新水令】（外）秉天威萬里蕩旌旗,掃妖氛再瞻雲日。輔佐着中興新事業,保障了南渡舊邦畿。暫解戎衣,暫解戎衣,拜帝德賜大酺恩波霈。

（小生）稟上老爺,舟中酒餚俱已齊備,莘爺先往湖上候爺。

（外）既如此,分付打轎。

（丑）曉得。

（外）太平有象閒兵革,海甸無虞奏管絃。（下）

（生、旦、末捧香燭，小旦捧旛上）

【南步步嬌】（合）一片湖光多明媚，堤畔歌聲沸，人從鏡裡移。寶叔峯高，林逋鶴戾。（旦）這裡到法相還有多少路？（末）前面就是了。（合）停舫入招提，望松蘿一帶凝蒼翠。（下）

（淨扮太監、外、小生、丑上）

【北折桂令】（合）六橋蓮花滿蘇堤，北固南屏，霧鎖霞樓。看不盡四面樓臺，千層雲樹，十里漣漪。鎮日裏倒金樽臨風沉醉，醮霜毫對景留題。（小生）稟爺，前面是法相寺了。（外）就到法相寺去。（合）杖履追隨，迤邐到翠微深處，抵多少樂浮生，半日徘徊。（下）

（生、旦、末、小旦上）

（生）獅子吼時芳草綠，象王歸去落花紅。

（末）已到寺前了。

（生看指旦介）匾額上寫是"法非相"，這是說法相的意思了。（作入介）師父們何在？

（副淨扮僧上）翻經上蕉葉，掛衲落藤花。（接見生、旦介）相公要隨喜古佛真身麼？

（生）特來掛旛還願。

（副淨）待小僧裝香點燭。（向內介）徒弟們，打起鐘鼓來，待相公拜佛。

（末作掛旛介）

（生、旦拈香拜介）

【南江兒水】妙法原無相，東來意本西。我三生舊約今生遂，願蘭芽指日生堦砌。更多情世世成連理，統望慈悲默契。（合）幡影飄飄，仿佛見天花飛墜。

（副淨）相公請到方丈中去坐。

（生）不消了。

（副淨）相公遠來，自然奉一茶，少不得還要到各處隨喜。

（生）取擾不當。

（副淨）不敢。

（生、旦）苔草侵堦遍,

（末、小旦）慈雲濕座飛。（下）

（副淨望介）那邊有官府來了。（向內介）徒弟,我要到寺門外迎接官府,你們好好陪了相公吃齋。

（內應介）

（外淨、小生、丑上）

（外）片石孤雲窺色相,

（淨）清池皓月照禪心。

（副淨跪介）和尚接老爺。

（外）莘老先,這是定光古佛真身。

（淨、外稽首介）

【北雁兒落】（淨、外）瞻禮着相莊嚴佛日暉,隨喜了景清幽慈雲庇。聽一派夾松濤梵唄聲,聞一片間花香栴檀氣。（淨）好一面綵旛,不知為什麼捨的?（外）總祈禱宜男福壽,叩阿彌繡絳綵旛幢麗。（看介）信士秦種。呀,與我兒姓名一般。看他那裏人。（又看介）好奇怪,也是汴京人氏。恰好的同名同姓同閭里,早難道你是何人我是誰。（向副淨介）這旛是何人捨的?（副淨）方纔一個年少官人捨的。（外）去了幾時了?（副淨）還在方丈吃齋。（外）既如此,快請來一會。（副淨）嗄。（下）（淨）老先生事有偶然,或者就是賢郎,亦未可知。（外）分離,濕透了舊青衫拋珠淚;驚疑,怎能彀會斑衣舒皺眉。（副淨同生上）

【南僥僥令】（生）人世浮萍寄,天公幻夢迷。（副淨合）但願分飛骨肉相逢偶,須信道佛力無邊功德巍。（見介）

（外）果然是吾兒。

（生）原來就是爹爹。（抱哭介）

（淨副淨）有這等奇事。難得!難得!

【北收江南】（外）呀,我只道向今生再無完聚。呵,好一似石沉海底永暌違,今日裏奇緣湊合在天涯。（淨、副淨合）喜歡生兩頤,喜歡生兩頤,真個是花殘再發月重輝。

（外）吾兒,你為何在此?

【南園林好】（生）避胡塵延安遠馳，詢嚴親臨安久羈。（外）你旛上寫着莘氏，是幾時娶的？（生）燕爾甫偕姻配，來鷲嶺共皈依，來鷲嶺共皈依。

（外）媳婦也在這裏？

（生）正是。待孩兒喚來拜見爹爹。（向內介）娘子，快些出來，我父親在此。

（旦上）來了。

（末、小旦上）這是我家二爺。

（淨）呀，分是我侄女。

（旦哭介）原來是我叔父。

（各抱哭介）

【北沽美酒】（合）喜重重遇益奇，淚盈盈閣不垂。真個是兩姓團圓共笑啼，慶蘭交更結褵。好一似夢兒中，夢兒中朦朧幽會，閃雙睛頻頻偷覰，對斜陽牢牢牽袂。（外）我呵前日裏生還滅齊，今日個功成會兒。呀，想着俺樂桑榆，萬般全美。

（淨笑介）親翁功大位高，正愁無子嗣爵。今日得遇賢郎，真乃人生樂事矣。

（外）學生得與老親翁忝朱陳之好，益為幸中之幸了。

（淨）不敢。明日學生便當奏聞聖上，將親翁所蔭官爵欽賜我侄坦便了。

（外）多謝親翁垂愛。（向小生介）取白銀十兩送與住持，以為香燭之費。

（小生與副淨銀介）

（副淨）謝爺賞。

（外）整備轎馬，就此回府去。

（小生）曉得。

（副淨跪介）和尚送老爺。

（小生）起去。

（副淨）嗄。（下）

（眾行介）

【清江引】相逢湊巧來初地，天遣非人意。今朝佛法靈，明日皇恩被。竚看取耀門閭，父子榮夫妻貴。（下）

第二十八齣　榮蔭（江陽）

（末上）渡江神馬龍為匹，玉帛星回寢鋒鏑。鸞書傍日奏鈞天，龜組從風臨綺席。昨日老爺與俺二爺西湖宴樂，在法相寺兩家骨肉重逢。二爺奏聞皇上，今日降詔，滿門封蔭。老爺命我安排香案，迎接聖旨。道猶未了，老爺、公子、小姐俱出來了。

（外紅蟒、生、旦、雜隨上）

【中呂引子・遶紅梅】【菊花新】（外上）綠野堂焚百和香，頒鳳詔恩澤汪洋。【齊天樂】（生）琴瑟調和，箕裘歡暢。（旦）【縷山月】喜二姓，共安康。（見介）

（外）我兒，今早蒙你叔丈將我父子相逢之事上達天聽，方纔宮中傳言，就有詔書頒下，想你夫妻都有封蔭了。

（生）孩兒得沾天祿，皆賴爹爹餘蔭，叔丈提攜之力也。

（內）聖旨下。

（淨賫詔，雜扮內侍隨上）聖德無私百世及，天顏有喜近臣知。

（外、生、旦俯伏介）

（淨）聖旨已到，跪聽宣讀。詔曰：朕遭邦家不造，雲擾胡塵。茲爾臣秦良大樹厥勳，遷樞密副使。子秦種授洞霄宮提舉。莘氏封臨安郡君。嗚呼，因憂啓聖，寧忘宵旰之勞；食祿效忠，宜篤股肱之寄。欽哉，謝恩。

（外、生、旦）萬歲萬歲萬萬歲。

（生、旦換冠服介）

（外、淨揖介）

（淨）學生將令郎佺女之事奏知聖上，龍顏大悅。（對生介）明日還要召見便殿哩。

（外）此乃皇上洪恩、親翁大德也。特設蔬酌在後廳，敢祈少叙。

（淨）又來叨擾。

【中呂過曲·山花子】（合）九重春色輝煌降，欣看紫綬金章。喜桑榆弓冶再光，更齊眉淑德堪揚。玳筵開珍羞列張，華堂喜氣鸞鳳翔，綿綿聖恩期未央。武緯文經，永效勗勳。

【紅繡鞋】天涯會合無雙，無雙。夫妻月滿花芳，花芳。如地久似天長，歌麗曲進霞觴，逢美景樂無疆。

【意不盡】紛紛紅紫爭開放，一捻紅稱萬卉王。惜花仙史永護向，寶砌雕闌獨欣賞。

　　　　貂裘敝矣作長吟，譜出新詞管綠沉。

　　　　千古鍾期應尚在，個中山水自高深。

一捧雪

(傳奇)

清·李玉

【作者簡介】作者生平見《占花魁》。

【劇情概要】劇寫明嘉靖年間，蘇州人莫懷古赴京師任太僕寺卿，同行者有妾雪豔、僕人莫誠及裱畫匠湯勤。比近京城，道逢調任薊州總兵的舊友戚繼光，兩人暢敘舊情。懷古入京後，拜謁舊交侍郎嚴世蕃。士蕃設家宴款待，並安排女優演出《中山狼》一劇。懷古向士蕃推薦湯勤，士蕃委以經歷之職。懷古有家傳玉杯名"一捧雪"者，黑夜放光，價值連城。湯勤告知士蕃，士蕃索之。懷古不捨與之，乃以一贋品呈獻。湯勤知是贋品，向士蕃揭發。士蕃怒，圍懷古宅，令卒搜索，然遍尋不得。實為莫誠於紛亂之際，藏起玉杯。懷古棄官逃走，往戚繼光處避難。士蕃派兵追捕，擒獲懷古，押至戚繼光營中，並令戚繼光監斬。老僕莫誠以身代死，懷古則逃往潮河川魏參將處。湯勤復謂首級非真，士蕃令逮戚繼光及懷古妾雪豔至京，交錦衣衛都指揮使陸炳鞫問。湯勤私謂雪豔："汝若嫁我，當為脫解。"雪豔佯許，湯勤改稱首級是真。婚夜，雪豔刺死湯勤，己亦自刎。戚繼光厚葬雪豔，又乞得莫誠首級，別葬薊州。懷古之子莫昊得塾師之助，逃脫戍邊之難，以方昊之名入場科考，中進士，奉旨巡視九邊，與父懷古邂逅於荒野。值嚴氏父子敗，懷古父子訴冤朝廷，得平反。懷古官復原職，莫誠、雪豔因其忠誠而得誥封。

【版本流傳】此劇現存明崇禎間刻本，《古本戲曲叢刊三集》據之影印。題"一笠庵新編一捧雪傳奇"，署"蘇州嘯侶筆"。另，北京圖書館藏有清乾隆五十九年(1794)寶硯齋刻板的《一笠庵四種曲》本。今日易見的是上海古籍出版社2004年出版的《李玉戲曲集》本。

【演出情況】此劇問世之後，盛演不衰。其中的折子《送杯》、《搜杯》、《刺湯》、《祭姬》、《換監》、《審頭》、《邊信》、《杯圓》、《偽戲》、《鬧攪》、《出塞》、《代戮》諸齣，至今仍常演於昆劇舞臺。近代以來，京劇、徽劇、漢劇、湘劇、滇劇、閩劇、桂劇、秦腔等劇種亦搬演此劇。

（宋希芝）

談　　概

【木蘭花】（末上）扣角狂歌，擊壺長嘯，英雄空與天公鬧。買曲青山學種瓜，尋溪碧水閑垂釣。　捴斷吟髭，敲殘詩料，虛空嚼破填真照。半生夢繞浣花溪，一聲響徹陽春調。

【鳳凰臺上憶吹簫】莫氏無懷，豪門誤引，奸人默獻珍瑤。豈騰那掇賺，醉泄根苗。堪恨讒挑搜邸，掛冠去薊鎮擒牢。逢世友，捐軀義僕，脫網生逃。　鷗鶿，奸唆假首，羨俠烈貞姬，殺賊生拋。痛妻遭流徙，子匿衡茅。一旦扣閽擊賊，邊關上骨肉欣遭。一捧雪，團圓會合，千載名標。

　　　　忠孝子好收拾死裏逃生的無懷父，
　　　　捐軀僕恰配享千貞萬烈的雪豔娘。
　　　　仗義師堪媲美鐵膽銅肝的元敬友，
　　　　趨炎漢活現出負恩忘義的中山狼。

第一齣　樂　圃

【商調引子·鳳凰閣】（生三髯、冠帶上）千秋尚友，一枕羲皇清晝。自慚無骨可封侯，長嘯獨頃千斗。平園十畝，盟伴侶閑雲浪鷗。【漁家傲】烏兔如梭忙不了，何秦何漢渾難曉。富貴翻藏煩共惱。誰知道，英雄却被憎人笑。　明月半灣松際照，輕舠一葉溪邊釣。朝市不聞閑福好。堪娛老，人人説得誰行到。下官姓莫，名懷古，字無懷，錢塘人也。奕葉恩承黃閣，三朝膚吐握之勤；沖齡望斷白雲，半世叨椿萱之痛。幸賴先人恩蔭，官至冏卿。夫人符氏，有子莫昊。遥遥華胄，簇簇名家，交知悉佩玉鳴珂，什襲盡金章紫誥。只是我詩書蘊藉，素不愧儒者流；裘馬豪華，耻爭呼貴家子。千秋賞鑒，不少漢鑄秦鎔；四壁圖書，盡是唐描宋繪。山林之興，雖不復淺；但難肋功名，常懷夢寐。宅後有一嘯圃，迭石通渠，茂林修竹，頗自有致。今早園丁來報，梅花大開，不免與夫人同往一遊。

院子那裏？

（二雜上）衣冠傳累世，柱石歷三朝。老爺有何分付？

（生）請夫人和雪豔姐出來。

（雜傳介。旦上）

【繞池遊】春光微逗，漸染絲絲柳，釀餘寒松梢瓊玖。（小旦上）雲鬢淡雅，冰姿消瘦。（老旦上）恍逍遙三山十洲。

（各見介。生）夫人，園中梅花盛開，可同往一玩？

（旦）如此却好。

（生易服、同行介）數日不窺園，黃鸝已三請。

（旦）移石動雲根，栽花鋤月影。

（雜）園丁那裏？

（淨上）園丁園丁，打掃臺亭；偷花換酒，終日醺醺。（做開園、入介）

（生）夫人，你看花霧濛濛，香風陣陣；古榦輕裁玉，寒梢細點瓊。果然好奇觀也。

（旦）只此平園十畝梅，何異錦繡萬花谷。

（生唱，衆合介）

【商調過曲·梧桐樹犯】羅浮夢裏游，姑射雲中岫，怎如我寒玉千林，收拾來襟袖。看高低亭榭和香構，遠近峯巒疑雪浮。【五更轉】橫斜影弄清溪瘦，剪剪蘋風，一片幽芬輕透。

（生）對此好景，可無斗酒酬之？

（旦）看酒過來！

（小旦進酒，衆合唱介）

【南呂·浣溪紗】詩滿囊，樽有酒，對孤芳助興消愁。飛飛花片苔如繡，囀囀鶯聲香欲流。斜陽溜，看取那影亭亭移素手，宛身在衆香國裏淹留。

（旦）妾聞相公幾時要北行麼？

（生）作意在仲春起程了。

（旦）相公，你宦趣已嘗，天倫足樂，况園中景致頗饒，何不在家逍遙朝夕，又去沾惹那洛陽塵也？

（生）我雖未占瓊林，亦思少展一割之能，豈可鬱鬱作世祿子乎！況嚴東樓累次致書相約，這是一定要去的。

（旦）若說嚴家，一發差了！他是冰山，何足倚仗；後須防玉石之難分，今當慮喜怒之不測。

【劉潑帽】五侯七貴興亡驟，況池魚林木堪憂。（生）門牆桃李盈朝右，展一籌，不枉却簪纓冑。

（丑上，報介）翰林吳爺到門拜訪，說必要面見的。

（生）既如此，我且回宅。

（旦）天色傍晚，妾亦進去了。

（生）分付園丁，打掃亭子，我少頃就要來看月的。

（淨）曉得。

（生）瘦到梅花應有骨，

（旦、小旦）幽同明月本無心。（各下）

（付淨破衣帽，持紙畫上）翰墨生涯久，斯文事業新。區區姓湯名勤，號北溪，蘇州人氏。從幼學得一手好裱褙，真個用帚通神，使漿得法。憑你簇新書畫，弄得假舊逼真；饒他破絹零星，托起生成一片。微名頗有，生意甚多，只因好嫖好賭，又要沉沒人的東西，弄得鬼也沒得上門了！更遭兩個荒年，妻死家破，蘇州難以棲身，只得逃到杭州，寄身寺院，勉強裱幅畫兒，賣來度日。正是：好日去了惡日來，三分似人七分鬼。不免捱到前面去。（走介）

【秋夜月】裱褙休，主顧都趕走。骨董騙人常出醜，終朝營趁難糊口。（作寒顫介）怪春寒恁陡，怕殘生不久。

（作避簪下介。生上，雜隨介）

【東甌令】霞千縷，月一鉤，好伴梅魂凝醉眸。看歸鴉幾點爭先後，晚炊起煙橫鶩。（見付淨介）呀！這是什麽人？行藏羞澀避簪頭，須早叩根繇。

（雜問介，付淨跪介）小的是裱褙的，在街上賣幾軸紙畫，見老爺到來，故此回避。

（生）既如此，起來！（指介）這就是你裱的麽？

（付淨）是。

（生接看介）字畫雖醜，裱却甚好。你姓什麽？

（付淨）小的湯勤。

（生）既有此長技，爲何如此光景？（付淨）

【金蓮子】只爲年歲憂，況兼疾病多僝僽。（生）你還曉得什麽？（付淨）識古玩、唐漢商周。（生）曉得古董，這又妙了。叫什麽號？（付淨）斗膽寫小招牌，北溪名浪説在蘇州。

（生）原來你是蘇州人。我且對你說，我上京要裱許多書畫，你就住在我家裝裱。

（付淨）多謝！

（生對雜介）取一套巾服與他更換，收拾廂房與他居住，今後都稱他湯先生便了。

（雜）曉得。

【尾聲】（生）邂逅間相成就，（付淨）洪恩大德怎能酬？（合）須信道飲啄皆緣宿世修。

（生）隴頭無寄恰相逢，下榻開樽意興濃。
（付淨）今日得君提掇起，免教身在污泥中。

第二齣　囑　訓

【南吕引子·戀芳春前】（小生巾服上）錫命承恩，遺經砥志，龍門客又重新。竟日閉孫戶，無心窺董園，豈以五陵貴，少疎萬卷緣。小生莫昊，字葛天，弱冠補博士弟子員。居非顔巷，雖不至鑿壁囊螢；志切董帷，恒自矢懸梁刺股。正是：驥足輕千里，雞窗滿五車。館中延師方毅庵，乃江右鳳望。今日爹爹因赴京遠行，設酌書齋敍別，已着書童文鹿往候，想應酬稍完，必就來也。

（丑上）夜月燈花落，曉風書葉翻，老爺到了。

（生同付淨巾服，末隨上）

【戀芳春中】（生）萬卷詩書連屋，花影繽紛。（付淨）夢入瑶臺閬苑，恐醒處又添愁悶。

（小生與付淨揖介）（見生介）

（生）文鹿，快請方相公出來。

（丑）方相公有請。

（外蒼三髯上）

【戀芳春後】須務本，自古文章，先期德行真純。

（生拱，付淨與外揖介）

（外）此位是誰？

（生）是姑蘇湯北溪。

（付淨讓外、揖介）（外生揖介）

（生）學生遠行，近則經年，遠則連載，聊借一杯酒，以話千里心。

（外）越國欣逢，燕山闊別，愧乏陽關之曲，何勞北海之樽。

（生）豈敢，將酒過來！（各坐介）（生唱，衆合介）

【南呂過曲・賀新郎】兩字功名，歷雲山萬千勞頓。黯消魂，驪歌唱緊。聊憑着此日燈前酒一樽，語匆匆，連宵難盡。波浪闊，關山峻，仗荒村野店添詩韻。相見也，定青髩。

（生）先生洪量，何須用此小杯。（對末介）取古玉杯來！

（末）曉得。（下）（取持杯上）金觥浮曲水，玉斝泛回波。玉杯在此。

（外）呀，好一執玉杯，色如白雪，制若鬼工，世間何以有此尤物！（付淨接看介）這杯實是無賽。

（生）此本和氏璧也，祖龍使玉工制之，命以殉葬。後因唐玄宗講武驪山，郭振獲此以獻。傳至宋末，俱為國庫之寶。後因元亂，此杯遂流於江南。九代祖得之，永傳奕世。（對付淨介）此杯名為盤龍和玉杯，俗呼為"一捧雪"是也。

（付淨）晚生嘗聞一捧雪乃是至寶，不想今日得見，難得，難得。

（生）物雖盈把，價值連城，學生時常攜帶以作珍玩。（斟酒送外傳飲介）

（外唱，衆合介）

【宜春樂】【宜春令】凝瓊雪，點絳雲，更雕鏤天工絕倫。連城至寶，秦庭不屈相如藺。侶瑚璉宗廟齋珍，並鐘鼎邦家同鎮。【大勝樂】玭玞怎混,看白虹光彩,夜閃龍文。

（外）酒已太多,要求止了。請收好了玉杯。（末藏杯介）（各立起介）

（生）今夕談心,明朝分袂；三千迢遞,二載暌違。小兒樗櫟之材,全仗朝夕提攜指教。望先生師道而臨以父道,使吾兄弟職而兼以子職,庶遠懷不至懸懸也。

（外）叨開絳帳,甫慚素餐,分所宜為,何勞吩咐。

（生）請上,學生有一拜。（生外對拜介）

（小生後拜介）

【瑣窗繡】【瑣窗寒】拜殷勤誼重君親,望先知覺後昆。庶愚公有子,蕭敬稱孫。（外）三墳五典,芸香雪韻,應共惜光陰分寸。（合）【繡衣郎】佇拭目名門賢胤、佇拭目名門賢胤。

（外）起程擇吉,定在何時？

（生）在明日準長行了。

（外）有人同往否？

（生）攜一小婢,聊以簡點邸中薪水；幸舍之賓,實惟此間北溪兄了。

（付淨）豈敢。

（外攜生手前立介）弟觀此人,言詞諂諛,行藏奸詭,定是匪類,且宜遠之。

（生）謹領尊論。

【尾聲】（外）贈遠行,蒭蕘進。（生）感悟金玉言諄諄,（合）說不盡夢裏相關萬里身。

　　　　（外）蘭陵美酒鬱金香,（生）玉碗盛來琥珀光。
　　　（淨副）但使主人能醉客,（合）不知何處是他鄉。

第三齣　燕　　遊

【仙呂引子·望遠行前】（旦上）琴書簡點,倍覺離懷繾綣。（老旦上）鼎石家聲,行看功名早建。（旦）老爺今日起程,百事俱已完備。但與雪姐同行,途中客邸之事,我尚未一一叮囑。如今老爺去別親友,尚未曾歸,不免喚他面囑一番。(老旦)夫人言之有理。(向內介)雪娘有請!(小旦上)拋離翠繞珠圍,跋涉荒郊野甸;凝盼處依依庭院。(見介)(旁坐介)

(旦)你妝奩衣飾已都準備了麼?

(小旦)收拾完了。

(旦)你自幼傍我長大,但識家庭規矩,未知途路辛勤,早起晚眠,須要小心在意。

(小旦)多謝夫人。

(旦)老爺生長豪華,不諳世路曲折,在家有我周旋,出外你須規諫。怒時失體,醉後疎言,你須一一勤勉。

(小旦)賤妾蒙夫人朝夕撫養提攜,何敢輕離膝下。今蒙老爺嚴命攜行,一慮老爺伏侍不周,二念夫人定省有缺,重沐鼎言,敢不領命。

(旦)聽我道來——

【仙呂過曲・桂枝香】衛姑芳鑒,柏舟閨獻,饒伊詠絮才高,爭似齊眉德擅。念周旋行遠、念周旋行遠,毋驕毋倦,惟勤惟勸。(小旦)領珍言,佩服如弦韋,牽縈倍萬千。(生上)

【薄媚賺】千里風煙,囑別親知情意惓。(老旦)老爺回來了。(各見介)(生)愁懷卷,休將兒女情留戀。(小生上)過庭前,拜別牽衣惟淚漣,(見介)詩禮難聞日夕傳。(末上)承驅遣,仙舟已駕,行囊齊辦。(生)船上俱已完備了。(末)俱完備了,湯先生已先在二號船內伺候,吉時已屆,就請登舟。那些送行的都在那裏專候老爺。早馳風憲、早馳風憲。

(生)吾兒過來!

(小生跪介)我從來不問生產家中事體,自有你母親支持,這也不煩我掛念。但你在家,切須孝順母親,誦讀書史,務期早拾青紫,慰我遠懷。(小生起介)

(旦)相公此行,內有雪姬調護,外有莫誠支值,妾亦放心。但同行湯裱褙,既非夙昔交遊,聞他專行訑諛,宵小之輩,凡事切宜斟酌。言別在即，路上風霜，切宜珍重。

（旦）妾有卮酒以壯行色。（旦送生酒介）

（老旦送小旦酒介）（旦唱，衆合介）

【長拍】渺渺錢塘、渺渺錢塘，迢迢帝輦，回首雲山一片。光分藜火，苦嘗熊膽，惜三餘朝夕乾乾。裘馬莫流連，佇天香飄處，鹿鳴高選，射策長安欣浪暖。談離緒五雲邊，牽袂語真情眷。望早繩祖武，莫負遺編。

【短拍】杯酒淹留、杯酒淹留，離情輾轉，話纏綿難盡樽前。頃刻各雲天，知甚日早歸庭院，好把鱗鴻頻寄，莫待要翹首望將穿。

（生）就此去了，夫人在家，切宜保重。（各拜合）

【尾聲】（生）離淚灑，愁腸串，（旦）恨萬里繫心無線。（合）須有日，回合團圓笑語喧。（生、小旦、末下）

（旦）第五橋東流恨水，（小生）皇陂岸北結愁亭。

（合）相思相見知何日？　　此時此際難為情。

第四齣　征　　遇

【大石調引子·碧玉令】（外冠帶，雜隨上）關南塞北聲名早，寄長城紫泥天表，玉帳貔貅，指顧陣雲高，展豹略，看幕南王庭齊掃。氣清金虎，雄威壯鐵冠。何時酬主眷，理釣嘯歸磻。下官戚繼光，字元敬，定遠人也。以先世戰功，得膺世爵。予自約髮從戎，剿倭寇於海上，滅島夷於台州。橫嶼之酋獻俘，石州之虜授首。百戰百勝，累遷總理。蒙聖上念薊州乃京師之肩膂，命光節鉞坐鎮。咳，想我一武人，今得熊軾一方，麟符千里，河山鐵券，寶玉琱弓，鎖鑰北門今總府，保釐東土古諸侯；上賴天子洪恩，實出莫相國提攜之德。今相國云亡，郎君無懷公久樂丘園。雖嘗致書通候，從未得少展國士之報，胸中時為怏怏。自薊州命下，羽書促往，今日擇吉起程，但形家皆言，須要從海岱門迂道而行。吩咐衆將校擺齊隊伍，打從海岱門出京，一路前往薊州便了。

（雜）得令！（行介）

【大石調過曲・賽觀音】甲兵雄,旌旗耀,聽號令山川振搖。看橫槊賦詩長嘯,細柳威名,不數漢嫖姚。(下)

(生、付淨執鞭,小旦乘車,雜、車夫、末隨上,合唱介)

【前腔】岱宗遙,燕山到。望紫氣煙浮帝郊,想萬國衣冠齊禱。(生)前面已是京城了,我同湯先生尋覓寓所,你同雪娘慢慢而行。(末)曉得。(合)回首吳山,但見雁行飄。(各下)(外、雜復上,合唱介)

【人月圓】司閽外,即漸龍城杳,白羽風生驚烏鳥。(生,付淨上)行行遠岫銜殘照,驀忽地油幢來樹杪。(外作看生介)(外)前面來的可是越中莫爺?(生)敢是,總府戚爺麼?(各下馬相見介)(合)呀,萍蹤巧,恰相逢數年夢寐蘭交。

(生)仁兄持鉞,今欲何往?

(外)小弟移鎮薊州,故有此行。兩世蒙恩,三秋闊敘,倘兄今日後我而至,又失此晤期矣。

(生)天遣相逢,可謂奇遇。

(外)此位何人?

(生)偕行湯北溪,乃雅士也。

(付淨恭介)不敢。

(外)仁兄到京後有暇,可到敝鎮一遊。

(生)既忝刎頸之交,當覓連床之話。承兄相約,敢不奉命。

【前腔】(外生合)剛邂逅,早在陽關道。一語匆匆渾難了,征車滾滾催行鬧。歎從此天涯雲樹渺,風塵老。又何年挑燈話舊連宵。

(雜)三軍啟行,難以久駐,稟爺就此起馬。

(外)再欲與兄暫話片時,奈軍行甚遠,只索奉別了。

(生)到京後,一有空閒,便當造貴鎮領教。

【尾聲】(外)掃彤闈,供談笑,(生)飛觴說劍氣雄豪,(合)共把那武緯文經濟聖朝。

雲迎塞馬嘶聲急,風送胡笳離緒侵。
但願應時遠得見,須知勝似岳陽金。(各下)

第五齣 豪　　宴

【仙呂引子·天下樂】（淨冠帶，雜隨上）奕世夔龍亘古稀，炎炎權勢覺天低。朝廷已作家庭事，笑煞淮陰封假齊。上公周太保，副相漢司空，應知能作述，豈曰濫恩榮。自家嚴世蕃，別號東樓，父居相國，身為侍郎，富堪敵國，力可回天。文武官僚，盡供驅使，生殺予奪，俱屬操持。休說他人稱功誦德。只是俺父親，自題《家慶圖》道：有我福，無我壽。有我壽，無我夫婦同白首。有我夫婦同白首，無我兒孫七八九。有我兒孫七八九，無我個個天街走。（笑介）你道為父之樂如此，為子者可知矣。可恨那些不識時務的，動輒表章劾奏。那夏桂州，崛強老子；楊繼盛，浮躁書生，其他曾銑、沈煉等，都已誅戮盡了，料無人再敢妄言矣。邇來朝政肅清，忙時，不過票幾道本章。閒時，受用些歌姬舞女，賞玩些書畫鼎彝。正是，身近玉墀新袞繡，手調金鼎舊鹽梅。有一越中莫無懷，與我兩世通家。近因補官到京，已來參謁。今日與他設酌洗塵。怎麼這時候還不到來。

（生、末隨上）姓名天下金甌寵，節操風前玉樹清。

（末）奉勞通報一聲。

（雜）莫爺到了。（淨出迎見介）

（生）辱蒙華命，敢涸兵廚。

（淨）深藉輝光，用開陳榻。小座在萬花樓，就此同行。（攜生手同行介）

（生）呀，好一所大樓，畫棟淩雲，朱欄映門，展開風月添詩料，妝點江山入畫圖。果然好奇觀也。

（淨）樓無足稱，不過藏幾種古玩，以供朝夕玩矣。

（生）能賜一觀否？

（淨指介）前後廂樓，號分風花雪月。這一樓，是商周彝鼎。這一樓，是漢宋杯環。這幾間，是汝、定、官、哥。這幾間，是唐宋書畫。令先尊，掌國許久，府中古玩也多。

（生）先嚴不是賞鑒家，故此送禮中古玩字畫，都不曾收也，不得閒錢來買。
（淨笑介）那有宰相家，沒錢買古董的麼？小弟倒用幾個閒錢，收得些奇物，只是一件，各處送來的字畫，怕我疑心不是故物，不敢裝潢。其餘貧家收來的，一發破碎了。便有幾軸現成裱過的，或是闊狹失宜，體制欠雅，意欲另裱一番。只是偌大京師，尋不出一個裱褙好手。
（生）晚弟寓所，却有一人，倒是古董行家，賞鑒頗精，又會裱褙，晚弟窮官也，留他不得。恩兄若用，就喚到貴府中承值，如何？
（淨）嗄，他是那裏人？姓甚名誰？為何在貴寓？
（生）姓湯名勤，蘇州人氏。因貧落無依，晚弟挈帶在此。
（淨）可着人去請來一會。
（生對末介）你去對湯先生說，嚴爺要你裱畫，即刻同來。（附耳介）須要換了衣帽來見。
（末）曉得。為奉恩主命，同邀館客來。（下）
（淨）叫掌古玩的在各樓內隨意取幾件來看。
（雜）領旨。（捧瓶、爐、畫卷上）
（淨）這是龍紋寶鼎、美女花觚。
（生看介）妙，妙！真乃商周重器，宗廟之奇珍也。
【仙呂過曲·皂羅袍】郊廓鎔金遺世，看雲雷隱隱，翡翠光輝。（淨）這是紅玉九螭環、脂玉雙熊鎮。（生）玲瓏碾就雪霜欺，淋漓染却胭脂膩。（淨）這是右軍《蘭亭序》，摩詰《輞川圖》。（生）種種妙絕，真目所未覩。試看銀鉤鐵畫，魚龍吐奇。和那丹山碧水，煙雲望迷。（淨）什麼好東西，如此過獎，一經題品須增貴。
（末同付淨衣帽上）赫赫公臺位，潭潭相府居。
（末）稟爺，湯先生到了。
（付淨作跪，膝行，叩頭介）門下犬馬湯勤叩見。
（淨）何須如此行禮，請起。
（付淨）嚇。
（淨對生介）在兄處，什麼服色？

（生）平日原是衣巾，今見臺兄，故此易服。
（淨）既如此，換了衣巾。
（末與付淨換介）
（淨）人物倒也伶俐。
（生）既蒙清盼，可留以侍朝夕。
（淨）遨遊二帝罷。
（雜）宴完了。
（淨）起樂。
（外）起樂。
（定生席介）（又將杯匜欲定付淨席，恭介）
（付淨）湯勤侍立不當，焉敢賜席與坐！
（淨）不必過謙。（令雜安付淨杯匜介）
（付淨告坐介）（各坐飲酒介）
（淨）草酌無以為報，有新教的女優，串演雜劇，聊可侑觴。
（生）既食侯鯖，又觀霓舞，何以克當！
（小旦扮末上，點戲介）
（生）還是臺兄主意，使得盡其所長。
（淨）有新演的《中山狼》幾折，恐未精熟，見笑大方。
（生）既有新劇，益發妙了。（淨）就演《中山狼》罷。
（小旦應下）
（淨、生、付淨隨意飲酒講話介）

（小旦即上作開場介）翠幙華筵列絳樓，清歌妙舞勝丹丘。盡說消愁愁不了，醉時休？世路峻巇恩作怨，人情反復德成仇。好把中山狼着眼，醒時休。那來的非別，東郭先生是也。（下）

（旦扮生挑琴劍書囊上）

【北仙呂·點絳唇】奔走天涯，脚跟倚徙，萍無蒂。回首雲迷，覷人世都兒戲。俺墨者東郭先生便是，要往中山進取功名，收拾書囊前去，早又是暮秋時候也。

【混江龍】斜陽天際，潺湲流水過殘堤。幾陣陣風吹葉落，幾點點鶩趁霞飛。恰早是一片雲光迷上下，猛可裏四圍山色失東西。

蕭疎短髮,淹蹇鶉衣;囊餘錦字,甕有黃虀;泥塗曳尾,空谷羈棲。(望介)是何處旌旗劍戟電般馳。忽聽得驕驄畫角雲中沸。(內喊介)狼來了,狼來了。(丑扮狼,帶箭奔上)(旦作驚介)嚇。忽遇着豺狼當道,閃得俺麟鳳興悲。

(丑)先生休怕,俺被趙卿打圍射着,帶箭而逃,望先生可憐救俺一命咱。

(旦)恁好差矣!俺要進取功名,急忙趕路,怎管恁閒事,況趙卿盤問起來,好不嚇煞人也。

【油葫蘆】俺是個四海空囊泣路歧,怎當得將軍八面威。(丑)先生,昔日隋侯救蛇,銜珠為報。願早救俺殘喘,俺須重報先生咱。(旦)不指望酬恩報德着貪癡。(丑)人馬看看趕至,霎時性命都休。先生,却不道墨者兼愛為本,惻隱之心人皆有之,先生須細想着。(旦)罷,罷,罷,俺把那萬言書收入囊無底,破青氈救恁多狼狽。(丑)好也,只是俺身子多大,先生囊小,只索蜷了四足,好把繩子緊緊的縛住俺了,掩了胡頭兒,將俺裝在囊裏。(旦縛丑,裝入囊介)恁好把背似蝦,腰如蝟,藏着尾,縮着蹄。(丑)多謝先生了,倘若趙卿到來,是必用心打發他。(旦)狼呵,救得恁,休歡喜;救不得恁,休煩惱。只怕一鰍生支不得軍和騎,頃刻裏凶吉怎能期。

(小旦扮趙卿領衆上)草枯鷹眼疾,風勁角弓鳴。俺趙卿是也。射獵中山,見一狼,人立而啼,放箭射着,走的來影也沒尋處。(見旦介)兀的漢子,可曾見狼去來?

(旦)俺不曉得。

(小旦)那狼中箭,趕到此處,明明是恁藏着,恁看俺劍者。

(旦唱)

【天下樂】那裏見出狌猙獰也那猛似羆,停也波威,莫浪疑。(小旦)恁須曉得,狼乃至惡之獸,何用救他。(旦)也盡知他性貪狠,恨不得屠腸胃。(小旦)恁休巧語花言,快說,藏在何處?(旦)俺只一身,那裏藏得?(小旦)呀,莫非藏在書囊內麼。虞人們,開看。(旦)狼大囊小,怎生藏得?俺囊呵,止把那殘編斷簡收,怎與那狐羣虎黨棲?休得守株求,枉自遲征轡。

（小旦）既没有狼，俺須去也。即鹿聊為樂，田禽豈自荒。（下）

（旦）且喜趙卿去了。老狼，老狼，怎如今活也。

（丑囊內喊介）趙卿已去，俺在囊中縛得好苦也。臂上流矢煞是痛哩，先生快開囊放者。

（旦開囊、解縛、拔箭介）

（丑出囊介）慚愧也，險些被趙卿送了性命，謝得先生救俺。則俺有一句不識高低的話兒，敢説麼？

（旦）有甚話説來。

（丑）俺被箭趕來，在囊中受苦一會，肚兒裏餓得荒，先生可憐見，權把你來充饑吧。（撲介）（旦躲介）

【寄生草】眼腦真饞劣，心腸忒魅魑。逞狼心便忘却顛和躓，恣狼貪不記着恩和義，肆狼吞怎容得天和地。（丑）隨你會講，俺不吃怎，決不干休！（旦）只俺半生來冷眼避閑非，誰想一會兒熱念淘閒氣。（丑撲介）

（旦）且住。若要好，問三老。那邊一個老人來了，俺同你問他，該吃俺不該吃俺？

（老旦扮老人上）蕭蕭古樹枯藤掛，慘慘寒雲遠岫凝。俺杖藜老子是也。你們為何喧嚷？

（旦）丈人，這狼被趙卿射中，趕來向俺求救，俺把書囊救他一命，才出囊反要吃俺，你道該吃不該吃？

（丑）丈人，不要聽他。他見俺被箭射傷，把俺縛在囊中，受了多少苦，又對趙卿駡俺許多。假意救俺，要自己謀害俺哩！你道該吃不該吃？

（老旦）你兩個説來，都無憑信，如今依舊縛在囊中，把那受苦的模樣使俺親見一番。若果受苦，先生，你也説不得，只索與老狼吃下者。

（丑）説得有理。俺餓得緊了，快縛起來！丈人看了苦處，俺便要吃你了。

（旦縛介，置囊中介）

（老旦）你可有佩劍麼？

（旦）俺帶得有佩劍在此。

（老旦）如今還不殺他！

（旦）着，着。

（老旦踏着，旦提劍介）

（旦）

【煞尾】牢籠奇計高，出鞘青鋒焠。一任恁噬臍瞞昧，從此要施爪排牙今已矣。須念着頻死的危機，怎忘却受恩的深處，方言道眼前報應難回避。縱人心可欺，怕天公做對。（殺狼介）呀，把這負心的中山狼做旁州例。（下）

（淨）殺得快活！

（生）好戲，好戲！

（各立起介）

（生）要告別了。

（淨）再坐坐便好。

（生）不敢。

（淨）湯先生就住我府中罷。

（付淨）是。

（淨對雜介）明日先付五百兩銀子與湯先生，置買吳綾蜀錦、玉軸牙籤，再付三百兩在近府前後買一所房子，與他居住。

（雜）曉得。

（付淨）謝爺。（復向生足恭介）

（淨）紅粉歌聲翻白雪，（生）雕檠燭影醉青年。

　　　須信人生能有幾，（付淨）應知世有地行仙。（各下）

第六齣　婪　賄

【黃鐘過曲·出隊滴溜子】（小生扮太監，小旦捧本前行上）【出隊子】絲綸天降，絲綸天降，一領緋袍惹御香，為齎章奏出宮牆。【滴溜子】（小旦）德音，攸關罰賞，槐廳代紫泥，隆恩無兩。（小生）前面就是嚴府了，快走。（合）早過沙堤，恭瞻貼黃。

（小旦）有人麼？

（外上）望隆黃閣千官表，謀贊楓宸第一家。（見介）

（小生）奉皇爺聖旨，特捧章奏，要太師爺批發。

（外）請坐，待我傳進。

（小生坐介），

（外入，即出介）奉老爺鈞旨，道有倭寇緊急軍情籌畫，無暇票本，着我同公公到大爺處票了覆旨。

（小生）既如此就行。（同行介）白麻詔自天邊下，紫府人從天際來。（作到介）

（外）公公請坐，待我去稟。（入介）

（小生坐介）（淨上，雜隨上）

【黃鐘引子·玉女步瑞雲】【傳言玉女】世握乾綱，咳唾百僚驚仰。【瑞雲濃】問誰敢批鱗強項？

（外稟介）請進相見。

（雜請小生入介）（同揖介）

（小生）奉爺旨意，送本到太師處票擬，因太師有軍機忙叢，特送到司空處，望即票發，皇爺專等回奏。

（淨）叫當值的整治桌檯，請內公到西廳暫坐，就請湯北溪相陪，待我票完相邀便了。

（雜）曉得。

（小生、小旦）燮理陰陽資盛德，彌綸天地有奇功。（同雜下）

（淨）取本過來。

（外送本，看介）

（淨）吏部一本：為廣撫乏人事，兩廣沖要，華夷雜處，右僉都御史何邦鎮，才略兼優，應堪此任。咦，好一個美缺，怎麼不來講一講？

（外）已到太師爺處了。

（淨）送過多少？

（外）八千兩。

（淨）好個兩廣軍門，值不得一萬銀子，又短二千。罷了，讓他

些。(批介)

【黃鐘過曲·黃龍醉太平】【降黃龍頭】油幢,兩省沖繁,異貝奇珍,管盡歸羅綱。(奉聖旨,是。)(外又送本介,淨看介)河南道御史一本:"為媚道逢君事。虛無清淨,豈聖主之所宜;贊醮修玄,實輔臣之巧媚。"中間嘮嘮叨叨,多是罵俺父子的話。(怒介)咦,可恨,可恨,你不見楊繼盛麼?(寫介)鴟鴞魍魎,興捏妖言,誣謗君王。"着錦衣衛杻械拿問,好生打着回話。"(外又送本介)(淨看介)戶部一本:"為急缺邊餉事,左支右絀,難充枵卒之腹;呼庚呼癸,仰需内府之藏。"(笑介)這司農好没分曉,聖上焉肯發出帑金麼?(寫介)【醉太平】休想,縱然搜括盡脂膏,怎肯把大盈支放!"速速另行設處,無誤軍需,該部知道。"(外又送本介)(淨又看介)兵科一本:"為兵機失陷事,總兵戴倫逢虜倒戈,坐失轄境。候旨提處。"咦!總兵官失陷地方,該依律處斬了,不曾到爺處來會麼?(外)戴總兵方纔差人來送禮單,求爺寬處。(淨)要救一條性命,不是些小,送什麼的?(雜出單介)(淨念介)赤金元寶十個,五百兩金子,也值得三千五百兩銀子。(又念介)走盤珠一千顆,五兩一顆,值得五千兩銀子。五色寶一百對二百粒,實值多少銀子?(雜)多是鴉青、桃花蠟、祖母綠、貓兒眼,算來也值萬把銀子。(淨)這些寶石比趙文華溺器上的又好麼?(雜)好他十倍。(淨又念介)漢玉杯一雙,咦!玉杯值得多少?(雜)一雙雪白古玉杯,他説無價之寶。(淨)既如此,饒他斬首便了。(雜)他送幾萬兩銀子的禮,説要求爺保全他前程哩!(淨)忒便宜了他。(寫介)邊城宿將,早立功帶罪,坐鎮封疆。"戴綸本該重處,因念久飭邊防,姑與原官,立功候調。"(擲筆介)本已票完,請内官過來。

(雜應下,即同小生、付淨、小旦上)

(小生)叨蒙華宴,飽德醉心。

(淨)失陪,得罪了。

(小生)不敢。

(淨)票擬停當,煩老先傳達天聽。

(小生)政引風霜成物色,恩回天地到陽和。(小生、小旦、外、同下。)

（淨）湯先生，方纔內官講些什麼了？

（付淨）稱頌太師爺功德巍巍，司空爺雄才大略，千古莫及。

（淨喜介）說來的也不差。

（付淨）是。

（淨對雜介）那總兵官送的禮，取過來看。

（雜下，即捧盒上）

（淨看介）金元寶赤得好，走盤珠白得好，許多寶石紅紅綠綠得好。這幾件東西，雖值幾萬銀子，論來我家盡多了，那希罕他！（開匣看杯介）這杯兒倒妙得緊，玉質又白，血青又紅，做法又玲瓏、又古樸，果是無價之寶了。我家所藏古玉杯不下千隻，算來多比不過他。不過，湯先生你可曾見這樣好東西麼？

（付淨）晚生曾見過一杯來，比他這勝百倍。

（淨）不信世間有此異物，玉質呢？

（付淨）比他更白。

（淨）血青呢？

（付淨）滿身上一點點，如桃花片一般。

（淨）做法呢？

（付淨）這是子母螭，乃是教子昇天杯。那一隻盤着九龍，喚蟠龍和玉杯，俗呼為"一捧雪"。

（淨）我也聞得一捧雪乃是杯中至寶，只道不在人間了，誰知你曾見來！

（付淨）此杯呵，

【黃龍袞遍】連城鎮趙邦、連城鎮趙邦，制殉驪山葬。天寶出人間，唐朝宋室多珍賞。素質流脂，輕綃凝絳。盡轟傳，一捧雪，名非獎。

（淨）果然有此希世之寶，在什麼人家，就託地方官取來。

（付淨）這杯也，只在務近，但是地方官也要他不來。

（淨）寶在誰家？

（付淨）就在莫冏卿家。

（淨）他説父親不在行，並没有玩器，怎倒有這等好杯？

（付淨）晚生親見，怎敢掉謊！

（淨）怎麼得他的便好？

（付淨）憑着湯勤三寸舌，這杯定教歸於恩主。

（淨）妙，妙！

【前腔】奇珍世無雙、奇珍世無雙，聽説心神爽。百萬怎相酬，只索儀秦一席憑伊講。你若明日去呵，至寶璠璵，笑談歸掌；那時節，做高官，選美職，非虛罔。

（付淨）多謝恩主，湯勤一去，穩穩取來。

【尾聲】明朝管取杯擎上。（淨）準備一頂好烏紗將伊犒賞。（合）須信道神物天留全福享。

（淨）官乃身之寶，（付淨）杯為席上珍。

（合）滿朝乾子貴，　　怎比獻杯人。

第七齣　勢　索

【雙調引子·搗練子】（生上）縈薄禄，絆浮名，鏡裏俄驚客鬢星。（小旦上）夢繞家鄉慵早起，怕聽林際子規聲。（見介）

（生）我和妳離家日久，客邸蕭然，終朝拜謁應酬，急切未能陞轉。咳，想我輩世蔭功名，滋味有限。鎮日送人賠禮，公分賠錢。曲背逢迎，强顔歡笑。算不如在家自在逍遥，我反悔此一來也。

（小旦）跋涉遠來，耐心圖一美職，那時拂袖歸家，未為遲也。

【仙吕入雙調過曲·五枝供】【五供養頭】（生）京塵蔽影，無限周旋，有盡前程。松筠三徑在，軒冕一毛輕。【玉交枝】（小旦）羊腸仕途須細行，龍門家世宜重整。【五供養尾】（合）略把甜頭占，早歸耕，怎敢遺誚北山靈。

（付淨上）飛花已逐東風去，不戀殘枝是故家。此間已是，不免徑入。

（小旦見介）湯先生來了，你且回避。（作下介）

（生見付淨介）

（生）這幾時，在嚴府中好麼？

（付淨）只為裝潢許多書畫，再不得空，故此不能時常謁見，只好做個身在吳庭心在越了。

（生）東樓在家何幹？

（付淨）鎮日為這些朝廷的事體，官府的陞降，票寫本章，點收禮物，再不得閒哩。真個炎炎勢焰，赫赫威權。逆他的，輕則遣戍謫官，重則擬辟；奉他的，不要說一歲三遷，便是一日九遷，也由得他哩。

（生）這是委實如此。

（付淨）只是生性可笑，不知為甚，酷好這些無益之物。

（生）喜古董，也是有興的事。

（付淨）就是主人所有這隻玉杯，是絕代珍寶，人人知道。近來不知誰人，說與他得知。

（生）得知便怎麼？

（付淨）好笑，把這樣饑來當不得飯，寒來當不得衣的東西，苦苦着我來請一個價。

（生作遲疑介）

（付淨）我想尋常古董他甚肯出錢，這杯管教多要他幾倍銀子。

【玉肚交】【玉抱肚】操持魁柄，積珍瑤充梁滿庭，又何須盈把杯巵，偏教索價叮嚀。【玉交枝】黃金等閒如羽輕，無瑕管取連城贈。豈徒然荊山淚零，肯無端秦庭橫行。

（生）我這功名富貴，多虧太師爺提攜，司空擢拔，怎敢論價。只要司空升我做個河道糧儲都御史，我便向家中去取來相送。

（付淨）這個官的事體甚小，都在我身上，包得陞轉。只是這杯，如何不在這裏？

（生）這是我傳家之寶，如何不留家中，既是司空定要，我遣人到家呵，

【海棠醉東風】【月上海棠】曉夜行，餐風宿水忙奔兢。敢迷邦懷寶，返趙寒盟。仗威權不惜公卿，沽華袞曷勝榮幸。（付淨）這個自然。【沉醉東風】速宜駕駢，莫教望縈。（生接唱）須知匝月相逢

笑眼迎。

（付淨）晚生就此告辭了。

（生）略坐一坐去。

（付淨）恐怕嚴爺呼喚,不得久停,只是早些遣人去取杯便好。

（生）不出一月,杯定送來,所言乞轉致意。

（付淨）曉得。眼望捷旌旗,耳聽好消息。（下）

（生）可笑,可笑。莫誠那裏?

（末上）一聞呼喚,隨即趨迎。老爺有何吩咐?

（生）嚴爺要我玉杯,着湯北溪來問價。

（末）嚴爺那裏曉得我家有玉杯?

（生）這杯,乃絕世之寶,那個不曉得!

（末）或者就是湯官人說的。

（生）這也未必。

（末）老爺可曾許他。

（生）我只說在家,連夜着人去取。一月送來,如今你可將幾百兩銀子,到會同館去,選一塊白玉,喚一個高手,速速照樣做成一杯,俟月餘,送去便了。

【撥棹入江水】【川撥棹】（生）休延等,早攜金覓白珩,倩良工照式那騰、倩良工照式那騰,管教他玞璵溷形。（末）小的就去製買玉料,訪覓匠人,只是老爺呵。【江兒水】秘密機關,好把言詞三省。（下）

（生）嚴東樓,嚴東樓,難道我九世傳家的一捧雪,肯就與你的?那湯北溪也不曉得,我這恩官,怎做得到都御史,就胡亂應承了。我如今,照樣做一隻假杯,那東樓原不曾見過,就是湯北溪,也只看得一次,那裏識得真假!著月餘送去,憑他與我一官便了。

【尾聲】璠璵堪掌全衡命,須信巧宦無錢總不靈。教他把誰假誰真和誰話葛藤?（下介）

第八齣　偽　　獻

【正宮過曲·朱奴插芙蓉】【朱奴兒】(末捧杯上)蒙驅遣難容逗留,戰篤涑捧持瓊玖。自家莫誠,因嚴大爺要索主人玉杯,(四顧介)俺主人愛惜世寶,着我照樣做成一隻,就差我送到嚴府。我想萬一看出真假,這事怎了?蒙主人之命,只索硬着膽前去。(走介)恰似闖入鴻門呈玉斗,忙前進幾番遺後。走來看看到嚴府前了。言和語,敢無端浪搊。(作到介)有人麼?(雜上)父子雙稱相,家人七品官。(見介)你是那裏來的?(末)是太僕莫爺差來的。(雜)有什麼書柬傳進麼?(末)要請湯官人説話。(雜)湯官人同爺賞玩古董,怎得空閒出來。(末出銀送介)煩説一聲,俺爺差人,自然出來。(雜收介)你們薦來的,或者出來,亦未可知。(下。末)【玉芙蓉】悄機關,誰能參透暗藏鬮。

(雜同付淨上)朝迎車似水,暮接馬如雲。

(見介。付淨)玉杯到了麼?

(末)到了。

(付淨)來到這樣快?

(末)俺爺恐嚴爺性急,星夜着人取來的。

(付淨)爺正在這裏想,來得湊巧。

(末遞杯介)煩湯官人傳進。

(付淨接杯介。末)請湯官人仔細檢點一檢點,也脱了我送來的干係。

(付淨)莫大叔這等小心周到。(開匣看杯介)這杯委實無賽!(對雜介)前日戴總兵送的玉杯,怎能及他,我的眼力不差。

(雜)果然好!

【朱奴剔銀燈】【朱奴兒】(付淨)羨神物與金怎求,(對雜介)莫老爺呵,拚割愛願呈心友。(對末介)嚴爺一見此杯呵,管取歡容開笑口。也見我老湯是識貨的人,豈浪語無端虛謬。(末)俺爺煩湯官人多多拜上嚴老爺,説玉杯一到,即刻送上,不及備禮,異日還要補送。(付淨)只這一杯已是天大人情了,還要送禮？我自然與你老爺致意。【剔銀燈】山丘,這隆情怎酬,管朝夕膚功立奏。

(持杯同雜下。末)呀！他已取杯去了,我想老湯不辨真假,極口讚揚,嚴爺那裏識得透？自然胡亂遮掩過了。只願天從人願,就是我主人之福了。

【朱奴帶錦纏】【朱奴兒】心頭鹿忡忡亂投,簷前鵲喳喳不休。此時呵,分開玉石喜和憂,(望介)頃刻裏不教眉縐。(付淨同雜上,付淨)莫大叔那裏？爺見了玉杯,十分歡喜。我說你爺敬重嚴爺,故此把世寶送上。嚴爺說改日還要面謝。(附末耳介)你爺所云,決當如命。(雜)白金十兩,權為一飯之需。(末謝收介)湯官人,我就此回復家爺了。(付淨)正是：匣底璠璵重似城,朝中名器輕如土。(同雜下。末)好了,好了,事體已完,不免作速歸家。(行介)【錦纏道】消却潑天愁,仗神靈默宥,奇珍歸故侯。好把佳音覆,莫教凝盼望悠悠。

誆楚全憑紀信,返趙賴有相如。
不是一番巧計,怎能全保無虞。

第九齣　醉　泄

【仙呂入雙調過曲・六么令】(二雜扮走報人上)京師走報,降調遷陞,抄寫飛跑。一張紅紙貼門高。爭犒賞,再伸腰。這裏已是莫爺寓所,有人麼？(末上)門庭何事多喧鬧？(雜)特來報喜多喧鬧。報貴府老爺高升的。

(末)老爺有請。

(生上)蝸角虛名小,鴻毛俗慮輕。

(雜出單,見介)老爺高升太常寺正卿,小的們特來報喜,求爺賞賜。

(生對末介)賞他十兩銀子。

(雜)少。求爺再賞些。

(生)再賞十兩。

（雜）謝爺。十行頒帝命，五色麗天文。（下）
（生笑介）玉杯有靈，玉杯有靈。（下）
（付淨紗帽吉服，丑扮長班，持紅帖隨上）
（付淨）我本無心求富貴，一朝平步上青天。
（丑）門上有人麼？湯爺拜訪。
（末）那個湯爺？（見付，笑介）原來就是湯先生。恭喜，恭喜。（接帖，稟生介）湯先生做了官，到門拜爺。
（生念帖介）新選左軍都督府經歷湯勤頓首拜。有興，有興！快請相見。
（付淨進，足恭介）叨蒙鶚薦，得附龍鱗。
（生）欣賀鳴珂，復承輝華。
（各坐）（付淨謙恭介）
（生笑介）一發官體俱熟得緊。妙，妙！
（付淨）不敢。
（生）幾時榮授的？
（付淨）昨日命下的。晚生蒙恩臺汲引造就，得有此寸進，木本水源，銘刻五內。
（生）此皆司空提掇之力，於我何功之有？
（付淨）今早見吏部抄報，恩臺榮轉太常，晚輩不勝雀躍。
（生）此皆出司空所賜，明日還要躬謝。
（付淨）嚴恩臺託晚生拜上，説由奉常便當轉陛河道，節制七省，那時管教恩臺萬倍獲利。（生）前偶戲言，何敢過望！
（付淨）都在晚生身上。告別了！
（生）再請少坐。吩咐擺酒。
（末應下）
（付淨）還有各衙門未曾投帖。
（生）榮選方新，正多貴冗，又蒙先生先來看弟，足感至愛，明日還要潔誠奉賀。如今有一杯水酒，本不當屈坐，若以桑梓為念，留敘一敘何如？
（付淨）領命。

（喚丑，易服介）（生定席，對坐飲酒介）

【黃鐘過曲·畫眉序】（生）把臂酌醇醪，旅思鄉情一醉消。喜同遊京國，共躡雲霄。舊貂裘復沐恩榮，新珠履羨登清要。（付淨）幸叨曲逆新封美，無知恩德偏邀。

（生）取色盆大杯過來，快飲一番。

（末持盆杯介）

（生）對擲取快罷。湯先生請先擲。

（付淨）豈敢僭先。

（生讓付擲色介）

【商調過曲·黃鶯兒】（付淨）十點間紅麼，快！快！快！一個五隻。（送酒與生介）（付淨）一禪燈照寂寥，（生擲過，付淨又擲介）又是五隻！杏園猶見梅花少。（生又飲，又擲不出介）（付淨）又是快！六龍駕着，（生又飲，擲不出介）（付淨）妙，妙！六鼇擁着，（生飲介）我連飲數杯，怎麼再擲不出一個快兒？（付淨）如今是渾成了。蜻蜓無數爭飛繞。（生又飲酒，又擲過介）（付淨）不同！不同！快偏饒，六人兄弟，六色衣輕綃。

（生飲酒介）如今不擲了，送湯爺一大杯。

（付淨）晚生也吃不得了。

（生作醉態介）你道我家杯小，沒有東樓這些大杯。偏要請一杯。

（付淨）嚴恩主雖有許多杯，怎及恩臺這個玉杯。

（生）他見前日送去的杯，却怎麼說？

（付淨）他十分稱讚，說果是至寶。

（生醉笑介）你道這杯委實送去了麼？我這杯呵——

【簇御林】傳家器，絕世瑤，等圭璋什襲韜。一個太常空銜，怎博得我九世重寶。（末在後作急態介）（生）微官怎易連城寶！（付淨作驚介）難道這杯還在，前日送去那裏來的？（生唱）騰那照式偷天巧。（末）老爺不要哄湯爺。（付淨）前日的杯已是妙絕，不信是另做的。（生）我道你們眼力不濟。目光搖，千秋賞鑒，若個悉秋毫！

（付淨）晚生決不信前日送的不是原杯。

（生）你不信，我就把原杯與你一看。

（付淨）若如此，就明白了。

（生）莫誠，取玉杯出來。

（末）玉杯送與嚴爺了，那裏還有？

（生）你不曉得，湯爺是我的心腹至友，何必瞞他。快取來看，快取來看。

（末遲疑，生催，取出杯介）

（生將杯與付看介）何如？

【琥珀貓兒墜】（生）一般形質，真偽已相淆。（付淨）果然高手。若不細看，也辨不來。須信掇月移雲手段高，樽前一笑識心交。（白）請收好了杯。（末將杯入，復出介）（付淨）酕醄。不覺的傳杯話舊，又早是月上花梢。告辭了。

（生）張燈送湯爺。

（付淨）不消。

【尾聲】（生）榮銓尚欠微情表。（付淨）怎忘却提攜功浩。（生）多多與我上覆東樓，明日裏呵，尚要泥首階庭展鬱陶。

（付同丑下）（生作醉態下）

（末）怎麼處？前日老爺做這假杯，送與嚴爺，原是險事。今日又醉後說與湯北溪曉得。萬一他奉承嚴爺，說出緣故，如何是好？老爺，老爺，却不道，

世路幻如夢，人情薄似紙。

莫信直中直，須防人不仁。（下）

第十齣　譖　贗

【仙吕入雙調過曲·雙勸酒】（付淨）聞言氣沖，火星飛迸。私雕假充，將人胡弄。險把我前程斷送，應須知先發收功。可笑那莫太常，他受嚴爺許多寵愛，一個恩官，擅在科道九卿之上。前日嚴爺要他這一捧雪，託我過風，我想他在嚴爺分上，一隻玉杯也是極

小的事,自然應當奉承。假若不肯,也就回絶了。誰想當面應承,後日送來却是假的。我一時被他瞞過,極口讚揚,嚴爺信我言語,陞他做太常正卿,哪知昨日,又把真的來與我看。噯呀,想我在嚴府門下,言聽計從,説事體要得除頭,買古董要得偏手。真個是做他的官,賺他的鈔,不要説下半世富貴全靠着他,就是子子孫孫也都受用在裏頭。萬一嚴爺他日曉得此杯是假的,竟道我老湯通同作弊,那時却不把我一套富貴送入東洋大海內了。自古道,先下手爲強。如今,把這件事情早行出首,倘若嚴爺定要真杯,我自有道理。正是:恨小非君子,無毒不丈夫。那邊喝道之聲,想是嚴爺朝罷歸府了。(作拱立介)

(淨雜隨上)

【前腔】(淨)三公勢崇,一家權重。羣僚望風,死生操縱。恨只恨書生強橫,那愁他生鐵難熔。

(付淨跪介)門下走狗湯勤叩首請罪,萬死,萬死!

(淨)今日爲張翀、吳時來、董傳策連名具奏,太師爺大怒。我就批到錦衣衛勘問,故此大惱而歸。却與你何干,要你請罪?

(付淨)湯勤爲一時失誤,却似欺誑恩主,故此先行稟明,求爺海涵。

(淨)怎麽説?起來講。

(付淨)湯勤前日舉薦莫冏卿這只玉杯,以後送來,湯勤因冏卿平昔相託,信以爲實。

(淨)這杯委實是好,你也十分稱讚,如今也罷了。

(付淨)誰想昨日到莫家,這真杯原在。

(淨)不信有此事。

(付淨)他前日假説在家中去取,竟喚玉工在寓中照樣做成一隻假的送來。這真杯湯勤昨日見過,若不稟明,恐爺後日得知,只道湯勤合黨欺誑了。

(淨)我陞他一個太常正卿,他也不該把假杯來哄我。

(付淨)他倒説:"一個太常空銜怎博得我九世重寶?"可惜恩主空把這美官與他了。

（淨怒介）可惱，可惱！這畜生天大的膽，却來侮弄我老爺，他敢有幾顆頭麼！

【中呂過曲·剔銀燈】聽伊訴，雷霆怒轟，按不住天關搖動。他移雲換月將人弄，欺負咱眼光沒縫。叫長班，吩咐錦衣衛官兒，速差軍校，拿他到來，定要真杯！（雜應介）（淨）難容，教他來面供，定然要雪歸一捧。

【前腔】（付淨）且住，且住，告恩主，不須怒沖，恩主若要真杯，他畢竟抵死執賴，就是湯勤也不好十分證他。到底杯兒決不能得，又乾結下個冤家，不如出其不意，只做去拜他，那時於中取事。（淨）那時便怎麼？（付淨）假探望多隨人從，把持他門戶如鐵桶，一霎時翻缸倒甕，搜出真杯，那假杯之罪無逃了。行凶，休得漏風，手到處雪歸一捧。

（淨）有理，有理。既如此，吩咐打轎，多着人從隨我去。到他那裏，前門後戶，牢牢把守，用心搜尋。

（雜）曉得。

（淨對付淨介）你倒不要去了，住在這裏候我歸來便了。

（付淨）是。

（淨）殺人尤可恕，情理最難當。（領雜下）

（付淨）好一場大事，被我把舌尖兒輕輕幾句脫卸去了。如今一搜，搜將出來，區區不惟無罪而且有功。這督撫的官兒又好超陞了。老莫，老莫，我哪里顧得你死活哩！真個是身上有虱，各人自咬。門前有雪，各人自掃。手裏要錢，各人自討。朝裏做官，各人自保。非咱欺瞞舊冏卿，只因奉承新閣老。（下）

第十一齣 搜 邸

【仙呂入雙調過曲·步步嬌】（生上）入夢青山堪舒傲，懶逐長安道，尊鱸興自豪。（末上）喜際亨衢，幸登清要。（生搖手介）父為九州伯，兒作五湖長。薄祿縱微叨，倦遊應理歸裝棹。

（末）老爺昨日報陞了，今日也該去拜一拜嚴爺纔是。

（生）不知為何心緒欠寧？今日身子倦得緊。
（末）一往一回，總之就歸家的，還是去的是。
（生）既如此，取大衣服來。
（末）曉得。（下，即持冠帶上，與生穿着介。淨冠帶，四雜隨上）

【雙調引子·夜遊湖頭】（淨）平白地將人僝僽，沖天氣不禁咆哮。

（雜嚷介）嚴爺到！
（生作忙出迎淨介。末背云）奇怪得緊，嚴爺平日再三請他不來，今日為甚到此？（看介）面上都是怒容，却是為何？（頓足介）呀，我曉得了！（急向內奔下。生）不知臺駕降臨，有失迎候！
（淨）不消過遜了。
（攜生手同入介、揖坐介。生）重蒙恩兄提拔超陞，使末弟銘心刻骨，無以少酬高厚。
（淨）這是朝廷的陞遷，於我何功之有？
（生）正欲造府叩謁，適值恩兄光降，先此鳴謝！
（淨冷笑介）一個太常空銜，何勞致謝？
（生背介）這話有些蹊蹺。
（淨）有一句話兒，特來此與足下面講。
（生）恩兄有何分付？
（淨低向雜介）前門後户都看好了麼？
（雜）都有人把守。
（淨）兄，你那三品的官，抵不來一個酒杯，忍於欺我麼？
（生）晚弟怎敢！向曾道恩出司空，粉身碎骨不足補報，敢把性命相戲，欺誑司空麼？

【仙呂入雙調過曲·風入松】（淨）休將簧口逞波濤，直恁無端欺眇！雖然一物甚微，你移眞誆假多奸狡，瞞天謊憑伊私造。（生）恩兄是大法眼，請看前日那杯，豈是近日玉工做的？況且湯北溪向曾見過，此時何獨無言？千秋物時流怎描？況前日呵，蒙賞鑒，豈能淆？

（淨）但憑說得天花亂墜，真只是真，假只是假了。（笑介）不是小弟粗直說，尊寓料無十分箱籠，同到裏面看一看，也倒釋了疑。況小弟與兄向屬通家，就是尊眷，相見也不妨。

（生）辱弟決不敢欺恩兄，懇求海涵！

（淨）還是看的是。（攜生手同入，雜跟進介。淨）這裏想是中堂了，衆人們尋着！

（雜應尋介、生作呆介）

【前腔】（淨）針藏綿裏笑中刀，末世人情難料。你們仔細着！從頭檢點窮微奧，休得似淘金貽誚。（雜）環堵內留心細抄，針不見，海空撈。

（淨又行介）這壁廂想是臥房了，那邊遮遮掩掩的什麼人？

（生）是小妾。（向內介）過來見了嚴爺！

（小旦上）

【急三槍】真個是，羊腸路，難回避；怎說得藏金屋，翠雲翹。嚴爺萬福！

（淨略答禮介、小旦背立介。淨）小廝們，箱籠都擡出來！（雜擡箱介）

【前腔】爭攘着，囊和橐，箱和籠。須索要尋蹤影，析秋毫。

（淨）你們將房中床上床下，後邊廚房井廁，都尋一尋！

（雜）曉得。（分尋介。淨、雜）

【風入松】饒伊地厚與天高，管取窮搜都到。早難道神差鬼使安排巧，莫不是金風動鳴蟬先覺？（淨）人家藏東西所在，也不過這幾處了，衆人再尋！（雜應介）來和往翻閱數遭，絕不見，這珍瑤。

（淨）這也奇！（向外走出介。）

（生）恩兄可信辱弟並無欺詐。

【急三槍】須知道，陳肝膽，無虛詐。怎疑做指鹿馬，誑心交！

【前腔】（淨）多應是，三人語，能成虎。小廝們去罷！（雜應介。淨）反教我幾投杼，誤兒曹。

（領雜下、生打恭送介。小旦出見介）老爺起來，嚴爺去了。

（生）唬死我也！唬死我也！一事弄虛，險遭毒手。只是連我也不知,這杯為何尋不着?

（小旦）明明在房中的,怎麼一時不見了?想是神靈遮了他們的眼麼?

（生作呆坐介。末上,徐入窺覷介）老爺,好了,禍事脱了!

（生）莫誠,你方纔也該住在這裏,幫我與他辨辨才好,怎麼你倒避了?

（末）老爺,若是莫成住在這裏,這場禍怎生解得?

（生）却是為何?

（末）小人方纔見嚴爺進門之時面色不好,料是老爺昨日醉後失言,湯裱褙獻勤唆至,故此潛入房中,拿了玉杯,竟出後門,見嚴府衆人將宅子團團圍住。今見嚴爺和衆人都去了,小人故此纔歸。（出杯介）老爺,這不是玉杯!

（生）這事全虧你了。他出門時節反覺没趣,如今料已釋然了。

（小旦）嚴家手段又狠,湯裱褙奸計又多,一時雖搜不出,或者反生惡計來害我們,亦未可知。

（生）有理,有理,功名事小,性命事大。我如今棄了此官,連夜回家便了。

（末）老爺要去,切不可家去。

（生）却是怎麼?

（末）京中到家四千餘里,在路盤桓日久,倘或他料我們南行,一路追來,路上必多不測。

（生）往那裏去便好?

（末）向日戚總兵約老爺到鎮,我想薊州路近,他又不慮我們到彼,豈不穩便。

（生）妙,妙!

【風入松】（末）潛投虎寨寄鶺鴒,消却憂心悄悄。（小旦）牢籠脱卸多奇妙,好一似相如歸趙。（生）撇却了烏紗錦袍,做一個雞鳴起,渡關逃。（末）老爺和雪娘收拾行囊,小的準備乾糧,一等開門就去,且到路上去喚馬車便了。（生）有理。

（生）一官敝屣等塵埃,（小旦）緘識須珍羽化杯。

(末)鼇魚脱却金鉤去，(合)擺尾搖頭再不來。

第十二齣　遣　邏

【南呂引子・生査子】(淨上雜隨上)一物苦追求，反覺交情敗。得失兩躊躇，何計疑關解？(白)昨日為聽湯北溪之言，一時憤怒，竟到莫太常寓所搜尋玉杯。本意搜得出來，一則得了至寶，二則坐他一個欺誑之罪。他若要來修飾，何止幾隻玉杯。誰知再四尋覓，並無蹤影，怏怏而歸。論來莫太常也不敢欺我，若果沒有此杯，我昨日之舉，豈不過當。只是湯北溪也不敢哄我，倘然藏過此杯，我這一肚子怒氣，怎肯干休。已着人去喚湯北溪來問個端的，別有商議。怎麼這時候還不來？

(付淨上)存心刻薄，徹骨勢利；險毒千般，陰謀百計。(見介)

(淨)昨日聽了你講，到他寓所細細尋覓，並不見什麼杯兒。我仔細想將起來，莫非你誤聽了他人講的話兒麼？

(付淨)湯勤親耳聽得他的話，親眼見過他的杯，安敢在恩爺面前掉謊？一字若虛，死於刀劍之下！

(淨)這倒不消罰誓，只是怎麼一個計較兒，又破了他的奸計，又得了他的真杯便好。

【南呂過曲・柰子落瑣窗】【柰子花】怪多端奸計安排，氣忡忡惱亂情懷。尋思一捧，奇珍堪愛，何時得怒消心快？【瑣窗寒】(合)細猜，料伊焉敢惹飛菑，莫不是弓影杯蛇尷尬。

(付淨)此事再不消疑惑。這杯若是真的，他此時安坐在寓中；若杯兒有些蹺蹊，昨夜決定連夜走了。

(淨)他有官兒羈絆此身，如何就走？

【柰子宜春】【柰子花】(付淨)富家郎性命如獸，棄前程敝屣丟開。況虛心杌陧，難容寧耐，定做個潛身遠害。【宜春令】(合)好把天羅地網，早排機械。

(淨)這也不難，我就差人去察訪便了。番子手何在？

(雜上)混名番子手，專會捉雞頭。稟爺，有何吩咐？

（淨）你到莫太常寓所去，密密訪他在寓所作何勾當。察聽着實，即忙回報。

（雜）領鈞旨。用心防不測，暗地察非常。（下）

（丑扮將官，領二雜上）上府傳金柝，前軍擁鐵衣。神策軍指揮兼護閣備操家將郭宜叩頭。

（淨）你召募人馬都已停當了麼？

（丑）蒙爺吩咐，小將教練五千人都已精熟，候爺操演。

（淨）我府中所備人馬不比朝廷有名無實，虛費錢糧，掩飾故事。須要勇猛精悍，以備不時之需。

（丑）老爺聽禀，小將所練的兵呵，【西江月】健卒雄糾似虎，驍驄奔軼如龍，刀槍劍戟快如風，銃響天搖地動。　　怕甚兵來將擋，須知馬到成功。十分精煉足英雄，專候司空調用。

（雜奔上）雞鳴孟嘗走，乞食子胥逃。禀爺，莫太常果然逃去了。

（淨作驚介）怎麼說？

（雜）小的到他寓所，見門戶洞開，裏邊並無一人，又細訪鄰比，道他昨夜收拾了一夜，今早不知往那裏去了。

（付淨）我道他必行此計。

（淨）果然不出汝之所料。（怒介）家將，就着你領五百鐵騎，望南一路星夜趕着，把他斬首回話。

（丑應介）

（付淨）且住。他此一去，豈不慮爺追趕，決不歸家的。若往南追，必然趕他不着。

（淨）他逃向何處？

（付淨）前日他進京時，湯勤面見他與戚總兵相約，此番必往薊州去了。

（淨）是戚繼光那裏麼？家將就往那裏追去便了。

（付淨）凡事不可造次。路上趕着殺了，出於無名，恩主還要想一話頭纔妙。

（淨）我如今先寫一牌與他前去，再動一本便了。（寫介）莫懷古盜竊太常神器,擅離職守,玩國欺君,差軍擒獲。所到地方,不拘文武衙門,即行斬首覆旨。

(付牌與丑介)你此去呵,

【大石調過曲·催拍】奉雷霆威嚴御差,卷風雲驅馳絕塞。休教浪挨、休教浪挨。捕獲逃俘,細檢瓊杯,押赴雲陽,莫縱狼豺。從此去趙璧重來,除奸宄,絕根荄。

(付淨)那莫太常巧計極多,將軍須要仔細。

【正宮過曲·一撮棹】穿林麓,檢點巧藏埋。張羅網,休被弄成乖。(丑)小將都曉得了。承鈞旨,星夜向磨厓。人和物,管取獻銀臺。(合)昔日烏江道,今朝薊州界。看指日,奏凱獻俘回。(丑領二雜下)

(淨)家將已去,料應追着斬首。

(付淨)這本也畢竟就要提的。

(淨)我到裏面寫來傳奏便了。

　　(淨)笑無端弄巧成拙,惹咱行拔刀見血。
　(付淨)豈區區撥草尋蛇,也算做為人為徹。(同下)

第十三齣　關　攫

【中呂過曲·粉孩兒】(生執鞭,小旦乘車,末背包,雜扮車夫上)忙忙的,掛賢冠離帝裏。脫餘生虎口,遠投燕薊。黃沙漠漠天欲低,聽清笳幾處聲悲。(生)我們自離京城,行走幾日,看看已是薊州地面了。到了彼處,纔得安穩,快些趲行前去。(合)望天關車馬馳驅,逃生路敢憚迢遞。(俱下)

(丑領四雜上)

【紅芍藥】(合)馳鐵馬,玉勒金羈。晨昏趕電掣星馳。一任你翩翩在天際。怎當咱網羅牢砌。我奉嚴爺之命,領兵追趕莫太常。一路行來,他果然帶着家小,投奔薊州。算他程途,只隔幾里路,倘然投了人家藏匿,就難尋見了。如今天色漸暮,不免快些趕上前去。(雜應介)忙行,緊緊揚旌旗。映斜陽遠山銜翠。看黯鯢指顧

成灰，顯將佐千丈豪氣。(俱下)

(生、小旦、末、雜又上)

【正宮過曲‧福馬郎】(合)煞時寒雲黯四壘。看一片天色昏黃矣。空倚陁，不辨南和北、澗共溪。(內作金鼓吶喊介)(生)你聽何處兵馬之聲，可不諕死人也。聽軍兵喊聲追，驚得我魂飄散，足傾欹。(下)

(丑、雜追上)

【中呂過曲‧耍孩兒】匹馬單車思脫逝，怎識得烏江道，驀忽地撞入重圍。(下)(生、眾上)神靈，願嘿嘿相周庇。(丑、雜上，捉住生、小旦、雜介，末避介，私下)(丑)早做個狹路難回避，擒柙虎牢拘系。

(丑問生、小旦介)你們是什麼人？

(生)我夫婦往薊州生理的。

(丑)唗，胡說！(將刀嚇雜介)你不說明，就要砍首了。

(雜)此間莫爺，要去投戚總兵的。

(丑)着，着，着，叫軍校搜他身邊玉杯。

(雜作搜介)稟爺，沒有玉杯。

(丑)拿住了人，就無玉杯，也是一功了。此處到帥府已不多路，不免連夜解到彼處斬首便了。軍士們，鎖緊了他快行。

(雜應介)

【會河陽】(丑、眾)斜月朦朧，曲徑迷離，心忙步緊失高低。逶迤，不辨羊腸，好憑馬蹄。遙聽得人聲沸。市廛，看攘攘成都會；塞垣，看濟濟屯車騎。此處已是帥府門首，不免傳鼓。

(擊鼓介)(外領雜急奔上)

【縷縷金】緣何事，響如雷。想因烽火急，叩邊陲。暮夜聞鼙鼓，陡然驚異。北門鎖鑰用心機，疾忙叩詳細，疾忙叩詳細。(出見介)

(丑)小將軍奉皇爺聖旨，嚴府鈞旨，率領五百鐵騎，追趕逃職官員。已經拿下，要在爺麾下梟首。

(外)可有鈞帖麼？

（丑）有。（遞牌與外看介）

（外）莫懷古盜竊太常神器，擅離職守，玩國欺君，差軍擒獲。所到地方，不拘文武衙門，即行斬首覆旨。（作驚介）如今這官兒在那裏？

（丑）現拿在此。

（衆帶生、小旦入介）

（外對生介）你是應斬欽犯，不許開口。

（丑）小將領旨，原說一到所在衙門，就要梟首的，求爺快出軍令。

【越恁好】莫教延緩、莫教延緩，早赴市曹西。怕無端奸宄，翻做出枴遁，決藩飛。忙梟首，領覆京畿，休遺罪戾。（外）暮夜不是決人的時刻，況我衙門是千軍萬馬的所在，決無疏失。待我把他下在監中，再撥些軍兵看守，到明日清晨斬首便了。（丑）是。（外）旗牌官那裏？（雜）有。（外）你把兩名欽犯，上了刑具監着，再撥二百名丁壯看守，不得有誤。囹圄內，牢鎖械非兒戲；通宵裏，嚴鈴柝都干係。

（雜）得令。（押生、小旦貼下）

（外）中軍官那裏？

（雜）有。

（外）你翻羊窨酒，整備筵席，留此間差官與五百軍士到營中酒飯。

（雜）領旨。

（外對丑介）兩日鞍馬勞倦，且去寬飲一回，明早公事一完，即便回奏罷了。

（丑）謝爺。且斟桑落酒，聊慰玉關情。（同雜俱下）

（外）可怪，可怪！不想莫兄，遭此奇禍。

【尾聲】死生禍福須臾際，誼重金蘭敢浪題，好辨着義膽忠肝還同荊聶齊。（下）

第十四齣　出　塞

【雙調過曲・鎖南枝】（末上）天般恨，海樣冤，嶮巇世情山與川。驀忽地恩主遭擒，閃得我心驚戰。我莫誠，跟隨老爺避難到此，不想追兵趕至，老爺和雪娘俱被擒獲。我為要求戚爺救俺主人，故此逃脫，不想他們果然將我老爺解到帥府，方纔得聞說竟把俺爺監了。趁此夜深人靜，不免捱到帥府門首，候見戚爺，苦求救俺主人則個。（行介）心如刺，淚如泉。咦！一霎裏咬牙根，不覺的步搖顫。這裏已是帥府門首，靜悄悄絕無人聲。半夜三更，只得伏在此處，伺候機會便了。（伏地介。外便服，雜提燈隨上）

【前腔】〔換頭〕（外）金蘭痛遭變，臨危無計全，暫假囹圄延緩。難覓天赦金雞，怯似攢心箭。我友莫無懷，不知為何事觸怒嚴家，被擒至此，奉旨立斬。方纔他見我正欲聲言，我想倘被這將官識我兩人交好，就難做事了。故此假意喝住，將他監禁。只是縱然捱過一夜，怎地保全他性命？如今這些軍士多已酒酣歇息，（對雜介）你快傳我旨意，悄悄到監門首，請莫爺和夫人到後堂來會。（雜應介，作開門外出介，雜下。末見外，哭拜介）老爺，好救俺主人的性命！（外驚介）呀！是何人，血淚漣，向咱行，懇方便？

（末）小的莫誠，跟隨家主莫爺至此。
（外）我正要問，你老爺為何有此大變？
（末）家爺有一同行門客，喚作湯勤，原是裱褙出身。
（外）前日我曾見過來。
（末）後因家主薦與嚴府，他就獻了家主的一捧雪。
（外）什麼一捧雪？
（末）是一個古玉杯，乃是九世傳家之寶。
（外）這樣東西，就送他罷了。
（末）家爺只說到家去取，照樣作成一隻送去。
（外）這就差了。
（末）誰想嚴爺認作真杯，升了家主太常正卿。不意家主醉後失言，露出假杯緣故。

（外）你老爺極有斟酌的人，為何如此？

（末）家爺是個直人，以湯勤為心腹之交，一時吐露衷腸。不想湯勤報知嚴爺，密至寓中搜索。小人見嚴爺勢頭不好，盜出真杯，遂得掩飾過了。家爺恐嚴家別計中傷，故此逃避到此，誰料中途被執。（哭介）戚爺若不救拔，家主必登鬼籙矣！

（外）我已差人到獄中請你老爺去了，到時再做商議。

（雜同生、小旦鎖肘上，見哭介）

【南呂引子·哭相思】（合）萬死餘生圖一見，痛煞煞愁淚衍。

（外）仁兄被難之由，小弟悉知。只是事已成拙，禍在須臾，怎生是好？

（生）仁兄呵，小弟今日這條性命呵！

【越調過曲·小桃紅】鬼門關上暫流連，一似那泡影光如電也。冀話連床，翻成頃刻命歸泉。（哭介）阿呀！仁兄呵！和你漆膠堅，憑伊有智通神，手偷天，重生我如絲喘也，感洪恩骨鏤心鐫。（小旦合）望只望生死交，早拯救斷頭緣。

（外）小弟千思百慮，欲救仁兄，只因你犯差了對頭，方纔那將官呵！

【下山虎】恁般催促，勉強俄延。待把你縷綖陳情辨，怕帝聰隔懸；況悍卒如狼，怎容消遣。（生）仁兄，必定為弟商一萬全之策便好。（外）罷、罷、罷！我亦拚棄此官，與我兄呵，塞北天南圖瓦全。肯將薄祿戀，坐視你木囊頭泣斷猿。（生）仁兄說那裏話，你若與我逃生，你我俱有家小在家，兩處追獲，不惟無益於弟，反有累於兄了。林木池魚累，必然蔓牽，爭如我一死輕生真灑然。

（內作打四鼓介。末）老爺，那戍樓上已四鼓了，若至五鼓天明，便難措手了，怎麼處？

（生、小旦哭介。小旦）老爺呵！

【山麻稭】痛永訣懸一線，我待要代你捐身，圖你生還。（生）嬋娟，怎能個廝混却鬚眉顏面？（合）越教人愁腸戚戚，哭聲耿耿，血淚涓涓。

（末）老爺且停悲泣，聽小人一言告稟。老爺承先老爺宗祧之重，況公子年幼，未列縉紳，老爺一身關係非小。只有小人世受豢養之恩。此身之外，無可報效，今日裏呵，

【五般宜】遇着這今生仇夙世孽冤，怎忍見擎天柱未央命捐，我拚得頸血濺黃泉。（生）螻蟻尚然貪生，我死乃分內之事，與汝何干？這個決使不得。（末）老爺！豈不見滎陽紀信，萬年名顯。我這裏如歸視死，望早把身潛害遠。（生）雖承你高誼，怎忍累你無辜，我縱偷生，於心何忍？（末）那須個守小信硜硜，忘從權和達變。

（外）仁兄，事已至此，你上承祖宗之重任，又受不共之大仇，難得他一片好心，須勉強順從了罷。

（末）老爺若不容小人代死，便當碎首階前，以表我心之堅也。

（生）若果如此，你便是我莫門大恩人矣。我倘得生歸故里，汝之父母即我之父母，汝之子孫即我之子孫也。請上，受我一拜！

（外）如此忠義，下官亦有一拜！

（末）可不折殺了小人！

（生、小旦、外各拜，末答拜介）

【蠻牌令】（外、生、小旦合）金石寸心堅，忠義實堪傳。下官聞嬰、杵，千古並稱賢。撫育你兒孫幼年，仰事你楡景椿萱。生同出，死獨先。身騎箕尾，名重山川。

（內作雞鳴介。末）雞已鳴了，天明頃刻，望老爺作速把巾服、鎖肘與小人穿戴起來。

（生）事雖如此，我心何安！

（外）仁兄快些，不可遲滯了。

（生脫介，末戴巾、著衣、上鎖肘介）

【亭前柳】（末）脫犢褌，戴賢冠；身拘鎖，手癱瘓。飡刀惟飲血，名姓敢聲言？告天，天須念使魂旋，伴故主重返家園。

（外）仁兄此去，決不可回家，小弟有把總剳付一道，與兄填名歸復，取他日歸家復仇之意。另備鞍馬一匹、盔甲一副、令箭一枝，仁兄作速打點出關，竟到潮河川魏參將處安身，俟有好音，小弟差人來相請便了。

（生）多謝恩兄！小弟所存玉杯，奉兄為壽。

（外）豈敢，小弟若利此杯，則與若輩一例矣。只是我兄孤身，豈宜懷挈重寶，弟當代吾兄收藏。俟兄入關，使杯早歸故主便了。

（生指小旦介）此女幸兄善視之。

（外）罪不及于妻孥，弟當力為保全，安居內室，以俟好音便了。

（生披掛介）

【江頭送別】戎衣着、戎衣着，策馬加鞭；孤身向、孤身向，黃沙荒甸。（向外掩淚介）向伊輾轉肝腸斷，反教人欲去難前。

（外）東方動了，快些出關罷。

（生）多謝仁兄！小弟就此去了。踢破玉籠飛彩鳳，頓開金鎖走蛟龍。（下。外對雜介）你可悄悄仍送兩位到監，不可將言語洩漏了。

（雜）曉得。

【尾聲】（外）成仁取義心無怨，（小旦）自愧我偷生靦腆。（末）憑着我一點忠心歸九天。（雜同末、小旦下。外）難得！難得世間有此義士，可敬！可敬！

　　　　貪夫逐功名，庸人戀妻子；
　　　　碌碌世間徒，若個了生死。

第十五齣　代　　戮

（二雜扮刀斧手上）青鯊綠鞘昆刀利，赤豹蒙鞍宛馬高；軍容坐憾山川動，殺氣橫沖草木號。俺們乃薊州鎮上帥府營中刀斧手是也。俺老爺身膺皇命，坐鎮邊關，管轄百萬熊羆，統領十千將佐；風生羽扇，霜肅油幢。舊策三韜，蒙古聞名膽落；新圖八陣，金人見說心驚。邊若星羅，那寧夏邊、甘肅邊、三關邊、固原邊，邊邊拱伏；鎮如棋置，那遼東鎮、宣府鎮、大同鎮、延綏鎮，鎮鎮推雄。橫槊賦詩，指顧馬翻閼氏血；彈棋却敵，笑談旗掛契丹頭。正是：功名他日登麟閣，富貴於今耀虎符。早上傳令，今日處斬欽犯，官員要親赴將臺，只得在此伺候。道猶未已，老爺早已升帳了。

（內鼓樂介。外蟒服、領衆上）

【中呂過曲・泣顏回】（外）持鉞鎮天驕,玉帳貔貅環繞。風霜號令,山河半壁永保。叫衆將官,擺開圍子,行到將臺上去!（衆）得令!（行介。外、衆合）營開細柳,揚旌旗影亂雲霞繞。覷黃金斗大腰懸,拜丹鳳書銜天表。

（坐介。衆）軍士們叩頭!

（外）起去!

（衆應介。丑領雜上）

【前腔】〔換頭〕（丑）弓刀簇擁陣雲高,早向那虎帳曲躬頻禱。小將叩頭!（外）請起!（丑）聖旨嚴限時刻,不可有違!雷霆震怒,頃刻用張天討。星期緊迫,把俘囚赴法雲陽早。（外）曉得了。將士們聽着!速到監中,取出犯官並那婦人來!（衆應下。外合）耀錕鋙閃爍龍文,斬鯨鯢拉摧枯草。

（雜押末、小旦上）閻王註定三更死,斷不留人到四更。稟爺,犯官拿到了。

（外）分付綁縛手,把莫懷古緊緊綁着!

（衆）領鈞旨!

（綁末介。小旦哭唱、衆合介）

【千秋歲】怨沖霄,不禁哀哀叫,痛裸體渾似浮殍。鬢髮蓬鬆、鬢髮蓬鬆,止剩得飲恨銜冤聲悄。（衆）稟爺,綁完了,劊子獻刀!（外）時辰已至,就押赴轅門斬首!（衆）得令!（外將令旗與丑介）煩貴職即往監斬!（丑）是!（合）傳軍令,龍吟嘯,鳴金鼓,雷轟鬧,頃刻遊魂渺。看雲寒日慘,鬼哭神號。

（衆作斬末下、內鳴金鼓、放炮、吶喊介。丑、衆獻人頭上）稟爺,獻首級!

（小旦作抱頭、跌哭介）

【越恁好】（小旦合）劍光落處、劍光落處,滴溜溜血似濤。恨無情三尺,早斷送玉山倒。淚涓涓湧潮、淚涓涓湧潮,把喘吁吁一魂兒追上碧霄。恨怨海仇山,向階前碎首時,棄葬遠郊。（外）押住了那婦人,不許將首級傷損。（衆應介。合）生前定,命內招,修短應難保。枉千般痛哭,百計悲悼。

(丑)求爺早發回批,小將就要覆旨了。

(外)這婦人牌上原無罪犯,且留在此處監着候旨。那首級即用桶子盛好,我就寫文書與你回京便了。

(丑)是。

(外寫文書介,雜將頭入桶、封介)

【紅繡鞋】(合)把文憑貼肉收牢、收牢,將首級肩上橫挑、橫挑。驅將士,走迢遙;騎戰馬,奔咆哮;離邊塞,覆皇朝。

(丑)禀爺,小將就此去了。

(外)路上小心!

(丑)曉得。殺氣清金虎,兵威壯鐵冠。

(領衆下。外)中軍官聽命!

(雜)是!

(外)在府內左右,打掃空房數間,撥兩名老嫗,整備日逐供應,送莫夫人在彼居住,不可有誤!

(雜)曉得!

(外)分付就此回府!

(衆)得令!

【尾聲】(外)生離死別非輕小,(衆)國法王章怎恕饒。(外)誰識我就裏機關全故交。

第十六齣　訐　發

【仙呂引子·番卜算】(淨,雜隨上)秋色颺晴光,遠砌香風串。(付淨上)良辰勝景蹉跎,好續龍山宴。(見介)

(淨)雲母屏開風閣午,水晶簾卷雪堂朝。

(付淨)兔寒楓落吳江冷,欲與蛟龍伴寂寥。

(淨)前日為玉杯事體,差官往薊州公幹,已近數日不見回報,莫非他已南下,錯了路頭麼?

(付淨)此行必然擒獲,管早晚必有好音了。

（淨）今日是重陽令節，整治食罍酒肴，喚下承應官妓，往西山登眺一番，聊適登高之興。可同往一遊。

（付淨）滿斟桑落，醉插茱萸，都是重九快事。爺若有興，晚生即當隨後。

（二旦扮妓上）步襪輕盈蓮出水，豐神清素玉為肌，官妓叩頭。

（淨）今日不用乘輿，選四騎馬，騎着同往西山便了。

（雜應介）（各行介）

（淨）一架晴煙萬縷霞，蜂團蝶隊舞交加。

（付淨）秋空雨霽山如沐，肯負登臨一興賒。

（淨）才離都會，甫到郊原，你看：黃花籬落青山近，紅葉關河白雁飛，果然好景致也！帶馬來！

（各上馬介）（淨唱眾合介）

【仙呂入雙調過曲・園林見姐姐】【園林好】爽清秋長空碧天，咽松濤潺湲冷泉，看高下丹楓如染。【好姐姐】殘堤四遶，疏林鎖翠煙。閑雲捲，峰巒遠近青於靛，指顧疑登泰華巔。

（雜）稟爺，此處已是西山高處了。（作下馬介）

（淨）你看地尊天府，勢壓終南，極目天涯遠，蕩胸雲氣生。果然好奇觀也。

（付淨）遙觀郡邑，小若青錢；近覷遊人，渾如蟻隊。非此高山，難稱爺的大眼界。

【姐姐插姣枝】【好姐姐】（淨）（眾合）遠空，雙眸少展，管極目山川如練。天懸尺五，肩摩幾欲連。【玉交枝】露蒼煙茅簷數椽，颺孤村酒旗漫懸。

（淨）將酒過來。

（二旦送酒各席地坐介）

【嬌枝帶供養】【玉交枝】（合）杯休斟淺，論逃禪無過酒顛。黃花好插烏紗遍，休問明年誰健。參軍落帽醉堪傳，白衣送酒詩名遠。【五供養】且管取今朝醉，樂陶然，逍遙學個飲中仙。

（淨望介）那裏是許多人馬卷地而來。

（付淨）奔逐之勢好像向此處來的，莫非薊州人回了？

（淨點頭介）多應是了。且將酒來吃。

（飲酒介）（丑領雜捧桶上）

【供養入江水】【五供養】（丑合）追風逐電,恐誤王程,急着歸鞭。（見介）禀爺,小將叩頭。（淨）你事體完了麽?（丑）完了。（淨）在何處追着的?（丑）小將奉爺軍令,星夜追趕,看看臨薊鎮,擒住繫牢拴。（付淨）果然逃奔薊州。（淨）在那處衙門斬的?（丑）是戚總兵處斬的。（付淨）怎麽在他手裏處斬?（淨）拿到就殺的麽?（丑）那日追着,已是黃昏時候了,只得權羈縲絏,明日裏錕鋙血濺。（付淨）又遲了一夜,可疑,可疑。（丑遞文書介）這是總鎮的回文。（淨接文書看介）（丑捧桶上前介）【江兒水】（丑）首領遥馳,特獻麾前稽驗。

（淨）不消驗得,竟把去號令便了。

（付淨）千里外邊干的事體,也該看一看纔是放心。

（淨）醃醃臢臢的東西,瞧他怎麽!

（付淨）莫太常神通廣大,況與戚總兵交好,其間未必無説。且停留一息,顯是弊竇,還該看看纔是。

（淨）既如此,你去看來。拿遠些看。

（付淨）是。（開桶,提頭,作怕介）老莫,老莫,你枉有許多謀算,也有今日麽。（又作細看介）阿呀!罷了,這頭是假的!

（丑做慌介）小將監斬的,怎麽假得?

（淨）你怎麽識得他假來?

（付淨）莫太常與晚生一路上京來,每日梳洗,對晚生説:"我一生止靠這頂上三台骨。腦後枕骨如拳,終身富貴受用,老來貴子令終。"這頭上這幾塊異骨是晚生日逐見過的。（又提頭與淨看介）

（付淨）今日此頭呵,

【江水如撥棹】【江兒水】頂少三台骨,腦無枕似拳。縱然容顔破損,失却生前面,早難道骨格天成也向刑餘變,顯被他牢籠巧計遭奸騙。（淨怒介）這將官好不幹事,可惱,可惱。（丑跪介）【川撥棹】（淨）禍根苗怎棄捐,（指丑介）你這潑殘生難保全。

（丑叩頭介）小將親手捉的,親眼看殺的,怎敢在爺面前掉謊。

（淨）咦！胡説！

（付淨）這是他兩人的奸計,差官怎出得他們手！於他無涉。

（淨）我如今再提一本,批奉聖旨,連那戚繼光與那雪豔一同扭解來京,發到錦衣衛處勘問,追出原犯,一面差軍旗到杭州,把他家孥流徙便了。

（付淨）恩主言之有理。

【尾聲】（淨）自古道,除根斬草萌芽剪,（付淨）怕只怕養虎禍貽不淺。（合）管教你林木池魚一網牽。

（淨）一不做二不休,（付淨）玉杯假過假人頭。
饒伊用盡千般計,　　難撥今朝萬斛愁。

第十七齣　株　逮

【越調引子・霜天曉角】（老旦上）黃雲滿地,塵染妝臺黳。絕塞遠馳赤幟,登樓望,雁空飛。官軍西出過樓蘭,營幕傍臨月窟寒。蒲海曉霜凝馬尾,蔥山夜雪撲旌竿。老身唐氏,幼適戚門,因夫君遠任薊州,故此同居帥府。我相公自從保全好友莫公之日,即有邊報韃虜叩關,遂提兵出塞征勦去了。已經半月,尚無捷音,心中甚為懸念。尚有一説,相公啟行日,道有莫公留妾雪姬在此,命我時常看覷。這幾日,雖曾遣女使候問,尚未面談。今日閒暇,不免請來,安慰一番。女使們那裏？

（旦扮侍女上）翡翠釵梁碧,石榴裙褶紅。夫人有何使令？

（老旦）你傳話前堂,請莫雪娘進來。

（旦）曉得,管宅門軍校聽着,夫人有命,耳房中請莫雪娘進來。
（內應介）

【前腔】〔換頭〕（小旦上）血淚滴成灰,一息身餘幾。遙憶餐風宿水,腸如刺,魄先離。（見坐介）

（老旦）這幾日因府中有事,不得時常相敘,老身每每掛心。倘衣食之類,如有不敷,可即傳進。只為老爺恐涉嫌,故不便攜居府內。原屬通家,切勿見外。

（小旦）賤妾蒙老爺夫人活命之恩,勝於高厚。但一慮主人孤身出塞,難保存亡;二慮仇家奸謀未已,恐生不測,雖延殘喘,實與死鄰。

（老旦）患難分離,何日不有。但得你老爺災星一退,那時仍返家鄉,團圓會合矣。

【越調過曲·祝英臺】把一天愁,千古恨,休簇上雙眉。人世合離,天運循環,否極泰來堪期。須知,漢蘇卿羝乳生還;莫憶邊關羈旅,把花貌休使無端憔悴。

【前腔】〔換頭〕（小旦）揮淚,只為憶天南、縈塞北,千種結愁壘;那更未息鯨波,猶聳冰山,心緒轉添驚疑。（合）空擬,吉人天相無虞,自合回悲成喜,管須臾骨肉團圓歡笑開頤。（雜上）老爺回來了。

（外上）胸中豪氣吞餘子,掌上軍謀敵萬夫。（見介）

（老旦）相公剿虜之事如何?

（外）下官提兵出塞,至古北口始遇虜酋。連戰連勝,直追至橫山,斬首千級。餘虜望風遠遁,遂班師了。

（老旦）不出二旬又立此大功,可喜,可喜。

（外）雪娘在此,正該請來安慰他。

（老旦）老身再三勸解,他只是灑淚啼哭而已。

（內亂嚷介）（聖旨下）

（外）既有聖旨,該到前堂去接纜是。

（雜）軍旗打進內宅來了。

（外作驚介）是何聖旨,如此緊急?

（丑領雜上）遙傳鳳尾詔,早下虎頭川。

（各跪介）

（丑）聖旨已到,跪聽宣讀。詔曰:莫懷古罪犯不赦,理宜斬首。總兵戚繼光徇私縱放,假斬無辜,欺誑朝廷。律有明條,法所不宥,差殿前錦衣武士速至任所,並妾雪豔一同杻械來京,着錦衣勘明擬罪,回話謝恩。

（外謝恩介）（雜與外換衣帽,同小旦上鎖肘介）

（外對丑介）天下有此奇冤，人命關天，豈容假得？況前日是足下當面監斬的，怎麼反誣陷下官起來！

（丑）有話到錦衣衛堂上去說，不消向我分辨。

（外）老天，老天，我戚繼光呵，

【憶多嬌】心報國，忠貫日，焉敢誣指秦庭鹿馬易。況那日呵，萬目昭昭更有伊親炙。（合）凜凜三尺、凜凜三尺，怎得羅鉗下石。（小旦）賤妾呵，

【前腔】生少匹，死我職，怎做亡猿失火風馬及。拼個碎首君門把沉冤滌。（合前）

（丑）都是你們做差了事，險些害我斬首。今日此來，多把些金銀犒賞眾軍，休想學前番，白奉承了。

（外）我在此鎮守邊關，赤心為國，那有金銀藏蓄送與你們？

（丑）軍士們，他到京少不得就殺的，留什麼情，竟打進內室，搶來裝去便了。

（雜應入內，搶介）

【鬥黑麻】（老旦）不測風波，撫心淚滴，況狠狠豺狼，轉加橫逆。相公，好向丹闕訴，剖胸臆；泣血陳情，休得披鱗怒激。（合）王章炯奕，彼蒼昭鑒赫。六月霜飛、六月霜飛，九閽電釋。（眾搶金銀，出介）（丑、眾催，外、小旦行介）

（外）夫人，罷，罷，罷。

【前腔】為友捐生，死無歎惜，只是我為國的孤忠，枉然抱赤。我此去呵，管取攀檻諍，把笏擊，拼做個斷舌常山，丹心化碧。（合前）

（丑、眾扯外、小旦下）

（老旦）相公此去，未知吉凶如何？不免作速收拾金銀差人到京，在問官衙門各處，要道去使用便了。

（旦）夫人言之有理。

　　　　　真個財能使鬼，果然錢可通神。
　　　　　總是金銀道路，休談生死衙門。

第十八齣　勘　首

【南呂引子·步蟾宮】（末冠帶，雜隨上）麟袍颺彩金懸肘,不羨文章山斗。凜冰操勁節絕私賕,春雨秋霜吾手。蟻蛭為高泰嶽卑,世情顛倒正如斯。不如痛飲中山酒,朝野安危總不知。下官錦衣衛都指揮陸炳是也。執掌刑名,管領六曹兵馬;操持法律,統壓五府牌官。鐵面森森,那管甚王孫貴戚;丹書凜凜,唯奉着雷擊霆摧。一心遵守蕭何律,萬國咸知天子尊。今日奉旨,為莫太常首級有誤,拿問戚總兵。我想莫無懷以一杯之微,致忤嚴家,遂至戮身,已為寃極。況又株累無辜,益為慘毒。咳！我陸炳豈肯以"莫須有"三字受罵名萬代乎？只是旨意如此,且面鞫一番,再作區處便了。分付軍旗,帶戚總兵一起進來！

（眾應介,雜掇桶、押外、小旦鎖肘上）

【臨江梅】【臨江仙頭】（外）一片丹誠天鑒剖,讒成載薏何憂。【一剪梅尾】（小旦）九原忠魄誓追遊,一死心酬,千古名留。

（雜喝介）犯官進！犯婦當面！

（外見末、長揖不跪介。末立介）請聖旨過來！

（雜捧聖旨介。外哭拜介）阿呀！聖上阿！【長相思】腔中血,腰間鐵。永保金甌無使缺,孤忠懷帝闕。　蘇卿節,常山舌,息壤功成謗滿篋,聖明祈電雪。（跪介）

（末）請過聖旨！

（眾應介。雜青衣同付淨冠帶、丑武扮上）九天玉露三春暖,一道風霜六月寒。

（雜）領司空爺旨,送湯經歷同原拿家將證勘假首。

（付淨行庭參禮、丑叩頭介。雜）禀爺,作速勘明,擬罪覆旨。

（末）曉得了。二位可留此面質,管家請先回罷。

（雜）是。發奸須有術,摘伏定如神。（下）

（末坐介）戚繼光,你知罪麼？

（外）小將分符重鎮,刻竹雄藩。發矢雷驚,奕奕虎風生白羽;

揮戈日返,桓桓鴻烈耀青氈。有開疆拓土之能,無殺將覆軍之禍。不敢鳴功,無由認罪。

　　(末)你怎麼擅縱重犯莫懷古,假殺無辜,冒充假首,欺誑朝廷麼?

　　(外)莫懷古犯罪之由,小將亦不敢代辯,後日自有公論。但何得以懷古半面之識,遂陷繼光一網之誅?大人在上,念戚繼光呵!

　【南呂過曲・梁州新郎】【梁州序】睢陽忠矢,淮陰功奏,怎做誑楚陳平欺謬。(末)那日有人同監斬的麼?(付淨對丑介)你說怎麼拿到不斬,又隔了一夜。(丑)斬是小將監斬的,只是那晚拿到,戚繼光不肯就斬,又羈遲一夜,次日綁出,其實辨不明白。(外)阿呀!那日千軍萬馬,都是目擊的。況你睜睜監視,丹書親判囊頭。(付淨)莫太常平日頂有三台骨,腦後枕骨如拳,都是經歷熟識的。(指頭介)如今頂尖腦削,豈不是假的。(外)咳!憑你說莫太常生前有三頭六臂,那個與你證得明白! 總是捕風捉影,噴血含沙,羅織排機彀!(付淨)莫太常原要投奔你處,不想恰解到你手內,正合奸計了。(外)仕途上那裏沒有熟識的麼?你只為弓杯蛇影也強追求,怎得載鬼張弧把法浪搊。(末)帶雪豔過來!那首領真假,家主死生,你一定知情的,快快說出,倘然掉謊,我就要用刑了!【賀新郎】研死骨,證生口,把真情供出休迤逗,三尺法肯輕宥!

　　(小旦)爺爺阿,小婦人呵!

　【前腔】生同拘執,刑隨枷杻,痛覩滄刀莫救。(指丑介)只這將軍呵,若有些微疑似,臨刑早起戈矛。(付淨)只是幾塊骨頭都不是了?(小旦)他人都是猜摹,小婦人曾同衾枕,難道反不識得?爺爺呵!我老爺並沒有什麼三台枕骨的!(抱頭哭介)只此同衾骸骨,共枕頭顱,九死相廝守。(付淨)大人! 這是如簧巧辨也總奸謀,却不道官法如爐鐵可柔。(末)論來還該去細細辨一辨纔是,也不可執一己之見,誅累無辜。律雖設,情須叩,豈忍嚴刑不照盆冤覆,真共假細推究。

　　(雜扮校尉上)駕帖到!

　　(末跪介。雜)商大輅罪犯不赦,着錦衣衛都指揮陸炳即刻斬首回話。

（末謝恩、起介）將各犯暫帶耳房，待我監斬回來再審。

（雜應介）

（末對丑介）前日在薊州是你看斬的，今日也同我去看一看，綁人殺人。

（丑）是。

（末）未央已授淮陰首，澤畔應招楚子魂。

（同丑、雜下。雜）請戚爺同湯爺且到耳房中去。

（付淨）我倒不消了，就在此等候罷。

（外）精忠貫日華夷見，氣節淩霜天地知。（同雜下。小旦哭介，付淨看小旦，做模擬介）

【前腔】〔換頭〕（付淨）覷丰姿分外嬌羞，況孤單合咱消受。老莫死了，再不消說起。縱然不死，他逃生無暇，豈能再抱衾裯。（作四顧對小旦介）雪娘，雪娘，頭是死的，你哭他怎麼？（小旦不應介。付淨）你如今可要活麼？（小旦）好端端一條性命，怎麼不要活？（付淨）你的性命呵！只憑我輕翻舌底，略簸唇尖，生死分途驟。（小旦）不要說你向日與我老爺一番交誼，只是天理也要存的。一個人死了，又屈陷我們。（付淨）如今的人，哪裡惜得舊情，顧得天理。只是我說頭真，你就生了；我說頭假，不要說死罪是穩的，只打上這一套，就活不成哩。（小旦）若你方便一聲，就是你的陰德。超生出死也仗賢侯，銘骨鐫心把大德酬。（付淨）說這等感激的空話都是沒用的，只依着我一件，就全了你兩條性命了。（小旦）依你什麼來？（付淨低唱介）文君寡，相如湊，真個是氤氳早注鸞凰偶。蒙許諾我便開生竇。

（小旦背唱介）

【前腔】痛紅顏誓死儜遊，拒狼豺禍連生友。（付淨）不要疑惑，肯與不肯，就回絕了我！（小旦）恐貽人談笑，琵琶又抱他舟。（付淨）笑是虛事，死是現的，不要認差了念頭。（小旦）罷，罷，罷！只願你片言折獄，一語回天，我也何惜青青柳？（付淨）說便說了，不要反悔！（小旦）說那裏話？我千金一諾也等山丘。倘食前言劍下休。(付淨跳躍介)這便纔是。快活！(小旦)你也賭一咒，須要一總出脫得乾淨便好。(付淨)娘子不要疑心，(對天跪介)我湯勤呵！深深拜，諄諄咒，倘言詞反復眞禽獸，刀劍下異身首。

(末上，丑、雜隨上)纔離風刀獄，又到折魂臺。請戚老爺出來。

(雜帶外上。末)家將過來。你前日監斬，可是與方纔一般看綁看殺的麼？

(丑)是一樣看綁看殺的。

(末)我只道綁縛停當了，叫你遠遠地看的，却原來你當面看綁來。難道隔夜看見的人，就不認得了？

(外)大人在上，犯官雖與莫懷古交好，難道家將的言語也是買出來的？我死何足惜，必當作厲鬼以殺之！

(末)且不可造次，還要細審。湯經歷過來！此事非同小可，三條性命都在頃刻，你也該再認一認纔是。

(付淨)經歷也在這裏細想，家將面綁面斬，決是無疑。但這幾塊骨頭高低稍異，論來生人筋骨舒展，到死後未免筋收骨縮，也是有的。

【節節高】眞情仔細搜，費躊躇。或者是筋收骨斂皆非舊。(外)疑關透，城府休，沉冤剖。(小旦)生前死後無差謬，望弘開法網恩波戀。(合)明鏡高懸照蟄幽，春回化雨沾枯朽。

(末)監斬無差，證於家將所目睹；頭骨無誤，出於經歷細研。如今再沒得說了。(寫介)

【前腔】微臣勘斬因，究根由，拘擒赴法親監守。頭重扣，骨骼酋，非虛謬。一辭衆口無先後，審明虛實來回奏。(合)從此冤仇一筆勾，聽金雞銜枚傳蓮漏。

(末)且暫押出，候覆奏旨下定奪。

(外)是。

【尾聲】(末)持平國法心無疚。(外)仗天日光昭塵垢。(合)佇看取雷電威嚴翻成化雨流。(末下。付淨對雜介)你帶那雪娘另住，不許與戚總兵同居。(雜應介)

(外)丈夫惟仗義，(小旦)生死期無愧。

（付淨）凡事留人情，　　後來好相會。

第十九齣　丑　醋

【西江月】（旦扮仕女上）青布衫兒稱體，灣灣蘇樣包頭，汗巾束向奶旁收，大脚長裙遮覆。　　疊被鋪床吾事，尿瓶馬桶難丟。夜間常與主人偷，主母聞之獅吼。我乃湯衙內一個侍兒是也。今早老爺公幹出門，奶奶吃了燒刀子睡了一回。此時料已酒醒，想到中堂來了。

（淨喬扮上）

【仙呂入雙調過曲·普賢歌】身長腹大背雷駝，抹粉搽脂高髻梳，金釵插鬢多，繡裙着地拖，便是西施難賽我。咱乃本京花家的女兒，年紀才出三十歲，倒嫁過十八個丈夫。那第十九個，剛剛嫁着南邊湯經歷。他的官兒雖小，在嚴府門下用事，賺的金銀可也不少，盡着咱受用。只是他生性奸滑，瞞了咱們，又鎮日到院中去嫖娼，在外邊偷婦人，常常氣得咱肚子都大了。聞得今日，又要去討甚麼雪娘！

（旦）奶奶，怕沒有此事。

（淨）果然要討，咱就與他結煞了罷。丫鬟，咱到裏頭去，倘那天殺的回來，有些風吹草動，你就來報咱。

（旦）曉得。

（淨）世間三件休輕惹，黃蜂、老虎、狠家婆。（同旦下。付淨上）

【前腔】花星照命喜相和，頃刻鴛鴦翻被窩。佳人悄叫哥，新郎緊抱他，便是神仙難賽我。我湯北溪，只因要證假首，提那雪娘來審。昨日在錦衣衛堂上見了，身子麻了半邊。我想前日一路上京來，不知動了我多少虛火，今日豈可當面錯過。只是怕死，就許嫁了我。因此在嚴爺面前寬釋，准了勘審，戚總兵仍復舊職，雪娘官賣，我就與他納了身價，今晚娶歸。想雪娘如此標緻，豈不勝我京娘百倍。已曾着長班去喚六局，怎麼還不見來？

（丑扮長班，領老旦扮喜娘、末扮掌禮、生扮吹手、外扮轎夫、小生扮燈夫上）花紅披戴好，酒飯要吃飽；局數添出來，賞賜爭不了。

（丑）老爺，六局喚到了。

（付淨）到了，着進來。

（衆）各局叩頭！

（付淨）起來！（對老旦介）你是喜娘麼？

（老旦）是。

（丑各指介）這是儐相，這是樂人，這是盤頭，這是燈火。

（付淨）我老爺今夜娶親，你們各樣俱要齊整！

（衆）是。

（付淨唱，衆應介）

【仙呂過曲‧皂羅袍】合卺休多禮數，須輕扶欸覩，休得蹩損嬌娥。好些詩賦可吟哦，須把蓮輿擡穩休顛簸。笙簧喧鬧，花紅錦鋪，高燈簇擁，流星似梭，銀錢犒賞須教大。

（衆）求湯爺先賜酒飯，把正分銀子講定了，然後把雜項使用先賞我們，省得到臨時瑣碎。

（付淨）酒飯我這裏不便，都乾折了使用銀子，我湯爺只好見意些，你們在我面上出了力，後日嚴府中大喜事，我自然幫襯你們。

（衆）阿呀！不是這等說。今晚這番喜事呵！

【前腔】出閣欄門先過，又迎童接寶，交拜牽羅。坐床撒帳念詩歌，交杯花燭重頭做。雞鳴羊酒，應當用麼？方巾骨帳，還須賃呵！樁樁使用豈是些須個。

（淨，旦隨上）好、好、好！你們幹得好事！

（付淨）幹什麼事來？

（淨指衆罵介）你們這些狗才，賺得好銀子！

（付淨）今日是嚴府內親事，教我與他們講使用。

（淨）放屁！（打衆介）教你們不要慌！

（衆）我們六局行中，做千做萬，希罕你家來。去罷！東天不養西天養，此處無魚別下鉤。（下）

（淨）你這天殺的，要討小麼？

（丑）奶奶，没有的事。

（淨）都是你這狗才打哄，要討莫家姓薛的婆娘，還要瞞我麼？（指付淨介）

【正宮過曲·四邊靜】當初娶我真奇貨，（付淨）好一副嘴臉，果然是個奇貨！（淨）同行更同臥。如今呵！（指旦介）討個怪丫頭，（旦）奶奶，與我什麼相干？（淨）又想新郎做。過來！你陷人大禍，奸人犯婦；出首是區區，到處先揚播。

（付淨）

【前腔】伊行醋甕休敲破，船多不礙路。你不見這些作官的麼？姬妾走成羣，那個來吃醋？（淨）我偏不許你討！拼进個你死我活！（丑）奶奶請進去，老爺不討就罷了。夫人息怒，姻親成挫。姐姐來扶了奶奶進去！（旦扶淨科。丑）親事且休提，閉戶好安坐。

（淨作氣下。付淨悶坐科）你怎麼說個不討？

（丑）且哄了奶奶進去再處。

（付淨）只是討到家中，又要淘氣，如何是了？

（丑）老爺不難。莫家寓所，儘自寬轉，老爺竟在彼處成親便了。

（付淨）有理！只是各局的人散了，怎麼處？

（丑）且到小的家裏，喚齊衆人，老爺冠帶了，插花披紅，一路鼓樂，迎去結親，有何不可？

（付淨）妙、妙！肚裏氣得脹氣來了！

（丑）到小的家中暖起酒來，老爺暢飲一回，又消了氣，又助些興，何如？

（付淨）既如此，快去，快去！

　　　（付淨）自恃奸謀無賽，（丑）撞着夫人尷尬。
　　　（付淨）本圖討個專房，　　反做他家布袋。

第二十齣　誅　　奸

【黃鐘引子·玉女步瑞雲】（小旦上）恨遠愁賒，心事向誰傾瀉？【瑞雲濃】羞殺我偷生客舍。我雪豔，自遭老爺之變，滿圖即返家鄉。不想被奸賊提勘頭顱，致連戚老爺幾遭不測。那日在錦衣衛堂上，若是正言拒絕，我死何足惜，只是戚老爺的性命難保，故此假意應承。今喜戚老爺，仍復舊職，我死亦瞑目矣。晚上，湯賊着人來説，今夜到我寓所成親，待他來時，我自有道理。只是老爺，孤身出塞，夫人一別錢塘，（哭介）我雪豔，恐再不能見你們之面矣。

【黃鐘過曲·絳都春序】三生鳳孽，為鴟鴞范張翻成吳越。形影孤單，痛地北天南魚雁絕。深冤早結下沉沉劫，錯認我移枝換葉。寸心金石，向穹蒼幾回無語悲咽。（內鼓樂介）你聽隱隱鼓樂之聲，想是此賊來了。且靜掩房門，再作區處。心對鏡天照白日，節磨玉雪苦青春。（下介）

（付淨冠帶、花紅、作醉態，丑持冠服，雜扮前扮喜娘，儐相鼓樂，花燈上）（行介）

【出隊子】（合）花燈縈燁、花燈熒燁，聒耳笙歌多鬧熱。宮花插帽，薄醉恣豪俠，酒意春情歡更浹。諧鳳侶，締鸞交，千金此夜。已到門首，如何靜悄悄，絕無一人。

（丑）這裏已是中堂了，待我來敲房門。開門！開門！

（末）伏以：一枝花插滿庭芳，舊話休提時樣妝。心子和平天地好，完成一局做新郎。吉日良時，請新貴人撤身緩步，請行。（作樂介）湯爺詩句如何？

（付淨）將就將就。

（小旦上）

【鬧樊樓】蓬門何事喧聲徹？淚痕驚斷，寸腸愁折。（丑）是湯爺在此。（小旦）豈不聞疾風暴雨，不入寡婦之門。戶掩春光別，幨透淒風颭。（丑）湯爺到此成親。（小旦）呀，這是哪裏説起？痛幽魂石化，泣悲風城墮，矢貞操海枯石裂。（付淨）咳，這原是你親口許的。（小旦哭介）阿呀，天那，望蒼穹，鑒芳心比冰霜倍潔。

（付淨）不怕你悔賴，吩咐眾人吹打起來。

（眾吹打介）

【滴滴金】（付淨）佳人悲悼空成拙，斷續姻緣前世結。況你花容玉貌真妖冶,怎肯把青春空度也!(衆合)銀河早涉,鵲橋填好將風浪歇。瑟調琴洽,早趁良時令節。

(小旦)列位且請在外邊等一等,我有一句心上話,待我與他細細講明,然後成親便了。

(衆)有理,倒是先講明,省得後邊言語。我們且在前堂伺候。命中註定妻官氣,那邊吃醋這邊酸。(俱下)

(小旦作掩門介)請坐了,我有句話,與你講個明白。

(付淨)娘子,夫妻間有什麼不明白的話快說了吧,只是夜短得緊,不要耽擱了工夫。

(小旦)你與我家老爺,錢塘寄食,京國攜行,汲引相府榮華,忘却故人情義,獻玉杯,更窮真假,陷害殺命,復勘頭顱,於理何辭?于心何忍!

(付淨)我與你既為夫婦,這些莫家的舊事,講他怎麼?況你性命是我保全的,不要說這些閒話了!

(小旦)怎麼不要說?

【南吕過曲·浣溪紗犯】新愁串,前事疊,砌柔腸怎容結舌。你今日裏呵,戴烏帽朝靴,將鴛序列,試平心詳細者。【啄木兒】不思量風雪侵肌冽,不念那骨肉同行挈,【玉漏遲】不記得豪門攜謁,竟反把水木根源噬齧!

(付淨作醉諢介)娘子,我與你今日呵,

【黃鐘過曲·三段子】雨雲夢協,締鴛鴦生共轍。盟言怎撇,並鸞鳳死共穴。前情瑣屑,甘心忍受叨叨说,覷嬌容更倍添風月。(作摟抱介)早救我魂飛火熱!

(小旦推開介)你不要認錯了念頭。

(付淨)娘子,為何將言語看看説遠了,難道把親事賴了不成!

(小旦)什麼親事?我與你,正是性命相剝的時候了。

(小旦拔刀介)

(付淨)阿呀,如何認起真來,把刀來嚇我麼?就不做親,我去了也罷了。

(小旦)你來得去不得了!

（持刀趕，付淨躲介）

【滴溜子】（小旦）冤家遇、冤家遇，怒氣騰烈。鋼刀上、鋼刀上，**冤仇報雪**。（作趕着付淨搠倒踏住介）（付淨喊介）不好了，家婆殺家公了！救人，救人！（小旦）痛恨，心腸饞劣。（付淨又喊介）（衆忙上，打進門介）阿呀，好端端成親，為何持刀弄劍，做出這樣事來？（欲上，各退介）（小旦將刀亂搠介）忡忡怒氣多，手腕怯，截口眼，屠腸胃，聊當寸磔。（做殺死付淨介）

（衆）有話也該細講，怎麽弄出這樣大事來，如今倒難收拾了。

（小旦）列位不要慌。自古道：冤有頭，債有主。我家受此賊天大冤仇，誓必殺他以雪此恨，决不連累你們。

【下小樓】歎嗟，冤深恨切。（衆）就有冤仇也該當官去講，如今弄出了事，倒走不脫了。（小旦）恨豺狼須濺血，殘生分定朝露滅。（指介）你們看，此賊又活了。（衆看付淨介）（小旦持刀自刎介）從此黄泉長逝，始得目瞑魂貼。（作刎死介）（衆驚介）世間有這等義烈婦人。（合哭唱介）【永團圓犯】貞心一片剛難屈。死如歸，生豈竊。報仇舒恨真明哲。勝專諸，齊荆、聶。香閨俊傑，鬚眉輸却紅裙妾。白刃從容掣，形骸屣脱，超仙界，生天闕。【鬧樊樓】一死貞魂子，萬古芳名揭。【望吾鄉】（指付淨介）機空構，奸柱設，九地償冤業，【永團圓】怎避口碑鐵。

（淨旦趕介）饒伊走上焰摩天，脚下騰雲須趕上，你們做得好親事。

（衆）人也殺了，還要説親事，

（淨見驚介）如何殺了兩個人？

（衆）莫雪娘想起舊冤，殺了湯爺，就自刎了。

（淨）殺得好，殺得好！這黑心賊瞞了我，私自來做親，自然該殺他。擡過了。

（衆）夫人怎麽哭也不哭一聲？

（淨）我若哭起他來，哭不得許多。如今趁有現成六局在此，不如今朝幇我去坐産招夫吧。

（衆）夫人你看，湯爺骨肉也未冷，怎麽就去嫁人。

（淨）你們不曉得，

【餘文】楊花水性隨風折，怎顧得生離死別。喜孜孜早覓個俏冤家，把姻緣來再接。（同旦下）

（衆）天下有這等婦人，可笑，可歎！我們且把屍首擡過一邊，快報中城兵馬，再作道理。（擡屍進介）

（合）得好休時便好休，何須苦苦結成仇。

今朝一死如春夢，贏得奸名萬古留。

第二十一齣　哭　瘞

（雜扮中軍官上）蛾眉真足愧鬚眉，千載英風得並追。義重飛霜天象慘，心同化石列星垂。自家乃總鎮戚府旗牌官是也。俺爺因勘首來京，喜復舊職。昨爲莫府雪娘身故，俺爺贖屍塋葬西山，今日設奠往祭，只得在此伺候。道猶未已，老爺早到。（外冠帶，二雜捧桶、祭禮上）

【北正宮·端正好】（外）古今垂，乾坤浩，仗彌漫正氣昭昭。我向那簡編中歷數出幽光耀，全把那綱常表。俺戚繼光。重蒙聖恩，復叨舊鎮。本欲即回薊州，因雪姬殺賊捐身，下官隨買西山隙地，殯葬風木。所喜前日首級，下官亦曾乞領。意欲帶回，綴向遺骸，葬於薊鎮。今日特捧此首，到雪姬墳上，一同祭奠一番。分付手下，就往西山行去！

（雜）曉得。（行介）

【滾繡球】（外）望彤雲籠一天，看寒煙黯四郊，只見那雁行飛嘹嘹哀叫，悲風起卷長空葉落林皋。俺抹過了響寒流的淺堤，跨過了接疏籬的小橋，曲灣灣早來到深山之坳，聒耳介烏噪猿號。看多少蕭蕭荒草高低塚，總是那赫赫榮華今古豪。今日裏呵，只落得埋沒蓬蒿。

（雜）稟爺，已到雪娘墳上了。

（外）你看新堆三尺，故土一抔。空宵寂寞，何來聲起松楸？永晝蕭條，惟見名題墓碣。淒風萬古，清靄千峰，朝暮鳶狐啼怨血；牧豎行歌，樵夫倦憩，春秋廬墓伴貞魂。

（雜擺桶、祭禮介。外）將酒過來！（執酒拜介）

【叨叨令】這椒漿和淚更含愁，一樽兒淋漓澆向黃泉道。草杯盤怎比得俎豆列瓊瑤，統望恁一點精靈偏不杳，早鑒咱拜禱的微忱，仿佛介鷥驂鶴馭飄然到。可惜青春和豔嬌，斷送得迷離慘澹西風弔。兀的不痛殺人也麼哥！兀的不痛殺人也麼哥！怎能彀重返香魂，把從頭冤恨淒淒涼涼的告？咳，雪姬，雪姬，我看你久已一死如飴。那日錦衣堂上，你止要全我性命，故此假諾奸謀。一等事完，奮身殺賊，立志捐軀，真智足包天，烈堪貫日！我戚繼光今日未盡之身，皆出所賜也。

【脫布衫】俺拜龍光節鉞重叨，恁喪魚腸魂魄遊遨。羞殺我剩鬢眉頹然一老，反輸卻小紅裙身全仇報。自古人孰無死，若姬之死，千古猶生矣。想那晚呵！

【小梁州】怒衝衝殺氣橫空耀寶刀，殘燈閃血濺魂飄。沖牛斗山嶽盡摧搖。冰霜操，凜義氣九天高。我想一女子如此義烈，堪愧殺權奸輩矣。

【麼篇】枉恃着空華富貴千年調，百般的機械巧妝喬。有日價照陽光，冰山倒，怎博得東門黃犬，好教恁彤管臭名標。

（眾扮四士人上）何異負骸能斷臂，卻同罵賊取刳腸。此處已是烈婦塚上了。（見科）呀！老先生在此。學生為拜奠烈婦而來，俟行禮過了奉揖罷。

（外）請！

（眾拜介）青陵臺下流風古，烏鵲歌中落日黃。多少衣冠拜巾幗，頭顱誰肯付疆場？

（與外揖介。眾）學生輩本欲義助塋葬，不意老先生獨成義舉，我輩便當扣闕求旌矣。

（外）草草掩骨，無異槁葬耳。

（眾）桶內什麼東西？

（外）此莫公首也。

（眾）何不合葬於此？

（外）莫公遺骸仍在薊鎮，意欲捧回合屍，葬在彼處了。

（衆）一種忠魂，又分兩地，亦是欠事。學生輩有短章哭吊，請為誦之。

（出詩，各念兩句介）手執干將自斷喉，血腥染處跡偏留。縞衣密結人難犯，怨氣盤空鬼亦愁。事到沉冤唯有死，身成完節更奚求？湘妃竹怨空餘淚，還與貞姬劍底收。

（外）學生武夫，愧不能奉和。先生輩金玉之章，與雪姬共不朽矣。

（衆）豈敢！（作焚詩介）學生輩先別了。

（外）請了！

（衆）乾坤大矣精難朽，道路聞知骨盡寒。（下）

（外）軍士們，焚帛奠酒者！

（雜）曉得。

（化紙澆酒介。外揖介）

【快活三】奠泉臺愁脈脈，不禁價淚滔滔。問男兒肯將血淚灑征袍？也只為他一點丹心兒千古少。就此回寓罷。

（雜應，捧桶隨外同行介）

【朝天子】（外）別蒼苔短蒿，離空山古道，吊牛眠難重掃。那裏是丁令歸來千年華表，只見那落斜暉山銜照。暮去明朝，春來秋到，此日餘生，到頭來怎免得堆荒草。哭恁這一遭，醒咱這一覺，好把那一瞬浮生做個萬載忠和孝。（下）

第二十二齣　誼　潛

【仙呂引子·望遠行】（旦上）風塵鞅掌，憶斷夢魂勞攘。（小生上）嘗膽燃藜，琢就雕蟲伎倆。（老旦上）人來玉樹風前，名唱金雞天上，（丑上）管一躍龍門千丈。

（見介。旦）我兒，自從你爹爹春初入京，今已仲冬，杳無消息。未知宦況若何？心中甚為懸念。

（小生）爹爹仕途頗熟，況朝中都是門生故吏，何愁左右乏人，料早晚必有超昇好音了。

（旦）先生又往那裏去了,你不到館中攻書?

（小生）先生因有鄉親在府中做官,因此探望去了,想必就回來的。

（旦）我兒,你父親外出,汝已壯齡,切須螢窗時習,雪案日新,不可虛度日子。

【仙呂過曲‧九回腸】【解三醒】莫輕將三餘飄蕩,好窮搜二酉文章。生花有筆光芒爽,篇月露字風霜。一經好把書香續,九棘還延世澤長。專顒望,【三學士】（小生）青雲有路心偏壯,佇欣看姓字天香。朱輪華轂新恩沐,紫閣黃扉舊業光。【急三槍】（老旦、丑合）自古道,于公德,門須大,況不忝,荊州識,士無雙。

（外急上）自昔覆巢無完卵,而今斬草豈留根。葛天在何處?

（丑）方相公回來了!

（旦）方先生為何如此急遽?

（同老旦虛下,小生出迎介。外）不好了,大禍到了!

（小生）先生,有什麼大禍?

（外）快請令堂相見。

（小生請旦介。旦）怎麼好與先生相見?

（小生）先生說有禍事,故此要見母親。

（旦驚介）既如此,快請!

（同老旦出介、見介。外）夫人在上,方纔學生到府中探望親戚,聞說朝廷差校尉到省下拿人。細細訪問,却是到宅上來的。

（旦驚問介）我家犯了何罪,到我家來?

（外對小生介）說尊公為一玉杯,得罪嚴家,聖上已將尊公處斬了。

（旦）此信恐未真?

（外）學生訪來的的確確的。

（旦哭介）相公遭此大禍,兀的不痛殺人也。

（倒地介。老旦）夫人蘇醒!（扶旦介）

【一封羅】【一封書】（旦）聞言裂寸腸,恨無端遭禍殃。（小生）

幽魂滯那方？痛遺骸暴異鄉。【皂羅袍】（合）奸回流毒，忠良被殃；身膺斧鉞，家遭喪亡。撲簌簌珠淚翻紅浪。

（外）夫人且不要啼哭，如今校尉一到府中開讀，就要將家孥流徙了。

（旦）這事怎麼處？

（外）此事夫人定難脫免。只是令郎青雲偉器，功名唾手，若遭徙置，必然禁錮終身。況尊夫一生，只有此一點骨血，前日臨行，再三囑託學生照管。今番移徙，必有萬里程途，倘仇家暗生奸計，路上頓遭不測，可不把莫門宗祀斬絕了！

（旦）先生言至於此，使妾如剜寸心，只是妾乃女流，無可計設，望先生良策，乞保萬全。

（外）學生意欲將令郎挈歸舍下藏匿，隔省路遠，無人知覺，如朱家之庇季布，公孫之匿趙孤。他日變姓更名，一登甲第，洩恨報仇，未為晚也。

（旦）重蒙先生如此仗義，真莫門九世大恩人了。只是恐小兒名入欽牒，如何是好？

（外）令郎向來閉戶讀書，識熟者少，可將書童文鹿假充令郎，到開讀之時，只說病患風寒，蒙頭而去。

（丑）小的願隨夫人前去。

（旦抱小生哭介。外）夫人，分離事小，身家事大，況禍在燃眉，一等發覺，就難措手了。快與學生領去，即刻喚船同往江右便了。

（旦）先生請上，待妾身拜謝！

（各拜介）

【皂角兒】（旦）拜高風山遙水長，感洪恩天高地廣。（外）礪朝昏奮志螢窗，泄冤仇矢登金榜。（旦、小生抱哭，合唱）痛殺那父遭刑、家被徙，母天涯，子海角，萬般悽愴。（外）快些去罷。（拖小生介。各哭、合唱）分離匆忙，肝腸損傷，怎能勾重逢再合、一家歡暢！

（外扯小生哭下。老旦）夫人，事已至此，且免愁煩，到裏面去再作道理。

【尾聲】（老旦）家門大禍從天降，（丑）全仗取穹蒼默相。（旦）

倒不如一死休教葬遠方。

（旦）一堂歡聚各天涯，（老旦）落落乾坤何所歸。

（丑）世上萬般哀苦事，（合）無非死別共生離。

第二十三齣　邊　憤

【仙呂引子·金雞叫】（生氈笠、佩刀上）天外羈殘喘，度朝昏恨深仇遠。魂夢愁將名姓顯，幾度逢人，怕識顏和面。逃魏死張祿，相秦生范雎；綈袍雖戀戀，折脅恨難灰。我莫懷古，自遭權賊陷害，差兵擒獲，赴法市曹，幸賴義僕代死，好友縱放，潛身更名歸復，投託潮河川魏參將麾下為幕賓。我雖苟且偷生，只是累莫誠無辜受戮，日夕痛心。又未知此後雪艷行止若何？家中妻子曾知我消息否？鎮日千愁萬慮，度日如年，不覺容顏非故，鬚鬢侵霜。咳，老天，老天！未知今生能有再返家鄉、報仇洩恨之日麼？今日天氣明朗，不免到塞外閒步一回。（行介）你看青塚霜寒，黑山風緊；馬眠沙磧，兵倚戍樓。塞北草生蘇武泣，隴西雲起李陵愁，好淒慘人也！

【仙呂入雙調過曲·沉醉東風】捲黃雲朔風似旋，映落日斷煙如練。遙望着雁孤還，淚痕如霰，玉門關盼來天遠。長安望懸，錢塘夢牽。堪憐鎩羽何年返故園。（望介）你看那邊一人，好像關內來的，不免前去向他問個信兒。塞花飄客淚，邊柳掛鄉愁。（虛下）

（丑氈笠、掛廂上）沙場曉雨塵腥在，氈帳西風馬乳香。我乃湯經歷手下長班的便是。我老爺被雪娘殺死，家業飄散。我乘機取了些金銀，置買紬疋等貨，特往關外販買人參。迤邐行來，已是潮河川了。不免趲行前去。（行介）正是：今古戰爭何日盡，往來名利幾人閒。

（生上）幾處吹笳斜日外，何人倚劍白雲邊？（見介）請了！客長是那裏來的？

（丑）咱家呵！

【江兒水】南北京師走，蘇杭雜貨全。（生）原來京中賣雜貨的。請問足下，賣什麼寶貨？（丑）銷金織錦兼紬絹。（生）正是邊上用的東西。(丑)玉器金珠和詩扇。(生)本錢大哩！(丑)還有兩件私貨,(低唱介)芽茶煙酒金絲線。(生)只是路途遙遠得緊！(丑)貿易敢辭勞倦？(生)可就在邊外置些貨物麼？(丑)置買些狐腋貂皮,更把人參挑選。

(生)好,好,這裏販人參到南邊去,有利息的。

(丑)可要取些貨物瞧瞧麼？

(生)使得。

(丑出紬、絹、扇介)這是五彩裝花,這是遍地織錦,做戰袍絕妙的,這是名人詩扇。

(生念介)世蕃為北溪兄書。

(丑)這是絕妙的好字,是嚴閣老老爺寫的。

(生)是他兒子寫的。這扇子不像行間攛販的貨。

(丑)不瞞你說,這扇是俺舊主人的。

(生)你主人是那個？

(丑)是左軍都督府經歷湯勤。

(生作驚介)如今他在那裏？

(丑)不要說起,(哭介)被人刺死了！

(生)被什麼人刺死的？

(丑)説也話長。老丈不嫌絮煩,待小子説個明白。

(生)願聞。

【五供養】(丑)有個錢塘莫宦,與俺爺呵,同侍豪門,詩酒留連。誰想姓莫的,假杯來掇賺。那嚴大爺,忿怒火如燃。(生)姓莫的與嚴家不合,也與你爺沒相干。(丑)你那裏曉得。俺爺呵,機關千萬,閃得那姓莫的,只得棄微官遠逃殘喘。(生)逃了去也就罷了。(丑)嚴爺怎饒得他過。捕緝臨邊界。緊牢拴,霎時梟首命歸泉。

(生)呀,竟殺了他？

(丑)殺也是小事。

(生)以後便怎麼？

【玉抱肚】(丑)函頭馳獻。俺湯爺對嚴爺説,首非真牢籠巧全。(生)殺人怎麼假得！嚴爺可信麼？(丑)乍聞言頓起雷霆,把那監斬戚總兵與莫妾雪娘,命軍旗扭解株連。(生)有這等事？(丑)頭顧真假細窮研。那日錦衣堂上,兩命須臾憑片言。請了！別了！

(行介。生扯住介)請說完了。

(丑)與你我一些相干也沒有,説他怎的？

(生)只當聽新文一般,請講完了。

(丑)那日呵！

【玉交枝】也是天心發現,照温犀頭真罪蠋。(生)這兩個人便怎麼了？(丑)將軍節鉞牙重建。那雪娘呵！判羅敷鸞身諧眷。(生)這處分也罷了。(丑)俺爺如今不是了！貪圖麗容思締緣,喧天鼓樂來庭院。(生)那婦人從也不從？(丑)難得,難得！這雪娘千貞萬烈,(做手勢介)把俺爺呵！濺錕鋙須臾命捐。又自己呵,截咽喉魂遊九原！

(生驚介)殺了你爺,又自刎了？

(丑)正是,正是。如今說完了。我要去了,不要耽閣了我的生意。請了！將軍不下馬,各自奔前程。(下。生吊場)

(生)可惱！可惱！湯賊陷我殺身,復以假首砌陷無辜,復行奸騙。殺得他好！只是雪姬為我自刎,可不心傷！

【川撥棹】遭逢蹇,恨奸謀仇不淺。痛殺那誓死嬋娟,痛殺那誓死嬋娟,矢堅貞全身雪冤。痛遺骸埋那邊,欲招魂歸九天。

(雜上)戰士思家處,征人墮淚邊。歸爺在這裏,小的那裏不曾尋到,如今爺在寨中,請歸爺講話,快去！快去！

【尾】(生)斜陽千里旌旗卷,(雜)聽四野笳聲哀怨。閃得那萬里征人淚雨漣。

(生)西風落日三邊暮,(雜)萬里寒煙一望平。

(生)相思相見知何日？(合)此時此夜難為情。

第二十四齣　徙　　置

(末扮解子上)風卷平沙日欲矄,狼煙遙認犬羊羣。李陵一戰無歸日,望斷胡天哭塞雲。自家中軍都督府點差解官便是。押解錢塘莫太常家屬三口,流徙開平衛安置。往來奔走,豈止萬里程途;跋涉關山,足有半年勞役。咳!正是:命運不好,點這等苦差,昨日出了宣府鎮,在萬全都司掛了號,再行兩日就是開平衛了,不免催促他們趲行。(向內叫介)莫家宅眷,快些趲行前去。

(旦,老旦青衫,丑衣帽上)(行介)

【仙呂入雙調過曲·攤破金字令】天南地北,一片淒涼境。風餐水宿,萬里孤單影。鄉思傷心,旅懷兼併。痛回首,堂前故壘,已成畫餅。錢塘一水入夢頻,孤鴻兩三聲。西風撲面迎,愁髻星星,淚眼盈盈,餘生漂泊添悲耿。

(末)夫人,今到衛所,兩日路程就歇腳了。那開平衛接着古北口,與薊州隔界,都是邊方地面,比不得關內。夫人住居凡事要耐心。

(旦哭介)(合唱)

【夜雨打梧桐】黃花戍,紫塞城,永歲草難青。隴雲凝,又見寒沙晝暝。萬古秦關漢壁,只覺戰血猶腥。英雄古今徒淚零,歎孤身遠戍,遠戍生還難定,空悲薄命。轉哀鳴,料應埋骨天山傍,孤魂返玉京。

(旦)回樂峰前沙似雪, (老旦)受降城外月如霜。
(丑)衡陽有雁彬陽斷, (末)錯認他鄉作故鄉。

第二十五齣　泣　　讀

【仙呂入雙調過曲·步步嬌】(小生上)避弋孤飛鴻鷦鷯寄,江右風煙異。巢傾累卵危,不共深仇,痛憤填胸臆。對影自悲啼,向人前不敢彈珠淚。小生莫昊,為父親被嚴家陷害,家奴流徙,小生幸蒙恩師挈歸江右,又恐城市被人知覺,復潛隱莊舍,冀衍一脈宗支。只是未知別後,母親徙置何處了。夢寐牽情,強捱日夕,寓此已經三載。發憤下闈,磨礱帖括。去冬恩師赴京考貢,今早傳言已歸。我又不便入城往省,且候恩師下鄉會晤便了。今晚燈下不免

將古今墳典研究一番。(哭介，拍書介)咳，書阿，書阿，你不是拾青紫之具，倒是我莫吴泄怨報仇之根本了。(翻書介)

【南呂過曲‧香羅帶】光分太乙藜，韋編漫稽，三餘足惜愁浪馳。真個是三更燈火五更雞也，萬卷胸中破，吐珠璣，只恐荊山抱瑜悲數奇。有日裏紙貴長安也，才得個一洗沉冤泉壤輝。(外上)

【仙呂過曲‧醉扶歸】遠迢迢京國馳歸轡，急煎煎村舍叩柴扉。呀，只聽得一聲聲吟韻響疎籬。開門，開門！(小生開門介)(外)早又見喜孜孜玉樹臨階砌。(小生)且喜恩師回來了。(合)經年夢寐各天涯，欣會合憂成喜。

(小生)恩師請上，待門生拜見。(拜介)半載長征，神依絳帳；三冬盲讀，如失金鎞。

(外)鵾鵬之志，已足桑榆；鴻鵠之飛，行看奮擊。(坐介)

(小生)請問恩師，幾時歸的？

(外)今早歸的。你一向用功，造詣必然精熟了。

(小生)哭泣之餘，聊不閑擲光陰而已。請問曾授職否？

(外)已選福建海城縣學教授，不日就要啟程了。

(小生)京中光景若何？

(外)奸相弄權，朝士臥不貼席。令先尊被難喪身之故，我已知顛末了。

(小生泣介)請問恩師，先父之禍從何而起的？

(外)令先尊呵，

【皂羅袍】誤引同行魑魅。(小生)是哪一個？(外)就是那同去的湯北溪，不合薦他在嚴東樓門下。在侯門作客，忘却提攜。竟把令先君這隻一捧雪，讒口趨炎獻瓊杯。(小生)曾送去也不曾？(外)尊翁呵，移真易假相遺饋。(小生)可哄得他過麼？(外)湯賊呵，奸唆發伏，中挑禍機。那嚴東樓呵，狼貪恣吻，旋行噬臍。(小生)這便怎麼處？(外)閃得令先君，連宵棄職逃燕薊。

(小生)逃到薊州麼？

(外)其時薊州有個戚總兵。

(小生)那戚元敬諱繼光與先父累世通家，到他那裏就好了！

（外）咳，葛天，葛天，如今的人只趨奉權要，管什麼朋友，那戚總兵呵，

【仙呂入雙調過曲·好姐姐】但知，冰山堪倚，頓忘却世交情義。（小生）他便怎麼？（外）其時嚴家正差人追到，天關羅網，逃生反受羈。（小生）難道戚元敬再不出一計相救麼？（外）什麼相救，排軍騎，把故人頃刻雲陽棄，函首星馳往帝畿。

（小生哭介）原來父親如此被害，可不痛殺人也！

【南呂過曲·香柳娘】痛含冤九泉，痛含冤九泉，骨埋何地？終天抱恨肝腸碎。恨奸回肆凶、恨奸回肆凶，無罪已捐軀，全家復流徙。奮書生螳臂、奮書生螳臂，拚喪溝渠，誓當雪耻！

（外）湯賊已死了。

（小生）他為何死了？

（外）湯賊欲强娶雪姬，被姬刺死亦自刎了。

（小生）雪姬殺賊身亡，難得，難得！但湯賊雖死，尚有嚴、戚二家的深仇未報，切齒痛心，時刻難緩。

（外）我已為賢弟援例北雍，更名方昊。如今我急欲赴任，賢弟可作速到京科舉，博得連捷。那時尊公大仇得報，令堂遠徙得歸了。

（小生）多謝恩師，便當即日赴京矣。

【尾聲】（外）扶搖鵬翼終難繫。（小生）造就洪恩亘古希。（合）好打點泣血陳情叩紫扉。

（小生）動作三秋別，空懸萬里心。

（外）拭日天香散，南溟候好音。

第二十六齣　回　撤

【南呂引子·一枝花】（末、丑冠帶，衆隨上）（末）文章欣共賞，名姓魁金榜，（丑）功名天付與，怎容强。烏帽宮袍，豪氣三千丈。（末）同省復同里，同榜又同鄉。（丑）他年同拜相，百歲建同坊。（末）下官易弘器是也。（丑）下官詹趨時是也。（末）忝登新榜，已

宴瓊林,今日應當拜謁座師閣部,已約方葛天年兄同往。(拱丑介)詹年兄可同到寓所,拉他同去。(丑)有理。(末)紫陌萬人生喜色,(丑)杏花十里映春懷。(雜)已到方爺寓所了。門上有人麼?(雜上)進士門牆古,長班衣帽新。(雜)易爺、詹爺拜訪。(雜)老爺有請。(小生冠帶上)一朝酬誦讀,慶際彈冠,肯學素餐鰥寡。(見介)

(末)老驥思千里,

(丑)饑鷹待一呼。

(小生)憂時三尺劍,報國萬言書。

(末)今日欲與兄同拜座師,故此特來偕往。

(小生)且奉一茶,何如?

(末)不消了。

(小生)既如此,兩位年兄先請。(各執鞭行介)。

【南呂過曲·一江風】帝王鄉,萬古山河壯,瑞靄祥雲颺。

御溝香,柳映衢新,花落翻紅浪。(雜)已到禮部徐爺門首了,(各下馬介)(末)門上大叔有麼?(雜)玉陛天顏近,金甌帝命尊。(末)門生方昊、詹趨時、易弘器拜見。(雜)老爺到閣中去了,(接帖介)待我上了門簿吧。(末)有勞了。(雜)咫尺親龍袞,從容步玉堂。(下)(小生)大座師已拜過,如今去拜房師便了。(復上馬行介)(合)雕甍閃日光、雕甍閃日光,春風卷繡幢,看馬蹄蹀躞宮牆傍。

(雜)已到翰林李爺門首了,(各下馬介)

(末)大叔有麼?

(雜上)上帝黃金闕,仙人白玉堂。

(末)本房門生方昊、詹趨時、易弘器拜謁。

(雜)老爺館中去了。(接帖介)待我收拾好帖兒便了。

(末)我等明日再來。

(雜)詔出紫泥封去潤,朝回蓮炬賜來香。(下)

(雜)如今就該去拜嚴爺了。

(小生)是那個嚴爺?

(雜)首相嚴府。

(小生)咦!哪里說起?

（末）隨行逐隊，或者走一遭，也算完了世事。

（丑）他父子是當今第一人，自然該急急去拜他。

（小生）咳，

【前腔】他怙朝綱，節敗名俱喪，濟惡窮千狀。（末、丑）年兄！莫雌黃，凡事包容，言責非吾掌。（小生）阿呀，易年兄，夏太師與兄有骨肉之戚，奈何忘大仇而思作權門桃李乎？小弟呵，堅貞操凛霜、堅貞操凛霜，孤忠項獨强。明日裏呵，向彤庭碎首批鱗抗。（下）

（丑笑介）好呆子，好呆子！不要說上本，倘然嚴府曉得了，這幾句言語就該短一尺了。老方不去，我與易年兄同去。

（末）小弟也不去了，請了！波中砥柱原孤立，雪裏貞松更後凋。（下）

（丑）呸，呸，呸！青天白日，都說鬼話，莫非他兩個瞞了我，倒先去孝順了？

（雜）老爺如今急急去收拾金銀，拜在嚴府門下便了。

（丑）有理，有理。快走，快走！

好做文華晚輩，忙隨懋卿後塵。

不作司空兒子，定為宰相乾孫。

第二十七齣　劾　　惡

【北仙呂·點絳唇】（外扮黃門官上）紫禁煙霏，露浮仙掌，祥雲裏。玉筍班齊，珮響千官會。曈曈日出大明宮，天樂遙聞在碧空。禁樹無風自和暖，玉樓金殿曉光中。下官本朝黃門官是也。每日早朝，必有言官上表。如今天色向明，只得在此伺候。

（二雜扮金瓜武士上）千官劍氣屯雲合，五衛旌旗擁日高。（各立介）

（小生冠帶，雜執笏、捧鉞隨上）

（小生）排雲閶闔天顏犯，披腹琅軒奸膽寒。必有謀猷裨帝右，直須風采動朝班。下官新科進士方昊是也，俺本一介書生，甫登仕

籍,劾奏元老,明知禍犯不測。但忠心孝思,兩迫於衷,只得免冠荷斧,冒死上書則個。(除冠背斧介)

(雜下)

【北中呂·粉蝶兒】白簡朱衣,整頓了白簡朱衣,赤緊的卸賢冠,身膺着斧鑕,只辨個赤膽淋漓。誓攖鱗,期折檻,怎做得望風屈膝。痛哭丹墀,展擎天掃除長彗。

(外)來者何官?所奏何事?

(小生拜介)臣新科進士出身方昊,誠惶誠恐,稽首頓首。

(外)囚首荷斧是何主意?

(小生)臣冒死抗疏,倘蒙見罪,甘伏斧鑕之誅。

(外)有何文表,就此披宣。

(小生)臣此疏呵,

【石榴花】只把那殃民蠹國賊嵩題,端的是操、莽勝奸回。則他這腹心廣佈,綱紀陰持,忠良俱排擠,憸險護樞機。一謎介逞狼貪,一謎介逞狼貪,肆苞苴鬻盡公卿位。江河縱掠,遐荒遭斃。數不盡滿朝端,數不盡滿朝端。趙鄢行乾兒貴,真個是勢重覺天低。

(外)嚴嵩更有何罪犯,一併奏來。

【鬥鵪鶉】(小生)子世蕃濟惡同謀、子世蕃濟惡同謀,擅威靈封章票擬。恣奸淫占奪嬌娃、恣奸淫占奪嬌娃,蓄陰謀練操軍騎。試觀他金穴銀山國與齊,都是民膏血和那賄賂遺。入狐羣寵冠朝班、入狐羣寵冠朝班,履虎尾魂遊九地。

(外)有何實據可即奏聞。

(小生)臣父前太常卿莫懷古,因忤世蕃,立至斬首。

(外)卿名方昊,何得為莫懷古之子?

(小生)臣幼嗣他宗,故從方姓。(哭介)阿呀,聖上嘆,臣父死深冤,敢不痛哭上陳!

(外)不用哭泣,從直申奏。

(小生)臣父呵,

【撲燈蛾】沐恩榮卿銜列太常,持狷介立朝忤權貴。遭毒吻駕空生奇禍,假霆威雲陽身棄。痛清白銜冤暴骨,恨杞、檜同堂縱罪魁。甘碎首悲鳴泣訴，望明庭早申天討殲鯨鯢。

（外）將本過來，待下官傳進，

（小生遞本，俯伏介）

（外）獻替曉隨天仗去，宣麻暮惹御香來。（下）

（二雜扮校尉暗上）顯充錦衣差役，陰作相府爪牙。自家本衛軍旗便是，奉嚴府鈞旨，道有新進士劾奏嚴爺，已曾暗通消息與內監去了。少不得要拿問的，着我們在此伺候。少項用刑，必須着實打上一套，不知這小鬼頭兒杖下死、在牢內死、在刀下死哩！且待旨意出來，便好下手。

（外齎詔、雜扮太監捧劍上）金闕九重明日月，丹書一劄下雲霄。聖旨下。

（外）詔曰：親賢遠奸，實熙朝之盛事；鋤強獻替，乃良臣之苦心。閣臣嚴嵩父子怙權，惡盈罪貫。鄒應龍、林潤已曾劾奏。今讀卿疏，逆狀昭然。嚴嵩發養濟院收管，嚴世蕃邊遠充軍，妻孥流徙，家私抄沒。卿父無辜受戮，仍給官帶祭葬，一應被害人等俱免罪還鄉。爾能抗疏直言，風節可嘉，欽擢御史，敕賜上方劍一口，巡視九邊，汝其欽哉！謝恩。

（小生謝恩起介）

（雜上）九泉開白日，六翮起青雲。（解小生斧帶、冠介）

（二雜）不好了，皇爺倒准了奏章，抄沒嚴家了。我們快去了罷，善惡到頭終有報，只爭來早與來遲。（下）

（外）御史大人請接了詔書、尚方劍，對闕謝恩。

（小生接詔、劍，付、雜捧介）（小生拜介）

【上小樓】荷天王嚴衮鉞，除巨惡安黎庶。臣喜得枯骨生光、臣喜得枯骨生光。四海昇平，朝政清夷。臣幸得榮沐恩休、臣幸得榮沐恩休，敷張威命，綏安邊鄙，好助勤堯天舜日。

（外）退班。

（小生謝恩介）

【清江引】（合）奸雄枉使千般計，國法應難昧。爵祿總歸空，金玉成何濟？只落得，臭名兒萬古難湔洗。（下）

第二十八齣　塚　　遇

【中呂引子・菊花新】(旦上)遯荒羈旅度昏朝,喜聽金雞下碧霄。(老旦,丑合)鎩羽得歸巢,嗟極目家鄉偏杳。

(旦)老身痛遭家變,流徙邊境,已經三載,嘗遍了千般苦楚,說不盡萬種淒涼。自分永無歸日,不意嚴賊被逮,廣頒詔書,凡有被害人等,赦罪還鄉,喜得重生有日,打點歸家。只是前日偶到曠野樵採,見一孤塚,石上明書,錢塘忠義莫公之墓,細訪土人,知是相公遺骸所葬,痛哭而回。今日南還,不免再到塚上哭奠一番。

(老旦)已曾沽得村醪一壺,紙錢一陌,請夫人就行。(共行介)
(旦唱,老旦,丑合介)

【中呂過曲・顏子樂】【泣顏回】天曠雁行高,萬里胡沙渺渺。羈魂孤影,三年夢斷江潮。【刷子序】終宵,幾度驚心笳鼓,催青鬢漸染霜毫。【普天樂】極目處寒煙一望,早又是黃花白草,青塚蕭蕭。

(丑)此處已是老爺墳上了。

(旦哭介)相公阿,你生遭國法,死葬邊關。雁去鴻來,便是春秋祭奠;風聲角韻,聊當朝夕悲哀。蒼桑難保百年墳,魂魄未依三尺土。妾身幸蒙天赦,別你歸家,只是你的骸骨,未知何日重歸故土。(拈香拜介)

(老旦、丑隨拜介)

【正宮過曲・錦纏道】(旦)淚珠拋,想儀容分離郁陶。一別痛餐刀。吊黃泉倩誰將怨魄重招?盼歸程雲山縹緲,悲孤塚冥漠迢遙。舒恨仗兒曹,天涯漂泊,何時奪錦鑣,好把深仇報,肯將骸骨葬空郊!

(老旦)夫人省愁煩,且在地下略坐一坐。(各坐介)
(生行上)

【普天樂】痛餘生,增悲悼;聽綸音,添歡笑。我莫懷古逃生絕塞,喜得聖上處置嚴家,凡被害人等俱赦罪還鄉,故此連夜入關。

思得早歸故里。行了一日,身子甚倦。(望介)前面有一荒塚,不免到彼歇息一回。(走介)天關路跋涉勤勞,荒墳畔憩息塵囂。(丑)待我到前村去取些火來化紙錢。(老旦)快去,快去。(丑出遇生,驚喊介)不好了,不好了!撞了鬼了!(作亂跌介)(旦、老旦驚問介)為什麼子?(生)那邊好似南方人聲音,為何見我驚駭?(上前看旦介)呀,好似我夫人模樣!(旦、老旦見生避介)(旦)相公,你英靈不遠,該去擺佈仇人,不要驚嚇我們。(生)夫人,不須驚駭,你看我衣衫有縫,日中有影,我不是鬼。(旦)你不是鬼,那碑上明寫著你,那塚內是何人?(生看介)嗄,是了,那日臨刑,全虧莫誠代死,我得邊外逃生。想戚兄將他葬在此處,故此夫人錯認了。(生、旦抱哭,唱介)欣逢,痛號,乍驚疑渾如魄化魂消。

(老旦、丑拜介)

(生)你兩人在此,起來,起來,夫人,你為甚到此?

(旦)自相公遭變之後呵,

【中呂過曲‧古輪臺】禍根苗,全家徙置玉關迢,棲遲三載形相吊。欣逢天詔,奠別泉臺,恰湊巧,平地相遭。(生)孩兒在那裏?(旦)那日軍旗到府,方先生預知有孩兒名字,他道相公臨行囑託,必要保全孩兒,特把文鹿代徙。他把孩兒呵,**離却錢塘,遠投江右,潛身砥志寄衡茅**。(生)難得如此好人!(旦)雪姬那裏去了?(生)前日偶遇貨郎,備述斬首後湯賊譖譖頭假,波及戚兄、雪姬勘問。喜得戚兄復任,那湯賊欲把雪姬奸占,被雪姬將此賊呵,**屠腸截腦,痛貞姬一死鴻毛**。(旦)殺賊捐身,可敬!可敬!女有雪姬,男有莫誠,可稱雙義矣。(生)這就是莫誠葬在此處,我也該拜他一拜。(同拜介)(合)義同山嶽,操潔秋霜,忠干天表。稽顙向蓬蒿,堆荒草,叩閽指日候封褒。

(旦)相公如今到那裏去?

(生)戚元敬在薊鎮,欲入關見彼一謝,然後歸家便了。

(旦)天色漸晚,就此前行罷。

【尾聲】(生)生交死友恩非小,(旦)恩怨從來怎混淆,(合)且向旅館今宵話寂寥。

（生）漂流萍跡各西東，（旦）聚散浮雲此日同。
（合）今宵剩把銀釭照，　猶恐相逢是夢中。

第二十九齣　入　　塞

【南呂引子・戀芳春】（外冠帶上）蘆井風高，花門雪滿，天邊孤客情牽。劉琨坐嘯風清塞，謝朓裁詩月滿樓。軍容坐鎮烽煙息，一統車書貢九州。下官重蒙聖恩，復叨節鉞，三載以來，旌旗盡掩，刁斗不鳴，俗多牧馬之安，人有買犢之樂。正是：舒長化日桑麻晝，融蕩仁風雨露春。所最縈繫者，莫無懷兄避禍遠塞，未知景況若何，日夕殊為懸念。近聞嚴家抄沒，一應被害官民俱赦罪還鄉，且喜莫兄歸期有日矣。不免差一將校，到潮河川迎取到鎮便了。聽差將官何在？（雜上）使節明金虎，腰弓偃畫龍。稟爺，有何吩咐？（外）與你馬牌一道，手書一封，到潮河川魏參將處，接取歸爺到鎮，星夜趲行，休得有誤！（雜）領鈞旨。（生、旦、老旦、丑上）（生）幸得玉門生入，景物依然。（旦）跋涉關河遼遠，望故國雲山一片。（雜出，生見介）煩通報一聲，潮河川姓歸的要見。（雜）可是歸爺麼？俺爺正差小將來接，且喜就到了。（入報介）歸爺到了！（外驚問介）在那裏？（雜）在衙門首，（外）快請相見！（出接介）仁兄在那裏？（生入介）恩兄在那裏？（抱哭介）遭逢舛，驀地相親，還疑魂夢留連。

（生）恩兄請上，待愚夫婦拜謝。
（外）不消了。（各拜介）

【南呂過曲・繡衣郎】（生旦）仗提攜得保生全，環結難將高厚填。塵沙餘喘，怕乍逢不識當年面。拜皇恩枯骨生還，願君家侯封早建。（合）喜今朝把愁懷頓轉、喜今朝把愁懷頓轉。

（外）仁兄請坐。（各坐介）
（外）仁兄別後，事情彼此自合，一言難盡。但不識老嫂，何故也在關外，今日與仁兄一同到此？
（生）小弟被難之後，那奸賊呵——

【奈子花】遣軍旗抄没家園,把荊妻徙置三邊。蒙恩兄把義僕塋葬關外,賤内只道是小弟之墓,賭名標墓碣,呼天澆奠。其時,小弟聞赦入關,路經墓側,欣相逢恍疑天遣。(外)會合果奇得緊!只今令郎在何處?(生)旗牌到日,幸得先生方毅庵挈歸江右。一線,冀得把宗支少衍。

(外)仁兄亦知雪娘消息麼?

(生)小弟在邊外已知。但多累恩兄,險遭不測,益切不安。

(外)小弟幸脱虎口,只是雪娘呵,

【大勝樂】礪青鋒殺賊身捐,播芳名轟帝輦。小弟呵,把秣陵香骨埋畿甸,爭如市吊賢媛。(合)一家義烈傳千古,兩地貞魂賓九天。時重泰也,急須把深恩報效,幽貞旌顯。

(雜扮報子上)白日鳴驄馬,清霜急皂雕。禀爺,欽差巡視九邊,御史到界上了。

(外)末有馬牌先到,如何來得恁快?

(雜)是新科進士,萬歲爺特簡此任,賜了尚方劍,星夜來的。

(外)什麼名字?

(雜)姓方名昊,江西人,如今將及到鎮了。

(外)吩咐各營兵將,擺齊隊伍,先往迎接驛中。整備下馬飯,路上鼓樂結彩,另備筵宴在衙伺候。

(雜)曉得。

(外對生介)仁兄同老嫂請在敝署暫歇,候小弟公務畢了,再會便了。

(生)多謝恩兄。

　　(外)霜天不盡孤雲遠,(生)秋日無聊一雁遲。
　　(合)千里故鄉家在否,　半窗殘夢夜何如?

第三十齣　杯　　圓

【仙吕引子・蔔算】(小生吉服,二將捧劍、背敕,雜執鉞上)簪筆離螭頭,金斧霜威重;三秋風色繡衣輕,斂却豺狼橫。九霄星鳳人間瑞,萬斛珠犀扇外塵。捧節暫辭三島日,乘輶遍佈一方春。下官重蒙皇命巡視九邊,敕賜上方,剔除夙弊。綸言鄭重,安敢依違?因此星夜辭闕,走馬來邊,定當把這些驕將悍卒痛懲一番。如今先到薊鎮行去。正是:鐵面森森奸破膽,豸冠嶽嶽鬼驚魂。分付將校,就此起馬!

（眾應介,行介）

【仙呂入雙調過曲・二犯江兒水】【五馬江兒水】迤邐青驄馳控,凌空旌斾擁。看清霜號令,秋日儀容,展擎天將日捧。【朝元令】羽扇揚春風,油幢卷彩虹。【柳搖金】砂磧天空,雁塞雲濛。趁飛鵬趕行如波浪湧。（雜扮將官上,跪介）薊州鎮參將、遊擊、把總,各哨領兵官,帶領眾將校迎接老爺!（小生）總兵官怎麼不到?（雜）舊規在衙門伺候的。（小生）起去!（眾應、同行介）【五馬江兒水】看濟濟龍泉寶弓,鬧叢叢川搖山動,早來到黑山南紫塞東。

（外冠帶上）玉節遠傳天上信,繡衣猶帶御爐香。

（拱小生入介,揖介。外）賦擲金聲,題柱當年追司馬。

（小生）政成鐵面,埋輪今日效張綱。

（坐介。外）請問大人,幾時辭朝,行得如此神速?風霜鞍馬,甚覺勞神!

（小生）學生甫離蓬樞,蒙聖恩濫叨柏府;自愧才同襪線,職懼素飱,但豸獸尚能觸邪,庭草猶然指佞,釋筆硯而操化權,敢模棱而作不嘶之伏馬乎?（拱介）煩代諭在鎮將佐,勿玩國法為故習,勿藐天語為弁髦,勿倚金穴為長城,勿視書生為木偶。法之所在,（指劍介）莫道尚方不利也。

（外深恭介）不敢!

（小生）貴鎮控弦幾何?

（外）馬步軍五十萬。

（小生）大半虛餉而已!軍餉衣甲等費,每歲支費幾何?

（外）約二百餘萬。

（小生）半飽私腹耳!操演有定期否?

（外）三日一小操,五日一大練。

（小生）不過虛演這些故事，虜至便逃生不逮，何暇對壘！爾來有斬獲否？

（外）去秋至冬，斬首一千有零，生擒三百餘虜，已俱獻俘過了。

（小生）總是冒濫軍功，斬掠民首，以塞責耳。

（外踂蹳背語介）素昧平生，何故有許多芥蒂？（向小生介）大人在上，念敝鎮呵！

【園林好】矢丹誠天關保鼇，握前籌王庭遠避。效馬革願將屍棄，怎尸位佩金圭，肯縱虜弄潢池！

（小生不應介。雜）宴完了。

（外）薄設樽俎，稍滌塵氛。

（小生）這倒不消了。

（外遜介，定席、各坐介。外唱、衆合，小生嘿坐介）

【嘉慶子】遏雲裂石弦管沸，更羅列珍羞水陸齊。綺席寅陳樽罍，憑杯酒可忘機，逢良會好舒眉。

（小生不飲介。外向雜介）一捧雪何在？

（雜）已取在此了。

（外出席，將玉杯送酒介。小生見杯驚介）

【尹令】呀，驀忽地瓊杯特會，頓觸目心傷憤熾。（外）請上一杯。（小生）酒須慢飲。且問此杯從何而得？（外）是一故人之物。（小生怒介）咳！狹路難容回避。天遣相遭，洩恨伸仇志怎灰！

（外驚介）大人不用驚疑，此杯實是世友莫無懷的。

（小生）咳！你不說莫字猶可，提起莫字，教我怒髮衝冠。叫手下，把這廝冠帶去了，速速綁着！

（衆）得令！

（將外擒住介。小生拔劍指外介）你忘世誼，利所有，殺不辜，奉權要，於情難恕，於法當誅！況嚴賊既干天憲，逆黨怎逃三尺？我定當手刃，以正國法！

（外恭介）大人請息雷霆之怒，少聽芻蕘之言。卑職怎敢殺不辜以奉權要？向日不敢輕泄，今日可明言了。那日我友被擒，卑職恨不得捐軀以代，百計曲全。其實莫兄不曾死。

（小生）既不曾死，為何傳首京師？
（外）其時虧他有一蒼頭莫成呵！

【品令】忠肝義膽，代主誓捐軀。權移馬鹿，假首赴京畿。（小生）都是一剗胡言！（外）反累卑職呵！公堂勘問，為友身幾斃。（小生）把他藏在何處？（外）只得潛蹤關外，渾似絕人逃世。（小生）你把荒唐言語來哄我？（指劍，欲殺介。外）大人，如今可面質得的。他方纔呵！夫婦重圓，特進天關會晤奇。

（小生驚問介）如今在那裏？
（外）莫夫人流徙關外，會見莫兄，俱蒙天赦，纔到此間。
（小生棄劍介）既如此，快請相見！
（外向內介）莫兄、莫嫂，快來，快來！
（生、旦、老旦、丑上）淚流襟上血，髮白鏡中絲。
（外）為了仁兄，又險些送了小弟一條性命。
（生）却是為何？
（外）巡方兄要見我兄，快去，快去！
（小生）為何還不請來？
（生、旦）好似我孩兒的聲音！
（見介。小生）果然是我爹爹、母親！
（各抱哭介）

【豆葉黃】痛生離死別，血淚頻垂。自分作來世相逢、自分作來世相逢，驀忽地更添驚喜。（合）浪分三地，天圓一期。況又是重新世胄、況又是重新世胄，比昔日門楣，倍覺生輝。

（外）可喜，可喜！但尊姓不同，使小弟好難摸擬。
（生）小兒被難，寄居師舍，故從方姓。我兒過來。我若非恩兄救援，姓名已登鬼籙矣。
（小生）恩伯請上，受小姪一拜！
（外扶住介）大人，豈敢！
（小生）小姪此一拜，一則拜恩伯救父之恩，二則請適纔愚戇之罪。（小生拜，外答介）

【玉交枝】（小生）高深恩義，效銜環稽首階墀。陳、雷友誼真堪擬,比嬰、杵千秋易地。(外)鬼門翻作玉門歸,斑衣換却朱衣貴。(合)羨團圓,千秋事稀,荷恩榮九重寵遺。

(小生)孩兒伏闕上疏,蒙聖上念爹爹無辜被罪,給還冠帶了。

(外)旣如此,取太老爺、夫人冠帶過來。

(雜將冠帶與生、旦穿戴介。生泣介)我兒,我若非莫誠代死,焉有今日?

(小生)莫蒼頭之忠義,雪娘之貞烈,真堪不朽!孩兒便當奏聞特旌。今日先遙空拜謝。

(拜介)

【六么令】雙忠媲美,一死鴻毛,萬古名題。行看指日叩彤闈,旌廬墓賁泉扉。(合)九京冥契歡聲沸、九京冥契歡聲沸。

(雜挑人頭上)善惡到頭終有報,只爭來早與來遲。報、報、報!萬歲爺斬了嚴世蕃,將首級傳示九邊,特送到老爺麾下。

(外、生、小生)咳!嚴賊,嚴賊!你如此奸雄,也有今日麼!

(各指頭唱介)

【江兒水】梟獍張奸惡,豺狼肆噬臍;專權慣把乾綱戲,壟斷思將金穴砌,殺人擬絕忠良輩。天網怎教瞞昧!懸首邊疆,一旦華夷色起。

(外)速去懸掛關上,十日再到別關去。

(雜)得令!常將冷眼觀螃蟹,看你橫行有幾時?

(下。外捧杯送小生介)此一捧雪,仍送大人收着。

(小生)留此少酬老伯深恩之萬一!

(外)豈敢,此君家世寶,物歸故主,理所當然。

(小生接杯介,小生合唱)

【川撥棹】瓊杯會,捧全瑜歸故里。幸今朝巨惡誅夷、幸今朝巨惡誅夷,報洪恩綿綿怎期!喜邊關拜錦衣,望錢塘一水湄。

(外)後堂小宴,同聚一聚。

【尾聲】分離會合真奇異,孝義忠貞亘古稀。雪成一捧,好一似瓊瑤萬卷垂千禩。

清 忠 譜

（傳奇）

清·李 玉

【作者簡介】作者生平見《占花魁》。

【劇情概要】該劇共二十五齣。描寫了明代天啟年間，以周順昌為代表的東林黨人，和以顏佩韋為代表的蘇州市民，反對閹宦魏忠賢擅權用事的鬥爭。記載本劇史實的有《明史·周順昌傳》、張溥的《五人墓碑記》、吳肅公的《五人傳》，以及《五人取義紀略》等。吳偉業在為本劇作序時說："逆案既佈，以公事填詞傳奇者凡數家，李子玄玉所作《清忠譜》最晚出。"劇寫太監魏忠賢專權擅政，瘋狂迫害東林黨人。給假歸鄉的吏部員外郎周順昌清正剛直、嫉惡如仇，他雖為官多年，却囊無餘錢。對"國事日非，朝政漸去"的社會狀況，憂思滿懷；對魏忠賢及其黨羽的倒行逆施行為，義憤填膺。他不顧身家安危，至魏忠賢生祠痛斥權奸。東林黨人魏大中被逮，一般人避之惟恐不及，周順昌却在他舟過蘇州時登船看望，並與大中聯姻。毛一鷺遂上疏誣劾周順昌，魏忠賢便將周順昌嵌入周其元一案，矯詔逮捕。周順昌被逮時，蘇州市民羣情激憤，顏佩韋等五人率眾沖入察院，毆殺校尉。周順昌至廠獄受審時，不跪不拜，凛然屹立，直呼魏為閹狗、奸賊，痛斥他欺君害民、殘害忠良的惡行。即使他被敲掉滿口牙齒，依舊罵不絕口。顏佩韋等人為保全蘇州全城百姓，挺身而出，慷慨就義。無幾，天啟帝去世，崇禎帝登位。魏忠賢等羣奸得到了應有的懲罰，五義士重新安葬，周順昌不僅受朝廷褒揚，一家三代都得以榮封。

【版本流傳】該劇有多種鈔本和刻本：一、周貽白藏鈔本；二、南京圖書館藏鈔本；三、中國戲曲學院藏鈔本；四、清順治年間樹滋堂刻本，該本為作者的定本，《古本戲曲叢刊三集》據之影印；五、清康熙間蘇州霜英堂翻刻樹滋堂本。本書以《古本戲曲叢刊三集》影印本為底本，校之以他版。各本字詞有出入的地方，擇善而從。

【演出情況】該劇問世後，常被搬演。《綴白裘》收錄了《訪文》、《罵祠》、《書鬧》、《拉眾》、《鞭差》、《打尉》等齣。清朝末年，京劇藝人截取該劇中有關五義士的故事，編成京劇《五人義》，淨角名伶大都演過此戲。

（宋希芝）

譜　　概

【滿江紅】璫焰燒天，正亙古忠良灰劫。看幾許驕驄嘶斷，杜鵑啼血。一點忠魂天日慘，五人義氣風雷掣。溯從前詞曲少全篇，歌聲咽。　　思往事，心欲裂；挑殘史，神為越。寫孤忠紙上，唾壺敲缺。一傳詞壇標赤幟，千秋大節歌《白雪》。更鋤奸律呂作陽秋，鋒如鐵。

【滿庭芳】（副末上場）吳郡周公，丹心介性，十年清宦空囊。締姻罵像，奸黨中奇殃。假旨橫行緹騎，不平事，震動金閶。聲公憤，五人仗義，含笑赴雲陽。　　忠臣遭鍛煉，囹圄囊首，慘死堪傷。羨登聞血疏，孝子名彰。璫敗羣奸正法，旌廬墓，寵錫幽光。清忠譜，詞場正史，千載口碑香。

第一折　傲　　雪

【黃鐘引子·傳言玉女】（生，三髯、方巾、色服上）勁骨鋼堅，天賦冰霜顏面。守齏鹽，窮通不變。微官敝屣，只留得清風如剪。憂懷千縷，忠肝一片。【菩薩蠻】生來不具封侯相，揭天富貴非吾望。忠孝自根心，君親魂夢欽。　　一身輕似葉，所重全名節。莫笑老常山，奸邪聞膽寒。下官周順昌，字景文，別號蓼洲，蘇郡人也。忝中萬曆癸丑科進士，初任福州理刑，歷遷吏部員外。荊妻吳氏，有子四丁。瑣瑣家門，何須齒及。下官內凜四知，外嚴一介。冰心獨抱，挺然傲雪孤松；介性不和，矻爾頹波一砥。讀聖賢書，凜凜綱常昭日月；負鬚眉氣，衝衝忠義滿乾坤。司李破稅璫之膽，閩海冰條；秉銓却暮夜之金，吳門鐵面。菜根咬盡，依然寒士家風；茅屋蕭條，抹殺豪門故態。疾惡如仇，夢裏叫閽思痛哭；懷忠莫展，家居拍案恨頭顱。目今聖主當陽，權奸蔽日。魏賊肆虎狼之吻，客妖逞狐鼠之奸；收崔、許為腹心，縱田、楊為牙爪。羣小橫行，正人短氣。下官選事甫畢，給假歸家。不意倪文煥疏逐東林，致下官株連削奪。咳！我周順昌一官何惜，三黜奚辭！只是聞得邇來國事日非，朝政漸去。楊大洪、左浮丘諸君子，紛紛逮繫，萬元白廷杖殺身，必欲一網忠良，盡誅善類。更可異者，魏賊練兵禁內，置帥九邊，定然大肆逆謀，指日潛移國祚。咦！若我周順昌在京，誓當碎首殿廷，力請尚方，誅此逆賊。怎奈君門萬里，空流血淚千行；一點孤忠，徒付數聲長歎。如何是好？今日寒雪飄空，朔風入室，蕭然環堵，神骨俱清。不免請夫人出來，與他一談心事。茂蘭孩兒那裏？請母親出來。（旦上）

【前腔】（旦）清吏名傳，清澈女中原憲。老荊釵，蕭蕭宦眷。（貼上）女紅日習，更嫻却椒花誦獻。（小生上）鯉庭雙訓，螢窗千卷。（見介）

（旦）相公，如此風寒雪冷，你開着窗兒，自言自語，說些什麼來？

（生）夫人，我白雪肝腸，堅冰骨格，生平不肯附勢趨炎。對此冰花玉樹，轉覺興志爽然。

（旦）相公，你居官多載，如洗空囊。（指小生、貼介）兒女輩姻親未就，更兼他們衣無重絮，食止菜羹。值此寒天大雪，有何意味？

（生）夫人，古人說得好：六花飛降，錦帳醍醐，淺斟低唱，不如陶家風味，掃雪烹茶，更自有致。

【黃鐘過曲·啄木兒】（生）我清霜操，白雪篇，坐此徹骨冰壺聊自遣。（旦）那雪有何好處？（生）助高人閉戶安眠，濟忠臣餐氈饑喘。（合）怕只怕瀰漫白占江山遍。何日裏雪消見日冰山變？少不得有腳陽春遍九天。

（副，青衣、小帽持帖上）縣主餓成乾癟鱉，農民凍似落湯雞。此間已是周吏部門首，不免徑入。有人麼？

（外扮老僕顧選上）門清似水，人冷如冰。是那個？

（副）吳縣陳老爺，來拜周老爺。望大叔稟知。（遞帖介）

（外）少待。（作入介）吳縣陳老爺到門拜謁。

（生看帖介）道有請。

（外）曉得。

（生）夫人、孩兒，回避。

（二旦、小生下）

（外作出介）請陳老爺相見。

（副急下）（末短胡、冠帶、素服上）（生着行衣介）

【黃鐘引子·西地錦】（末）冒雪特敲門扇，非關訪戴猷舡。六花堆滿河陽縣，相看共慶豐年。

（生出迎進介）（末）老師請上，門生有一拜。

（生）治生也有一拜。（共拜介）

（末）北斗泰山，兒童盡欽君實。

（生）秋風明月，盜賊俱畏彥方。老父母，如此雪天，何事光降？

（末）昨奉府文，有李公到蘇，特來迎迓。因行旌未至，故此泊舟叩謁老師。

（生）什麽李公？

（末）是內監李公。

（生）既是內監，為甚接他？古來曹節、王甫，傾危漢祚。程元振、魚朝恩，幾覆唐宗。童貫、梁師成，淩夷宋室。就是我朝王振、汪直、劉瑾輩，流毒三朝，誅戮善類。閹宦之禍，今古皆然。我輩讀孔聖之書，正宜絕此匪類，豈可納交迎迓？

（末）他職掌稅務，奉旨駐扎蘇州。憲檄頻催，不得不出廊迎接。

（生怒介）這又是魏賊所遣矣。咦！魏忠賢！魏忠賢！

【黃鐘過曲·啄木兒】（生）嗟元惡，毒焰燃，蔽日矇天，忠直剪。他踞宮闈，肆惡京畿，又縱刀餘，飛殃茂苑。（末）今日裏呼雷吸電妖氛炫。（向生拱手介）少不得補天浴日奇功建。（生歎氣介）咳！可憐我草莽孤臣徒淚漣。

（末）如此大雪，老師何不向火，少敵寒威？

（生）薪桂堪嗟，突煙常冷，何暇作圍爐迂事。況我一介寒儒，十年清宦，這幾根窮骨頭是凍慣的，何藉炎威熏灼。

（末）門生有一句不識進退的話兒，特懇老師。

（生）有何見教？

（末）門生舟中，為風雪所苦，乞賜卮酒，聊以暖寒。

（生）只恐貧家粗物，不堪供奉上賓。（末）師生猶父子也，老師幸勿費心。

（生）蒼頭那裏？

（外上）老爺有何分付？

（生）你沽白酒一壺，生腐一方，我與陳老爺共用。

（外）曉得。（下）

（生）正所謂"百年粗糲腐儒餐"也。

（外持腐、擺桌介）（外斟酒介）（末、生飲介）

【三段子】（生、末）村醪味腴，飲三杯如封酒泉。太羹味玄，未鹽梅天真自全。嚼時齒頰冰霜濺，吞來肺腑清芬遍，洗滌炎氛體欲仙。

（末）門生待罪貴地，詞訟繁劇。老師若有見諭，定當竭力以佐郇廚。

（生正色介）老父母差矣！我周順昌自為諸生以至銓部，何曾輕受人一錢，輕與人一事？

【歸朝歡】（生）我貧窮命，貧窮命，囊無半錢。斷不肯輕污一線。迂癡性，迂癡性，閉門寡言。那世緣怎代向公庭剖辨？（末起揖介）是門生得罪。高風蓋世真堪羨，清名亙古稱獨擅。佩服師言弗敢諼。

（付上）稟上老爺，李老爺舡已頂關。太爺和長洲縣張老爺都行到下津橋了。請老爺快下舡，前去迎接。

（末）既如此，門生告別了。

（生）改日再會。

（末）與師一席話，勝讀十年書。（別下）

（外上）老爺在上。外邊人沸沸揚揚，說文老爺在京劾了魏太監一本，聖旨削籍，即日歸家了。

（生作驚介）有這等事？你速到文老爺家中問個明白，快來回復我。（外應下）

一柱擎天獨望公，又遭斥逐作冥鴻。

無限心中不平事，肯教分付與東風。（下）

第二折 書 鬧

【字字雙】（丑扮老男上）閶門好漢我為頭，名舊。飛鴻六順好拳頭，傳授。賭場到處慣拈頭，打就。人人認得老扒頭，年幼。自家姑蘇城外有名的周老男周文元便是。少年無賴，獨霸一方。城中玄妙觀前，有一個李海泉，說得好《岳傳》，被我請他在此間李王廟前開設書場，每日倒有一二千錢拉下。除了他吃飯書錢，其餘剩下的，盡夠我買酒吃、賭場玩耍。昨日說過金兀術破鄜、延州了，他說今日要說童貫起兵，甚是熱鬧。此時日已過午，不免催促他來，撐起布篷，聚人開說則個。正是：要知千古興亡事，須聽當場評話來。（下）

（淨，衣帽上）年年花酒閶閭城，不愛身軀不愛名。說到人間無義事，捶胸裂眥罵荊卿。自家顏佩韋的便是。生平任俠，意氣粗豪。閃爍目光，不受塵埃半點；淋漓血性，頗知忠義三分。聞得李王廟前日日在那裏說《岳傳》，我想岳爺是個忠孝的人，他的書兒，必定好聽，因此與老母說知，前去聽他一回。你看那邊有幾個朋友踱將來了，想是也去聽書的。

（末、旦、貼俱衣帽上）相逢何必曾相識？都是蟠桃會裏人。（向淨拱手介）朋友可是去聽書的麼？

（淨）正是。

（末）既如此，就此同行。（共走介）

（合）行過施茶亭，就是李王廟。（作到介）（丑拿布篷上場撐介）

（丑向內介）聽書的人齊了，快些搬椅、桌、木凳出來。（雜應，搬桌，擺介）

（眾）這時候怎麼先生還不來？

（丑）就來了。

（副，衣帽、短髯，執扇搖擺上）興來舌戰詞壇上，贏得腰纏作酒錢。（與衆拱手介）列位請了。

（丑）請坐了。開講。

（外、小生扮客人急閧上）逢場來作戲，鬧裏去奪爭。（向副拱手介）李海老，我們是淮安人，在這裏楓橋賣豆。久慕你的大名，我們衆朋友請你到寒山寺開講一日，書錢從厚相謝。去去！

（丑）我們還講不多幾日，怎麼到你們那裏去？

（副）且待此間講完了《岳傳》，小子就來請教。

（外、小生）等不得，等不得！

（淨、末）凡事自然有個先後，也要有個終始的。

（副）三位且在這裏聽了今日的書，明日再議。

（衆）有理，有理。（各坐介）（丑將茶壺、茶鍾放副桌上介）（副拉錢介）（衆各銀錢交副，爭論少介）

（副）且聽了半回再找。（衆閒話介）

（丑）列位朋友，知趣些便好。不可閒話喧嚷。幫襯，幫襯。

（外、小生）講話的加倍罰他。

（衆）有理，有理。

（副將醒木拍桌介）（衆作聽書，隨意點頭低語介）（淨作逐段惱怒，漸作不平狀介）

（副開講介）徽宗無道坐龍亭，宋室乾坤不太平。蔡京、王黼真奸相，楊戩、高俅兩賊臣。朱勔弄權花石運，童貫稱王掌大兵。金邦百萬雄師至，萬里江山一旦傾。話說宋朝太祖，兵變陳橋，得了周家天下。以後七代皇爺，都四海升平，黎民樂業。傳至第八代徽宗皇帝，却不理朝政，信任奸臣，寵用內監童貫。他舞弄威權，濫封了廣陽王之位。滿朝文武，盡出其門。又挑動邊釁，惹得金人時常攻打邊關。那邊上極要緊的所在，叫做雄州關，却得一位足智多謀、勇力善戰的招討大元帥鎮守。那元帥姓韓，雙名世忠。其時秋高馬肥，金人統領百萬人馬，殺進了賀蘭山，沖過了寧夏衛，大勝了離虎山，攻破了鄜、延州，看看直到雄州了。夜不收飛報韓元帥，連夜奏聞朝廷，候旨發兵征戰。隔了幾天，却沸沸揚揚，傳說朝廷差了一位孫總兵,領十萬人馬,來退金人了。報入中軍,韓元帥道:"我在此鎮守,怎麼又差別人?況且朝中大將,並沒有一個姓孫的,如今他奉旨到我地方,禮無不接。"急急差四員將官,去接孫總兵。去了一日,那四員將官一齊奔到堂前跪下,稟道:"奉爺將令,小將們去接那孫總兵,就是本營向日的孫高。他犯了軍令,老爺將他捆打四十,趕出營中。他到京投在童貫麾下,今日領兵到此。小將們到彼營中,他却喝道:'本府奉萬歲爺聖旨,廣陽王令旨,統兵到此。你主將多大的官兒,不來迎接?本該把你們一捆四十,且待我破了金人,與你主將計較。'喝叫軍士亂棒打出。"韓元帥道:"有這等事!小人得志,一至於此。"話聲未了,只聽得轟雷炮響,鼓角齊鳴。撥兒馬報入中軍道:"孫總兵大隊人馬,已從飛龍嶺出門去了。"韓元帥道:"且住!那孫高有甚本事退得金人?此去必然大敗。關隘難保,却怎麼處?速傳前營韓彥直上堂。"元來韓彥直是韓元帥的公子,年方一十四歲,有萬夫不當之勇,慣用兩柄金錘,重一百二十斤,現為前營先鋒大將。傳不多時,只見韓公子頭戴金冠,身穿鎧甲,腰懸寶劍,手執金錘,當階跪下道:"爹爹有何差遣?"韓元帥道:"金兵入寇,朝廷差孫總兵領兵出關交戰,你可領五千鐵騎,悄悄護送孫總兵。倘孫兵有失,你可殺入金營,救取孫高。不容金兵一人一騎,進我關內。"把令箭付與公子。公子飛身往外,起兵去了。且說孫高才出關前,只聽得大隊金兵一齊殺到。但見征塵滾滾,殺氣騰騰。征塵滾滾,卷起四野烏雲;殺氣騰騰,沖滿一天黑霧。拐子馬,奔突咆哮;鐵浮圖,周圍密匝。兒郎凶狠,一個個羅刹夜叉;將帥雄強,一人人金剛揭諦。雁翎刀、偃月刀、潑風刀,光耀日月;飛龍旗、繡虎旗、豹纛旗,招颭雲霄。漫天蓋地殺將來,海湧山崩攔不住。孫總兵嚇得手足無措,同着衆將官正待抵敵,霎時間,金兵殺到:第一隊,紅袍、紅鎧、紅纓、紅甲,兀術四太子手執仙花月斧,匹馬當先。孫總兵待要阻擋,早被兀術劈頭一斧,翻身落馬。可憐得勢行凶將,做了南柯一夢人。孫營各隊,見帥字旗一倒,各自逃生。金兵圍裹將來,殺得屍橫遍野,血染成渠。那個韓公子在後邊,望見孫高兵敗,喝叫軍士:"一齊隨我上前廝殺。"公子就把紫金冠按一按,獅蠻帶緊一緊,手執金錘,直望金營殺去。霹面撞着兀術,兩馬相交,兵器並舉,大戰三百回合。金營中三十六員大將,一齊來戰公子。公子毫不懼怯,越鬥越狠。錘起處,流星趕月;錘落時,彈打流鶯。錘往錘來,似兩輪紅日;錘上錘下,如萬點寒星。左一錘,蒼龍獻爪;右一錘,猛虎翻身。探馬錘,大鵬展翅;撒花錘,彩鳳騰雲。錘着人,半天霹靂;錘着馬,一命歸陰。錘風刮處鬼神驚,錘響聲聞天地震。公子鬥了半日,殺翻了數員金將。粘罕聞知韓家兵馬接應,急急鳴金收軍。眾將不敢戀戰,各歸營寨。韓公子三番殺入金營,砍了無數金兵,尋取孫高不見。金家人馬,退了三十里之地。韓公子入關固守,即差飛騎將捷音報知元帥去了。不隔數日,只見提塘飛報說:"皇帝差了廣陽王童貫,領二十萬禁兵,到雄州來了。"韓元帥聞言歎息道:"如此用人,怎成的大功?"話聲未絕,只見鎮守三山口汛地將官,差飛騎來報:"廣陽王前站已到三山口了。"韓元帥分付:"將牛、羊、酒、米等項,快送廣陽王軍前供應。"自己領着隨身兵將,前往迎接。行了一會,望見廣陽王大營已經扎定。韓元帥到了寨前,中軍報進。只見裏面走出十來個頂盔貫甲將官,說奉千歲爺令旨,傳韓元帥一人進見。韓元帥走進中軍,只見整千將佐簇擁着廣陽王,頭戴七曲纓冠,身穿大紅蟒袍,腰系藍田玉帶,高高的坐在銀交椅上。韓元帥站在帳前,廣陽王走出座外,問道:"這就是韓招討麼?"韓元帥打躬道:"是!"廣陽王分付請聖旨過來。十來個將官擡出龍亭,裏面又走出一位將官,捧着聖旨,立在中間。韓元帥躬身下跪。那官兒開着聖旨讀道:"韓世忠按兵不舉,喪師辱國,失守封疆,囚解來京。"讀詔才完,眾將官推着一輛囚車到帳。廣陽王道:"奉聖旨,速將韓世忠跣剝,上了刑具,釘入囚車。"眾軍士就將韓元帥剝下盔甲,上了鐐杻,推入囚車,四面把鐵釘釘了。韓元帥那時真個是渾身是口不能言,遍體排牙説不得了。

(淨拍桌怒嚷介)講這樣歪書,講這樣歪書!

(眾共驚介)却是為何,這般亂嚷?

(淨)可惱,可惱!童貫這驏狗,作惡異常,教我那裏按捺得定!

(副)從來説書,有好有歹,何須動得肝經。

（淨）這等惡人，説他怎麼？
（副）既是惡人，你不要聽他便了。（淨踢翻書桌介）
（副）這是那裏説起？
（淨）我就打你這狗弟子。
（衆攔勸介）他是説書的先生，為何打他？
（副）可笑，可笑。
（外、小生扯副介）去，去，去！我們自到寒山寺開講去。（丑扯介）
（副）我自去了，省得在這裏淘氣。
（外、小生）此處不留人。
（副）自有留人處。（外、小生同副下）
（丑怒指淨介）好好一個書場，被你這狗頭撒野火，趕散了我們的生意。我就打死你這狗頭。（趕上打淨介）
（淨）來，來，來！你敢和我放對麼？
（末、衆兩邊勸介）（淨、丑各脫衣介）（兩邊扯架子介）
【鎖南枝】（淨）我衝衝氣貫斗牛，老拳奮時神鬼愁。（丑擺勢介）饒伊勇力千斤，怎入區區手？（淨踢飛脚，丑做身法趕進，拿住淨脚介）（末、衆勸介）二位不可認真。逢場戲，無怨尤，又何須強爭鬥。
（淨）你要拿我麼？買乾魚放生，好不知死活哩！
（丑）不但拿你，還要打你落花流水哩！那邊家打，少林打，太祖長拳，江湖上有名的十八家打法，我那一家不熟的麼！（又各擺勢介）
【前腔】（丑）拳師我為首。你班門莫浪搊。（淨）憑你那一家打法，我只是沙家老實打。拿出沙家手段，一拳黑虎偷心，打得你翻筋斗。（淨一拳打倒丑介）（脚踏丑胸膛介）（丑在地喊介）（淨提拳作打丑介）（末、衆勸介）朋友，不可如此。看我衆人面上，放手，放手。公言勸，須罷丟，願賠情，望寬宥。（老旦急奔上）
【前腔】（老旦）聽傳報，急奔投。（作見淨，指介）果然與人爭未休。還不放手，打死了人，不要償命的麼？（淨放丑立起介）（丑作叫痛喘介）（老旦扯淨介）還不跪下！（淨跪介）（老旦）時常勸戒叮嚀，不把良言守。下次再不可如此！（淨）再不敢了。（老旦）起來。（淨立起介）（末、眾）我們起先還道他是個好漢，却元來是怕老婆的都頭。這樣人采他怎麼？（淨）不是我母親分付，我怎肯饒他？（末）這等說來，是令堂了。（老旦）適纔小兒冒犯，老身特來請罪。（末向眾介）眾兄弟，方纔他聽見不平，忿忿大怒，道他是個義士。如今他尊奉母親，又是個孝子了。（末、眾向淨拱手介）你懷公憤，是忠義儔。又奉親言，真孝友。

（老旦）小兒是個粗魯之人，豈敢過承謬贊。

（末向淨介）請問尊姓大號？

（淨）在下顏佩韋。

（末、眾）元來就是顏大哥，失敬，失敬！

（淨向末介）請問尊姓貴表？

（末）小弟楊念如。

（淨）元來就是楊大哥，久仰，久仰。

（末指丑、旦、貼介）這三位就是周文元、馬傑、沈揚，都是近邊有興的小朋友。

（淨拱手介）哈哈！相逢一笑皆知己，豈是區區陌路人！

（末）顏大哥在上，今日小弟輩幸遇大哥這等孝義，眾心欽服，欲屈大哥和弟輩四人，共訂一盟，結為兄弟。未知老伯母允否？

（老旦）小兒得蒙眾位提挈，是極妙的了。

（淨）這叫做不打不成相識也。

（末）請問大哥尊庚多少？

（淨）小弟平頭三十。

（末）小弟二十五歲。

（指丑、眾介）這三個兄弟，都是二十三四的人，是顏大哥居長，小弟次之。

（丑）我周文元第三。

（旦）我馬傑第四。

（貼）我沈揚第五。

(末)幸得伯母在此主盟。我們衆兄弟,就此對天一拜。(共拜介)
　　【前腔】(五人合)盟言向天剖,精誠金石侔,不用烏牛白馬,依然義結桃園,骨肉恩偏厚。(轉拜老旦介)(老旦合)金蘭誼,生死周;弟兄情,地天久。
　　(老旦)我兒請四位同歸草舍,杯酒談心。
　　(末、衆)小侄等正要登堂奉拜,就此奉送伯母回家便了。
　　(合)種樹種松柏,結交結君子。
　　松柏耐歲寒,君子有終始。(同下)

第三折　述　瑞

　　(生巾服上)憶自春明別故人,燕雲遙望動星文。今朝長嘯歸山塢,共向西風泣楚均。我周順昌削籍家居,自恨不能叩閽,剪除魏賊。猶幸好友文文起兄在京,他是信國子孫,傳家忠孝;文章氣節,絕代無雙。前歲大魁天下,黃童、白叟,盡識他為國家棟梁。我想他近侍講筵,必能一語回天,掃除逆賊。不意他封章甫上,嚴旨疾傳,罷出南歸。他也不入城市,竟自入山,到竹塢別墅去了。我一聞此信,憤懣填胸,一口氣步出西郊,急往竹塢,面晤文兄。一來問問朝政,二來會會好友,三來大家吐吐胸中不平之氣。迤邐行來,已過西津橋了。你看四面青山,一溪綠水,好光景也。(行介)
　　【仙呂入雙調過曲·園林好】盼長空,待呼天痛悲;睹層巒,似填胸塊磊。望不見東來紫氣。幽人室,白雲西;衡門隱,碧梧棲。
　　(淨、副扮轎夫上)上磨肩頭,下磨脚底;一百低錢,奔得臭死。(看介)元來是周老爺。嘎!周老爺是去望文老爺了。
　　(生)你這兩個人,怎麼曉得我去拜文爺?
　　(淨、副)昨日文老爺北京回來,到竹塢去了,今日周老爺自然去的。
　　(生)倒虧你們猜得着。
　　(淨、副)我兩個人有肩轎子在此,擡了周老爺去。

（生）不消擡得，我自走去。

（淨、副）這裏到竹塢，要過賀九嶺、謝晏嶺，許多山頭，怎麼走得？還是擡去好。

（生）我自走慣的。

（淨、副）各位老爺遊山，就是大叔們，也是坐轎的。怎麼周老爺要走？

（生）不要混帳！你們自去。東山遊屐慣，何必問籃輿。（下）

（淨）好笑，好笑。一個吏部，不擡轎子，只管亂奔，豈不壞了官體？

（副）也不要怪他，教他那裏去設處這幾分轎錢？

（淨）正是：有錢使得鬼推磨，

（付）無錢落得脚奔波。（俱下）（生行上）

【嘉慶子】萬山深處松影蔽，只聽得澗水潺湲鳥亂啼，看翠竹交加簷際。這裏已是文兄別墅了。過萬竹，款柴扉；穿三徑，踏苔莓。（外，蒼髯、巾服上）

【尹令】（外）遠城市山居清秘，少剝啄花間閑憩。（生）有人麼？（外）何事草堂聲沸？（見生介）呀！元來是蓼洲兄。（生）阿呀！文兄啊！（外）阿呀！周兄阿！（各抱哭介）（合）知己睽違，驚喜還悲，各淚垂。（共揖坐介）

（外）小弟削籍南歸，竟自入山，尚未叩謁，何意反承光降？

（生）小弟一聞吾兄歸山之信，百憤駢增。故爾急急到此，欲求把臂劇談。請問吾兄，朝中光景一向如何？

（外攢眉介）自吾兄別後，那魏賊行事一發不可言矣！

（生）都要一一細談。

（外）那王安雖是內監，他公忠勤慎，護持先帝於青宮，又佐今上受命。魏賊恨安正直，矯旨將安掩殺。他又殺光宗選侍趙氏，再殺今上貴人胡氏。那裕妃張氏有寵，矯旨勒令自經。皇后張氏方娠，已經成男，密謀墮胎，母子俱殞。

（生）有這等事！

【品令】（外）內庭血染，屠戮遍嬪妃；堂堂天子，不得庇王姬。

凶謀偃月，蔽日思狂噬。（生）祖宗先帝，炯炯精靈不昧。霆擊雷轟，少不得糜爛頭顱骨肉飛。

（外）內庭弄兵，祖訓所禁。那魏賊私設內操，挑選心腹宮標萬人，裹甲出入，日夜操練。金鼓之聲，徹於殿陛。皇子方生，炮聲震死。近御銃炸，聖躬幾危。魏賊走馬上前，飛矢險中龍體。

（生）阿呀！一發罷了！

【豆葉黃】（生）他無君無國，伏莽宮闈。恐一旦禍起蕭牆、禍起蕭牆，召不及勤王義旅。（外）徙薪曲突，天高聽迷，真個是懸絲國祚，懸絲國祚。怕只怕爛額焦頭，翹首燕山慘淒。

（生）聞他如今心腹比前愈加廣佈了。

（外）崔呈秀首握兵柄，魏良卿冒濫封侯，要害俱置重兵，大帥盡其爪牙。各處建祠，雕龍鏤鳳。墳塋僭儗皇陵，進香如同駕幸。配享已同孔聖，廟祀將入明堂。越分僭儗，止隔一間了。

【玉交枝】（外）貂璫作祟，亙千秋今朝禍奇。薇垣失曜沖長彗，卜不得帝座安危。（生）金甌完固大邦畿，妖氛震撼翻天地。恨奸邪空將手揮，望君門空將顙稽。

（外）吾兄如此憤懣不平，小弟若說他極惡去處，定然要裂眥沖冠了。

（生）他更有怎樣惡處？

（外）那魏賊不奉聖諭，不由閣票，假傳聖旨，掃蕩忠良。削奪未已，即行逮繫；逮繫方至，即加殺戮。用乾兒許顯純、楊寰為錦衣衛。造下鐵腦箍、閻王閂、紅繡鞋、錫湯籠幾種酷刑，掠殺正人殆盡。又捏稱熊廷弼、楊鎬因失守封疆，將銀三十萬兩，託汪文言賄囑楊漣、左光斗等十七人，先將汪文言鍛煉兩月，逼勒成招。株連蔓引，紛紛逮繫，必欲一網打盡。如今緹騎四出，只恐你我不能安枕也。（外握生手介）蓼洲兄阿！如此世界，豈不天翻地覆了！

（生捶胸岸幘罵介）噫！魏賊，魏賊！就把你食肉寢皮，尚有餘辜也！

【江兒水】（生）覽節凶踰甚，超衡惡尚微。剮魚鱗，快不得清流意；點臍燈，消不得黎民氣；裂牛車，正不得朝廷罪。文兄阿！何日裏誅盡無須黨類,肘腋奸除,留幾個幼弱黃衣!

（小生扮僧上）溪聲常在耳,山色不離門。（作入介）文老爺拜揖。貧僧聞知文老爺回來,特來拜謁。（作見生介）元來周老爺也在此!

（生向外介）此僧是何人？

（外）是龍樹庵西崖師。

（小生）周老爺到過庵中的,怎麼忘了？貧僧正欲到府,欲求周老爺題一匾額,以作山門之鎮。

【川撥棹】存蕭寺,盼千金一字題。（生）長老遠來,本應即時捉筆,奈我兩人此際呵！剛是不平之氣,帶焰而飛,帶焰而飛,弄柔翰,恐非所宜。（小生）如此,貧僧改日來領就是。別過了。（揮別介）白雲深,歸路迷,任青山笑我癡。（下）

（外）西崖忽至,一時未得罄談,請到裏面,蔬酒同敘。今夜抵足論心,亦是快事。

（生）領命了。（合）

【尾】暢哉！徹夜論肝膈,洗牢騷,滿浮大白。魏忠賢,魏忠賢！須知我罵賊方將逞酒威。

（生）松月當窗絕點塵,（外）莫提蝴蝶是前身。

（合）猶恐竹聲驚好夢,　急懷短疏奏楓宸。（同下）

第四折　創　　祠

【雙勸酒】（末,胡髯、羅帽、大擺、皂靴上）官差奔忙,身充堂長。錢糧幾樁,經收支放。免不得一番勞攘,只為着敕建祠堂。自家堂長陸萬齡的便是。本衙門內監李老爺,與軍門毛老爺,在半塘建造東廠魏爺生祠,供養長生神像,着我管工。今日二位老爺親臨破土,已曾搭蓋蓬廠,一應的結彩亭頭、豬羊祭禮、吹手禮生,都已停當。只是那風水先生還不見來。萬一官府到了,等他不來,怎麼處？不免着人去催他一番。正是：我自心頭急,他人不着忙。（下）

【前腔】（丑，長方巾、青衣上）區區走方，江湖遊蕩。堪輿本行，全憑瞎闖。那知道來龍方向，看不出風水陰陽。在下本姓趙，小峰是我賤號。祖居世代蘭溪，一向江湖走跳。起先算命嚼咀，近習堪輿之教。本事自覺低微，説起教人好笑。地理看得弗精，曆本也不熟套。正月初一，纔知新歲年朝；臘月三十，方曉年夜節到。人家請我相相墳地如何，先問他可有坑缸井竈。還有勞我看看陽宅興衰，便説他道少了來龍跌炮。不曉得白虎、青龍，幾曾識黃道、黑道。不知什麼叫做天干、地支，什麼叫做時辰、生肖。揀日子也不論搬場、做親，看通書那管他安葬、修造。取親揀那天哭孤鸞，遷移還你五虛六耗。出殯必用日犯重喪，修造定取歲君弔照。依着我作難生災，弄得人七顛八倒。莫怪我混帳糊塗，其實弗知凶星吉曜。日日假忙，説道某鄉紳叫管家來邀；時時搗鬼，説道某官府着農民相召。止不過油嘴花唇，無非要騙人錢鈔。閒話少説，今日毛軍門、李太監為造魏公生祠，請我破土，不免到半塘踱他一遭。（走介）走出閶門外，來到半塘橋。你看人煙湊集，好不熱鬧。這裏已是。那陸相公在廠內忙忙碌碌，不免叫他一聲。陸相公，陸相公！

（末上）那個叫我？

（見介）元來是趙先生！你好沒正經，怎麼此時纔來？

（丑）破土自有時辰，何消着忙。

（末）只怕官府到快，我和你先要伺候。

（丑）自然。

（末坐介）鋪兵鑼響，官府來了。

（內扮鋪兵，執事、喝道、腰鑼、皂隸、劊子、外、貼、小生、旦扮。淨扮禮生，逐隊上下。副淨吉服，老旦扮太監，二廂撐黃傘上）

【望吾鄉】（合）迤邐山塘，行行擁碧幢。花間喝道人驚仰。但看指顧風雷動，不減天神降。威風顯，氣概昂，看萬姓尊卿相。

（小生）執事起去。（內卸執事介）

（末）管工堂長磕頭。

（丑）風水術士見。

（副）起來。方向可曾有定？

（丑）禀老爺，前後左右，青龍白虎，朱雀玄武，乾坎艮震，巽離坤兌，俱經格定。如今請老爺一面昭告后土，待術士一面分金細看，另當細陳。

（老旦）這是關係廠爺後來許多大事，你要仔細。

（丑）曉得。

（末）請二位老爺拈香。

（內吹打。淨喝拜。副、老行禮獻酒介）（丑拿格盤，東西量看介）（副、老旦奠酒化紙介）

（副）禮生候賞。（淨應，暫下）

（末）請二位老爺進廠內坐。

（副向老旦笑介）老公公也做廠公了。

（老）咱家做了廠公，毛爺你有王爵之尊了。（各坐介）

（丑看完方向介）術士禀上二位老爺。八門定位，都已細細看過，絲毫沒有錯處。

（副）是什麼向？

（丑）是乾山巽向。

（老）大門高多少？

（丑）八丈七尺。

（副）儀門兩廊呢？

（丑）俱高九丈。

（老）正殿還要高些纔好。

（丑）高有九丈五尺，取位登九五之意。

（副）讖語來得好！如今匠作從那方起手，上梁定在幾時？

（丑）【西江月】起向西南極利，紫薇吉曜偏多。論來半月疾如梭，此日上梁休錯。

（末）只恐來不及。

（老）可再寬得幾日。

（丑）算定陰陽有准，那一日，諸般祥瑞匡扶。若還時刻一蹉跎，定有殺身之禍。

（副）哦！胡說。

（丑）這是據理而言。術士尚有畫就祠堂圖樣，求二位老爺龍目觀看。（出圖送看介）（逐一指點介）這是照牆、牌坊、大門、儀門、兩廊、甬道，正殿九間，殿后樓房、廂屋、花園、池沼，一一都有。

（副）看來這圖樣比杭州的倒齊整。

（老）就是南京的也賽他不過。

（丑）術士費了無數心機，纔畫得此圖。

（副）自有重賞。且在外廂伺候。（丑應下）

（副）陸萬齡過來。如今鼎造此祠，非比蓋造別樣衙門，可以草草。你可照此圖式造去。監督有功，廠爺定有頂紗帽賞你。

（末）全靠老爺擡舉。

（副）你聽我道來，那祠堂呵，

【北耍孩兒】門樓高聳須弘敞，正殿巍峨左右廊，都要重簷滴水規模壯。四圍曜日懸簾幕，五彩妝金畫棟梁。（末）承鈞旨，傳各匠，比得過王宮禁苑，帝室椒房。

（副喜介）把廠爺的祠堂比做朝廷的宮殿，却也説得好。

（老）一應殿宇，毛老爺已分付過了。中間廠爺的神像，用沉香雕塑，也不必説了。但是廠爺的身材面貌，你們那裏曉得？咱家對你説個明白，須要塑得像便好。

（末）求老爺分付。

（老）廠爺呵，

【前腔】好容顏，滿月龐。美豐神，曉日光。腰圓背厚身肥胖。（末）身上蟒龍是幾爪？（付）廠爺曾賜五爪，竟是五爪罷了。（老旦）蟒衣五爪圍玉帶，七曲纓冠百寶裝。（副末）既蒙分付，小的呵，急塑就，沉香像，勝似那當今天子，歷代君王。

（老旦）又把廠爺比做帝王，一發説得好。

（副淨）祠工緊急，限你一月完成。（副末）日夜催趲，指日可成。只是各項錢糧，求爺速速齊付，方好趲工。

（副淨）這個不消説得。

【前腔】這工程，豈泛常。你急催銀，莫待商。（末）共有幾項關文？（付）各官捐俸應非强。鄉紳樂助須傾橐，富戶抽豐要罄囊。

（老）這項錢糧叫做"祠餉"了。（末）曉得。蒙嚴督，徵"祠餉"，恰便似皇朝賦稅，國庫錢糧。

（老）還有一樁要緊事，不曾分付。

（末）却是什麼？

（老）廠爺神像前的供奉擺設，一一也少不得。你且聽咱道來：

【前腔】繡龍幃，白玉床，紫金猊，寶篆香，高燒絳蠟銀臺亮。（副）每日還要設宴哩！（老）晨昏進膳須珍錯，水陸羅陳賽上方。（末）遵嚴諭，俱依樣，勝似那御前供奉，太廟蒸嘗。（老）各處生祠，都有題名。如今此祠，定什麼名兒便好？（付）廠爺恩遍天下，這祠就題個"普惠"兩字如何？（老）妙阿！竟是普惠祠便了。（付）分付擺齊執事，回衙門去。（末衆應介）

【煞尾】（副）祠名"普惠"揚。（老）福地金閶旺。（合）就是普天下的生祠無兩。我和你兩人呵！少不得裂土分茅膺上賞。

（末跪送介）（副、老下）（淨扮禮生，丑）兩位老爺已去，賞封一定有的，即求見賜。

（末出銀向丑介）這一封三兩，是趙先生的。（丑接介）

（末）這一封三錢。（向淨介）是吾兄的。

（內）陸相公，這邊來講話。

（末）來了。正是：將軍不下馬，各自奔前程。（下）

（淨接銀，作不悅介）怎麼兄有三金，學生只得三錢？

（丑）我看了許多風水，又畫了圖樣，自然該多的。

（淨背介）我有道理在此。（轉介）趙兄尊寓在那裏？

（丑）閶門內。

（淨）學生回去，也是順路，同步如何？

（丑）妙極的了！就當奉陪。（同走介）（作一路隨走隨說介）

（淨）今日乍會，不曾請教得尊號？

（丑）賤字小峰。

（淨）峰老貴處，是浙江麼？

（丑）正是蘭溪。

（淨）出外幾年了？

（丑）十七八年了。

（淨）宅上還有何人？

（丑）只有家父與賤內兩個。

（淨）近日新聞貴處天雷打殺了幾個扒灰老,這也確的麼？

（丑頓足介）不好了,不好了！家父一定不免了。

（淨）言重,言重！峰老走過幾處馬頭,必知敝處用銀子低潮,還要七里八折。只怕峰老方纔的賞封,一定是不足數的。如今還該拿出來看看,若是少一缺二,也好轉去與他找帳。

（丑）兄的如何？

（淨）學生有限。

（丑）不差,不差。（出銀介）待我拆開來看。

（淨）拆了原封,他不肯認帳了,拿與學生手內捏一捏,就知分兩了。

（丑）請拿去捏。

（淨接銀入袖介）只怕輕些。（作急向前走介）

（丑拖住介）那袖了銀子只管捏了去,拿出來還我罷。

（淨）且住！學生老實對你說,今日大家效勞,賞封就該大家均得。為何你三兩起來？其實有些不平。故此要拿你銀子來八刀。

（丑）又是奇了。且問你怎麼樣分法？

（淨）也不要三七、四六,竟是連學生的三錢頭平半分,大家一兩六錢半。

（丑）呸！我們江湖上人的銀子,你要分,想是做夢了。

（淨）你要撒野麼？

（丑）你要搶奪麼？（淨欲走,丑攔住介）

（淨）我不還便怎麼？

（丑怒嚷介）

【撲燈蛾】伊心太不良,伊心太不良！賽過白日攮。財與命相連,怎肯輕輕丟放也。（淨作急態介）不消無狀。總有話,好好商量。（丑）什麼商量！（打介）打教你如同肉醬。且做個斯文出醜在當場。

（作打倒淨，搜出銀子介）銀子在這裏了，且饒你這娘稀的。（指罵下）

（淨扒起）打壞了，打殺了。藍衫都扯破，儒巾盡踏扁。（摸袖介）不好了，不好了！連三錢頭，倒被這賊精拿去了。咳！無梁不成，反輸一帖。如今打得遍身疼痛，只得倒要唱【清江引】了。

【清江引】偶然要把良心喪，誰料遭瘟帳。一頓老拳頭，幾個凶巴掌，打得我好一似落湯雞，弗敢強。（叫痛下）

第五折　締　姻

【一江風】（生上）（副扮舡家搖上）（生）恨難平，大地風波橫，南國忠良罄。我周順昌，自從竹塢得晤文兄，始知近日權璫之惡，正以緹騎四出，同抱杞憂。不想浙中魏廓園兄，竟爾獨先被逮。那校尉前往檇李，此際定過吳門。我想魏兄生平狷介，視死如歸。既無世俗牽情，必定片帆長往。我因此喚一小舟，每日胥江守候。只等他拘提過此，便好訣別一番。後難憑，只此一刻相逢，緊守定一刻相廝並。舡家，看有南來的舡，可再問一聲。（副）咄！前面大哥，借問一聲，你們一路來，可曾聽得嘉興魏爺的舡，到也未到？（內）可是校尉提解上京去的？（副）正是。（內）今早同在吳江開舡的，想必此時就到胥門了。（副）有勞了！（生）舡家，既魏爺就到了，你快些搖到胥門，留心探望，不要錯過了他的舡兒！（副）曉得。（生）你看滔滔怒浪，生生是英英伍相靈，敢素車白馬來乘興。

（副）前面來的舡，可是嘉興魏爺在內？

（淨、丑扮校尉上）我們正是提解魏宦上京去的，你問他怎的？

（生）這等說來，果是魏兄到了。快須泊住了舡，說我周順昌要見。

（淨）聖旨緊急，誰敢逗留！

（生）魏賊矯詔，說什麼聖旨！我竟自上舡相見便了。（上舡叫介）廓園兄，廓園兄！

（丑）聞得蘇州有個周順昌，不是好惹的主顧，既已上舡，且容

他見見,且容他見見。或者送些盤纏使用也不可知。咄!分付水手泊住了舡。(內應介)

(副)我也在那邊泊舡伺候去。(下)

(生)廓園兄!小弟在此,小弟周順昌在此。

(末,蒼髯、巾服,鎖肘上)

【三台令】已看西北天傾,誰望東南地寧。(生)廓園兄,故人在蘇,怎就揚帆不顧了?(末)蓼洲兄,小弟有罪了。怕執手費叮嚀,掛征帆,盡教心硬。

(丑)你們有話快說,即刻就要開舡的!

(淨)哥,你在舡頭坐着,聽他說些什麽來。我在岸上去走走。

(丑)曉得。(淨下)(丑坐前場角介)

(生)廓園兄,你今日一身就逮,四海知名。敬羨,敬羨!

(末)小弟為劾權璫,放歸田里,滿擬杜門謝客,訓子課孫,不意誣受熊、楊贓私,復遭羅織。此去粉身碎骨,恐不復與仁兄再會矣!

【集賢賓】擎天有志力未勝,竟一事無成。最可恨者,小弟生平不直熊、楊,今日反為熊、楊受屈!污蔑忠貞驅陷阱,莫須有罪案招承。(生)據弟所聞,那汪文言也不該妄扳。(末)兄還不知,許顯純逼打文言,身無完膚,文言翹首大叱,誓死不從。及至逼坐小弟贓銀二萬,他又極口叫冤,當不起又夾一夾棍,加上二百穿梭。交加白梃,那裏管直言辯諍!小弟一死罷了,只是有負吾兄。憐子影,再休想氣求聲應。(生)阿呀!廓園兄。

【鶯啼序】斯文天喪忍獨生,轉顧影兢兢。(末)多少同年好友,見弟被逮,無不畏禍深藏。今日不以生死介意者,惟吾兄一人耳。(生)兄說那裏話!前日一聞吾兄被逮,醢鸞鳳,萬衆稱冤;哭麒麟,我獨自心疼。今日裏呵,雖不是楚囚對泣,也還似新亭指佞。仁兄,只是一件,做小弟的一貧如洗,何所贈,便灑鮫珠,也不堪多誑!

(丑)聽他們如此說,不像有什麽相送的了。快些下來,攆他去罷。

(生)廓園兄,今日事勢如此,小弟既不能為刺俠累之聶政,又不能為藏張儉之孔融，負愧古人多矣！倘或仁兄有甚未了心事，弟當一力任之。

（末）小弟也没甚心事，只是前日被逮之時，舉家驚惶無措，弟以大義曉之，盡皆掩淚聽命。獨有小孫允柟，牽衣痛哭，晝夜不已，因此兩日登程以來，還覺耳畔呵，

【黃鶯兒】隱隱作啼聲，幾回頭，錯喚名。呸！對兄說這樣話，一發不是了！情牽兒女非骨鯁。（生）令孫幾歲了？（末）小孫年方十三。（生）曾卜姻否？（末搖手介）咳！那裏還作此想。覆巢已成，破卵可矜，小弟死後呵，哀哀誰把紅絲訂！（生）小弟恰有一女，年紀却也相當，今日即以奉配。一來文章聲氣，重新百世婚姻；二來患難死生，依舊一家骨肉。小弟主意已決，吾兄也不必見拒了。這姻親，不煩柯斧，何必卜年庚。

（末）阿呀，蓼洲兄哪，

【簇御林】蒙尊命，恐累卿。小弟身在難途，乏荊釵，當鵲屏。（生）小弟方纔說過的了，只須"道義"二字，便為聘儀，何待寒修，何煩禮物！丈夫一語如九鼎，堪作氤氳證。（末）如此說，義不容辭了。親翁請上，小弟有一拜！（生）小弟也有一拜！（合）縮同心，中流砥柱，須不是泛泛締姻盟。

（淨）哦，哦，哦！好大膽，嘮嘮叨叨，只管講了去。
（丑）好笑得緊，他是個欽犯，怎麼與他聯姻結黨？
（淨）廠爺知道，不是當耍的。
（生）哦！狗頭，誰要你多管！你回去，就說與那閹狗知道，我周順昌，不是怕死的人。

【滴溜啄木】生平的，生平的，常拚軀命。今日個，今日個，猛張血性，狠罵，聲聲響應。（丑）我們也是好話，周爺只管尋死。擔閣已久，大家請穩便吧。（生）什麼大家穩便！我就送魏爺到京，你敢奈何我麼？咦！碎剁你這般狗頭便好。（末）這是駕上差來的人，與他什麼相干？小弟既奉聖旨，理合慷慨就道。相送千里，終須一別，親翁，小弟言盡于此了。風波大獄吾承領，綱常大事君兼秉，生死同留千古名。

（生）親翁去後，小弟知亦不免。相見在即，小弟就此拜別了。（同拜介）

【貓兒墜】（生）行行相送，猶有一周生。他日逮及周生誰送行！（末）與君分手即幽明。（合）消停，無限牽腸，再一凝睛。（淨、丑）小舡上舡家，快把舡搖上來！（副上）來了，來了！

【尾聲】（末）生還何意圖僥倖，也不望上方劍請。（生）但博個李、杜齊名，我志始成。（別介）（副同生搖舡先下）

（淨）好一個鐵錚錚的狗頭，回去對俺廠爺說了，看你活得成，活不成！明知岩穴虎方嗔，

（丑）故作深山樵採人。

（末）自古忠臣不怕死，由來怕死不忠臣。

（淨、丑）分付水手們，快些開舡趕路去！（內應介）（俱下）

（外扮中軍趕上）為奉恩臺命，來尋欽使舟。（望介）舡兒不知往那裏去了？（向內叫介）浙江魏爺上京的舡，可在前面麼？

（內應介）

（外）請轉來，有要緊言語要會哩！

（內應介）

（外）請舡上北京下來的兩位爺，上岸講話。

（淨、丑內應介）來了，來了！（作跳岸上見外介）

（外揖介）二位爺是提解魏鄉宦的麼？

（淨、丑）正是。

（外）本軍門毛老爺，多多拜上。方纔驛中來報二位爺在此經過，毛老爺曉得聖旨緊急，不敢相留，特差小官將銀二百兩，送二位爺路上買果兒吃。（出銀送介）

（淨、丑）多謝，多謝！多多上覆毛老爺，你們蘇州有個周順昌，方纔上舡，與犯官嘮嘮叨叨講了半日的話，無非辱罵廠爺。兩下又將兒女結了姻親。你家老爺，也要留心了這個姓周的。

（外）曉得。

（淨、丑）咱們開舡要緊，竟自去了。有勞，有勞！

（外）多慢。

（淨、丑）難得毛老爺這樣好人。舡家，打扶手！

（內應介）

（淨、丑作上舡介）開舡！開舡！（下）

（外）就將方纔的言語，急急去回復老爺便了。正是：煩惱不尋人，人自尋煩惱。（奔下）

第六折　罵　　像

（末，髯髯、羅帽、圓領上）威勢炎炎天地昏，人人孝敬效兒孫。未識祠堂崇奉後，更將何事報親恩。自家堂長陸萬齡的便是，蒙本衙門老爺，與毛軍門老爺，委造魏千歲爺祠堂，已經完工。今日各位老爺親往虎丘，迎接新塑的神像入祠。我這裏掛紅結彩，上膳進香，各項俱已完備，特特在此伺候。若說起祠堂的好處，真個世間少有，天上無雙。金銀錢鈔，輸將萬萬，一似塵土泥沙；木石磚灰，堆積千千，恰像峰巒山谷。日則鳴鑼，鑼響處，千工動手，一個個鬼運神輸；夜則敲梆，梆打時，萬椿齊下，一聲聲天搖地動。做匠的如狼如虎，好似羅剎臨空；督工的喝雨呼風，賽過似哪吒降世。觀看的閉口無言，還怕死臨頭上；過路的低頭疾走，尚愁禍到當身。費盡了百萬錢糧，纔得個一朝齊整。雕龍插漢，鏤鳳飛雲。畫棟流霞，碧甍耀日。城牆堅固，賽過石頭城、紫金城，萬年基業；殿宇巍峨，一似皇極殿、凌霄殿，千丈輝煌。頭門上，高題着"三朝捧日，一柱擎天"；兩坊中，明寫的"力保封疆，功留社稷"。威儀雄壯，渾似五鳳樓前，行走的誰不欽欽敬敬；氣象尊嚴，出入的如在建章宮裏，那敢嚷嚷喧喧！少頃的沉香像迎入祠堂，隊隊行行，盡擁着一人有慶；今日裏普惠祠均瞻聖貌，挨挨擠擠，堪比着萬國來朝。真是千載齊心來仰聖，百官何必去朝天。道猶未已，你聽鼓樂聲喧，想是神像迎將來了，不免進去整備登座則個。正是：平日但知天子貴，今朝纔識廠公尊。（下）

（外、小生、旦、貼扮執事、吹手，丑扮小監，副紗帽、紅圓領，老旦監帽、蟒服前行。三雜擡轎，擡魏像盤龍、監帽、蟒玉，一雜撐黃

傘行上）

　　【正宮過曲‧玉芙蓉】（合）勳名貫斗杓，功業淩蒼昊。洵千秋間氣，天挺人豪。今朝德望逾周、召，他日經綸翊舜、堯。神容肖，勝龍姿鳳表。遍街衢，萬人瞻仰擁如潮。（作到介）（末暗上，扶像上座介）

　　（付）廠爺登殿，禮應加冠。

　　（老）有御賜的七曲纓冠在此，進上千歲爺。（丑遞冠與老介）（老捧冠同副跪介）

　　（老高聲介）奉旨進上千歲爺七曲纓冠！（丑立臺上，除像監帽，作戴冠不上介）

　　（丑）頭大冠小戴不得。

　　（老、副立起介）喚陸萬齡！怎麼爺的頭塑大了？

　　（末跪介）遵爺鈞旨，頭塑九寸九，這是官中賜來冠小了，與小的何干？

　　（付）如今怎麼處？

　　（老）這冠兒是上位賜的，又不好動他。

　　（末）不難。塑像的在此，分付他將爺的頭兒，收一收便了。

　　（老）有理。

　　（末向淨介）你把爺的頭兒，收這一分兒。

　　（淨）曉得。（作上臺取像頭，安膝上鏟小介）

　　（副、老跪介）

　　（老哭介）咱的爺爺啊，頭疼啊，了不得！了不得！

　　（淨作鏟小加冠介）

　　（副）好得緊，好得緊！

　　（老）如今儼然是一位太廟中神像了。

　　（末）請爺上香進爵。

　　（副）如今我們都行五拜三叩頭的禮了。

　　（老）不消，不消，別的要行這大禮，如今咱們兩個都是爺的親生骨肉一般，不須行這大禮。也不用禮生虛文，竟自多磕幾個頭兒就是了。

（副）有理。

（雜衆奏樂介，老、副進香、進酒介）（磕頭跪介）

【前腔】（合）金樽玉液澆，寶鼎沉煙嫋。着食前方丈，山海珍瑤。筵前禱祝祈三島，雲際嵩呼徹九霄。（老、副又叩頭介）（合）兒純孝，舞斑衣拜禱。望親恩，天聰昭鑒孝思遙。（作拜獻完介）

（末）請二位老爺偏殿進宴。

（老）爺賜咱們的宴麽？

（末）正是。

（老）毛哥，咱們去吃爺的賜宴，再來上午膳罷。

（副）有理。

（老）歌樂奏來三殿合，

（副）酒杯連進萬年歡。

（老）分付孩子們，用心看守外邊柵門，不許閒人闖入！千歲見了，要惱哩。

（外）曉得。（共下）

（生，方巾、白衣上）

【北正宮・端正好】首陽巔，常山嶠，罵生來正氣昭昭。俺只是冷清清堅守着冰霜操，要砥柱狂瀾倒。俺周順昌，孤介性成，忠貞夙秉。血淋淋一點赤心，只是忠君為國；鐵錚錚千尋勁節，不肯貪位求榮。如今閹賊專權，羣奸附勢。俺自削籍家居，恨不奮身殺賊。近來趨承諂附之輩，各處遍造逆祠，吾郡亦創祠於半塘。那些黨羽，輸金恐後。昨有傳帖到來，說今日塑像入祠，公往叩賀。俺一時怒髮衝冠，毀帖大罵。如今不免步到半塘，看他們怎般樣光景！（行介）

【滾繡球】恨奸邪，善類誅。逞凶圖，國祚搖。數不盡拜門牆，一羣狼豹；驀忽地，聳生祠虎阜東郊。那一個貢沉香塑着頭，那一個獻玉帶束着腰，那一個進珍珠纓冠光耀，那一個奉金爐降速香燒。紛紛的輸金餽餉晨昏納，擠擠的稽首投誠早晚朝，總是兒曹。來此已是半塘了。果然是地侵阡陌，祠插雲霄，直恁奢侈僭倷也！

【叨叨令】見參差樓兒和殿兒，直恁的巍巍峨峨的造。看多少門兒和柵兒,真個是重重疊疊的奧。遙望着燈兒和炬兒,閃的人輝輝煌煌的耀。猛望着身兒和首兒,活現出猙猙獰獰的貌。(指介)咦,兀的不恨殺人也麼哥,兀的不恨殺人也麼哥!(外、小生扮家丁持紅棍趕上)什麼人在這裏窺探?(生)又只見牙兒和爪兒,向咱行喧喧闐闐的鬧。

（外、小生見生立住介）
（老、副、末同丑眾上）千年桃進呈仙品,三祝聲傳效華封。
（老）此時該上午膳了。
（付）承應的樂人梨園,隊舞、撮弄的,都齊備在這裏麼?
（末）都伺候久了。
（老、副望介）什麼人在外邊窺望?孩子們快些打啊!
（二雜低禀介）是吏部周老爺。
（老）什麼周老爺?
（副）一定是周順昌了。
（生直入介）老公祖奉揖了!(與副揖介)
（老）先拜了廠爺,然後作揖。
（生）要俺周順昌拜麼?(冷笑介)

【脫布衫】(生)俺生平勁節清操,怎肯向貂璫屈膝低腰!(老)叩拜的也頗多,你怎地獨自崛強?(生)一任那吠村莊趨承權要,俺只是守孤忠,心存廊廟。

（副）廠公功德巍巍,也是合當欽敬的。
（生怒介）咳!那魏忠賢麼?

【小梁州】(生)他逗着產、祿凶殘勝趙高,比璜、瑗倍肆貪饕。(老怒介)嗄,這等放肆!(生)他待學守澄、全誨恣咆哮,凶謀狡,件件犯科條。

（老）廠爺有什麼不好處來?
（生）他的罪案多得緊哩!

【么篇】〔換頭〕(生)他誅夷妃后把皇儲剿。殺忠良,擅置宮操。結乾兒,通奸媼,兀亂把公侯冒濫,他待要神器一身叨。

（老）唉唉,一派多是胡言!

（副）想多飲了幾杯酒兒，敢是醉了麼？

（生）俺幾曾醉來！

【中呂·快活三】（生）俺待學陽球伏闕號，效張鈞請劍梟。恨不把奸皮蒙鼓任人敲，倩禰衡撾出漁陽調。

（老怒介）孩子們，把棍兒亂打這廝！

（眾應介）

（生）誰敢！誰敢！

（副勸介）不要動手。且慢，且慢！

（向生介）老先生請回罷，不要招災惹禍了。（生大笑介）

【朝天子】（生）任奸祠鬱岧，任奸容桀驁。枉費了萬民脂、千官鈔。羞題着"一柱擎天"、"封疆力保"。少不得倒冰山，陽光照，逆像煙銷，奸祠火燎，舊郊原兀自的生荒草。怪豺狼滿朝，恨鴟鴞滿巢，只貽着臭名兒千秋笑。（作拂衣下）

（老）可惱，可惱！今日是神像進祠吉日，撞着這狗弟子孩兒，鬧虀這一場。咱家方纔叫孩子們毒打這廝一頓，又被毛哥勸止，胸中惱不過，怎麼處？

（副）凡事不可性急，方纔就打他一頓，也幹不得正經。如今連夜寫成一疏，送到廠爺處，差着校尉拿他上去，了他的性命便了。

（老）就把辱罵神像為題麼？

（副）不中用。他前日與魏大中結姻，我已具一密揭，報知廠爺了。如今就在周起元背違明旨，勒減袍價疏內，說與東林周順昌等，干請說事，婪贓剖分，一網打盡便了。

（老）有理，有理！就寫，就寫！多謝毛哥指教！

（付）俺們事關一體，自該同心合膽，畫出惡策的。何須謝得！

（老）周順昌，周順昌，我此本一上，教你渾身是口不能言，遍體排牙說不得了！陸萬齡過來！咱老爺心上惱，也等不得上膳了。你們掩了神廚，好好在此看守。咱老爺和毛老爺，明日來候千歲爺的安罷。

（末）曉得。

（付）外廂去上轎了。

（老）自然。

（付）恨小非君子，無毒不丈夫。

（老）縱使人如鐵，難當法似爐。（俱下）

第七折 閨 訓

【番卜算】（旦上）儒素守家傳，不步豪華徑。蕭蕭四壁伴清風，剩有淒涼媵。妾身吳氏，自適周門，身厭綺羅，口茹淡泊。織紝伴藜輝，堪云克相夫子；蘋蘩寄中饋，怡然樂守齏鹽。我相公宦途耿直，放逐家居。半世窮官，一生清吏。囊橐蕭條，門庭冷落。前有浙中魏廓園，因忤權監，被逮進京，舟泊胥關。我相公到舟握手談心，不意竟將女兒許配其孫。我想此事雖屬慷慨，只是魏公係權監仇人，今朝與結絲蘿，恐他日禍延林木，怎生是好？但我相公片言九鼎，既已定盟，料難中變，今早出外未回，不免喚女孩兒出來訓誨他一番。女孩兒那裏？（小旦上）

【前腔】膝下侍晨昏，秉性恒貞靜。鉛華不解釋春風，懶去臨妝鏡。（見介）

（旦）我兒，你雖生長宦門，從未珠妝翠裏。今已年將及笄，許多豪門富室，欲來納聘，你爹爹盡皆謝絕。不料前日，將你許配嘉善魏吏科之孫。我想彼此宦室，門楣也自相當，只是魏公緣事赴京，自顧不暇，焉能戀及其孫！況且覆巢之下，必無完卵，總然保全性命，家園定爾蕩費。你日後於歸，恐難度日。如之奈何？

（小旦）母親在上，自古婚姻天定，況有爹爹做主，孩兒又在齠年，正好久侍膝下，母親且請寬懷。

（旦）想你目前雖未成婚，日後少不得再到他家去做媳婦，那些婦道，也須一一曉得。

【桂枝香】砧敲月映，梭拋燈瑩。須將井臼親操，好把蘋蘩自省。論寒門壼儀，論寒門壼儀，汲泉廝稱，佐春相敬。語叮嚀：四德稱閨秀，三從識女英。

（小旦）念孩兒呵！

【前腔】膝前溫清，閨中歡慶。只識得針指當勤，從不慣嬌癡成性。愧工容未嫻，愧工容未嫻。娘親嚴命，兒心虔聽。（微悲介）倍牽情無意《桃夭》詠，專祈萱草馨。（小生上）

【賺】聽說心驚，急急奔馳返戶庭。已到家中了，且喜母親妹子俱在堂上。（旦）寒門靜。（小旦合）為甚的形容急遽，氣難平？（小生）事堪憎，嚴親驀爾言詞硬，傳說愁將禍害攖。（二旦）爹行性，一生鯁直招災眚，與誰爭競？與誰爭競？

（小生）魏太監各處建造生祠……

（二旦）又為魏太監而起？

（小生）蘇州人也在半塘蓋造一祠，又在虎丘塑一魏太監的渾身。今日是毛撫臺與李太監作主，迎接這渾身送入祠堂。

（二旦）毛撫臺與李太監是魏太監的乾兒子，他們是應該的。

（小生）昨日闔城鄉紳，有傳帖約爹爹同去送像入祠，爹爹回了他不去。

（二旦）不去也罷了。

（小生）不想爹爹今早又親到祠堂。

（二旦）到祠堂中去便怎麼？

（小生）爹爹呵，

【長拍】直入奸祠，直入奸祠，親觀生像，怒氣衝衝俄頃。（二旦）那時便怎麼？（小生）掀髯大罵，鬧轟轟，勢若雷霆。（二旦）罵些什麼來？（小生）罵他個逆賊逞威靈，恨不得奮利刃，屠腸斷頸。（二旦）那毛撫臺與李太監可曾聽見麼？（小生）怎麼不聽見！又罵他翼黨羣奸天必討。那毛、李二人呵，免不得笑裏藏刀荊棘生。（旦）你也恐係傳聞，未必的確。（小生）母親在上，方纔有幾個人與孩兒說，親眼見爹爹在那裏。罵的盡目睹，言詞侃侃鋤奸佞。把幾聲痛罵，賽却三尺青萍。

（旦）咳，相公呵，

【短拍】你草莽身潛，草莽身潛，朝端夢冷，又何苦舌底錚錚！（小旦合）虎口焰方騰，何似保身明哲，免得墮奸人機阱。（合）怕只怕禍到臨頭難免，痛殺我巢傾卵覆淚盈盈。

（旦）如今爹爹在那裏？

（小生）尚未歸家。

（旦）且待他回來，我再苦諫他一番。

（小生、貼）母親言之有理。

【尾聲】（旦）中涓橫如梟獍，謾說是危言危行。（小生、小旦）須通道達者三緘口似瓶。

（旦）逆耳忠言且三思，（小生）只今誰與辨雄雌？

（旦）謾將冷眼觀螃蟹，　（合）看彼橫行到幾時。（同下）

第八折　忠　　夢

【金菊對芙蓉前】（生巾服上）異憤難舒，孤忠獨抱，撫膺倍覺心焦。我周順昌殺賊心堅，鋤奸念切。今日偶至逆祠，因見逆像，不覺怒氣填胸，被我大罵一場。咳！我周順昌若身在都門，定當連上幾疏，劾奏逆賊，就是粉骨碎身，也說不得。必須感悟君心，把魏賊碎屍萬段，一則保全善類，二則肅整朝綱，三則掃清宮禁，四則奠安社稷。豈不快心！只為被劾家居，不能一展壯志，思之甚覺悶人！（拍案介）

【駐馬聽】籍削蓬茅，盼斷君門萬里遙。悶得我叩閽無路，折檻空懷，草疏徒勞。我若有日得仍到朝班呵！萬言長策獻皇朝，謝恩詣闕誅奸狡。（脫巾放桌上介）那時我周順昌死也瞑目，一死鴻毛。（作倦態介）就是九泉之下，也自添歡笑。

（倚桌睡介）（內打一更介）

（生魂出走介）一點丹心射斗牛，肯因家食漫淹留。今日得展擎天手，不斬權奸死不休。我周順昌向欲鋤擊魏賊，只為削職在家，不能遂志。且喜皇上將我起復原官，仍居京邸。咳！我一官何足喜，所喜者有此一官，得以面君殺賊耳。我此時不去哭奏皇上，更待何時！不免穿戴冠服，急急執笏入朝則個。（作取冠服穿戴執笏介）呀！且住。本還未寫，怎麼好去見駕。咳，我想魏賊罪惡多端，那裏寫得盡！就是楊大洪所奏他二十四大罪，也說他不盡。我

只是口疏便了。(作行介)

【粉孩兒】衝衝的恨填胸添懊惱。喜皇恩浩蕩,彈冠天表,余生久矣甘自拋,望天王日月光昭。(立介)這裏已是午門了,為何靜悄悄?不免逕入。(走介)我此一去呵,若得個斬奸邪,碎首彤庭,煞強似牖下空老。

(立介)呀!這裏已是殿廷了,為何不見一人?

(末扮內監上)九重青瑣闥,百尺碧雲樓。什麽人在此窺探?

(生)下官有重大事情,要面奏皇上的。

(末)萬歲爺不在宮中,駕幸海子去了。你速速出去!車駕東風外,星辰北斗邊。(下)

(生)聖上既在海子內,只索趲行,到彼號控便了。(行介)

【福馬郎】叫徹彤庭龍馭杳,一霎裏熱血難傾倒,腸寸攪。急急向行宮走,路迢迢。(望介)那邊想是海子了。天際五雲高,遙瞻望,鬱岩嶢。(下)

(外、末扮將士執旗,淨、副扮內監執瓜槌,丑、老扮女侍執畫槳,旦、貼扮宮女執羽扇,一雜撐黃蓋擁小生,沖天冠、蟒玉,同行上)

【紅芍藥】(合)翻滾滾海浪江濤,花簇簇桂楫蘭橈。看萬道旗旌水天渺,響笙簫龍舟飛繞。君王受盡宵旰勞,離深宮暫時行樂,享承平四海無虞,億萬年天下永保。

(生急奔上,跪喊介)臣吏部員外周順昌,有事奏聞陛下。(連喊介)

(小生、眾作登陸排門,小生中坐介)

(小生)是何官員,到此號控!

(眾傳介)

(生膝行入,叩首介)臣吏部員外周順昌,叩見陛下。願聖上萬歲,萬歲,萬萬歲!

(小生)你何事到此?

【耍孩兒】(生)臣有藎忠瀝血告,咫尺天顏覷。(又叩首介)謹拜舞,細悉絲毫。(小生)你奏的是何人?(生)臣劾的是逆賊魏忠賢。（小生驚介）你怎麼劾他？（生）那魏忠賢呵，權璫毒狠狠，凶惡如三豹。恨殺他擅把威權盜，數罪惡，彌穹昊。

（小生）他歷事兩朝，功留社稷，有何罪惡來？

（生號哭介）聖上呵，魏忠賢罪惡多端，普天痛恨，若一字有虛，臣甘寸斬。

【會河陽】（生）他殺害忠良，乾兒遍招，內庭屠戮血痕漂。弄兵，祖制偏違，擅開內操。搖國本，圖傾撓。炎威，勝恭顯，施殘暴；凶謀，比劉、韓危宗廟。

（小生）魏忠賢既如此極惡窮凶，寡人即當明正典刑。卿家忠直敢言，指日不次超擢。

（生拜介）萬歲，萬歲，萬萬歲！（起立介）

（小生）分付內侍們，就此回朝！

（眾）領旨。

（小生）龍虎旗旛殘照裏，鳳凰樓閣暮雲中。（同眾下）

（生作喜介）聖上面諭，將魏賊正法，真聖祖神宗之萬幸，天下臣民之萬幸也！且回到寓所靜候好音便了。（作行介）

（淨蟒玉扮太監急奔上）

【縷縷金】（淨）聞奸黨，逞狂飆，激起沖天怒，奔咆哮。鼠輩難容忍，擒來立剿。（見生指介）元來是你，把我詆奏皇爺！東林魁首又妝喬，除根定斬草，除根定斬草。

（生指怒介）咦！魏賊來得好，魏賊來得好，我正來尋著你！

【越恁好】（生）相逢狹路，相逢狹路，斧鉞怎輕饒！（淨）畜生，畜生，這等無禮！（生）我哭陳帝座，少不得梟伊首，正天條。（淨大怒介）阿呀，阿呀！罷了，罷了！你要砍我麼？只怕我先砍了你！（生）我就把朝笏擊死你這奸賊！（將笏打淨介）聊將笏擊當寶刀，奸邪蕩掃。（淨被打，奔避介）（生趕打介）（生）打碎你慣吞噬饞眼腦，打殺你被刀鋸殘軀老。

（淨喊介）了不得，了不得！打死了，打死了！左右的救我一救！

（副、老扮小監奔上）

【紅繡鞋】（副、老）忽聞千歲呼號，呼號！奔馳兩腳飛跑，飛跑！（淨指生介）拿奸賊，速擒牢。除烏紗，剝紅袍。緊綁縛，把頭梟。

（副、老捉生剝冠服介）（外扮官，旦、貼扮劊子拿繩索刀上）

（外）奉聖旨，魏忠賢罪犯多端，着即綁赴市曹斬首。

（旦、貼綁淨介）

（淨）從前作過事，今日盡還來。

（旦、貼押淨同官下）（副、老逃下）

（生）也有今日，也有今日！好聖上，好聖上！魏賊，魏賊！殺得好，殺得好！快活！快活！（大笑介）哈哈……（作跌在舊處坐介）（作睡去介）（內打三更介）（作醒介）（拍桌喊介）魏賊，殺得好！殺得好！（作開眼看介）阿呀！仍舊是家裏。呸！元來是一場大夢。我想畫之所思，夜之所夢，只因我一心要殺魏賊，故此夢中幻出許多光景。（戴巾介）

【尾聲】朦朧一夢真奇奧，喜夢裏剪除元惡。咳！就是夢景虛無，也把我胸中恨暫消。不免進去說與夫人知道。正是：

　　蝴蝶夢中身萬里，杜鵑枝上月三更。（下）

第九折　　就　　逮

（外扮中軍上）九重魆地飛嚴旨，五夜俄然賜赭衣。自家毛老爺一個內中軍便是。只為吏部周老爺，忤罵廠爺，又與嘉善魏宦聯姻，斥辱校尉。報入東廠，廠爺大怒，就把周爺名字，嵌入周起元一案，坐贓三千，嚴旨提問。緹騎已到蘇州了。俺老爺奉命惟謹，連夜發下文書，着我前往該縣投遞。一路行來，這裏已是吳縣衙門了。不免傳鼓進去。（傳鼓介）

（丑扮門子提燈上）半夜三更，什麼人傳鼓？

（外）快通報！撫院中軍，有緊急文書投遞。

（丑）這等少待。容稟過老爺，請進私衙相見。

（外）回復老爺要緊，不便擔閣，快快傳進！我去也。只消幾行

字,勾取一員官!(下)

（丑）不知何等文書,這樣緊急。且送與老爺開看,自有分曉。老爺有請。

（末上）子夜聞傳鼓,中宵忙整衣。門子,如此深夜,何人傳鼓?

（丑）撫院中軍有緊急公文投遞。

（末）快請進來。

（丑）他說不便擔閣,傳了文書進來,就回去了。

（末）取上來我看。

（丑送上介）（末作拆看、大驚介）呀,不好了!元來我周蓼洲老師,觸忤魏璫,矯旨提問,緹騎已到。我還該乘此暮夜,飛騎出城,報他知道。好教他豫作處置,料理家中未了之事,少盡師生之誼。門子,快帶馬來,悄悄隨我到周老爺家裏去。

（丑提燈應介）（末上馬介）

【憶鶯兒】月影微,星影稀,着緊加鞭促馬蹄。他那裏燕雀巢堂知未知?風波恁奇,顛危怎持?羞殺我位卑力薄難周庇。這裏已是老師門首,門子,帶住了馬。路透迤,衡門陋巷,急急叩雙扉。

（下馬叩門介）有人麼?（不應。連叩介）

（淨內）什麼人,夜深了,在此敲門打戶?

（末）有事要見老爺,快些開門。

（淨）為什麼?敢是殺將來,這樣要緊!

（末）快些!快些!

（淨）天爺爺,黑魆魆地,也等我摸個襖團着了,方好開門。且問你是什麼人?

（丑）吳縣陳老爺在此!

（淨）是陳老爺。這等來了!來了!（反披衣奔上）阿呀!摸着了一條褲子,認作衣裳,再也穿不上;剛剛披好,又尋蒲鞋弗着,真正要快反遲了。

（丑）快快開門要緊!

（淨）好作怪,越是要緊,門兒越開弗開了!阿呀!啐!元來失記開了門閂。（開介）

（末進介）管家，快些通報一聲，説我急急要見！
（淨）兄弟倒把燈兒照我一照，等我穿好了衣服。
（丑）快通報去！
（淨）索性把燈兒借我，一發尋着了蒲鞋。
（末）咦！只管慢騰騰地，不顧誤了大事！
（淨）老爺便是大事，難道我赤了雙脚，倒是小事？
（末）閑説！
（淨）不是嘎！怕裏邊没火，拿進去照着，好等老爺起身。
（末）這等快取去！
（淨）老爺，請在黑頭裏坐坐罷！
（丑）還要囉唆！
（淨下）
（末）被他故意兜搭，擔閣了這會。老師聞下官在此，吃這一驚可也不小。
（淨隨生上）陳老爺那裏？
（末）不敢！門生在此。
（生）

【前腔】短夢回，密語催，倒屣匆匆忙展衣。老父母，為何夜昏至此嘎？我曉得了。早上傳説校尉來蘇，想必輪着治生了。獨搶刀門舍我誰？（末）門生適奉憲檄，纔知借重老師。恐明早就逮，便不及將家事處分了，因此昏夜飛騎，報知老師。（生）治生已料定有這一日的了！權奸焰飛，孤臣命灰，生涯本分原非異。（末）憲檄森嚴，老師速自區處。門生恐有洩漏，就此告辭回縣，明早再來奉請。（生）請便。（末）門生多多有罪了。淚頻揮，談心此刻，何忍頓分離。帶馬過來！（上馬策行，下）

（生）老蒼頭，且把門兒虛掩着。
（淨應下）（生進介）
（旦、小生、貼上）阿呀，相公，這是那裏説起？
（生）你們為什麼來？
（旦）相公，你一生剛愎，惹是招非。情知璫勢難攖，故意虎鬚獨撩。今日禍到臨頭,我母子們死無葬身之地矣。

【五更轉】頂烏紗,千百輩,你一人獨抗持,幾聲快罵全家淚。今日裏呵,禍到臨頭,怎生回避?(生)婦人家,說這樣沒志氣的話來!男兒事,有甚悲?無他畏!此身許國應拋棄。夫人,我如此收場,殊不慚愧。

(小生)阿呀,爹爹嘎!此去身投虎吻,吉少凶多,倘有不測,怎麼處?

【江兒水】繞膝心腸碎,牽衣血淚垂。捐軀救父甘長逝。(生)朝廷拿我,豈是你代得的?(小生)爹爹嘎!子孝臣忠同一例。可不道全爹大節彰兒罪。(小旦)這個多是孩兒不孝,有累爹爹。(生)為何?(小旦)總為姻聯禍起。生女何裨?眼盼盼家門貽累。

(生)呀!你們也可笑得緊。大丈夫心事,雖非兒女所知,只是你們,既做了周順昌之妻,周順昌之子,

【玉交枝】頗知大義,卻緣何狂呼慘啼?未能鼓舞鬚眉氣,徒然撓亂人意。(旦)生離死別,只在頃刻,有甚末了事,還是分付我們一聲。燒殘紅燭心漸灰,值不得可憐兩字將奴慰。(合)苦扳留,無非這回;細商量,無非這回。

(生)夫人,你說什麼未了事?是嘎!是嘎!有一樁未了事。案上恰有素紙,孩兒,快與我磨起墨來。

(旦背介)好了,好了!相公有後語囑付了。

(小生)爹爹,有什麼未了事,盡着寫去。

(生)我就寫,就寫。

【五供養】展開素紙,罵賊真卿,書法宗伊。題着什麼?好嘎,有了!(寫介)補完未了事,題作小雲樓。(眾)"小雲樓"這三個字什麼意思?(生)前日龍樹庵僧西崖,囑我題一匾額,連日不曾寫得,今夜也完了一樁心事。春秋絕筆,除此項無縈繫。(眾)我們只道有甚囑付,原來作此不急之事。兀的不痛殺我也!(合)紛紜當此際,慷慨踐僧期。三字留題,直抵長歌正氣。

(淨上)啟老爺知道:文老爺步行求見。

(生)既如此,你們暫退。

（眾應下）

（生）就請文老爺進來！

（淨應下）（外上）

【月上海棠】國士危,纓冠往救渾無計。阿呀,蓼洲兄！不想你也有這日。（生）也是必然之事。（外）小弟聞此消息,正欲乘夜報兄。途遇縣公,纔曉得吾兄處先有實信了。天色一明,就要請兄入城開讀。事在燃眉,吾兄作何區處？（生）小弟有何區處？但聞呼即赴,君命難違。（外）蓼洲兄,說那裏話！小弟為了吾兄之事,等不到落月啼烏,禁不住刳心裂胃。冤聲沸,只恐吳氓,素稱尚義。

（生）住了。吾兄怎麼說個吳氓仗義？

（外）魏賊弄權,忠良屠戮。正類固所痛心,小民莫不切齒。況吾兄清名久著,士庶欽心。一旦罹此奇冤,桑梓必懷義憤。且此處金閶,尤多豪俠。倘然一倡百和,公懇上臺,九閽雖遙,焉知不為民心感動？

（生）咳！故人知君,君不知故人。若果有此事,反陷弟於不忠了。

【三學士】我只此一身,值甚的？驚天動地何為？（外）吾兄雖具剛腸,他人定難坐視。小弟言及於此,也是或然之事,亦未可知。一時公憤民之義,不枉你十載鄉評眾所推。（生）吾兄有此一言,倘他人聞知,反為未便。（外）天色將明,當事者必來催促,可作急將家事料理。（生）有何料理？（外）小弟告別了。俟兄入城,另有商議。患難關頭存意氣。金蘭誼,狐兔悲。（別下）（旦、眾出介）阿呀,相公嘅！天色漸明,就逮在即。難道廿載夫妻,真個竟無一言囑付麼？（生）咳！只管多講。我有什麼囑付來？自今以後,我自做我的事,你們自做你們的事便了。（旦、小旦、小生哭介）（生）休聒絮！（向旦介）鳥同林,各自飛。大丈夫視死如歸！視死如歸！（向小旦、小生介）怎顧得兒啼女悲。（內打五更介）（眾）響瑲瑲漏點催,血淋淋淚點飛。

（淨上）阿呀！老爺,不好了！吳縣陳老爺奉候老爺公所開讀。說天色黎明,延緩未便；現在外廂堂中,立候老爺起身哩。

（生）既如此，你們快隨我到家廟中，向祖宗英靈拜別去。（行介）（到，拜介）（生）

【僥僥令】百年存血食，一旦失瞻依。我那祖宗嗄！你只願子孫忠孝，今日此去，烈烈轟轟，可也不負你的家教了。（笑介）地下相逢無慚色，你可也踏着香雲來帝畿，帝畿。縣公候久，理合輕身就逮。夫人請進，我就此出堂去也！

（衆）阿呀！相公嗄！爹爹嗄！（合）

【尾聲】生逢不似生離易，怎禁得放聲揮涕。（生）哎！你們還要哭些什麼？啊，呸！我若是一步回頭品便低！（竟下）

（淨）阿呀，我那老爺嗄！（隨下）

（衆哭介）

【哭相思】不惜身家酬國恩，風波匝地一孤臣。從今痛定還思痛，狼藉衣衫半血痕。（小生）母親且免愁煩，請進少息。待孩兒急到縣中，打聽消息如何便了。（旦）我那相公嗄！正是：

世上萬般哀苦事，無非死別與生離！（貼扶旦下）

第十折　義　憤

（淨，短髯、衣帽上）十年磨一劍，霜刃未曾試。今日把似君，誰有不平事？俺顏佩韋，一生落拓，半世粗豪。不讀詩書，自守着孩提真性；略知禮義，偏厭那學究斯文。路見不平，即便拔刀相助；片言不合，那肯佛眼相看？怪的是不忠不孝，不義之財毫不取；敬的是有仁有義，有些肝膽便投機。那專諸是市井屠夫，拚命獻魚腸，贏得雄名萬古；要離乃吳門一介，殘形施匕首，傳來義氣千秋。俺熱血滿腔，赤淋淋未知灑落何地；雄心一片，鬧轟轟怎肯冷作寒灰！前日在李王廟前聽說《岳傳》，因聽得童貫殺害忠良，一時怒起，把那說書的打得稀爛。倒在那裏結識了楊念如等四個好漢。昨日紛紛傳言說：上邊差校尉到蘇州來拿鄉宦。我想這校尉一定是魏太監差來的，必然來拿與魏家作對的鄉宦。只是與魏家作對的，不多幾人，都是好鄉宦。若是拿他，豈不傷了天理！但未知所拿何人，

倒教俺一夜放心不下。如今不免到街上去打聽個消息。一路行來,已是上塘街了。(走介)

【北鬥鵪鶉】(淨)俺生來心性癡呆,一味介肝腸慷慨。不貪着過斗錢財,也不戀如花女色,單只是見弱興懷,猛可也逢凶作怪。遇着這毒豺狼,狠駕駘,憑着他掣電轟雷,俺只索翻江攪海。(望介)那邊一個漢子,飛也奔來了。聽他説些什麼。

(末,衣帽奔上)

【南縷縷金】(末)心急邊,腳忙擡,一事天來大。實奇哉!(淨)元來是楊家兄弟,往那裏去?(末)顏大哥,不好了,(淨驚介)為什麼子?(末)街市喧傳遍,人人驚壞。(淨作急狀介)你説為些什麼來?(末)北京校尉到蘇臺。(淨)我要問你,校尉來拿那一個?(末)周家已提解,周家已提解!

(淨)那一個周家?

(末)是林家巷内周吏部!

(淨怒介)嘎,有這等事!

【北紫花兒序】(淨)驀聽得清官被逮,緹騎南來,都應是閹黨私差。唬得俺神驚膽駭,意亂心乖。(末)哥呵,真正一椿異事!公論也不服呵!(淨)飛也波災!苦只苦九重閣,遠隔雲霄外。(末)如今便怎麼?(淨)早則是廣聚同儕,直入官階,説個明白。

(末)有理,有理!我們且到前面再拉些弟兄,同到城内相機行事便了!

(淨)一心忙似箭,兩腳走如飛。(同下)

(小生、老旦,衣巾急上)

【南縷縷金】(小生、老旦)嘖魏賊似狼豺,排陷東林黨,絕根荄!又逮周銓部,忠良遭害,膠庠公憤没安排。頻將淚兒灑!頻將淚兒灑!

(小生)小生王節是也。

(老旦)小生劉羽儀是也。

(合)周蓼老被逮,駕帖已到,今日在西察院開讀。我輩盡懷公憤,快些進城去商量個善全之策便好。(行介)

（淨、末急上）元來是王、劉二位相公！

（小生、老旦）元來是顏、楊二兄！

（淨、末）二位相公，來得極好。周爺被逮，我們衆百姓，都抱不平，要去救他。只是我們都是粗魯之人，草草莽莽，幹不得正經。相公們定與周爺是好友，大家劃個計策才妙。

（小生、老旦）我們亦為此事而來，若得衆位相幫，妙極的了。

（淨、末）方纔我們一面託兄弟馬傑、沈揚、分頭在閶、胥兩門，拉人入城，一面分付草庵內和尚，去敲梆催衆，共到西察院前去了。

（小生、老旦）難得二兄如此義氣。

（淨）俺們呵！

【北小桃紅】（淨）義俠吳門遍九垓，千古應無賽。今日裏，公憤沖天難寧耐，怎容得片時捱？任官旗狼虎威風大，俺這裏呼冤叫枉，喧天動地，管教您一霎掃塵霾。（丑拿香奔上）

【南縷縷金】（丑）渾身汗，走穿鞋，各處人聲沸，鬧咳咳。要救周鄉宦，捧香奔快。一人一炷喊聲哀，天心也回改！天心也回改！

（末）好了，好了！周家兄弟拿了許多香來了。我們到那邊分與衆人，大家好去求官府了。

（淨怒介）求他什麼！他若放了周鄉宦罷了；若弗肯放，我們蘇州人，一窩蜂，待我們幾個領了頭，做出一件轟轟烈烈、驚天動地的事來。衆兄弟不可縮頭縮腦，大家並力同心便好。

（末、丑）自然，自然！快去，快去！

（小生、老旦）列位不可造次。我們急急入城，拉了三學朋友，寫一辯呈，同了列位，去求毛撫臺，懇他出疏保留，這便纔是。

（淨、末、丑）老毛是魏太監的乾兒子，這番拿問也是他的線索，怎肯出疏保留？我們到那裏，自有個道理。走！走！（共奔介）

【北禿廝兒】（淨）心兒裏滿堆着禍胎，百忙裏難保得和諧。衝衝怨氣怎擺劃，一步步奔長街。非駛！（俱下）

（副扮和尚敲梆上）阿彌陀佛，林家巷內吏部周老爺，清廉正直，萬民感戴。如今校尉來拿，開讀在即。一街兩巷，衆位老爺，都到西察院，執香懇求官府，出疏保留。此係人民公舉，不可遲延誤事。

（淨復奔上）老師父，有許多人去了？

（副）顏老爺，小僧到處敲梆叫喊，有無數的人入城去了。

（淨）妙！妙！妙！如今煩你再到削筋墩、社壇頭、三官殿頭這幾處，我們小弟兄極多，快快催他們進城。

（副）曉得。（又敲梆喊介）（下）

（末奔上）顏大哥，快去，快去！衆人都在那裏等你。

（淨）走，走，走！（走介）

【北煞尾】（淨）疾忙奔走無耽待。看此去百萬軍中顯將才。管教你漫天煙霧霎時開，遍地風波頃刻裏解。（共下）

第十一折 鬧 詔

（貼，青衣、小帽上）苦差合縣有，惟我獨充當。自家吳縣青帶便是。北京校尉來捉周鄉宦，該應吳縣承值。校尉坐在西察院，本縣老爺要撥人去聽差，這些大阿哥，都叮囑了書房裏，不開名字進去。竟拿我新着役、苦惱子公人，點去承值，關在西察院內。那些校尉動不動叫差人。叫差人要長要短，偶然遲了，輕則靴尖亂踢，重則皮鞭亂打。一個錢也沒處去賺，倒受了無數的打罵！方纔攪了一肚子燒酒，如今在裏邊吃吃喝喝，又走出來了。不免躲在廂房，聽他說些什麼。（暗下）

（副扮差官，丑、小生扮二校，喝上）

【梨花兒】（副）駕上差來天也塌。推託窮官沒錢刮，惱得咱家心性發，嗏，拿到京中活打殺！李老爺呢？

（小生）李老爺睡在那裏。

（副）快請出來。（向內介）張老爺請李老爺。

（淨內應介）來了！（淨扮差官上）

【前腔】（淨）久慣拿人手段滑，這番差使差了瞎。自家乾兒不設法，嗏！一把松香便決撒。

（副）李老爺，咱們奉了駕帖，差千差萬，到處拿人，不知賺了多少銀子。如今差到蘇州,又拿一個吏部。自古道:上説天堂,下説蘇、杭。豈不曉得蘇州是個富饒的所在?況且吏部是個美官,值不得拿萬把銀子,送與咱們?開口説是個窮官,一個錢也沒有,你道惱也不惱!難道咱們三千七百里路來到這裏,白白回去了不成?

(淨)可笑那毛一鷺,做了咱家的官兒,咱們到來,他也該竭力設法,怎麽丟咱們住在冷屋裏邊,自己來也不來?哥呵!若是周順昌弄不出,咱們定要倒毛一鷺的包哩!

(副)李老爺説的是!差人那裏?(連叫介)

(丑)差人!差人!

(貼走出跪介)老爺有何分付?

(副)差你在這裏伺候,臉面子也不見,不知躲在那裏?

(淨)連連叫喚,纔走出來,要你這裏做什麽!

(副)李老爺不要與他説,只是打便了。

(淨)拿皮鞭來!

(貼磕頭介)小的在這裏伺候,求老爺饒打。

(副)你快去與毛一鷺説:俺老爺們,奉了皇爺的聖旨,廠爺的鈞旨,到此拿人,你做那一家的官兒,不值得在犯官身上弄萬把銀子送俺們!若有銀子,快快擡來,若沒有銀子,咱們也不要周順昌了。咱們自上去,教他自己送周順昌到京便了。快去説!就來回復。

(貼)小的是個縣差,怎敢去見都老爺?怎敢把許多言語去稟?

(淨、副大怒介)哎!你這狗頭不走麽?

(貼拜介)小的委實不敢説。

(副)要你這狗頭何用?(將皮鞭亂打介)

(淨亂踢介)(貼在地亂滾,叫痛哀求介)

(副)這樣狗攮的,不中用。

(貼爬下)(副向丑介)你照方纔的言語,快去與毛一鷺説!俺們立等回話。

(內衆聲喧喊介)

(丑望介)呀!門外人山人海,想是來看開讀的。這般挨擠,如何走得！

（副又與小生說介）你把皮鞭打開了路，送他出去便了。

（向淨介）咱家到裏邊喝杯涼酒。少不得毛一鷺定然自來回復。

（淨）有理。

（副）只等飛廉傳信去，

（淨）管教貫索就擒來。（同下）

（小生）咄！百姓們閃開，閃開！咱家奉旨來拿犯官，什麼好看！什麼好看！

（丑）閃開，閃開！讓咱走路！（將皮鞭亂打下）

（旦、貼扮二皂喝上）（外，黑三髯、冠帶，扮寇太守上）

【西地錦】（外）民憤雷呼轅下，淚飛血灑塵沙。（內眾亂喊介）周吏部第一清廉鄉宦，地方仰賴，眾百姓專候太老爺做主，鼎言救援哩！（大哭介）（末，短髯髯，冠帶，扮陳知縣急上）（向內搖手介）眾百姓休得啼哭！休得啼哭！上司自有公平話。且從容，莫用喧嘩。

（內眾又喊介）陳老爺是周鄉宦第一門生，益發坐視不得的呢！爺爺嗄！（又哭介）

（末見外介）老大人，眾百姓執香號泣者，塞巷填街，哀聲震地，這卻怎麼處？

（外）足見周老先生平日深得人心，所以致此。貴縣且去分付士民中一二老成的上前講話。

（末）是！（向內介）眾百姓聽着！寇太爺分付，士民中老成的，止喚一二人上前講話。

（小生、老旦，扮生員上）（作倉惶狀介）

（小生）生……生……生員王節。

（老旦）生……生員劉羽儀。

（小生、老旦）老……老……老公祖，老……老……老父母在上。周……周……周銓部居官侃侃，居鄉表表。如此品行，卓然千古，驀罹奇冤，實實萬姓怨恫。老公祖，老父母，在地方親炙高風，若無一言主持公道,何以安慰民心?

（淨急上跪介）青天爺爺阿！周鄉宦若果得罪朝廷,小的們情願入京代死。

（丑喊上）不是這樣講,不是這樣講！讓我來說。青天爺爺阿！今日若是真正聖旨來拿周鄉宦,就冤枉了周鄉宦,小的們也不敢說了。今日是魏太監假傳聖旨,殺害忠良,衆百姓其實不服。就殺盡了滿城百姓,再不放周鄉宦去的。（大哭介）

（內齊聲號哭介）

（外）衆百姓聽着！這樁事,非府縣所能主張。少刻都老爺到了,你百姓齊聲叩求,本府與吳縣自然極力周旋。

（內齊聲應介）太爺是真正青天了。（內敲鑼、喝道聲介）

（淨、丑）都老爺來了！列位,大家上前號哭去！（喊介）

（小生、老旦）全賴老公祖、老父母鼎力挽回。

（外、末）自然,自然！

（小生、老下）（外、末在場角伺候,打躬迎接介）（內喊介）（副,鬍鬚、冠帶,扮毛撫臺,歪戴紗帽,脫帶撒袍,衆百姓亂擁上）

（衆喊介）求憲天爺爺做主,出疏保留周鄉宦呢！

（外、末喝退衆下介）

（副作大怒,亂喘亂喘大叫介）反了,反了！有這等事！皇上拿人,百姓抗拒,地方大變了,大變了！罷了,罷了！做官不成了！

（外、末跪介）老大人請息怒。周宦深得民心,也是平日正氣所感。或者有一線可生之路,還望老大人挽回。

（副大怒介）咳！逆黨聚衆,抗提欽犯,叛逆顯然了。有什麽挽回？有什麽挽回？（作怒狀,冷笑介）

【風入松】呼羣鼓噪鬧官衙,聖旨公然不怕。你府縣有地方干係,可曉得官旗是那一家差來的？天家緹騎魂驚唬,（作手勢介）若抗拒,一齊搭咤。（外、末拱介）是！（副低説介）且住了！逆了朝廷,還好彌縫。今日逆了廠公,（皺眉介）咦,比着抗聖旨,題目倍加。頭顱上,怎好戴烏紗！

（內衆又亂喊介）憲天爺爺,若不題疏力救周鄉宦,衆百姓情願一個個死在憲天臺下。

（外、末又跪介）老大人，卑職不敢多言。民情洶洶如此，還求老大人一言撫慰纔是。

（副）撫慰些什麼來？撫慰些什麼來？拿幾個進來打罷了！

（外、末又跪介）老大人息怒。眾百姓呵，

【前腔】（外、末）哭聲震地慘嗟呀！卑職呵，不敢施威喝打。倘一言激變難禁架，定弄出禍來天大。（末又跪介）老大人若無一言撫慰，就是周宦在外，卑職也不敢解進轅門。（付）為何？（末）人兒擁，紛如亂麻，就有幾皂隸，也難拿。

（副沉思介）嗄！也罷！既如此，快去傳諭百姓且散。若要保留周宦，且具一公呈進來，或者另有商量。

（外、末起介）是！領命！（即下）

（副）哈哈哈！好個呆官兒。苦苦要本院保留，這本兒怎麼樣寫？怎麼樣寫？且待犯官進來，再作道理。（向內叫介）張爺那裏？李爺那裏？（叫下）

（小生扮校尉上，扯住副立定介）毛老爺，不要亂叫。我們的心事，怎麼樣了？到京去，還要咱們在廠爺面前講些好話的哩！

（副）知道了！知道了！自然從厚。（攜手下）

（生青衣、小帽，旦、貼扮皂押上）

（生）平生盡忠孝，今日任風波。

（淨、丑、末擁上）周老爺且慢。我們眾百姓已稟過都爺，出疏保留了。

（生拱謝介）列位素昧平生，多蒙過愛。我周順昌自矢無他，料到京師，決不殞命。列位請回。

（淨、丑、末）當今魏太監弄權，有天無日，決不放周爺去的。（哭，唱）

【前腔】（淨、丑、末）權璫勢焰把人摣，到口便成肉鮓。周老爺呵，死生交界應非耍，怎容向鬼門占卦？（老旦、小生急上）周老先生，好了，好了！晚生輩三學朋友，已具公呈保留，臺駕且回尊府。晚生輩靜候撫公批允便了。（生）多謝諸兄盛情。咳！諸兄，小弟與兄俱讀聖書,君命召,駕且不俟。今日奉旨來提,敢不趨赴。順昌此去,有日還蘇,再與諸兄相聚,萬分有幸了。(小生、老旦)老先生說出此言,晚生輩愈覺心痛了。(大哭介)(淨、丑、末,各抱生哭介)(小生、老旦)老先生,你看被逮諸君,那一個保全的?還是不去的是。投坑阱都成浪花,見那個得還家。

(生)列位休得悲哀。我周順昌呵,

【前腔】(生)打成草稿在唇牙,指佞庭前拚罵。疊成滿腹東林話,苦掙着正人聲價。諸兄日後將我周順昌呵,姑蘇志休教謬誇。我只是完臣節,死非差。

(外扮中軍上)都老爺分付開讀且緩,傳請周爺快進商議。

(淨、丑、小生、老旦、末)有何商量?

(外)列位且具公呈,自然要議妥出本的。

(衆)出本保留,是士民公事,何消周爺自議?不要聽他!

(生)列位還是放學生進去的是。

(衆)不妨,料沒後門走了。

(外扶生入介)

(內)分付掩門。(內付掩門介)

(衆)奇怪!為何掩門起來?列位,大家守定大門,聽着裏邊聲息便了。(作互相窺聽介)

(內念詔介)跪聽開讀。

(衆驚介)列位,不是了!為何開讀起來?(又聽介)

(內高聲喊介)犯官上刑具。

(衆怒介)益發不是了!列位,拚着性命,大家打進去!(打門介)

(副扮差官執械上)咄!砍頭的,皇帝也不怕,敢來搶犯人麽?叫手下拿幾個來,一併解京去砍頭!

【前腔】(副)妖民結黨起波查,倡亂蘇城獨霸。搶咱欽犯思逆駕,擒將去千刀萬剮。(衆)咳!你傳假旨,思量嚇咱!(拍胸介)我衆好漢,怎饒他!

(副)嘎!你這般狗頭,這等放肆,都拿來砍!都拿來砍!(作

拔刀介)

（淨）你這狗頭，不知死活！可曉得蘇州第一個好漢顏佩韋麼？

（末）可曉得真正楊家將楊念如麼？

（丑、旦、貼）可曉得十三太保周老男、馬傑、沈揚麼？

（副）真正是一班強盜！殺！殺！殺！（將刀砍介）

（淨）衆兄弟，大家動手！（打倒副介）（付奔進介）

（衆趕入打介）天花板上還有一個。（衆打進打出三次介）

（二旦扛一個死屍上）打得好快活！這樣不經打的，把屍骸拋在城脚下喂狗便了。（下）

（外扮寇太守扶生上）

（生）老公祖，此番大鬧，我周順昌倒無生路了。怎麽處，怎麽處？

（外）老先生休慮。且到本府衙内，再有商量。

（扶生下）（末扮陳知縣扶副上）

（副）這等放肆。快走！快走！各執事不知那裏了，怎麽處？

（末）執事都在前面。只得步行前去。知縣護送老大人。

（副）走，走，走！（同末下）

（淨、丑、旦、貼内大喊。衆復上）還有幾個狗頭，再去打，再去打！（作趕入介）（即出介）一個人也不見了，官府也去了，連周鄉宦也不知那裏去了。怎麽處？快尋，快尋。

（各奔介）

【前腔】（合）凶徒打得盡成柤，倒地翻天無那。遁逃没影真奇詫，空察院止堪養馬。周鄉宦，深藏那家？細詳察，覓根芽。（共奔下）

第十二折　哭　　追

【水紅花】（末扮朱完天，將巾箭衣、腰間掛劍、長三髯上）權璫飛焰到中吴，遍傳呼，天傾何補？千秋意氣未全無。敢捐軀，狂撾諫鼓。自家朱祖文，字叔經，别號完天。祖貫檇李人氏。先祖諱先，嘉靖時殺倭有功，歷官天下大都督，世蔭麾戎。我幼年失怙，賴母劉氏撫養長成。苦節貞操,無由旌表。吏部周公,素非相識,力致當道,上疏具題,得造節婦牌坊。一向銘心鏤骨,感泣搏顙,願為公死。不想近日吏部忤璫被逮,變起倉卒。可憐吏部四壁蕭然,一貧如洗。衆麌緹騎之後,隨又六門設櫃。那販夫樵豎,無不捐貲樂助,一為校尉使費,一為上京盤纏。我想吏部疾惡若仇,鋼腸似鐵,此行必無生理。我悄地相隨到京,生則職納橐饘,死則視其含斂,以圖萬一之報。聞得開舡在即,免不得趕上前去。不必私恩小惠,微報易為圖,直生死與相俱也囉。(下)

【水紅花】(丑、副扮二校尉,生帶刑具,外扮舡家搖舡上)(丑、副唱)無天無日是姑蘇!勝强徒,一場胡做,欽差打得命兒妲。到京都,從頭分訴。(副)我們駕上差人,靠着皇帝老子的勢頭,誰敢道隻字?不想蘇州百姓,成羣結黨,作亂起來,竟將百户方文臣打死。少不得到北京與他們算帳!(末向生介)咄!你如今在舡中,不怕你跳上天去。(生作不理介)(副)舡家,快搖!(外)我們要上岸買些酒肉哩!(副)就要買東西,且到無錫去挽舡。(外應介)(作搖介)(末、副唱)急駕扁舟搖去,無錫在前途。到時節纔把村醪沽也囉!

(俱下)(小生,舊衣巾,作驚惶失足狀,急急奔上)

【山坡裏羊】呼天,夜茫茫失曙;呼君,路迢迢難吁;呼親,形影無尋處!我周茂蘭,只為父親被逮,士民公憤,擊殺官旗。官府恐有疏虞,將我父親一日三處移置,連我也不得見面。早上縣公密報說,今早五鼓,已開舡就道了,因此急急趕來。氣喘吁,跟蹌泣路隅。(哭介)我那爹爹阿,分離不得斯須語,生死無由撫抱呼。一路趕來,看看已到無錫了。身孤,盼親闈,淚眼枯。舟逋,覓輕帆,望眼模。(作遠望介)那只舡頭上站着的兩個人,好似前日校尉的模樣。(又望介)是阿,是阿!一些也不差。看他歇舡光景。待他攏來,我就跳上去便了。

(末、副內喊介)舡家,這裏是無錫碼頭上了。你要買東西,快些上岸買了。我們就要開舡的。

(外內應介)來了。

（末、副上）就在這裏攏舡罷！

（小生）好了，好了。待我跳上舡頭上去！（作跳上舡介）

（末、副驚介）你是什麼人？為何跳在我舡上來？

（小生哭唱介）

【皂羅袍】痛我尋親遠赴。（揖介）望尊行方便，寬假須臾。（末、副）咳！你說是那一個？（小生）我是周鄉宦的兒子。（末、副怒介）哦，哦！還不上去！好打，好打！（小生）我孤身到此實無辜，見親一面非他故。（末、副喝介）快些走！（扯介）（生在內叫介）可是茂蘭孩兒？（小生指內介）這是我爹爹了。忽聞爹語，聲聲慘呼。嗟兒不孝，行行漸疏。（末、副）這狗頭，還不上岸！（作打介）（小生強住介，喊介）吾那爹爹阿，爹爹阿！幾聲痛叫親生父。

（生奔上介）

【解醒甘州】我孩兒不諳世務，涉長途，到此探予。（小生見生跪介，抱住哭介）阿呀！爹爹阿！你瘡痍桎梏身拘鎖，攖何罪作囚俘？（生）兒阿！你來做什麼？我完我事生拋汝，伊自全伊莫顧吾。（小生）孩兒只道爹爹還在府署，不想半夜出城，縣中報知，驚駭無地，急急趕來同爹爹上京。（生）吾恐白日下舡，士民又來阻撓，故此黑夜而來。你既曉得也就罷了，到此何幹？還不回去！（小生）若如此說，爹爹果然不要孩兒去了。天乎！好一似刀刀割肚剜膚。（作在地滾哭介）

【玉抱肚】（生）兒阿！不須愁苦。急歸家，讀書孝母。（小生）母親有幾個兄弟在家奉侍，孩兒一定要同爹爹去的。（生）我此身久許君王，怎違心復戀妻孥？（小生）爹爹此去，路途遙遠；況到京大費周折，豈可無人作伴？留兒身畔代家奴，怎做得患難周旋一介無？

（生）一發用你不着了。你快回去，對母親說：速速把妹子送到魏家去，完了我一椿心事。

（末、副）你父親尚不容你去，咱家老子怎肯容你？快走你娘的路！

（作扛小生丟上岸介）

（末、副）快些開舡,快些開舡!
（內應介）來了,來了!拿櫓、點篙。
（生作看岸上介）
（末、副）艙裏去!（拖生同下）
（小生跌悶在地,漸醒介）爹爹那裏去了,那裏去了?（滿場奔望介）（哭介）阿呀,舡兒竟開了去了!

【掉角吾鄉】盼輕舠飛如野鳧,恨官旗毒如狼虎。歹東風疾吹一帆,狠舟師加添幾櫓。（叫介）爹爹阿!爹爹阿!叫得我破喉嚨,號堤畔,哭天涯,親容望斷遮雲霧。舡已去了,難道我不去不成?怎做得貪棲息,歸故土,一任做風中絮。罷!說不得了。緩急非所望,生男復何益?爹爹既欲捐軀報君,我又何難舍生報父?只得投水而死罷!

（末一面上）急急行來,舡兒去遠了。呀!那邊的好似周公子,上前看來。
（小生唱）

【尾聲】一靈急奔燕山路,也得個死生一處。爹爹慢行,孩兒來也。少不得相逐清冷屈大夫。（作投水介）
（末急救介）呀!周公子為何如此短見?
（小生）原來是朱先生。阿呀!先生嗄,父親被逮,為子者自合追隨,緹騎必不相容,將我迫逐上岸,進退兩難,只得尋個自盡。一靈有知,還得相依左右。不想又遇了先生。
（末）公子差矣!尊大人瀝然就道,雖已忘家,然事未可知。脫有緩急,誰可告者?公子還該速覓便舟,隨行看覷。鴻毛一死,却有何益?
（小生）先生之言最是。只是道路間關,一身狼狽,況無便舡可覓,不若速死為愈。
（末）咳!公子不必慮此。卑人與吏部初非相識,先母旌節,實荷厚恩,曠古所無,何難捨身圖報,公子若慮道路間關,卑人願奉陪前去。
（小生）若得同行,足見周旋至誼。只是風塵勞頓,何敢貽累先生。

（末）公子説那裏話！

【好姐姐】我久已委心相許，豈臨事偏多顧慮？報恩機會，分明此一時。（合）相從去，三千里路身家棄，十二時辰涕淚餘。

（小生）嗄！先生，

【前腔】感君情深肺腑，乾坤事擔當如許。棘端狂吻，緩急信有諸。（合前）

（末）天色漸晚，公子不必遲疑。卑人身畔薄攜盤費，就此徒步上京便了。

（小生）多謝先生！（同下）

第十三折　捕　　義

（外扮公差上）五鼓傳呼急，硃單發內堂；犯人難捉獲，夥計細商量。自家蘇州府堂快手是也。清早五更，只聽得敲門甚急，傳是太爺呼喚，內衙立等。飛奔到府，進了宅門，太爺當面發下硃單，要拿五個欽犯。又密語分付，如此如此，不可洩漏。我想此事，好不尷尬。那五個人不知住居何處？着落在什麼地方？一路行來，叫齊夥計，大家商議。此時還不見到，只得候上前去。呀！來了，來了！

（生、小生、老旦扮公差上）

（外怒介）事在緊急，還不快走！

（生、小生、老旦）什麼事這等心慌？

（外出單介）來，來，來，你看，你看！五個人沒頭沒腦，那裏找尋？

（小生）少不得有元來切脚。

（外）有了切脚，什麼難處？（扯衆附耳介）太爺分付，如此如此，好不難哩！

（生）不要忙，既為此事，少不得只在閶門外邊。且看明了姓張、姓李，就曉得了。（念單介）仰役密拿顏佩韋、楊念如、周文元、馬傑、沈揚等,即刻回話。

(老旦)嗄!想着了,想着了!第三名周文元,就是有名的周老男。

(外)可是綽號叫拆興的?

(生)不差。住在閶一圖地方,竟着了一圖總甲。有了一人,那四個就有蹤跡了。

(小生)一圖總甲龔小園,着了他,自然有。去,去,去!(共行介)

【六么令】此時呵,閶門開了,急急飛奔。不管低高,普安橋走過又是上津橋,林家巷轉灣跑,地方家內忙來到,地方家內忙來到。

(老)此間已是,不免叫一聲。(敲介)龔小園,小園!有話要講,起來。

(副內)清早起,叫名叫姓,有話少停來說。

(外)地方要緊事,快出來。

(副上)悔氣!當了地方,有這許多要緊事。(見外眾介)呀!列位出來得這樣早,有何急事?

(外)太爺親發硃單,要在你地方上拿五個要緊人哩!

(副)借牌來看。

(外)看不得的。

(副)說了罷!

(外)悄悄說你知道。(附耳介)太爺分付,如此如此。

(副)如此說,是欽犯了,不是當耍的。拿了一個,那幾個知風就走了,怎麼處?

(眾)你的主意便怎麼?

(副附外耳介)那馬傑、沈揚兩個小夥子日夜在賭場淘賭,也還易拿。只是那周老男,在閶門外裝了大阿哥身段,昨日有人請他吃戲酒,此時尚未回家。那楊念如在前街開店,他是有體面的,到門叫他,恐怕又急出事來。若是顏佩韋,一發難拿,難拿!況他二人都不在我圖內。

(生)如此說,難道不拿不成?

（副）依我計議，把欽犯兩字不要提起，如今先到賭場裏去，將馬、沈二人指點與列位見了。只說太爺拿賭，奪了骰盆、籌馬，連人交到我地方上討保。一面圈住了他，一面候周文元門首，待他酒醉回來，扶了就走。

（衆）妙！有算計。還有兩個却怎樣拿他？

（副）顏佩韋、楊念如與馬、沈至交，他兩人聞得拿了三人，必然來探望，那時五人一網都收，此計何如？

（衆）妙！如此說，先到賭場裏去，走，走，走，走！（共行介）

【前腔】（合）硃單藏好，不用明言，且自裝喬。賭場日夜亂咆哮，忙走入，便擒牢；機關就裏誰知道，機關就裏誰知道？

（副）此間已是，待我瞧着了，你們進去。（向內暗望指介）那一個朝上坐的是沈揚；那一個探帽子的是馬傑。你們進去行事，我先回去，在家接應。（下）

（衆走進介）

（外先出）骰盆、籌馬在此了。

（生、小生、老旦縛旦、貼上）

（旦、貼）三位！我二人在行的，賭錢小事，何消縛得。

（衆）奉太爺差遣，不得不如此，且交到地方去，有人作保，原是極易處的。

（旦、貼）也不難，就到地方去，還你保人便了。

（生敲地方門介）（副上，假作不知介）

（外）且交與地方收管，拿齊了同賭之人，入城解府去。

（副）大叔不消如此，這兩位是在行朋友，自然有個道理。（招旦、貼介）走來，他們不過如此，不過如此，尋個朋友招架，就住手了。

（旦、貼）就煩伯伯寄信與顏、楊兩個哥哥，就有招架了。

（副）妙！兩人出來，就妥當了，待我寄信去。一位叔叔，陪着二位裏邊少坐。

（老旦）我陪，我陪！（拉旦、貼下）

（副招外、生、小生介）兩個安放已妥，此時該去拿周文元了。

（外、生）走，走，走！

（付指介）那邊周文元來了。

【前腔】（丑醉上）連宵醉倒，戲散回來，街上寥寥，歸家一覺睡逍遙。天大事，且丟拋，誰人敢向閑聒噪，誰人敢向閑聒噪。（作醉倒介）

（副向外介）一徑扶到我家去。兩位伯伯，先押三人入城，留兩位伯伯在此。我勾搭顏、楊二人，一齊到府前便了。

（外）有理！有理！（將單交二生介）硃單收好，我兩個先押三人入城；你兩個同老龔勾搭顏、楊入城，在府前相會便了。

（二生）曉得。

（外扶丑介）周大哥！你有些酒意，我送你到家裏去。（扶丑下）

（副向二生介）如今我同二位去尋兩人便了。

（二生）有理，有理！（作走介）

（淨、末急奔上）

【前腔】聞言驚跳，清早拿人盡是吾曹，必然此事有蹊蹺，親身事，怎推交，問明急急先投到，問明急急先投到。

（付）二位何往？

（淨、末）我正要問你，馬、沈、周三個兄弟為何拿了？

（二生、副）為有人首賭，太爺拿的。

（淨、末）咳！什麼首賭？我曉得了，一定為打校尉的事。

（副）他三個寄信，要二位保一保。

（淨、末）這樁事是我做的事，何消拿得別人。如今他三個呢？

（二生）入城去了。

（淨、末）二位是承牌朋友了。

（二生）差單是敝夥計。

（副）如今也不難，我們三人陪了二位到府前。若為拿賭，就保了三位出來；若為別事，但憑二位主張便了。

（淨、末）有理，有理！快走，快走！（共行介）

（副、二生）真個是好漢。

【一封書】（淨、末）男兒意本豪，猛拚生，忿一朝，身家擔自挑。怎偷生，惜羽毛？急向公庭分白皁，肯任他人李代桃？（合）覓知交，赴官寮，管取平安萬事消。（共下）

第十四折　蔭　　吳

【西地錦】（外扮徐如珂冠服上）夙夜趨蹌玉陛，晨昏獻納銀台，變生桑梓動憂懷，肘腋禍機怎解。下官徐如珂，字念陽。裔本吳郡，官拜銀臺。直諒公忠，作九重之喉舌；光明正大，宣萬姓之隱憂。只為邇者權璫肆虐，屠戮忠良，周蓼洲兄亦為矯旨逮及。昨日驛遞飛報，那差去緹騎，竟為吳民公憤，擊斃一人。魏賊恐禍將及己，旋又激怒聖上。下官聞得此信，不覺栗栗危懼，桑梓隱憂，消弭無計，教下官如何是好？

【降黃龍】黑眚飛空，正類東林，一網牽害。淋漓公憤，赴義如狂，變起蘇臺。徘徊，萬一天威震怒呵，這魚蝦滿甕，誰索把刀砧寬貸。禁不住渾身肉顫，陡上心來。

（丑上）排雲叫閶闔，見日望長安。啟老爺！應天巡撫毛，有奏章一通，差承差馳奏，求老爺驗過掛號。

（外）可有副本？

（丑）有副本。

（外）取來！

（丑送上介）且住！我想毛一鷺，原係東廠乾兒，飛章入奏，必然加意中傷，我且展看一回，自知分曉。

【前腔】疑猜，他是猖狂躧犬，少什麼腹內干戈，筆端蜂蠆。（展看介）應天巡撫毛一鷺一本，為士民倡亂，毆死官旗，請旨屠城，以杜亂萌事。呀！危詞聳聽，抹殺青天，私心稱快。你看中間情節，竟說吳民助周反叛，三吳有累卵之危。咳！此本一上，吾蘇城百姓，殆無噍類矣！哀哉！羣然蠢動，怎扭做斬木揭竿一概。咳！蒼天，蒼天！我何忍見閶闉城畔，血裏蒼苔？這個怎麼處？怎麼處？

（小生背本，鳴鑼策馬急上）

【黃龍滾】兼程驛遞來，兼程驛遞來！隻騎加鞭快，計里三千，已踏長安界。（下馬介）這裏已是通政司衙門了。（丑）住着！（照前稟介）（外）喚進來！（見介）承差叩見老爺。（外）你老爺飛章到此，必為毆殺官旗一事。可曉得助周反叛，這是有的？沒有的？（小生）那有這樣事！人雖跋扈，疾同瘡疥。（外）有副本沒有？（小生）有副本。（外）取上來驗過，與你傳達便了。你去罷！（小生）曉得。主命將，公事畢，天恩戴。（下）

（外）吾想蘇松按院徐吉，官評素著，本中情節，決與毛一鷺所奏不同。我且看來！

【其二】薰蕕不共栽，薰蕕不共栽，梟鳳非同派。止沸抽薪，賴有良臣在。（閱介）妙嗄！中間語氣和平，甚為蘇民回護，只將為首幾人正法，其餘一概免究。好！這個纔是。咳！徐公祖，徐公祖！不枉了軒軒衣繡，峨峨冠豸。倘此本得准呵，民之幸，吾之願，天之賚。嗄！也罷，我就將此本先上，待有溫旨，然後將毛一鷺這本傳達。聖上仁慈，自不免為先入之言所動，吳民尚可保全。即使魏賊深求，我徐如珂死也無憾矣！

【尾】少償一二綱常債，欺公罪，吾甘擔戴。聖上！聖上！總望一霽天威，把商置三面解。說得有理。我先將徐疏即刻送進便了。

　　　　玉石俱焚未可知，片雲却為蔭羣黎；
　　　　當權若不行方便，如入寶山空手回。

第十五折　叱　　勘

（淨雜扮羽林將上）
（淨）千夫裹甲戟森森，法吏庭前列羽林。
（雜）弓盡上弦刀出鞘，廠家侍衛賽當今。自家羽林左千是也。
（丑）自家羽林右千是也。今日東廠千歲爺，親勘東林一案。命俺統軍排列轅門，比着護駕威儀，愈加嚴肅，在此伺候。

（旦扮小監抱牌上）咄！千歲爺分付，把守轅門的聽着：不許犯官家屬前後打探。領牌去！

（淨雜接牌介）曉得。（下）

（貼扮小監抱牌上）咄！巡捕官那裏？

（小生上）有，有，有！

（貼）千歲爺分付：一應押解差官，挏牌聽審，不許各犯合聚交談。領牌去！

（小生）曉得。（下）

（副扮小監，令箭上）錦衣衛刑獄吏何在？

（丑上）有，有！

（副）千歲爺分付：今日勘審，不比泛常，整備着銅挷子、鐵夾棍、閻王閂、紅繡鞋、披麻火烙、銅包木棍，異樣刑具。少不中用，砍頭號令哩！

（丑）件件齊備了。

（副）去！（下）

（生囚服上）（旦、老扶上）

【梁州新郎】（生）痛我完身幾粉，幸我完心無礙，勁骨千磨不壞。填胸正氣，直將厲氣衝開。我周順昌久矣削職閒居，只因面叱奸黨，指罵逆璫，又與魏廓園舟次聯姻，三觸奸人之怒，自分禍不能免，不想魏賊牽坐別案，矯旨飛提，士民義憤，又擊死官旗。咳！此番到京，猛拚就死。（恨介）只恨倪文煥、許顯純兩賊不容分辨，一味嚴刑夾打，坐贓三千，脛骨幾斷，手指盡折。咳！今日魏賊親勘，料無生理。我周順昌若還對賊置辨，豈不貽笑千秋！罷！願掙得一腔無愧，三寸常伸，便碎骨香千載。（旦、老扶生急奔介）咥！快一步麼！裏面審過兩三起了，只管慢騰騰怎的！（生）阿呀！我足痛難忍，就遲幾步却也不妨！（旦、老）咥！好自在話兒，俺們受了你多少錢鈔，還裝這樣喬臉。走，走，走！（又扶一轉，撒地介）（生喘定介）咳！衣冠掃地也理應該，怎怪他胥役如狼語亂歪。（淨駝貼扮半死犯官上）閃開，閃開！都御史楊爺，打了一百鐵扛子，死快了，讓俺收監去。（下）（生頓足介）呀，是楊大洪！罷了，罷了！

（副、丑擡小生扮死犯上）走，走！都察院左爺，三次鐵腦箍，兩次銅拶子，頓時命絕了，發在官壇收管去。（下）（生頓足介）呀！左浮丘竟被非刑置死了。好痛心也！（哭介）忠良士，看看殆，朝堂已絕龍逢派，輪到我，死立待。

（內高叫掩門介）

（旦、老）想是千歲爺掩門進膳了，周爺，扶你到空處，且坐一坐，（扶一轉介）

（老）你陪周爺坐着，我到那廂解手就來。（老下）

（旦帶索橫地睡介）

（末扮半死魏大中，淨駝上）呀！方纔駝上肩還是活的，一煞時硬膨膨，直僵僵了。且撇在此間，再駝幾個死的出來，一併扛去罷。（撇末下）

（生暗覷介）呀！這是魏廓園親家，打得這般模樣，竟死非命了，好傷心也！（哭介）不免叫一聲魏廓園！魏親家！我周順昌在此。

（末作漸醒介）

【前腔】三屍離殼，一靈還在，耳畔誰呼聲再。（轉氣介）攢心抱痛，猛然帶轉魂來。（開目慢視介）呀！元來蓼洲親家！蓼洲，蓼洲，我魏大中與你長別了。（生哭介）親翁，事同一體，小弟也即在少頃相隨也。（末悲咽介）親家！別話不能説了，只是一事放心不下。（生）親翁！還有何事記懷？（末）想着吾孫伊託，你有遺孤，兩姓誰擔代？（生含淚介）儘自由他。（末）親家！我與你相攜同上也望鄉臺，看不得縈縈妻孥哭草萊。（生）親翁！大丈夫視死如歸，還説這些兒女之事怎麼！（末哭介）親翁！還有一言要説。（生）親翁還有何言？快説，快説！（末）親翁，我罵賊神雖憊，君須大罵吾方快，目不瞑，此為大。（作嗚咽氣絕介）

（生）呀！陡然氣盡了。咳！我周順昌頃刻之間，就是這般模樣了。呸！我還待去打點辯論怎麼。罷！就在公堂上，把閹賊痛罵一場。我周順昌就死也死得正氣。不差，不差！不要亂了主意！

（小生巡捕急上）咄，咄，咄！誰在此講話！（踢睡卒介）狗才！

可曉得千歲爺號令，不許各犯合聚交談？你公然把兩個囚徒聚在一處講話，先打你一百皮鞭。

（丑）呀，老爺！那一個是死屍，並沒人交談。

（小生踢屍介）既是死屍，還不發到官壇去！（下）

（旦拖末下）（旦即上）（內叫開門介）

（老急上）夥計，第一起就是周爺了。快走，快走！（下）（作開門介）

（淨、外分立兩傍）（上場八字排兩桌介）

（副扮倪文煥，丑扮許顯純，各抱卷上）下官倪文煥，下官許顯純，東林一案，早堂俱已審結，只有蘇州打死官旗的周順昌，未曾勘問。各抱文卷呈遞上公親覽。（向上跪介）呈遞蘇州府打死官旗文卷。

（內）遞上來！

（貼扮一小監飛上接下）（副、丑據桌分立介）

（內）犯官進！（內）進來！

（生扭鏈，旦、老押上）

（內）去鎖鏈！

（旦、老去鏈介）

（生直立介）

（付、丑）怎麼不跪？

（生）我周順昌跪那個？你動不動擺着龍位，矯旨壓人。我周順昌被你二賊連次非刑酷拷，今日既無龍位，還敢無禮，喝我跪麼？

（副、丑）你沒有眼的，上邊巍巍端坐的是那個？還不跪麼！

（生大怒指喝介）嘎！元來是魏賊！咄！閹狗！你欺君虐民，殘害忠良，我周順昌食肉寢皮，未消積憤，且數你罪惡樁樁，敢一一回對麼？

【前腔】〔換頭〕你縱着十乾兒狠似狼豺，佈着百乾孫毒如蜂蠆。又私通客氏，把后妃殺害。（副、丑）法堂之上，敢把千歲爺這般斥辱，大膽已極，快快拿下！（生）倪文煥！許顯純！你這兩個奸賊，待拿那個？你是閹家惡犬，廠內豪奴，不過排陷邀歡愛。（踢翻兩桌,將杻劈面擊副、丑介)我周順昌今日到此,總是一死。一杻擊殺你二賊,豈不快心!杻敲賊面也好開懷,權當做筭擊權奸血濺腮。(副、丑)不好了!鼻子打斷了,烏珠打花了!(各捧面叫痛介)(貼急上)千歲爺有旨,犯官污言抗上,着武士擊去門牙,不容開口。(淨、雜將槌擒生敲牙滾地介)(奮起含糊指罵介)魏賊!難道我斷了齒,就罵你不得麼?齒雖斷,舌還在,我生平不受三緘戒。常山口,未虧壞。(倒地作悶死介)

(副、丑指生罵介)周順昌,你這狗頭!也有今日麼?

【前腔】怪從前鼓舌搖腮,致今日齒亡脣敗。咄!你怎般崛強,怎麼如今不開口了?恁吞聲下氣,口閉頭埋。(生驟起,將副、丑滿面噴血介)(副、丑)呀!不好了,不好了!赤淋淋,濕答答,滿面都被他噴着血了。(怒介)死囚,死囚!你不怕刀臨頭頸,還思含血噴人,唾面誰堪耐。(淨、雜持棍上,打生僕地介)(生又起含血噴副、丑介)(副、丑)呀!不好了!又來張大口,向天開,袍上猩猩赤點苔。(雜、淨繩捆生介)(副、淨、丑、雜)笑你蟲蟻命,無多大,切時不值顆兒菜。既作孽,又作怪。

(貼扮小監上)千歲爺有旨,周順昌不必再勘,着錦衣衛押帶還監。

(淨、雜扶生介)

(生指恨介)有口不能咀賊肉,好將碎齒嚼奸腸。(淨、外、生錦衣衛押下)

(副)許哥,好一個不怕死的強賊。

(丑)下次再審,又被當堂辱罵,如何是好?

(副)一刻也容他不得了。我與你禀過爹爹,速速分付獄卒,了他性命便了。

(丑)不差!不差!

(內喊掩門介)

【尾聲】(副)犯官強橫真無賽。(丑)了殘生須索快哉!(合)管教你一死難將口再開。(副)區區辱罵恨難平,(丑)罵了爹爹立殺身。(合)閻王註定三更死,斷不留人到四更。(同下)

第十六折　血　奏

（淨扮僧上）在京和尚出京官，天大威風到處鑽；不想西方為佛子，偏投東廠作旗番。小僧北京城內二閘觀音庵枯木是也。房屋不多，住居要道，官府盡來作寓。不要說三閣下、九卿科道，無不相知，就是裏邊線索，極便極靈。雖是僧家，人人欽敬。不想前日有一個下路的小夥子，特來借寓。我一見時，就道有些不尷不尬。他背着人，啼啼哭哭。人來會他，都交頭密語。兩日又在房內，刺着指頭，不知寫些什麼。我看來一定是個犯官的家屬。近日東廠嚴禁，不許犯屬在京打幹，番子手密佈在外。倘然緝着，我庵中甚是不便，定該攆他出去。他方纔吃了夜飯，在房中睡了。我少停起個早起，打聽個的確，再作道理。（下）

（小生青衣、小帽上）

【引子·宴蟠桃】旅邸萍蹤，天涯浪影，憂懷惟有天知。小生周茂蘭，在江邊別了父親，與朱完天先生趕入京師，因長途步履艱難，多走了幾日，比及到時，父親已先到京下獄了。細細訪問，卻被倪、許二賊極刑鍛煉，坐了贓銀三千兩。蒙朱先生百計借貸，千里奔馳，徐銀臺如珂、顧侍御宗孟及范公景文、鹿公善繼、孫公奇逢極力周旋，我父親暫得緩死。小生因緝事人多，只得頻移寓所。前日改易衣妝名姓，借住此庵。昨日魏賊又將爹爹親審，敲折牙齒，性命垂斃。小生又不能一見，聞之心如刀割，因此刺血寫成奏章，欲叩登聞救父。昨已寫了大半，日間又恐人知，不敢刺寫。此時已將五鼓，趁此窗上月光如晝，不免刺血寫完，明早哭奏便了。（袖中出本向窗前看介）呀！月光雖明，模糊不能下筆，怎麼處？嘎！不免輕輕開了房門，悄悄在佛前香燈內，取些火兒，點在燈上，刺寫便了。（作開門取火，仍閉門點燈介）身體髮膚，受之父母，不敢毀傷。今日為救父寫本，若得聖上准奏，得全父命，我周茂蘭雖割腹剜心，也是情願的，何惜這幾點指血！（作刺血悶倒介）（漸蘇介）（寫介）

【過曲·三仙橋】恨殺權奸毒熾，盡忠良，遭殘噬，紛傳假旨，酷刑屠獄底。痛父周順昌阿,抱藎忠,清節誓,苦鍛煉,誣陷賄賂為大題。那魏賊的罪惡呵!寫、寫不盡他肆凶威,題、題不盡他欺君罪,奏、奏不盡他占江山的深深禍機。只寫得父冤羈,枉受嚴刑黑砌。望聖上震霆雷,早殄殺弄朝權的閹賊。

(淨暗上)隔牆須有耳,窗外豈無人。(作推門進介)咄!你寫什麼子?

(小生袖本介)不寫什麼!

(淨)這樣時勢,你侵早五更,背着人兒,自言自語,一定寫着反書了。拿出來我看一看!(作搜介)

(小生袖緊介)你敢是搶我的東西麼?

(淨)這小夥子倒會放刁。(扯介)走,走,走!走你娘的路,不要連累我!(推出門介)

(小生)還了我行李去。

(淨)行李只好作房錢了。(關門介)閉門不管窗前月,分付梅花自主張。(下)

(小生)阿呀!可惱,可惱!好一個出家人,白白賴了行李,竟推我出門,有這等事。咳!此時又不好聲張,怎麼處?你看天色將明,趁此際街上人稀,不免一路行去,竟到五鳳樓前,叩閽上疏便了。(行介)

【憶多嬌】聲隱泣,淚暗滴,潛行俯首愁探緝,叩闕捐身登聞擊。蒼天那!保佑周茂蘭血疏一上,早救父命。天意堪必,天意堪必,默轉君心匪石。此間已是午門外了,不免擊鼓則個。

(擊鼓介)

(末、老扮武士,丑扮小官上)何人擊鼓?何人擊鼓?

(小生跪介)南直隸蘇州府吳縣儒學生員周茂蘭,謹奏聖上,臣父原任吏部員外周順昌啊,

【鬥黑麻】清節廉聲,忠心抱赤。被魏賊的奸謀,網羅陷黑,冤獄禁,酷拷炙,九死孤臣,命懸頃刻。刺血代墨,叩閽情孔急。伏望天恩!伏望天恩!電冤罪釋。(將本送丑介)

(丑接看介)此係血書奏章,從無此體,通政司不便傳進。(將

本還小生介)

（小生）父命危在呼吸，一定要求上達天聽。

（丑向末、老介）打出去！

（末、老推小生出介）

（丑）覆盆難見日，幽戶不聞雷。（同末、老下）

（小生跪哭介）阿呀！聖上呵！

【憶多嬌】冤已極，疏轉擲。君門萬里空咫尺，父命難全，生何益。聖上既不收血本，茂蘭情願撞死闕前。碎首血瀝！碎首血瀝！救父黃泉喜溢。（作將撞介）

（淨、副扮番子手，旦、占扮小監執棍上）

（淨、副扭住小生介）你這狗頭，死活也不知，上什麼血本？

（二旦）打便了！

（將棍打小生滾地喊介）阿呀，天那！

（外，白髯、冠帶急上）天府傳宣地，皇家喉舌司。下官通政司大堂徐如珂是也。何人闕前喧嚷，急急看覷則個。

（淨、副）通政司大堂蘇州徐老爺來了。

（外）為着何事，將他毒打？

（旦、貼、淨、副）犯官兒子，抗拒聖旨，上什麼血疏！廠爺知道了怎麼處？拿他去打一個死。（旦、貼打介）（淨、副扭介）

（外）我這裏不與他傳達就罷了，打他什麼？待我着人攥他出城去。

（四雜）造化了這狗頭。去，去，去！不該死，不該死！（下）

（小生看外介）元來是徐老伯。

（外）這裏不是講話的所在，隨我來。

（小生隨外一轉場介）（小生跪外介）老伯與小侄將血本傳上，救得老父性命，是真正大恩人了。

（外）我徐念陽，難道沒有人心的？若此疏可上，何須賢侄哀懇？令尊遭此大變，我也極力周旋。就是毛巡撫擊殺官旗之疏，極其凶狠，那巡方徐吉之疏，甚是和平。我將徐疏先上，奉有溫旨，然後傳進毛疏。聖旨批道：已有旨了。方得保全蘇郡一城性命。賢侄如今此本,若是墨書的,便可與你傳達了。

(小生)徐老伯啊,

【鬥黑麻】你恩德如天,蘇城感激。救父的殘生,銜結報德。傳達上,溫旨錫,起死回生,盡公卵翼。(外)權奸焰赫,滿朝俱戰慄;桑梓情深,桑梓情深,敢不努力!

(小生)懇求老伯神力,使小侄得見老父一面。

(外)廠衛嚴禁,犯屬不許入監,怎生去得?

(小生)若得一見父面,小侄死也甘心。

(外)也罷!你今夜悄悄到我寓所,我有一長班,他兄弟是個禁子。你換了極破衣帽,我託他領你進去便了。

(小生)多謝老伯。

(外)外邊廠衛嚴拿,你路上行走要小心些。

(小生)曉得。

　　　　(外)孝子忠臣萃一門,拚生刺血奏登聞。
　　　　(小生)惟有感恩並積恨,萬年千載不生塵。

第十七折　囊　首

(雜扮禁子上)虎頭門裏偷生少,枉死城中冤鬼多。自家鎮府司禁子是也。目今司中人犯,慘不過是東林一案。可憐那些官兒也有拷打不過,當堂了命的;也有帶傷受刑,腐爛身亡的;也有昏迷絕食,含冤自斃的;也有逼討氣絕,灰囊壓死的。不知壞了多少性命。只有一個周吏部,屢次受刑不死。前日千歲爺親審,他偏不怕死,倒是一場狠罵。却又作怪,千歲止將他敲去門牙,反不加刑,仍舊收監。咳!算來周吏部倒是一條硬漢了。俺眾兄弟又可憐他,又敬重他,每每照顧他幾分。今晚輪着我在他房裏值宿,且留心看他一看,也是好事。正是:人道公門不可入,我道公門好修行。(暗下)

(外扮長班上)受人之託,必當終人之事。自家通政司徐老爺門下長班是也。奉老爺之命,引着周公子悄進監中去見父親一面。

你看門上坐的，正是我家兄弟，叫他出來說個明白。（暗招雜介）咄！兄弟走來。

（雜上）原來是哥哥，叫我怎麼？

（外附雜耳介）我奉主人之命，有言相託。

（雜）為着何事？

（外）吏部周老爺在内何如？

（雜）家信不通，少人看顧，都應不久了。

（外）他有個公子到了，要你引進一見。

（雜）使不得！使不得！東廠時刻有人打聽，況且監中耳目眾多，倘被知覺，連累非小。

（外）老爺也只為此，教我特來與你商議。

（雜想介）嗄！也罷，少刻點派更夫入監，教他充作更夫進來。今晚正輪我在他房内值宿，引他父子一見便了。

（外）如此甚好，照你說話，回復老爺，就同公子來也。（下）

（雜）哥哥，轉來。

（外）又是怎麼？

（雜）少刻公子進來，切不可喚父呼爺，被人聽得，不當穩便。

（外）曉得。

（雜）哥哥，轉來。

（外）又是什麼？

（雜）那周公子喚甚名字？

（外）他叫周茂蘭。（下）

（雜）叫周茂蘭，就去說與周老爺知道。（作開門進介）夥計，我進去各房查看一看，更夫齊了，叫我一聲。

（内應介）

（雜）此是第三監了。（進介）呀！怎麼周爺不見了？周爺那裏，周爺那裏？

（生在内哀聲介）好苦耶！

（雜）原來倒臥在牆脚下，怎麼不睡在上邊，臥倒在地？

（生作痛楚聲介）周身疼痛，手足拘攣，掙扎不起了。

（雜）待我扶你上邊睡好。（扶生介）

【小桃紅】（生）我命延一息不終朝，掙不起鐐和杻，牢牢靠也。（雜）周爺，虧你硬撐，挨到今日，比着各位老爺，早早去世了。（生）早去的倒不好麼？咳！這鬼窟中，偏咱落後苦多熬。（雜）周爺，你如此光景，怎没個親戚來看你？（生摇首介）那有親戚在此。（雜）難道没個管家隨來的？（生）那有家人帶來。（雜）公子是有的。（生）一發難來了。（雜）且住！你家公子名唤茂蘭的現在。（生大驚跳起介）在……在……在那裏？莫……莫……莫……莫……莫非我孩兒也……也……也……也拿了麽？（雜）周爺放心，公子特來探望，就要進來了。（生急摇手介）呀！呀！呀！呀！你切不可放他進來！（雜驚介）為何？（生拭淚介）我也無念到兒曹，怎教他聽爹語，覷爹容，向爹號！轉引得我肝腸吊也。（雜）令公子遠來，極難得的，怎倒拒他？（生）阿呀！此處什麽所在？可是他來得的？倘若我萬千情，撮起在心苗，忍不住話聲高，隔牆耳，怎相饒？

（雜）我正為此先來説明，且待更深人靜，悄教公子扮了更夫進監，少刻隨我同來值宿。

（生）嘎！嘎！嘎！我孩兒扮下更夫，少刻便……便……便……（住口暗泣介）

（雜）還有一句要緊話，見了公子，切不可叫子呼兒，被人知覺。

（生泣介）嘎！嘎！嘎！我却不要認着孩兒罷！還是不要進來好。不……不……不……不要進來好。

（小生作梆聲介）

（雜）外厢點派更夫了，你自放心安睡，少待片時，引着公子來也。（鎖門介）

（生作盼門連跌介）阿呀！呸！我父子就得一見，却有何益？不如硬着肚腸，放懷睡去。（作强撐不起，横臥介）

（雜引小生抱梆上）

（雜）來！來！來！此是第三監了，令尊老爺在内，放下梆子，引你進去。（開門介）

（小生放梆介）

（雜）此位就是周爺，鼾然熟睡在此，不要驚他。你且點着火，慢慢候他醒來。我拿此梆，交與別人敲打去。（下）

（小生上下看生，暗哭介）呀！我爹爹這般模樣了，好痛心也！（作撫摩介）

（生忽叫痛、驚醒介）

（小生急扶，失聲高叫介）爹爹！孩兒茂蘭在此。

（生失聲介）果……果……果是我孩兒。（強坐、忍淚不出聲介）

（小生捶胸哭跳介）

（生搖頭長歎介）你來怎麼？

（小生抱生哭介）阿呀！爹爹阿！

【下山虎】我痛腸寸絞，剪剪如刀，爹爹，為甚没句言語説與孩兒知道？敢是淚咽聲難叫，猛然氣焦？（生張口介）兒！你看我齒牙盡被閹奴擊斷，尚有何言，與你細説？你且牢牢記着：只把忠臣樣子，日後説與子孫知道便了。（小生）爹爹嘎！後日兒孫怎補得爹生平未了！（指內介）魏賊！魏賊！我齒磷磷可盡敲，少不得剎將伊肉咬。（又抱生介）阿呀！爹爹阿！孝和忠，路一條。爹負千秋恨，與兒並叨，不共之仇肯便消。

（生）兒！你爹爹身受倪、許二賊百刑拷打，手足俱折，不必説了，還有説不了的苦惱。

（小生）爹爹便怎麼？

（生）阿呀！兒嘎！説也傷心。

【五般宜】兀那龍鬚板，赤剥剥皮裂再敲。牛筋棒，挖擦擦骨折未饒。（小生）我好心痛也。怎受得這般苦楚？（生）兒！你道爹爹受了那樣刑罰？（小生）爹爹説與孩兒知道。（生）你只看我腿上疊棍所傷，陷為深坎；坎上裹藥，復被棍揭；棍棍狠敲赤肉，肉盡直敲精骨。兒！你爹爹受刑之日，棍頭上滾滾活蟲跳，血和肉渾裹蛆蟲，臭聞天表。阿呀！兒，你爹爹此時呵，只願棒頭早早叫聲去了，誰知道粉碎樣屍骸，待兒看，添苦惱。

（小生跳哭介）阿呀！爹爹！孩兒奔走稽遲，不得早來看視，萬死難辭了。

【五韻美】乍探爹，心如攪，恁般痛楚兒未曉。爹爹，待孩兒展開患處，收拾收拾。（生）罷！恁地腐爛，還要完好怎麼！（小生掀衣見傷，哭倒介）阿呀！掀衣一見便驚倒，只這膿窩血窖，怎敢把指尖輕抓！那得有湯水與爹一洗。罷，罷，罷！只得裂下衣衫，輕輕展拭便了。（哭介）阿呀！爹爹嚘！萬千血孔，如何動手？若是割兒肉，補得牢；只這萬千孔，便割盡微軀，不能代爹補好。

（雜）任情終有失，執法永無差。（開鎖介）大相公，叫你不要高聲，倒是這般號哭起來。呀，呀，呀！好不知利害！

（小生急作收淚介）一時心痛，不能含忍，如今再不哭了。（頓足大叫介）好苦嚘！

（雜）呸！才說不哭，又哭了。

（淨、丑扮二禁子提燈，副扮差官持令箭上）

（淨、丑）夥計！夜巡老爹在此查察，快快開門。

（雜）（作慌扯小生介）怎麼處？查察的差官來，你却藏在那裏去？來，來，來！權躲在草鋪下，再不可響動。

（小生）自然不敢做聲。（急下）

（雜開門介）

（副）那一個是周順昌？

（雜）這位就是。

（副）同房還有何人？

（雜）沒有。

（付）好，倒也清淨。咱奉千歲爺之命，有一件東西在此送他。（出囊介）（又附雜耳密語介）就要了事回覆的。咱在獄神廟中，立等，立等，快些下手！（下）

（丑、淨扯雜作私語介）

（雜向生介）周老爺可曉得那差官來的意思？

（生）是查點犯人。

（雜）不是。

（生）敢是要個包兒？

（眾）也不是。
（生）是什麼？
（淨、丑）倒有一件東西，送與周爺受用。
（生驚介）奇怪！送我什麼東西？
（丑、淨出囊介）請看，是一個布囊。
（生）送我何用？
（眾）周老爺是曉事的，不消我們說了，有要緊話分付一聲罷。
（生驚戰介）嘎！莫非將此囊索我性命麼？
（眾）不消再說了。
（生）魏忠賢！魏忠賢！你要我死麼？我周順昌生不殺汝，死作厲鬼擊殺奸賊便了。
（丑、淨將囊套生頭，推生僕地，挽繩背拽介）
（小生大叫搶上介）列位動手不得的，不奉聖旨，怎便無法無天，獄底殺人！（急抱生挽定繩索介）
（丑、淨）你是更夫，如此大膽，敢來討死麼？
（淨推倒小生介）（又用力扯索介）（小生急起搶介）（雜揪倒小生滾地介）（小生翻推倒雜，又搶上）（雜急起揪小生倒地，騎坐前場介）（小生在地哭喊介）（淨、丑用力拽生，生將身亂掬，脚亂跳，漸作死，挺直在地介）（爭、丑作放繩氣喘，各定力介）
（雜放小生，小生撲生屍跌哭介）阿呀！爹爹阿！

【蠻牌令】一霎起波濤，頃刻極刑遭。囊頭親禍慘，兒睹勝吞刀。恨不得代爹行，拚生命拋；恨不得趕黃泉，將爹抱牢。身僵挺，首囊包，親兒送死，有口難號。

（淨、丑）夥計！事已完了，且把狗娘的縛東廠請賞去。
（雜）哥，實不相瞞，此人不是更夫，實是周爺公子。監中耳目不便，扮了更夫來探父親，不想他恰好送父歸天。
（眾）既如此，周爺面上，大家方便。與他瞞過了罷！我們攙過屍骸，待那差官進去相驗，你快些送他出監去。
（丑、淨攙屍下）
（雜扶小生出介）走，走，走！小相公，令尊老爺是東廠對頭，知

你在京,必來殺害,快些另託心腹,辦棺收殮屍首,急急回家去罷!前面直去就是通政司衙門了,快走,快走!(放手介)

(小生急奔,又復身扯雜,作痛切致謝,説不出介)

(雜)你有話快説。

(小生復不語介)

(雜)呸!既沒甚説,還不快走。(推小生倒地竟下)

(小生起又跌介)(下)

(末扮朱完天上)危疑閣上窺奇膽,患難關頭見異人。我朱祖文自到京中,微服僻處,為吏部懸贓未完,百計求貸,適從吳橋回來,捃摭稍就,不免前往獄中探問消息。

(小生跌上)

(末扶介)呀!是周公子!

(小生看末,仍哭倒地不醒介)

(末)周公子!為着什麼這樣啼哭起來?扶你回去罷!(扶起小生,坐地捫心介)阿呀!好苦嘎!

【山麻稭】痛殺我,心如搗;問我靈魂,落在監牢。蒼天!蒼天!你昭昭,那裏討得個生爹叫?(末)公子!莫非吏部有些不好麼?(小生)阿呀,先生!不好了,不好了!坑殺人,有言難吐,有冤誰訴,有恨難消。(又哭倒地介)

(末叫介)公子!這裏不是啼哭之所,起來,起來!不好了,不好了!

【江神子】只看他喉間冷氣飄,腮臉上淚湧如潮。敢有甚鬼魂纏住咆哮?公子醒一醒。(小生微喘介)(末)好了,好了!我曉得了。攔街跌倒命絲毫,都應是為爹懊惱。(扶起介)

(小生)我那爹爹嘎!

【尾聲】重泉渺渺難追到。(末)呀!如此説,真個吏部死了。(小生指內介)魏忠賢!魏忠賢!你那奸賊嘎!這海樣冤仇誰報?(末)公子噤聲,且問吏部怎麽樣死的?(小生頓足哭介)黑夜囊頭活殺了。

(末)咳!蒼天,蒼天!有這等事!且到寓所去,慢慢細商則

個。(扶小生下)

第十八折　戮　義

（副扮劊子持刀上）尋常結果千條命，本分生涯一把刀。自家蘇州府吳縣劊子的便是，祖傳行業，官役行刑。紅罩甲，火焰渾身；綠飄巾，威風出衆。一條青索子，時掛腰間；三尺雪霜刀，常拿手內。入監門，吆喝幾聲，無數囚徒都喪膽；喚出阱，精光跌剝，饒伊好漢也消魂。兩手反張，捆麻繩，好似夜叉凶狠；蓬鬆鬢髮，插招旗，渾如羅刹猙獰。街坊行走，一記鑼，一記鼓，聲聲霹靂交加；押到法場，站的站，跪的跪，個個鬼門先去。流星起處，惟聞官府先奔；劈頸刀揮，但見血光一片。正是：人生到此實傷心，撞着咱時真悔氣。昨日奉本縣出牌，今日要殺打校尉的這班人。我想他們也是為好，一時高興，誰知今日到這個田地！毛都爺主意，道是校尉在西察院打殺的，要綁在西察院前梟首示衆。聞說監斬官是蘇松道張老爺。上司監斬，不比尋常，差不得時刻的。怎麼衆兄弟還不見來？（向內叫介）衆夥計快來！

（內應介）來了。

（外、小生扮劊子上）哥阿！又不是搶頭刀，為什麼這般要緊？

（付）道爺監斬，恐怕誤了時刻。

（外、小生）既如此，快去，快去！

（雜）還有幾個呢？

（外、小生）先到司門首去了。

（衆）走，走，走，走！

（合）一羣催命鬼，幾個殺人星。（共奔下）

（生、帽、青衣上行介）

【滴溜子】心忙亂，心忙亂，奔馳鹵莽。行急遽，行急遽，神魂惚怳。爹行情關屙癢，死生頃刻間，言難盡講。永訣生離，趨赴法場。自家楊英甫便是。爹爹楊念如，與顏佩韋等，只因周吏部無辜被逮，一時仗義，同衆百姓打死官旗。那日整千整萬人，一齊動手，不想官府竟將爹爹等五人，扭作亂民，開在本上，旨意倒轉，今日將來處決。你道可不是極大冤枉麼？
（老在內哭介）我那兒呵！
（生）那邊號哭之聲，想是顏婆婆來了。
（老哭上）昏天黑地陰風慘，有屈無伸怨氣沖。
（生）婆婆來了麼。
（老）孩兒今日行刑。老身一則去別他一別，二則去收他骸骨。你道慘也不慘？
（生）我亦為送爹爹而來，不知那三家怎麼不來？
（老）自然來的，我和你先去罷！
（生）竟到司前去便了。（共行介）

【泣顏回】（合）痛哭斷人腸，無罪輕罹法網。哀哀死別，那堪死別雲陽。君門萬里，呼冤叫屈難稽顙。（內鳴鑼擊鼓介）（生）你聽鑼鼓之聲，一定綁赴市曹來也！（急奔介）（合）霎時間，天日為昏，百萬姓，暗中稱枉。（下）

（淨、末、丑、旦、貼綁縛招旗，副、小生、外扮劊子押上）

【前腔】（五合）剛強，仗義久名揚，說甚身遭無妄。權璫肆虐，堪嗟毒流天壤。（劊）自己惹出來的禍，說他怎麼？（末）呸！我楊念如是怕死的麼！（淨）我顏佩韋打死校尉，萬民稱快，死也瞑目了。（合）鋤奸擊賊，五人兒也不愧東林黨。只可惜救不得周吏部，死有餘恨。痛孤忠萬里俘囚，枉吾儕一朝傾喪。

（老、生奔上）

【千秋歲】（老、生）意慌忙，寸步難移上。一霎裏，神魂驚蕩。（老）我兒在那裏？（生）爹爹在那裏？（各抱哭介）飲血餐刀，飲血餐刀，早難道是伊前生孽障？（淨）孩兒不孝，不能奉養母親終身，真罪人也。（劊）閒人閃開些！（老、生）生離別，難輕放；親骨肉，難拋向；怨氣高千丈，定三年不雨，六月飛霜。

（劊）奉旨典刑，這些狗男女不知死活，還不快走！

（打開老、生介）時辰已到，眾犯人快些走動！（拉淨、眾下）

（老、生）我們如今趕快到西察院前去。（急奔介）

【越恁好】（合）市曹忙赴，市曹忙赴！急煎煎，苦怎當！聽神號鬼哭添痛傷，倍悽愴。（老跌介）（生扶起急行介）苦顛連體僵，苦顛連體僵！見亂紛紛萬千人，流涕道傍。撲簌簌淚拋，撲簌簌淚拋，痛殺殺一會兒割斷寸腸。

（內鳴鑼，劊提五人頭繞場。老、生奪抱哭，劊推倒老、生，提頭下）

（老、生哭起後倒地介）

【紅繡鞋】（合）頭囊三木，悲傷！悲傷！血流一派，汪洋！汪洋！魂縹緲，魄飛翔，情慘切，恨綿長。兄撇弟，子拋娘。

（生）婆婆，事已如此，哭亦無益，待我扶你前去，急急顧人到法場上收領屍骸，買棺盛殮，再作道理。（扶老旦行介）

【意不盡】（合）俠腸一片知何向？熱血淋漓恨滿腔，一時鹵莽，博得個義風千古人欽仰。（共下）

第十九折　泣　　遣

【憶秦娥】（旦上）奇殃熾，分飛一旦身家碎；身家碎，懸懸望眼，涓涓珠淚。（貼上）

【前腔】〔換頭〕巢傾一息身餘幾，思親萬緒愁相對。（見介）（旦哭介）兒呵！（合）愁相對，他鄉父子，窮村母女。

（旦）自你爹爹被逮，慮切覆巢，你哥哥又捨命入京，更愁禍起不測。近日忽傳有屠城之旨，鄰里驚惶，紛紛逃竄，因此和你暫避入鄉。且喜與顏佩韋令堂寓居相近，藉他朝夕作伴，宛如患難相從。只是傳聞驚駭，憂思忡忡。早上又遣蒼頭入城打探，未知消息如何？

（貼）母親！五人戮首，聖旨既有處分，屠城之說，定屬訛傳。但爹爹在京，未知下落。少頃蒼頭回來，有個實信便好。（旦、貼共拭淚介）

（小生背包急上）

【前腔】風波患難成何濟，身歸魂去如飛絮。（小生）周茂蘭在京目睹爹爹被難,忽聞奸黨密拿,只得逃歸。不想舉家潛避在鄉,急急尋覓到此。(作入介)(見旦跪介)阿呀!娘阿!(旦驚介)我那兒阿!(貼)哥哥阿!(共抱哭介)(合)如飛絮,飄零骨肉,萬千驚悸。

(旦)我兒,爹爹怎麼樣了?

(小生哭介)娘阿!

【集賢賓】孩兒竭蹶帝畿。(旦)到京後便怎麼?(小生)多賴朱完天先生稱貸完贓,得以緩死,我才得控血疏黃扉。(貼)上了血疏,可准否?(小生)那裏能上!幸父執潛通探獄底。(旦)見了爹爹,却怎樣光景?(小生哭介)爹爹呵,受嚴刑,血肉淋漓。(貼)爹爹身受重刑,好不痛心也!(旦)你爹爹可曾與你說些什麼來?(小生)其時孩兒與爹爹呵,三更絮語,撫疼痛,千般寬慰。(旦、貼)這也還好!(小生)不想五更時分,忽見幾個人手執令箭,提燈而至。(旦、貼)這是什麼人?(小生)這班人呵,真個是催命鬼,頃刻裏把爹爹囊頭身斃。

(旦哭介)我相公囊首身亡,兀的不痛殺我也!(倒地介)

(小生、貼哭叫介)母親甦醒,母親甦醒!

(旦醒介)(小生、貼扶起介)

(旦哭介)我那相公呵!

【貓兒墜】(旦哭唱)非刑身死,痛殺一孤嫠。(合)怨氣沖天星日蔽,黃泉有恨訴憑誰。(共指介)魏賊殺害忠良,少不得碎屍裂體。

(旦)如今棺木在何處?

(小生)孩兒正欲同家人顧選扶柩回南,忽被魏賊四面差人拿緝,只得寄柩僧舍,暫且歸家回復母親,就要上去扶柩的。

(老旦上)自不整衣毛,何須夜夜嚎?(作入介)夫人,小姐!為何只管啼哭?(作見小生介)呀!原來大相公回來了,老爺信息如何?

(旦)顏媽媽,我家老爺被魏賊囊頭處死了。

(老哭介)好一個周老爺,死於奸賊之手,皇天也是沒有眼的了,害了你家老爺,又殺了我家兒子,這口怨氣幾時得出?

(旦)自然天理報應的。

(老)老爺臨終,可有要緊言語囑付大相公?

(旦)我還不曾問得明白。

(小生)爹爹中宵被難,一時倉卒,半句言語也不曾說得。只在無錫舟中遇見,曾囑付說:妹子已許魏家,速速送至嘉善,與彼完姻,亦完我心中一件未了之事。

(貼驚哭介)阿呀!哥哥,這是那裏說起?

(旦)我兒!你爹爹將你許了魏家,就是他家的人了。況且魏家前日已曾遣人舟來娶,只因父親京中消息未定,故回了他們去。如今父親遺言如此,自然該去的。

(老)夫人之言一些不差。

(貼)爹爹雖有遺命,孩兒斷斷不去的。

【啄木兒】(貼)娘孤獨,女共依,形影相憐難暫棄。(旦)兒阿!還是去的是。(貼)爹爹為與魏家聯姻,致觸奸璫之怒,是孩兒連累爹爹了。兒自甘削髮空門,怎肯去重諧連理。(旦、小生)爹行遺命難違背,終身大事須完配。(老)遵奉親言家室宜。

(淨扮蒼頭急上)正是福無雙至,果然禍不單行。(作入介)阿呀!夫人、小姐阿!不好了!(見小生住口介)呀!大相公也回來了,老爺在京怎麼樣了?

(小生)老爺被奸賊陷害,慘死獄中了。

(淨跳哭介)我那老爺阿!

(共哭介)

(淨)夫人、公子、小姐,且不要啼哭,還有要緊事在此。

(旦)什麼要緊事?

(淨)小的在城中打聽,只見外邊人沸沸揚揚說。

(旦)說些什麼來?

【玉交枝】聞言驚異,說吾家前來抄洗。(三旦)恐是訛傳,未必確?(淨)道京中已差遣官至,頃刻裏閶門勾取。(小生)我出京時,從無此言。這是那裏說起?(淨)相公出京是逐站走的,來得遲；他們是連夜走的，來得快。故此相公未知。權璫勢焰轟若雷，臨頭禍到難回避。（共哭介）（合）痛全家，奇殃慘罹。恨權奸，凶威洊遺。

（淨）如今哭也無益，趁他們未來之時，及早潛避，省得全家被害。

（老）管家之言，深為有理。夫人、公子、小姐！及早別圖便好。

（旦向老介）夫死為忠，奴死為節，妾身豈可勉強偷生！

（貼）父遭冤死，母命難存，我怎肯逃生苟活！

（旦向貼介）我兒！你是魏家孫媳，況父命諄諄，理宜即往。

（老、淨）小姐自然該去的。

（貼向旦哭介）孩兒情願死在一處，斷斷不去的。

（旦）這也由不得你做主。老蒼頭！快喚一舡，送小姐去。只是沒個女人作伴，怎麼處？

（老）老身願送小姐到彼。

（旦）如此甚好。

（淨）待我就去喚舡。（哭下）

（貼向旦跪介）娘阿！怎忍撇下孩兒！

【憶多嬌】（貼）娘慘淒，兄禍危，兩命存亡未可期。何忍生拋獨自飛？（合）死別生離，死別生離，痛上還添痛悲。

（淨上）舡已喚在河下，請小姐作速下舡。

（老）小姐快去罷！省得被人知覺。

（旦向淨介）老蒼頭！你同顏媽媽送小姐到魏家說：患難之中，一概不能成禮了。（作說不完哭倒介）（小生扶起介）

（老）小姐就此拜別夫人去罷！（老扶貼拜介）

【月上海棠】（貼）羞拜啟，幾番抱入娘懷裏。痛斯時分手，甚日回歸？（旦、眾合）願天心，否極回春；想人事，悲餘成喜。（老拖貼介）（小生扶旦介）（旦、貼）分離矣！死生永別，腸斷天涯。（老拖貼下）（淨隨下）（旦哭倒，小生扶起介）（小生）妹子是去了，母親且請寬懷。

（旦看小生介）阿呀！兒阿！我和你呵！

【尾聲】（旦）雙雙等待來提繫，這一刻鬼門相對。（小生抱旦哭介）阿呀！娘阿！（合）痛死我，死死生生，拆開母共兒。

（共哭下）

第二十折　魂　　遇

【紅衲襖】（淨魂奔上）俺本是，氣衝衝，嘯吳門一少年，倒做了血淋淋，飽青鋒黃沙面。（末魂奔上）又不是刺王僚，筵上魚腸獻。（丑魂奔上）翻成了裹鴟夷，胥關斷首懸。（旦魂奔上）閃得俺，虛颸颸一靈兒風雨旋。（貼魂奔上）惱得俺，怒轟轟七魄兒雷霆戰。（共奔介）（合）真個是小小泉臺，容不得衆傑神魂也，一任俺渺渺遨遊碧落邊。

（淨）俺顏佩韋是也。

（末）俺楊念如是也。

（丑）俺周文元是也。

（旦）俺馬傑是也。

（貼）俺沈揚是也。

（淨）俺五人本姑蘇任俠，吳市英豪，落拓不羈，輕生好義。因目睹清宦被逮，一時公憤，擊殺旗官。不意官府竟將我等五人，扭作亂民，奏聞棄市。陰司矜念無罪，一任行遊。俺想此事，皆緣魏賊而起，銜恨九泉；但滿朝臣宰，皆貪位慕祿，無人出頭，誅此逆賊。俺等欲作厲鬼，到彼殺之，以快神人公憤。

（末）大哥！我們離了蘇州，就往北京去也。

（淨）迤邐行來，前面已是長江了，不免飛渡則個。

【傾杯賞芙蓉】【傾杯序】（合）滾滾長江浪拍天，難洗雲陽怨。一望裏攘攘維揚，隱隱淮安，點點青齊，漠漠幽燕。【玉芙蓉】目如閃電能殺賊，氣貫長虹會掃奸；英風煽，盡穿宮入院。那怕他五侯七貴焰方燃。（下）

（生巾服扮魂上）

【刷子帶芙蓉】【刷子序】龍比作齊肩，捐軀黑獄，抱恨黃泉。

賊在身亡,名傳萬口空言。我周順昌為忤逆,殺身獄底。雖曾幾次痛罵刑餘,未得一劍掃除奸黨。七尺徒捐,百年飲恨,既不能斬朝廷之蠹,又不克泄楊、左之冤。狐鼠盈廷,豺狼當道;一點幽魂,終懷耿耿。喜得逆數已盡,旦夕將受天誅,且乘風一返吳門,翹首候清皇路便了。心堅,陰鎮壓妖氛魑魅,默保護皇家畿甸。【玉芙蓉】忠魂眷,眷天心回轉;斬權璫,掃清宮闕慰重泉。（望介）那邊騰騰黑氣卷地而來,許多人紛紛至也。且看是何等人！（立高處介）

（五魂上）

【錦芙蓉】【錦纏道】（合）歷山川,望塵寰紛紛鬧喧。蟻隊逐,怎如我衆魂兒蕭蕭殺賊連翩。俺本是罵孤城睢陽許遠,今做了泛天河博望張騫。（淨）那邊高崗上站的,好似吏部周爺！（衆看介）果然是周爺。（生下介）列位是何等人？（淨、衆）我等是蘇州顏佩韋、楊念如等五人。（生）原來就是列位。（衆羅拜介）【玉芙蓉】羣心戀,戀清忠被冤;喜今朝,相逢中道得飄然。

（生還揖,扶起衆介）

（衆）周爺往那裏去？

（生）回家鄉去。

（衆）周爺朝中事體完了麼？

（生）我到京後,被奸賊極刑拷炙,坐贓三千兩,已處死獄中了。

（衆怒介）好惱！好惱！

【普天插芙蓉】【普天樂】恨奸邪張毒焰,痛忠良遭奇變。（生）列位如今為何到此？（衆）自周爺起身後,撫臺毛一鷺竟欲請旨屠城,虧那察院徐吉,止將我等五人上本處斬。（生驚介）有這等事！英豪輩,英豪輩,忠義身捐。權奸輩,罪惡滔天。（衆）我們去罷！（生）往何處去？（衆）到北京去。（生）去做什麼？（衆）我等身雖斬首,魂不歸泉,今作厲鬼,擊殺閹賊。【玉芙蓉】神魂顛顛,長空騰遍;駕風雷,身為厲鬼殺忠賢。（作共奔介）

（生拉住介）不消去,不消去！魏賊大數將終,朝廷泰運即至,旦夕自有天條,奸黨並當斬戮,不煩列位前往。我等一同回南便了。

（眾）只是心中氣憤不過。

（內喊介）玉旨下。（內作樂介）

（生拱手介）你聽天樂鏗鏘，羽旌飄颭，是有天曹來也。

（小生、副捧袍冠，外扮天曹捧詔上）一鳳銜書來絳闕，六龍扶日下青霄。玉旨已到，跪聽宣讀。

（生前跪，眾後跪介）

（外）詔曰：陰陽雖隔，彰癉攸同；忠義天欽，華袞幽錫。茲爾陽官原任吏部員外周順昌，忠貞秉性，正直根心，罵賊奮不顧身，囊首冤沉獄底。誠哉乾坤正氣，允矣今古完人。特授汝為應天城隍，錫爾冠帶袍服，即命天曹幡幢鼓樂，迎送上任。吳民顏佩韋、楊念如等五人，義擊官旗，英風不泯，身冤駢首，俠骨猶香，並敕汝等為南畿城隍部下五方功曹，一同前往供職。欽哉謝恩。

（生、眾）謹叩謝玉音！（立起接詔介）

（內鼓樂，生當場換冠服介）（眾入內換袍帽出介）

（外）分付眾儀從，迎送新任都城隍周爺，赴應天府上任去！

（眾）領旨！（共行介）

【朱奴戴芙蓉】【朱奴兒】（合）瑤天際，旛幢影翩；彩雲畔，笛簫聲串。凜凜忠臣授玉宣，掌城社，倍添風憲。【玉芙蓉】（合）天心現，現忠奸報顯。有日裏羣凶電擊斬駢連。

（共下）

第二十一折　報　　敗

【番卜算】（老旦扮太監上）大事費躊躇，聞報心如疚。咱掌織造事李實是也。奉廠爺差駐蘇州，同着毛哥等幾個心腹，掌管東南兵馬錢糧。只等廠爺舉動，便接應共成大事，不想裏邊再不動手。今早忽接小帖，說聖上龍體違和，光景有些不妥。咳！若有大變，廠爺少不得乘機舉事，咱們也該預先整備。萬一廠爺做事不及，換了一位皇爺，定然又換一班用事的了，怎麼處，怎麼處？且請毛哥到來，與他商議。（末、貼引副冠帶上）蟬聲先覺動金風，同志曾知否？

（末）快些通報！

（小生自內出介）什麼人？

（末）毛老爺到。

（小生）曉得。（向老稟介）毛老爺到門。

（老）快請，快請！

（小生出請介）

（老迎出介）毛哥！請，請，請！（同入介）（揖介）

（老）正欲一會，毛哥來得正好。

（副）左右回避！

（雜應俱下）（坐介）

（副）今早小帖上說，聖體違和。李哥曾見否？

（老）便是呢，只怕還是小恙。

（副）小帖也說得利害哩！

（老）倘有不測，只是廠爺不知可就中取事否？

（副）若有舉動，也在呼吸之間。倘然做事不成，這便怎麼了？

（老）就是此時下手也遲了。

【剔銀燈】（副）心中事，忡忡亂搗；朝中局，匆匆怎謀。（老）凶共吉，只在須臾候。愁只愁落人機彀。（合）堪憂，難猜暗鬮，側耳聽佳音早收。

（末扮家丁、雜扮塘報上）一心忙似箭，兩脚走如飛。

（末向副介）稟上老爺，塘報到了。

（副）快喚進來！

（外入見，叩頭介）塘報叩頭。

（副）起來說，皇爺怎麼樣了？

【賺】（外）龍馭仙遊。（副）駕崩了！（老）崩了便怎麼？（雜）懿旨飛傳五鳳樓。（副）太后什麼旨意？（雜）真天授，信王登極掌金甌。（副）原來信王做了皇帝了。（老）廠爺呢？（雜）魏家休。（副、老急介）怎麼休起來？（雜）鳳陽發遣皇陵守，東廠威權頃刻丟。（付）發遣廠爺去守皇陵？有這等事？（老）難道千歲爺就去不成？（雜）誰寬宥，連連催促難拖逗。有些掣肘，有些掣肘。

（外下）

（老、副哭介）罷了，罷了！千歲爺沒有勢頭了。怎麼處，怎麼處？

【剔銀燈】（老）蜈蚣父，霎時弄丟，乾兒子，定然出醜。（副）待思想，另覓親爹叩；怕新興，沒人收受。（合）堪羞！炎威罕侔，到今日多成浪漚。

（丑扮家丁上）忙將朝內事，報與主人知。

（向老介）家丁叩頭。

（老）你回來了麼！

（丑）小的打聽朝內之事，七晝夜趕回來的。

（老）魏老爺說發守皇陵，此話可真否？

（丑）怎麼不真！魏老爺呵，

【賺】（丑）纔出蘆溝，二百扛金珠飽橐囚。（副）都被人搶了去麼？（老）可惜，可惜！（副）那時魏老爺便怎麼？（丑）忙忙走，涿州旅店把繯投。（副、老驚介）千歲爺縊死了！（哭介）我的爹爹阿！我的爹爹阿！（副）魏老爺死了，朝廷可有祭葬麼？（老）一定又加封贈了。（丑搖手介）罪還浮，戮屍萬剮無差謬。（老）府中大爺與各位小爺怎麼樣了？（丑）殺盡同宗公與侯。（付）崔尚書與倪、許衆老爺無恙麼？（丑）嚴刑扣，乾兒個個將梟首。不留走狗！不留走狗！

（副、老哭介）罷了，罷了！他們尚然如此，我們一定走不脫了。

【剔銀燈】（副）冰山倒，盡成水流；猢猻散，一人不溜。（老）怕只怕受冤人報復深仇舊，狠東林又來爭鬥。（合）堪愁！雙雙虎彪，還舊債，須教倍酬。

（淨扮飛騎上）（直入向副介）老爺在上，飛騎叩頭。

（副）你來了麼，我專等你回話。

（淨）為有緊急事情，故此五晝夜趕至。

（副）好，好，好！你說，你說！

【賺】（淨）魏黨都勾，舊日東林起用稠。（副）東林又做了官了?(淨)活的盡皆陞用。那些死的,就如周順昌等這許多忠臣,一個個贈官祭葬,立祠建坊,封妻蔭子了。(老)報得快,報得快!(副)那些在廠爺門下走動的,殺的是殺了;其餘不在京的,也罷了麽?(淨)無遺漏,罪分七等細搜求。(副急介)我老爺不在內麽?(老急介)我是個內官,一定不相涉的!(淨)兩位老爺呵,好名留。(副、老)在那一等呢?(淨)高居一等都非後。(副、老)若是一等,是什麽罪?(淨)抄沒全家要砍頭。(副、老)這事怎了,這事怎了!說便這等說,恐怕還未必。(淨)爭馳驟,須臾校尉來提究,請爺上杻,請爺上杻。

(淨下)(副、老捶胸頓足哭介)

【掉角兒】(副、老)恨當初,自招禍尤;到今朝,照前加厚。只思量,殺盡東林;又誰知,東林依舊。反教他做忠臣,榮後胤,誦高風,傳青史,千秋不朽。我們呵!衣冠禽獸,襟裾馬牛,枉受了千刀重典,萬年遺臭。

(老)哭也沒用,大家把些黃白金珠收拾好了,等待拿去砍頭便了。

(副)收拾也沒用。

【尾聲】(老)早知今日都丟手,(付)悔當初結盡冤仇。(合)羞殺了做個乾兒不到頭。(合)君子落得做君子,小人枉做了小人。非關區區們不是,只因拜錯了父親。

(別下)

第二十二折　毀　　祠

【香柳娘】(淨、外、旦扮各色人,奔上)列位阿,走阿,走阿!向山塘急奔,向山塘急奔。沖天公憤,今朝始泄心頭悶。我們蘇州百姓,只因魏太監這千刀萬剮的,要謀王奪位,害了許多忠臣,拽死了周吏部,又屈殺了顏佩韋、楊念如等五人。人人切齒,個個咬牙。如今新皇帝登基,殺了魏賊,籍沒了家私,殺盡了乾兒乾孫。那毛一鷺、李實都要拿去砍了。我們急急到半塘去,拆毀那逆賊的祠堂,大家出一口氣。(淨)出了閶門,已是釣橋了。我們再喊些人同去。(二雜同喊介)上塘、下塘、南濠、北濠衆朋友,都到半塘拆祠堂去!(內應介)來了,來了!(淨衆作一路奔喊介)(丑、生、貼扮各色人,又作一路奔唱上)(合)急傳呼萬民,急傳呼萬民。千萬共成羣,拆毀如齏粉。(淨、丑作奔急撞跌介)(扭住相打相罵介)(外、旦勸介)我們西頭一路奔來,要去拆祠堂要緊,何苦鬥這樣閒氣。(生、貼勸介)我們也為拆祠堂而來,既是自家人,放手放手,大家去幹正經。(淨、丑放手笑介)啐!說個明白,大家不打了。(淨)衆兄弟,我們如今有六七百人在這裏了,快些上了渡生橋,一頭奔,一頭喊去便了。(丑)我們許多人在這裏,就是殺陣也去得的了。(共奔介)(合)似行兵擺陣,似行兵擺陣,好似天將天神,下臨蘇郡。(作到介)

(淨)一奔奔到了,牢門關緊在這裏,大家打進去。

(衆)打,打,打!

(內喊介)來了,來了!

(副、小生、老旦扮農夫,揹鋤頭傢伙上)我們虎丘山後、席場上、三佛橋、長涇廟、長蕩頭、磚場上、莊基上、關上、陽山頭許多百姓,人千人萬,都趕來拆祠堂了。

(淨、丑)有興,有興!打進去!見一個人,打殺一個人!

(副)第一要打殺陸堂長要緊。

(淨、丑)不要放走了他。

(衆吶喊作打入介)(下)

(內亂喊亂打介)(末,髯髻、羅帽、大褶,急奔上)

【前腔】(末)忽驚聞喪魂,忽驚聞喪魂。後門逃遁,奔馳急出尿和糞。區區堂長陸萬齡,外邊風聲不好,躱在祠中,不想衆人趕進,幾乎捉着,只得從後門逃出。身上這樣打扮,可不被人看破了,不免脫下衣帽,扯下髯鬚,面上塗些泥污,逃到他州外府,討飯過日罷。(脫衣、帽,扯鬚,將泥塗面介)把泥塗遍身,把泥塗遍身。乞丐討分文,他鄉遠投奔。(奔下)(內喊介)不好了,不好了!走了人了!(淨、丑、七雜急奔上,滿場奔介)捉逃人要緊,捉逃人要緊,打殺囚根,方纔消恨。

（淨）一個陸堂長被他逃走了！走了猢猻,没什麽弄,怎麽處？

（衆）我們再趕進去打！

（内亂打亂喊介）

（淨）裏邊人多得緊,擠不下,不要進去了。

（丑）待我到裏邊拾條大索,扯倒這石牌坊罷。

（衆）有理,有理！

（丑作虛下拿繩上）索在這裏了。待我絡上牌坊縛定,大家用力拽倒便了。

（衆）快縛,快縛！

（丑作向内高縛介）

（淨）衆兄弟都來拽索！

（衆）都在這裏。（共拿索介）

（淨）列位朋友,我們做一只駡魏賊的曲子；唱一句,打一聲號子,才有氣力。

（衆）有理,有理。大哥起調,我等接應便了。（共扯索,唱一句打一號子介）

【前腔】（合）恨忠賢賊臣,（打號介）牙牙許牙,恨忠賢賊臣,（打號介）逆謀忒狠,（打號介）把忠良假旨都殺盡。（打號介）遣凶徒捉人,遣凶徒捉人,（打號介）打斷脊梁筋,五人大名震。（打號介）笑今朝命殞,笑今朝命殞,（打號介）殺盡兒孫,祠堂毁盡。

（作拽倒,内大聲震響介）（衆跌倒在地,各作叫痛扒起諢介）

（淨、丑）我們都進去,拿魏賊渾身打個稀爛！

（衆）有理,有理！（共奔介）

【前腔】（合）打身軀碎粉,打身軀碎粉,賽過千刀萬刃,魚鱗寸剮刑非峻。（作奔下,扛一無頭渾身上）（衆）打,打,打！（共打介）打得粉碎了,我們拿來抛在河裏,教他日夜淌水面。（作抛河介）（二雜拿火把上）（喊介）大家進去放火燒祠堂！（拿火奔下）（衆）還有魏賊的頭兒不曾拿得,如今放火了,怎麽處？（内丢火介）（衆）火大得緊了,拿不得呵！（淨）不妨,不妨,待我冒火進去搶出來。看炎炎火焚,看炎炎火焚,拚命搶頭奔,煙火喉間噴。(作奔下搶頭出介)頭在這裏了。(眾)我們大家打個粉碎!(淨搖手介)不要打,不要打。(副)頭是魏賊的親兒子捨的,是沉香的,劈碎了,大家分了罷!(淨喊介)放屁!那個說分,眾人打殺他!(眾)若是不分,把這頭何用?(淨)我們拿去祭了周老爺,再祭了顏佩韋等五人,然後拿到城隍廟裏,焚化便了。(眾)有理,有理!如今先到上塘桐涇橋林家巷內,請了周公子,同到周老爺墳上祭獻便了。(共奔介)向靈前陳進,向靈前陳進,怨氣纔申,九泉笑哂。

(共奔下)

第二十三折　吊　　墓

(末扮院子上)扶忠撲焰痛捐身,俠骨新埋三尺墳。義風此日高千古,千古人人頌五人。自家文狀元老爺府中院子是也。俺老爺為劾奏魏監,削籍歸家,避靜竹塢山中。吏部周老爺為與嘉善魏宦聯姻,又罵魏監塑像,被毛一鷺、李實讒譖魏監,拿至京中,慘受極刑,囊首身死。彼時校尉到蘇州提捉,有閶門外義民顏佩韋、楊念如等五人,公憤不平,同著闔城百姓,保留周老爺,打死校尉。被毛一鷺出疏,將五人斬首。近日新天子登極,魏賊正法戮屍,奸黨盡皆駢斬,周老爺定有恩蔭祭葬。本城鄉宦吳會元老爺,將顏、楊等五棺合葬半塘,豎起石牌,題曰"五人之墓";又造石坊,鐫著"義風千古"。來往行人,無不稱揚。俺老爺蒙聖恩三召還京,即日起程赴北。今早已奠別周老爺,方纔又分付我整備祭禮,到半塘祭奠五人。正是:一介捐軀能仗義,王臣屈膝拜荒墳。(指介)你看黃蓋飄飄,老爺早已來了。不免伺候則個。

(外冠服蒼三髯,二雜扮家丁,一雜撐黃傘,同行上)

【北粉蝶兒】天日重光,欣遇著天日重光。今日裏拜新恩,紫泥三降。驚醒了短夢黃粱。離山居,臨官舫,又闖入紅塵擾攘。(外)這裏是山塘了麼?(末)正是。(外)七里山塘,依舊的水天清曠。(下)

（副，白髯，扮生員上）

【南泣顏回】聖主喜當陽，掃盡元凶奸黨。普天歡慶，忠良泰運亨昌。丘園重賁，歎斯文幸不遭淪喪。學生庠中朋友趙伯通是也。文老先生三召還京，今日來祭"五人之墓"。那王貞明、劉漸羽、楊維斗、殷汝良輩諸兄，為了周老先生，幾遭不測，如今復了前程，兩日忙忙碌碌，見官見府；今日料無暇來相陪了。文老先生文章山斗，極肯提拔士類，我輩邀其盼睞，定然鼎力吹噓。不免急急到彼奉陪。（急行介）敬王臣，廊廟圭璋，拂儒冠，追陪趨蹌。來此已是"五人之墓"了，文老先生還不見來。且到普福寺與和尚討些茶來解解渴，再來便了。若有素麵或者線餅，飽餐他一頓，更通，更通。因過竹院逢僧話，又得浮生半日閑。（下）

（外、末、雜同行上）

【北石榴花】問奸祠金碧在何方，險做了電影閃光芒。見一派煙消灰滅，斷礎殘樁。巍祠成瓦礫，遺址恁荒涼。（末指介）前面就是"五人之墓"了。（外）俺只見一堆堆，俺只見一堆堆，卜牛眠棋置新塋葬，石坊聳建，墓碑高廣。（作到介）（副急上）竭蹶迎先達，鞠躬望後塵。（見外揖介）（外）吾兄尊姓？（副）晚生是長庠趙伯通，在世宗末年，案首遊泮。歷經穆宗、神宗二代。恭逢十六次科考，不得觀場。至熹宗御極，就告衣衿終身了。凡有地方公事，無不為首具呈；一概鄉紳富室開喪，日日陪賓指教。（外）久仰，久仰。（副）今日老先生光祭五義，晚生特來奉陪。（外）勞重。（向末介）擺設祭禮。（末）曉得。（外）整備着奠椒漿，整備着奠椒漿。好滴向黃泉傍，禁不住血淚欲湯湯。（淨內喊介）你們眾人快些行走，一齊到墳上去。（丑、貼內應介）來了。（外、眾作驚望介）（淨、丑、貼扮百姓，提人頭奔上）

【南泣顏回】〔換頭〕（淨、眾）祠堂焚毀盡如狂，纔泄得公憤冲天千丈。（見外介）且喜文老爺在此。（外）列位就是昨日拆祠的麼？（眾）正是。（外）這就是魏賊的頭了！（指介）咦！（外、副）凶殘眼腦，猙獰宛是豺狼。（淨、眾）我們眾人昨日把這首級去祭了周老爺，今日拿來祭五位義士。（外）就擺在祭禮中間便了。（副）有理,有理。(淨擺頭介)(合)頭顱擺列,煞強如斷頭瀝血人心暢;奠忠臣,劍佩鏗鏘;祭義士,旌旗來往。

(末)請老爺拈香奠酒。

(外拈香獻酒介)(揖拜介)(副隨外拜介)(淨、丑、貼在後拜介)

【北鬥鵪鶉】(外)焰騰騰一瓣名香,(眾合)焰騰騰一瓣名香,燦溶溶三杯佳釀。意殷殷,禮拜端莊;意殷殷,禮拜端莊,慘淒淒,情懷悒怏。(各起介)(淨、丑)我裏五個大阿哥,真個是千古少有的了。(外)想着你擊惡鋤奸勢怎降,更含笑赴雲陽。(外)分付焚帛奠酒。(末)曉得。(淨眾向塚叫介)老顏、老楊眾弟兄!今日文老爺在此祭奠,陰靈不遠,都要感謝文老爺啊!(末焚帛介)(外)俺可也剩鬚眉羞列冠裳,剩鬚眉羞列冠裳。(滴酒介)今日裏呵,奠杯酒,聊申瞻仰。

(淨、眾拿頭介)文老爺,我們先去了。

(外)嗄,你們去罷!

(副扯住淨介)拿這頭來。

(淨)拿他何幹?

(副)我極恨這魏賊,要劈他一塊,出一出氣。

(淨、丑)劈不得的。我們要把他在城隍廟裏去焚化。

(副)聞得這頭是沉香的,我有心頭痛的病,待我咬他一塊,拿回家去磨酒吃。(作扯頭咬介)

(淨、丑推介)又不是餛飩,咬他做什麼子?(推副跌介)

(淨、眾隨口白,奔下)(末暗下)

(副喊介)跌殺了!跌殺了!(扒起作醜態介)

(生衣帽扮楊英甫,老扮顏媽媽同奔上)

【北撲燈蛾】(生、老)血淋淋餐刀赴法場,草萋萋義骨埋荒壤。(生)文老爺在上,小的是楊念如的兒子楊英甫。(老)老婦人是顏佩韋的母親郁氏。(生、老)聞知文老爺在此祭奠,我等趕來拜謝。(拜介)喜孜孜冠蓋來澆奠,勝似那顫巍巍璽書褒獎。(外扶介)二位請起。(生、老起立介)(外)吳民仗義,自古由然,擊逆全忠,天下所少。當魏賊囂張之日,五君以市井一介,奮身殺尉,使奸黨寒心,緹騎不敢肆出。先亡者慰忠魂於地下,後死者邀默佑於生前;善類得以保全,綱常為之少振。下官蒙恩三召,即當叩闕,為五位求旌了。(副)難得老先生一片熱腸。(生、老)多謝老爺。(外)威凜凜,名齊荊、聶,鬧轟轟,義風千古口碑揚。(外、副合)挨擠擠,行人傳播;聽聲聲,五人俠烈罵權璫。(小生巾服急上)

【北上小樓】(小生)淚潛潛先靈慟,昏慘慘大劫殃。(生)周公子來了。(小生向外)重蒙老伯光奠,小侄一來拜謝,二來送別。(揖介)今日個國運重亨,今日個國運重亨,至治重新,奸邪重蕩;喜得個正直榮褒,喜得個正直榮褒,父執榮遷,幽靈榮享。(拜介)不禁的鞠躬稽顙。

(外扶介)請起!聖鑒離明,巨憝正典。昨日我甥姚孟長,云亦蒙欽召。念尊公同年好友,欲同賢侄北上,叩闕鳴冤。況且前日血疏,未經御覽。今乘此機會,請祭葬祠謚。歷陳毛一鷺、倪文煥、李實之罪,便可指日授首。急急去見孟長則個。

(小生)多謝老伯。

(外)學生尚有一言相告。

(副)願聞。

(外)五君雖已埋土,家眷必苦饑寒。學生已託同志紳袍,釀金置買義田,以供祭掃。置買半塘房屋一所,以安頓五家眷屬。還祈鼎達當道,懇求給帖立案。其田捐免差徭,其房不許土豪霸占。學生去後,趙兄乞為轉致各位老先生。

(副)領命。

(生、老)多謝老爺。

(外)請起。此公舉也,何勞致謝。

(末急上)稟上老爺:撫、按、道、府、廳、縣及各位鄉紳老爺,俱泊舡在射瀆,候送老爺。

(外)既如此,學生告別了。

(小生)小侄回去,稟過家慈,准附姚老伯舟,北上鳴冤也。

(生、老)我等共送一程。

(外向末介)我的小舡在何處?

（末）在虎丘山前伺候。

（外）就此步行。

（眾）一齊奉送。（共行介）

【北疊字犯】（合）匆匆的彈冠相向，侃侃的讜言直上；濟濟的善類扶，紛紛的奸黨戕。垂紳正笏，朝綱兒獨掌。赫赫的忠魂表彰，累累的義塚輝煌，累累的義塚輝煌。（末）舡在此了，請老爺上舡。（外向眾拱手介）長江飛渡，燕山在望；急急的行旌速赴帝王鄉。

（外、末下）

（眾）文公已去，我們就此各自回去吧。

【南尾】（合）孤墳祭奠神偏旺，盡仰高風萬古長。慚愧煞碌碌貪生名節亡。

（合）奸祠一旦已成灰，義骨常存萬古堆。

人生自古誰無死？路上行人口似碑。

（共下）

第二十四折　鋤　　奸

（末、老扮快手上）公門自有冰霜地，銷盡奸雄鐵石心。自家河南道御史蔣老爺衙門兩名快手便是。

（末）目下魏監身死，前案盡翻：忠臣一一追封，羣凶個個定罪。倪文煥、許顯純兩個惡人，因周吏部公子動了血疏，奉旨發到我老爺衙門勘問。早上掛牌，奉差到獄中吊取二犯。那毛一鷺却善終在家，倒也造化了。夥計，和你小心前去。

（老）哥，這兩個何等勢焰，也有這樣時節。此去落得賺他大塊銀子，不為罪過。

（末）他又不是清官，若銀子送不爽利，拳頭巴掌，奉承他一頓。

（老）說得是。快去，快去！這叫做：強中自有強中手，

（末）惡人更有惡人磨。（下）

（小生，儒巾、青衣靴上）補天煉石竟如此，會見人心長不死；煙波花鳥笑奸雄，風雨魚龍動君子。小生周茂蘭，蒙姚孟長老伯附載

入京,便將前日血疏上奏。荷聖旨特封三代;毛一鷺以死免科,今將倪文煥、許顯純發河南道御史蔣公允儀勘問。奸人服罪之日,正先君吐氣之時。但聞二人廣行賄賂,恐未得盡法施行,免不得往覷一番也。

【北新水令】錦乾坤久已黑雲遮。今日霽天顔重輝日月。孤忠泉壤慰,公憤普天泄。我周茂蘭呵,灰死重燃,猶得見衆奸回服辜也。(下)

(末、老押副、丑)二位爺走一步。

(副、丑)阿呀! 好苦嗄。

【南步步嬌】百尺冰山今消歇,夢醒邯鄲夜。(末)二位爺,你平昔何等威權,今日就這般模樣了!(副、丑)我威權難再竊,把這博帶峩冠,換得個雙雙縲絏。(外、淨、生、貼扮百姓上)倪文煥、許顯純慢走,與我們認一認。(老)這是倪爺,這是許爺。(副、丑)莫非感我好處,送些東西與我們將息麽? (外)有東西不撩與狗吃了,却送與你這奸賊!(副)不要罵。(淨)罵麽? 不敢欺,竟要少林幫襯哩!(丑)言重,言重。(生)什麽言重! 你這奸賊,做了魏太監的乾兒子,屠戮忠良,傾危社稷。(貼)好端端一個周吏部,被你們嚴刑酷訊,致死非命。今日青天有眼,到此地位,還有乾爺叫得應麽? (外)不要和他文講,我們拳頭脚尖,一齊奉承便了。(生、貼)説得有理。(淨)學生帶一棒槌,挖敬他幾下。(各打介)(副、丑叫痛介)(老、末勸介)(小生暗上介)(老、末)阿呀,列位! 這是欽犯,倘一時打死,多有未便。(淨)既如此,也罷! 你兩個甘心作惡,原是吃糞的人;前面有一缸宿糞在那裏,你兩人吃下肚子裏去,饒你的打!(副)醃醃臢臢的,怎麽樣吃? (衆)不吃再打。(丑)願吃,願吃!(副)奉陪,奉陪!(衆)這等快走!(合)你半生枉自拜乾爺,此時何處通關節。(哄下)

(小生)呀,妙嗄!

【北折桂令】問伊行何等驍桀,為甚的媚竈無功,失却了狡兔三窟。今日個損威嚴,受盡蝶狎。也見得人心公道,最善幫貼。咦! 奸賊,奸賊。則看你荷桎梏,衣冠毀裂;曳銀鐺,步履蹉跌。唉鶴淒切,牽犬悲咽。茂蘭在此呵,覷上你血染青萍,也須將飲器雙挈。來到此間,已是御史衙門了。開門在即,上前伺候則個。

(老、末、押副、丑)

【南江兒水】牛渚方燃火,雲陽將釘撅,遙知唾罵千秋舌。(末)已到衙門,老爺還未開門哩。(見小生介)咄!你是什麼人?在此窺探?(小生)是周茂蘭。(老)原來就是周吏部老爺的公子,來得好!今日勘問倪、許二人,替先老爺雪冤,正該看看。(小生指介)這兩個就是倪文煥、許顯純麼?(作大怒介)奸賊,奸賊!你二人說謊欺君,鍛煉成獄。當日恨不能作杜並、徐元慶,手刃父仇;今日會當擊碎汝首!(打介)(副、丑避介)阿呀!這又是那裏說起?狹路相逢難鑽穴,羞容遮掩驚魂攝。(外、淨扮皁隸上)住手,住手!衙門前打不得的。老爺即刻坐堂了。(小生)列位在此,正有一言相告。(衆)公子有甚話說?(小生)聞得二賊三日前廣用銀錢,希求寬縱。惡人銀錢,列位盡取不妨,只是行杖時,萬萬不可存私。(衆)公子說那裏話,看此地是什麼衙門。(合)此署因何而設?堂曰公堂,私字兒斷難假借。

(小生)說得好!說得好!

(內喊介)開門!

(衆)老爺坐堂了。快帶進去,快帶進去。(擁下)

(小生)呀!好怕人也。

【北雁兒得勝】這的是莽森羅一座設,這的是狠閻羅全身借。(內吆喝介)現一輪冷森森業鏡臺。(內連拍案介)震幾下烈轟轟雷公楔。呀!那怕你潑剌善揚鬐,那怕你瀾翻能鼓舌。(內喊犯官上捴介)盡着這肉鼓吹嗚一部,又何待上方刀開半截。(副、丑內叫痛介)親切,憑着你叫苦聲聲徹;親切,偏是俺聲聲為叫絕。

(末上)

【南僥僥令】辨冤須力辨,折獄更心折。公子還在這裏,大老爺正差小的到尊寓來也。(小生)莫非要我一同聽審麼?(末)欽案無名,那要公子聽審!前倪文煥疏中,說先老爺告假歸去的時節,錕重舟沉,白錕浮道,通州之人,至今掩口。大老爺說:周吏部乞假之時，山東妖賊造反，取道中州，從陸不從水。聞得有印信勘合在公子處，這是老大證據，因此着小的來取。要實這奸賊的口哩！（小生）原來如此，且喜起馬牌攜得在此，送上大老爺就是。只是方纔說的行杖時……（作說不完介）（末）公子不消再說，但是老爺一聲喝打，小的們選頭號毛板，一下掀他一塊肉去。則看三尺階除飛紅雨，不怕他渾身多裹鐵。（下）

（小生）好一個蔣大人，好一個蔣大人！

【北收江南】呀！說什麼明珠薏苡呵，載的這鬼盈車，少不得水清鱮鯉自分別。感殺你軒轅一鑒肺腸澈。想起小生當日在通政司衙門，求上血疏，排闥直入，大門都墜。今日也該闖將進去，哭謝一番纔是。（欲進又止介）且住，蔣大人秉公執法，面謝反惹嫌疑了，還在門外伺候則個。（內喊介）數着！（責三十板介）遠遠望去，這二賊俯首無言了。被責三十，一鞭鞭見血，一鞭鞭見血。好皂隸嘎！敬殺你揚眉瞋目是豪傑。

（末、老押副、丑上）阿呀！可憐嘎。

【南園林好】急煎煎榜棰迫脅，慘生生肌膚綻裂。咳！我兩人悔之無及了。對泣楚因何也？（末）大老爺分付收監，快走！快走！（副、丑）打得這樣利害，那裏還走的動？（老）怕你不走。（末、老）休想我生憐憫，縱蛇蠍，縱蛇蠍。

（小生）奸賊慢走，勘問已過，如今打死也不妨了。

【北沽酒太平】須不比刺空衣，擊副車，擊副車。還你個一下下是真切。（打介）（副）阿唷！心窩內這一拳打得凶。（小生踢介）蹴倒靴尖非膽怯。（丑）阿唷，痛！腿上這一脚踢得狠。（末、老）周公子，你看靴上純是冰雪，亂踢要踢死人的。如今收了監去，指日就要處斬。一刀一割，正要與萬目共睹。一會兒弄死却不便宜了他？（小生）說得有理，有理！有昭然斧鉞，又何取一死便捷。饒你這兩個奸賊罷！（副、丑作帶痛奔下）（末、老押下）（小生）這奸賊，也只得負痛而走了。妙嘎！如此快心事，若非姚老伯同到京師，那得沉冤剖晰。定愛書仇家剪滅，記野乘吾家帶挈，修國史天家卓越。俺呵，喜極感極，反生痛嗟。我那爹爹呵！按雲頭也須擊節。

我想此案已定，即日定有恩恤。小生別過姚老伯，連夜回家，報知母親便了。

【尾聲】東林一案纔完結，抵多少五色石煉補天缺！則索去笑覓歸艖，忙將這快事説。

第二十五折　表　忠

【玉女步瑞雲】（旦上）血盡啼鵑，幸遇東風換轉，涓滴是九重恩眷。老身吳氏，自夫主忤罵權璫，被奸黨造謀誣陷，逮繫到京，慘受酷刑，囊首獄底。幸得孩兒血疏叩閽，少伸冤抑；扶柩歸家，權厝墓舍，丈夫雖成今日之忠名，妻孥受盡顛連之苦況。目今新主登極，大振乾綱；魏賊正法戮屍，羣奸七等定罪。世界重新，朝野歡慶。向日冤陷諸忠臣，謫戍者悉已召回復職，慘死者盡皆寵錫表揚。孩兒前日回家説，我相公亦有恩詔到蘇贈諡，榮封三代，賜塋諭祭，立祠建坊，全家受蔭，泉壤生光。昨日吳縣陳縣尊着人報知，説今日寇府尊同本縣齎詔到舍，已遣孩兒出外打聽，待他歸時，便知端的。

（小生衣巾上）九天雨露洪恩重，萬里山河氣象新。（揖介）母親在上，府尊、縣尊已齎詔到門快了。昨日縣中報文説：今日滿門封贈，如今母親該穿戴冠帔接詔纔是。

（旦）既如此，我兒亦應穿戴儒冠、圓領出來。

（小生）曉得。

（旦拭淚介）艱難臣節千秋淚，

（小生）鄭重君恩一紙書。（同下）

（外、末吉服，副扮禮生齎詔，丑、老擡匾額，書"清忠風世"，生、貼扮執事，一雜鋪兵、二厢撐黃傘、藍傘，同行上）

【朝元令】（合）龍飛九天，宇宙開生面。鼃祛九淵，朝野湔夙怨。氣吐東林，名揚茂苑，翻盡《三朝要典》。天詔遙宣，黃童白叟齊笑喧。介節墓碑鐫，清風祠宇專。忠魂丕顯，億萬載人臣知勸，人臣知勸。

（作到介）（喊介）聖旨下。

（旦冠帔，小生儒巾、圓領，急上跪迎介）

（外）奉聖旨宣讀詔書。

（旦、小生參差跪介）（外、末兩旁立介）

（外讀詔介）聖旨已到，跪聽宣讀。詔曰：孤情之所獨抗，得死而成；正氣之所不沮，造生彌永。茲爾原任吏部文選司員外郎周順昌，希聖得清，擇節維苦。始觸權璫而釀禍，旋興大獄以罹凶。今者揆軸既旋，袞鉞並設。碑踣元祐，大昇公正之羣；墓顯湯陰，恍見孤忠之氣。用特贈爾太常寺卿，諡忠介。妻吳氏封為淑人。祖冠、父可賢，贈一如其官。子茂蘭，蔭中書舍人，赴京纂修國史。仍着有司營葬建祠，焚黃致祭。嗚呼！學聖人之中，寧存狂狷；睹忠臣之報，彌愧奸回。欽哉，謝恩！

（衆）萬歲！萬歲！萬萬歲！

（旦、小生起，小生換冠帶介）請過聖旨。

（淨扮老僕應接介）

（外、末）分付展掛遺像，下官們奉旨致祭。

（淨掛像介）

（外、末）叫手下，就此陳設祭筵，焚黃展拜。

（外、末拜，旦、小生答拜介）

（副贊禮介）

【畫眉序】（衆合）酹酒奉皇宣，一束生芻敬陳奠。想英靈如在，長嘯逌然。成就恁一代冠裳，續完了千秋文獻。容臺從此身不死，嘖嘖普天聲羨。

（外、末）拜奠已畢，禮生分付把祭筵撤進者。

（副隨口說下）

（衆應介）

（旦）泉下孤忠，勳蒙天鑒；又蒙兩位大人立祠賜祭，營墓建坊。既慰在天之靈，復錫全家之慶。恩榮已極，銜結難酬。二位大人請上，受我母子一拜。

（外、末）下官們也有一拜。

（各拜介）

【前腔】（旦、小生）苦節得垂憐，白屋春生及黃泉。喜長宵復旦，寒爐重燃。營高塚，穩臥麒麟；起新祠，雜陳瑚璉。二天從此恩不朽，銜結猶慚報淺。

（外、末）下官就此告辭。

（小生）即當詣臺叩謝。

（外）九泉開白日，

（末）六翮起青雲。（同眾下）

（旦）我兒！皇恩浩蕩，榮贈祖先；亡者有知，定當含笑泉壤矣！

【雙聲子】（合）幽魂顯，幽魂顯，遙拍手紅雲輦。覃恩遍，覃恩遍，齊稽顙長生殿。綴簡編，被管弦，一忠風世，五義歌傳。

【尾聲】綠窗共把宮商辨，古調新詞字句研。豈草草塗鴉傖父言。

千忠戮

（傳奇）

清·李玉

【作者簡介】作者生平見《占花魁》。

【劇情概要】《千忠戮》，又名《千鍾祿》、《千忠錄》、《千忠會》，共二十五齣。劇寫明太祖朱元璋辭世後，因太子早逝，皇太孫朱允炆繼位為明惠帝，改年號建文，史稱建文帝。建文帝用儒臣齊泰和黃子澄之謀，滅周、齊、代、岷諸藩王，並削弱其他藩王權力，這一系列旨在加強中央集權的舉動，引起擁有重兵的燕王朱棣的強烈不滿。朱棣以懲罰齊、黃"破壞祖訓"為由，借着"清君側"的名義，起兵南下，奪取了京城南京，登基成了永樂皇帝。掌握朝政後，凡是建文舊臣不肯降服者，皆被指為奸黨，均遭殺害。景清被剝皮楦草，齊泰和黃子澄被凌遲處死。方孝孺抗辯不屈，被滅十族。建文帝在南京城破後，欲殉國，翰林學士程濟等力諫方止。於是，削髮為僧，喬裝改扮，從地道遁走。在程濟陪伴下，先躲到吳江史仲彬家，後逃往襄陽。繼而流落於滇、黔、巴、蜀間。他看到不肯降服的諸臣被殺，眷屬被凌辱，極其痛苦。其間，吳成學、牛景先假充建文、程濟，被抓捕後，以自殺來隱瞞真相，使得建文帝活了下來。不久，建文帝被工部尚書嚴震直抓獲，程濟痛斥震直，震直愧甚，遂破檻車，自刎謝罪。數年後，永樂帝巡邊至榆木川，太祖顯靈責備他殘殺骨肉，永樂驚駭而亡。洪熙帝、宣德帝相繼承位，大赦天下，建文和程濟、史仲彬等纔得以回歸京師。建文帝帝位被奪而流浪民間事，明人野史筆記多有述及，李玉作此劇，自然會受到野史筆記的影響，然多有增飾，許多人物事蹟與史實不合。

【版本流傳】該劇有多種鈔本和刻本，分別為：一、程硯秋玉霜簃藏舊鈔本，《古本戲曲叢刊三集》據之影印；二、咸豐、同治間杜雙壽昆曲譜鈔本中收錄了該劇十三齣；三、中華書局1988年出版的《明清傳奇選刊》本；四、上海古籍出版社2004年出版的《李玉戲曲集》本。本書以《古本戲曲叢刊三集》影印本為底本，校之以其他版本。齣目缺失之處，參考其他版本予以添加。各本字詞有出入的地方，擇善而從之。

【演出情況】該劇在藝術上有着很高的成就。清末以來經常上演的有《奏朝》、《草詔》、《慘睹》、《搜山》、《打車》等齣。其中《慘睹》為最有名的一齣，寫建文帝剃度為僧，逃竄在外，一路上看到被殺群臣傳首四方，以及被牽連的在鄉臣子和宦門婦女，押解進京時的種種慘狀，不忍目睹，悲憤萬分。全齣由八支曲子組成，每曲都以"陽"字結束，故又名"八陽"。尤其是《傾杯玉芙蓉》一曲，生動地摹寫出了一個落難皇帝的精神世界。首句"收拾起大地山河一擔裝"，同洪昇《長生殿》彈詞《南呂一枝花》中"不提防餘年值亂離"一起，長期以來傳唱不衰，時有"家家'收拾起'，户户'不提防'"的俗諺。

（宋希芝）

第一齣　開　場

【滿庭芳】（副末上）靖難忠臣，仲彬史氏，翰林程濟英豪。金川門獻，削髮共潛逃。十族孝孺忠烈，億萬命，淚灑空霄。荊黔界牛吳代死，忠義實堪襃。　　滇南逢震直，擒君囚解，義責餐刀。追榆川遭變，重返宮寮。解網團圓骨肉，明哲士天際飄搖。千忠錄，淋漓慷慨，聊以續《離騷》。

來者，史仲彬登場。

第二齣　□　　□

【滿江紅】（外上）熱血盈腔，抱一點丹心傾日。空負却鬚眉十載，螭頭簪筆。拂劍徒懷清夜舞，臨江誰效中流擊。歎金陵旺氣黯然收，難朝食。

（白）周家管蔡東山斧，漢家一劍平吳楚。神器豈容窺，天心自有歸。無人營細柳，殺運嗟陽九。隻手會擎天，書生敢浪言。下官姓史名仲彬，別號質庵，蘇州吳江人也。世居黃家溪，地遠塵囂，水廻田舍。俗尚蠶桑，里敦孝悌。髮妻文氏，才德兼全。一子周歲，頭角未露。下官蒙高皇恩寵，特舉明經，賜官户部。固辭歸家。今上登極，重蒙徵聘，欽授翰林院侍讀。朝夕咨詢治道，頗多採納。不意燕王起兵北平，借誅齊泰、黃子澄為名，假稱"靖難"。朝廷遣大將李景隆北征，紛紛敗北。燕兵長驅直擣，橫行河北，擄地淮安，如今看看直抵長江了。朝廷十分着急，四遠徵兵勤王。下官有好友翰林院編修程濟，他精通天文、遁甲、象緯諸書，言定北兵指日渡江，京城難保。下官自思，此身既已許國，豈肯以勝敗存亡而易心。但妻子尚留宦邸，心中轉多牽累，因此分付蒼頭，整備船隻，送夫人孩兒回去。剩此一身，以報高皇帝及今上厚恩。不免請夫人出來，與他訣別一番。院子，

（付扮院子上）有。

（外）船隻行李俱已完備了麼？
（付）行李都發下船了，轉候夫人公子下船。
（外）請夫人上堂，着乳娘抱公子出來。
（付）是，曉得。後堂傳話，請夫人上堂，着乳娘抱公子出來。
（丑內）曉得。
（老上，丑隨抱公子上）
【生查子引】宦邸正齊眉，何事營歸計？
（外見白）夫人。
（老）相公。
（丑）官官見子老爺。
（外）你且抱着。
（丑）曉得。
（外）夫人，你起行在即，那些行李俱收拾完了麼？
（老）相公，你一官如水，囊橐蕭然，也不費十分檢點。只是我和你相依朝夕，況孩兒年甫一周，你何忍打發我每母子回去？
（外）咳！夫人，你那裏曉得！
【繡帶兒】燕兵熾，長驅破壘。京城一線垂危。（老白）縱然燕兵勢猛，相公既無戰陣之責，又無守禦之任，何須過慮？（外唱）我一身食祿皇朝，怎做得屍素脂韋。（老白）阿呀！相公，你如此說來，（唱）驚疑，你言辭慷慨金石比，待做個睢陽班輩？（外白）夫人，國之安危，身之生死，此時也難逆料。只是萬一變起倉卒，母子在此，反為不美。（唱）歸鄉里，安然母兒。休慮我侍天顏的孤臣匏寄。
（老白）咳！相公，你若以身殉國，妾此微軀亦何足惜。只是你年近四旬，只生一點骨血，後來何人撫養成立？
（孩哭，丑）官官捨不得老爺了，也來哩哭哉。（老）
【前腔】聽悲啼，小娃娃也通血氣，何須直恁拋置？（外）咳，夫人，那家眷往返，也是做官的常事，你何苦絮絮叨叨，亂人的心曲。（唱）我待做罵賊常山，怎顧得幼子孤嫠！（老白）相公既為忠臣，妾身豈不能為義婦？只是事到頭來，也須詳審斟酌。（唱）思惟，鴻毛一死徒身棄,怎如那保身明智。(外)休聒絮,同林各飛。須盡我挽斜暉的忠臣心計。

(生上,末院子隨上)

【玉井蓮引】視草離彤闈,特葫金蘭交契。

(白)下官翰林院編修程濟是也。來訪史老先生,此間已是,通報。(末)嚇,有人麼?

(付)是那個?

(末)翰林程老爺拜。

(付)少待。稟爺,翰林程老爺拜。

(外)夫人回避。(老、丑下)

(外)道有請。

(付)程先生請。

(生)請了。

(外)請坐。

(生)有坐。史老先生,此時此際,你還安坐在家麼?

(外)小弟朝罷回來,正在此料理家事。

(生)國事如此,還理什麼家事!

(外)程先生,適纔有所聞否?

(生)小弟蒙皇上召對宮中,只見羽書飛報。

(外)報些什麼來?

(生)那李景隆納款投降,何福、平安等奮師敗勣,淮安失守,北兵直至天長,指日必渡江了。

(外)皇上怎生區處?

(生)皇上束手無策,只得命內閣方老先生去徵兵勤王了。

(外)未知可能濟事否?

(生)咳!史老先生,

【太師引】禍燃眉,杯水成何濟!到頭來還同噬臍。(外白)難道許多大將,再沒有一人當得一面麼?(生唱)看多少賽韓彭的兵將,欹紛紛一戰成齏。(外白)先生精通術數,善曉兵機,勇力超羣,陣法嫻熟。(唱)擎天架海干城比,怎不把社稷撐持?(生白)徐州之捷,小弟也曾充過軍師。只是紈綺掌兵,三軍渙散,成得甚事來!(唱)青田語,高皇鑒知。怕難挽三十年的殺運天意。

(外白)如此說來,竟委之天數,我和你為臣子者,也不須焦心勞思了。

(生)縱然是天意難違,還須在絕處求生,死中覓活。自古少康一旅,猶可存商;白水龍孫,終能復漢。必須保得微垣無恙,方能個大寶終歸。

(外)咳!只是慷慨就死易,艱辛甚是難。

【前腔】數逢奇,棘手干戈會,甚英豪把天心轉意。(生)縱然有會安劉的平勃,也全憑細柳旌旗。(外)仗你龍潭虎穴能掉臂。我史仲彬呵,拼戮力視死如飴。(生白)今日也不須言及於此。(合唱)惟願取,石頭城固圍,重整頓戰東昌大捷飛騎。

(外白)小弟也為世事艱難,正在此打發妻兒歸家,留此孤身,以報皇上。

(生)請問老先生有幾位令郎?

(外)只有一子,纔方周歲。

(生)曾定姻否?

(外)繦褓嬰孩,何暇與他聯姻。

(生)小弟只生一女,也纔一齡。我兩人既忝管鮑之交,合締朱陳之好。未識尊意允從否?

(外)重蒙俯結絲蘿,敢不仰扳喬木?

(生)大丈夫片言九鼎,竟一拜定盟便了。

(外)親翁請上,小弟有一拜。

(生)小弟也有一拜。(合唱)

【三學士】秦晉結盟從古禮,千金一諾相期。鏡臺草草無煩聘,目下匆匆不用媒。但願他年偕鳳侶,蘭和玉佳婦兒。

(生白)小弟尚有一要言相告。

(外)有何見教?

(生)尊居水鄉,舟楫往來甚便,可分付管家,於六月十三日,千萬駕一小舟,在後宰門御溝相候。

（外）要舟何用？

（生）此乃天機，不可洩漏。

（外）領命。

（生）牢記，牢記。

（末太監上）主德無瑕閹宦習，天顏有喜近臣知。

（見介）奉聖旨，着諸大臣明日會集，在朝堂共議。

（外）領旨。

（末）且喜程先兒也在此，明日早些入朝，咱不到尊寓傳了。

（生）領旨。

（外）老公公請坐。

（末）還要到各衙門去，不用坐了。請了。口傳皇上語，走遍各衙門。（別介，末下）

（外）時事如此，怎麼處？

（生）小弟且回署措置小女之事，十三日尊舟在御溝相候之言，萬勿失約。

（外）謹當領命。

（生）正是：滿懷心腹事，全在不言中。請了。（生別下）

（外）程公有用之才，得聯姻眷，却也甚妙。但未知要小舟何用？想他智術如神，定有奇計。我就分付家人，如期駕舟相候便了。正是士窮見節義，果然國難識忠臣。

第三齣 □　　□

【出對子】（淨冠帶上）雄心千丈，肯還逐尋常駕鷺行！待思獨立掌朝綱，必出奇謀帝座匡。（白）下官都御史陳瑛是也。向任北平按察使司，曾納款燕王。目今雖陞此職，叵耐方孝孺、齊泰、黃子澄等，與我每事相左。喜得燕兵靖難，齊、黃俱已黜逐，只有老方愈肆倔強。我想在此決無揚眉吐氣之日，若得燕王登極，定然言聽計從，區區必為宰相。只是如今還該在燕王面上效力一番，方有後文張本。今日奉旨朝堂共議，我自有道理。（唱）捧日扶輪，戮力那

廂。(下)

【前腔】(末冠帶上)心懷高曠,勁節清風凜似霜。摩挲天筆立文章,難挽長戈掃夜郎。(白)下官翰林院修撰吳成學是也。官居清要,主眷隆崇。制誥俱出手裁,政事猶咨謀議。不意燕兵南犯,守禦無策。宸衷宵旰惶惶,臣子憂心忡忡。報國有懷,捐軀無地,如何是好?今日奉旨,朝堂共議。且待諸公卿到來,再作道理。(唱)廣集衆思,前席主張。(下)

(小生扮帝服,旦、占扮金瓜武士隨上)

【點絳唇引】一葉傳宗,四年經國,民安讓。太平指掌,禮樂詩書講。

(白)金甌無缺鞏山河,煮豆偏操同室戈。袁盎空讒思晁錯,賈生長策問如何。寡人建文天子是也。承太祖之遺業,御一統之洪基。黎民樂業,卿相同心。怎奈周、齊、代、岷,紛紛告變。燕王起兵北平,窺竊神器。殺張昺、謝貴等,領兵南下。斬楊松於白溝,截鐵鉉於濟南,敗何福等於滹沱,破李景隆於德州。我兵連戰連敗,江淮俱已失守。寡人不得已,只得命相國方先生,四遠徵兵勤王。日來黃、齊既已黜逐,方相又復遠離,左右乏人共參謀議。更兼羽檄紛馳,敗報踵至。已曾傳旨召集羣臣,入朝共議,以決大計。且待羣臣到來,咨訪便了。

(外、淨、末、生各執笏上)九重天上來儀鳳,五色雲中拜袞衣。

(外)臣翰林院侍讀史仲彬朝見。

(淨)臣都察院都御史陳瑛朝見。

(末)臣翰林院修撰吳成學朝見。

(生)臣翰林院編修程濟朝見。

(合)願吾皇萬歲,萬歲!

(旦、占)平身。

(外、淨、末、生)萬歲!

(小生)諸臣。

(衆)臣有。

(小生)燕藩不道,跋扈憑凌。背太祖之貽謀,假稱兵為"靖難"。寡人嚴諭兵將，毋使朕負弒叔父之名。彼則欺誑天人，謬稱欲誅黃子澄、齊泰。及至寡人將齊、黃二臣黜逐，彼却攻殺愈急。如今將帥無干城之禦，京師有累卵之危。言事者紛紛不一，或請幸湖湘，或請遊江浙。獨有方相國力言決當堅守京城，未知孰是？

【畫眉序】日月慘無光，國難家憂禍天降。歎三旬殺運，偏起蕭牆。石頭城難鞏金湯，秦淮水頓翻波浪。仗卿妙策干城壯，片言早繫苞桑。

（外白）臣啟陛下：高皇帝血戰千場，創茲大業，付與陛下，永傳百世。遺命猶新，豈因骨肉之傷殘，便棄祖宗之社稷。況金陵虎踞龍蟠，尚堪固守，若遠逃湖湘、江浙，何險可憑，何兵可恃！若陛下朝發，燕兵便爾夕至。萬一乘輿播遷，必至民心騷動，土崩瓦解之形便已見於目前矣。

【鮑老催】（外、末、生）六朝帝都，鐘山旺氣非渺茫，先皇定鼎形勝強。陵寢安，宗廟依，臣民仰。封疆豈堪輕拋漾，鑾輿豈堪輕榛莽，定固守祈天相。

（淨白）臣啟陛下，自古順天者存，逆天者亡。燕王久隨太祖北伐，善於用兵，一舉而燕齊淮楚，勢如破竹。陛下屢發傾國之兵，盡成齏粉。今全軍壓境，勢若泰山。若與抗拒，兵將何在？若欲死守，誰為救援？

（小生）如今待怎麼？

（淨）雖燕王叔也，陛下侄也，自先太子亡後，太祖之子惟燕王為長。為今之計，陛下即遣大臣呵，

（外、末、生）遣往何處去？（淨）

【下小樓】封函軍前特上，正尊名歸舊邦。須將大位讓燕王，陛下藩封安享，永全富貴無疆。

（小生白）咳，哪有此事！

（外）嚇！陳瑛，你向有叛心，今日盡皆吐露了。

（淨）咳！史仲彬，你這迂儒，那識時務。陛下在上，自古當斷不斷，反為所亂。今不及早讓位，直至臨崖失馬，補漏江心，已為遲矣！

（外）陳瑛，高皇帝與聖上待汝不薄，是何言也！
（末、生）縱爾時勢危急，臣子豈容發此逆言！
（淨）你每直待刀臨頸上，方信我言。
（外）咳！陳瑛，

【滴溜子】奸臣的，奸臣的，彝倫盡喪。無君語，無君語，暗通逆黨。（淨白）嚇！你說燕王是逆黨麼？破城之日，少不得和你算賬。（外怒唱）逆天天條難抗，將伊正厥辜，屠腸絕項。（淨白）你敢打我麼？（外）就打你何妨。（執笏打淨介）（唱）擊賊無君，忠義大防。

（淨白）好打，好打！
（末、生）少不得皇上自有國法。
（外）臣啟陛下，陳瑛叛形已露，若不急誅，必然暗通消息，潛為內應。望陛下早正國典。
（小生）平身。着金瓜武士，速將陳瑛剝去冠帶，拿付天牢監候，擬罪定奪。
（二旦）領旨。（剝衣帽介）
（淨）罷了，罷了！只將冷眼觀螃蟹，看你橫行到幾時？（淨下）
（小生）事勢如此，如何是好？
（外、末、生）望陛下安心固守，以待勤王兵集，便可禦敵了。
（付上）豹略據楓禁，熊師駐柳營。臣御史牛景先見駕，願吾皇萬歲，萬歲！
（小生）我命你江上視師，因何回來朝見？
（付）臣奉命視使江上，見燕兵直至揚州，守將崇剛、御史王彬戰死，城破，燕兵渡江。盛庸戰敗高資港，那鎮江守將童俊獻城降燕了。

【雙聲子】凶鋒創，凶鋒創，蓋地迷煙障；長江傍，長江傍，戰艦轟雷響。兵戈莽，難阻擋。燃眉勢急，速遣兵將。

（小生）將帥俱已遣盡，徵兵又復不至，如今惟有背城一戰而已。
（外、末、生）臣等愚計，或命親王大使，到燕營假與議和，各分南北，延緩旬日。等四方兵至，並力擊之，未審聖意以為然否？

（小生）此計雖好，只是親王盡皆燕黨，到彼必無忠言。若遣大臣前去，那燕王剛愎自用，怎肯聽從，必遭僇辱。

（外、末、生、付）如此說來，此計又難行矣。

（小生）寡人想來，只有慶成公主忠心為國，他係太祖之女，與燕王同母兄妹，若得他傳太后之命，親往營中議和，或能成事。

（外、末、生、付）如此甚妙。陛下疾速回宮，急煩公主前去便了。

（小生）諸卿，速傳吾旨。遍諭九門，嚴加守禦。寡人就此回宮，即命公主去也。

（衆）領旨。（小生）

【尾】漢家紀信滎陽詒。（衆）權劃取鴻溝分王。（合）佇望那義旅勤王集四方。

（小生、二旦下）

（外）我每疾速傳旨，嚴諭九門便了。

（生、末、付）有理。（同下）

第四齣 □　　□

（丑上）皇都街市人如蟻，清宮庭前冷似冰。自家程翰林府中蒼頭程忠是也。好笑我老爺官居翰苑，職分清高，今日也說北方兵起，明日也說北方兵起，被聖上監禁在獄。直至前年七月，果然北方兵起，與我老爺所言月日一些不差。蒙皇上放出獄來，仍官居舊職，纔得夫妻完聚。且喜舊年生下一位小姐，不想夫人染成一病身亡，託我妻子乳抱小姐。日來燕兵殺至，我老爺日夜與各位老爺計議。不知為甚緣故，教我做道衣一件，唐巾一頂。昨日又分付我夫妻兩口收拾行李，抱送小姐歸家。總是我老爺做事，千奇百怪，只索由他便了。且待他朝罷回來，再作道理。正是：主人官運多淹蹇，僮僕伶仃沒興頭。（下）（生上，淨長班隨上）

【玉女步瑤宮引】國步艱難，自愧王臣蹇蹇。

（白）長班。
（淨應介）將朝笏安放書房，你自回避。（淨下）
（生）蒼頭那裏？
（丑上）來了。忽聞呼喚，隨即趨迎。老爺回來了麼，可用早膳？
（生）不消了。我分付你做的道衣包巾有了麼？
（丑）都已做完，放在老爺書房內。
（生）這也罷了。你夫婦二人的行李，可曾完備麼？
（丑）收拾停當了。
（生）快喚你妻子，抱小姐出來。
（丑）曉得。噲，老媽，叫你抱小姐出來。
（老上）分離在頃刻，緇褓也悲啼。老爺，小姐在此。
（生）你且抱着。程忠，你夫婦二人隨我多年，盡知你忠心為主，凡事也不須分付。
（丑、老）老爺委託，我等敢不盡心竭力。
（生）我碌碌半世，只生此女，況他離胎喪母，我亦何忍拋離！只因燕兵臨境，京城料難安處，你二人可撫抱我小姐，到徽州歙縣洪秀鄉，我有別業在彼處，破屋幾間，薄田數畝，你每耕種度日。
（丑、老）只是我每去了，老爺在此，誰人伏侍？
（生）不消你每顧得，只要你每呵，

【園林好】念嬰孩娘親喪九泉，痛爹行又拋離各天。（生）須把我小姐呵，（唱）撫育似親生繾綣。（丑、老白）老奴夫婦自然用心，不消老爺掛念。（唱）蒙委託意惓惓，聽囑咐淚涓涓。

（生白）我有俸銀五兩，與你二人為路上盤費。
（付丑銀介）這是我親筆一紙，上寫我小姐年庚八字。我昨日已將他許配我好友蘇州吳江人翰林院侍讀史仲彬之子為妻了，待他長成，你把我手書交付，細細說與他知道。
（丑、老）阿呀老爺，你遣小姐回去，不過暫時相別，何故出此決絕之言？嚇！莫非老爺在此，要做什麼拼身捨命之事麼？（哭介）

【玉交枝】聞言驚戰。痛徘徊，難離膝前。老爺，你擎天待把奇功建,莫輕將六尺空捐。(生)我存亡未卜難盡言。親兒嚇,少不得他年有日重相見。(丑、老)老爺請上,待老奴夫婦拜別。(生)不消了。(丑、老)拜庭墀,牽衣漫延。向天涯,臨風慘然。

(丑)老爺,倘城門上盤詰,須得老爺親自送我每出城纔好。

(生)這也有理,我自送你出城便了。拿了包裹,隨我來。

(丑)是。(合)

【好姐姐】帝城街衢走遍,歎黎庶盡堂前棲燕。但願天公護持,國家安保全。(內掌號介)(驚介)呀!旌旗展,龍城鼓角雷霆戰,虎騎驅馳風雨旋。

(急同下)(旦、占小軍引外上)

【五供養】長江天塹,鐵鎖沉波,飛渡投鞭。金陵多旺氣,滿目盡烽煙。(外白)下官文淵閣大學士方孝孺是也。燕王犯順,敗師南奔。蒙皇上命我四遠徵兵勤王,且喜師旅紛紛而至。不意燕王竟而渡江,京城危在旦夕。只得飛騎而回,與皇上商榷戰守機宜。軍士每,快些趲行入朝去。(眾應介)(唱)磯邊燕子,早飛向石頭城堰。當年張共許,志彌堅。孤忠一片可回天。

(生上白)殷憂能啟聖,板蕩識忠臣。

(見外介)老太師。

(外)程先生匆匆何來?

(生)晚生為送小女出城,急急轉來。

(外)咳,程先生,你抱經濟之奇才,定識忠臣之大義。目今兵臨城下,敵至濠邊,你還顧兒女之事麼?

【江兒水】國難燃眉急,君憂累卵煎。歎忠臣殺妾千秋羨,更嬰城食子心不變。怎臨危兒女偏留戀?(生白)老太師在上,念程濟呵,(唱)夙抱忠肝一片,掃盡牽纏,好把那邦家重奠。

(外白)據先生說來,却待怎麼?

(生)目今事勢危急,倘可挽回,自當竭力撐持。萬一決不可為,就徒死也無益。

(外)忠臣不事二君,除却死忠,竟無二義。

(生)小白歸國,實賴叔牙;重耳出奔,亦須舅犯。下宮之變,杵白死於二十年之前，那程嬰死於二十年之後，其忠一也。

（外）罷罷，我為忠臣，君為智士，亦是始終為韓耳！

【川撥棹】忠誠獻，死和生期不覷。仗扶輪，患難周旋；仗扶輪，患難周旋。（生）捧離明，重昇九淵。（外白）請了。我自入朝去也。（合唱）猛擡頭，淚欲漣。猛回頭，火欲燃。

（二旦、外下）（生）咳！方孝孺，天數已定，饒你伊呂重生，韓彭再世，成得甚事來！

【尾】數當陽九難回轉，但願得天心默眷。保護潛龍漫蜿蜒。

（白）我且回到寓所，相機行事便了。為國丹心亘，無家白髮新。一身輕似葉，萬里逐浮雲。（下）

第五齣　議　和

（淨上，扎紅甲、帥盔、黑飛鬢、掛刀、馬鞭子）（走圓場、拉介）

【紅衲襖】俺捧着赤鱗符下九霄，掃蕩了錦中原來江杪。（付上，照扮辨落，立上首。接唱）俺護着斬蛇人行天討，赤緊的挽天戈百戰鏖。（四小軍小生、丑、生、老、兩將官喝，拿黑令旗，大吹打鑼鼓上；末上，披蟒、扎甲、扎巾、黑滿髯，接唱）溯着那舊天潢嫡宗支屬我曹，應着那老天公曆數兒難違拗。（眾合唱）今日個石頭城早已飛來也，又何須鬧陳橋方纔披赭袍。

（隊場）（淨白）臣龍驤大將軍張玉。

（付）臣虎賁大將軍丘福。

（合）參見！臣等甲冑在身，不能全禮。

（末）二將免參。

（眾）眾將官叩頭！

（末）起過一邊。

（眾應。末）袍袖年來戰血乾，蕭梁事業已凋殘。今須吸盡長江水，噴作甘霖遍宇寰。孤家，高皇帝嫡子朱棣是也。自懿文亡後，諸王之中，孤家為長。輔佐高皇帝累次北征，平定天下，功高勞苦，分藩北平。不意父王升遐，孺子即位，不容哭靈，削奪俺護衛，朝權盡歸奸臣。齊泰、黃子澄日夕讒譖，連滅周、齊、代、岷諸王，看看削及孤家，故爾起兵靖難。叵耐這些賊臣紛紛拒敵，孤家賴天地祖宗威靈，百戰百勝，直搗長驅；今已渡江而南，金陵指日可到。分付大小三軍，與我殺上前去！

（眾）得令！

（小軍逐隊沖出、旗遮，將官殿后）（各上馬走雙瓣梅花樣）

【泣顏回】金鼓震江潮，波底魚龍驚擾；磯頭採石，重瞻昔日雄豪。金陵旺氣，閃黃雲萬隊旌旗繞。舊江山指顧歸來，新社稷驅馳重掃。

（擺斜場）（二生白）啟殿下，有人闖營！

（末）分付放箭！

（老內應）不要放箭！是慶成公主娘娘特來謁見殿下哩。

（眾傳介。末）既是慶成公主娘娘，分付大小三軍，暫扎營盤，傳令進見。

（眾白）領旨。

（內外合、分班）（貼上，老隨、拿符節）（外太監，將官作營。旦小太監，即車夫）

【前腔】征鞀，簇擁離城壕，早只向萬騎叢中忙造。（白）愚妹慶成公主謁見兄王殿下！（末）王妹少禮。（貼唱）麾前斂袵，天親還憶同胞？（末白）賢妹，你到此何幹？（唱）兵戈窟裏，問金枝何事匆匆到？莫不是勞王師遠捧壺漿，早難道識天時倩馳降表？

（君臣坐）（貼白）愚妹奉太后娘娘懿旨，特來面啟兄王。

（末）有何話講？

（貼）當今御宇，一遵先皇遺命，並無失德，前者兄王手疏，致怒於左右大臣齊泰、黃子澄；謹如兄王之命，即將二臣罷斥。望兄王念一本至親，速賜回軍，以全叔侄天倫之好。

【千秋歲】勸回鑣，莫作燃萁鬧，念一本請合和調。玄武宮牆、玄武宮牆，空貽着萬載千秋嘲誚。（末白）有何嘲誚？賊臣壞先王制度，離間骨肉，削奪親藩，屠戮手足。孤家刀臨頸上，焉能袖手受戮？故爾應天順人，統兵靖難。今賊臣陽為罷斥，陰實用事；若不得賊臣之首,怎肯罷兵!(貼白)愚妹奉太后之命,願以長江為界:江以北屬與兄王,江以南歸於朝廷,南北各自為帝。(唱)長江險波濤渺,鴻溝界封疆保,南北同相和好。願一家分帝,兩國兵銷。

(末大笑)哈哈!哈哈!這些話兒哄誰?不過是緩兵之計,待消停幾日,等候四方兵至,好與我相持廝殺耳!唔、唔、唔!早是俺兄妹至親,若不是同胞妹子,教你性命不保!(齊立)

【越恁好】莫教饒舌、莫教饒舌,疾速返宮寮。國家大計,裙衩輩豈得強分囂?鍾山旺氣眉睫交,相逢不杳。(白)無用多言,去罷!(朝下)(付、淨)請公主娘娘回營。(旦)愚妹拜辭兄王。(末)不消了,去罷。(貼)抽身離虎穴,復旨返龍城。(下,老隨下。末白)傳令拔營!(眾)(內外合)得令!(三圈)(合)軍聲也看隊隊催行噪,親情也看濟濟同歡笑。

(末白)傳各營將佐,統領軍士,直抵京城,分兵攻打九門。孤家親自攻打金川門便了!(卸蟒)

(眾)得令!

【紅繡鞋】(領直)忙將鼉鼓頻敲、頻敲,飛馳豹纛高飄、高飄。人虎兕,馬龍蛟;施劍戟,簇弓刀;奸臣太白頭梟。

【尾】金川門外戈須倒,只手把朝端靖掃,(末白)大小三軍!(擺上場)(唱)纔得個國難家憂頃刻消。(下)

第六齣　燒　宮

(外太監上)阿呀,不好了嚇!

【縷縷金】燕兵至,鬼神愁;頃刻金川破,遍戈矛。四壁人聲沸,鐘簴不守。(白)自家穿宮內監是也。燕兵圍困京城,谷王獻了金川門,兵馬殺入城中,家家逃奔,戶戶關門。嚇!不免入宮報與皇爺知道。(唱)紛紛旗幟滿城頭,殺聲趁風吼,殺聲趁風吼。

(下。四宮女上)阿呀,不好了!

【前腔】天崩覆,地傾浮;災難從天降,大家丟。痛殺裙釵女,怎生措手?(白)我每宮娥便是。聞得京城已破,滿城盡是燕兵。

娘娘不知在那裏,不免急急報知。(內噍)你看,那邊有個內官來了,且問個明白。(外上)天有不測之風雲,人有旦夕之禍福。(貼)公公,外邊光景如何了?(外)阿呀,列位姐姐,不好了嚇!穀王獻了金川門,燕兵直入城中,看看殺至內宮來了,這便怎麼處?(貼)原來如此。怪道宮女內官盡皆走散,影兒也不見了。如今怎麼處?(外)皇爺在那裏?(貼)娘娘也不見,那裏曉得皇爺!(外)既如此,我自去尋皇爺去。(貼)我們自尋娘娘去。(合唱)有理!愁雲慘霧滿皇州,悲聲恁來陡,悲聲恁來陡。(下)

【山坡羊】(旦披風,小台,走三角,哭唱上)重沉沉亘千秋的災疢,顛巍巍潑天高的僽僾,痛殺殺喪邦家的禍侵,黑漫漫失魂魄的昏和晝。(白)妾身馬氏,乃太皇后內孫女,蒙配今上,册為中宮。不意燕藩兵至,京城失守,皇爺必欲死國,妾身豈能獨生?因此回到宮中,要尋一個自盡之地。(唱)殺運周,那裏是君王德未修?紅顏一死心無咎,只是捲土重來難期項與劉。(貼急上,白)忙將異變驚天事,報與朝陽母后知。阿呀,娘娘,不好了!京城已破,萬歲爺十分憤怒,將宮中放火,如今火勢看看大了。(旦)嚇,有這等事?再去打聽!(占)曉得。(下。旦大驚)阿呀,這便怎麼處?(唱)驚眸,似炎天赤火流;奔蚓,看薰天烈焰浮。

(生黑面上)咳,罷了!

【五更轉】國運艱,遭陽九,蕭牆起禍尤。(旦白)阿呀,萬歲爺嚇,不想事勢直至如此!(生)阿呀,梓童嚇,這也是天運數遭,叫寡人也無可奈何!(唱)金甌一旦成虛謬。(白)只是寡人有負太祖付託之重,死不瞑目。(唱)獲罪先靈,九天眉皺。(旦白)萬歲爺為何將火焚宮?(生轉唱)將宮闕,付祖龍,羞堂構。(旦)如今萬歲爺早尋一避禍之策便好。(生)避甚麼禍?避甚麼禍?國亡與亡,孤惟一死而已!(唱)國君死國心參透,怎做得銜璧偷生,千年貽臭!

(外上,白)不好了嚇!江心難補漏,失馬怎收韁。阿呀,萬歲爺,不好了!

(生)嚇?

(外)兵馬看看殺入宮中來了,更兼火勢滔天,如何是好?

（生）再去打聽！

（外下。旦上，跪白）萬歲爺在上，妾身有一言相告。

（生）梓童有何說話？

（旦）萬歲爺一身，繫社稷宗支之重，急宜暫往別處，以圖恢復。只是妾身呵！

【水紅花】（唱）朝陽印掌被恩稠，伴龍樓，尊稱母后。（生白）你自放心，他們決不害及於你。（旦）阿呀，萬歲爺嚇！（唱）一朝罹變禍臨頭，怎俘囚，生招乖醜！（白）萬歲請上，待臣妾拜別！（拜介，唱）辭別龍顏腸斷，地下早遨遊。（內又火四起）拼則向火窟裏把身投也囉！（下。生搜頭白）嚇，梓童竟投火身亡了！阿呀，阿呀，梓童嚇！

【撲燈蛾】看、看須臾一命休，須臾一命休，誓死捐軀驟。阿呀梓童嚇！（跪拜）願你火裏長金蓮，早早身登極樂也！（白）咳，我朱允炆呵（浪）！自慚卑陋，料難延片刻浮漚。（白）嚇，我急往奉先殿中拜別了太祖高皇帝，阿呀，即便自盡便了！（唱）急奔向靈前叩首，猛拼生，黃泉趕上莫淹留。

（下。丑、淨太監，宮女三個，內煙火，上，衆）阿呀，不好了嚇！

（宮女、太監間班分跌）（下）

第七齣　披　剃

（付夾嘴、末短胡上，冠帶、內褶子、青花）走嚇！

【香柳娘】恨金川禍機，恨金川禍機，兵戈鼎沸，燎原此際渾無計。（末白）下官吳成學是也。（付）下官牛景先是也。（末）谷王獻了金川門，燕兵殺入城中，此際雖孔明復生、子牙再世，無能為矣！（付）不免直入宮中，面見皇上，再作計議。（內噭介。末）那邊史、程二位來了，和他一同進見。（付）有理。（外、小生冠帶，各三髯上，唱）看京畿淚垂，看京畿淚垂，百戰創洪基，一傳變虛器。（見介）請了。（外生）二位老先生，逆藩獻門，燕兵直入，宮中又四面火起，皇上未知主意若何，我等、我等急入宮面見！（末付）弟輩正候二位老先生一齊進見。（外、小生）如此甚妙。快些走嚇！（唱）望煙塵四起，望煙塵四起，咸陽焰揮，堪嗟敕帝！

（丑監大肚、白髮，拐上）不好了嚇！（唱）

【前腔】歎昆明劫灰，歎昆明劫灰！普天怨氣，漫空變做紅雲砌。（眾白）吳公公，宮中光景如何了？（丑）列位老先兒，不好了！宮中火起，坤寧宮先已燒完，內官、宮女不知燒死了多少了嚇！（眾）如今皇爺在那裏？（丑）嚇？（眾又問。丑）咏，皇爺和娘娘都應也燒死在裏頭！（哭介。眾）嚇，你可是目擊的麼？（丑搖手介）唉，（唱）痛龍顏見稀，痛龍顏見稀，紫禁盡奔馳，殘生且回避。（眾）阿呀，吳公公住在此！（丑）噯，這會兒哪裏有工夫和你們講話！（眾）還有話問你。（丑）咳，阿呀，阿呀，罷了，我去了！我去了！（下。外）怎麼處？難道皇上行此短見之事？（末、付）若果如此，我們進去，（各哭念）死也死在一處！（小生）住了！皇上斷然不死，我等急急冒火入宮，各處尋覓便了。（眾）快走！（唱）向宮闈遍啟，向宮闈遍啟，君臣共依，死生一處。

（白）阿呀，我們冒火入宮！冒火入宮！（下）

【小桃紅】（生直上）四年宵旰苦撐持（三角），期負荷承先世也，日戰兢兢，尊天法祖撫羣黎。（白）寡人御極以來，並無失德，不意燕藩奪我基業，城破宮焚。嚇，中官投火身亡，阿呀，兀的不痛心也！（唱）一旦觸藩威，早則是棄天親，滅臣規，亡祖制，直殺入我的皇都地也，險教人血濺宮闈。（白）來此已是奉先殿了，不免拜辭了太祖高皇帝和先考孝康皇帝，即自盡便了。呀，阿呀，我那高皇、先考嚇！子孫不能保全你相傳的基業，萬死莫贖矣！（唱）禁不住哭靈筵，含冤憤，死如歸！

【下山虎】（外、小生、付、末）奉先別殿，呀！（浪介）忽聽悲啼。（見介）阿呀，聖上嚇！（唱）大患臨頭矣，處堂禍罹！（生白）阿呀諸卿嚇，事已至此，還要想甚的，我只是一死而已！（哭介。眾白）國家興廢，古來常事。（唱）却不道一旅一城，尚能克濟，怎做社稷傾危身與危！（生白）天下大勢已去，京城已破；哪、哪、哪，宮殿已焚；嚇，中官已死，我還要想做什麼事來嚇！（眾）當初周、漢、唐、宋，都有國難,盡得重興。(唱)周襄曾暫徙;就是漢,中興白水湄;那唐家呵,靈武能恢復;宋朝呵,臨安奮飛。潛現升沉天數奇。

(生右轉白)雖承卿等美意,望寡人重興社稷,再整乾坤,阿呀,只是教寡人怎生出得重圍?

【五般宜】(四指下)他、他那裏密重重兵戈四圍,我這裏生擦擦怎脫藩籬?(小生白)及早抽身,還可去得。(生)阿呀,就是離了京城呵,(唱)他那裏鐵騎定飛追,我這裏無兵無將,何城可倚?(眾白)皇上仁慈孝敬,(雙手指上)上蒼定然默眷,百姓無不銜恩。(唱)天心堪擬,人心未圮,早向那死絕處求生,嚇,嚇,嚇,怎輕生溝瀆裏!

(小生白)聞得高皇帝聽劉文成密奏,臨終時有一遺篋付與陛下,道臨大難纔發。如今在何處?

(生)嚇,是嚇,有一遺篋,向來供在奉先殿。

(眾)既在此殿,何不尋來一看。我們大家去尋來。(分班尋介)

(付)果然有一遺篋在此。

(眾)四圍鐵皮包裹。

(付)待我打開來看。

(眾)呀!

【五韻美】乍開函心驚悸,先天大數應非細,歎前知定策真奇秘。(看介、白,各念一句)僧衣、僧帽、僧鞋一雙。(小生)剃刀一把。(付)白金十錠,還有度牒一紙。(生看介)待我看來。"僧名應文。"嚇,我名允炆,今僧名應文,乃應我之名也。(眾、小生)還有朱書一紙。(生)"應文從鬼門而出。"阿呀,但未知鬼門在何處?(小生)宮中地下暗溝,名為鬼門,直通後河。(生)只是何人善能披剃?(小生)臣能披剃。(生)既如此,快披剃起來。(生正坐,外放帽下場,執衣遮介;末、付兩邊,手遮刀、鬚袖之)(眾)阿呀,聖上嚇!(生唱)只是我垂旒負扆,怎做得瞿曇班輩?(眾)這是高皇帝預知有今日之事,故留此篋,以脫陛下之禍。(脫靴)(唱)須索要遵先訓,脫嶮巇;願此後佛日重暉,法輪再禮。

（眾白）打扮已完，儼然是一位大師了。（着衣）

【蠻牌令】圓頂掛緇衣，滿月相慈悲；西方添佛子，東土降阿彌。（小生換介，白）臣預備道裝，情願隨行。（外、付、末）臣等俱願隨行。（生）眾卿隨我同行，雖是美意，但恐人多，反礙耳目，只留程卿一人足矣，卿等遙為應援可也。（眾）領旨。（生）如今不可君臣相呼。（眾）稱什麼？（生）只稱我為大師便了。（眾）是。大師嚇！（淨上白）眾將官，與我殺進宮去！（從小軍隨上，一轉下。眾白）呀，兵馬殺進宮來了，快些出去罷！（生）嚇，阿呀，我那高皇、先考嚇！（拜介唱）拜別了龍樹鳳幛，從今後海角天涯。（向桌下，內喊介。眾合唱）（付領頭火把）軍聲振，火焰飛。（小生、末攙介）脫離煩惱，跳出污泥。

（付、生引眾下場，外、末扶小生桌鑽下。丑搖船上）滿城兵甲渾如蟻，一棹平堤閑似鷗。自家史老爺府中船丁便是。前日夫人回家，傳奉老爺分付，着我搖一隻小船，六月十三日到京中後河伺候，因此搖船到此。但未知老爺在何處，教我呆呆的等着，為何意思？

（付引眾上。丑）呀，老爺來了！

（外）禁聲！

（外、眾）好了，好了，有船在此了。請大師下船。

（生）如今到那裏去？

（外）弟子家住吳江村僻，請大師到弟子家中住下，決無人知。

（生）那邊可去得否？

（小生）可以暫住。

（生）我同程徒暫居史徒家裏，你二徒且在此處探聽動靜。若有聲息干涉於我，星夜再來飛報便了。

（末、付）謹遵大師嚴命。

（外）請大師下船。打扶手。

【尾】（末、付、眾）乘風早上慈航去，盼不到吳山越水。（眾白）阿呀，大師嚇！（生）二徒嚇！（唱）怕回首鍾山煙霧迷。

（二生別下。末）我每在此打聽消息便了。（下）

第八齣　奏朝　草詔

（淨冠帶上）只道終身葬九淵，忽然滄海變桑田；百年富貴從新起，一品高官定占先。我，陳瑛，被史仲彬這狗頭道俺創議讓位，將我當朝淩辱，必欲置於死地，立時削職，監禁天牢。我想這顆頭兒畢竟放不牢在頸上，誰想燕王來得快，谷王獻了金川門，北兵入城，宮內火起，建文被火身亡，燕王就登寶位，改元永樂元年。第一道新旨就教我出禁，復我原官。想萬歲念我北平舊功，又曉得我近日庭爭受辱，定然愛我、憐我、敬我、信我。此後言聽計從，封王拜相，決不待言矣。兩日萬歲已將齊泰、黃子澄這幾個叛逆大臣一個個全家抄沒，極刑拷打。御史景清入朝行刺，已經剝皮楦草。聞得今日傳旨去召方孝孺，此老召來，必然倔強。我不免入朝面聖，先放他一把火兒，除了一個是一個。（內鐘響介）你聽景陽鐘響，萬歲爺昇殿了，不免速速入朝則個。正是：全憑三寸如刀舌，惹起千家四海愁。（下）

【點絳唇】（末永樂，三旦太監隨上）天挺龍標，身膺大寶，非輕渺。繼統臨朝，好修着一紙郊天詔。唐虞揖讓三杯酒，湯武征誅一局棋。當年玄武開唐室，今日金川創帝基。寡人躬承嫡緒，位屈燕藩，叵耐羣奸計圖削奪，遂爾靖難以問罪。一二奸惡，尚未盡正厥辜。今需一詔郊天，頒行天下。必得方孝孺執筆撰文，才得人心傾服。已曾兩次宣召去了，怎麼還不見來？

（淨執笏上）蕭、曹扶漢日，稷、契佐堯天。（見介）臣都察院陳瑛朝見，願我皇萬歲萬萬歲。

（太監）平身。

（末）陳卿不召而至，有何奏啟？

（淨）臣啟陛下：聞得聖旨召方孝孺，未卜聖意何如？

（末）召他來草一詔書。

（淨）方孝孺首創削奪之謀，後獻募兵之策，皇上宜速加誅，怎麼反召他來草詔？

（末）孝孺學問品行，高皇帝稱為端士。況寡人起兵時，姚廣孝再三說不可殺方孝孺，留天下讀書種子，故此召他。

（淨）陛下登極，孝孺不來朝賀，又在家中服了斬衰麻衣，日夜痛哭，叛逆顯然。若召入朝，必然無狀。

（末）且待他來，朕自有主張。

（淨）臣啟陛下：齊泰、黃子澄雖經審問，未正典刑。留此惡人，若不外起釁端，必至內生奇禍。景清行刺之事，又行復至矣。況且逆黨甚多，必須大行殺戮，才除後患。

（末）齊、黃逆惡，朕所深恨。景清雖然行刺，剝皮楦草，號令街衢；時常作祟，尤為可惱。卿可速將齊、黃二犯及景清屍首寸剮雨花臺，並斬妻奴，誅連九族。

（淨）領旨。臣又啟奏陛下。

（末）又啟何事？

（淨）建文君焚死，未必是真，外邊紛紛傳說逃遁去了。

（末）嚇！有這等事？

（淨）若果出逃，必匿心腹臣家。論起建文君心腹來，那史仲彬逃職而歸，事更可疑。陛下可查逃職諸臣，盡行追奪誥命。密遣一將，統領五百鐵騎，速至蘇州府吳江縣史仲彬家，只說追拿誥命。團團圍住，搜捉建文。倘搜着時，君臣拿至處分；若搜不着，竟取誥命而回，再行細緝。

（末）有理。待三犯行刑覆旨，再遣將發兵搜捉便了。

（淨）領旨。一朝權在手，便把令來行。

（下。末）內侍。

（老旦）有。

（末）速催方孝孺入朝。

（老旦）領旨。（下）

（末）寡人移駕謹身殿。傳諭吏部，速造逃職官員冊籍呈覽。

（二監）領旨。

（末）靖難掃清匡社稷，承先整頓舊乾坤。（下）

（外扮方孝孺穿孝服、執杖，老旦同上）（老旦）方相國，快請行一步。

（外）阿呀！我那聖上嚇！

【一枝花】嗟哉！我淒風帶怨號，兀的這慘霧和愁罩。痛殺那蒼天含淚灑，望不見白日吐光照。（老旦）老相國請速行，萬歲爺等久了。（外）你奉誰的旨？（老旦）當今萬歲爺的旨。（外）嚇呪！他是個藩服臣僚，怎生介萬歲聲聲叫？（老旦）老相國，你這孝服不便入朝面聖，請換了冠服相見。（外）咳！君父之喪，焉有易改？俺把那綱常一擔挑。骨磷磷是再世夷齊，看不得惡狠狠當年莽操！

（內鑼鼓喊）閒人閃開！

（老旦）老相國請暫避，街旁奉旨行刑的來了。

（外立旁介。劊子綁齊、黃二人上，見介）老相國請了。

（外）呀，原來是齊黃二位老先生！（大笑介）好！好！死得好嚇，死得好！

（二生）老相國，我二人與你長別了。

（外）二位老先生先行，我方孝孺也隨後來也！

（劊子）快走，快走！

（同下。外）好兩個忠臣嚇，好兩個忠臣！

（老旦）請老相國速行。

【梁州第七】（外）他才不負讀聖書彝倫名教，受皇恩地厚天高。他、他、他張牙怒目向雲陽道，賽過那漸離擊築，賽過那博浪搥敲，賽過那長山舌罵，賽過那豫讓衣梟。（內又喊介）閒人站開。（老旦）又是行刑的來了，請老相國站立一邊。（立介，劊子擡屍上。外）這是誰人的屍首？（衆）這是景御史的屍首。奉旨將他行刑了，又要剝皮楦草，還要把他凌遲哩。（外）呀！這景御史，他已剝皮楦草，還要把他凌遲麼？（劊子）正是。快走，快走！（下。外）他、他、他好男兒義薄雲霄，大忠臣命棄鴻毛。俺、俺、俺羨你個著緋衣行刺當朝，羨你個赤身軀剝皮楦草，羨你個閃靈英厲鬼咆哮。（二軍引淨上。外）咻，你是陳瑛嚇！你做得好官！（淨）老相國請了。（外）你這賊臣！（淨）方孝孺，你死在頭上，還要出口傷人。（外）恁烏帽珠袍、傳呼擁導，喜孜孜承恩新官誥。全不為邦家痛，君王悼；

一謎介弄幺魔,逞桀驁！阿吓！罵殺恁叛逆鴟鴞。

（打介,老旦擁外下。淨）咳,書呆嚇書呆！你死在頭上,還要出口傷人。笑罵由他笑罵,好官我自為之。（下）

（末引四校尉上）金殿雲煙浮斧扆,玉階日月麗旌旗。

（老旦）啟萬歲爺,方孝孺宣到了。

（末）引進來見。

（老旦）啟萬歲爺,他穿孝服麻衣,不肯更換,奴婢先行奏明。

（末）且待他進來。

（老旦）領旨。老相國,萬歲爺有宣。

（外上）阿呀,我那聖上嚇！

（末）方先生請了。寡人靖難渡江,應天正位,群臣盡皆朝賀,先生何故服此不祥之衣來見寡人？

（外）子服親喪,臣服君喪,古禮昭昭,豈容易改？

（末）律設大法,禮順人情,獨不能為新君一轉移乎？

（外）天無二日,民無二王。孝孺惟知有故主,不知有新君。

（末）咳,先生,寡人此來,欲法周公輔成王耳。

（外）如今成王安在？

（末）他已自焚,非寡人加害。

（外）成王既亡,何不立成王之子？

（末）國賴長君,他兒子幼小,豈能主持國事？

（外）何不立成王之弟？

（末）先生,此寡人家事,先生不必多言。況寡人係高皇帝嫡子,繼高皇大統,亦復何辭？

（外）高皇帝平定天下,傳與東宮；東宮夭殁,傳與皇孫。誥命昭昭,祖制鑿鑿,豈容紊亂？我建文皇帝此位呵,

【牧羊關】是高皇帝親傳授,溯宗支嫡裔苗,這的是顫巍巍父命難搖。殿下既是高皇帝嫡子,也該遵奉父命,却怎生恣意貪饕,橫行顛倒？（末）寡人提兵南下,只要除幾個奸臣。火燒頭自己覓死,這大位朕若不坐,却教誰坐？（外）咳！齊整整的金甌白占了,好端端的玉體痛楚燒。今日裏坐朝端、誇榮耀,須受得百世千秋萬

口嘲!

　　(末)他也不該誅戮親藩。寡人若不興師問罪,這誅戮也只在湘、岷、周、代諸王之後矣。

　　(外)天地祖宗在上,俺建文皇帝呵,

　　【四塊玉】他四載受勤勞,普天下稱仁孝。李景隆臨行,諄諄囑咐:"毋使朕負殺叔父之名。"美意兒生全叔父語叨叨,到頭來送入紅爐窖。兀的不思忖量,兀的不添悲悼,兀的不顏面兒没處逃!

　　(末)別的話兒不要講了。寡人今日只要先生草幅詔書,上告天地,下頒四海。

　　(外怒介)要俺草詔麽!

　　【哭皇天】俺不是李家兒慣修降表,俺不是侍多君馮道羞包,俺不是射君鉤管仲興齊伯,俺不是魏征易主佐唐朝。(末)你不學他,待學誰來?(外)俺只是學龍逢黄泉含笑。(末)若草了詔書,寡人定當職授宰輔,蔭及子孫。(外)縱有三台高爵,九錫榮褒,王封帶礪,恩蔭兒曹,也博不得彤管一揮毫。(末怒介)若不草詔,莫道寡人之劍不利乎?(外)憑着你千言萬語,俺甘受着萬剮千刀!

　　(末)擡張桌兒,擺着文房四寶,偏要他當面草詔。

　　(校)領旨。

　　(擡桌、叫寫介。末)快寫,快寫!

　　(外)要俺寫麽?就寫!就寫!(提筆寫介)拿去。

　　(校呈末看介)(篡,篡,篡!)(怒介)可惱!可惱!叫武士,綁這老賊砍了!

　　(武士上。外笑介)哈、哈、哈,俺方孝孺今日死得其所矣!高皇帝、建文君在天之靈,臣方孝孺呵,(拜介)

　　【烏夜啼】今日裏拜別了高皇帝、高皇帝聖考,拜別了先主魂飄。(末)老賊這等猖狂,我就把你全家抄斬。(外)阿呀,老妻呵!一恁他死蓬蒿。阿呀,兒孫呵!也顧不得宗支杳。俺如今拼却生抛,完却臣操;急急的趲陰魂,歷歷的訴青霄、歷歷的訴青霄;少不得天心炯炯分白皁。憑着俺千尋正氣,到底個叛字難饒!(末)你不怕九族全誅麽?(外)就殺俺十族何妨!只為俺一靈不散,管甚麼十族全梟！

（末）叫武士，快把這老賊敲牙割舌！可惱，可惱！

（眾）領旨。（敲牙，滾介）

【煞尾】一恁你敲牙割舌刑千套，俺只是痛罵千聲斧鉞搖！（外噴血，末袖拂介。外）血噴猩紅難洗濯。（末）武士，快把這老賊洗剝綁了，押赴雨花臺，魚鱗細剮。妻子對面受刑。抄沒他的十族，砍的砍，剮的剮，盡行處決！（眾）領旨。（外）受萬苦，孤臣粉身介碎腦，這的是領袖千忠，一身兒今古少！

（眾攛外下。末）可惱，可惱！這樣一個倔強老賊，就剁他為肉醬也不為多，就夷他十族也消不得寡人這口氣。（思介）咳！論起來，他為建文臣子，禮合盡忠於建文。今日這等鐵錚錚拼生捨死，是一個鐵漢，是一個忠臣。

衰經長號赴國門，淋漓血噴御袍新。
寧甘十族多成鬼，不易忠臣一詔文。

可惱！可惱！（下）

第九齣　警　　別

（小生僧裝上）

【傳言玉女】劫運難除，飛出九天雲露。歡驚鳥棲身無處！（生道裝上）泥蟠蠖屈，恍疑似鼎湖歸去。

（白）大師稽首。

（小生）賢徒免禮。細雨披楊起綠煙，水紋如縠影迷簾。午鐘何處偏聒耳，不似西宮奏管弦。我自六月十三日披剃出宮，下船到史弟子家內，住宅西清遠軒，改題水月觀。今已中秋過了。兩月以來，有程、史二徒作伴閒談，亦頗適意。只是自揣身無失德，一旦國破家亡，妻焚子棄，雖留此餘生，反覺靦腆。

（外巾服上）水雲深處，暫潛鱗羽。大師稽首。

（小生）賢徒免禮，坐了。我住在此，已經兩月，心中杌陧不安。此地逼近宮闕，寧無聲息洩漏？且屈指東南，逋臣汝為第一。萬一變起不測,豈不玉石俱焚!我意欲往別處遨遊,可為我速整行裝。

(外)蒙大師屢屢催促,弟子已置辦衣服包裹、銀兩乾糧,一一停當了。(淚介)只是弟子何忍捨得大師遠去,言之寸心如割。

(生)此地斷非久居之地,必宜遠行。弟子昨已卜之,目下必有消息,行期也只在旦暮了。

(小生)咳!

【啄木兒】我拋袞冕,毀髮膚,微服偷生羞仰俯。(外、生白)大師暫時守困,不必悲傷。(小生唱)歎今成避難文公,肯終作捨身梁武!(外、生)山崩海沸天之數,坤旋乾轉臣之務。少不得捧日扶輪返帝都。

(末巾服上白)縱橫一川水,高下數家村。(見小生拜)弟子吳成學拜見。

(小生)起來。

(外、生、末介)師兄。

(小生)你一向在金陵麼?

(末)弟子自送大師登舟以後,隨同牛弟子潛跡金陵。

(小生)以後事體怎麼樣?

(末)燕王救滅餘火,直入宮中,在灰燼中撿得娘娘屍首,認作帝主,以禮殯葬了。

(小生、生、外)這也還好。

(末)以後把六宮殺盡,革除年號,三皇子禁錮高牆,太后廢居陵上,三皇弟削去王封。

(外)這也處分得盡情了。

(小生)咳!可惱!可惱!

(末)又榜列在班官員,題曰"奸臣",懸掛朝門之外。

(小生)是那幾個?

(末)齊泰、黃子澄五十一人為首,其餘不可勝紀。又擒捕齊泰、黃子澄、練子寧、鐵鉉等,斬的斬,剮的剮,一一處死。輕者合族全誅,最重者誅夷九族。俗呼為"瓜蔓抄"。村裏絕少人煙,晝夜惟聞鬼哭。

（小生）有這等事！方相國便怎麽？

（末）三次宣召方相國，衰絰入朝痛哭。

（小生）衰絰入朝，可敬！可敬！

（末）逼他草詔，頒行天下。

（小生）他可曾寫麽？

（末）方相國連寫幾個"篡"字，燕王大怒，把他敲牙割舌。方相國罵不絕口，竟把他誅夷十族了！

（小生、外、生）有這等事？好一個方相國！真正是第一個忠臣了！（末唱）

【三段子】血流道途，痛盈朝忠臣盡屠。刑遭戚疏，痛盈城哀聲慘呼。（合）誅夷十族天心怒，毒流四海人心腐。堪歎千忠盡歸黄土。

（付巾服急上）飛逐鷺鷗來水郭，急隨樵牧到荒村。（見介）大師，弟子牛景先拜見。

（小生）起來。

（外、生、末、付）師兄。

（小生）你也從金陵來麽？

（付）大師，不好了！

（眾驚介）却為什麽來？

（付）奸賊陳瑛仍復舊職，百般讒譖説：宮中焚屍並非皇上，聞已出亡。又説心腹諸臣，史仲彬爲最，必匿仲彬家中。況仲彬又復逃職而歸，情更可疑。急查逃職諸臣，盡行追奪誥命，密遣兵將圍住彬家，要搜捉大師了。

（眾、小生）有這等事！（付）

【歸朝歡】奸臣的、奸臣的，毒計切膚，噬忠義狠如狼虎；聞傳旨、聞傳旨，遣兵到蘇，須臾圍住了水鄉野渡。（小生、眾合）霎時禍臨心驚怖，遲延定爾罹刀斧。早只道奮翼扶搖向北溟途。

（小生白）事勢如此，只索要長往了。但未知何處可以安身？

（生）弟子已卜之，西南方可行。

（小生）西南方是何處？

（生）從湖廣襄陽一路，過了貴州，直至雲南，方可暫住。

（小生）怎麼雲南可住？

（生）雲南遠棲萬里，偵探不及。況西可入巴蜀，東可至廣西，航海南可往安南諸國。望大師安心前行，可無他虞。

（外、末、付）弟子等俱願隨行。

（小生）倉卒避難，豈可多人，只程徒一人足矣。史徒目下方將有事，難以擅離家門。吳、牛二徒，亦不必同行，只須遙為應援可也。

（末、付）弟子等也去削髮披緇，為僧為道，暗暗護送大師便了。

（小生）這個纔是。史徒，可將整備的行李出來。

（外）曉得。（取行李棕團擔上）

（小生）既如此，我就與你每長別出門了。

（外、末、付）大師嚇！（哭）（合）

【鷓鴣天】布衲芒鞋物外裝，天涯行腳影雙雙。（生、小生）舉頭天際何寥廓，回首雲山更渺茫。

（二生哭下）（外白）請二兄裏面去。

（末、付）不消了。大師已去，你把家中事情打點打點，他每領兵到來，也要把幾句言語抵對他每便好。

（外）曉得。

（合）去去人千里，行行天一涯。滿懷心腹事，未許外人知。（各別下）

第十齣　抄　　村

【六么令】（丑素服、官帶、一撮、扇子上）縣丞卑職，署印鑽謀，執掌堂權。銷詞狀準賺銀錢，重火耗、滿腰纏。大兵驀地來咱縣、大兵驀地來咱縣。（白）自家蘇州府吳江縣縣丞鞏化龍是也。堂官陞任去了，區區營謀署印，夾道破房，搬入公衙安歇；升堂畫印，突然吆喝排衙。長執事也要頭道二道，鋪兵鑼也敲一聲兩聲。四人轎加倍二差幫綽，淺藍傘重添兩頂撐開。世事鄉紳依舊錦屏公賀，送節禮,送壽禮,作揖打恭,都稱老父母、老父母。哈、哈、哈!餛飩秀才懇求拜作門生;准呈詞,准手本,延參拜跪,高聲大宗師、大宗師。哈、哈、哈!外郎書手,叫他親翁、親翁,全靠作承照顧;皂快轎夫,也呼他是足下、足下,要他打合周旋。奶奶、公子,遍身上件件盡着綢衣;大妹、管家,空肚兜個個裝滿銀鈔。但願堂官永不到,縣丞賽過做天官,哈哈!正好燥皮賺錢,不想大兵突至。一個吏部郎中,一個後軍都督,統領五百騎兵馬往黃家溪公幹,到了縣中,要供用,要牛羊,陸路要搭浮橋,水路要捉船隻。阿呀,阿呀,打得縣中皂快、書吏一個也不見了。虧得我老爺走慣營頭的,與他每扭扭捏捏,弄些供應,踏些船隻,打發他去了。這一回自由自在,嚇,且到私衙吃些酒飯,出來問問起數,弄些東西香香手再處。各人自掃門前雪,莫管他家瓦上霜。

（二生校尉暗上、白）嚇!吳江縣官兒那裏去了?又不承應,又不伺候!

（生）這不是麼!

（小生）鎖他起來!

（丑）阿呀,阿呀,為什麼?

（二生）你這狗官,却躲在那裏?俺每許多兵馬到了,供應又少,船隻又少,你又不來領路到黃家溪去,兩位老爺惱得緊,着咱們來鎖你這狗官去,砍你這驢頭下來。

（丑）阿呀,阿呀!老親翁!老將軍!老都堂!放了我,待我送些猛古兒孝順孝順。

（生）呸,那個要你銀子?快走、快走,去見兩位老爺去!

（扯下。四小軍,末、付上）（付帥盔、蟒、赤髮、掛劍;末蒼三、紗帽、蟒;小軍大披掛、打帳盔;各騎馬上）

【五馬江兒水】身奉新君威令,提兵下九天。似雷奔雲卷,電掣風旋。遠平蕪天水連,望村鄉渺渺,白鷺堤邊。（二生扯丑上、白）走、走、走!稟爺,吳江縣署印官兒拿到了。（付）唔!你這狗官,却躲在那裏?咱每許多兵馬到來,供應又少,船隻又少,咱每都穿河渡水而來,可惱,可惱!軍士每,與我打!（丑）求老爺饒命!

（末）住了。押他領路到黃家溪去。（付）造化他了。饒你這狗官，快去領路。（丑）稟爺，領到那裏去？（末）到黃家溪史仲彬家去。（丑）史鄉宦家裏去麼？（付、末）低聲。（丑）小官認得，年中去遞手本拜節的。（付）閒講。快走！（衆唱）隊隊兒郎凶勇，腰下刀懸。驕驄蹀躞忙着鞭，踏翻殘壘、飛渡平川。恍惚天兵、九霄時遣。

　　（丑白）這裏是了。

　　（末、付）分付軍士，把他宅子團團圍住，前門後户把守緊固，不許一人出入。

　　（二生）嚇！

　　（付）打進去！

　　（衆）嚇，得令！

　　（打介。外上）閉門家中坐，禍從天上來。

　　（丑）史鄉宦出來了。

　　（付）哎！你藏匿建文君在家裏，快快獻出來！

　　（外）阿呀！史仲彬是六月十四日出京，住在家中，並不曉得建文君下落，怎麼在我家中？

　　（末付）明明在你家裏，還要抵賴。軍士們，與我吊起來！

　　（衆）嚇！

　　（付）軍士們，把他屋兒逐間細細搜撿。

　　（衆應）嚇！

　　【朱奴剔銀燈】（末、付）牆和壁盡皆打穿，房櫳内用心搜撿，陰溝地窖多翻遍，屋上瓦不留一片。你每拿着了呵，銀錢，賞你萬千；倘洩漏頭顱難免。

　　（衆下。付）那官兒也進去同搜。

　　（丑）嚇，卑職竟到陰溝洞裏去尋便了。

　　（下。外）二位大人在上，史仲彬其實並不知情！

　　【前腔】掛官歸，躬耕薄田。（末、付白）人多說你藏匿家中，早早獻出，有功無罪了。（外唱）從不見君王顏面。念兢兢守法苟且延，敢違禁擅干刑憲？（末、付）你不見許多大臣斬的、剮的、九族全誅的，嚇，你何苦抗違聖旨！（唱）豈不見坤乾，須臾變遷，休錯認故巢飛燕。

（丑、衆上，白）啟爺！

【前腔】遍搜尋人跡杳然，（末、付）唔！（末唱）並不漏絲毫一線。（末、付白）莫不隱在家眷裏面混過了？（丑、衆唱）家眷人人仔細研，除非是神仙騰變。（末、付白）東鄰西舍也去搜一搜！（衆）這裏獨家村，哪裏去搜？（唱）牆垣，盡皆水圈，哪裏有鄉鄰藏偃？

（付白）沒有？起過一邊。唔！這怎麼處？

（末）嚇，且放他下來，追了誥命再處。

（付）過來，放他下來。

（衆應。末）那官兒，押他去取。

（丑）是。

（同外下，即上。外）誥命在此。

（丑）誥命有了。

（付）軍士們，鎖押這廝拿去復旨。

（衆應。末）那——

（外）嚇！阿呀，二位大人，史仲彬並不曾藏匿建文君在家。卒地來搜，毫無蹤影，仲彬心跡已明了，有何罪犯，鎖押我去？

【前腔】已分明無辜黑冤，怎屈陷不容分辯？（付白）多講，與我鎖了。（外）阿呀，大人嚇！（末）住了。論來他實是無辜，就帶他去無益。（付）嚇，老先生，你為誥命而來，有了誥命，你的事就完了；我為拿人而來，如今人又沒有，怎好覆旨？帶他同去，但憑聖上把他夾打梟首，聽憑便了。（外）阿呀，大人嚇！（唱）看昭昭天理明如電，殺無罪黃泉含冤。（付白）有罪無罪，你自到皇上面前去講。朝中殺、殺千千萬萬的人，那在屈殺你這一個！軍士們，與我鎖了！（末）嚇，且慢。聖上面諭，也只要搜建文君，如今建文君既沒有，此事料必冤枉，也還可以開天地良心。（付）阿呀，豈敢，豈敢！嚇，也罷，分付那縣官，討一個收管，咱每去覆旨。倘皇上不要他呢，就罷；若要他時，火速扭解來京。（丑）是。（付）帶馬。（衆應，唱）回還，忙忙着鞭，且覆旨任從天鑒。

（外白）恕不送了，恕不送了。

（老上白）天有不測風雲，人有旦夕禍福。相公，相公，他每多去遠了。

（外呆介）阿呀！（老）相公醒來，相公醒來！

（外）唬死我也！阿呀，夫人嚇！早是大師知風先遁去了，若不然，幾乎弄出天大的事來。

（老）便是。

（外）只是他每路上不要遇着便好。

（老）大師已去遠，決然遇不着的。

（外）是嚇。孩兒可曾驚壞？

（老）這倒不曾，奶娘抱好的。

（外）阿呀，謝天謝地！

（老）阿呀，相公嚇，只是一應箱籠衣飾都掃得罄盡了，怎麼處？

（外）夫人，錢財事小，性命事大。這回搜不着，料已釋然矣。

（老）正是。相公驚壞了，進去將息將息罷。

（外）夫人嚇，正是：

青龍共白虎同行，（老）吉凶事全然難保。

第十一齣　慘　睹

（生緇衣、笠帽，小生道裝、挑擔上，白）大師走嚇！

【傾杯玉芙蓉】（生唱）收拾起大地山河一擔裝，（小生合唱）四大皆空相。歷盡了渺渺程途，漠漠平林，疊疊高山，滾滾長江。（生白）我自吳江別了史徒出門，師弟兩人，一路登山涉水，夜宿曉行。一天心事都付浮雲，七尺形骸甘為行腳。身似閑雲野鶴，心同槁木死灰。（唱）但見那寒雲慘霧和愁織，受不盡苦雨淒風帶怨長。（生白）徒弟，前面是那裏了？（小生）是襄陽城了。（生）是襄陽城了。咳！（生唱）雄城壯，看江山無恙，誰識我一瓢一笠到襄陽？

（內）走嚇！（小生）後面有許多車輛兵馬來了，且閃過一邊，讓他們過去。

（下。外、末拿槍、哨子帽；雜扮車夫，四輛；淨扮將官，押上）

【刷子芙蓉】（淨唱）頸血濺干將，屍骸零落，暴露堪傷。又首級紛紛，驅馳梟示他方。（淨白）咳，俺想皇爺殺了多少大臣，就在京城號令罷了。又聽那都察院陳御史之言，說凡係那處人，把首級發在本處號令。把頭兒裝了數十輛，着咱們各處分解。這樣苦差，好不煩惱。快走，快走！（衆應。唱）（活門）淒涼，歡魂魄空飄天際，歎骸骨誰埋土壤？（淨對內介）咄！你每這些衆車兒，打夥兒行走，不要落在後面嘛。咳！那些衆公卿，做什麽官，今日裏呵，（唱）堆車輛，看忠臣榜樣，枉錚錚自誇鳴鳳在朝陽。（下）

（生、小生上。生）嚇，阿呀，好痛心也！

【錦芙蓉】裂肝腸，痛誅夷盈朝喪亡，郊野血湯湯。好頭顱如山，車載奔忙。又不是逆朱溫清流被禍，早做了暴嬴秦儒類遭殃。（小生白）大師，走罷，不要睬他們的事了。（生）咳！都為我一人，以致連累萬民性命，是我累及他們了！（唱）添悲愴，泣忠魂飄揚，羞殺我獨存一息泣斜陽！

（三旦內）苦嚇！

（小生）後面又有許多兵將解着囚婦來了，且閃在一邊。

（外、末頭袋、拿刀；扮四囚婦；丑扮差官，押後上）走嚇！

【雁芙蓉】（衆旦）（斜角門）蒼蒼！呼冤震響，流血淚千行萬行。（丑白）這是你家做官的帶累你每的，哭也怎麽？（衆旦唱）家抄命喪資傾蕩，害妻孥徙他鄉。（丑白）那些夫人、小姐，砍的砍，絞的絞，還要發教坊司，賞象奴，不知流徙了千千萬萬，那在乎你們這幾百個。（衆旦唱）歎匹婦，終作溝渠抛漾。（跌介。丑白）這時候還要裝幌子，思想那個來扶你每麽？還不起來快走！（衆旦爬起，唱）阿呀，天嚇！真悲愴！縱偷生骯髒，倒不如鋼刀駢首喪雲陽。

（丑趕介）走嚇！（同下）

（二生上。生白）阿呀，好惱嚇，好惱嚇！縱然殺戮忠臣，與這些婦女何干？

【桃紅芙蓉】慘聽着哀號莽，慘睹着俘囚狀。（小生）大師，路上來往人多，不要講了，走罷。（生唱）阿呀！裙釵何罪遭一網，連抄十族新刑創！（小生白）大師，當初劉文成說，尚有三十年殺運未

除。這也是天數了。(生)咳!(唱)縱然是天災降,也消不得誅屠
恁廣。咻,恨少個裸衣撾鼓罵《漁陽》!

(付內白)喲,走嚇!

(小生)後面許多兵將押着無數犯人來了,且閃在一處。

(貼、老顛帽、花槍、扮軍士、拿軍器,四個犯官,付將官、校尉
押上)

【普天芙蓉】為邦家輸忠讜,盡臣職成強項。(付白)為因你每
要做忠臣,故此聖上特來奉請。(衆)呵呀,我每久不為官,又來拿
解,豈不冤枉!(唱)山林隱甘學佯狂,俘囚往誓死翺翔。(付白)快
走,快走!有話到聖上面前去講。(衆)講什麼,要砍便砍罷!(付)
好一班不知死活的書呆。(內介)走嚇!(衆)老先生,總是我每不
是。當初不能禦敵,直至縱虎入山,悔無極矣。(合唱)(一對對走)
空悲壯,負君恩浩蕩。罷!拼得個死為厲鬼學睢陽。(同下)

(二生上。生恨介)咳,一發罷了!嚇、嚇、嚇!我道只獨誅朝
中臣宰,不想又捕捉棄職官員,正人君子定無噍類矣!

【朱奴芙蓉】(唱)眼見得普天受枉,眼見得忠良盡喪。(小生
白)大師,走罷。天色已暮,快趕到前面,尋一寺院歇宿便好。(生)
咻!(合唱)阿呀!彌天怨氣沖千丈,張毒焰古來無兩。(生)阿呀!
我想忠臣做到這個地位!是喲,(唱)我言非戆,勸冠裳罷想,倒不
如躬耕隴畝臥南陽。

(小生白)大師,此處湖廣要道,京中往來公幹人多,恐有識認,
禍生不測。

(生)如此便怎麼?

(小生)且到前面過了今夜,明日從小路急急趲行,趕到武岡
州,速往貴州,直入雲南深山居住,才可安身。

(生)如此,且趕到前途再處。

【尾】路迢迢、心快快,(生執小生肩)(小生唱)且暫宿碧梧枝
上。(內作鐘聲介。生白)嚇,鐘鳴了。(小生)大師,這是野寺晚
鐘,非景陽鐘也。(生)嚇,是野寺晚鐘?(小生)是。(生)咳!(唱)
錯聽了野寺鐘鳴誤景陽。

第十二齣　劫裝　廟遇

（淨、丑二頭陀，扮遊方僧上）阿彌陀佛！

【浪淘沙】（淨）開口念彌陀，（丑）酒醉羅呵，（淨）豬羊牛菜囫圇拖。（丑）剪徑殺人都做到，（淨）不怕閻羅。（合）南無虛空藏菩薩摩呵薩。（丑白）我每兩個遊方僧是也。（淨）我名頓悟。（丑）賤名萬空。（淨）專門行脚。（唱）綽號凹僧。

（淨）生成兩雙賊眼，

（丑）染成一對黑心。

（淨）少林寺曾經學打，

（丑）五臺山也去煉魔。

（淨）吃蘿蔔，加料生蔥生蒜；

（丑）呷黃湯，不管白酒燒刀。

（淨）見了小和尚，便去用強謁謁，不怕他師父、師兄。

（丑）遇見丑婆娘，也要硬上偷偷，那怕他公婆、蓋老。

（淨）走到馬頭，就裝十八尊羅漢；

（丑）行來山僻處，便做梁山泊上強人。

（淨）兩日沒有生意，今早見一僧一道挑着擔兒行走，好不動火。那和尚身上穿得齊整，那道人這擔行李，好不沉重；拐了他的，足有幾個月受用哩。

（丑）我看那和尚斯斯文文，倒也忠厚；只是這道人乖頭乖腦，難以下手。

（淨）趕到前面荒僻去處，一個對一個，放出少林手段，穩穩是咱們的行貨哩。

（丑）有理，有理。饒他走上焰魔天，脚下騰雲須趕上。（下）

【前腔】（二生上）（笛）竟日苦奔波，來到山河，溪流凍咽斷樵歌。雪意漫天風料峭，葉落辭柯。

（生白）徒弟，這裏什麽所在了？

（小生）大師，這裏是武岡州，是貴州夾界所在，名為鶻摩山。

千岩萬嶺,屈曲崔嵬,過了此山,就是貴州了。

(生)行了一日,肚中甚饑,那裏去化些齋便好?

(小生)深山去處,没有人家,那裏去化齋?且挨到前面再處。

(生)包内乾糧已盡,肚中甚餓,委實難行。咳,你就多走幾步去化化才好。

(小生)只是我去了,放心大師不下。

(生)我坐在此不妨。

(小生歇擔介)這裏山僻去處,剪徑的頗多;況有遊方凹僧,專拐人行李。我去去就來,大師須要安坐,守着行李,不可移動。

(生)我曉得。你快去快來。

(小生缽)曉得。只在此山中,雲深不知處。(下)

(生坐地,歇擔。背後淨、丑上)靈山會上千尊佛,尊尊都是捨財人。阿彌陀佛!老師父,弟子朝山回來,肚中餓,没飯吃;身上冷,没衣穿。化老師父齋我們一齋,捨件衣服與我們穿一穿。

(生)二位師兄,貧僧遠方到此,也為饑餓,叫徒弟化齋去了,把什麼齋你?

(淨丑)包内許多衣服,難道捨不得兩件麼?

(生)隨身幾件破衣,那裏捨得?

(淨丑)咳,老師父,你差了,出家人捨身喂虎,何在這幾件衣服?

【一封書】伊行莫執訛,論修行身也多。(生白)(急兩邊叫)徒弟,快來!徒弟,快來!(淨、丑)今朝遇老哥,代伊挑重擔魔。(生白)(急護住)阿呀,住了,這擔兒有我徒弟來挑的,不勞,不勞。(淨、丑唱)呔!綿襖偏衫俱剥下,饒却殘生造化他。(生白)還我行李來!(淨、丑剥生衣)請了!(唱)轉山坡,奔如梭,異日相逢一笑呵。

(生白)阿呀,還我衣服來!

(二翻身。淨辫衣)呔!(下)

(生跌介)嚇!阿呀,皇天嚇!阿呀!

【前腔】(笛)無端遇惡魔,劫衣裝可奈何?(浪介)阿喲!寒天凍怎挪？歎窮途，誰借挪？（白）阿呀，我為僧行脚，又受這等苦楚，要這性命何用？嚇，此處有一深崖在此，罷！（唱）不如撞死深崖內，免得偷生受坎坷。（捱心介）阿呀！痛心窩，淚滂沱，死後誰招魂汨羅？

（奔跌介。小生上）行了許多路，化得一盂糧。

（抱住介）阿呀，大師嚇！（收盂，一釵下，分班）

（生）阿呀！

（小生跪介）阿呀，大師醒來！大師醒來！為何行此短見？

（生抖介）自你去後，有兩個野皮僧，把我打倒，剝下衣服；阿呀！挑了行李去了。

（小生）阿呀，大師嚇！你有大事在身，這些衣服行李，都是小事，何足介懷。弟子化得暖飯在此，大師請一口。

（生）有飯？你去取來。

（坐正吃。小生）咏，有這等狠心的強賊，更把行李搶去了。

（生吃介。小生）阿呀，天色已暮，一時又下起雪來，怎麼處？

（生）徒弟，拿了去。（小生）請大師趲過嶺去。

（付缽盂。小生收袋內。生）阿喲，徒弟，如此高山，又兼大雪，怎生行走？

（小生）山僻之處，難以停留，天又晚了，沒奈何，徒弟扶着大師，挨過嶺去尋個歇處便了。（扶生下）

【絳都春序】（生、小生上合唱）咳！（小右）千山冷雪（蹲下），歎狂飆（走三角）凛然，侵人肌裂。高下彌漫，痛步履傾欹行欲跌。（小生白）看仔細。（生唱）雪嚇！你把江山白占寒威冽，斷送我歧途肘掣。（合）（歎）看暮雲凝野，望炊煙絕少，阿呀！難覓一椽茅舍。（下）

【出隊子】（末扮僧，付扮道，背包裹。付先走上）程途紆折，日夕驅馳筋力竭，行蹤渺渺無處問津楫。（末白）我吳成學。為追大師，因此削了髮，喚做雪庵和尚。（付）我牛景先是也。為尋大師，改作道裝，喚做東湖樵。一路行來，並沒個消息。行到此處，白茫茫一望無際了。（末）那邊樹林聳出，尖尖的好似屋脊一般。（付）

我們只索趲行前去。阿喲！（唱）又遇着雪夜天寒山陡絕，望隱隱招提，今宵暫歇。
（末看）雪光之下，仔細看來，却原來是一所古廟。
（付）我們且進去。
（末）呀，屋宇傾頹，牆垣坍倒，哪裏可以棲身？
（付）這裏西廊下，上邊還有遮蓋，我們就在這裏權睡一睡罷。
（末）嚇，既如此，只索和衣而睡便了。
（同坐介。末）你看，頹垣飄雪，破壁鑽風，好凄涼人也。
【鬧樊樓】（付、末唱）蕭然四壁窗櫺徹，冷風悽楚，雪花飛疊。古寺人聲滅，空谷猿啼咽。（付白）師兄，睡罷。（末）我兩人在此苦楚，不知大師在那裏？（唱）痛雙雙途畔，泣孤臣腸斷，想君王珠淚流血。（浪）（打鼾介）睡昏昏向黑甜憩者。（困介）
【滴滴金】（小生，生先上）（小生攙介）攜行峻嶺身趔趄，雪暮山深堆玉屑，饑腸冷骨雙淒冽。夜迢迢難度也。（生白）好了，過得嶺來，恰有一所寺院在此，我們作速進去。（合唱）巋巋蘭若，（浪介）咦，（兩邊看）為甚夜深沉禪關猶未拽？（對言）（生）咳，可惜這殿宇破壞得緊了。（小生看下）大師，後面一片大雪，並無屋宇，又無人聲。（生）那裏睡睡便好？（小生）嚇，此處東殿角下，略略遮風，大師權且睡睡罷。（生）怎生樣睡？（小生）弟子只索護着大師權睡一覺罷。（生）只是難為了你。（小生）患難之中，弟子應該的。（生）嚇，徒弟，我和你睡在此嚇，（唱）法王貝闕，也遇着罡風火劫。
【畫眉序】（合唱）寒夜冷難禁，患難師徒痛偎貼。比深宮椒寢，海天迥別。痛浮萍生趣無多，欷煙凝寒灰難熱。且將心事暫時撇，飄飄做夢裏蝴蝶。（抱生睡介）
【啄木兒】（末哈欠，醒介）朦朧睡，聲慘切。（付亦醒介）似寒蛩啾啾訴說。（兩人各彎身對言）（末白）師兄，你聽他呵！（唱）好一似悲泣孤舟愁萬結。（付白）方纔那聲音呵，（唱）聽酸心音怎熱，（末）早難道秋水伊人天際接，（付）莫不是蕉鹿憑虛魂夢惹？（浪介）（二生應介。末、付聽）咦，又聽得齁齁聲迭，禁不住尋枝問節。
（付白）我們方纔進來，四下都已看過，並無一人。為何如今又有人聲?

（末）便是。況且聲音恍似大師，一發奇得緊。

（付）那齁睡之聲，却在東殿角下，（立介）且去看一看。

（末）阿呀，方纔大雪飄揚，如今月光射入，正好近覷。嚇！宛然是大師模樣。

（付）大家近身聽一聲。

（末）有理。

（付）嚇，大師，大師！

【三段子】（生作醒介，哈欠）（謾）（大右）南柯正惬，恁風聲吹墜葉。（末、付白）這是程師兄？嚇，程師兄！程師兄！（小生唱）東方未煒，是何人催夢魘？（末、付）呀！驚開淚睫。果然是師行天外停車轍，巧相逢在蕭寺殘夜。（二生白）嚇，你兩個什麽人？（末）弟子吳成學，（付）弟子牛景先同叩首了！（唱）痛萬里天涯叩謁。

（二生起介）呀！

【滴溜子】（生）聽說罷、聽說罷，神魂震越。（集唱）重凝覷、重凝覷，悲愁變悦。（小生）原來他二人來了。（揖介。末、付）大師一向好麽？（生）咳，不要說起！（唱）（謾）受盡，道途跋涉。（末白）為何雪夜在古寺之中？（生）我日間行到山中，纔遣程徒去化齋——（末、付）怎麽樣呢？（生唱）不想強徒驀地逢、（浪介）把行囊劫，因此呵，兩兩師徒，無衾抱挈。

（小生白）二位師兄為何也作出家打扮？

（末、付）我兩人為尋訪大師，恐路上行走不便，故扮作一僧一道。

（生）近來朝廷有聲息否？

（末、付）正為有警信，故此特來報知。

（二生）嚇，有何警信？

（末）自大師在史家出門之後，

（生）住了，我正要問你，史家怎麽樣了？

（末付）兵將到家，把史家弟子吊綁，四面團團圍住，各處搜覓。不見大師，止取誥命而去。

（生）這也好了。

（小生）便是。（末、付）咊！可恨那賊臣陳瑛，又奏大師却係削髮逃亡。

（生）裏邊可聽他否？

（末、付）朝廷便欲遣將尋覓！

【下小樓】（快）痛嗟，凶謀蠍螫。密層層把羅網設，紛馳鐵騎（隊場）遠追緝。（生白）差何人尋覓？（末）陳瑛又奏道："若遣南邊將官，必通情面，決不追拿。須差北平心腹大將，從未在建文朝官者捕捉，方能獲住。"（二生）嚇，有這等事？（付、末）朝廷差朱能之子朱武，領一枝人馬，往浙江、福建一路而去。（付）又遣大將丘福，領一枝兵馬，由江西直往兩廣一路而去。（末）又遣大將張玉，領一枝兵馬，從湖廣而來，要往貴州，直至雲南，轉入四川尋覓。如今張玉人馬看看追到了，因此臣等呵，（唱）特地，（隊場）傳言奔捷，早劃取妙計周遮。

（生）阿呀，如今怎麽處？

（小生看天介，白）大師，臣已觀乾象，見主星失位，凶星犯急。應於明日午時三刻，必有驚變。

（生、付、末）可能得脫否？

（小生）只是主星雖能脫免，但輔弼二星昏暗，必然有傷。咳，這也是天數了。

（末、付）但保得主星無恙，就傷損輔弼也罷了。

（小生）如今尚是夜分，趁此月光明朗，我三人扶着大師，踏雪急往前途，尋一躲避之處，再作道理。

（生）住了，包內帶得乾糧否？

（付、末）有乾糧。

（小生）一路去送與大師吃些便了，快快急離寺門。

（衆）走！

【尾】（合唱）空山不待雞聲徹，（生慢唱）又早是一輪明月。（衆白）阿呀，大師嚇！快！（合唱）怎能個插翅飛騰把羅網決？（下）

第十三齣　雙　忠

（四將官掛弓箭、刀、各馬鞭子，淨扎甲、帥盔、掛劍，上）

【粉孩兒】騰騰的統貔貅來天表，受綸音赫奕干係非小。晨昏追趕莫憚勞，恨忙忙水月空撈。（白）自家龍驤大將軍張玉是也。蒙皇爺面諭，道建文削髮出亡，必生後禍。若遣南邊將佐、曾在建文朝為官者捕捉，必徇私情。特差俺們心腹大將三員，統兵三路追襲，我着差湖廣、貴州、雲南、四川一路。因此領了三千人馬，星夜追緝前來，已到武崗州了。各處訪問，人人多說有一僧一道，狀貌非凡，經過此地不遠。分付大小三軍，快些趕上前去！（衆）得令。（唱）捲風雲矯若游龍，奔雷電疾似飛鳥。（下）

（二生、末、付上，小生、末攙生）呀！

【福馬郎】忽見旌旗雲外繞，又聽得喊聲轟轟鬧。心懊惱，沒處將身兒隱，命兒逃。無計上青霄，離羅網，走龍蛟。

（生白）阿呀！後面金鼓震天，追兵已到。阿呀！如何是好？

（小生）好了。此處恰有古塚，洞口甚小，塚內空虛，僅可容身。大師來，大師來！速宜潛避其中。

（衆）是嚇，速宜潛避其中。

（生）我雖躲避，汝等被擒，怎麼處？

（小生、付）阿呀！阿呀！到此地位，我等性命定然不保，只索由他罷了！

（末）住了！還有一說。

（衆）還有何說？

（末）大師一時暫躲，他每到處尋緝，必被獲住。縱脫今日之禍，終難出頭。

（衆）這却怎麼處？

（末）如今大師急急躲過，待弟子假裝大師——

（小生）嚇！

（末）將他每辱罵——

（付）好！

（小生）是嚇！

（末）那張玉從不認得大師之面——

（付、小生）從不識認嚇！

（末）必認我為真，喝兵擒捉——

（小生、付）那時怎麼處？

（末）那時我拔出腰間利刃，剖破面皮，刎下頭顱，他每拿去請功，大師便可安心長往了。

（付）妙嚇！吳師兄改扮大師，哪，我就扮做程師兄，雙雙自盡便了。

（小生）咳！吳兄代主，理所當然。喲！我自拼一死，豈敢累兄替代。

（付）阿呀！大師前途，非兄不能同行。弟志已決，不必推辭。

（小生）這個使不得。

（生）阿呀，只是為我一人，又害你二命。阿呀，于心何忍！

（末、付）漢朝紀信誑楚，高帝時韓成代死，都是臣子分内之事，何須齒及！

（生）嚇，如此忠臣，世之罕有，二位賢徒請上，受我一拜！

（末、付）這個何敢！這個何敢！

（小生）我也有一拜！

【紅芍藥】言凛凛忠義堪褒，氣昂昂——（末、付白）阿呀，大師，可不折殺了臣等！（生、小生對唱）命棄鴻毛。似紀信千秋作同調，比韓成鄱陽功浩。（末、付跪介）阿呀，君王，半路苦頓抛，兩遊魂緊隨昏曉。（合唱）（攙起介）痛酸心異地相遭，灑血淚生死途杳。

（内喊。衆）追兵來了，快些躲避！

（付、末）我們迎上前去！

（生、小生作入洞介）（小生放背包桌邊）

【耍孩兒】（淨、衆上）盡説前行兩僧道，迤邐追尋緊，並不見形影分毫。飛馳，緊着鞭千騎龍駒裊。（衆白）啟爺，前面有二人飛奔，似有逃難之狀。（淨）快些趕上去！（合唱）隱隱見兩兩人奔逃，

忙整頓藩籠罩。(趕下)

（末、付奔上，眾趕上。淨白）攔住了！

（末、付）嚇，我們是出家人，遠方來此經過，為何攔住了我們？

（淨）唔，什麽出家人？你是建文君罷了！

（末）嚇！你認得我是建文君，怎麽不跪？這等無禮！

（淨）咳！我奉新皇帝旨，特來拿你。

（末）哎！燕藩不道，叛逆興兵，奪我天下，篡我大位，幽囚我母弟，焚殺我妻兒，無父背天，橫行殺戮。我已削髮為僧，喲，你還饒我不過麽？

（淨）有話到萬歲面前去講。拿下了！

（捉，付攔介）哎！誰敢拿我家皇帝？

（淨）嚇！你敢強奪欽犯麽？

（付）哎！什麽欽犯？什麽欽犯？我認得你是逆賊張玉！

（淨）嚇！

（付）原係北平護衛將佐，久受我皇上俸祿，你今日這等助紂為虐麽？

【會河陽】率土均天，盡係臣僚。（末白）張玉！（唱）我是高皇孫子掌天朝。你那燕藩呵，奸徒！不守藩封，攘咱故巢。（末、付合）伊助虐施強暴。（淨白）把二犯一齊拿下了！（眾）嚇！（末、付）咄！誰敢？誰敢？（末）你回去與燕藩說："我若死了，魂魄少不得來拿你！"（付）與你主人說，我是翰林程濟，今是輔主不成，猛拼一死，就來與你主人索命了。（淨）好兩個硬貨，也不怕他飛上天去。（付）阿呀，聖上嚇！（末）阿呀，程徒嚇！（末、付合唱，付跪介）阿呀！君臣，不受你青鋒剿；魂魄，拼只向黃泉笑。

（末、付自帶刺刀自刎下。眾）啟爺，他兩個已自刎了。

（淨）眾將官，可將首級梟了，星夜回軍，入朝覆旨。那兩個屍骸，分付該縣埋好，候旨定奪便了。

（眾）嚇！（提頭介）

【縷縷金】梟雙首，緊藏包；入朝忙復旨，大功勞。斬斷根和蒂，龍顏歡笑，從此安享太平遙。干戈盡息了、干戈盡息了。（下）

（小生先在桌下鑽出，兩看，抖介，後生扯出。小生白）大師，大師！站定了，站定了。他兩個多已自刎了。
（生）在那裏？
（小生）這不是！
（生）嚇，阿呀，吳、牛二徒嚇！
（小生）阿呀，二位師兄嚇！
【越恁好】（合）看血流衰草、血流衰草，骸骨暴荒郊。忠肝義膽，鐵錚錚罵賊笑餐刀。（生唱）羞殺我偷生餘息逐浪飄，（同拜介）赧顏悲悼！（生白）（背包）阿呀，徒弟阿！將他二人屍骸掩埋了纔好。（小生）少不得有地方官來埋葬，快些走罷！（生唱）拋伊去，痛殺殺心如搗。（扯走）（搜一段）回頭望，淚滾滾腸如絞。
（小生白）大師，快走罷！
【紅繡鞋】穿林渡澗蕭蕭、蕭蕭，登山涉嶺迢迢、迢迢。離災禍，脫籠縧；嗟破衲，泣簞瓢；從教天際任飄搖。
【尾】（小右、生左）望天南何時到？惟願取雙雙永保。（生白）阿呀，吳、牛二徒嚇！（唱）痛殺那渺渺幽魂（鑼）阿呀，天際繞！
（小生）走、走、走！（下）

第十四齣　上　孝

【似娘兒】（老上）蓬屋久羈棲，心內事未許人知。
（白）老身乃程翰林家乳娘是也。向年隨任京中，因夫人病故，老爺又遭國變，將小姐託吾夫婦領至徽州別業居住，光陰迅速，在此拱秀鄉，倏忽一十二載。小姐已經一十四歲，伶俐聰明，詩書針線，無不精通；避居內室，無人知覺。只是老爺一向杳無消息。二年前，託我丈夫詢問，一去許久，再不回來，多應性命不保。老身奉老爺分付，小姐自幼呼我為母，並不曉得老爺、夫人之事。我想他既已長成，通曉世務，今日閒暇，且與他說個明白。正是：雪隱鷺鷥飛始見，柳藏鸚鵡語方知。
【引】（旦上）熒熒母女相倚依，堅持白璧，慵施紅粉，共嚼黃虀。

（白）母親萬福！

（老扯住介）阿呀！小姐，你不要如此稱呼。

（旦）呀！母親何出此言？

（老）我是乳母，不是你母親。

（旦）阿呀！這等説來，我是誰人的女兒？

（老）你是我家主程翰林老爺的小姐。

（旦）如此説，我父母在那裏？

（老）那年老爺在京作宦，夫人生了小姐，就身故了。

（旦）嚇，生我之時，母親遂爾身亡。咳，可傷！可傷！爹爹呢？

（老）彼時正值北平兵馬將至京師，老爺分付我抱了小姐，居住此處，以後老爺竟不知下落了。

（旦）阿呀，好苦嚇！母親生我身亡，爹爹許久杳無音信，可不痛殺我也！

【桂枝香】萱親嗟逝，椿庭拋棄。（老白）那時國破君亡，老爺不知在那裏。（旦唱）為君憂大難紛紜，盡臣職盡遭顛沛。（老白）老爺向日已將小姐許配蘇州吳江縣翰林侍讀史仲彬的公子。（旦唱）託姻親謾提、託姻親謾提。只是我爹爹呵，天涯迢遞，存亡疑異。（老白）老身為因放心不下，二年前教丈夫到京問取老爺消息，（唱）不知為甚杳無期？未得平安信，空思歧路悲。

【不是路】（末、付地方上）合里奔馳，來到衡廬急叩扉。（白）這裏已是程老兒家中，閉門在此。開門！開門！（老開介）是那個？（末、付）我們是本處地方。為因慶成公主娘娘奉旨往齊雲岩進香，在此處經過。部文行下，憲牌分該縣，縣中着該圖，要勾取人夫轎役、各樣雜做人夫。（唱）迎車轎，人夫公派不存私。（老白）我家丈夫在外，只有母女二人在家，教那個去做夫當役？（末、付唱）咳，奉欽依，排門挨戶齊勾取，顧不得老弱孤單母與兒。（老白）我家決無人去的。（末、付）自己沒有人去，拿出銀子來雇人。（老）那有銀子雇人？（末、付）咳，如不去，縣中頃刻來拿取，決無輕恕、決無輕恕。

（二旦）那裏説起？閉門不管窗前月，分付梅花自主張。（下）

（付）嚇，好作怪！程老兒這一戶向來只有夫妻二人，這女子是那裏來的？奇怪！

（末）那女子生得標緻，舉止端莊，不像小人家兒女，莫不是拐來的？

（付）嚇，一定是掠販來的。

（末）是嚇，他家又不做生意，決然那老兒在外邊販來做歹事度日。

（付）咦，你看，這老兒背了包裹，不知從那裏來？

（末）我們且躲過一邊。待他進門後，聽他說什麼言語，便知分曉。

（付）有理！有理！（下）

【前腔】（丑背包上）二載流離，今日歸來氣息微。（白）這裏是自家門首了。開門！開門！（二旦上，老）又是那個在外敲門打戶？呀！原來是老兒回來了。（旦）回來了？好！（末、付聽，上介。老）你在外二年，一向好麼？（丑唱）離京邸，從容細叩是和非。（二旦）可曾打聽老爺的確消息麼？（丑）那年破城之後，老爺與皇帝削了髮——（二旦）嚇，皇爺做了和尚！（丑白）老爺與皇爺呵，（唱）出宮闈，一僧一道潛逃逝。（二旦白）如今在那裏？（丑唱）楚地擒牢兩命危。（二旦白）只恐此信不真！（丑）怎麼不真？（唱）人言沸，盡說從亡梟首名程濟。痛心悲涕，痛心悲涕！

（末、付驚介。老白）不想老爺如此身亡！

（旦）果然爹爹死了，兀的不痛殺我也！

（倒介。老、丑）小姐蘇醒！小姐蘇醒！

【掉皂兒】（旦）痛爹行孤身影隨，為君王天涯狼狽。（合）棄高官甘作黃冠，拋幼女不圖家計。拚得個死他鄉，罹法網，暴屍骸，離身首，荒墳無瘞。一抔誰祭？孤魂怎歸？痛殺死生骨肉，音容回背。

（老白）小姐，且不要啼哭，到裏面去，慢慢商量再處。

（丑）我行了許多路，也要進去吃碗飯了。

（旦）阿呀，爹爹呵！

【尾】(合)千聲怨氣千行淚,痛渺渺黃泉隔世。爹爹嚇!恨不得趕入幽冥繞膝啼!(同下)

(付白)嚇,原來程濟的女兒!

(末)叛犯家屬住在我圖內,官府知道,地方不舉,定然要連坐。

(付)不難的,如今急急去報與縣內老爺知道,差人擒捉。

(末)快去!正是:

　　金風未動蟬先覺,(付)從教吊出是和非。(下)

第十五齣　里　首

【出隊子】(外上)承差前件,火速飛行到縣前;文書封釘奉皇宣,投遞當堂莫浪傳。(白)自家徽寧道衙門差官是也。奉道主老爺之命,有公文一角,到歙縣投遞。來此縣中,縣官退堂,不免到私衙門首敲梆則個!(唱)疾速敲梆,焉敢遲延。(末,小生喝,淨上)

【引】日午暫休衙,梆擊心驚戰。

(外白)徽寧道差官見。(淨)請起。

(外)都老爺欽奉聖旨,有一憲牌行至本道衙門,道主老爺有公文一角送到大爺案下。

【皂羅袍】奉旨移行到縣,更森嚴憲諭,焉敢留連?(淨)不知為着何事?(外)只為建文和前任翰林程濟呵,(唱)君臣逃竄出宮垣。(淨)聞得向年擒住,多已梟首了。(外)雙雙假首相欺騙。(淨白)如今待要怎麼?(外)圖形畫影,關津甚嚴;排門捱户,風聲細研。若疏虞罪責應非淺。

(淨)曉得了。尊官請庫上小飯,就着該房寫回文,先行回覆道爺。

(外)差官還要到休寧縣去,轉來領回文罷。

(淨)多慢。

(外)將軍不下馬,各自奔前程。(下)

(付、末上)忙將圖內事,報與縣尊知。小的本縣三十六都七圖里排,有機密事稟上老爺。

（淨）什麼機密事？

（末、付）小的奉老爺鈞旨，為公主娘娘燒香，要人夫承值。

（淨）你們怎麼說？

【前腔】（末、付）勾取人夫行遍。到茅簷陋室，突見嬋娟。（淨白）可笑，我老爺又不要娶妾，你們見了女子，來報我怎麼？（末、付）那程老兒一戶，向來只有老夫妻二人，今日到彼，又見一個少年女子。（淨）這是那裏來的？（末、付）小的疑他是掠販來的，正在門首觀望，只見程老兒背着包裹回來，小的們在牆外，悄然聽他言語。（淨）他說些什麼來？（末、付唱）他說父名程濟與君旋。（淨白）嚇，有這等事！（末、付唱）那老兒呵，潛身此地歸他變。（淨白）這等說來，是叛屬了。（末、付唱）叛臣嫡女，容留罪愆。因此小的們呵，忙來首告，非同浪言。望天臺擒捉奇功建。

（淨）方纔憲牌到來，正要排門逐戶搜緝建文、程濟，如今拿了程濟的女兒，就有程濟了；有了程濟，就有建文了。手下的！快點四十名丁壯，就是你二人引路。

【四邊靜】精挑丁壯真雄健，奔走如飛箭。迤邐出城門，歷盡荒郊甸。蓬茅陋院，窩藏叛眷；四面緊重圍，直入擒姣倩。

（衆白）嚇，走、走、走！奉旨擒拿叛犯，快走！叛屬進！

（丑、二旦）爺爺嚇！

【前腔】孤單弱女安貧賤，何事非殃煽？（淨白）你父親程濟在那裏？（旦唱）自幼守蓬廬，不識爹行面。（淨白）快快招出，免受刑法！（二旦、丑）其實不曉得。（唱）無辜天鑒，望寬一線。（淨白）軍士們，一總拿去，解到京中，但憑萬歲處理便了。（衆應、鎖介。老、丑）三命實相憐，死生同分辨。（老、丑撞死，下。衆白）禀爺，老兒夫婦撞死了。（淨）二人既死，着地方買棺盛殮，守候發落。

（末、付）曉得。（淨）帶這女子解京去。（衆）嚇！（淨）教你渾身是口說不得，遍地排牙難分辯。掩門！（下）

第十六齣　進　香

（小生太監上）濯龍門外主家親，鳴鳳樓中天上人；誰道神仙不可接，香爐峰頂繞黃雲。咱家慶成公主娘娘府中長隨便是。俺公主娘娘乃高皇帝嫡女，乃當今萬歲同胞姊妹。駙馬梅老爺靖難身亡，公主娘娘修齋學道。萬歲爺十分欽敬，恩賚倍加。公主遍禮名山，欽奉龍牌移行各府州縣，送迎供應，整備公館，搭造廠蓬，差撥人夫，百事齊整。目今娘娘到齊雲岩進香，官府道左迎參，百姓香盤跪接，一路行來，好不烜赫。真個是：帝王行香自不侔，風雲變色鬼神愁；人傳天上神仙樂，今日人從天上遊。道言未了，公主娘娘鸞駕早來也。

（末、生、外、付小太監，二旦宮女，雜車夫，貼公主上，合唱）

【漁家傲】高駕着鳳輦鸞輿出帝鄉，齊簇簇騎從紛紜，旌斾飄揚。行過了水廓山村風光爽，抵多少鳥啼花放。盼不到峻嶺雲齊，那裏是玄宮天上？（貼白）這裏是那裏了？（小生）啟上娘娘，是籐溪了。（同唱）遙望見一派籐溪流水長。

（旦內白）阿呀，冤枉嚇！

（貼）住了。我奉旨行香，先有牌行各府州縣，不許閒雜人等喧嘩，怎麼路邊有人啼哭？地方官為何不行禁止？

（小生）領旨。奉娘娘鈞旨：娘娘奉旨行香，先有牌行各府州縣，路上閒人不許喧嘩，怎麼路傍有人啼哭？地方官不行禁止麼？

（淨內）本縣知縣押解緊急欽犯赴京，因此不及回避。

（小生）啟娘娘：是本縣押解緊急欽犯赴京，因此不及回避。

（貼）喚那官兒過來。

（小生）是。奉娘娘旨：喚那官兒過來。

（淨上）徽州府歙縣錢百清叩見娘娘，願娘娘千歲、千歲、千千歲！

（貼）你拿解什麼欽犯？他這等啼哭，其中必有冤枉。

（淨）知縣纔接憲牌，說奉旨着各府州縣，排門挨戶，緝捕程濟、建文。

（貼）嚇！你怎麼也稱建文？該斬！（衆喝介。）

（淨）小官該死！（叩頭介。）

（貼）你再説！

（淨）有裏排地方呵，

【剔銀燈】忙忙的向公庭首狀。（貼白）首什麼來？（淨）有程家女潛藏鄉黨。（貼白）什麼程家女？（淨）他父名程濟從君往，係叛逆怎容疏放？（旦內）阿呀，冤枉嚇！（貼唱）堪傷，聽呼冤叫枉，怎坐視無辜被戕！

（白）帶那女子過來，待我細問他。

（淨）領旨！

（旦上。淨）女子當面！

（旦）阿呀，娘娘，冤枉嚇！

（貼）你那小妮子，可是程濟之女麼？

（旦）娘娘聽禀！

【攤破地錦花】念奴身，生長在蕭巷，幼没爹娘。（貼白）既没父母，依傍何人過活？（旦）自小有乳母夫婦撫養成人！（唱）那知道父犯王章？（貼白）乳母夫婦如今在那裏？（淨）捉拿之時，老夫婦彼時撞死了。（貼）咳，可憐！你那女子，如今幾歲了？（旦）十四歲了。（唱）弱息奄奄，一命堪傷。只求娘娘呀，展恩光，早焚着返魂香。

（貼白）那官兒跪上來！

（淨）有！

（貼）你怎麼曉得程濟之女？一定是你屈陷平人，邀功請賞。

（淨）知縣怎敢屈陷平人？其實是地方同里排爲勾取人夫迎接娘娘，適到其家牆外，聽見他説父親程濟從建文皇帝出亡了，故此拿的。

（貼）隔牆之言豈可聽取？這女子説幼無父母，那裏見得程濟的女兒？

（淨）娘娘，這是叛屬，不要聽他強辯。況系朝廷緊犯，若有疏

（貼）我如今不放他,且權養宮中,倘若朝廷要時,我自有話講。

（淨）若是娘娘帶了去,上司要他,教知縣將何憑據抵對?

（貼）這也不難。我如今寫一收管牌票與你,上司要時,執此牌票,竟到我府中來取便了。

（淨）是。

（貼）官兒,寫一紙收管無名姓牌票與他。

（小生應介）收管牌票在此,你領了去!

（淨）多謝娘娘!

（下。貼）分付打開鎖杻!

（眾應介。旦）願娘娘千歲、千歲、千千歲!

（貼）起來,就上我車來。分付趲行前去!

（眾）領旨!

【麻婆子】至誠至誠朝金闕,心香叩上蒼。聖鑒聖鑒須昭格,從空降吉祥,無辜救拔德汪洋,存亡銜龍應非誑。嘿嘿邀神貺,願祈福祿壽綿長。（下）

第十七齣　虎　　救

（外上）世事如棋局,桑田變滄海;放眼看青天,惟將血淚灑。我,史仲彬,自那年追奪誥命、合門搜緝之後,傳語大師和程濟兄湖廣被害,之後曉得吳、牛二兄代死。我心中一則以喜,二則以憂。遂爾直至湖廣,遍訪無蹤。後聞避居雲南,各處尋問,再無影響。數載之間,空勞跋涉兩次。泣思君王孤身遠奔,未識安危;吳、牛二兄為君代死,程親家同君患難;惟我史仲彬安居在家,豈不忘君背天。只恐關津盤詰,只得扮做乞丐。一路行來,日中僻徑行走,夜間古廟棲身,衝寒受餒,冒雨餐風,好不苦楚人也!

【榴花泣】四圍山色,天末一身微,穿絕澗涉危溪,惟聞鳥語共猿啼,並不見小茅庵掩着柴扉。（白）尋了幾個嶺頭,再沒處訪問大師消息。（唱）撲簌簌淚垂,渺茫茫怎做得帶月空歸去?（白）天嚇,我史仲彬萬苦千辛來到此間,若不見大師之面,是拚得個跳深崖身喪他鄉,也博得飛魂魄日侍君際。

(白)那邊有人來了,不免問路則個。(下)

(付持棍上)劫資為活計,短路作生涯。自家鶴慶山中貝戎便是。向來在此山中劫掠單身客商,取些錢鈔過活。不道兩日沒有生意,口內少飯充饑,手內無錢賭博,只得一路悄悄尋個人兒活搭活搭再處。正是:做慣子頭等生意,顧不得末等官司。(下)

(丑持刀上)賊星照命,夜夜勿困;生意勿順,日日亂奔。我賽時遷,專門剪徑,手到拿來。勿道兩日一個沒得經過,真正要餓殺了哉。呀!傢邊樹林中有人走動,不免趕上前去。路頭菩薩,撞着個好主客,一刀兩段,捉子銀子居去,打只壯狗燒燒利市。

(付上)拉裏哉。

(丑)拉裏哉。

(付打丑介。付)阿呀,好一個硬貨!

(丑)咏,倒撞賊爺!

(付)呸,原來是老時。

(丑)嚇,再勿道是老貝。這叫做賊偷賊末。

(付)我只為連日沒生意,為此各處搜尋,勿道是撞着子老哥。

(丑)勿瞞你說,區區學生也是一樣個緣故。

(付)那處?日日月亮裏走來走去,再遇勿着瘟囚,你我多活勿成哉。

(丑)勿難,勿難。苦子工夫尋去便罷。

(外內)問路,問路!

(付)天上特一個人來哉,樂殺!樂殺!

(丑)一定是過路客人,讓我去,只消一刀,拾子就走。

(付)住子。我先看見個,這是我的主顧。

(丑)我先看見個。

(付)我同你合子如何?

(外上)問路!二位大哥,問路。

(付、丑)呔!問什麼路?

（付打介。丑）殺、殺、殺,取出寶來!

（外）我是個乞丐,那裏有寶?

（付）呸,好造化低!

（丑）啐,兩個人亦等一個叫化子。

（付）這也不論,叫化子身邊打出饅飯團來,那裏饒得你過?

（外）饒命嚇!

（丑舉刀,付舉棍。虎上,趕丑、付,下;外倒地介）

【前腔】（生蒼三,上）深山絕粒托缽暫充饑,行行遍萬峰西,比不得黃金佈施廣慈悲。（白）我程濟,自從和大師脫了楚地之難,到雲南鶴慶山織了茅庵,師徒兩人住此一十二載,亦頗安靜。只是日月如梭,年華易老,（唱）痛殺了歲月遷移,空嚼盡淡黃齏,欺何年重得際風雲會?（白）聞得朝廷又在北平大建宮殿,改名順天府,駐驛在彼處了。（唱）望鍾山紫氣依然,盼燕薊瑞雲凝睇。

（白）呀,怎麼路躺着一個死屍?

【折梅四犯】【喜漁燈】道傍忽見屍骸棄,驀然驚悸!（白）嚇,原來是個乞丐。（唱）覷着那乞丐形容,呀!轉猜疑怪異!（白）嚇!看他面龐,好似史——（看介）好似史親家一般!咳,不信史親家流入乞丐。嚇,是了,是了,一定為尋大師,路上恐人知覺,扮做乞丐行走。來此路遠山深,一定餓倒了。不知幾時死的,待我摸他胸前。呀,胸前尚是暖的,定然死不多時。待我叫他幾聲,或者醒來,亦未可知。嚇,史親家!史親家!（外）阿呀!（喘氣介。生）好了,喉間氣轉,一定有救的了。嚇,史親翁!史親翁!（外低唱）是誰人隱隱呼聲細,喚轉一絲遊氣?（生白）史親翁!史親翁!（外）是那個?（生）是小弟程濟在此。（外）呀,原來是程親翁!（生唱）却原來十九載蘇卿至。（外）【漁家傲】却原來我是個忍餓夷齊。（生）【古輪臺】却原來萬里奔馳,甘受風霜勞瘁。（外）却原來九死瀕危,甘受風波狼狽。（扶起）（生白）親翁為何跌倒山中?（外）小弟一路訪問,行至此處,忽遇強賊趕來索取金寶。小弟苦告,身為乞丐,那有金寶?那賊正欲舉刀來砍,只見一虎飛奔而來,把賊銜去,我一時驚倒氣絕。多蒙親翁救醒,萬幸!萬幸!（生）親翁萬里到此,受了苦了。(外)如今大師在那裏?(生)過此山頭,在一茅庵之內。為因乏食,托缽求糧。(外)咦,可憐!就煩親翁引去。(生)就此同行。(扶外走。生)親翁,我兩人呵,(合唱)【剔銀燈】也說不盡萬種心機。思維,棄微軀拼族夷,誓完却我的臣節不虧。

(白)這裏是了,待我敲門。

(敲門介。小生上)山靜似太古,日長如小年。想是程徒回來了。(開介)呀,這是何人?

(外拜介)弟子史仲彬在此叩拜大師!

(生)待我煮起飯來。(下)

(小生抱外哭)阿呀,史徒嚇!(外)阿呀,大師嚇!

【折梅七犯】(小生)【喜漁燈】想殺你初分袂泣離,想殺你受災危;【剔銀燈】想殺你數載音容背,南和北遠隔天涯;【泣秦娥】想殺你蝴蝶夢中同悲涕,想殺你望長空欲飛;【朱奴兒】想殺你驚聞楚變空心摧。(扶外起。外白)阿呀,大師嚇!弟子自別大師之後呵,(唱)思君淚灑盡衫衣,【普天樂】喜今日重得個仰容儀。(小生白)你一向在家好麽?(外)弟子怎敢安坐在家?(唱)也曾楚滇兩次相尋覓,【山漁燈】如撈月抱恨竟空歸。(小生白)今日到來,怎麽這樣打扮?(外唱)為關津嚴行緝稽,【雁過沙】想着那漆身吞炭全忠義,也只索披髮鶉衣作乞兒。

(小生白)咳,可憐!

(生上)大師,天色已暮,禪燈已點明,茶飯煮熟,請大師、史禪兄到裏面去。

(小生)史弟子,我還有一言。

(外)大師有何分付?

(小生)你今後切勿再來。

(外)怎麽不要來?

(小生)道路阻隔一難,關津盤詰二難;況我已得安居,汝也不必想慮。

(外)弟子且住在此,伏侍大師一年半載再處。

(小生)此處你亦不可久居。且暫住一兩日,我令程徒送你出山便了。
（生）是。
（外）大師嚇！（哭介）
【尾】相逢乍爾又說分離矣，越教人淚雨如珠心慘悽。（小生）罷，罷！（合唱）早訂了再世君臣魚共水。
（外）十年不識君王面，
（小生）萬里萍逢慰所思。
（生）淚痕有盡情難盡。
（外）一日思君十二時。
（小生）史徒隨我進來！
（外）是！
（生）請！（下）

第十八齣　搜　　山

【卜算子】（付、丑家丁、末上）久任歷三朝，寵沐皇恩浩。
（白）下官嚴震直，湖州烏程人也。洪武年間職授河南參政，出使安南，以廉能稱旨，蒙高皇帝敕賜田宅，建文朝進工部尚書，督餉山東，同歷城侯盛庸奏東昌之捷。今上即位，蒙授原官，數載已來，頗多恩賚。近因陳總憲奏稱，向年張將軍所獻建文、程濟二首，俱係假偽，皇上輾轉心疑，道下官識熟安南，特命到彼尋緝。直至安南，各處體訪，並無建文蹤跡。昨日回到雲南，方投館驛。方纔小校來報說，鶴慶山中茅庵內有一僧一道，狀貌迥異，此乃建文、程濟無疑也。叫將官聽我分付！
【好姐姐】萬山茅庵低小，內藏一僧一道，狀貌非凡，潛蹤似竄逃。（眾）得令！（合唱）忙圍剿，穿岩縛取南山豹，破浪忙除北海蛟。（下）
【步步嬌】（小生）久別欣逢言難了，分手心如搗，空言倍寂寥。（白）我不見史徒一十六年，不想忽然到此，驚喜非常。此處不可久居，我催他起身，昨日泣別而去。我命程徒送他出山去了，尚未回山。我和他年已衰邁,大事定爾無成了!(唱)淚濕緇衣,長歎昏和早。我那史徒呵,除非是身逐夢魂飄,和伊日夕相依繞。

(二旦、付、丑、外、末引末上,白)踏破鐵鞋無覓處,得來全不費工夫。

(外)這裏是了。

(末)分付軍士,四面圍住,打進庵去!

(衆)得令!

(小生)嚇,你們這夥人,為何打到我庵中來?

(末)奉聖旨,特來取你。

(小生)我是出家人,取我則甚?

(末)什麼出家人,你是建文君罷了!

(小生)嚇,你既認得我是建文君,難道我不認得你是嚴震直麼?

(末)認得我便怎麼?

(小生)咳,嚴震直!嚴震直!

【風入松】你歷朝四載受恩邀,職授尚書非小。(末)已往之事,説他怎麼?(小生)阿呀!(唱)從來冠履難顛倒,怎放縱無端輕藐?(末)那個來欺藐你?(小生)既不欺藐呵,(唱)為什麼不低恭折腰?兀自言戇直意咆哮?

【前腔】(末)我奉巍巍聖旨遍遊邀,特地遠尋山凹。(小生白)奉什麼聖旨?(末)阿呀,難道不曉得的。當今皇上靖難以來,御極一十六載,仍授我尚書之職。(小生)你來此怎麼?(末唱)道你逋逃出禁行蹤杳,怎容得田橫海島?(小生)要我去怎麼?(末)料不是重披赭袍,又何必語叨叨!

(白)奉聖旨,軍士們,與我拿下!

(衆應、綁介。小生)嚇,阿呀,怎有這等事?

【急三槍】怎把我,行強暴、繩穿綁?好一似俘囚樣、狠擒牢。

(末白)軍士們!簇擁着回到衙門,上了囚車,解京便了。

(衆)得令!

(小生)喲,嚴震直!

【前腔】早難道,無天日,行弒逆;驅押我雲陽市、去餐刀?(眾押下)

【風入松】(生上)恭承師命送心交,淚灑臨歧憂悄。(白)我程濟蒙大師分付,送史親家出山,昨晚同在古寺安歇了一夜,清早分手前往。只恐大師懸望,急急而歸!(唱)想人生聚散如飛鳥,南和北離羣渺渺。(白)且喜前面已是庵中了,(唱)飛錫處行行不遙,咫尺是小團瓢。

(白)嚇,為何庵門大開在此?嚇,大師!大師!呀,怎的窗、窗櫺亂倒,器皿打壞?為什麼來?大師在那裏?嚇,怎麼不見大師!

【急三槍】却為甚,呼不應、尋無影?好一似水中月、影空撈。

(白)我如今不免出庵,嚮往各處山上尋一尋。大師!大師!

【前腔】急、急、急得我,心焦躁、生疑慮;無處尋消息、問根苗。

(末內喊白)四面圍住了,不要放走了人!

(生)呀,又有兵馬來拿人了!我且躲過一邊。(下)

【風入松】(丑、旦、付上)深山復至搗空巢,緝獲從亡奸狡。(白)方纔嚴尚書拿了建文,行至中途,忽然想着還有翰林程濟不曾拿得,特分撥我們百人前來擒捉。如今已到庵中了,你看,前後屋內並沒個影兒。(唱)茅庵再入搜尋到,何處覓道人消耗?(白)既然沒有程濟,難道變一個與他不成!只索去回復便了。(唱)忙回轉向軍前令消,同叩覆老嫖姚。(下)

(生上白)呀,唬死我也!唬死我也!這些軍士明明說嚴尚書拿了建文,又來拿我。他說嚴尚書,那個什麼嚴尚書?嚇,一定是嚴震直了。阿呀,可惱!可惱!阿呀,且住!我想大師被擒,必然性命不保。一來負了大師十六載千辛萬苦,二來負了眾忠臣拼死捐生。我程濟向來獨力擔承擁持大師,今日究竟不能保全,我有何顏見方、黃於地下?(哭介)聖上嚇!

【前腔】呼天泣地痛哀號,粉骨難全忠孝。(白)當初方相國說:"我為忠臣,君為智士。"阿呀,今日坐視君亡,程濟,程濟!你的智勇在那裏?你的智勇在那裏?(唱)須向死中求活把君王保,方顯得智囊神妙。(白)我如今急急趕上去與嚴震直面講,隨機應變,

倘能保大師性命也好。(唱)瀾翻舌轟雷卷濤,呀呀吒,嚴震直!管教你肝腸碎,魄魂搖。(下)

第十九齣　打　　車

(丑將官上)朝中天子三宣,閫外將軍一令。小將奉嚴尚書將令,因昨日在鶴慶山獲着建文,連夜製囚車,牢固監禁,今早點齊軍士,押解起行。又恐餘黨衆多,中途劫奪,命我手持馬牌一面、令箭一枝,前往路經所屬府衛州縣,各撥兵馬沿途護送,以防奸人搶奪。為此飛騎前來。正是:令行山嶽動,言出鬼神驚。(下)

【新水令】(生上)挽天心一線繫斜陽,護潛龍萬千勞攘;不指望黃冠歸故里,只辨着赤膽報君王。(白)俺程濟□□□□送友出山,回到庵中不見了大師,寸心如割。聞得將大師上了囚車,押解起行!(唱)為此俺急急的行步踉蹌,也顧不得路崎嶇、山高曠。(下)

(丑、旦、付小軍弓箭插袋,小生建文囚上,末戎裝上)

【步步嬌】檻鳳囚龍軍威壯,殺氣高千丈。天戈掃夜郎,從此薇垣倍加清朗。(末白)軍士們,今日行了半日,離了省城多少路了?(衆)行了五十里了。(末)前面山徑叢雜,恐有歹人行劫,你們須要小心防護。(衆)得令!(末)分付快些趲行!(衆)嚇!(同唱)虎旅正龍驤,旌旗指處妖魔蕩。

(生內白)嚴老先生,暫停車馬,俺程濟來也!

(末)軍士們,看有多少人馬。

(付)只有一個道人,飛奔而來。

(末)軍士們,扎住營盤,放他進來!

(衆)得令!

(生上)拼身入虎穴,掉臂入龍潭。嚴老先生請了。恭喜,賀喜!

(末)我兩次入山,尋你不見,如今來怎麽?

(生)程濟特來賀喜!

（末）賀什麼喜？

（生）朝廷訪大師一十六載，費了無數兵馬錢糧。如今老先生獲着解去，建了大功，自然千金賞、萬戶侯了嚇！

（末）我身奉御差，幸不辱命。只是足下，兩次尋你不見，我也罷了，你何必又來送死？

（生）足見你的美意了。

（末）不是嚇，我和你同朝之誼、朋友之情，何忍眼睜睜置兄於死地！

（生）多感！我且問你，此是何人？

（末）是建文君。

（生）咳，嚴震直！嚴震直！你道朋友之情、同朝之誼，尚且假惺惺，難道把君臣之誼倒忘了麼？

【折桂令】你也曾立朝端，首領駕行，食祿千鍾，紫綬金章，頓忘了聖德汪洋。（末）這是已往之事，說他怎麼？（生唱）到如今反顏事敵，轉眼恩忘。（末）如今奉旨緝拿的，也不止俺一人。（生）咳！（唱）生擦擦把龍孫囚檻，血淋淋將故主遭殃。（末白）自古臥榻之側，豈容他人鼾睡乎？（生）咳！（唱）恁不見唐室睢陽，宋室天祥；怎不學緋衣行刺？怎不學十族方黃？

（末）咳！

【江兒水】易主非他姓，天心佑北方。干功名應合風雲旺，捧綸音似受天符降，立勳猷擬畫雲臺上。（生白）咳！只恐不能流芳百世，咮，遺臭萬年，遺臭萬年！（末唱）咳！你何事狂言愚戇？你自送頭顱，請作俘囚同往。

（生白）呀呸！你這樣獸心人面之人，我也不與你講了。阿呀，我那聖上嚇！（哭介）

【雁兒落帶得勝令】痛殺你奉高皇仁孝揚，痛殺你君天下臣民仰，痛殺你睹妻兒盡被傷，痛煞你拋母弟身俱喪。（小生白）咳，事已如此，不必說了，只是有負你十六年患難相從！（生唱）呀，痛煞你受萬苦千辛仍喪亡！咮，恨煞那吠堯厖！我恨不得生啖你那奸回肉，罷，管教千秋醜惡彰！阿呀，聖上嚇！蒼蒼，忍坐視含冤喪？

雙雙，傍君魂入冥鄉，傍君魂入冥鄉！（倒地哭介。）

（衆白）阿呀！這等看起來，我們多差了，我們那一個不是建文皇帝子民？那一個不吃建文皇帝的糧餉？今日倒幫向別個，拿他去送性命。天理何在？天理何在？還做什麼人？

【僥僥令】人心原不死，忠義豈容忘？（末）衆軍士，你們若違了聖旨，一個個多要砍！（衆）咳，就砍了也罷，我們大家走散了罷！棄甲抛戈歸田里，怎去助强梁把恩主戕？怎去助强梁把恩主戕？（下）

（末白）嚇，你們轉來！你們轉來！

（付）你丢孫子呀轉來，我裏去呀！（下）

（末）阿呀，軍士多走散了，這便怎麼處？

【收江南】（生）呀！多少荷戈抛甲蠢兒郎，全不曉禮義共綱常，一煞裏良心炯炯棄戎行，絕勝却沐猴冠帶狠豺狼。喲，嚴震直！嚴震直！嚇！嚇！怪伊行不臧、怪伊行不臧，到不如無知軍卒姓名香。

（末白）咳，罷了！罷了！我嚴震直一念差錯，百行成灰，不忠不義，駡名萬代；今日看此光景，有何面目見高皇帝於地下？（拜介）

【園林好】（唱）拜吾君恕愚臣不良。（生白）嚴老先，該拜的！（末唱）謝良朋忠言正匡。（生白）豈敢！（末打車介）罷，劈破了彌天羅網，拼一命付干將，拼一命答天皇。

（刎下。生白）呀，嚴震直自刎了！大師，此時不走，更待何時？

（小生）如今往那裏去好？

（生）大師！

【沽美酒帶太平令】我和你主和臣性命幫、主和臣性命幫，弟和師形骸傍。顧不得歷盡艱危道路長，離虎窟、走羊腸，龍投海、鳳棲篁。急趁着雲飛風揚，踏遍了萬峰千嶂，怕聽那樵歌牧唱；俺呵，早覓取仙鄉、帝鄉，天堂、福堂；呀，隱避着揭天風浪。（下）

（丑白上）上府傳金柝，前軍擁鐵衣。阿呀！怎麼刀槍滿地，盔甲盈郊，許多人馬多不見了？呀，不好了，囚車打開，欽犯走了！阿呀,嚴尚書老爺殺在這裏了！嚇,是了,是了,一定是建文餘黨殺敗兵將、嚴尚書,打開囚車,劫了建文去了。如今急急報知上司,一面奏聞朝廷剿滅餘黨便了。有理。

【清江引】囚車打得零星樣,沒處尋和尚。殺却老尚書,走盡兵和將,空教我救護軍奔突莽。

（白）快些去報上司。（下）

第二十齣　法　場

【引】（旦、付牢子、淨蒼髯上）捧日擎天,位列羣僚膺眷。

（白）我,陳瑛,重蒙帝寵,位陞兵部尚書。駕着一片假公濟私的言語,攛掇皇上殺了無數忠臣,只有史仲彬這狗頭尚屬漏網,出不得俺胸中惡氣。近得嚴尚書飛報,說在雲南鶴慶山中獲了建文,皇上大喜。不意又有報來,說嚴尚書被殺,兵將盡皆走散,打開囚車,劫了建文去了。聖上大怒道："必係建文餘黨所為。"被我奏道："建文心腹史仲彬為首,是他糾合同黨；若不急行擒拷剿滅,將來禍害不小。"聖上准奏,立差校尉捉拿史仲彬和妻子解京,發下與下官三推六問,極刑拷打。他便鐵口抵賴,我便鐵筆成招；覆奏皇上,將史仲彬和妻子文氏、兒子史晟三人判定斬罪。就命下官今日監斬。

（末、小生劊子）劊子獻刀。

（淨）快綁叛犯三名到法場伺候！

（衆）嚇！

（淨笑）哈、哈、哈！史仲彬,史仲彬！正是：閻王註定三更死,定不留人到五更。（下）

【尾犯序】（外、老、貼綁上,同）飛陷海天冤,父子夫妻,盡受刑憲。（外白）阿呀,天嚇！我史仲彬果然劫了建文皇帝,今日就死也瞑目！（合唱）平地風波,害我闔家沉淵。（小生、末）你前日該在刑部堂上分辨才是。今日奉旨行刑,說也遲了。（外）我前日已曾着實分辨,只是陳瑛這賊子呵！（衆）噤聲！（外、老、貼唱）他銜怨,恨當日朝堂笏擊，今日裏挾仇鍛煉。（合）恨殺那，奸臣毒計，三命喪黃泉。

（眾白）走、走、走！快到法場上去！（推下）

【其二】（付、旦小軍、淨上）鷹鷳，一網盡誅連；夙昔深仇，方了前怨。（小生、末帶外、老、貼上）走、走！（外）陳瑛那！（唱）和你狹路相逢，管和伊同捐。（撞，淨避，白）咦！劊子，牽遠些！（眾）嚇！（外、末、貼）奇變，死定作含冤厲鬼，活殺你奸臣殘喘。（淨）咦！（眾唱）真堪恨，遊魂瞬息尚敢肆狂言。

【其三】（外、老、貼）鋼刀頭上展，非為貪生，血淚流濺；端只為斬絕宗支，無人相延。心顫！痛帝王存亡未卜，恨臣子死生難見。（淨合）速與我，疾忙斬首，頃刻莫留連。

（小生、末）稟爺，開刀。

（生太監上）奉聖旨：刀下留人！聖旨到來："史仲彬搶奪建文一案，陳瑛雖經勘問，未得實據。今有慶成公主娘娘入宮面奏，此事尚屬矜疑，合行減死。除將建文另緝外，史仲彬及子史晟，發莊浪衛充軍，着中城兵馬司即時起解。伊妻文氏，沒入慶成公主府中服役，即着本監引付收管，覆奏定奪。"謝恩！

（淨）萬歲、萬歲、萬萬歲！

（生）劊子手，快去了綁！

（末、小生）嚇！

（淨）聖旨怎麼又有改移？

（生）這是公主娘娘轉日回天之力，皇上天地好生之心也！

【其四】天心忽地轉；聖德汪洋，三命歡忭。（淨）只怕斬草留根，又戎山川。（生白）那婦人快隨我去！（外、老、貼唱）驚顫！頃刻裏重瞻天日，頃刻間分離飄散。（生白）快隨我去！（扯老下。淨白）造化了這狗頭！（外）呀呸，陳瑛！（唱）你少不得魚鱗車裂，十族也難全。

（眾扯外、貼下。淨白）嚇，有這等事！聖上殺了千千萬萬的人，怎麼獨放鬆史仲彬一人？心上好生懊惱。我如今就着人到前途殺他父子兩人，亦有何難？只恐聖上聞知，又生疑惑。且待我慢

慢的再在皇上面前慫恿,管教兩顆頭兒不保。教你:
明槍容易躲,暗箭最難防。(下)

第二十一齣　宮　會

【滴溜子】(生領老上)雲陽市、雲陽市,重生喜遘;王侯府、王侯府,內傳欽授。行行,瓊枝宮右,蕭然日掩關,焚修靜守。疾速低恭,非同浪遊。

(白)此是慶成公主娘娘府中了。門上哪個在?
(末上)玉葉金枝府,天潢貴戚家。原來是公公。
(生)咱奉聖旨,撥遣犯婦文氏,送到公主娘娘府中服役。
(末)公公,娘娘今早入宮見駕,方纔回府,在佛堂誦經。待小監傳啟。
(生)快些,咱要覆旨要緊。
(末)曉得。(下)
(生)你在此府中,須要小心服役。
(老)曉得。
(末執紙上)公公,娘娘傳說,佛堂中念經,老公公不消見面。已寫收管在此,送上覆旨。
(生接)領命!我就此入宮覆旨去也。(下)
(末)來,隨我去見娘娘。
(老應。末)轉過瓊瑤玉宇,來臨綺戶花房。程家姐姐在那裏?
【引】(旦宮式上)清晝靜焚香,忽聽傳呼聲驟。
(末白)欽撥到府服役犯婦一名,奉娘娘鈞旨,發在姐姐房中居住。
(旦)曉得了。公公請回,我少刻自行面覆娘娘便了。
(末)如此咱家去了。(下)
(老)犯婦文氏叩見!
(旦)請起,不消行此禮。嚇,老婆婆,你多少年紀了?
【忒忒令】(老)念衰齡六旬白頭。(旦白)丈夫何等樣人?(老唱)夫翰苑掛冠耕耨。(旦白)原來是翰林家眷,請坐了。請問老夫人,可是結髮麽?(老唱)誥封元配,苦親操箕帚。(旦白)犯了何罪,没入官府?(老唱)只為着被深仇,陷奇冤,身赴法;感皇恩釋宥。

【嘉慶子】(旦)聽遭逢患難多掣肘。他丈夫呵,定盡節全忠仗義流。家世百階細剖。愁戚戚、意啾啾,心耿耿、話兜兜。

(白)敢問老夫人,誰人陷害你家?
(老)老身不敢說。
(旦)此處無人,就說與奴家知道也不妨。

【尹令】(老)被陳瑛毒謀牢叩。(旦白)陷着何事?(老唱)為故主解來遭寇。(旦白)你說故主,一定是建文君了!嚇,還不曾死,被人劫了,與你何干?(老唱)陷全家法場刑受。(旦)如今怎得釋放你?(老唱)幸得貴主金言,火裏生蓮救死囚。

(旦)住了!

【品令】夫君名姓,明告莫躊躇。(老)仲彬史氏,名姓重山丘。(旦)何方簪頭,故巢應存否?(老)吴江鄉僻,抄没盡遭顛覆。(旦)咳,可憐!若個兒郎,延得宗祧一脈留?

【豆葉黄】(老)痛孤兒弱冠,充伍邊州。(旦)與誰氏締結絲蘿,曾否桃夭成就?(老)雖盟秦晉,未諧配儔。(旦白)為何蹉跎了姻事?(老)端為着從亡人遠、端為着從亡人遠。(旦白)畢竟何等人家?(老唱)姓程名濟,翰苑清流。

(旦)呀!

【玉交枝】(背唱)聽言詞非謬,頓教人酸心淚眸。(老背白)呀,他為何悲傷起來?(旦唱)分明是天涯骨肉奇緣湊,怎做得陌路萍浮?阿呀,婆婆嚇!(跪介)未歸弱息情意稠,向親姑膝下頻頻叩。(老扶白)阿呀,這是那裏說起?請起!(唱)驀驚心無端誤投。(旦)是姑嫜非同浪搠。

(老白)請問小娘子、尊大人是何名諱?

【好姐姐】(旦)父親,濟名宦久,與公公呵,同朝日朱陳盟厚。(老拭淚介。旦)只為君難各天,拋家兒女丟。(老白)這等説起來,果是我媳婦了。(同)阿呀,媳婦嚇!婆嚇!(唱)遭陽九,飄流兩姓多儜俙;姑媳相逢天意周。

(老)請問賢媳,何以至此?

【么令犯】(旦)娘亡孤幼,乳媼相依,茅屋生偷。被當官護解中途,已作俘囚。感公主辟開羅網、得侍瓊樓。阿呀,苦嚇!只是嚴父命浮漚,終天恨何時了休?

(老白)你道親翁亡了麼?

(旦)説是身故了。

(老)且喜不曾死。

(旦)婆婆,媳婦聞得嚴父呵!

【江兒水】楚地聞遭變,餘生何處留?(老白)那日武崗州呵,(唱)遇雙忠代死君臣救。(旦)嚇,有這等事?(老)親翁呵,(唱)早同君避難深山岫。近日呵,歎君臣復爾遭機彀!(旦)我父親怎麼了?(老)不知被何等人呵,(唱)趕上打開枷杻,師弟飄然,又向天涯奔走。

【川撥棹】(旦)我聞言,陡解胸中萬斛愁。喜椿庭身伴龍虯、喜椿庭身伴龍虯,更相逢高堂意稠。喜孜孜解積憂,德深銜結酬。

(丑內白)奉娘娘鈞旨,傳程家女領犯婦文氏同來相見!

(旦)領旨!姐姐先行,我兩人就來也。

(老)此去見娘娘,可要説姑媳相逢之事?

(旦)公主娘娘是婆媳大恩人,怎好瞞他?(老)正是。

【尾】(同)從頭一一先呈奏,倍添却歡容笑口,須信道否極還須泰運悠。

   (老白)瀕危兩地各西東,(旦)天與周全喜氣濃。
   (老)一葉浮萍歸大海,(旦)人生何處不相逢?

婆婆,這裏來。(老)是。(下)

第二十二齣　索　命

(淨戎妝上)鳴笳疊鼓擁回軍,破國平藩昔未聞。丈夫鵲印搖邊月，大將龍旗掣海雲。自家大將張玉是也。輔佐今上平定天下，爵封榮國公。金章鐵券，食祿千鍾；人臣之貴已極，向來安享家居。近因天子巡視邊關，乃命俺為大將軍之職，統領三萬鐵騎，沖做前隊先行。前面已是榆木川了，你看刀槍耀日，旗幟連天，聖駕早已來也。

【粉蝶兒】（付、丑、生、貼小軍、二旦太監、末沖天盔、蒼髯上）巡幸邊疆，統三軍巡幸邊疆。只見那一隊隊人強馬壯，半空裏旗幟飄揚。出長城，連漠北，渺渺的煙塵掃蕩。（白）這裏什麼地方了？（淨）是榆木川了。（末）就把營盤扎住榆木川。（淨）領旨！奉旨：傳令各營將佐，扎住榆木川！（眾白）領旨！（同唱）軍令傳揚，一望裏萬千營帳。

（末白）寡人連日鞍馬勞倦，神思昏迷，欲在帳中靜養一回。大將軍傳令眾將，明早進關便了。

（淨）領旨！眾將官聽者，奉旨：明早進關！

（眾）領旨！（下）

（末）內侍放下氈幃，點明絳燭，寡人隱几靜坐，勿得喧嘩。

（二旦）領旨。（下）

【泣顏回】（末）邊塞歷風霜，毳帳昏昏鞅掌。（白）想我當初，白溝大戰，滹沱夜走，何等精神強旺；如今幾日驅馳，就倦怠起來。（唱）年華荏苒，堪嗟一瞬韶光。沉沉睡思，似中山千日酣佳釀；定神馳蕉鹿模糊，早深入黑甜來往。（倚桌困介）

【石榴花】（小生唐帽、蟒、玉帶、白髯上）俺把那家憂國難恨難忘，緊隨着蝴蝶慢翱翔。（白）俺高皇帝是也。仙遊已久，向在兜率宮中逍遙快樂。只為我兒燕王謀篡大位，傷殘骨肉，特赴邊關，不免督責他一番。（唱）見多少森森劍戟，濟濟刀槍；悲風慘慘，怨氣鬱蒼蒼。（拍案介、白）我兒醒來！我兒醒來！（末）是何人喚我？（小生唱）只見他眼昏沉、只見他眼昏沉，認不出親爹相。（末白）呀，原來是父皇！（跪介）臣兒不知父皇到來，有失迎接，死罪！死罪！（小生）咳！（唱）何用着虛文恭敬，鞠躬稽顙！（末白）未識父皇為何見責臣兒？（小生唱）恨着你逞強梁，恨着你逞強梁，篡逆胡行戇,真個是吞噬乖張。

(末白)父皇在上!此事非臣兒之故;自父皇賓天之後,他更張制度——

(小生)我開創草草,制度豈能盡善,更改何妨?

(末)他任用奸邪。

(小生)忠臣謀國,你反指奸邪。

(末)他不容哭靈。

(小生)此我遺命。

(末)他削奪護衛。

(小生)反形已露,自應削奪。

【泣顏回】(末)親王,連斬實堪傷,痛殺那周、代、齊、湘受枉。(小生)藩王叛逆,定爾加誅,此祖訓也。(末)臣兒呵,(唱)刀臨頭上,怎做得俯首承當?(小生)只是曉諭軍中:"毋使朕負弑叔父之名。"有這句話兒,就不該害他性命了。(末唱)他逃亡竄匿,撥殘灰、原不是癡兒樣。(小生)既已出亡,你何苦屢屢擒拿殺害?(末)為封疆怎顧宗枝,保大位豈容魍魎。

(小生白)咳,一總多是胡言!且起來,你看那邊有個證明之人來了。

【鬥鵪鶉】(外白鬚、蟒、玉帶上)恨悠悠海闊天高、恨悠悠海闊天高,氣騰騰斗昏星煬。(白)高皇帝陛下在上,老臣方孝孺叩首了。(小生)方先生請起!(末)我見了父皇,尚可強辯;見了方先生,教我置身無地矣!(外)咳!燕王,燕王,你昔日威風何在?(小生)方先生,你身受毒害,細細數說他一番。(外)慘凄凄十族誅夷、慘凄凄十族誅夷,血淋淋魚鱗醢醬。殺盡了女女男男村落荒,雲陽市、血湯湯。(末白)這多是陳瑛唆慫,與寡人何干?(外)咳!亂紛紛萬命遭殃、亂紛紛萬命遭殃,痛煞煞千忠身喪。

(小生)阿呀,我那孫兒好苦也!

(外)我那建文皇帝好苦也!

【撲燈蛾】(同)急煎煎金川門獻降,焰騰騰火炬千宮亮,烈轟轟帝后成灰燼,哭啼啼東宮身葬。(末白)建文那時若在,我也仍輔他為帝。(小生、外)咦,胡説!(唱)急忙忙為僧逃竄,尚兀自亂紛紛付干將;命淹淹衝寒受餒,一遭遭如魚漏網命彷徨。

(小生白)就是我繼統元朝,把他子孫何等優待!你自己骨肉,何必處置恁般慘毒?好不痛心也!

【上小樓】(外、小生)一件件情何慘,一樁樁哭斷腸。你置着太后山陵,你置着太后山陵,廟號勾除,兒女高牆;尚兀自殺盡宮嬪,尚兀自殺盡宮嬪,革除年號,屠戮三王。(末白)唐朝建成、元吉死於玄武門;宋朝廷美、昭德俱不得其死。自古皆然,豈獨臣兒。(小生)咳!(外同)少不得受盡了輪回孽障。(下)

(眾鬼魂上、哭介。末)阿呀,不好了!許多冤鬼索命,兀的嚇殺我也!

【疊字犯】狠狠的張牙怒目,洶洶的奇形異狀,滑滑的頸血鮮,哀哀的痛哭狂。(白)你們這些眾鬼,當初多是陳瑛攛掇的,不消與寡人索命。(眾哭、指跳介。末唱)只見他奔騰跳躍,煞猙獰鹵莽。糾糾的擒拿猖狂,凜凜的沒處深藏、凜凜的沒處深藏。悲悲戚戚,神魂飄蕩,一星星眼光落地去茫茫。

(眾吹燈、拍案下。末大喊)阿呀,痛殺我也!痛殺我也!(作跳死介。)

(二旦、淨上)帳中為何大喊?阿呀,不好了,萬歲氣絕了!

(淨)快快扶置安車之内。軍中不可聲揚,即刻回軍便了。

(二旦)曉得,全仗國公主張。

【尾】(合唱)匆匆奇禍從天降,哭不得震天喧響,悄悄的整旅回軍返帝鄉。(二旦扶末下)

第二十三齣　遇　赦

【十二紅】(外、貼上)【山坡羊】虛颾颾家園傾廢,重沉沉嚴刑拘系,痛煢煢父子顛連,望悠悠南國人天際。(外白)我,史仲彬,被陳瑛傾陷,家私抄没,痛受極刑,三命幾作無路之鬼。幸得慶成公主娘娘懇奏,免死充軍。老妻投入公主府中,我父子二人俱發莊浪衛充軍。初到衛中，拘禁土牢，求生不能，求死不得。以後承衛官憐念，發出鎖杻覓食，兼之地寒身冷，三年以來，受盡饑寒。今日朔風頓起，恐有大雪連綿，不免在衛傍左近求些飯食則個。（貼）阿呀，爹爹嚇！孩兒身上冷得緊。（外）我那兒嚇！到此地位，教你爹爹也無可奈何。（同唱）【五更轉】命運艱，骨肉拋，沉冤砌。赤身遠戍鄰於鬼，顧不得絕粒嗷嗷，寒威裂體。（下。二生上）【園林好】避桃園炎霜幾移，尋黃石煙雲載馳，歷盡了千山萬水。（小生白）我自遭鶴慶山之變，與程徒久住川中。近聞得史家父子為我之事，遠戍莊浪。為此同了程徒同訪到此。（生）大師，你看邊境苦寒，連天衰草，好不淒慘人也。（同唱）【江兒水】沙漬茫茫，遍地黃雲四起。（外、貼上）【玉交枝】他鄉狼狽，日如年怎能療饑？（二生白）呀！（唱）看雙雙鎖繫身憔悴，分明是父子悲啼。（外白）呀，這是大師！阿呀，大師嚇！【五供養】念我晨昏思憶，又何意萍蹤遠來邊地？（小生扶外介。二生唱）累伊身桎梏，添我淚淋漓。（外、生揖，合唱）痛別後風波，兩地瀕危。（小生白）這是你的兒子麼？（外）是史晟。拜了大師！（貼唱）【好姐姐】拜禮擎拳曲跪。（外白）拜了岳丈！（貼唱）慚坦腹拘鎖邊陲。（外白）那年弟子別後，大師怎生遭此大變？（小生）程徒送你出山未回，突然嚴震直領了兵將呵，【玉山供】深山捕捉，囚入檻車奔逝。（外白）何以得脫此難？（小生）幸得程徒趕上，（唱）蘇、張言剴切，眾軍離，嚴震直登時自刎。幸餘生長逝脫危機。（外白）謝天地！（小生）你父子二人為何被陷？（外）陳瑛陷弟子劫君王、殺震直，因此朝廷抄沒全家，拘弟子和妻子、孩兒，俱綁赴法場。（二生）怎生得以免死？（外）虧了慶成宮娘娘入宮苦奏。【鮑老催】鬼門赦回，老妻沒入歸禁幃，哀哀父子邊衛羈。（合）【川撥棹】恨殺讒言毀，黑罡風，兩地吹；險送人性命成虀，險送人性命成虀，是何日雲開月再輝？（小生白）聞得大駕已在榆木川身亡了。（外）正是。新王登極，改元洪熙，只是大赦不及此案。（小生）我身尚在，他已早亡。這也罷了。（合）【桃紅菊】歎屍骸捆裹征旗，歎屍骸捆裹征旗，抵多少臭溷鮑魚萬載譏。（末、付軍士上）史老哥在那裏？我有個喜信報你。（外）什麼喜信？（付、末）

洪熙皇帝駕崩，朝廷又立了新帝，改名宣德。如今紅詔已到，大赦已及，我們見了衛中老爺，要點名造册，開報上司。快去！快去！（外）老哥先去，待我與兩位道友講完了話就來。（末、付）自己要緊事，講什麼閒話，走，走，走！（各扯下。小生）洪熙未及一年，又遭變故。【僥僥令】（同唱）改元旋知祚，半載兩登基。創守相傳俱不久，又何必骨肉相殘肆毒威？

（小生白）程徒，我有一言相商。

（生）大師有何分付？

（小生）洪熙已亡，宣德又立，事隔兩朝，法網已寬矣，而況宣德是我侄兒，諒不加害於我。況且我出亡幾十載，受盡風波，年已衰邁，壯志已灰。急欲奔歸，入朝自首，生死置之度外，你意下如何？

（生）此事但憑大師主張。只是弟子從遊幾十載，不能扶助大事，弟子負多矣。

（小生）咳，罷，罷，罷，此乃天數也！

【尾】（同唱）從來成事惟天意，受盡流離顛沛。（小生）羞殺我白首闍黎入禁闈。

（白）世事已同雲影幻，（生）禪心一任浪頭高。

（小生）萬物盡空空萬物，（生）歎他華表伏歸巢。（下）

第二十四齣　歸　宮

（付太監上，白）龍飛上甲開天運，鳳舞彤宮慶瑞辰。自家宣德爺宮中穿宮內監是也。俺萬歲爺乃永樂皇帝之孫、洪熙皇帝之子。初登寶位，乍掌乾坤，勵精圖治。適有貴州布政司飛奏，說有一老僧，自稱建文君，欲入朝面聖。皇上批入該省驛送入京中。聖上命百官遍詢，未得其詳。因此今日特召本僧一人到謹身殿細細盤問，以決真偽。如今老僧已在朝門首了，不免傳入內殿則個。（向內白）奉聖旨，宣召老僧到謹身殿面駕。

（小生上）來了！流落江湖幾十秋，蕭蕭白髮已盈頭。坤乾有恨家何在？江漢無情水自流。長樂宮中雲氣散，朝元閣下雨聲收。

春蒲細柳年年綠,野老吞聲哭未休。

（付）這裏謹身殿了,住着。

（小生正坐介。老上）主德無瑕閣宦習,天顏有喜近臣知。奉聖老僧籍貫何處?

【八聲甘州】（小生）身膺大寶,念金陵故國,四載勤勞。（老白）何故為僧?（小生唱）金川門獻,開遺篋削髮,潛逃。（老白）久住何方?（小生）一瓢一笠名姓韜,野鶴閒雲物外遙。（老白）如今來此何意?（小生）根苗,怎空拋骸骨荒郊?

（老白）奉聖旨:雖經面供,未得實據。即著向在建文朝歷仕諸臣入殿,識認果否真偽回奏。

【前腔】（末、外、生、淨官帶、白鬚上）臣僚,衰齡耋耄,溯當日曾經、歷仕前朝。（老白）細細廝認,果係何人?（末、衆）摩娑老眼,認不得夙昔黃袍。（小生白）你們既為我臣子,怎麼不認得我?（末、衆）當年未經為內曹,怎強指龍蛇黑白淆?（向外場跪唱）天高,望另懸秦鏡光昭。

（老白）諸臣出朝。

（衆）萬歲!（下）

（老）奉聖旨:朝臣既不識認;向日曾在建文君宮中內監入殿詳看,明白覆旨。

【不是路】（丑上）聞說魂消,舉足難移體顫搖。（付、老）公公,快些走動。（丑唱）心驚跳,潛身悄步暗偷瞧。（老、付白）快看明白。（丑唱）聽曉曉,我怎向是非窠裏分白皂?用不得舌劍唇槍把禍招。（老、付）萬歲爺等著,快些看嚇!（丑假看介）忙瞻眺,不是當年舜目堯眉好,抽身去了、抽身去了。

（小生白）嚇,你是吳亮,怎麼見我不跪?

（衆驚介。丑）我不是吳亮。

（小生）怎麼不是吳亮?我那年御便殿食子鵝,棄片肉在地,汝執壺跪倒,作狗舐而食之,難道就忘了?

（丑）如此說,果是建文皇爺了。阿呀,萬歲爺嚇!

【解三酲】聽前言塵埃拜倒,流血淚痛哭號啕。我只道今生難睹天人表,又何意拜宫寮。(小生拭淚介。丑白)奴婢今日只得直言了!(唱)拼却了黄泉九地遊魂渺,顧不得十族方、黄千萬刀。(伏地哭介。老、付白)如此說來,果是建文君了。(唱)向深宫告,早識定昔年鳳彩,舊日龍標。(下)

(旦太監上白)奉聖旨:既已識認建文君,特送金頂毗盧帽一頂,九龍袈裟一襲,即着内使穿帶,朕即刻赴殿面見。(吹打、穿衣帽介)

【前腔】(付、老引生上)迤邐瓊樓香飄渺,早來到玉殿崔巍插碧霄。呀!好一似莊嚴滿月慈悲貌,乘一葦,渡江潮。(白)皇叔請上,待侄兒拜見!(小生)我久奉釋教,削髮披緇,已作西方佛子,甘為化外閒人,何敢受當今拜禮?(生)若論釋教,有師長之稱;若敘彝倫,則有叔侄之分。那有不拜之理?(小生)南無阿彌陀佛!(唱)分明是祗恭子夜三更棗,抵多少敬禮天潢百世桃。(合)寬懷抱,真個是一堂歡會,三世和調。

(生白)皇叔請坐!請問皇叔:生來錦衣玉食,出外困苦饑寒,何以自遣?

【鵝鴨滿渡船】(小生)萬山深、茅屋小,萬山深、茅屋小,受用些布被繩床昏共曉。(生白)吃些什麼來?(小生唱)藜羹聊自飽,藜羹聊自飽,誦《楞嚴》一卷證無生,閒中破除煩惱。(生白)如此說來,亦頗穩妥乎?(小生唱)風浪交、命絲毫,死裏逃生有幾遭。(生白)咳,可憐!如今何以頓發歸興?(小生唱)幸遇聖明臨御早,聖明臨御早。諒自蕭條破衲,伶仃枯槁,決不付與三木頭梟。

(生白,打恭介)豈敢!皇叔在上,當初皇祖考用法嚴峻,殺戮諸臣,多是奸臣陳瑛唆慫所致。内侍們,速着刑部綁陳瑛上殿!

(付、老)領旨!(下)

(生)請問皇叔,聞有一道人,日夜伏侍,可是程濟否?

(小生)虧了程濟呵!

【赤馬兒】患難如膠,晨昏共保,真個是生死相依靠。(生白)如今在那裏?(小生)他送我入朝之後呵,(唱)悠然物外飄飄。(生白)那史仲彬可曾殺嚴震直?(小生)嚴震直自刎,與仲彬何干?

（唱）幽縶無辜，覆盆須照。只是他忠心悄悄，（合）論來古今偏少。

（生白）內侍們，傳諭刑部，立赦史仲彬父子罪名。即著吏、禮二部復與原官，伊子恩蔭。程濟以賜道號忠達真人，建院修行。

（老）領旨！（下）

（末、付綁淨跪。末、付）陳瑛當面！

（生）陳瑛，你知死麼？

（淨）犯官自該萬死。

【前腔】（生）狡類鴟鴞，凶逾狼豹。（淨白）論來這些事體，多是先帝主意，與陳瑛無干。（生）也該敲牙割舌了。（淨）陳瑛該死！（生唱）殺盡萬千忠和孝，幽魂怎肯相饒？（白）也把他十族全誅，少泄方、黃之恨。（小生合掌白）阿彌陀佛！望開天地好生之心。（生）又蒙皇叔討饒。也罷，竟戮他全家便了。內侍們，（唱）屠戮全家，少伸冤報。（末、付）領旨！（扯淨下。生唱）揚忠除暴，管教萬民歡樂、管教萬民歡樂，法正官清慶皇朝。（合前）

（貼太監上白）慶成公主娘娘遣奴婢代奏。

（生）奏什麼來？（貼）史仲彬、程濟既沐天恩，仲彬妻文氏向發宮中，合應給與寧家。程濟之女，公主向在徽州進香收歸，詢問原由，濟女幼時訂婚彬子，合應給與元配。

（生）一一依奏便了。

（貼）領旨！

（末、付上）啟萬歲，宮中素宴完備了。

（生）宮中設宴素齋，請皇叔入宮赴宴。今後皇叔安享宮中，姪兒自當竭力孝敬。

（小生）多謝。

（生）內侍掌燈！

（末、付）領旨！

【拗芝麻】（合唱）燈光簇絳綃、燈光簇絳綃，皓月凌空昊。白玉街，宮槐道，滿地花枝嫋；香風拂拂，繡戶朱門繞。象管鸞簫歌聲噪，皇宮勝似蓬萊島。

【尾】人生聚散天心巧，天與團圓在一朝。恁從此歡娛直到

老。(下)

第二十五齣　團　圓

【齊天樂】(外上)再生枯木花重放,喜溢滿門歡暢。

(白)下官史仲彬,父子遠戍邊衛,自分永不還鄉。幸得建文君自首歸朝,今上敘叔姪情分,盡禮恭敬,迎入大內供養。我父子得赦罪南回,下官仍復舊職,我兒又得恩蔭,老妻釋放完聚。向年蒙程親家將己女許配我兒。且喜此女蒙慶成公主娘娘恩育在府中,將此女賜與我兒完聚,擇定今日成親。且待夫人出來,迎取花轎便了。(老上)

【引】合浦珠圓,延津劍合,猶喜奇緣天降。

(外白)夫人!

(老)相公!我夫妻父子三人,法場得免;兩處分離,又得會合,皆出公主娘娘再生之恩也。

(外)便是。更喜媳婦恰在宮中,猶為湊巧。

(老)此女同聚三年,極其孝敬。今日賜婚,真吾兒之萬幸也。

(淨)待詔歡欣吉,忙來禮數欣。賓相叩頭!

(外)起來!官家禮數,有禮則行,無禮則止。

(淨)曉得。伏以:琵琶簫管鬧喧闐,今日堂前開玳筵;更喜滿門添福祿,百年歡慶似神仙。奉請新貴人擡身,緩步請行。

(貼官帶上。淨)伏以:"千祥""百順"與"三元","一種情"深醉月圓;"金印""尋親""萬事足","鴛鴦錦"遇"永團圓"。日吉時良,奉請新貴人擡身,緩步請行。

(旦上,照舊行禮介。付)啟爺,外邊有一道人要見。

(外)嚇,今乃新婚吉日,什麼道人來見我?

(付)他說程道人,今日見得的。

(外)嚇,一定是程親翁了,快請相見!

(付)曉得。(下)

【玉芙蓉】(生上)君王歸舊邦,心事完天壤。(外)嚇,親翁!

（唱）喜邊陲分袂、相見旋狂。（旦）阿呀，爹爹嚇！（跪介）拋離襁褓憐孤苦，（生）閱盡風波情慘傷。（白）親翁請上，小弟有一拜！（外）愚夫婦也有一拜！（貼）小婿夫婦拜見！（合唱）頻稽顙，放愁眉千丈，喜今朝歡娛會合話離腸。

（外白）請問親翁，朝廷十分敬禮，親翁何故仍作道妝？

（生）咳，老親翁！向日小弟不與方、黃同死，止圖輔佐君王；今大事不成，君已歸宮，弟之不死於君前，亦恐傷君之心耳。今日此來，一則會親翁，以全朋友之誼；二則見小女，以完父女之情。我事已完，即當長往入山，不聞人間事矣！

【普天樂】（唱）出紅塵、無波浪，騎白鶴、歸蓬閬。（外）人間事盡可徜徉。（旦）親骨肉怎忍參商？（生）分離魯莽，早趁着孤鴻天際翱翔。（拂下）

（旦望）爹爹！

（外）親翁之意已決，兒媳不必悲傷。分付掌燈，送入洞房！（丑應）

【尾】（同唱）詞填往事神悲壯，描寫忠臣生氣莽；休錯認野老無稽稗史荒。（下）

十 五 貫

(傳奇)

清·朱䍤

【作者簡介】朱㿟,約生於明天啟年間(1621—1627),卒於清康熙四十年(1701)之後。字素臣,號笙庵。吳縣(今江蘇蘇州)人。出生寒素,布衣終生,喜度曲,與葉時章、畢魏、李玉往來密切,且曾合作編劇,為"蘇州派"劇作家的重要成員。與朱佐朝為兄弟,兩人齊名,時稱"二朱"。他作有傳奇十七種,今存有《十五貫》、《秦樓月》、《錦衣歸》、《萬年觴》、《文星現》、《未央天》、《聚寶盆》、《翡翠園》等,其中《十五貫》是舞臺上經常上演的名作。作有雜劇《杜少陵獻三大禮賦》、《琴操問禪》、《楊升庵妓女遊春》等三種。另曾協助李玉編纂《北詞廣正譜》等。《新傳奇品》評其劇作"如少女簪花,修容自愛"。

【劇情概要】該劇又名《雙熊夢》,共二十六齣。其故事源自於宋人話本《錯斬崔寧》和馮夢龍《醒世恒言》中的《十五貫戲言成巧禍》。描寫了明代宣德年間蘇州知府況鍾為淮陰人熊友蘭、熊友蕙兩兄弟平反的公案故事。劇寫熊氏兄弟均為讀書人,父母雙亡,二人相依為命,由於家境貧寒,食不果腹,兄長熊友蘭決意外出營生,供給家用,資助弟弟熊友蕙專心讀書。熊氏兄弟的隔壁鄰居是開糧店的馮玉吾家,兩家的內室僅有一牆之隔。馮玉吾子錦郎甚醜,且粗俗頑劣,而養媳侯三姑美麗聰慧,她喜聞友蕙讀書之聲,常歎息自己命薄。時老鼠猖獗,干擾友蕙讀書。於是,他買來鼠藥,拌入麵中,做成餅子來誘鼠、滅鼠。一日,馮玉吾喚來童養媳侯三姑,將金環與十五貫錢鈔託付,三姑將這些財物放置桌上,誰料老鼠將金環及十五貫錢銜至熊家,却又將融入鼠藥的餅子銜至馮家。友蕙從書架上得到金環,便到隔壁馮玉吾家中當米,而三姑夫婿錦郎誤食含有鼠藥的餅子身亡。馮玉吾由金環在友蕙處而認定他和兒媳侯三姑有奸情,並謀殺了兒子錦郎,於是告官。在知縣過于執的嚴刑逼供下,友蕙與三姑自誣殺人。兩人繫獄待斬,官府又追索友蕙十五貫。在外營生的兄長熊友蘭,聽到兄弟遭際,在商賈陶復朱的資助下,帶着十五貫錢回家營救弟弟,途中巧遇投奔姑母的陌生女子蘇戍娟,於是二人結伴同行。誰料却被追趕來的眾人逮捕押送至官府。原來,蘇戍娟跟隨繼父游葫蘆生活,游葫蘆為一屠夫,借來十五貫經營肉鋪，却戲言這錢是賣蘇戌娟所得。蘇信以為真，連夜投奔姑母。不料當夜賭徒婁阿鼠，來游葫蘆家行竊，竟殺死了游葫蘆，劫去十五貫。眾人發現命案後，見與蘇戌娟同行的熊友蘭攜帶了十五貫錢，於是認定是二人所為。不巧，該案又由過于執審理，他自以為是，定熊友蘭和蘇戌娟通奸殺人罪，亦繫獄待斬。刑部批覆後，由蘇州知府況鍾監斬，臨刑前，四人大呼冤枉，況鍾疑，決定停刑。連夜造訪巡撫周忱，請求復審此案，周忱不允，後況鍾以自己的官印為質，方許以半月。況鍾至淮安、無錫，實地勘察，在熊家的牆壁中發現老鼠蹤跡和被鼠銜至牆縫的十五貫；又扮成卜者私訪，捕獲了殺人真凶婁阿鼠。熊友蕙和侯三姑、熊友蘭和蘇戌娟，四人得以洗冤。後熊氏兄弟雙雙金榜題名，且分別與侯三姑、蘇戌娟結為伉儷。

【版本流傳】該劇現存的鈔本、刻本，主要有：一、清順治七年（1650）精鈔本，今歸中國藝術研究院圖書館藏，《古本戲曲叢刊三集》據之影印；二、清鈔本，中國藝術研究院圖書館藏，二卷二十六齣；三、清雍正、乾隆間鈔本，中國藝術研究院圖書館藏，凡二卷，今存第一齣至第二十三齣；四、清鈔本，許之衡舊藏，凡二卷二十七齣。本書是以《古本戲曲叢刊三集》為底本，參照了路工、傅惜華編的《十五貫戲曲資料匯編》中《十五貫傳奇》的校點本。

【演出情況】該劇問世後，戲曲、曲藝盛演不衰。清代鴛湖逸史據此改編為彈詞《十五貫》，鼓詞、木魚歌、琴書、道情等亦有同名曲目，或名之曰《雙奇冤》。20世紀50年代，浙江蘇昆劇團將此劇改編成昆劇《十五貫》，受到上至國家領導人、下至普通觀眾的一致讚賞，在全國巡演，使得衰萎的昆劇重新得到了社會的重視，被譽為"一齣戲救活了一個劇種"。

（劉　軒）

第一齣　開　場

【沁園春】熊氏二難，以家貧廢學，受值為傭。豈金環偶得，村郎誤殺，無辜士女，屈陷樊籠。旅客晨歸，閨貞曉遁，邂逅高橋片語通。　十五貫冤沉獄底，兄弟宵逢。況公入夢，雙熊乞命，烏臺子夜中。往淮陰踏勘，明探鼠穴；錫山廉訪，暗獲窮凶。兩案重翻，四冤同白，桂杏齊攀帝眷隆；喬姐妹共聯姻婭，並沐恩榮。來者，熊友蘭。

第二齣　泣　別

【繞地遊】（生上）齏鹽夢穩，雁序秋風窘。盼秦樓鳳簫誰引？品行兼修，饑寒固忍，欸蠖屈何時待伸？【減字木蘭花】衰宗未振，一身長抱終天恨。誼篤鴒原，惻漏誰將錫有鰥？　書窗勤苦，五更風雨三更火；破甑生塵，滿腹文章不療貧。小生熊友蘭，字湘生，淮陰人也。詩書承蔭，孝友家傳。生作鮮民，陟屺更悲於陟岵；時稱連璧，吹壎永葉乎吹篪。向與吾弟友蕙，守制讀書。無奈一身兼僕，四顧無親。既乏囊底之資，復少經營之技，漸至炊煙屢絕，短褐不完。咳！如此奇窮，眼見得為溝中之瘠，安望恒心力學，顯祖揚名？夜來欹枕無眠，想得一變通之策——吾弟兄每雙雙餓死，殊為何益？不若小生暫爾出門，身執微業，多少覓些工價，為吾弟膏火之資。但得他專心致志，學問有成，便窮苦終身，却也快心無地。籌計已定，朝來覓個去處，不免就與吾弟說知則個。兄弟快來！

（小生引上）

【生查子】幾卷破書存，四壁如懸磬。（見禮介）

（生）兄弟，自從雙親早逝，家計日凋。我和你學業不專，頭顱漸長。久已擔饑受餒，迄今絕爨斷炊；倘一旦溝壑身填，可不負堂堂七尺麼？

（小生）哥哥在上：古來學問之士，無恒產而有恒心，但謀道而不謀食。精誠所感,曾有天神助供,螺女代炊。我兄弟每一意讀書,豈為饑寒改節?不激不發,哥哥且免愁煩。

(生)咳!兄弟,你說那裏話來?我和你呵!

【沉醉東風】哭窮途釜魚甑塵,歷苦節形消力盡,待勉力事經營。(小生)我輩書生,豈諳經營之事?(生)怕錐刀難趁,柱心口幾回相問。為此,愚兄想個變通之策。(小生)哥哥有什麼變通之策?(生)我想雙雙餓死,甚是無益。不若一人出門,覓趁工價,留一人在家,專心習學。所得工價,即可留治饔飧,兼資膏火。設有富貴之日,爾我總是一般的了。無術化金,無策救貧,執鞭求富,記古人有云。

(小生)哥哥說得是,雙雙餓死無益,得一人出門去也好。

【前腔】怯身軀行時不能,好文章療饑未穩。(生)愚兄之計可是?(小生)哥哥那有不是?這生計賴權衡。雖不忘勞逸相准,煞強似溝壑同殉。(生)吾弟既以愚兄之言為是,吾就此出門去也。(小生)哥哥,你却叫誰去?(生)愚兄去。(小生)哥哥去?(生)是愚兄去。(小生)豈有此理?哥哥嗄!我和你同稱友昆,同茹苦辛,一旦獨為君子,我那爹娘嗄!怎不在泉臺下掩顰!

(生)兄弟,你但知其一,不知其二。哥哥的年紀稍長,筋骨頗堅,不似吾弟尨然一軀,難勝負荷。愚兄此去呵!

【江兒水】少覓蠅頭利,聊資甕底春,我方剛血氣不憚多勞頓。(小生)雖則尨然一軀,但哥哥做事,兄弟也可做得,自然兄弟去。(生)還有一說,吾弟資性聰明,遠過愚兄百倍,異日功名之事,所望吾弟不小。你萬里雲程終有奮,我竿頭百尺難同進,便執御成名何吝?打點鼓枻中流,兄弟,你莫更臨歧縈恨。

(小生)哥哥,你乃熊門長子,宗社所關,有事服勞,原係子弟職分;自然哥哥在家讀書,兄弟出門才是。

【前腔】自古效職當從幼,承恩先及尊,長兄為父名難紊。(生)愚兄主意已定,賢弟不必阻撓。(小生)阿呀,哥哥嗄!自從二親亡後,多賴哥哥教育成人,即使哥哥有事,兄弟還該代勞。早難道今日啊,冒雨湯風兄有損,讀書閉戶吾無悶,咦,側目傷心何忍?

（生）吾已覓就去處，吾弟何必傷心。（小生）嘎，倒要請問哥哥了，有何去處麼？覓甚漁舟？可許桃源偕遁？

（生）咳，兄弟，你道我那有別的去處？可知我學問生熟，館穀從來無覓；資本消索，糶會又復未嫻。負販恐擔荷之難勝，傭工恐驅策之太苦。今早偶有舟泊河下，欲覓當梢一人。

（小生）當梢，是把舵之人了？

（生）是。月給工價半貫。我想，當梢之事，與我甚是相宜：一喜没人見聞；二喜不任勞役；三喜行舟之次，還可留意詩書。為此，愚兄決意應承，受其雇值。（出貫介）吾弟權且收下，少頃便索登程去了。

【玉交枝】卑微勿論，學當梢郭家使君。杜陵五貫青錢准，為伊家薄治饔飧。（小生）阿呀，哥哥既願當梢，兄弟亦無不可；若竟將伊雇值，治我饔飧，教做兄弟的於心何忍？不如死在一處，倒得乾淨！荊棘未能同日榮，棣華願得同時隕。（生）吾弟如此執見，心欲同為餓殍，不如先自觸牆而死，我向冥途相從二親，你陟高岡休懷予昆！（撞介，小生扶介）哥哥請息怒。哥哥執意如此，料兄弟難以挽留。啊呀，我那哥哥嘎！（跪介，生亦跪介）我那兄弟嘎！（抱哭介）

【前腔】寸腸寸刃，篤天倫何勝斷魂！樓頭花萼當厄運，歎從今大被誰溫？（起介）（小生）哥哥此去，是必十分保重。露寒霜凍身自珍，山高水遠心無悒。證相思還期夢頻，夢相隨休得路分。

（生）愚兄此去，不煩吾弟叮嚀。吾弟在家，愚兄卻有一言囑咐，你須要：

【川撥棹】勤學問，盼青雲好致身。此處隔牆，貼近馮家內室，他有少婦在家，聲息相聞不雅。愚兄去後，須把書室遷進內一間去。絕嫌疑聲息相聞，絕嫌疑聲息相聞，讀書燈再莫乞鄰。（小生）承哥哥見教，明日就把書室遷進去便了。怕妨功，且閉門；待潛修，須卻塵。

（生）正是如此。欲言已盡，愚兄就此登程去也。

（小生）哥哥請上，兄弟有一拜。

（生）愚兄也有一拜。

【尾】痛抛珠淚交相搵，雁行中斷惜離羣，端只為兩字饑寒故逼人。（換衣介）【哭相思】欲求生計且從權，膏火相資學業專，東去伯勞西去燕，斷腸人送斷腸人。（生下）

（小生）哥哥已去。天色漸晚，內房久未收拾，我在此讀過今宵，明日遷進便了。哥哥呀！（隨口讀書下）

第三齣　鼠　竊

【臨江仙】（淨上）身隱何妨近市廛，荷天庥少有田園；頑兒佳婦強姻聯，差將晚景慰，安望福緣全。老夫馮玉吾，祖貫淮安人氏。少年間出入經商，近因荊妻亡故，就在這胯下橋頭，開下一座糧食小鋪。孩兒錦郎，天生陋相；養媳侯氏，乳名三姑。年紀都已長成，正好乘時合巹。但我冷眼看去，媳婦容顏娉婷，兼且資性伶俐，見我孩兒醜陋，不無怨望之心。但說至圓房，每每長吁短歎。咳！姻緣前定，只索由他！今早偶爾做一交易，准下金環一雙，寶鈔十五貫。不免付與吾兒，轉交媳婦收藏，順便說起姻期，訓誨他每一番。錦郎孩兒那裏？

（丑上）來了。

【秋夜月】闕不全，十樣錦，多名件，一出胞胎難更變，惹人嘲笑由人賤。哈哈，我好快活！雖則相貌宮乖舛，且喜妻才爻發現。爹爹唱喏。

（淨）罷了。吾兒，你年紀方將弱冠，媳婦又已及笄，正待擇吉完婚，把家交付與你。只是你生成陋相，與媳婦大不相當，必須上緊成人，庶免他年反目。

（丑）反目反目，虧你不羞。當日做人也用些功夫，做這樣個有模樣出來。好嘎，不知怎麼一夥歪弄，弄出我這樣一個戎樣來，自家尚且看不過，那冤家自然不中意的。他年反目事小，目下做親事大。半夜三更，要緊頭上，剛要爬上去，他就推上一交，十樣錦跌出三般寶來了：尿、屎、屁。

（淨）胡說！男大當婚，女長須嫁，婚期再不可緩。你與我喚他出來，先行勸訓他一番。

（丑）叫他出來，你先揎他一揎。

（淨）唗！

（丑）妹妹出來！（小旦上）

【懶畫眉】眉峰淡掃鬢雲偏，楚楚臻臻自可憐。（丑）咦，今日打扮越俏麗！（指淨介）臭老兒好造化。（小旦見丑歎介）咳！不倫不類奈何天！公公萬福。（淨）媳婦坐了。（小旦）公公在上，媳婦怎好坐得？（淨）你自幼是我撫養成人，分明親生女兒一般，坐下何妨。（丑推小旦向淨懷介）（淨）唗！（丑）你說不妨。（小旦）多年豢養恩非淺。（丑坐旦身邊）（淨）畜生還不坐開些！（小旦）今日個苦樂由人敢贅言！

（淨）咳！媳婦兒，看你：

【梧桐犯】愁添秋水妍，恨鎖春山遠。咳，我曉得，多只為駿馬村夫，辜負你桃花面。（丑）我人物雖不中看，正項本事原在行的。（淨）唗！可不道月中久已牽紅線，今日個花下從頭貼翠鈿。（丑）這是要做親的說話，快活快活！（淨）這是金環一雙，這是寶鈔十五貫，你與我收藏好了。將來交付家計，這些多是你每應有之物。小康只許單傳術，媳婦兒，你打點中饋操持，莫更佳期靦覥。

（小旦）呀！公公何出此言？媳婦幼蒙恩顧，早託高門，雖然四德未全，自是三從頗諳；哥哥天生陋相，是奴宿業所招，豈有異心，致煩尊慮？

（丑）也不怕你甚麼別樣念頭。

【浣溪紗】（小旦）不敢嗔，何嘗怨？自不合紅顏命蹇。（丑）我的好妹子，說得有理。又道"巧妻常伴拙夫眠"，當初武大郎、王矮虎，比我還難看哩，偏有絕標緻的老婆跟着他。不怕你扈三娘跨馬能鏖戰，妹妹，只莫學武大嫂挑簾慣撒顛。（淨）胡說！（小生內讀書聲介）（丑）啐，臭厭物！我們正說得熱鬧，他在那裏咿咿呀呀打混，罵這狗毬養一頓纔好。（淨）住了。他家在那裏讀書，與你甚麼相干？（小旦）那生一牆之隔，每常聽他徹夜讀書，將來必有發達之日，我每不可輕慢了。東風便，最喜讀書聲隔牆聞，一字字玉振金宣。

（淨背介）呀，好奇怪！女孩兒家，說甚麼最喜讀書聲？有心之言，不可無疑。我兒走來。

（丑應介）

【劉潑帽】（淨）子都不見狂且見，乞憐家春色情牽。你好去散灰扃戶關防遍。（丑）爹爹詳情不差，更有點緣故。阿呀，阿呀！我人便不像樣，烏龜是不肯做的呢！（淨）我有道理。（轉介）媳婦兒，你雖說讀書可喜，我却道聲息相關不雅。況孤男小女相隔一牆，何以杜彼覬覦之念？媳婦今夜可就遷進內室，我與孩兒反移出外房，嫌疑既絕，自然釁隙不生了。（小旦）謹依公公嚴命，媳婦即便遷進內室便了。（淨）天色已暮，孩兒隨我外廂去，李下瓜田，從此嫌疑遠。（下）

（小旦進房，將環、鈔放桌上，點燈介）呀！這是那裏說起！奴家一時失言，他每疑心頓起，着我遷房進內，公公之意可知矣。咳！罷了，罷了！

【東甌令】空疑慮，恁防閑；心正何妨秦鏡懸！天那！冶容不幸吾獨擅，早玉瘶，奴之願。事已至此，說也枉然。黃昏已動，且把公公所付金環、寶鈔放過桌上，且假寐片時則個。綠窗深閉月空圓，不敢倚南軒。（睡介）

（內鼠聲介，鼠上啣環、鈔下，內一鼓介）

（小旦漸醒介）呀！一覺睡去，早已夜深了。不免將金環、寶鈔藏過篋中。（尋介）呀！明明放在桌上，怎麼一時不見了？好奇怪！嗄！是了，多應公公放心不下，又來索取，因奴假寐了，環、鈔竟取去了。我且收拾安寢，看公公另日可問起不問。

【尾】沉沉玉漏催銀箭，一燈徹夜伴孤眠；須知我夢作春遊，終不出曲檻邊。（下）

第四齣　得　環

【西地錦】(小生)窗前芳草休芟，一點生機自含。小生熊友蕙。自從哥哥別後，不覺又是幾日。只是切近臨房，聲聞欠雅，今早故將書室遷進，永杜嫌疑。咳！難得哥哥勞苦獨任，我却飽暖；若不奮志讀書，策名當代，何以酬長兄之志？何以慰二親之靈？夜來鼠聲作耗，攪我宵眠，因此破早起身，埋頭窗下。盡其在我，聽其在天；縱然廢寢忘飡，却也樂趣有餘了。(翻書介)

【金井水紅花】盡棄膏腴産，偏宗錦繡函。二酉恣幽探，豈饜貪？古今飽諳。這些諸子百家，那一卷不曾讀過！今天子首重八股，我還把架上時藝，抽來一看。為賺英雄入彀，花樣錦機嵌，心學與聖賢參也羅。(作抽書掉環介)呀，甚麽東西掉下地去？(拾起開封見環介)却是金環一雙，嘎！這是那裏來的呢？(四面看介)你看牆無蟻縫，戶有蠹封，便紅綾通神，那得床頭俯瞰？嘎！我曉得了。多應我家貧苦學，感動鬼神，因此攝取金環，助供饘粥。罷！既非不義之財，又非嗟來之食，明日持去間壁馮店，易取錢米用度便了。兩身忠孝，感神至誠。天工微妙，人心樂湛。(內鼠叫介)呀！你看青天白日，羣鼠又在那裏作聲了。驚我宵眠猶可，倘然嚙損書籍，如何是好？張湯鼠獄須推勘。

(淨內喊介)賽狸貓的老鼠藥！

(小生)你聽門首叫喊，分明貨聲鼠藥，我就買些，少將此耗蟲辟除也，有何不可！(出介)賣鼠藥的轉來！

(淨)來了，來了！

【玉抱肚】沿街聲喊，藥方靈比狸奴口饞。相公要買藥麽？絕妙的老鼠藥。(小生)果然中用麽？(淨)怎麽不中用？砒霜足足有二三錢在裏頭，不要説老鼠，就是人吃了，也不活的。(小生)如此，大錢五文，賣些與我。(淨)有，有，有。(包封與小生介)相公，這是百發百中的。定叫伊碩鼠休歌，不怕他丁甲能占。相公，不是俺殺心一片滿叨擔，那個名醫不似俺？(叫下)賽狸貓老鼠藥！

（小生）妙嗄！正想用計辟除，却喜得此鼠藥。書籍可珍，忍心也説不得了。有炊餅幾枚在此，我就將藥物裝入則個。

　　【前腔】穿埔足憾，護殘書金湯自慚；比為國社鼠須除，豈神丘薰鑿空談！（進介）我就安放鼠穴之内，任其啖取。則看我衣冠顛蹶避《周南》。我清夢今宵一枕憨。時已晌午，免不得收拾飲膳去。力學減朝飡，殘編足自珍。受得苦中苦，方為人上人。（下）

第五齣　摧　花

　　【一剪梅】（旦）破曉催成貧女妝，燈借天光，鏡借波光。花枝無主任飄揚，骨沁寒香，夢斷天香。【浣溪紗】九十春光一夢中，小桃收淚見東風，階除不敢印苔弓。　　有夢亦如風滾絮，無端常似鳥窺籠，一年好景又匆匆。奴家蘇氏，小字戌娟，原係錫山名家之女。父親早逝，隨母改適游門。繼父不仁，母親復慪氣而死。現今家道艱難，饑寒不免，並無好言相慰，反加非打即罵。又得高橋姑媽常來勸解，區區薄命，不致斷送一朝。咳，好苦嗄！孽障滿前，痛心無地，幾時得個出頭的日子，結我終身？真個好可憐人也！

　　【香羅帶】飛花撲繡窗，心情暗傷，風風雨雨斷人腸，那更漂流苦海永難撈也！長是驚秋夢，怯曉妝，鮫珠點點自瞞將，不敢聲揚也！歹殺是區區繼父行。怕他回來吵鬧，我且房中悶坐去也。（下）

　　（副挑肉擔上）

　　【香柳娘】我原非善良，我原非善良，奔波勞攘，十謀九拙真窮相。自家游二。這個肉擔，是三代祖傳。只為一世愛呷這口黃湯，人人叫我游葫蘆。咳！我游葫蘆好命苦，千辛萬苦掙了幾兩銀子，討個老婆，指望幫家做活，不道閻羅王就發請帖。留下一個拖油瓶女兒，生得十分標緻，只是晃頭烈性，不服晚爹訓管。一向本錢欠缺，生意不曾做得。昨日拿了一只梳盒、兩個杌子，賣得一兩八錢銀子，今朝行裏剛剛捉得半邊豬。丫頭道是我賣了他的嫁妝，一夜哭哭啼啼，嘮嘮叨叨，直到天明。故此出門不利，陪了一朝辛苦，倒折了錢半銀子。心上氣他不過,回去罵他一頓出出氣。來此已是自家門首,開門!(旦上)來了。(開門介)回來了。(副)回來了。你這張嘴硬似鐵,難道叫不得聲爹爹?因你在家作怪,連我生意都不順溜。**怪烏鴉作聲,怪烏鴉作聲,你雖則不是我親生,須知道繼父是尊行,不怕你油瓶恁惡狀!**別樣不要說起,且拿飯來吃!(旦)呀!又來了。柴米尚無,那有飯吃?(副)一發放屁!別人家女兒,勷蔴碾苧做針指,大塊銀子賺來幫貼,偏是你這丫頭,一點出息也沒有!**道奢遮未常,道奢遮未常,為甚蓋圓地方?偏會裝模作樣!**

(旦)呀!這是那裏說起?没緣故將人淩併。

【前腔】聽狺聲哮語,聽狺聲哮語,可勝骯髒?少甚麼五更風雨紅顏葬。(副)丫頭,再若嘴硬,賣你到水販去!(旦)啊呀!一發說出這樣話來!恁傷天害理,恁傷天害理,啊呀!我那爹娘嘎!我命不帶風光,泉臺相趨向。(副)哎!哎!哎!活跳一個的的親親的晚老子在此,哭起爹娘來,咒罵我可是**敢槽頭血癀,敢槽頭血癀**?你便號爹叫娘,我有拳頭巴掌!(打介,旦避介,副扯,旦閃下,副跌介)阿呀呀呀!好跌好跌!這丫頭倒將我一甩大筋斗。看他不出,順手牽羊倒來得熟。四鄰八舍地方嘎!女兒殺老子,女兒殺老子!(夫上)

【前腔】為葭莩誼尊,為葭莩誼尊,偶來探望,(見副介)呀!你每又來吵鬧了。咳,兄弟,何苦如此?須要掌珠般飼得鶯雛長。(副)阿姐,你來得正好!我家這丫頭,開口晚爹長、晚爹短,全不把我放在眼裏;整日淘氣,要賣他水販去。(夫)哎!是甚麼說話?罪過罪過!兄弟,我對你說:他當初隨娘嫁你,並不曾沾你一些好處;今日長成,也該存他些體面。動不動非打即罵,你又没親生在那裏,好歹招個女婿,養老送終,難道倒不好?論非親是親,論非親是親,半子好商量,終身待頤養。(副)姐姐說得有理,方纔原是唬他的。只是我本錢少,養他不活,怎麼處?(夫)不妨。另日來到我家,與你姐夫商議,待他措置幾兩銀子,與你開張肉鋪,合夥分利,大家多好度日子了。(付)若得如此,好得緊!依姐姐說,今後再不鬧了。喜屠兒運昌,喜屠兒運昌。則看我刀砧放光,再不去街坊瞎

闊。姐姐,你到裏面少坐片時,我去弄升米來做飯。不瞞你說,還是昨日的人。(下)

(夫)咳!又是老身到此,不然這場吵鬧怎了!且喚我侄女出來,安慰他一番。侄女快來!

(旦上)來了。

【前腔】正顰眉痛心,正顰眉痛心,原來是姑母到此。姑母萬福!寶婺星降,啊呀,我好命苦嗄!轆轤無瓣深千丈。(夫)你每這番吵鬧,我亦鑒知。我兒,他性子從來不好,你何苦與他一般見識?凡事有我在此。方纔老身說了他幾句,自知不是,今後再不來難為你了。(旦)這是姑母在此,他把甜言安慰。明明說要把奴賣去水販呢!歎燒琴煮鶴,歎燒琴煮鶴,教我羞影怎潛藏?香魂自催喪。(夫)這是哄你的,怎麼就認了真?若果然有這樣事,竟到我家裏住下,看他行得行不得。(旦)如此多謝姑母。怕東風暗戕,怕東風暗戕,花間建幢,護持無恙。姑母且到房中少坐,用過午膳去罷。

(夫)我也還有幾句話,與你細說:明知非伴且相從,雲想衣裳花想容。情到不堪回首處,一齊分付與東風。(下)

第六齣　餌　　毒

【鎖南枝】(小生持環上)文心苦,膏火需,雙環儼然神鬼輸。小生家貧力學,天賜雙環。朝來薪水不給,不免至間壁馮店,易取錢米去。(出門介)眼見天助饔飧,力學應如許。今日將升斗,活此涸轍魚。莫叫歎箕裘,一字不堪煮。(下)

【前腔】(淨上)空疑慮,長歎吁,村兒豔婦自可虞。我馮玉吾,為因媳婦少艾,急欲擇吉圓房。不想他屬意鄰垣,極口把熊生稱贊。吾恐鰥男少女,聲息相聞,故叫媳婦移進內房,免致出乖露醜。不料我家剛剛把房移進,熊家這小畜生恰恰也把書室遷往裏邊去了。書聲朗朗,依然只隔一牆。必然兩下有情,故而相隨不捨。好惱好惱!欲待與他理論,却又沒憑沒據,說不得。只是吩咐吾兒:從此加意防閑,免教續賦東鄰女。天色尚早,還把店業開將起來。

經營久,貨殖餘,須信在於寅,是一日計。

(小生上)俠為知己用,貧不受人憐。馮老叔在店中麼?

(淨冷見作怒介)生意正經,那有不在店中之理?二官人,我問你,你的書室為甚遷了進去?早晚書聲越加響亮了。

(小生)是奉哥哥之命移進去的。

(淨冷笑介)只怕未必奉哥哥之命。且問二官人,今日下顧,有何見教?

(小生)偶有金環一雙,欲求作價,換些錢米回去。

(淨背介)這個窮鬼,那裏來的金環?(轉介)借來一看。

(小生付環介)

(淨見驚介)好奇怪!這環兒分明是我家之物,前交媳婦收藏,這畜生何從得來?一發可疑。——我有道理。(轉介)這環兒手工精細,未知索價幾何?請問二官人,祖上傳下的,還是何處得來的?

(小生)只為家貧無措,在舍親處挪借來的。

(淨冷笑介)挪借來的?小店這裏不便作價,二官人要用錢米時,且押兩方回去可好?(小生)如此最感。

(淨)這等二官人請回,即刻就着人送來。

(小生)一發多謝,小生在家專候。人情金欲語,民以食為天。(下)

(淨)好惱好惱!確是我家故物,這妮子輒敢私贈與人!將來做出醜事,怎麼是好?我兒快來!

(丑上)來了。

【前腔】周堂數,吉曜扶,拙夫巧妻足自娛。爹爹有何話說?(淨)不好了!我家媳婦做出醜事來了。(丑)甚麼事?敢是你要扒灰?(淨)孩兒你是知道的:前日為欲別嫌疑,着媳婦移房進內;叵耐這熊家小畜生,連夜也把書房移進去。(丑)釘緊了不放,自然兩邊約會的了。(淨)便是。今早,這畜生又將金環一雙到店換取錢米,一眼看去,分明是前宵交付之物。(丑)住了!是我家物件,就到我家出脫,直頭欺你是開眼烏龜了!(淨)胡說!這般醜事可是當得起的?你如今問他索取前日金環和那寶鈔十五貫,看他如何抵對？我這裏就把金環為證，告到縣中去，問他個盜竊罪名，却也不為冤枉。（丑）說得有理。打了小狗骨頭，還要枷起來，我肉也要咬他一塊！（淨）如此你就去問他。我在店中做個生理，少停告官便了。（淨下）（丑）啊呀，壞哉壞哉！原來生生一朵鮮花，竟被別人採了去！看這個丫頭不出，倒是個老偷漢的。我把你這賤婢，雖則我陋質天生，這家醜難容汝。房門掩上在此。（內鼠聲介）啐，青天白日，老鼠作怪，怪不得這丫頭要打老鼠。（見餅介）咦！房門口那裏來這個大餅？動火得及。嘎，是了，是了。畢竟這個丫頭私下與野老公吃的，丟在這裏的了。這個花娘，野老公倒吃得，親老公倒吃不得？就是硬些。等學生吃在肚裏。（吃介）饞涎咽，餓眼盰，我便剖而嘗，只算好相與。

（小旦內介）門外何人走動？
（丑）是你不成材的蓋老。有話說，快些走出來！
（小旦上）

【前腔】天難問，命不如，今生已歎空自吁。（丑）你做得好事！（小旦）做甚麼事來？（丑）偏是會偷漢的女人，極要嘴硬。且問你：你前日搬房進來，為甚麼隔壁熊二也搬了書房進來？（小旦）各人家事，我便那裏曉得？（丑）推到推得乾淨。我且問你：前日交你金環一雙，寶鈔十五貫，在那裏？快拿來交付公公去！（小旦）前曾放在桌上，醒來遍覓不得，想是你每收拾過了，怎麼問奴索取？（丑）放你的辣騷狗臭屁！贓證現在，明明貼了隔壁熊二，反說我與公公拿去了。騷花娘，狗淫婦！我馮大官人——（頓足做手勢介）竟做了此物！氣死我也！（小旦）這是那裏說起？好沒來由！着甚噴血含沙，故作傷人語？天哪！奴比南金重，怎敢多露濡？不若早捐生，免致動愁緒。

（丑）有憑有據的事，還要嘴強？騷花娘，狗淫婦！騷花娘，狗淫婦！（作罵完、叫痛介）阿唷！阿唷！不好了！吃了麵餅，氣裹了食，肚裏痛起來。阿唷！阿唷！疼死了！疼死了！

【打火蟲】渾身似火燃，渾身似火燃，滿腹如刀鋸，奇痛不堪論，一陣陣急風驟雨也！阿唷！真正勿好哉！（大叫介）失聲呼吁，嫩肝腸已迸裂無餘！（滾地死介）（小旦驚介）哥哥！哥哥！呀！這是那裏說！霎時間禍生非，不由人驚魂無主謾欷歔。不好了！公公快來！

（淨上）何事聲呼急，多因醜事彰。

（小旦）公公，不好了！哥哥驟病而死了！

（淨）我孩兒死了？（見驚介）我那兒嘎！

【前腔】鮮紅七竅流，鮮紅七竅流，慘亡一何遽！你這賤人，若個與同謀？快把致死根由明訴也！（小旦）公公也如此說，可不冤枉殺人！方纔哥哥好好在此，問媳婦索取金環寶鈔。（淨）可有交付？（小旦）呀，如此說，公公果然不曾取去？天那！這般怪事，實難分解！（淨）有甚難解？（出環介）那，這不是金環麼？贓證在此。你這賤人，暗通奸夫，私贈寶鈔，却又下此毒手，謀弒親夫。我的兒，你死得好苦！驚心慘目，奸近殺古語非虛。（小旦跪介）公公，可憐，沒有這樣事呢！（淨背介）且住，我一時聲張，一來怕這妮子短見，二來又恐奸夫逃脫。我且穩住他再處。（轉介）嘎，據你說來，沒有這樣事麼？起來，且和你將屍骸擡過一邊，我細細查出致死根由便了。（小旦）正是。公公，這是定要查明的！上有青天堪據，再休將沒頭醜事把奴誣。（下）

（淨）我且把這妮子關鎖在內。快叫齊地方，把奸夫一並交付他去，一面就到縣叫冤便了。啊呀！我的兒嘎！枉死孤城此日開，家門不幸實堪哀。分開八片頂陽骨，傾下一桶冰雪來。（哭下）

第七齣　陷　辟

【破陣子】（末冠帶，副吏、丑門子、老雜皂隸喝上）（末）十年窗下揣摩成，早年甲榜榮登。河陽春色權支領，佇看萬里功名。下官山陽縣正堂過于執是也。十年辛苦，七品恩榮；立心不染苞苴，矢誓勿容情面。到任之日，便將板對一聯，釘上堂柱。那對聯兩句："愛民猶子，執法如山。"不知被那個狗子弟，暗地裏續上幾字："愛民猶子，牛羊父母，倉廩父母，供為子職而已矣；執法如山，寶藏興焉,貨財殖焉,是豈山之性也哉?"好惱!好惱!一時受人輕薄,決意要做清官。凡有詞訟,一概秉公審理。且喜三年任滿,注作上考,陞為常州理刑,交代在即。昨有告狀人馮玉吾投詞,為奸殺事。謀弑親夫,地方大變。遂於今早票發,官壇檢驗已過。此際午堂時分,正好細細研鞫。左右,開門擡聽審牌出去。

（眾應介）吩咐把奸殺一案有名人犯,一齊帶進來。

（眾應介）

（帶小生、小旦、淨上介）

【引】（小生）投水屈原是屈,殺人曾子何曾?

（末）聽點!原告馮玉吾!（淨應介）被告熊友蕙!（小生應介）侯三姑!（小旦應介）地鄰余在泉等。（眾應介）在下邊伺候。（眾應介）原告跪過一邊。喚那熊友蕙上來。

（小生）小人有。

（末）熊友蕙,看你斯文體態,必然明理知書。據這狀詞來看,你與侯氏既已私通於前,復行竊盜於後,今又同謀下毒,立弑親夫,這個罪名所犯不小!真贓已獲,你到此還有分辨麼?

（小生）爺爺容稟!

【風入松】閉門矻矻自窮經,（末）你讀書人,偏幹此犯法的事。（小生）老爺,小人閉戶讀書,從不解偷香行徑。（末）據你說,奸情事一些也沒的了?這金環是何處得來的?（小生）小人架上抽書,偶得此環,只道天賜寒儒,那知是他家故物麼?爺爺!爺爺明鑒萬里,若是侯氏私贈,小人怎麼反到店中露目起來?敢把真贓自抱窺同井,難一概捕風捉影。（末）胡說!難道這環兒會插翅飛來的麼?據狀詞上說:侯氏遷房,你也遷房內進。可不是兩下通情,同謀慘殺麼?（小生）爺爺!這是那裏說起?小人正為鄰房通近,理當遠嫌。奉哥哥之命,把書室暫遷往內;不料他家不約而同,可可也是這日遷房進內。致錦郎身死情由,小人分毫不知。若要誣陷同謀,真正是冤上加冤了!爺爺!當不起寸磔罪名,爺爺!須懸鏡,望超生!

（末）下去。侯氏上來。

（小旦）有。

（末）據説錦郎面目奇醜，此女自不安心。冶容誨淫，信有之矣！侯氏，你把通奸始末，並致死原由，一一從頭細細實説。若有半字支吾，——人來！刑法伺候了！

（小旦）爺爺！冤枉！小妮子呵！

【前腔】深閨似海未許一塵生，敢賣風情胡逞？（末）贓證已實，通奸情事再没得講了。只是人命關天，你却如何下手？——自是與奸夫同謀的了。（小旦）爺爺！没有這樣事！小婦人與熊生雖隔一牆，從未識面。同謀事情，何不路途暗害，反謀死自己家裏麽？爺爺！無從謀約通名姓，怎造得關天人命？（末）本縣早上檢驗屍骸，分明是你毒藥致死。錦郎進房時安然無恙，頃刻間便中毒而亡。明為索取寶鈔，無有交還，一時語言鬥毆，故將毒藥灌入。這可是麽？（小旦）那有此事？可憐小婦人啊！**手纖纖縛雞未能，為甚蹈法網，自輕生？**

（末笑介）據你説，一些相干是没有的了？本縣蒞任三載，片言折獄，略有矜疑，無不虛心研審。今日這樁公案，可也再無疑惑的了。侯氏天生冶容，錦郎身帶殘疾，心多悵望。鄰有少年，再無有不做出來的道理。熊友蕙上來！你遷進房內是一證；贓露金環是一證；登時中毒是一證。不要説是本縣，就是三歲孩子，可也瞞他不過。你們還要抵賴到那裏去！

（熊生、小旦）青天爺爺！冤枉！

（末怒）哓！胡説！打！（打小生、小旦介）

【急三槍】怨村郎，憐宋玉，鑽穴隙，只這奸近殺，是真情。

（小生、小旦）實是冤枉！

（末）不招，捹起來！

（小生、小旦）冤枉難招！

（末）你欺本縣五日京兆，希圖徇情麽？看夾棍來！

（小生）呀，爺爺！受刑不起了，小人願招了！小人與侯氏呵！

【風入松】風挑月竊兩心傾，不合同謀戕命。（末）侯氏，你怎麽説？（小旦）爺爺，小婦人受刑不起，情願招認了毒死親夫之罪；

若説熊生通奸,不忍牽害無辜。(末)到此地位,還要憐惜漢子麽?(小旦)一杯鴆酒我親持贈,怎屈陷閉門孫敬?(末)胡説!沒有通奸,並無弑夫之事了。熊生既已招成,你還要強辯怎麽?該吏取供畫了!(小生、小旦)那頭直上少甚蒼蒼證明,偏這覆盆下,日光暝!

(末判介)熊友蕙因奸致死人命,依律問斬。侯氏謀弑親夫,依律問剮。寶鈔十五貫,立限追比給主。該吏連夜疊成文卷,申詳上司便了。各犯帶去收監,原告地鄰召保。

(小生)大哥,可憐嘎!死罪招成了也罷了,方纔説寶鈔十五貫追比給主,這個那裏來的還他?

(差人)這個是你自作自受,那個憐惜你!

(小生)啊呀!皇天嘎,皇天嘎!

【急三槍】血空濺,閭難叩,甘萬剮,這便是償宿債,了今生。(下)

(皂)稟老爺:有撫院差官求見。

(末)請來。

(生)揚眉浥清露,翹首倚白雲。(見介)

(末)貴差何來?

(生)奉都爺之命,道太爺終任清廉,具本揚薦,已奉諭旨,陞任常州理刑。今因衙門事繁,差人星催赴任。該府各役,現在門外迎接。

(末)上臺知遇之恩,不可少負。貴差官先行,本縣即刻走馬赴任。一面着該房造冊交盤,另日發舟迎接家眷便了。

(生)如此恭候。

(末)分付接官人役,上堂相見。

(眾上見介)直隸常州府理刑,吏、書、門、皂叩老爺頭。

(末)分付擺齊執事,就此起馬。

【風入松】居官惴惴似持盈,剛博得考成上等。驊騮又向毘陵騁,忘不了弦歌四境。颭西風悠悠旆旌,須努力,干功名。(同下)

第八齣　商　助

【掛真兒】（生上）天際唳征鴻，舟次邀清夢。我樂此不為疲，手足情綦重。卑人遠別家鄉，當梢舟次，日奉主人差遣，往來江北江南。目下暫泊蘇州，攬載客貨。開船在即，眾客商都往賽願去了。舟中貨物待往河南發賣，此去路經淮上，又好得與吾弟一會也。

（付三旦水手上）船頭無浪行千里，舵後生風過萬程。熊大郎，眾客商賽願已畢，將次登州了。開船在即，須把舵兒把定。

（生）這個自然。

（外、淨、末、丑扮客人上）

（外）跨鶴揚州來問蹤，

（淨）新安江上趁天風。

（末）錫山一望皆雲樹，

（丑）遙聽姑蘇報曉鐘。

（眾）列位請了。我每往來商販貨物，僥幸在蘇州相遇，就是旅邸骨肉了。

（淨）老客長說的是。舟中貨物多是蘇州土產，我每載往河南發賣，少也有五分利息哩。（末）仰賴仰賴。此間船板主人甚是忠厚，我每一路前去，可也放心。

（丑）不要多說了，賽願已畢，大吉利市，請大家穩坐中倉，解纜開船罷。（水手隨口喊擼介）

（外）列位可曉得，四方風景各各不同，你看姑蘇山水，可不另有一種秀麗也。

【山坡裏羊】（眾客）金閶，萬人家煙籠；楓江，眾客艫星拱。船頭一點粘海湧，香霧濛，望丹青樓閣重。溪名射瀆沿荒塚，墩號貞姬覆古松。菁蔥，處處湖山地脈通；崢嶸，落落乾坤眼界空。

（外）列位，士農工商，各執一業。我等雖居四民之末，每常放浪江湖；可憐他每半世辛勤，那得似我每快活？

（淨）正是。為工的朝傭暮作，為農的春耕夏耘，可憐半世辛勤，那得似我每快活！

（外）不要説農工微業，就是為士的，到底不似我每灑落，偃蹇的多，發達的少。在下前日在淮安經過，有個書生，家住胯下橋頭。（生聽介）鄰家有個養媳，閨房貼近書室，做公公的恐涉嫌疑，喚媳婦移房進内；可可那生也把書室移進。只道兩下有情，疑心頓起。

（衆）這個自然要疑惑的了。

（外）一日，那生架上抽書，偶得金環一雙，持向鄰家易取錢米，不想反是本家之物，向日交付媳婦收藏，和寶鈔一並收去。

（衆）交付媳婦的東西，却怎麽在那生之手？其中必有通情，這也沒有疑惑了。

（外）人人説是冤枉。

（生警介）

（衆）後來哩？

（外）那時，做公公的認出贓證，只道媳婦私贈與人，喚兒子向内索取。好好端端進去，一霎時中毒而亡。告到縣中，竟把那生問下了同謀的罪名。列位，可憐！這不是為了讀書，惹出來的奇禍麽！

【皁羅袍】讀盡五車何用？為避李下，反釀禍書中。現今呵，泥黎深閉不通風，少不得，雲陽碎磔無歸夢。（衆）如此委實可憐人也！（外）還有可憐處哩！問下斬罪猶可，還又立限追比寶鈔十五貫給主。舊官陞任去了，新官一發利害，一月三限，公堂怒容，千箠萬楚，堆除濺紅。（衆）老客長，你因何知此備細？（外）山陰縣二衙，就是舍甥。那時進署相見，目睹其事。如此是真正冤獄了！可曉得那生姓甚名誰？（外）還仿佛記得，待我想來，是熊甚麽哩？是……是熊友蕙。（生）阿呀！不好了！聞言不覺心驚悚。（倒介）

（丑）喲喲，一隻船横在河當中了，掌舵的好不小心！

（水手）怪事！怪事！那當梢的熊大郎，聽了客人這些言語，失聲大叫，驀地昏倒，不知為甚緣故？

（末）聞言驚僕，必定事情相關。吩咐衆水手，暫把船兒泊住，我每同到後艙去看一看。

（付三旦）嘎！吩咐泊船。（下）

（眾進介）熊大郎！熊大郎醒來！

（生漸醒介）阿呀！我好苦也！

【山坡羊】驟聞言魂飛魄送，痛得我心如刀捅！怪天公劈空降殃，把良民平地遭冤訟！（外）是了，那生姓熊，你也姓熊，多是淮安人，莫非是一家麼？（生）方纔老客長說的，就是在下胞弟了。手足情，難禁血淚湧。（末）這是自然要驚駭的了。只是那縣官也忒利害，問成死罪罷了，還要追比寶鈔，這不是雪上加霜了！（生）我那兄弟嘎！今朝抱屈，抱屈冤無控，枉了我，投筆天涯學舵工。（外、末）據足下說，也是一位讀書人了？（生）事到其間，不得不以實情相告：只為家貧不給，恐雙雙餓死無益，卑人情願覓趁工價，為吾弟讀書之資。倘能僥幸，與先人爭光。不想今日裏呵！成空！書也空來他的命也空；成空！棄向江心一命空。（投水介，眾扯介）

（丑）啐，晦氣！我們今日開船，討利市話，好遇這個蹭蹬。

（外）住了。據大哥如此說，是讀書人，修苦行一般了。孝友無雙，我每多失敬了。列位，他是：

【玉抱肚】人中麟鳳，比梁鴻為人賃舂，只望繼書香力助饔飧，誰料捏招由身入樊籠。（末）列位，從來救人一命，勝造七級浮屠。他令弟大辟雖已擬定，將來還可申雪；只這寶鈔十五貫立限追比，實難禁受。我每同舟合夥，却有數人在此，每人一貫的、兩貫的，隨意捐助，湊足十五貫，前往交納，便可留他性命，此去再行告理，焉知沒有開招之日？列位，可使得麼？（外）這是好事，誰敢不從！（生）這個，何以克當？（丑）且住，還要算計算計：我們將本求利，銅錢銀子，好不難撰！他家兄弟犯了事，我們眾人倒要破起財來？（淨）不差不差，有這一貫兩貫，買些脂油，吃他一年兩年。（末怒介）咳！如此說，難道天地間再沒有個慈悲之念了？自古見義不為，是無勇也。在下叫做陶復朱，原是無錫人氏。十八歲出外為商，今年五十九歲，在江湖上走過四十多年。哪一出碼頭上不費幾兩銀子？既眾客商不願協助，罷，熊大哥，我就獨立捐助你去！

（生）這個一發不消了。（末）豈有此理！大家靠天過日，那在這幾貫錢上？待老夫囊中取來。（取錢介）熊大哥，點明十五貫在此，你可收下，前往縣中交納。這當梢賤業，也不好再煩了。（合）從來為善耳鳴同，珍重君行愁霧中。

（生）客路相依，多蒙義助。設有昭雪之日，即係再生之恩！陶客長請上，受我熊友蘭一拜。

（末）不消如此。

【皂角望鄉】（生）誰承望捐山鑄銅，已棄得深林醢鳳。千萬里平交水逢，十五貫海深獄重。有日叩天閽，鳴肺石，赦金雞，遙天雁，洪恩高頌。（末）請起。淮安便道，本該相留在船，只是重載緩行，一路更有耽擱，大哥還是自己急急趕回去罷。（生）這等，就此上岸去了。難插翅，忙移踵，一步步魂飛動。（下）

（末）好個孝友之士，難得難得。

（外）老客長這般仗義，也是難得的哩！

（淨）義助是好事。只第一日開船，就有許多蹭蹬。我每江湖上行走，最有忌諱的。

（丑）纔是這位客人說士農工商，你一句我一句，說出這一椿事體來。出門不吉利，河南斷斷不該去了。依我學生：還把船兒移泊楓江，各人出個小分，從新賽過了願，擇個上吉之日，另往南路，或是浙江，或是福建，前去脫卸可好？

（外）這位客長說得有理。吩咐船家，不消過關去了。列位，我與你大家中艙穩坐，用過晚膳，移往楓江泊船便了。

（衆）說得有理，說得有理。

【尾】（合）蒲帆一片開還控，依依漁火伴江楓，正好側耳寒山夜半鐘。（同下）

第九齣　竊　貫

【六么令】（副）青蚨幾貫，只要心寬，那要家寬。我游葫蘆，畢竟還有個好日子來。絕處逢生，多承我家阿姐，許我出本合夥。今日走去,竟將十五貫銅錢交付我;明日開張,不但有利,且有飽飯吃,不致餓死。行來將近自家門首,看看月上了,只得趲行兩步趕回去。林梢隱隱捧銀盤,行蹁蹁,路漫漫,一肩重負歸來晚。開門!(連扣不應)這個丫頭,又要討罵!像是睡着了。(又扣門介)

(淨持燈上)

【前腔】宵長夢短,剝啄伊誰?警醒無端。(見介)我道那個扣門,原來是間壁游二官。游二官,這等夜深了,却往哪裏回來?(副)多謝我家姐姐,叫姐夫與我合夥開肉店。今日付本錢十五貫,足足六七十斤重,百步無輕擔,故此歸來夜了。(淨)好,有了這十五貫錢做本,這店業又要興旺起來了。明日老漢為首,衆鄰家出個小分,打點與二官作賀。(副)多謝,多謝!夜深了,驚動不當,秦老伯輕便吧。(淨)明日再會。來朝杯酒可交歡,且閉户,睡如蟠,床前明月多休管。(下)

(副)快開門!

(旦上)殘夢迷蝴蝶,愁心託杜鵑。(開門介)爹爹,怎麼這時候才回來?

(副)我也問你,為什麼這時候纔出來?(閉門進介)阿呀,勿好哉!一條背脊,直壓折來裏哉。

(旦)呀!哪裏來這許多錢鈔?

(副)你道這些錢是那裏來的?

(旦)敢是挪借來的?

(副)這樣年時,父子不相顧的,那個肯借來與我?

(旦)這等,來的不明不白。

(副)有甚麼不明不白?老實對你説:早晨出門,撞見了張媽媽,説起大街上華學士的小姐出嫁,要討個陪嫁丫頭。我如今手頭欠缺,叫做個"脱貨求財"的法兒——

(旦)怎麼"脱貨求財"?

(副)巧言不如直道:將你賣了那個華家!奶奶聽説你人物標緻,手脚伶俐,亦無暗疾,就出十五貫錢,立刻做了文書。(哭)我個肉!今夜還是我的女兒,明日就是別人家丫頭,苦惱嘎嘎!

（旦）果有此事？

（副）若是騙你，就過不得今夜。

（旦）這是那裏説起？好苦嗄！

（副背介）快活快活，這騙騙就信了。夜晚頭上，我且把錢堆在床閣落裏，睡一睡，明早説出真情，一場好笑。（轉介）我個親肉，做爺個虧你扶持，纔有這注大錢。不好，恐防小人，把屠刀拿來伴手。（作睡介）

（旦）呀，有這等事！我蘇戍娟，本是舊族，遠非下乘，豈肯被人鬻身，終為媵婢？罷！罷！罷！千休萬休，不如死休。——呀！且住。記得前日高橋姑媽到此，苦口相勸，説：他若認真，竟到我家住下。如今事已至此，且悶坐一宵，等至天明，潛自出門，問取高橋路徑，竟往姑媽家去則個。正是：譙樓怕聽三更鼓，繡閣權支五夜燈。好苦嗄！

【二犯朝天子】兩點羞娥竟日攢，一夜罡風緊，心更酸，千金聲價肯輕拚？只得窵嬌鸞。（內五更雞鳴介）呀！説話之間，將近黎明了。（看付介）看他正在睡鄉，此時不走，更待幾時？顧不得徑路盤桓，趁曉月尚完。罷！説不得了，用不着障面齊紈，任曉風自酸。（開門下）

（丑上）賭錢輸窮漢，狗咬劣概人。區區婁阿鼠，家住高橋。一生好賭，只是贏的日子少，輸的日子多。昨日將棉襖脫下來，當了五百文，指望翻本；骰子沒眼睛，幾擲幺二三，輸得光打光。賭場已散，肚裏又餓，身上又冷，一步懶一步，不覺已是自家門前。咦！隔壁游家為甚麽早早開門？裏面有火，討一個吃袋煙再處。——游二官，游二官！大小娘，大小娘！——勿見答應，走進去看。（進門介）游二官還困着哩。昨夜忘記關大門。（見錢介）咦，那床閣落裏一堆大錢，好不動火！且喜老游睡熟，悄悄攜他幾貫，做做賭本，有何不可？（偷介）

【六么令】手忙腳亂，只算扶持，不足欺瞞。稍粗膽壯，好向賭場鑽。休驚覺，困貓團，偷來一貫復一貫。（連偷作抽繩驚副醒介）（副）什麽人？——不好了，捉賊捉賊！（急起取刀，丑奪刀介）（丑不好了，不是你就是我！（殺副，副暗下介）游二官，不是我狠心，事到其間，身不由己了。一不做二不休，這些錢一發送與學生做賭本。呀，你看天色大亮，恐人知覺，到與他拽上門兒，悄悄回去罷。偷來一貫復一貫。（下）（淨上）

【前腔】賀金錢半，肉案新鋪，忝在鄰垣。老夫秦古心，昨日許了游二官，與他收份作賀。今早再去對他説聲，好傳與衆鄰家知道。——門兒虛掩在此，不免推將進去。（進介）二官，二官！呀，床上不睡，倒睡在地下。叫他是油葫蘆，真正不差的。二官起來！（扶介）呀，不好了！遍身血污，被人殺死了！大姐，大姐！——連女兒也不見了。（出叫介）地方四鄰快來，不好了！（夫、小生鄰人同丑上介）山山有老虎，處處有强人。秦伯伯為甚麼？（淨）游二被人殺死了！（夫、小生）不好了。這是地鄰干係，秦伯伯，妻小哥，你兩家是他貼鄰，難道一些聲息沒有聽見？（丑）區區是昨夜賭場上過夜的。（淨）昨夜黄昏時分，老夫親見游二，馱了十五貫回來。老夫問他那裏來的？説：高橋姐夫交付作本的。老夫正要達知衆鄰，斂份作賀，起早與他商議，驀見殺死在地，不知是那個强盗，下得怎般毒手！（丑作噴介）（夫）他女兒哩？（淨）女兒不見了，連這十五貫也去了，好强盗！（丑又噴介）（小生）是了，是了。這等看來，一定他女兒與人私通，覷得父親有錢十五貫，暗地約下漢子，謀財害命，一同脱逃去了。（丑）不差，不差，就是這個緣故！（淨）如此他每不往蘇州，定往常州。我每分作兩路，急急趕上，僥幸得獲，便好脱卸干係了。（夫、小生）秦伯伯説得是，大家分頭追趕去！（丑）是那裏説起？別人殺了人，反要我們擔干係，可惜這一會閑工夫。（作手勢介）不然，不知擲了幾盆快活骰子。（衆）閑話少説，事不宜遲，快走！急須追捕早鳴官，搭屍廠，買屍棺。（丑）慢慢的，不要着忙，我還要擲個六火罐。

（衆）呸！

（丑又唱、諢下）

第十齣 誤 拘

【忒忒令】（生負錢上）阿呀，好重嘎！顫微微遥山四圍，急煎煎心窩百沸。鴒原誼篤，恨不能續也！我熊友蘭，為吾弟屈陷在獄，心如刀割。多蒙陶大公助錢十五貫，前往交納。夜晚起身至無錫，今早黎明起身。歸心甚緊，搭船不及，步行了一程。前面高橋不遠了，可奈重負在肩，再也走不上去。好歹捱到前面，再作區處。顧不得走荒郊，歎獨行，肩重負。阿呀！我那兄弟嘎！這惡夢醒麼？（下）

【嘉慶子】（旦上）厭浥行露非得已，則得護惜蓮花出污泥。行到這裏，脚兒早疼痛難禁。此去高橋，又不知還有多少遠近？阿呀，好苦嘎！自恨鞋弓纖細。且問一聲再走。（向內介）老奶奶，這裏到高橋去，還有多少路？（內應）只有二里了。（旦）如此好了。家近也，好依棲；我那姑娘嘎！兒至也，叫將息。（下）

【尹令】（生上）日高升霜痕早避，，林深處木葉欲墜，路迂脚跟偏滯。（旦內）前面客官慢走！（生）聽細語嬌呼，呀！原來是一位小娘子，敢是朝為行雲向巫峽歸。

【品令】（旦上）低回寸趾，長任路人譏。客官慢走，借問一聲：高橋從那一條路走？怕交叉小徑，轉眼白雲迷。（生）姐姐要到高橋去，却為何？（旦）只為葭莩在念，直作桃源避。（生）就要探親，也該着個奴婢相隨。（旦）貧家小女，問不及耕奴織婢。（生）既没人相隨，何消如此早行？（旦）曙色熹微，正恐遊人暈印泥。

（生）原來如此。姐姐要往高橋訪親，卑人正是便道；不嫌瓜李，情願引道。

（旦）如此，客官先行。

（生先行，旦後，合）

【豆葉黄】姓名莫問，瓜李休疑。多只是冰玉操持，也則任《春秋》責備。（旦）客官先請罷，奴家行走不動，少坐再行。（生）卑人重負在肩，足力已乏，也要休息片時再走。（兩下遠坐介）（生）苔茵正軟,(旦)柳蔭可依,(合)誰承望消停半晌?誰承望消停半晌?最可虞愁緒無端,又值足力先疲。

（小生、丑扮公差,同淨上介）

【玉交枝】（淨）鼇魚擺尾,焰摩天終須趕及。二位,一路問來,多說有一男子,背負十餘貫,和一女子同走。想只在前面了。我每快些蹤跡上去!（小生、丑）說得是。（合）天羅地網輕籠住,料冤魂緊緊相隨。（小生）噲,老人家,前面樹蔭下坐着一個女子,草坡上又坐着一個男子,莫非就是那話兒麼?（淨望介）着,正是他!（丑）好個標緻丫頭,怎麼不做出事來!哥,你看:野花豔目偏出奇,村醪多沉醉。（淨）好了好了,在這裏了!大姐,你做出這等事來,貽累我老人家!（旦）秦伯伯,探訪親戚,人家常事,就是瞞過繼父,也不到得貽累伯伯。（淨）好嘎!你拐了錢鈔,殺了父親,還說是人家常事?（旦驚介）怎麼說?（小生）呸!你殺了父親,倒是"怎麼說"?可曉得我每是縣裏公差,奉老爺硃票,前來追捕凶身的!（丑）我每老爺,道是小娘子做事有殺手,發請帖來,請你去會一會。（生背介）我道這女子破曉獨行,必有緣故。（小生、丑）大姐,你犯天條,拘拿敢遲?我奉公差,限期怎違?

（旦）如此說,我繼父果然被殺,要坐罪奴家身上。好駭殺人也!

【江兒水】偶學流鶯竄,何來暴客欺?列位,則看我全身可有三分力?（衆）你說!是有奸夫同謀的?（生）不要管他,我自去罷。（衆）哎,哎!你這廝待往那裏去?（生）我是過路的,與這女子素未相識,有事在心,由我自去。（淨）放屁!謀財害命,非同小可,你凶身倒去了,我老人家與你頂了罪罷!（生）好笑!沒來由將人牽扯,難道路上走的人,多是凶身了?（小生）這樣嘴硬,夥計,看他身邊帶有多少錢?（丑數介）一貫,兩貫……一總十五貫。（淨）阿彌陀佛,天網恢恢,一貫也不多,一貫也不少。（小生、丑）這等,贓證現在,還要口硬?（生）這又是那裏說?海市方興,海市方興蜃樓起,李公却替張公醉。（衆）你兩下都是沒相干的,只消到官一辯,就放你每去了。（生）倒是當堂一辯好,省得只管歪纏,誤我走路。天日何妨質對？（衆）也不怕你不去。（合）俯首公廷，一任你瀾翻百喙。

【川撥棹】（夫上）瓜葛誼，望錫山掩翠微。呀，這是兄弟間壁秦伯伯！（淨）呀，這是游二官的令姐！（夫）呀，這是我侄女！（旦）呀，姑媽救我一救！（夫）秦伯伯，你每為何在此？拿我侄女到那裏去？（淨）你還不曉得，令侄女與人私通，謀財害命，逃脫在此，我們追獲着的。（丑）那一位就是令侄婿了！（生、旦）沒有這樣事！（夫）這等説，我兄弟被人殺了？咳！侄女侄女，你小小年紀，也不該幹這樣事！我正要到你家商量開張店業，不想有此大變，阿呀，我那兄弟嘎！（淨）不要哭，且問你，這十五貫，可是你的原物？（夫）十五貫，老身昨日親手交付我兄弟去的。（淨）那可又來。如今再沒得説了。（夫）嘎，你這廝，奸了我侄女，又拐了我的財物，又殺了我兄弟，好狠心的强盗！你造奸謀地憤天悲，造奸謀地憤天悲，我記深仇，食肉寢皮！我肉也咬你一口下來！（咬介，生大痛叫）（衆）住了，住了，如今是在官人犯了，不是私下打的。（淨）媽媽，你來得正好，當官執證，没個苦主；況家中什物，也要你去收拾的。（夫）列位説得是。老身就去，向公堂證是非。侄女，我也顧不得你了，痛親情一旦灰。

（小生）噲，夥計，看這局面，東道是沒處設法的了。快帶起二犯，回縣去罷，面見老爺便了。

（丑）走，走，走！

（生、旦）阿呀，好冤枉嘎！

【尾】未經識面成冤對，倘大事可容兒戲？少不得牛渚高燃温嶠犀。（同下）

第十一齣　　如　　詳

【生查子】（末）名震山陽，位尊司理，又從堂上垂簾。下官常州府理刑過于執是也。作縣山陽，三年奏勳，得蒙上臺特薦，陞授今職。可奈屬下地方，人民剽悍，訟獄繁興。每有上下文移，無不經理一過。昨有無錫縣解到劓犯一起，是女兒謀弒父親的。招由已妥,罪案已定。只是事關重大,免不得親自審録一番,好打點轉申上臺,達部處決。叫人來,開門。(衆開門介)分付無錫縣解役,熊友蘭人等一干人犯,帶進來。

(丑差人、小生刑書吏,押生、旦、夫、淨上介)

(小生)無錫縣刑房吏典見老爺。

(末)你是該吏經承麽?

(小生)是。

(末)站過一邊。

(丑)原差叩頭。

(末)階下伺候。

(丑下)

(末)人犯聽點:熊友蘭、蘇戌娟、游氏、秦古心。

(各應介)

(末)據申,口詞鑿鑿,並無半字矜疑。該縣既已審確,這就是一宗鐵案了。只是事關重大,須本廳録過,方好申憲達部。各犯跪過一邊,待本廳再把文卷前後細細檢閱一番。

【紅衲襖】我這裏魈青天高掛着月一盒,慣向那精渾水把鱣共鯉從頭驗。則你這怯書生心粗善舞香紈扇,多只爲莽紅顔色麗能窺翡翠簾。該吏過來。據這文卷,其中還有可疑?(小生)老爺,通奸事小,謀財殺命事大。真贓十五貫,是屍親游氏一口咬定,既有贓證,這奸情一發是真的了。同謀弑父却也不消再辯了。(末)是嗄。且住,據熊友蘭原供:背負十五貫,係蘇州客商所助。本月十九日,衆商從滸墅關往河南,通有姓名在案,你本官就該移文查了。(小生)老爺,這個文卷上,原備得明白。據熊友蘭如此招稱,本官就移文滸墅關,查取號簿。本月十九日等,並無衆商姓名過關,前往河南等情。(末)如此,明係巧辯了。既少矜疑,此事真確無議了。帶二犯上來。(衆應介)熊友蘭、蘇戌娟則是自作孽,直恁淫惡兼,可知道天將罰用不着慈悲念。左右,與我揣下去,每人加責三十板,須知道春雨秋霜各有施行也,我這裏筆落如山早已鐵案粘。

(衆扯生、旦介)

（生、旦）爺爺！極天冤枉！受刑已極，再也打不起了。

（末）且住着。

（生、旦）阿呀，爺爺嗄！

【前腔】（生）我與他效萍逢並無滴水沾，（旦）我與他昧平生何嘗有半絲染？（生、旦）草草的聽來一面聊云勘，生生價執固途人喚作鵜！（末）既是冤枉，前日縣中為何招認了？（生、旦）爺爺嗄！瘦身軀當不起法令嚴，爺爺！這招詳上呵，都是些屈供來也，只當浮詞卷。（末）還要強辯？左右，揪下去打！（生、旦）阿呀，爺爺嗄！打不起了！則我寸攢寸醢指日堪期也，則這雪上加霜莫再添。

（末）既是這等哀求，死在後面，姑免加責。叫原差。

（丑）小人有。

（末）把這兩名重犯，依舊帶去收監。本廳連夜備下文書，申憲達部便了。該吏回縣去罷。

（衆應，俱下介）

（末）好一場怪事！本廳前日作縣時節，曾審過重犯一起，也是十五貫；今日這宗文案，也是奸情，也是十五貫。一個喚熊友蕙，一個喚熊友蘭，據兩人姓名，好似同胞弟兄。難道一母所生，一般這樣作惡？一般這樣問罪不成？不要管他，本廳定了這兩宗公案，經過朝審，一齊處決，那兩地冤魂，少不得也在空中稱謝本廳哩！分付掩門。（下）

第十二齣　獄　晤

（外中軍上）法網高懸禍自招，當今名哲有皋陶。但存孔子三分禮，不犯蕭何六尺條。自家應天巡撫轅門一個中軍是也。今當朝審日期，例應檢冤重囚。屬下各府州縣，紛紛把人犯解來，連日審過幾處。今日掛牌，輪審常州、淮安二府。午堂時分，解子每通在門前伺候了，你聽，鼓樂聲動，想老爺開門也。

（內吹打、喊開門介）

（夫扮內中軍持手牌上）都老爺分付，帶常州府人犯進審。

（外）常州府屬解子，帶齊各犯進審。

（末扮解子押淨、丑扮大盜，生、旦齊上，長枷銬鐐上介）

（外）都老爺分付，人犯挨牌點進。第一起大盜，斬犯郝大狡、山老虎；第二起奸殺事，斬犯熊友蘭，剮犯蘇戌娟；第三起妖亂事，斬犯一清。

（眾隨牌下）

（外）你看這些囚犯，披枷帶鎖，足手拘攣，可憐此進去又是一番敲打哩！阿彌陀佛，就是現在地獄了！

【剔銀燈】森羅殿巍峨高接，活閻羅威嚴無別。待欲求生生路賒，盼不到金雞卿赦。（內打介）咳！可憐悲切，聽號呼哽噎，比劍樹刀山更烈。

（末帶前各犯出介）走，走，都爺吩咐：各犯分頭監禁，蘇戌娟發到女監收禁，熊友蘭暫寄司獄司。（眾下）

（外）吩咐淮安府原解，將府屬重囚帶進候審。

（內應介）

（末復押丑、淨、小生、小旦上）挨牌點進：第一起地方事，絞犯高豐；第二起大逆事，斬犯何魁、何有、何會；第三起奸殺事，斬犯熊友蕙，剮犯侯三姑。

（眾下）

（外）你看這般囚犯，一發苦楚；從淮安解到這裏，多是一絲兒氣了！

【前腔】受鞭敲肌膚迸裂，荷枷鎖形容慘絕。業鏡臺前魂已攝，則一縷氣絲猶熱。咳！今日這是一班囚徒，將來通是無頭鬼了！處決，冬前秋後，轉眼是酆都路接。

（眾囚犯又出介）（下）

（內封門介）

（夫扮解子押生上）熊友蘭快走，都老爺分付暫寄司獄司。

（生）大哥，棒瘡疼痛，走不動了。

（夫）自作自受，那個顧得你？快走，快走！

（生）哎！

【新水令】犯由牌標寫恁真切,甚風光又把平江路躡。(夫)且喜路不多遠,這裏已是禁門首。門上的!(末上)甚麼人?(夫)都老爺發下一名斬犯熊友蘭,是無錫縣解來的朝審有名人犯,好生收管去。(末)那邊房裏去取收管。死囚,隨我這裏來。你叫熊友蘭麼?好生住在這裏,不要啼哭,我去門上照管哩。(下)(生)皇天嗄!好冤枉!都只為興妖十五貫。我自家亦有不是,與十五貫何干?一不該捨舟步行,二不該與女兒家共話。有釀禍這兩節,今日個公案如鐵,有一搭市西頭是俺好歸結。呀,天色又是這般晚了。疲倦已極,就倒地睡他一覺罷。(睡介)

(淨押小生上)走,走,都爺分付,將你發到司獄司收禁。走!

(小生)好苦嗄!

【步步嬌】天鼓狂摑空悲咽,淚盡餘清血。(淨)司門上有人麼?(末上)天色這等晚,還有寄監人犯麼?(淨)都爺發下斬犯一名熊友蕙,山陽縣解來,收取明白。(末)進來。(淨)收管。(末)那邊房裏去取。你叫熊友蕙?隨我來,進來。(下)(小生)苦嗄!我平日閉門讀書,足不及戶外,那知道好端端的,直到這裏來!你看陰風遍地掣。呀!這是黃昏時分了,聽不得鬼話啁啾,鼠聲雄桀。(摸介)原來壁下睡了一人在此。咳,這便是甘心服死的了。像我熊友蕙,那裏睡得熟麼?負痛已結舌,誰承望偷將一夢飛蝴蝶。阿喲,存立不定,我也靠一會兒。

(生起介)咳!可憐!

【折桂令】歎黃昏直恁淒絕,一聲聲柝韻驚心,使我淚不交睫。咳,我一死倒也罷!下梢頭原沒甚周折,只是我那兄弟嗄!直恁的輕填一命,俺又把一命幫貼。今日裏赴雲陽無從永訣,前日個唱陽關便是長別;兩下情熱,不枉却難弟難兄,暢好是前後同轍。說到其間,不覺咽喉氣喧,不免再睡一睡。

(小生)呀,好奇怪!那人聲音,好像我哥哥!口中聲聲叫着兄弟。呀吥!說這樣沒志氣的話,我哥哥怎的到這個所在來?

【江兒水】他海上星槎泛,天邊雁影子。料不似我熊友蕙,這般郎當曳地圖圄歇。(生)呀,說甚麼熊友蕙?噲,哥!那一個是熊友蕙?(小生)在下便是。你是甚麼人?(生)你是熊友蕙,我……我就是你哥哥熊友蘭了!(哭介)**兩地相思分吳越,不信一場惡夢同誣捏!門外有月光,大家細認認,隱隱偸窺殘月。**(生)呀,果然是兄弟!(小生)哥哥嘎!**一死臨侵,又博得這回親熱。**

　　(小生)哥哥,你……你怎麼也是這等光景?快說你兄弟知道!
　　(生)兄弟!

　　【雁兒落】**俺只為傍蘇臺學鼓枻,知道你滯圜扉身縲絏。**(小生)哥哥在蘇州就知道兄弟的冤枉事了麼?(生)**多謝他贈纏頭當贖鍰。**(小生)衆客商助錢交納,這却好了。(生)**又誰知障青天遭汚衊。**(小生)汚衊哥哥甚來?(生)呀,**他道俺竊玉手偏搩。**(小生)陷你也爲奸情?(生)**殺人的禍最烈!**(小生)陷你謀殺,有何實據麼?(生)**則這十五貫是眞贓證。**(小生)哥哥怎不折辯?(生)**枉有萬千言空訴說!**(小生)難道問官不察,問成死罪?(生)**昭雪,誰則把水晶燈日頭熱?冤孽,打扮着潑風刀秋後決。**

　　(小生)呀!兄弟受此奇禍,只道亘古所無,不想哥哥今又受此慘禍。兩下無辜,死無葬身之地,兀的不是痛殺我也!
　　(生)兄弟,快醒來,快醒來!
　　(小生)呀,哥哥!

　　【僥僥令】**閉門誣作惡,行路指爲竊。同日無辜同授首。可恨那問官,全不把覆盆冤一線揭,全不把覆盆冤一線揭。**

　　(生)兄弟,你怎麼怨着問官?別人的枉事,須有個冤家仇對,裝砌而成;偏是你我的冤枉,分明是天造地設的一般,自家走到死路上去!

　　【收江南】**呀!這的是網羅自陷呵!那裏是因仇對犯仇隙?眼見得沒頭公案任磨滅。**(小生)上蒼,上蒼!今日朝審,怎不昭雪?(生)**這疑案怎決?這疑案怎決?少甚麼葫蘆依樣畫來捷。**

　　(小生)哥哥,你我一死也罷,只可憐去後呵!

　　【園林好】**暴骸骨誰爲掩穴?遇春秋誰爲祭設?從此後宗枝斬絕。**阿呀,哥哥嘎!**問全孝友那一節?問全孝友那一節?**

　　【沽美酒】(生)**好宗枝已斬絕,好宗枝已斬絕,,俺道身後事竟**

完結！（大笑介）長笑一聲天地徹。（小生）哥哥，到此地位，還有何喜麼？（生）喜只喜：同年同日昇天路，彼此相挈。典刑之後，一靈不瞑，兄弟須要向我緊緊隨着。枉死城幽魂共攝，森羅殿哀詞共訐，望鄉臺層階共躡。恁呵！一處去尋娘問爺，再休教暫撇。呀！不枉了兄弟每兩情熨帖。

（末上）嗃！這兩個死囚，一夜哭哭啼啼，攪得合司人通不安穩。

（小生）禁長哥，同胞兄弟，獄底相逢，淚出痛腸，所以驚動了。

（末）怪道姓名相似，原來就是同胞兄弟。一個淮安解來，一個常州解來，可可的俱在司獄裏會着，哭哭啼啼，這也怪不得你。只是朝審已過，哭也無益了！倘然驚動司主，倒有許多不便。

（生）禁長哥説得是，今後再不敢高聲了。

（末）這便纔是。（下）

（二生）咳！天哪！

【尾】斷腸一夜聞啼鴂，説不盡從頭再説，早難道骨鯁男兒全無半點血。（二生叫下）

第十三齣　夢　　警

（淨上）祀典常存惟郡廟，挨輪值日是三房。香錢酒食常肥口，只怕迎官接府忙。自家蘇州府城隍廟一個廟祝便是。一應公務，挨次輪值。今有新太守到任，例於本廟宿三。那太爺不是凡人，姓況名鍾，江西靖安人。本是吏員出身，特擢蘇州府太守。聖上授他聖書，得假便宜行事，僚屬不法，竟自拿問。人相傳説，況老爺是包龍圖轉世，一般樣日斷陽間夜斷陰，從來再無冤獄。咳，也是我每地方有幸，天降這樣好官。早上票仰該縣，喚起禮生、屠户、吹手、金鼓旗幡，亭頭結彩。你看這各項人户，俱已在廟門首伺候。呀，遠遠喝道之聲，想太爺來也。小心迎接則個。（外吉服、蒼頭上，生吏、丑門子、小旦上，旦、小生、末、皂快送上，副禮生、傘夫上）

【錦纏道】（外）奉天府，駕熊軒，新辭帝都。識得使君無？覷兒童紛紛竹馬歡呼。（淨）本廟住持接老爺。（外）香案過來。（吹打介）（外拈香、副唱禮介）攜兩袖清風到蘇，許一天明月隨吾。鹵莽望相扶，知幽贊天工惟汝。（副下）過來。（丑上）小人有。（外）快把牲口擡過來。（丑）嘆！（外）神明在上，況鍾特膺帝簡，分任黃堂。今當三宿日期，敢於神約，從今日始，況鍾或受一錢，或徇一私，神祇奪予算，褫魄使陽誅，猶如此血；若爾神不職，或雨暘失時，或災患不恤，或冤獄不報，況鍾當封你廟宇，絕爾血食。陰陽非兩途，多則願君民毋負，俺好去樂郊深處聽呱呱。

（淨）天色已晚，伺候老爺上房安置。

（外）廟官引導着。（走介）

（外）吩咐焚起爐香，下官凝神獨坐一回。各衙門外伺候，黎明上任。凡有屬下官員，一概衙門相見便了。（衆應下）呀，漸漸夜將起來了。你聽，謳歌不絕，雞犬相聞，不道姑蘇風俗直恁奢華也！

【普天樂】吠春猧千家暮，唱吳歈長宵夜。遂民生富庶何加？行吾道教養休辜。（內一更介）又是初更了，且稍憩片時，打點黎明上任去。華胥近否？試今宵曲肱，一枕何如？（睡介）

（二野人跳上，舞一回介，作啣二鼠跪哭介；又除外冠翻轉、又與戴上介，跳下）

（外）呀！奇怪！朦朧之際，仿佛見兩個野人，各啣一鼠，案前長跪，似有哀泣之狀，最後又把我官帽除下，翻轉一回。這是主何報應？端的好費人猜疑也。

【古輪臺】眼模糊，何來夢境恁虛無？嘆！我省得了。野人哀訴，必有冤抑在下。除去官帽，是免冠了，"免"字上着有一冠，豈不是個"冤"字？翻轉一回，是要在本府身上翻冤了。嘆！也罷！夢之有無，不足憑信，且俟上任之後，留心察訪便了。沉冤一任撾天鼓。呀，又早天色黎明了。金鳥開曙，珍重黃堂，白日青天如故。（淨上）啟老爺！門外各役候久了。（外）傳進來見。（各役上介）老爺叩頭。天色已明，迎接老爺上任去。（外）吩咐擺道。（淨送下介）翠節朱幡，紫微紅藥，文章政事兩相須。蕭蕭五馬，自今朝視事之初，少不得亂絲亟理，凋殘日起，士風復古。曉起出闔閭，凝眸望,萬家春雨繪新圖。

【尾】一錢太守殊清苦,行實政原非矯俗,則看俺鐵面冰心一個況父母。

第十四齣 阱淚

(淨上)由來蠆尾與蜂針,最毒無如婦女心。況復今朝充禁子,可知黑眼愛黃金。自家吳縣女監中一個女禁子便是。前日都爺朝審,屬下各府州縣,紛紛解到人犯,應決重囚,分投監禁,候候處決。我這裏接到剮犯二名,一叫蘇戌娟,是無錫縣人;一叫侯三姑,是三陽縣人。自從寄禁在此,日夜啼哭不止,怕他每一時短見,干係非小。眼見得又是黃昏時分,不免喚他兩個出來,同在一個房頭,或上匣床,或上銬子,這樣歹女子,就與他個毒手,也不為最過。蘇戌娟,這裏來!(旦上)

【引】奇冤遘,長安路遠,閽難扣。

(淨)侯三姑,你也這裏來!

【引】閽難扣,已甘棄市,不甘遺臭。

(二旦)婆婆,可憐嘎!

(淨)可憐,倒有點可憐。不足惜你兩個,小小年紀就會偷漢,一個殺晚爺,一個殺親夫。既問成死罪,自作自受,那個帶累你的?你也啼啼哭哭,我也啼啼哭哭,攪得合監人人不得安生,這是怎麼說!

(二旦)身受冤枉,無從申訴,典刑在即,故此日夜啼哭。

(淨)還說冤枉?我曉得你兩人的心腸了,道是典刑在即,左右是死,要尋自盡可是麼?來累及老娘,干係不小。

(二旦)並無此意。

(淨)這也難信你。二人走來。(指匣床介)請上去,請上去!

(二旦)阿呀,婆婆嘎!這個再當不起了。

(淨)當不起?當不起?且當今夜這一遭。

(二旦叩頭)阿呀,婆婆嘎!我們小小年紀,遭此重辟,一刀一剛,這是冤孽所招,怎敢尋甚麼自盡,有累婆婆?公門裏好修行,望婆婆饒恕則個!

（淨）當真不累我麼?

（二旦）絕不敢累婆婆。

（淨）我極是個心慈的人,一頓跪,一頓拜,手就軟了。我寬便寬了你,你却當真不要連累我。好好坐在這裏,不要啼哭;如再啼哭,真要匣了,再也不饒的了。

（二旦）知道了。

（淨）既如此,你兩個索性會在一個屋裏,講講說說。我去念完佛,再來看你。（下）

（二旦）阿呀,好苦嘎!

【鶯啼序】紅顔任作獄底囚,比生死蜉蝣。還自恨一息猶存,又親遭三木囊頭。（旦）姐姐,我不該這樣說:奴家身負奇冤,屈陷在獄;姐姐這般年紀,為何就真正幹出這事來,却到這裏受苦麼?則怪你牆頭路險。（小旦）正要問姐姐,奴家含冤受苦正當;姐姐這般人物,為何真正幹出這事,也到這個所在來受苦?則笑你桑間行醜,（合）同授首,混薰蕕有誰分剖?

（旦）呀,姐姐,如此說,奴家負冤,姐姐也是負冤的了!

（小旦）姐姐,如此說,奴家受枉,姐姐也是受枉的了!

【集賢賓】（二旦）奇冤亘古罕與侔,混不信同氣相求。我和你力怯天閽叫不透,助悲聲幸有朋謀。（旦）姐姐雖則受枉,料不似我受枉最深,絕無僅有,正六月霜飛時候。（小旦）姐姐雖則負冤,料不似我負冤更慘。還信否,看東海三年旱久。

（旦）請教姐姐,這罪犯因何而起?

（小旦）還是姐姐先說與奴家知道。

（旦）奴家呵!

【黃鶯兒】帶月走荒丘,痛爹行遇寇仇,桃僵李代把天條受。（小旦）原來如此。奴家呵! 情詞未修,鳩鶹敢投? 嚴刑之下親供謬?（旦）如此說,受枉一般,陷罪無二。今日同難相逢,合該拜為姐妹,不識姐姐意下若何?（小旦）姐姐此言,深合奴意。姐姐請上,奴家有一拜。(合)倚危樓,當個英、皇相並,再不蹙眉頭。

(末、副劊子手、淨提燈籠上)夢遶雲山心似鹿,魂飛湯火命如雞。(進介)

(淨)噲!二位姐姐,有人在這裏看你哩!

(旦、小旦)這等夜深,却有何人看我?

(淨)取個燈兒,你每細認一認就是了。

(末、副)你兩個就是蘇戌娟、侯三姑麼?

(小旦、旦驚認、跌死介,衆喚醒介)

(末、副)姐姐不要驚慌,重囚是陪綁慣的。

(淨)陪綁過了,就放轉來的。

(二旦)咳!事到其間,還說甚麼放轉?眼見——

【貓兒墜】破鑼碎鼓,熱鬧市西頭,兩輛沉冤一剗休,天容慘慘鬼啾啾。阿呀!我那姐姐嘎!(抱哭介)僥幸黄泉,挈侶遨遊。

(衆)事已至此,哭也枉然了。姐姐快隨我每到府堂上去,見過況老爺,判了招旂,好歹是我每服侍姐姐到法場上去。

(二旦)阿呀!列位,生受你了。

【尾】風酸月黑西歸候,送行旌敢勞郡守,值得你動地驚天,對付這一女流?(下)

(淨吊場)可惜這兩個好女子,頃刻間就要零碎丢了。咳,年紀雖小,罪倒問得大。像我老娘偷了一生一世的漢,並不曾露出馬脚來,可見凡事都要投投師。今後但有養野老兒的婦人,須來投我老娘的教,省得像這兩個丫頭,臨期追悔。正是:要知山下路,須問過來人。(下)

第十五齣　夜　　訊

【點絳唇】(外上)雁繡鴻材,朱幡皂蓋,君恩拜,俺恐負須眉,故把民社輕擔戴。乍駕熊車出翠微,蒼生百萬好支持。時人莫謾輕刀筆,千古蕭曹相業推。下官況鍾,字伯律,江西靖安人也。作據部曹,薦受主事。今蒙聖上特恩,擢為蘇州太守,又親授璽書,得假便宜行事。到任以來，且喜政平訟理，吏畏民懷。目下秋後冬前，適當行刑時候。上臺轉奉部文，連夜決囚四名，委本府監斬四犯。劊子手每前往吊取，只得秉燭以待。正是：王法由來無面目，民風胡可不淳良！

（衆）禀老爺：斬剮四犯吊齊了。

（外）分付帶進來。（淨、丑、夫、副扮劊子手，解二生、二旦上介）犯人進！

（外）呀！

【混江龍】則見那四凶猶在，多則是乾坤戾氣不成材。這一個垂頭喪氣，那一個無語兜腮；這一個愁眉低鎖，那一個倦眼微開。男的呵，溫柔鄉失足；女的呵，風流窟為災。分付打開枷杻，就此洗剝者。（衆應介）（外）盡叫你赤條條不掛寸絲，只算去其牙爪。叫劊子手，與我綁下。（衆應介）（外）免不得密匝匝牢栓四體，赤緊的扎爾狼豺。（二生、二旦跪哭介）皇天！好冤枉嗄！（外拍案介）咦！噤聲！須不比殺之三，宥之三，着你極天叫枉；（二生、二旦）好苦嗄！（外）抵多少五更風，五更雨，則那鳥死鳴哀。（二生）阿呀！爺爺嗄！傳説爺爺是包龍圖再生，難道四名冤囚，竟不能超救了？（外拍案介）咦，多講！眼見得三推六問，早已九重聞，怎叫俺一言半語便把縲囚貸。叫劊子手，須早把寶刀齊掣，叫一聲惡煞都來。

（衆）曉得。求老爺判定招旗，就此押赴法場便了。

（外）取上來。（搵筆介）

【油葫蘆】俺這裏一筆千鈞索把高價擡，那許你莽無常片刻捱。（欲判介）覷着這出生入死犯由牌，熊友蘭，熊友蕙。呀，好奇怪！適纔本府還不在心上，一時間想起，前日到任宿三，夢中有兩個野人，啣鼠哀泣。野人者，熊也。這兩宗公案，不無冤枉？咦，其間必有萬分冤枉！既不是飛熊入夢周家賚，又不是維熊應兆宜男瑞。好教俺頓心窩猛着驚，蹙眉頭暗自揣：遮莫是刑書鑄就冤情大，因此上感動鬼神來？也罷，熊友蘭一起，跪在一邊。帶熊友蕙一起上來。（衆應介）熊友蕙，你且説，這宗罪案因何而起？

（小生）爺爺！小的閉户讀書，禍與馮氏貼鄰。他家失去金環一雙、寶鈔十五貫。那金環，小的偶從書架上拾取，馮氏執此為證，誣陷小的與侯氏通奸，同謀毒死親夫等情。受刑不起，屈招在案的。爺爺！

（外）這也不為冤枉，馮家失去金環，可可在你書架上。侯氏上來。

（小旦）有。爺爺！

（外）且問你，你家金環，緣何得入熊生之手？

（小旦）那時公公把金環、寶鈔，並付小婦人收藏。暫放桌上，偶然睡去，醒來就無處尋覓了。

（外）熊友蕙，你說書架上拾取，那架兒安放何處呢？

（小生）安放書室中。

（外）書室又在何處？

（小生）書室與侯氏臥室，只隔一牆。

（外）侯氏，你丈夫是怎樣死的呢？

（小旦）爺爺，丈夫為索取金環，進房辱罵，頓時腹痛身死。那致死情由，小女子那裏曉得？

（外）丈夫死，有甚麼時候了？

（小旦）辰牌時候。

（外）那日公公在家不在家？

（小旦）在家。

（外）這等說，實實有冤枉了。侯氏既有私贈，熊生何不先將寶鈔使用，反將有廁認的金環，仍向本家露目？致中毒身死，若說同謀，熊生既非同室，白晝何從殺人？若說獨自下手，侯氏又係女流，焉能反致死男子？咳，原問官雖然據理明斷，本府看來：

【天下樂】都是些捕影追風少主裁，疑也麼猜，釀禍胎；只俺這軒轅明鏡有高臺。熊友蕙，（小生應介）覷着你惺惺一腐儒，侯氏，（小旦）有。（外）諒着你怯生生一女孩，不信有膽斗兒大似海。且跪過一邊。帶熊友蘭一起上來。

（眾應介）

（外）熊友蘭，你也把當日罪犯，一一說來。

（生）爺爺嘎！熊友蕙就是小的親弟。

（外）怪道姓名相似，原來就是同胞弟兄。

（生）家貧不給，情願受值當梢。為聞吾弟受枉，早行在道，背負十五貫，原係商人所助，禍與蘇氏同途。他家中被劫，貫陌相同，遂把小的做下個同謀殺父的罪名了。

（外）如此說，是個孝友之士了。蘇氏，你是個女兒家，怎麼破曉出門，又與熊生同走？

（旦）那夜繼父回來，背負十五貫，明說是賣小女子的身價。小女子不甘為婢，欲求親戚勸解，以此趁早獨行，偶爾熊生途遇。那家中事體，小女子分毫不知道。爺爺！

（外）這個自然也有冤枉在頭裏了。熊生家住山陽，與無錫相隔千里，平昔既無交往，一時那有私情？況錢無廝認，那裏據了這十五貫，就定了這斬剮的罪名？咳！

【那吒令】縱書生賣獣，豈殺人手乖？便芳容惹災，敢瞞天計排？況梁溪距淮，怎踰牆穴窺？那裏有照天燭燃的明？那裏有金雞救頒得快？人命關天，何況四命！似此奇冤，俺況鍾若不與超救呵！可也等待誰來？叫劊子手，這四名重犯，多有冤抑在身，快與俺帶去耳房伺候。本府連夜叩見都爺，與他乞命去也！

（衆）阿呀！老爺！奉旨決囚，這是停不得的。倘耽誤時刻，老爺罰俸降級，小的多有未便。

（外）咳！我難道不知？本府呵！

【寄生草】也只為國寶當矜惜，閨英忍棄埋，得情合把人情賣，今日鋼刀口內冤魂待，敢向枯魚肆上把生機貸。從來開府、蘇郡兩黃堂，俺況鍾不讓包彈在。

（衆）小的每知道。

（帶各犯下介）

（外）家丁每，甚麼時候了？

（夫、丑）二更三點了。

（外）呀，又早半夜了。取我素服過來換了。分付把儀門掩上，挑起明燈，隨俺都爺轅門走遭去。

（夫、丑）是。

【煞尾】（外）譙樓報子牌，玉宇鳴天籟。只片刻光陰寧耐，索把血瀝瀝頭顱親自買。看馬過來。看晶熒燈火微篩，任踥蹀馬蹄亂踹，怎敢愛惜功名口倦開。列位看官每，總不須驚駭，也休叫喝彩，則說俺況青天夜深猶作大詼諧。（下）

第十六齣　乞　命

（淨、付扮更夫歌上）星斗無光月弗明，衣寒似水欲成冰。人人盡說困便困個冬至夜，偏是我手不停敲到五更。我每是都爺院門上兩名夜巡。今夜奉旨決囚，各處巷門柵欄，倍加緊急。我每輪值轅門，分毫怠玩不得。此際二更已過，將近三更時分，小心巡緝則個。

（外策馬，夫、丑持燈籠隨上）

【縷縷金】（外）橫斗柄，轉星河，加鞭乘，半夜敢蹉跎。人命關天重，忍使無辜碎剁？（鳴更介）呀！鳴金擊柝有巡邏，想儀門控金鎖，想儀門控金鎖。

（淨、付）半夜三更，甚麼人到此？

（夫、丑）是本府太爺，要謁見都爺的。

（淨、付）原來是太爺。此際夜半，都爺久已安寢。角門剛剛掩上，夜巡官還在那裏伺候哩。

（外）如此，竟着夜巡官通報便了。你每去罷。（淨、付應下）家丁每，院門外伺候去。（夫、丑應下）門上夜巡官在麼？

（小生內）甚麼人？

（外）本府知府況鍾在此。

（小生上）呀，原來是太爺到此！太爺今夜決囚，辛苦哩。

（外）本府正為決囚，特來面見都爺。相煩通報，要緊要緊！

（小生）呀，太爺！這等夜深，合衙門安置久矣，小官怎麼還敢通報？

（外）有緊急公務，一定要面見的。

（小生）嘎，也罷。太爺是個青天，比別位不同，小官冒死通報，料也不妨。太爺少待，小官傳鼓進去便了。（下）

（外）好！這官兒甚是小心，果然傳鼓進去了。

（小生上）太爺請回罷。夜深驚動老爺，十分着惱，說了太爺，小官纔得免打。又傳話出來：說太爺請回，明日早堂相見罷。

（外）死生呼吸，說甚麼早堂相見？還是相煩再稟一聲。

（小生）阿呀！性命要緊，這個小官再不敢了。

（外）也罷。既不便通報，本府自行擊鼓便了。（擊鼓介）

（內）分付開了角門，仰該班夜役，明火站堂，老爺就出來了！（內應）

（付、淨、二旦扮役，執火把燈籠，二生中軍、末蒼鬚冠帶上）

【引】烏臺凛凛石峨峨，半壁東南保障多。起問夜如何？又有高軒過我。下官周忱，字恂如，江西吉水人也。官拜都察院右僉都御史，巡撫應天等處。所喜僚屬清廉，地方寧謐。今當行刑時候，凛奉部文，的決重囚四名，仰蘇州府知府監斬回報，不知有何緊急事情，黌夜擊鼓求見？知府品望非常，不好輕慢，只得出堂接見一回。夜役每，傳蘇州府進見。（衆傳介）

（外進介）知府叩見老大人。

（末）奉旨決囚，已經借重貴府，只合法場監守，黌夜投見為何麼？

（外）卑職奉委決囚，理合監斬回報。只是這斬剮四犯，各負奇冤，不合棄市。因此乘夜稟見，欲求老大人免其一死，以待平鞫。

（末）怎見得各負奇冤呢？

（外）大人聽稟：

【尾犯序】碧血恣滂沱，士女雙雙，無罪蒙禍。（末）三推六問，經過多少官員，本都院朝審已過，那有甚麼冤枉麼？（外）肺石無靈，氣憒憒空呵！自古一人陷獄，六月飛霜；匹婦含冤，三年不雨。何況今日枉殺四命，豈不上干天和！不可直恁的輕戕人命，直恁的重干天怒。（末）如今依你待怎麼？（外）須索要開三面，把法詮細檢，重與注消訛。

（末）貴府説那裏話？按律決囚，朝廷大典。今日部文既下，本都院那裏還做得主麼？況四犯呵！

【前腔】按律不為苛，春雨秋霜，天道無陂。今日事出朝廷，敢奪人向森羅？（外）老大人，那《會典》上原載有一款："凡死囚臨刑叫冤者，許再與勘問陳奏。"只須老大人做主，四命便可全生了。（末）咳，你見左，則待要星空貫索，則待要權移帝座。貴府請回罷。倘違誤時刻，彼此多有未便，更籌促，典刑明正，無復累蕭何。

（外）呀！老大人，這個差了！卑職雖以刀筆出身，未嘗失於學問。還記得孟夫子有云："民為貴，社稷次之，君為輕。"民間苟有冤抑，便當力為昭雪。難道事出朝廷，便坐視不救麼？違誤時刻，卑職願以一官殉之。

【前腔】君王恩顧多，痛赤子匍匐，可能安坐？血奏何妨，願一官勾抹。（末）事關重大，本都院不便作主。貴府請回，將四犯斬訖報來。（外）老大人何出此言？不要説老大人，就是卑職，蒙皇上親賜璽書，得假便宜行事，僚屬不法，竟行拿問。難道這四個小民，就不能保全了？擔荷，雖不敢龍顏直犯，也難把綸音輕抹。（叩首介）老大人還是看卑職面上，休執見，只算屋烏推愛，提出自天羅。

（末怒介）咳！待決重囚，何須如此保救？貴府既然奉有璽書，貴府竟自陳奏便了，何必又向本都院饒舌！

【前腔】便宜行事可；獨抗天條，足見黃堂尊大。（外）老大人請自息怒，卑職無非為民請命。（末）這個斷難從命！力怯回天也，則任刀尖血裏。（外）嗄，也罷！老大人既不便陳奏，（出印介）卑職願將此印為質，姑限半月，親往淮、常二府，查明回報；若有不決，老大人竟將卑職題參，一應罪名卑職獨自承認便了。（末）咳，有這樣個莽知府，可也難得！非懦，着甚的霆霆岩電，着甚的騰騰心火？本院呵！不覺的心驚動，這姑息之政，宛轉奈君何！也罷！貴府如此力懇，或者果有冤抑在內，也未可知。這印還請收去，准限半月，察明回報便了。

（外）如此還要求請老大人令箭兩支，卑職親賫前往。

（末）要他何用？

（外）淮、常二府均非卑職所屬，有了老大人令箭，自然有呼必應了。

（末）這也説得有理。令箭二支，貴府可便齎去，一任便宜行事；或有不決，題參未便。貴府請回。夜役每，好生關上角門。

（外出介）好了，這四命如今得生了！家丁每何在？

（夫、丑上）小人在。

（外）甚麽時候了？

（夫、丑）五更了。

（外）天色將明，速速回府，將冤囚放綁，暫寄鋪中。一面點齊各役，星夜往淮、常二府，相機行事。馬來！

【尾】官艭又向秋江過，待平明尅期休挫，莫負了入夢雙熊，神明先告我。（下）

第十七齣　踏　　勘

（副總甲上）自家身充總甲，全憑做事奸猾。衙門中朋友，是養家神道；書房裏相公，是家堂菩薩。遇上了熊家這場官司，真正有些兜搭：凶身亦是窮鬼，苦主有些唧滑；臭低銅不曾賺得厘毫，茶湯水何曾嘗着一滴？見官府只落得幾遭點心，解上司走破了數雙鞋襪。巴不得結案完事，那曉得况太爺又起兜搭。更請了都老爺令箭，直到淮安訪察，要到他兩家踏勘，帶累我地方無法，不惟要擺設打掃，到要伺候他喚呼登答。幸喜不曾賺個牢錢，不然到要嚇殺。閑話少說，自家山陽一個總甲夏胡子是也。只為馮家這場人命，只道是冬前處決，完了一椿事體，不想蘇州府太爺監斬，道是他冤枉，竟要翻招。行牌到我山陽縣來，要到兩家踏看。我看這况太爺，比別府太爺不同，有朝廷親賜璽書，任他便宜行事。今早府縣各官出郭迎接，到了馬頭上。這也是我地方上干係，快些到馮家去打點伺候。一路行來，此間已是。馮玉吾！

（淨上）氣字當頭坐，官府接踵臨。夏大叔，你來了。不想官府到要來我家踏勘起來，你道世上有這樣可笑的事！人命重案，不比屋宅田地,有甚麼踏勘?況且蘇州府又管我淮安不着,真個扯淡!
　　(副)扯"淡"?極有滋味的。奉軍門令箭前來,着實利害。已到馬頭上,即刻就來了。快些打掃,快些打掃,莫要帶累我地方上!
　　(淨)少停官府來,全仗幫襯幫襯。
　　(副)那個自然。
　　(二生、夫、丑引外上)
　　【一江風】閃雙旌,點染花驄影,千裏風霜應。玉壺冰,白日清風,掩映腰金冷。(旦持帖上)稟老爺,本府太爺邀酒。(外)今早辭帖致謝。本府完了公事,就要回去。多多拜上,不消了。(旦應下)(衆)名轟神鬼驚,名轟神鬼驚,威行狐鼠清,莽黃堂代執烏臺柄。
　　(副)地方叩老爺頭。
　　(淨)小人馮玉吾叩老爺頭。
　　(外)你就是馮玉吾麼?
　　(淨)是。
　　(外)跪在一邊。叫地方!
　　(副)有。
　　(外)那熊友蕙家住那裏?
　　(副)就是隔壁。
　　(外)其房現歸何人管業?
　　(副)因為給主十五貫未曾追出,縣中新任太爺封鎖在此。
　　(外)向來封鎖,沒有動麼?
　　(副)原封不動。
　　(外)叫人來押去看來。
　　(衆)啟老爺:封皮損了。
　　(外)咦!既有官封,擅自揭動,打!
　　(副)爺爺,這是風雨打壞的,小人實實沒有動,求老爺問四鄰就曉得了。
　　(外)風雨損壞的麼?饒打。喚馮玉吾上來。
　　(淨)有。
　　(外)你媳婦與熊友蕙通奸,一向往來蹤跡,你可曾覺察一二麽?

（淨）老爺,小的是酒米營生,日逐在鋪生理,兩下蹤跡,從未曾露目。只是金環便是老大實證。況小人兒子現被毒死,不是奸夫同謀,却是那個麽? 爺爺！

（外）既是同謀,何處買藥? 如何下手? 怎麽那問官没有個的實,就將兩人輕易成招大辟? 却也可笑！

（淨）老爺,不是他兩人同謀,小的兒子何由中毒? 前任老爺已曾檢驗過的。

（外）不必多辯,且待本府内外一看,便知分曉。

（淨）是。

（外）止着快手一名,並地方進來。（進介）

（淨）老爺,過了中堂,這是小的臥房,那邊就是廚竈。

（外）你媳婦的臥室在那裏麽?

（淨）這鎖門的就是。

（外）為何鎖着?

（淨）小的因痛傷兒子,不忍開看,故此關鎖。

（外）打開進去。（看介）

【太師引】啟門扃四顧房櫳靜。把那窗兒開了。你看窗外牆垣,頗也高峻得緊！看牆兒高過戶庭。就是四面牆壁,十分堅固。縱然有窺鄰行徑,料東家無隙堪乘。據侯氏口供,金環、寶鈔放在床前桌上的,如今看來,就是這張小桌了。（四顧介）這樣所在,怎麽遺失起來? 又不是車中雀連宵潛影,知恩鳥啣將别贈。（沉吟介）既不是竊取,又不是私贈,難道真個飛了去不成?（摇頭介）好難猜度也！如昏鏡,茫然未明。叫地方。（副）有。（外）與我打開熊家大門,隨着本府進來。（副應開門介）（外走介）忽做了飛熊入夢竟無徵。

（付）請老爺進去。

（外進介）一進門來,你看：蛛絲懸破壁,塵土滿頹床,端的好淒涼也！

【前腔】看伶仃四壁如懸磬,難道恁窮酸偏不至誠?（上下視介)與馮家雖則一牆之隔,却也迥絕難通。不要說是行奸下毒,就是欲謀一面,却也甚難。況那馮玉吾也說,從來未曾露目,眼見得奸情沒有的。沒有奸情,那同謀一發沒的了。既不曾壁光鑿映,怎裝誣掩耳偷鈴?(又看介)那壁傍書架,宛然就在,只是那金環從何而至?(作想不出焦躁介)咦,如此光景,終非下落。不要說他二人之罪難明,就是下官怎好回覆上臺?似這般捕風捉影,怕不做一場畫餅。(向上細看介)呀,你看牆盡處,隱隱有個窟窿。人來!上去看那牆壁,可與隔壁相通的?(小生立上看介)老爺,那窟窿是個老鼠窩,隱隱有些光亮,像與間壁相通的。(外驚介)是鼠穴麼?(背介)呀,奇怪!前是夢見雙熊,各啣一鼠,這有緣故在裏頭了。猛思省,熊啣鼠鳴,早難道三刀兩犬直恁欠聰明。不要管,就把那牆壁撬開一看便了。

　　(小生撬牆取鈔、餅介)啟老爺:牆壁裏邊取出麵餅一枚,寶鈔一束。

　　(外)寶鈔有了麼?取上來。(看介)咳,這般冤獄,不是下官虛衷細鞫,那枉死城中,早已添上兩名新鬼了。馮玉吾過來。

　　(淨)小的有。

　　(外)鼠穴中有一件東西,你看是甚麼?

　　(淨)這就是寶鈔十五貫。原來熊友蕙藏在這個所在。

　　(外)咳!這明是鼠蟲啣去的,還要把人坑陷。叫左右,將馮玉吾先押上小船,候本府回蘇聽審。(眾押淨介)地方回去。左右,就此打道上船。(付下)

　　(眾唱前【一江風】介)

　　(小旦扮船頭接)船頭接老爺。

　　(眾)起去。

　　(外)左右,二號船內伺候去。

　　(眾應下)

　　(外)分付就此開船,盡夜兼行,趕回蘇州去。(小旦應下)(外進倉坐介)且住,山陽一案,雖已察明;那無錫一案,茫無證據。嗄,也罷!且待舟進無錫,一面分付船頭照舊吹打,放舟前行;本府一面扮作江湖上術士,悄地上崖私行察訪,見機而作便了。

【尾】淵魚察見非不幸,得情更自動哀矜,則看我閃爍雙睛加倍明。

奇冤淚矐已無餘,猶有前途載鬼車。
混濁不分鱮共鯉,水清方見兩般魚。(下)

第十八齣　廉　訪

【步步入園林】(末上)逐浪蠅頭江湖上,掙不破英雄網。老夫陶復朱。自從在楓江買貨下船,指望到河南脫卸,不想遇着熊友蘭之事,老夫憐恤奇冤,助錢十五貫,叫他回家。誰想同舟客伴,盡道出門吉日,與此蹭蹬之事,改舟南往,老夫只得隨衆到了閩南。一路且喜貨物俱有利息,又買了些南貨,依舊到蘇發賣。討完賬目,趕回家中,不覺又是仲冬了。歎勞生空自忙,喜得故國雲山,歸來無恙。今日乃是望日,特來城隍廟去進香。辦炷心香瞻仰,願客況履嘉祥,祈晚景獲安康。(下)

(外扮術士,臂懸招牌上寫:"天目山人觀枚拆字神數洩天機",小旦門子扮道童、背包裹隨上)

【園林過江兒】海中針尋來渺茫,糊突事沒些主張。下官淮安事竣,返棹南回。打發各役先回浒墅關伺候;自己換過微服,假扮一個拆字先生,換個小船,到這裏無錫地方,停泊上崖,探訪游二致死根由。一路行走,只聽得那些人紛紛傳說,本府即日按臨本地,搜緝凶身。只是我想這宗公案,不比前邊的事體,有些牆壁可據踏勘得,如今無影無蹤,怎生是了?前面是城隍廟,不免到彼閑坐片時,再作道理。(向小旦)過來!我在廟中閑坐,你可遠遠伺候,不必前來。(小旦應下)(外)豈大案終無影響,那鏡影犀光,照不出山魈伎倆?(下)

(丑上)日間不作虧心事,半夜敲門不吃驚。我妻阿鼠,一生好賭,半世貪財,只因一時動了貪心,殺了游葫蘆,把他十五貫銅錢偷回。湊巧得極,正撞着倒運的強遭瘟,恰好也背了十五貫銅錢,同了丫頭走路，竟被地方追着，捉到當官，替我打，替我夾，替我坐監鋪，替我問斬罪，真正是十足替死鬼！這一擲倒盆，十分得意。咳，只道打發過了鐵，再無人來發覺了。不道前日監斬官，竟委着了蘇州府太爺況青天，竟要正一擲起來，你道可是頑得的？萬一獻了底，怎麼處？因此這兩日心慌膽碎，肉跳心驚。躲在家裏，坐不安，睡不穩，竟像掉了魂的一般，心上狐疑不定。今日是月半，到城隍廟裏求一條簽，看吉凶如何？莫若遠去高飛，免得啕氣。一路行來，呀，來的是陶大公！

（末上）慈悲勝念千聲佛，造惡徒燒萬炷香。原來婁鼠哥！

（丑）陶大公，久違，久違！幾時歸來的？

（末）昨日打從姑蘇回來。鼠哥，近日賭錢得采麼？

（丑）不要説起，竟到了六部衙門——尚書。

（末）你每賭場上朋友輸贏常事，為何慌慌張張？

（丑）你不曉得，我那敝鄰，有這場官司：（低聲）恐防帶累鄉鄰，所以有點着急；特來求一條簽，看看吉凶如何。

（末）你地方上有何事體？老夫一些也不曉得，就請你講講。

（丑）説起話長，就是我隔壁游二家的事。

【江兒犯】奸殺奇聞事，鄉間到處揚，（末）甚麼奸殺事？（丑）就是那游葫蘆死入糊塗賬。（末）那游二被人殺死了？（丑）是。（末）為甚事？（丑）游二有個拖油瓶女兒。那日游二替他姐姐借了些錢回來做生意，為了這兩個牢錢，倒送了性命。（末）多少錢鈔就送了性命？（丑）十五貫青蚨將身喪，（末）是那個殺的？（丑）女孩兒認罪誰稱枉。（末）不信是他的女兒殺死的！（丑）當夜殺了人，明朝地方曉得，追上去，正在高橋地方，只見女兒呵，和着孤男相傍，儼做出私情勾當。（末）私約漢子同走，有何證見？（丑）囊中十五貫是真贓，招成奸殺罪雙雙。

（外一面暗上）欲求明鳥語，不憚聽狐冰。看門首有人講話，隱隱聽得"十五貫"三字，且走去聽他。（上前拱手介）二位要起數？作成作成。

（末）用不着。

（丑）起數？住了，替我起一數。
（末）既如此，你且站一站，我每講完了話，就總成你。
（外）當得奉候。
（末）你且說那漢子甚麼樣人？是何名姓？
（丑）那人不是本地方人，叫甚麼熊友蘭。
（末）熊友蘭？（背介）呀！前日那船上當梢那人，叫做熊友蘭。（外暗聽介）
（末）他是那裏人氏？
（丑）聽得說是淮安人。
（末）淮安人？這是幾時的事體？
（丑）個是舊年秋裏個事體。
（末）呀呸，這是那裏說起！
（丑）奇奇，為什麼跳將起來？
（末）這熊友蘭，乃是淮安胯下橋人。這十五貫錢，是老夫助他回去救兄弟熊友蕙的，怎麼是游二家的起來？（頓足）哎，世上有這等樣屈事！
（丑驚背介）不信有這樣！（轉介）你且將助錢一事，說與我知道。
（末）我舊年在蘇州呵！

【五供養交枝】片帆北上，客伴閒談，話出端詳。（丑）也就說這件事了。（末）我每同舟朋友，偶然曉得淮安熊友蕙被屈遭刑，不想舟尾有個當梢之人，就是這個熊友蘭了，**他偶傾窗外耳，此際好驚慌。**（丑）聽得兄弟有事，著急了？（末）便是。聽兄弟問成大辟，在獄追比十五貫寶鈔，痛哭幾亡。彼時老夫心懷惻隱，一力贈錢十五貫，教他回去代納寶鈔，以免追比。**臨歧遣歸慰雁行，早難道救冤反把奇冤釀！**（外暗點頭介）（丑）就是你的錢，也無證據。（末）怎麼沒有證據？現有客伴船家看見的。也罷，老夫竟到蘇州府況太爺處，與他辯明這宗冤獄去。（拜介）神明在上：弟子今日進香，為因急往蘇州辯人冤枉，不能從容瞻體，改日再來了願罷。為辦人冤，不辭路忙。（丑）你要到那裏去？（末）向黃堂伸冤理枉。

（丑作急狀，攔末介）呀呸！

【玉交海棠】伊休莽撞，怎出頭撩鋒撥芒？（末）我為人曝白明冤，也不算什麼撩撥。（丑）你還不曉得，我每地方上為出這件事來，見上司，解六院，拖上拖下，不知吃了多少辛苦；況且，況太爺有些兜搭，笑你負薪救火招無妄，豈不慮林木貽殃？（末怒）咳，此言差矣！當日指望救他的兄弟，不想反害了哥哥，我陶復朱的罪過也不小。若將他窮骨冤埋，枉却我俠腸雄壯！（欲下）（丑扯住介）住了住了，熊友蘭又不是你的親故，甚麼要緊，無事討事做。常言道："是非只為多開口，煩惱皆因強出頭。"倘然況太爺倒來你個身上要起凶身，怎麼處？依我說，不要去！（末）咳，我怎肯良心喪？拚做救人從井，同溺何妨！（下）

（丑）不好了，不好了！這件事竟要做出來了。（急亂走介）

（外）有這等事？

【海棠姐姐】我自忖量，（看丑介）看他情詞窘迫難堪狀。為何那人欲去出首，他却如此着忙？其中情弊，却有蹊蹺。看他心虛膽怯，露出乖張。（向丑介）老兄！你方纔說要起數，就請說來。（丑）我是來求簽的。也罷，就起數罷。怎麼樣起法？（外指招牌介）請看：觀枚拆字，聲名播四方。（丑）怎麼叫觀枚拆字？（外）要問甚麼心事，隨手寫一字來，就可判吉凶了。（丑）區區不識字的，寫不出來。（外）隨口說一個也罷。（丑）就是學生賤名罷，老鼠的"鼠"字。（外）尊名叫"鼠"字麼？（丑）不敢，賤名叫婁阿鼠，賭錢場上有名的。（外背介）呀，且住。"野人啣鼠"，已應其一；他名喚阿鼠，莫非正是此人麼？我私追想，葫蘆已有前番樣，啞謎須教此際詳。

（丑背介）他自言自語，想是拆不來。

（外）你這個"鼠"字，是那裏用的麼？

（丑）官司。

（外作手寫介）一十四畫，數遇成雙，乃屬陰爻。況鼠又屬陰，陰中之陰，乃幽晦之象，若占官司，急切不能明白哩！

（丑）明白是不曾明白，看可有纏擾累及？

（外）自己用，還是代占？

（丑支吾介）代占。

（外）依數看起來，只怕不是代占。這樁事體，是為禍之首。

（丑）何以見得？

（外）"鼠"為十二生肖之首，豈非你是造禍之端！（丑驚呆介）（外）況且竟像在裏頭竊取了東西，搆起這樁事的。

（丑）有些古怪。偷東西你那裏看得出來？

（外）鼠性善於偷竊，所以如此斷。（丑呆介）（外）還有一說：這個人家可是姓"游"麼？

（丑）你是那裏曉得？

（外）老鼠最喜偷油，故而曉得。

（丑背介）這不是拆字的先生，竟是仙人了！（外點頭介）（丑向外介）已先不要管他，只看目下，可有是非口舌連累得着？

（外）怎麼連累不着？如今正是敗露之時了。

（丑）怎見得？

（外）你是"鼠"字，目下正交子月，當令之時，自然要明白了。

（丑）先生，意欲躲避，外面度度，可避得過？

（外）你只要實對我說，果然是代占，還是自家占？說得明白，我好指引你。

（丑）實不相瞞，其實是自家用的。

（外）這個好，避得脫的。

（丑）避得脫？何以見得？

（外）你若自占，本身不落空了。"空"字頭，着一個"鼠"字，豈不是個"竄"字？就是"逃竄"之"竄"。（又思介）咦，逃竄是逃竄得的，只是那老鼠多畏多疑，怕做了"鼠首兩端"，不能出去。

（丑）先生妙數，效驗非常，其實我疑惑不定，所以起數。今承指點，竟依了先生，外面躲避躲避何如？

（外）若能走避，萬無一失的。只是今日就走好，若到明日，就走不脫了。

（丑）今日天色漸晚，有些不便。

（外）又來了。鼠乃晝伏夜動之物，連夜逃最妙的。

（丑）有理。還要請教：走到那一方去便好？

（外）鼠屬巽，巽屬東，東南方去最好！

（丑）還是水路走，旱路走？

（外）鼠屬子，子屬水，是水路去好。

（丑）水路東南方去，只是一時那有便船？

（外）你若要去，老夫倒有便船在此，正要今晚下船，到蘇杭一路去趕趁新年。若不嫌棄，同舟如何？

（丑）如此極妙。若能逃脫，先生是小子大恩人了。請上，容小子一拜！

【姐姐撥棹】仗伊姑容漏網，那怕他潑天風浪。（外）管前途穩步康莊，管前途穩步康莊，向天涯高飛遠翔。（丑）你的船在那裏？（外）就在河下。（丑）如此說，待我去拿了行李來。些些薄意相送。（外）這也罷了。快去快來。（丑）我欲歸家，膽又慌；待離家，意轉忙。（急下）

（外）門子快來！

（小旦上）老爺怎麽說？

（外）少停那人下船，只可稱我師父，不可泄露風聲。

（丑背包裹上）

【尾】逃災陌路權依傍。（外）來了麽？（丑）這是甚麽人？（外）是小徒。（丑）好個標緻小官，江湖上人，專會受用此道。（外）就此下船去罷。匆匆行色送斜陽，（合）遠望吳山路正長。（下）

第十九齣　擒　　奸

【水底魚】（二生、夫、正扮各役上）力辨奇冤，微生賴保全。（合前）口碑傳頌，好個況青天！我等蘇州府堂上各役便是。隨着老爺淮安踏勘，事畢回來，分付我等只在滸墅關前擺道迎接。老爺自己駕一舟，往無錫縣中私行察訪去了。此時天色漸晚，不知今夜還得抵關否？列位每，且到前面吃些便飯，再來伺候則個。

（衆）說得有理。（合前下）

（外、丑、小旦、淨扮船家上介）（外）

【甘州歌】錫山漸遠，正峯凝斜日，水拍長天。姑蘇在望，扁舟一葉飄然。婁小哥，且喜一帆風順，頃刻間到了滸墅關前了。趁天色未暮，我崖上訪個同道中朋友，即刻便到船中投宿。你每好歹泊船在這大槐樹下，等候老夫便了。徒弟，你可一同住在這裏，不要走開了，省得我尋覓未便。（小旦）曉得。（外）舟子快打跳。（登崖介）（丑、小旦、淨下）咳，金風未動蟬先覺，暗送無常死不知。你看這廝，早已被我哄到此間了。預先已分付各役每關前伺候。不免連夜回府，悄悄把這廝拿下，明日早堂一齊審明便了。出神鬼沒聊一展，混濁分明鯉共鱣。（眾上）前面來的好似老爺模樣。呀，果然是老爺！各役叩頭，迎接老爺。（外）起來。取冠帶過來。（換衣介）喚快手一名過來。（眾隨便應介）小的有。（外）你可悄悄前去，前面槐樹底下，泊着一只小船，船内有要緊人犯，和門子一同住着。你可拿下，連夜帶到衙門，明日早堂候審。（眾應介）（外）看馬來。分付各役擺道，就此趕回衙門去。迎驄馬，整玉鞭，清風兩袖往來間。休輕覷，敢浪言？得情勿喜更哀憐。

（末上叫冤介）

【前腔】聞言意慘然，敢旁觀袖手，使兩命輕捐。前面就是況青天了，不免上前叫枉去。老爺！小人有呈詞在此。（外）呈具狀？本府自有衙門，甚麼人敢攔馬頭叫喊麼？（末）小人是辯明十五貫。（外）喚過來。你是甚麼人？（末）小人是陶復朱，只為熊友蘭一案，辯明枉事。同舟義助，十五貫是我親解腰纏。今日個池魚林木悲禍延，我終始知情合當代訴冤。（外）取上來。（看介）原來如此。擡頭認認本府。（末）呀！原來廟中所遇，就是老爺！小人有眼不識，該萬死了！（外）起來，起來。這樁事情本府多已知道了。難得你這般疏財仗義！也不消到衙門聽審，本府斷明之後，少不得呈過都爺，給區旌獎，本府還有花紅給賞，回去罷。（末）如此多謝老爺。（下）（外）咳！有此仗義之人，可也難得。趲行。明霞燦，落照懸，鱗鱗萬瓦起炊煙。歸鴉亂，宿鳥喧，微微月映粉牆邊。（下）

第二十齣　恩　判

　　（副扮皂隸上）頭戴孔雀帽，腰緊鴛鴦條。諢名是白七，綽號叫超糟。自家蘇州府堂上一個皂隸便是。我家老爺為憐四犯奇冤，連夜稟了都爺，請了令箭，親到淮、常二府，查明回報。真正況青天，察訪明明白白，凶手早已拿住。果然是包龍圖轉世！今日審理此案，滿城百姓歡呼在道，好不馨香也！道言未了。

　　（末皂送外上）偌大功名偌大憂，一輪明月映高秋。十年不愧趙清獻，三載重迎張益州。下官奉軍門令箭，稅駕淮、常，幸以一點精誠，奇冤得白。那兩處致死緣由，多已了然在心了。屈指算來，今日剛剛算來是第十五日了，限期已滿，回報難遲。各犯通已吊到，乘此早堂時分，不免從頭判斷。叫左右，開門。

　　（眾應介）

　　（外）分付將奸殺兩案原卷有名人犯，一齊解進來。

　　（眾應介）

　　（丑扮差，押二生、二旦、淨、夫上，隨下）

　　（外）聽點：熊友蕙、侯三姑、馮玉吾、熊友蘭、蘇戌娟、游氏。

　　（各應介）

　　（外）一干人犯聽者：本府乍任黃堂，偶叨監斬。地方既非屬下，案卷又未經承，即爾等授首市西，未必霜飛六月。乃本府傷心案側，終令日照覆盆。軍門犯中夜之威，令箭勒半月之限，幸得精誠上感，冤抑同伸，強奪四命於刀尖，擔當雙魂於地府。本府為了你們這一案，好不大費心機也！

　　（外每唱一句，眾叩一首）是，爺爺！（外）

　　【粉蝶兒】俺則為烏帽猩袍，坐黃堂可也風旋雪耀。沒來由重擔輕挑，費着心，捏着汗，經營在道。好一似海針般將恁四命親撈，險些般敝屣樣將俺一官勾掉。多跪過一邊。喚熊友蕙、侯三姑上來。

　　（小生、小旦）有。

（外）熊友蕙，你是個樸實書生；侯三姑，你是個端莊女子。窺牆無穴，避嫌反得招嫌；探架得環，救死逼為速死。你再把受冤始末，一一説與本府聽者。

（小生）爺爺嗄！

【泣顏回】我樂志自簞瓢，陋巷書聲徹曉。（小旦）爺爺！深閨似海，牆頭半面難邀。（小生、小旦）環遺禍招，賦東鄰捏就風流稿。（合）棄鴻毛百喙空鳴，副魚鱗再生難造。

（外）是了。你丈夫致死緣由，那原問官無從覺察，有這金環為證，自然斷作同謀了。侯氏，你可曉得丈夫怎麼樣死的？

（小旦）這個，小女子那裏知道！

（外）臨死時可曾説甚麼？

（小旦）臨死時連呼腹痛。

（外）不消説是中毒了。只是可還有甚麼言語？你去細細想來。

（小旦）嗄！小女子想着了。記得臨死時，説吃了麵餅，氣食相裹，以致腹痛。

（外點頭）不差，不差！馮玉吾過來。你家一向有鼠蟲作祟，可曾購取鼠藥辟除麼？

（淨）小的家裏鼠蟲是作祟慣的，只是從沒有購取甚麼鼠藥。

（小生）爺爺，小人倒想着了。那日拾取金環，適因羣鼠作耗，恐破損書籍，曾在門首購取鼠藥，裝入炊餅，這是有的。

（外袖出餅介）那炊餅有多大？可與這個相似麼？

（小生）爺爺，小的炊餅，就是這樣大。

（外）止有一枚麼？

（小生）有兩三枚。

（外）馮玉吾，你如今可明白了麼？你家東西，明係鼠蟲啣失金環，遺在架上，寶鈔啣去穴中；那炊餅原非一枚，也可以啣到你家來了。你兒子一時無知，誤將取啖，登時身死，中毒無疑。咳，那穴中若不留此一餅，何以知中毒之由？你兒子若不吐此一言，何以知致死之故？此皆冥冥之中有鬼神主之，不然的時節，何可知道！

【上小樓】當今執法有皋陶，則是恁寸磔更何逃？枉了俺間關千里，俯仰終宵。有心憐韓賈，無計挽蕭曹。分付打開刑具。（小生、小旦）爺爺嗄！爺爺就是青天！若非爺爺說破，小的小女子，至死也不明白！（淨）如此是我害了媳婦，媳婦兒嗄，我害了你了！（外）這也難怪着你。不要說經了多少問官，就是兩個重犯，且自家推辯不出，何況你一個小民！那裏覓水晶燈？那裏覓水晶燈？黑鄧都却好當頭照。隨人畫去，都是些葫蘆舊稿。熊友蕙，那鼠蟲憐你貧苦，啣贈金環，反以毒藥餌之，豈不有傷陰德？侯三姑，你丈夫雖帶殘疾，實為鳳孽所招，安得自惜冶容，每生怨望？可見你這宗冤獄，就是現在的果報了。不是俺學浮屠，不是俺學浮屠，為愚夫說個循環報，端的是禍福自家招。且跪過一邊。熊友蘭一起上來。

（生、旦、夫應）

（外）熊友蘭，可憐你清貞孝友；蘇戌娟，可憐你孤苦伶仃。萍水相逢，錢貫便作惡貫；桑濮無據，高橋誣作藍橋。你也再把受冤始末，說與本府聽者。

（生）爺爺嗄！

【泣顏回】崇朝負重踏秋郊。鵓鴿在念，心急途遙。（旦）戲言誤聽，行行落月河橋。（生、旦）萍浮水逢，在淇梁無復狐綏誚。（合）棄鴻毛百喙空鳴，剮魚鱗再生難造。

（外）是了。你繼父被殺在家，凶身未獲，有這十五貫為證，自然也斷作同謀了。蘇戌娟，你父親是那個殺的？

（旦）這個，小女子實實不知道。

（外）不知道？本府還你一個凶身便了。叫左右，帶婁阿鼠進來！

（末帶丑上介）婁阿鼠當面。

（外）婁阿鼠，你幹得好事！

（丑）小人不曾幹甚麼事。

（外）你殺了游二，盜了十五貫！

（丑）呀呀！屈天屈地，老爺莫非差了？

（外）本府那裏得差？狗材！擡起頭來認認本府，可還記得城隍廟拆字先生麽？

　　（丑）哎呀，哎呀！老爺活菩薩了！

　　（外）殺人一案，你如今可招了麽？

　　（丑）阿呀，老爺！小的這些實情，在城隍廟都是老爺騙我說盡了，還有甚麽不招！

　　（外）取供上來。

　　（丑）小的呵，【西江月】久慣賭場掏摸，歸來適值侵晨，鄰家此際正開門，大膽一時闖進。　十五貫乘機竊取，游葫蘆割斷連根；屈將冤獄陷紅裙，有此招供爲證。

　　（外）可又來，一人作惡，兩命幾填！若非你自己說明，那熊生十五貫誰信是商人所助麽？左右掄下，重責三十板！

　【黃龍滾】莽生生阿堵潛移，莽生生阿堵潛移，惡狠狠頭顱輕找；慘淒淒李代桃僵，慘淒淒李代桃僵，悶昏昏張移李帽；閃教俺學走江湖把贋術操。婁阿鼠，你這廝因賭致盜，因盜殺人，律有明條，一斬非枉。上了刑具，帶去收禁。（丑下）（外）分付打開刑具。（生、旦）爺爺就是生城隍了！若非爺爺訪出，小的小女子，至死也難分剖！（夫）如此說，是我害了姪女了！呵呀，我那姪女嘎！（外）有贓有證，這個也難怪你。只是本府還有一說：繼父本尊行，蘇戌娟何得開門潛遁？男女不通問，熊友蘭豈容負重同行？你每二人冤案，可不是自家招取麽？忘聖訓，犯天條，不是俺魍青天一線微窺，不是俺魍青天一線微窺，你那孽身軀完全在那討？

　　本府既已審明，一行人盡聽發放者。（衆應介）熊友蘭、熊友蕙，你二人端方無愧，孝友可嘉。如今放你回去，好生奮志讀書，力圖進取！

　【撲燈蛾犯】翠森森堦除春草深，冷清清户閉梨花悄。香沉沉銀缸風雨宵，淡溶溶雞窗月曉。你前日十五貫預已吊來貯庫，今日合該給還。左右，庫上取十五貫，當堂給發者。（衆取錢上介）十五貫在此。（外）二生可便領去，聊爲膏火之資，急忙忙焚膏繼晷，一般般揣摩學就獻皇朝。望迢迢雲霄路穩，淨涓涓填胸塊壘一齊消。去罷。

（二生）多謝爺爺！從空伸出拿雲手，提起天羅地網人。（下）

（外）蘇戍娟、侯三姑，你這兩個女子，冶容共賦，薄命同悲。如今放你回去，好生擇配良人，恪守婦道。

（二旦）阿呀，爺爺！小女子雙親早逝，無家可歸，情願削髮空門，不願重回故里。

（外）嗄，這也說得是。你每受苦已極，當以福報了。俺若判着親戚領去，可不依舊作貧家之婦了。

【小樓犯】芳馥馥豆蔻心，苦切切冰柏操，須着你鳳閣同登，須着你鳳閣同登，鳳弦同奏，鳳誥同褒。也罷，皂隸聽我分付：將此二女領去，可覓清靜尼庵寄住，速來回我。（下）（外）馮玉吾、游氏，你誣陷平人，論律原該反坐，本府姑從寬宥，也放你每去罷。只當個螻蟻無知，薰蕕無辨，雷霆無暴，忽喇喇一聲長嘯。去罷。

（淨、夫）多謝老爺！惟有感恩並積恨，千年萬載不生塵。（下）

（外）本府就將兩案緣由，回復都臺去也。看馬來！（外上馬介）

【尾】一鞭飛騎還馳報，則這三五限期剛好，則待去放膽揚眉，從頭說分曉。（下）

第二十一齣　請　罪

（淨上）只為錯中錯，多因訛上訛。我馮玉吾，為兒中毒身死，報定金環為證，將熊生、侯氏問成大辟。如今雖蒙況太爺審明釋放，只是這一場冤結，如何得解？夜來思想，今早是我浼了幾位鄰居，一起到熊宅去負荊請罪，求他莫記前仇。或者他是讀書君子，不念前怨，兩下冰釋，亦可未知。呀，遠遠望見衆鄰友來了。

（副、丑、副末上）莫道塵寰小，塵寰恩怨多。冤冤相報復，報復怎消磨？

（淨見介）早承見諭，小弟每齊來，同兄到熊宅，大家講明，笑開了罷。

（淨）小弟叨為比鄰多年，並無好事相攪；今日反勞貴步，多有得罪。

（衆）説那裏話！鄰家有事，理應解釋，何勞之有。

（丑）我每不要耽擱，恐熊二相公有事出門，就到他府上去吧。

（衆）有理。熊相公在家嗎？

（小生上）幸脱圜扉内，重歸舊草堂。是那個？呀，原來是衆位高鄰。今日光降，有何見教？

（衆）二相公，我等無事不敢造府。一者特來恭賀，二者為馮玉吾悮累二相公受枉，今日特浼小弟每同來府上負荆請罪，求你莫記在心。

（小生）有勞！

（淨）二相公請坐，容老漢謝罪。

【桂枝香】恨我一時執見，胡將賢良屈陷。始信杯影弓蛇，致結成糜笲深怨。（小生）蒙衆位到此説明，罷是罷了，只是我遭此無妄，若非況太守冰鑒，幾乎做無頭鬼了！思之淚漣，思之淚漣，我死向冥途難辨，豈不千秋名污更哀憐？那侯氏呵！他是閨閣貞誠婦，反受刑牢獄底遭。

【前腔】（衆）他雖屈陷，二相公你合遭刑憲，追思孔聖，也難逃麂裘流讒。今日呵，幸秦臺鏡懸，幸秦臺鏡懸，涇渭明見，瑕瑜已辯。（生上）東閣招賢日，碧桃高折時。是列為高鄰！今日降舍，有何公事？（衆）好，難得大相公回來。小弟每特為馮玉吾悮陷一事，今日他浼我等衆鄰居到府，與二相公負荆請罪。二相公還有不快，乞求大相公善言解勸。來，我每齊來拜揖奉懇。（生）言重了。雖是馮老叔悮見，也是我愚兄弟命合遭刑，又蒙衆位高鄰見教，以後不必提起了。（衆）好，果然是古質君子，汪洋度量，今歲必然高中的！願今年同折蟾宮桂，共登金榜聯。

（小生）多蒙盛情，從今再也不要言了。

（衆）告別了。待等恭喜，再來奉賀。

（二生）有慢衆位了。正是：勇往直前當退步，饒人一着未為輸。（下）

第二十二齣　考　試

　　【引】(外扮試官上)森森柏府曉霜寒,柱下爭看獬豸冠。下官,監試官是也。今値天開文運,黃道吉日,且喜今歲大主試名貫海內,只是五經房官內有常州理刑過于執,原任山陰縣,為枉斷奸殺兩案,被蘇州知府況某具揭罰俸,蒙撫臺周公保薦,亦得入簾。看來何公無私,這也不在話下。巡緝官,今當三場,可吩咐掌號開門。舉子搜檢,魚貫而入,不許挨越。(下)(生、小生上)

　　【窣地錦鐺】南宮尅日選青錢,爭看龍媒着祖鞭。(下)

　　(淨、丑上)傍花隨柳正高眠,又去陪場走這番。夥計,今年規矩甚嚴,我們大家小心。(下)

　　(內掌號擊鼓介)

　　【六么令】呀,三更三點,明樓上掌號聲喧,東西各號卷催完。聽打點,便開關,大家細認休教亂,大家細認休教亂。

　　(內分付介)趲場!

　　(淨、丑上)

　　【前腔】文章原欠,老科場只走今番。(生、小生上)詞源滾滾起波瀾,文似錦,興方酣,朱衣肯把頭來點,朱衣肯把頭來點。

　　(下介,內分付掩門介)

第二十三齣　謁　師

　　【引】(末)暮夜四知常自凜,豈期堂下冤沉!下官過于執,初任山陰縣令,改授常州理刑。會以一時執見,枉斷奸殺兩案。自況公審明之後,隨往軍門投劾;蒙撫院周大人鑒我終任清廉,一力保奏,僅得罰俸三月。目下適當鄉試,又蒙薦入內簾,批閱三場文字。昨已揭過曉,僥幸本房中式多人。內有兩名,一名熊友蕙,一是熊友蘭,多係淮安人。難道却好就是二生,可可落在本房不成?今日鹿鳴宴罷,必來署中稱謝。咳,果若是他,相見之際,叫下官何以為

情?哎,好不慚愧也!(二生冠素上、副長班隨上)(生)

【引】寒灰重熱受恩深,苦心窺玉筍,得價售雞林。兄弟,爾我生全刀俎,僥幸同登。今日鹿鳴宴罷,須索往房師署中稱謝去。

(小生)哥哥,房師過公,又係常州理刑,就是爾我的原問官了。少停相會,還是如何?

(生)便是。

(副)來此已是,有人麼?

(淨上)是那個?

(副)新舉人熊相公拜。

(淨)少待。(報介)

(末)道有請。(見介)

(二生)老師請上,門生有一拜。

(末)下官也有一拜。

(二生)技窮鼫鼠賴垂青,

(末)大鳥驚人在一鳴。

(二生)不言蟾宮堪進步,

(末)雲間二陸本齊名。看坐。

(二生)老師在上,怎麼敢坐?

(末)那有不坐之理?

(二生)告坐了。

(各照,點頭會意介)

(末)賢契名奏賢書,誼隆雁序,既係同榜,又喜同門,可羨可賀!

(二生)門生輩雞肋庸材,樊籠弱質,蒙老師謬加知遇,與薦明經,此恩此德,誠為千古不朽矣。

【宜春令】迴青眼,論素心,奏塤箎南宮捷音。只是一件,餘生自愧,何期夢葉芙蓉讖。(末)二位賢契,還認得下官麼?(生)門生怎麼不認得?(小生)門生也還認得。只是說起時,這所在一發坐處也沒有了。(立介)赭衣賜,敢向刀俎鳴哀?桃李在,那許公門借蔭。(末)請坐了,請。(二生)今日裏呵!只算胥靡無狀,又把賢書偷賃。

（末）呀，賢契！説到此處，教下官一發慚愧無地矣！下官呵！

【前腔】才學短，失誤深，為了賢契之事，鎮終朝負疚在心。就是況公審明之後，下官也幾番投劾過來。則待掛冠謝罪，可知道賓興大典，自是難勝任。下官倒有一説：從來榮辱死生，各有定數。前日兩處人犯，可可落在我案下；今日兩位孝廉，剛剛出在我房中。不知天意還是要捉弄下官，還是要顛沛賢契？咳，難説個功罪相當，還是功微罪甚？自古大難不死，必有厚祿。賢契每，他日從政，須以下官為戒。再莫偏心執見，直使冤魂聲喑。

（二生）老師説那裏話來？當日之事，皆系凤孽所招。在老師既無私心，在門生豈有夙怨。此際又蒙甄拔：

【三學士】側陋名揚肺腑鎪，深慚東箭南金。（末）嘎！下官還要動問：賢契出罪以來，聯得有姻事否？（生）尚未。（末）既如此，倒有一言相商：下官偶然想起，前日兩宗公案，一樣牽涉"奸情"。自古"不是冤家不聚頭"，莫非這兩個女子與二位反有凤緣，天工故而顛倒？僥幸無錫、山陰多係下官治下，愚意欲為撮合，一發將功折罪，何如？（生）屢屢奇冤，當時無以自白，若更結為姻契，只道平昔果有私情了。這是門生不願的。（末）賢契又怎麼説？（小生）家兄之言最是。門生也萬分不願的。（末）原來又是一見，下官怎好相強。也罷，院子，取白銀三十兩過來。（淨）銀子在此。（末）賢契將赴試都下，下官又返旆毗陵，求一快談不可多得。偶有白金三十兩，奉為路費。此去金榜聯登，佳姻早締。盼上你登科大小雙飛翼，也完我闕略彌縫一片忱。（二生）多謝老師厚贈。門生更有寸進，誓當圖報。相見有時，謹此告辭。（末）多慢了。只少個離尊相對飲，看取蟾宮桂，接杏林。（二生下）咳！好奇怪。下官本意：只為二女蒙冤，欲以現成官誥報之，不想他秉志不回，另有一段道理。嘎，也罷，下官還要差人到縣，問取兩家女子曾適人否，再看二生到京果得登科，另做商量便了。淑女由來君子逑，願為補過免為仇。饒咱掬盡湘江水，難洗今朝一臉羞。（下）

第二十四齣　刺　　繡

【引】（外）蕭條琴鶴公堂侍，蒼生事力能支。下官況鍾是也。感得雙熊入夢，力辨奇冤。可慶二生奏捷南宮，今又聯登甲榜。適閱邸報，熊友蕙選授南昌府理刑，熊友蘭選授靖安縣知縣，無巧不成話，可可多是我的父母官。他二人赴任江西，必來枉道見我。我想蘇、侯二女寄頓尼庵，身無所歸，意欲收作螟蛉，為彼兩下撮合姻緣，一洗當年冤苦，不知二女心下何如？不免與夫人説知詳細，試探口氣則個。夫人，有請。（夫上）

【引】宦囊無復遺簪珥，蘋蘩備采誰承祀？

（外）夫人，你可知道，熊家二生應試都下，金榜聯登，一同授職江西，必來枉道相見。下官意欲把蘇、侯二女收作螟蛉，遣侍巾櫛，俾他每夙孽全消，前緣巧合，但不知二女意下如何？夫人可至庵中，探其口氣，侯二生到時，便可完成花燭。夫人意下如何？

（夫）相公主見最是。妾身即到庵中探其口氣，或有推阻，見機而行便了。

（外）如此最妙，下官衙齋等著便了。情知簫史知音客，

（夫）倩得秦姬到鳳臺。（下）

（旦上）

【引】餘生幸保高恩德，妾薄命已如斯。（小旦上）女紅燈火兒家事，膝前又把寒暄視。姐姐，我和你獄底遊魂，滿拚棄市。蒙況老爺一力超救，又喜寄髮尼庵，供給逐日送來，夫人不時自來看顧，此恩此德，何以報之？

（旦）姐姐，雖蒙老爺、夫人恩顧，薪水之費逐日送來，只是老爺矢志清廉，宦囊如洗，俸資有限，饔飧不充。我和你趕些女紅，覓趁分文，少助薪水，雖然無濟於事，以免坐食之羞。

（小旦）姐姐説得有理。（繡介）

【古梁州】蟲聲絡緯，鳥鳴吐綬，微物經營尤爾。《内則》一卷，誰云女學無師？愛此綠窗日永，綺室風生，拮據無多事。咳，則那

絲絲縷縷也，動愁思，想見春蠶未死時；(拭淚介)了殘課，怯纖指。

（二院子送夫上）

【前腔】桃夭伊邇，女貞不字，笑問終身何俟？(二旦)原來夫人到來。二女叩頭。(夫)嘆！罷了。你們這裏做些女紅了，好，女子職分，理當如此。必勤必儉，由知婦職無辭。(二旦)這個倒不消說起。犯女們受老爺、夫人厚恩，情願終身為婢，一任蓬飛蟓首，黛冷蛾眉，做個犬馬偕生死。(夫笑介)那有此事。二女，我實對你說：那熊家二生，都做了官了。(二旦)兄弟聯登，這是福佑善人之報。似我姐妹每，得侍衙齋，也莫非上天所賜。(夫)為此我相公十分留意，又道你每四人呵！雙雙冤對也，綰紅絲，正好誦法《周南》第一詩。鳴鳳吹，待簫史。

（二旦跪介）呀，夫人在上，二女每願進府伏侍，婚姻事原不願的。若説熊家二生，這一發不願了！想當日：

【前腔】矢堅貞琬琰無疵，蹈奇冤鶼奔同刺，豈將差就錯，好自為之。(夫)昔日蒙冤，今朝締偶，禍兮福所倚，天意未為無報也。當日塞翁失馬，禍福相憑，幻想當如意。(二旦)阿呀，夫人説那裏話！嫌生瓜李也，混妍媸，恐清論橫生正在玆。望垂鑒，免啟齒。

（夫背介）我原道二女志節可嘉，必有推阻。如今且哄他一哄。二女，你道侍奉終身，這須是不了之事；況民間犯婦，官長原不合收留。也罷，你既不願與二生聯姻，老身有兩個姪兒，也是新科甲榜。就與相公説知，將你每兩個認親生女兒，與你每結成秦晉，毋負我老爺救拔之恩。

【前腔】入天臺劉阮非嗤，降潙汭英皇無二，看雲璈迭奏，繡幄分司。(二旦)夫人既如此説，二女再有推阻，便道不中擡舉了。只是一件：直恁大恩不報，慈侍輕抛，放縱鸞鳳翅？(夫)孩兒，這又差了，正為葭莩一脈也，恐參差，做個玉鏡臺前連理枝。(二旦)多謝夫人垂念，惟命教，任驅使。

（夫）如此就同我進府便了。院子，看兩乘轎來，與二位小姐乘坐。(院應介)

（二旦）謹依尊命。

（夫）為雲為雨疑楚峰，
（二旦）梅花夢冷許誰同？
（夫）有緣千里來相會，
（二旦）無緣對面不相逢。（下）

第二十五齣　拜　香

【水紅花】（生、小生上）微名幸不外孫山。覲天顏，銅符新綰。三千里路望長安，過江干，蘇臺在眼。（小生）叫梢水，這裏是甚麼所在了？（衆）是楓江了。（生）快趲至皇華驛停泊者。（副應介）賢弟，這楓江就是愚兄當梢經過的所在了。（合）猶記中流鼓枻，兩地陷奇冤；今日輕舸一葉，又生還也囉。

（衆）禀二位老爺：這裏是皇華亭了。

（二生）分付泊船。

（副應介）

（生）賢弟，我和你聯登甲榜，赴任江西，雖然感佩君恩，實出況公生全之德。就此枉道，親向衙門叩謝。就此上崖，與你步行前去。

（小生）哥哥，況公恩德，非比泛常，今日叩謝公堂，也須極其誠敬。兄弟愚意，還是換了微服，手執條香，與哥哥三步一拜，一路號哭前去。

（生）兄弟說得是。長班，取青衣小帽過來。（換介）

【朝元令】衣裁昔萱，故作民家扮。（取香介）香燃絳檀，可許天心挽。分付打跳上崖。（上介）咫尺黃堂，匍匐曾慣，稽顙哀呼不憚。阿呀，況大人嗄！我那有恩有德的況大人呀！（三步一拜介）（合）德海恩山，雲陽市西奪命還，明鏡頌包彈，游鱗是膾殘。痛腸難按，搵不住鮫珠無限！

（衆）禀老爺：這是太爺衙門了。

（二生）快將手謁投進。

（衆應下，即上）啟老爺：手謁已經投進。有常州理刑至此，太爺答拜去了。衙內說這時候就回來了。

（小生）如此，和哥哥跪門等候便了。（跪介）

（夫、副、小軍，內鳴鑼送外上）（外）呀，這就是熊家二生了！為何如此打扮，跪門在此？

（二生見外，立起、連跳、復跪拜、大哭介）阿呀，我那老恩臺嗄！

（外下轎扶起介）果然就是二位，請起！如今是況鍾的父母官了，如此打扮，怎好相見？快取冠帶換了。

（生）老恩臺說哪裏話？如此打扮，比當日囚首囚服，已勝過百倍了！

（外）豈有此理。還是換過了，請到後堂相見。

（二生）既蒙臺旨，遵命了。（換衣介）（二生）老恩臺請上，受晚生一拜。

（外）兩位老父母請上，治生也有一拜。（交拜介）

【前腔】雲路扶搖九萬，榮施倍有顏。（外）老父母請坐。（二生）案下罪囚，哪有抗坐之理？（外）老父母還說甚麼罪囚，這是英雄失陷，無非我假手扳援，不使朝廷元氣刪。（二生）晚生輩萬分僥幸，一叨南昌司理，一叨靖安知縣，老恩臺桑梓之地，正好盡力圖報了。（外）嗄！賢契，尊意還是怎麼樣圖報？（二生）老恩臺出仕，須有世兄在家。情面幾回看，頻銜白玉環。（外）呀！這就差了！老父母為朝廷牧民，非為寒家養奸。此去須力行善政，痛擊豪強。倘我家人子弟，有不肖干犯者，老父母須盡法處之，這纔是二位報恩深處。國法常伸無間，莫為私門姑養奸。你若一日政聲刊，可便平生學問殫。（二生）承恩臺賜教，令晚生輩愧感交集。（外）且住。二位為民父母，內治尤在所急，只不知別後一載可會娶得夫人沒有？（二生）滯跡蓬茅，至今尚未。（外）如此，下官還有一言，可也不便當面請教，明日相煩司理過公，竟造寶舟轉致。有蔬酒一杯，後堂少敘，休嫌簡褻，只算借此扳話便了。（二生）多謝老恩臺。（合）痛腸難按，搵不住鮫珠無限。（下）

第二十六齣　雙　　圓

【引】（末上）詞壇此日增聲價，敢向銀河把鵲橋駕。哈哈，事有足怪，物有偶然。前日下官本意，欲將蘇氏戍娟、侯氏三姑與熊家二生曲成秦晉，哪曉得此二女身無所歸，得況公收作螟蛉，現在膝下。下官偶以公事到蘇，會間談及，特地見託下官於中婉轉撮合。據況公說來，二女說個"熊"字也十分不願。他夫人假稱內姪，方始應承。可見二女意中與熊生見識一般了。下官往見熊生，也竟說二女是況公親生，方得應允。擇吉完姻，今日就在本府衙門花燭，以待良時。不免再往二生舟中催促，前往則個。哈哈！下官喜酒今番吃得成了，功罪也準得過了，好快活，好快活！正是：不是一番寒徹骨，怎得梅花撲鼻香？（下）

【引】（外）燁燁三星今夕輝，（夫）佳姻撮合恁神奇。

（外）夫人，下官為二熊姻事，竭力圖成。擇定今日吉期，就在本府衙內花燭以待。但兩下貞心，各避嫌疑。雖則一邊假說親生，一邊捏稱內姪，仍恐臨期合卺，未免執見如前。夫人，少停或有推阻，我和你一力勸解便了。

（夫）老爺言之有理。

（內吹打介）

（淨上）能聯兩姓好，慣締百年因。儐相叩頭。

（外）起來。

（淨）稟老爺：二位老爺到門了。

（外）好生迎請。

（淨）伏以：鴛鴦被底細搜尋，記得當年冤苦深。姐妹從今稱妯娌，弟兄又喜作聯襟。

（二生）

【引】天臺誤入意猶迷，笑撥紅雲認二姬。岳父母在上，容小婿拜見。

（外）不消，少停相見罷。

（二生）如此告揖了。

（淨）伏以：雙雙縲絏非其罪，認假成真以子妻；風波多因老鼠起，從今不肯再饒你。（二旦）

【引】香奩初拂鏡，冷焰更燃灰。

（照常拜堂介）

（外、夫遞酒，桌用三張介）

【粉孩兒】殷勤的捧金巵，憑玉几，聽雲璈聲奏，響徹天際。玲瓏花燭吐焰奇，擷蘭房香氣霏微。蕊珠宮並挾飛仙，萬花叢雙控游騎。

（二生覷二旦介）好奇怪！

【福馬郎】紫陌芳容心尚記，不信閨中豔，無少異？（小生）真好奇怪嗄！東牆半面，且驚且疑。哥哥！（合）早難道假意弄虛脾，將之子，代于歸？

（二旦覷二生介）呀，奴好疑惑也！

【紅芍藥】心窩裏印下龐兒，豈相逢陽虎仲尼？（小旦）真好疑惑！同穿依然舊冤對，換烏紗便雙睛茫昧。（旦點頭）是了，須知冰操各自持，惟則願嫌生瓜李！料爰書不似鸞書，豈禍水反成魚水？

（生）呀！如此說來，明明是蘇家姐姐了。

（小生）這明明是侯家姐姐了。不好了，我兄弟每為過老師所誤了！

【耍孩兒】（二生）鶻突姻緣欠精細，還道冰言詭。莽紅絲更有遊移。（旦）如此，就是熊家相公！（小旦）天哪！我姐妹每也為老夫人所誤了！含糊，舊書生捏指新科第。（合）呀，罷，罷，罷！拚做個秉燭達旦心無愧，又何必鸞儔締？

（夫）呀！

【會河陽】火燦銀缸，香沾繡闥，相逢何事眼迷離？阿呀，兒嗄！你每意中之事，我也一一盡知。只為瓜李嫌疑，恐日後無以自白。你却不曉得，自從我家相公審明之後，這公案天下遍傳，你是個萬丈無節的女子，誰人更有疑惑麼？可憐崑璧無瑕，牆茨可譏！若不是我家相公呵，險一霎雲陽棄。（二旦）罷，罷，罷，既索苦勸，只得從命罷!為伊設不了終身誓。(夫)如此纔是。為伊忘不了三生契。

(生)呀,兄弟,這個却怎麼處?

(小生)便是。哥哥,這怎麼處?

(外)呀,二位賢婿!

【縷縷金】你持大意,泯清暉。聞言堪起敬,真不愧鬚眉!賢婿,我輩立身行己,只求無愧於心;但恤人言,俠概安在?二位冤情得白,清論已彰。二女既為下官螟蛉,也就是下官親生一般了,難道這一聲"岳丈",還消受不起麼?屋上烏兼愛,泰山依倚。(二生)岳父責備得是,小婿從命便了。(外笑介)如此纔是。也不枉下官一片苦心。由知生米已成炊,葭莩總無棄。

(外扯二生、夫扯二旦)過來相見。

(二生)夫人!

(二旦)相公!(各又叫,細認介)阿呀,我那相公(夫人)嗄!

【越恁好】凝睛細認,凝睛細認,芳容非穴窺,痛餘思痛,當日事不堪提。(二旦)請問相公:四命生全,雙姻巧合,爹媽如許厚德,不識何以報之?(二生)這個何難?下官赴任前去,長生寶位金字題,熏沐頂禮。聽黔黎一路歌謠起,願雲礽百世公侯繼!

(外)咳,你每一總說哪裏話來!昭雪奇冤,下官雖有微力,但非城隍尊神夢中指示,哪得一見留心?今日出死入生,登科從政,莫非尊神所賜也。你每隨着下官,望空拜謝則個!

(衆)言之有理。

【紅繡鞋】神明幾度憑依、憑依,陰陽一樣提攜、提攜。十五貫,禍之基;雙熊夢,示先機;天再旦,日重輝!

【尾】笑有聲,哭有淚:文章真率動人宜,可奈白雪陽春屬和稀。(同下)

附録　十五貫

（昆劇）

陈静等改編

【作者簡介】原作者朱素臣生平見傳奇《十五貫》。本劇即根據朱素臣本整理而成。整理小組的成員由黃源、鄭伯永、周傳瑛、王傳淞、朱國梁和陳靜組成，陳靜執筆。周傳瑛(1912—1988)，昆曲演員。原名根榮，江蘇蘇州人。1921年8月底入"昆劇傳習所"學習。師從名師沈月泉等人，習小生行。1927年12月出師後入"新樂府"昆班，成為該班的主要演員之一。"新樂府"解散後，傳瑛與十位師兄弟共同發起、組成"仙霓社"昆班。"八一三"戰火燒毀了仙霓社的全副衣箱後，該班社被迫輟演。1943年經師兄王傳淞引薦，搭入朱國梁創建的"國風蘇劇團"，從此浪跡江湖，輾轉演出於蘇南、浙北一帶的農村、集鎮。在此期間，周傳瑛除主演小生外，還承擔編戲、排戲的工作，編創了許多部深受底層民眾歡迎的劇目。自1951年起，先後任"國風蘇昆劇團"、"國風蘇昆劇團"、"浙江省昆蘇劇團"、"浙江昆劇團"副團長、團長。1956年4月，他率領浙江省昆蘇劇團晉京演出昆劇改編本《十五貫》，轟動首都，受到毛澤東、周恩來等黨和國家領導人的高度讚揚。陳靜(1929—1993)，原名陳允祥。一級編劇、導演。江蘇省銅山縣人。抗日戰爭初期參加抗敵演劇活動，任演員、導演、團長。抗戰中期在上海從事職業話劇活動，曾先後在上海華藝劇團、聯藝劇團、苦幹劇團、大中劇團、上海旅行劇團、上海劇藝社等任演員。中華人民共和國建立後，曾任南京市曲藝工作團編劇。後調赴上海華東軍政委員會文化部從事戲曲改革工作，再轉至華東戲曲研究院任導演。1951年為華東越劇實驗劇團編導《寶蓮燈》、《小二黑結婚》。1953年調至浙江省越劇團，編導了《庵堂認母》、《黨員登記表》、《五姑娘》(合作)、《金鷹》、《青虹劍》、《高機與吳三春》等劇。1955年受命參加昆劇《十五貫》的改編工作，並導演了該劇。

【劇情概要】劇寫屠夫尤葫蘆從皋橋親戚家借得十五貫銅錢，醉酒回家，對繼女蘇戌娟戲説是賣她的賣身錢。蘇因不願為婢，深夜私逃投親。婁阿鼠闖入尤家偷了十五貫銅錢，並用斧頭殺死了尤葫蘆。翌日晨，鄰人發現後一面報官，一面追趕凶手。在蘇戌娟趕路時，恰巧有客商陶復朱的夥計熊友蘭，帶十五貫錢往常州辦貨，遇到蘇戌娟問路，二人因此順路同行。鄰人見二人同行，又見十五貫錢，疑其為凶手，婁阿鼠乘機誣陷，於是二人被押送至無錫縣衙門。無錫知縣過于執不問緣由，主觀斷案，竟判蘇、熊二人死刑。常州知府和江南巡撫皆輕信其判。蘇州知府況鍾監斬時，發現疑點，連夜趕往都府，求巡撫周忱緩刑再查。周忱顢頇，不為所動。況鍾據理力爭後，周忱限期半月查清回報，否則上奏題參。況鍾冒著丟官的風險，親至無錫調查，又改扮私訪，親自將真凶婁阿鼠捉拿歸案。

【版本流傳】該劇問世後，多次出版。傳播較廣的有：一、人民文學出版社於1956年出版的單行本；二、路工、傅惜華編的由作家出版社於1957年出版的《十五貫戲曲資料匯編》本；三、中國戲劇出版社於1960年出版的"戲曲選叢書"名為《十五貫》本。

【演出情況】該劇問世後，先後在杭州、上海演出，得到觀衆的好評。1956年4月17日，由國風蘇劇團（浙江昆劇團的前身）在北京中南海懷仁堂演出。周傳瑛飾況鍾、王傳淞飾婁阿鼠、朱國梁飾過于執、包傳鐸飾周忱。後在北京連演四十六場，觀衆高達七萬人次。毛澤東主席與周恩來總理亦高度讚賞。1956年5月18日，《人民日報》為此發表了《從"一出戲救活了一個劇種"談起》的社論。之後，該劇在全國巡演，引起強烈反響。未幾，又拍成戲曲電影，在全國放映。川劇、豫劇、京劇、漢劇、楚劇、湘劇、淮劇等許多劇種亦紛紛移植。蘇州、上海、杭州、北京、南京等地先後成立的昆劇團，從業人員近千人，昆曲由此起死回生。該劇至今仍是各昆劇院團常演的劇目。

（王婉如）

人　物　表

尤葫蘆	秦古心	蘇戌娟	婁阿鼠	熊友蘭
過于執	況　鍾	周　忱	夏總甲	禁　子
門　子	夜巡官	中　軍	家　丁	鄰　人
差　役	劊子手	皂　隸	旗　牌	

第一場　鼠　禍

（大街上。尤葫蘆酒醉挏錢上。）

尤葫蘆： 啊唷！好重啊！

（唱【六么令】）

吃酒愈多愈妙，

本錢越蝕越少，

停業多日心內焦，

為借債，東奔西跑。

想我尤葫蘆自從肉店停業，全靠借當過活，終日愁眉不展。幸喜我那死去的妻子，有個姐姐，住在皋橋，為人熱心好義，今朝請我吃了兩壺酒，又借了本錢十五貫給我做生意，好不快活！

姨娘待人心腸好，

周濟貧窮世難找；

離開她家纔黃昏，

一路行來更已敲。

我往日買豬，全靠秦老伯幫忙。明朝買豬，只好再去請他相幫。這裏已是他家門口。秦老伯可在家裏？秦老伯！

秦古心：（內）外面是哪一個？

尤葫蘆：（學女人聲）是我！

秦古心：（上）原來是尤二叔。你就喜歡開玩笑！這樣晚了，叫我有什麼事？
尤葫蘆：老伯請看！（指錢，得意地）
秦古心：這樣多的銅錢是哪裏來的？
尤葫蘆：（故意地）路上撿來的。
秦古心：你又開玩笑了！
尤葫蘆：（笑）不瞞你說，這十五貫錢是皋橋姨娘借給我做本錢的。
秦古心：好好！有了本錢，你老店重開，可以吃用不愁。我這裏賣酒賣油的生意也要沾光興旺了。明朝買豬，還是你我一同去吧！
尤葫蘆：多謝老伯！
秦古心：只怕你酒醉誤事，明朝還是我來叫你吧！
尤葫蘆：多謝！多謝！
秦古心：明朝會！
　　　　（二道幕啟，尤葫蘆家門前）
尤葫蘆：才離秦家油鹽店，又到自家豬肉鋪。開門！開門！
　　　　（蘇戌娟自內出）
蘇戌娟：來了。（開門）爹爹回來了？
尤葫蘆：回來了。（放錢）
蘇戌娟：哪裏來的這許多銅錢？
尤葫蘆：你猜是哪裏來的？
蘇戌娟：可是借來的？
尤葫蘆：哪裏有這樣的好人，肯借這許多錢給我？
蘇戌娟：那麼是哪裏來的呢？
尤葫蘆：唉，事到如今，瞞你也是無用。我今朝出門，正遇見張媒婆，她說王員外的小姐出嫁，缺少個陪嫁丫頭。我收下她十五貫銅錢，把你賣去了。
蘇戌娟：此話當真？
尤葫蘆：明天一早就要過去，你快收拾收拾去吧！
蘇戌娟：啊呀！親娘啊！（哭下）
尤葫蘆：一句笑話，她卻信以為真。且騙她一夜，明朝再說明白，

倒也有趣。銅錢且放好,痛快睡一覺!(上床入睡)
(蘇戌娟拭淚上)

蘇戌娟：(唱【山坡羊】)
心悲酸,
淚湧如泉;
我好似,
茫茫大海一葉船;
波浪翻滾,
望不見岸和邊。
待我苦求他,
看亡母情面,
念孤兒,
退回賣身錢。
爹爹!爹爹!唉!他已經睡熟了。
我與他,非親生,
彼此疏遠。
他呵,
既有賣我意,
怎會把我憐?
只怕是,難勸他,
心意轉。
似油煎,喊蒼天喊了千萬遍,
如箭穿,喚親娘喚得我唇兒乾。
(心中痛苦異常,見案上有肉斧,頓萌死念。正欲自刎,忽想起皋橋姨母來)且住,曾記得皋橋姨母,對我言講:若有難事,前去找她。如今事已危急,不如投她去吧!
但願得,姨母成全,
免身受顛連。
趁此時,他酒醉正眠,
投親莫遲延。(出門逃下)

（婁阿鼠上）

婁阿鼠：（念）輸盡騙來錢，
再找倒霉人。
想我婁阿鼠一不經商，二不種田，專靠賭博為生，不論仕農工商，不管三教九流，只要見他有錢，能騙則騙，得偷便偷。雖說名氣不好，但是賭場中兄弟多，衙門裏朋友多，街坊鄰舍對我倒也敬重。昨日騙得一筆錢，可恨手氣不好，統統輸光大吉。雖說有這副灌鉛的骰子，只因今夜賭場裏全是行家，不能下手。想翻轉沒有本錢。（賊頭賊腦，東張西望）咦！尤葫蘆家為何大門未關，燈火未熄？想是又在殺豬了。待我賒他幾斤肉，飽吃一頓再說。（入內）尤二叔，大姐！咦，他還濃睡未醒。想必他老酒吃醉，忘記關門，忘記熄燈。啊，臺上有把肉斧，不如偷去換得幾文也是好的。啊呀，見他枕頭下面，有許多銅錢，這却料想不到！（放下肉斧）

（乾念【六么令】）
財星高照，
眉開眼笑；
心慌肉跳，
方纔正愁沒有賭本，如今是：
有了賭本心不焦。
去到賭場，猜大寶。
我要是贏了錢！
去到酒館吃個飽，
再到妓院走一道。
（婁阿鼠偷錢，尤醒）

尤葫蘆： 哪一個？不好了，有賊！（抓住婁阿鼠）
婁阿鼠： ……
尤葫蘆： 原來是你！婁阿鼠，你欠了我的肉債不還，還要來偷我銅錢！

(二人相打,奪錢,婁阿鼠用肉斧殺死尤葫蘆)

婁阿鼠：尤葫蘆,九葫蘆! 你莫怪我手下無情,我要是不殺你,被你傳揚出去,叫我婁阿鼠怎樣做人? 我是：(念)
一不做,二不休,
扳倒葫蘆潑掉油,
拿起銅錢快快溜!
(婁阿鼠想出門,聽到打更聲,急回室內,吹燈,躲床後。銅錢有一部分脫落,來不及全部拾起。聽打更聲遠,偷看門外無人,急逃出。身上骰子也落在床後。)
(秦古心上)

秦古心：(念)親幫親,鄰幫鄰,
富幫富,貧幫貧。
大門已開,想必已經起身了。(入內)尤二叔,尤二叔! 啊! 地上什麼東西絆了我一跤? 原來是尤二叔。好好地床上不睡,你為何睡在地上? 喂! 尤二叔! 醒來醒來! (推尤)啊呀不好了,滿身都是鮮血,已被人殺死了! 大姐! 大姐!! 啊呀! 連大姐也不見了。(出門)眾位街坊! 眾位街坊! 不好了,快些來呀!
(鄰人甲、乙、丙、丁及婁阿鼠上)

鄰甲丙：老伯為何喊叫?
秦古心：不好了,出了人命了
鄰乙丁：哪家出了人命了?
秦古心：尤葫蘆被人殺死了!
鄰　眾：啊?
婁阿鼠：我不相信!
秦古心：不信就去看吧!
鄰　眾：走,進去看看! (眾進內。見尤屍體,大驚)呀!
(唱【黃龍袞】)
喉嚨斷,
血滿胸懷。

　　　　　面如蠟，
　　　　　僵臥塵埃。
秦古心：看呐，肉斧之上，鮮血淋淋！（念）
　　　　　定被人，
　　　　　用斧所害。
婁阿鼠：鮮血淋淋，怕人的很啊！
鄰　衆：秦老伯，你是怎樣知道的？
婁阿鼠：是啊，你是怎樣知道的？
秦古心：昨夜他來尋我，説是在皋橋親戚家裏借了十五貫銅錢，邀我相幫，今早一同買豬。早上我來喊他，不料他已經死了。
鄰　乙：那十五貫錢呢？
秦古心：（找）不見了。
鄰　丙：他女兒呢？
秦古心：也不見了。
鄰　衆：好奇怪呀！
　　　　　父親死，女兒不在，
　　　　　這椿事，令人疑猜。
鄰　丁：（念）定是那，十五貫，
　　　　　惹下災害，
　　　　　只落得，
　　　　　窮運未退，
　　　　　殺身禍又來！
秦古心：（念）也許是，賊骨頭，偷錢財。
　　　　　謀財害命，
　　　　　又把他女兒拐帶。
鄰　丁：（念）賊人定帶凶器來，
　　　　　肉斧傷人好奇怪！
鄰　甲：也許是，蘇戌娟，
　　　　　殺父盜財，

　　　　　私逃出外。
鄰　丙：（念）蘇戌娟，忠厚老實。
　　　　　怎能够，為非作歹？
婁阿鼠：（念）常言道；
　　　　　女大不中留，
　　　　　久留惹禍災！
　　　　　蘇戌娟，戀情貪愛，
　　　　　通奸夫，殺父盜財。
　　　　　野鴛鴦，高飛天外。
鄰乙 秦古心：（念）誰曾見，有男人，與她往來？
鄰甲丙丁：（念）誰曾見，她與人，有什麼情愛？
婁阿鼠：（念）
　　　　　女大心大，
　　　　　孤身難挨，
　　　　　自然是暗中往來。
　　　　　肉斧傷人，
　　　　　定不是外人所害。
　　　　　她本是，
　　　　　假裝正經，
　　　　　心藏鬼胎，
　　　　　凶手定是她，
　　　　　不必再疑猜！
秦古心：是賊也罷，是他女兒也罷，我想也許不曾逃遠。我們分頭辦事，（對鄰乙、丁）你們二人前去報官，（對鄰甲、丙、婁阿鼠）我們去追趕凶手！
鄰乙丁：好，我們去報官！
鄰甲丙 秦古心：我們去追趕凶手！
婁阿鼠：我去，我去，我也去！

第二場 受　嫌

（野外，大道上。）
（熊友蘭揹錢趕路上）

熊友蘭：走呀！
（唱【粉孩兒】）
家貧寒，少衣食。
難養雙親。
靠為人幫傭，
苦度光陰。
主人經商家豪富，
我為他，受盡苦辛。
終日裏，買貨賣貨，
為主人，賺取金銀。
走遍了，蘇、杭、湖、廣、皖、贛、閩，
販遍了綾羅、藥草、海味、山珍。
（熊友蘭下。蘇戌娟疲倦地上）

蘇戌娟：（唱【紅芍藥】）
兩腿酸，脚疼難忍。
口兒乾，汗水淋淋。
怕追趕，拼命往前奔。
跑得我四肢無力，頭暈眼花。不知此去皋橋，還有多少路程。啊呀，好苦啊！（接唱）
身孤單，少親人，
似黃葉飄零，
誰憐誰問？
眼前一線路，
皋橋投親，
對姨娘細訴衷情。

（蘇戌娟下。追趕凶手的鄉人過場下，熊友蘭上）

熊友蘭：（唱【福馬郎】）
做牛做馬力用盡，
到頭來，難以顧雙親。
但不知，何日能養家？
樂天倫。

蘇戌娟：（內喊）前面客官慢行！

熊友蘭：呀！原來是位小娘子，
莫非是，把路問？
為何她一人獨出門？
（蘇戌娟上）

熊友蘭：不知大姐喚我，為了何事？

蘇戌娟：（唱【耍孩兒】）
平日一向少出門，
如今迷了路，急在心，
因此相問。
請問此去皋橋，往哪條路走？

熊友蘭：大姐如此匆忙趕路，為了何事？

蘇戌娟：前往皋橋，探望親戚。

熊友蘭：為何沒有親人伴隨？

蘇戌娟：只因……唉——（接唱【前腔】）
家中生活忙碌，
父母難分身。
有要事，皋橋去投親，
不知如何走，請指引。

熊友蘭：原來如此，大姐要到皋橋，卑人正當便道，你我同行便了。

蘇戌娟：多謝了。

熊友蘭 蘇戌娟：（同唱【會河陽】）
我（他）在前行
她（我）在後跟，

　　　　　　同行乃是陌路人，
　　　　　　陌路人。
　　　　　　此人姓名不曾問。
　　　　　　陌路人，何必問。
鄰　甲：（內白）前面二人，不知可是兇手，快快追啊！
熊友蘭 蘇戌娟：忽聽得，喊叫聲，一陣陣！
鄰　衆：（在內喊）前面二人慢走！
熊友蘭 蘇戌娟：又望見，奔上來，人一羣！
　　　　　　（鄰人上。見蘇戌娟與一陌生男子同行，驚異地）
鄰　衆：呀！（唱【風入松】）
　　　　　　知人知面不知心，
　　　　　　不料她，果然是，
　　　　　　勾結奸夫行凶人！
秦古心：大姐，你幹的好事啊！
蘇戌娟：秦老伯！我想念姨母，前去探望，有什麼不可呢？
鄰　衆：你父被殺命歸陰，
蘇戌娟：（大驚）怎麼？爹爹死了！
鄰　衆：自然是死了！（蘇戌娟想回家，衆攔住）你要到哪裏去？
蘇戌娟：回家看望。
鄰　衆：哼！
　　　　　　你裝模做樣誰相信！
蘇戌娟：既是爹爹被害，為何不讓我回去看望呢？
鄰　衆：勾結奸夫害父親，
　　　　　　盜取錢財想逃奔；
　　　　　　如今雙雙被捉住，
　　　　　　你要脫身難脫身。
熊友蘭：怪不得她這樣匆忙，原來如此！（欲行）
鄰　衆：哎！你走不得！
熊友蘭：為何走不得？
秦古心：你要走了，叫哪一個替你抵罪啊！

婁阿鼠：對啊！你要走了，難道叫我婁阿鼠替你去抵罪不成！
熊友蘭：這又奇了，這與我有什麼相干啊？
鄰　丙：不用多說，且看看他的銅錢是不是十五貫？
　　　　（眾去拿熊友蘭的錢，熊友蘭不與，眾奪）
熊友蘭：哎哎，這錢是我的！（眾奪過錢）
鄰　眾：數數看，數數看！
秦古心：讓我來數：一五、一十、十五，一貫也不多，半貫也不少，整整十五貫，你還想抵賴？
　　　　（乾板）
鄰　眾：謀財害命拐女人，
　　　　狗肺狼心！
婁阿鼠：你心太狠，
　　　　膽大萬分，
　　　　竟然殺死人！
熊友蘭：啊呀列位啊！我叫熊友蘭，是客商陶復朱的夥計，這十五貫錢，是主人命我前往常州購買木梳篦櫛去的。我與這個女子，彼此並不相識，怎可把我認做凶犯呢？
蘇戌娟：我與這位客官，素不相識，不可冤屈好人！
鄰　眾：你們這話，是真是假，哪個相信！
熊友蘭：我那主人陶復朱，現住蘇州玄妙觀前悅來客棧，列位不信，請派人查問便知。
鄰　眾：（彼此互視，疑信參半）
　　　　聽他言，又疑又信，
　　　　難斷定，是假是真。
　　　　這件事，難解難分！
婁阿鼠：人在贓在，尤葫蘆不是他們殺的，難道還是別人殺的不成？
　　　　（二差役及鄰人乙、丁上）
婁阿鼠：二位大哥，凶手在這裏，快帶走吧！（差役鎖熊友蘭與蘇戌娟）

差甲乙：（乾板）
　　　　殺人償命，
　　　　自引火，
　　　　自燒身！
鄰　衆：慢來！慢來！還是再問問清楚吧！
差　甲：不管是也不是，到了衙門，自然明白！
差　乙：走！你們也一同去！
鄰　衆：是，是！（衆下）
婁阿鼠：嘿嘿！想不到這兩個人，倒做了我妻阿鼠的替死鬼了！
　　　　（跟下）

第三場　被　冤

（無錫縣大堂）
（衆差役與過于執先後上）

過于執：（念）
　　　　可恨民風太凶惡，
　　　　潑婦刁男訟事多。
　　　　治國安邦刑為主，
　　　　威嚴不立起風波。
　　　　想我過于執自從到任以來，屢逢疑難案件，幸虧我善於察言觀色，揣摩推測。雖然民性狡猾，一經審問，十有八九不出我之所斷。上至巡撫，下至黎民，哪個不知我過某的英明果斷？今有尤葫蘆被害一案，據報凶手已經拿獲，不免升堂理事。來！升堂！
差丙丁：啊！
過于執：帶街坊上堂！
鄰　衆：衆街坊上堂！
　　　　（衆街坊上）
鄰　衆：參拜老爺！

過于執：你們全是尤葫蘆的街坊嗎？
鄰　衆：是的。
過于執：起來回話！
鄰　衆：是！
過于執：尤葫蘆被害，你們是怎樣知道的？這兩名凶手你們是怎樣拿住的？
秦古心：回大老爺！尤葫蘆昨夜在皋橋親戚家裏，借了十五貫銅錢，前來邀我相幫，一同買豬，我怕他酒醉誤事，起早喊他，不料他已被人害死。他女兒蘇戌娟也不知去向。小人等一面報官，一面追趕凶犯。追到皋橋近處，忽見蘇戌娟與一男子同走，那男子身上正帶着十五貫錢……
過于執：啊，熊友蘭所帶之錢，也是十五貫嗎？
鄰　衆：是的。
過于執：他們二人又是一同行走？……
鄰　衆：……
過于執：由此可見熊友蘭與蘇戌娟一定是通奸謀殺無疑的了！
鄰　衆：這……小人不敢亂説！
婁阿鼠：老爺説是通奸謀殺，自然是通奸謀殺的了。
過于執：唔。下去！
　　　　（衆下）
婁阿鼠：大老爺真是英明果斷！（下）
過于執：來！帶蘇戌娟上堂！
差　丙：（應）帶蘇戌娟上堂！
　　　　（差甲、乙拖蘇戌娟上）
差　甲：十五貫贓錢在此。
蘇戌娟：參見老爺！
過于執：擡起頭來！
蘇戌娟：不敢擡頭。
過于執：叫你擡頭，只管擡頭！（蘇戌娟擡頭）看她豔如桃李，豈能無人勾引？年正青春，怎會冷若冰霜？她與奸夫情投意

　　　　合,自然要生比翼雙飛之意。父親攔阻,因此殺其父而盜
　　　　其財,此乃人之常情。這案情就是不問,也已明白十之八
　　　　九的了。蘇戍娟!你為何私通奸夫,偷盜十五貫錢,殺父
　　　　而逃?

蘇戍娟:大老爺所問之事,小女子一件也不曾做過!

過于執:嘿嘿!推得倒也乾淨!我再問你,你父姓尤,你為何
　　　　姓蘇?

蘇戍娟:我父早死。我母改嫁,帶我同來尤家,仍姓父姓,故而
　　　　姓蘇。

過于執:這就是了,你們既非親生父女,他見你招蜂引蝶,傷風敗
　　　　俗,自然要來管教,於是你就懷恨在心,起了凶殺之意,是
　　　　也不是?

蘇戍娟:小女子並無此事。

過于執:豈有此理!俗語說:拿賊拿贓,捉奸捉雙,如今你與奸夫
　　　　雙雙被捉,十五貫贓款在此,又有鄰人為證,人證物證俱
　　　　全,難道本縣還會冤枉你不成?

蘇戍娟:小女子實在是冤枉的呀!
　　　　(唱【泣顏回】)
　　　　我父貪錢財,
　　　　把我身軀變賣,
　　　　不願為奴,
　　　　因此私逃出外。
　　　　迷路途,煩客官順便來引帶。
　　　　被疑猜,
　　　　想逃大禍又遇災,
　　　　冤從天上來。

過于執:一派胡言!方纔鄰人言講,這十五貫錢,乃是你父從親戚
　　　　家中借來的。你卻加他一個賣你的罪名,分明是含血噴
　　　　人!看你年紀雖輕,竟然如此惡毒,不愧凶手本色!想本
　　　　縣無頭疑案也不知審清多少,何況你這樁案件?不管你

如何狡猾，還能瞞過我老爺不成？

蘇戌娟：天呐！

過于執：（乾板）

殺父盜財，

還敢狡賴，

不受刑罰，

怎知厲害！

還不快招！

蘇戌娟：冤枉難招！

過于執：來！把她拶了起來！

（二差抱蘇戌娟下，復上）

差　甲：這女子受刑不起，昏厥過去了。

過于執：鬆刑！

差　丙：鬆刑！

過于執：叫她畫供！

差　甲：畫供！

（蘇戌娟兩手被拶，疼痛難忍，不能握筆，差甲強牽其手蓋手印）

過于執：將她帶了下去，釘鐐收監！

（差甲、乙帶蘇戌娟下後，復上）

過于執：帶奸夫上堂！

差甲乙：帶奸夫上堂！（差甲、乙拖熊友蘭上）

熊友蘭：參見老爺！

過于執：熊友蘭！你與蘇戌娟私通，偷盜十五貫銅錢，殺死尤葫蘆，還不快快招認！

熊友蘭：老爺容稟：

（唱【泣顏回】）

前日方從蘇州來，

赴常州，去把貨買。

大姐迷途，

　　　　　　因順路，在前引帶。
　　　　　　素昧平生，
　　　　　　並不曾有什麼情和愛。
　　　　　　十五貫，本是貨款，
　　　　　　幾時曾，為非作歹？
過于執：伶牙俐齒，真會講話。可是誰來信你？你說你從蘇州而來，往常州而去，為何不遲不早，正巧與蘇戌娟相遇？你說與她素昧平生，為何她不與別人同走，偏偏要與你同走？你說十五貫本是貨款，為何與尤葫蘆丟失的錢數分文不差？蘇戌娟已經招了口供，你還是與我招認了罷！
熊友蘭：冤枉難招！
過于執：來！拖他下去，重打四十！
　　　　（差甲、乙拖熊友蘭下，用刑後復上）
過于執：有招無招？
熊友蘭：打死小人，也是無招！
過于執：（乾板）
　　　　　　小刑可耐，
　　　　　　大刑難挨，
　　　　　　着不招供，
　　　　　　夾棍等待！
熊友蘭：冤枉！
過于執：來！大刑伺候！
差　役：是！（拖熊友蘭下，復上）犯人昏厥！
過于執：鬆刑！
熊友蘭：（唱【前腔】）
　　　　　　同行受疑猜，
　　　　　　天外飛來禍災，
　　　　　　大刑難挨！
過于執：叫他畫供！
差　役：畫供！（趁熊友蘭不防，強行使熊友蘭畫了供）

熊友蘭：（唱）可恨冤深似海。（熊友蘭擲筆於地）
過于執：來，把他帶下去！釘鐐收監！
（熊友蘭呼冤枉，被差拖下）
過于執：哈哈哈！這樣一樁人命重案，不消三言兩語，被我審得清清楚楚、明明白白！
正是：
胸中若無宏才，
怎可迎刃而解。
退堂！

第四場　判　斬

（蘇州府監獄）
（二劊子手上）
劊　甲：手拿鬼頭刀，
劊　乙：專斬犯法人。（至監門外）
劊甲乙：開門！開門！
禁　子：來了。（開門）原來是二位大哥！有什麼事啊？
劊　甲：都爺命本府況太爺，連夜監斬常州府無錫縣原解囚犯兩名，我們二人奉命吊取熊友蘭綁赴法場！
禁　子：二位請稍待！（劊下）熊友蘭走動！
熊友蘭：（內）啊呀苦啊！
（唱【解三酲】）
遭奇冤，悲憤難平，
恨昏官，亂定罪名！
禁　子：熊友蘭，恭喜你了！
熊友蘭：（大驚接唱）
聞聽此言猛一驚！
莫非……莫非！
禁　子：人活百歲，難免一死，你也不用難過！

熊友蘭：（接唱）
　　　　含冤死，
　　　　目難瞑！
禁　子：事到如今，無錫縣的原審，常州府的復審，都爺的朝審都
　　　　過去了。三審定案，木已成舟。你就是冤枉，也是難以挽
　　　　回的了。
熊友蘭：（接唱）
　　　　想不到平地風波送了命！
　　　　誰奉養，白髮蒼蒼，二老雙親。
禁　子：你這官司若要落在我們蘇州府況太爺手裏，那就不會冤
　　　　枉了。我們況太爺是出名的愛民如子，包公再世。今天
　　　　監斬的就是他。
熊友蘭：是況太爺監斬？
禁　子：是啊！
熊友蘭：但願他，察冤情，起死回生！
禁　子：他只是奉命監斬，無權審問。就是知道你真有冤情，也是
　　　　無能為力啊！
劊甲乙：（內）快走，快走！
禁　子：走吧！
　　　　（轉暗、幕啟）
　　　　（蘇州府大堂）
　　　　（門子及況鍾先後上）
況　鍾：（唱【點絳唇】）
　　　　執法嚴明，
　　　　德威並行。
　　　　體民苦，
　　　　查察民情，
　　　　平生願，效包拯。
　　　　想俺況鍾，自任蘇州府以來，且喜五穀豐登，百姓安樂。
　　　　今奉上臺之命，委本府連夜監斬囚犯兩名，已着劊子手前

　　　　　　往弔取，想必來矣！
劊子手：（内）走啊！
　　　　（况鍾升堂）
劊子手：（内）走啊！
　　　　（四劊子手帶熊友蘭、蘇戍娟分上）
劊子手：犯人進！（報門）犯人當面！
熊友蘭 蘇戍娟：爺爺！冤枉、救命啊！
况　鍾：唔！
　　　　（唱【混江龍】）
　　　　殺人者，
　　　　理當償命！
　　　　律典上，
　　　　字字如鐵載分明。
　　　　擡頭！
　　　　（二劊子手扶熊友蘭、蘇戍娟擡頭）
况　鍾：（接唱）
　　　　為人要，忠誠勤勞，
　　　　怎准許，偷盜橫行？
　　　　只為你，無法無天，
　　　　纔落得，身受極刑。
　　　　（二劊子手回原位）
况　鍾：（接唱）
　　　　可歎！
　　　　貪色刀下死，
　　　　可笑！
　　　　貪財喪殘生！
　　　　打開刑具！
劊　衆：綁完！
熊友蘭 蘇戍娟：爺爺！
熊友蘭：小民冤比山高！

蘇戌娟：小女子冤比海深啊！
況　鍾：多講！
劊　衆：多講！
況　鍾：（接唱）
　　　　若冤枉，何來條條罪情？
　　　　若冤枉，怎有人證物證？
　　　　劊子手！
劊　衆：（應）
況　鍾：（接唱）
　　　　只等那譙樓敲五更——
熊友蘭 蘇戌娟：爺爺！
況　鍾：（接唱）
　　　　速將鋼刀齊掣！
　　　　（衆劊手拔出鋼刀）
況　鍾：（接唱）
　　　　速將他，斬首回令！
　　　　（一劊子手將斬旗呈上，況鍾提筆欲判）
熊友蘭 蘇戌娟：爺爺！
劊　衆：（喝）
　　　　（況鍾以目止住衆）
熊友蘭：人人都説你是愛民如子，包公再世，難道你也不分清白，看小人含冤而死嗎？
蘇戌娟：你要是屈斬良民，還算得什麼清官，算得什麼愛民呢？
劊　衆：（喝）
況　鍾：（止住衆人）此案經過多少問官，三審六問，已經定案。你們二人口口聲聲叫喊冤枉，本府未獲憑證，也難輕信。既是冤枉，你們又有何詞申辯？
熊友蘭：爺爺啊！小人被判與這女子通奸謀殺，罪證不實！
況　鍾：怎見得罪證不實？
熊友蘭：我家住淮安，她家住無錫，二人素不相識。只因她迷失路途，順便指引同行，哪裏有什麼奸情呢？我本跟隨客商陶復朱為傭，終年往來各地，販賣土產貨物。我所帶的十五貫銅錢，是主人付與我前往常州購買本梳箆櫛的。哪裏是什麼偷盜而來呢？

況　鍾：你主人陶復朱現在何處？

熊友蘭：我動身之時，他住在本城玄妙觀前悅來客棧之中，大人不信，請派人查問，便知明白。

況　鍾：（思索）

蘇戌娟：我與這位客官，實不相識，只是我赴皋橋投親，迷失路途，求他指引，被人猜疑，害得他含冤而死，豈不是我把他連累了！爺爺若能查明這位客官的真實來歷，就知道我與他通奸謀殺的罪情是冤枉的了！

況　鍾：（向門子）來！速到玄妙觀前悅來客棧查問可有此事？
（門子持火簽應下）
（況鍾拿起案卷仔細研究、分析）

況　鍾：（唱【天下樂】）
一住淮安，一住無錫，
怎結的這私情？
一赴常州，一赴皋橋，
既同路自可同行。
他二人，有奸情，
並無實證。
熊友蘭，十五貫，
是貨款，難料定。
這命案，
來龍去脈，
尚不清。
怎可以，
不辨黑白，
判死刑！

（門子上）

門　子：啟稟爺爺，小的前去查問，確有此事。如今陶復朱已往福建經商去了。據客棧主人言講，這熊友蘭確是陶復朱的夥計。陶復朱確曾付與他十五貫錢，前往常州辦貨。這是悅來客棧的迴圈簿，請爺爺查看！

況　鍾：（在迴圈簿上找到陶復朱和熊友蘭的名字，自語）陶復朱，熊友蘭——熊友蘭，你是幾時來到蘇州的？

熊友蘭：四月初八。

況　鍾：幾時動身赴常州的？

熊友蘭：四月十五。

況　鍾：（獨白）如此看來，這熊友蘭是冤枉的了。

蘇戌娟：爺爺！既然查出這位客官的根底，就請替他昭雪了吧！

況　鍾：蘇戌娟！你與熊友蘭是否通奸謀殺，尚可再行追查。只是你父被殺，為何你却偏偏出門呢？

蘇戌娟：爺爺！那晚繼父回家，帶來十五貫銅錢，明明說是賣我的身價。只因我不願為婢，故而深夜私逃投親。若說是我偷了錢財，殺了繼父，又有什麼真憑實據呢？

況　鍾：（獨白）若說她不曾殺人，就要捉到真正凶手；若說她確曾殺人，也要找到真實證據。怎可捕風捉影，輕率判成死罪？斬不得！斬不得！（忽然想起自己所處的地位和職責）

哎！（唱【前腔】）

我乃是奉命監斬，

翻案無權柄。

蘇州府怎理得常州冤情？

況且啊，

部文已下，怎好違令行！

（況鍾提起筆來，猶豫再三）

啊！不可啊！不可！

這支筆，千斤重，

　　　　　一落下，喪二命！
　　　　　既然知，冤情在，
　　　　　就應該，判斷明。
　　　　　錯殺人，
　　　　　怎算得，為官清？
　　　　　劊子手！
劊子手：（應）在！
況　鍾：這兩名囚犯，與我暫且帶至耳房，照令行事！
劊子手：回上去，回上去！啊呀爺爺！奉旨決囚，停留不得！
況　鍾：不必多講！本府自有道理！
　　　　（四劊子手剛要帶熊友蘭與蘇戌娟下，譙樓正打二更三點）
劊子手：爺爺！五更斬囚，遲延不得，倘誤時刻，小的們吃罪不起！
況　鍾：呀！（唱【前腔】）
　　　　　奉上命，五更斬囚，
　　　　　現已近三更；
　　　　　翻案復查恐難成。
　　　　　好叫我，一時無計，
　　　　　心不寧！
　　　　（心中焦急異常，思考）哎！既遇冤情，理當相救，為民昭雪，何必猶豫！
　　　　（向劊子手）將囚犯帶下去！
　　　　（劊子手無可奈何地帶熊友蘭與蘇戌娟下）
況　鍾：來！（門應）取我素服印信，掌起明燈，隨我前往轅門，面見都爺！

第五場　見　都

（轅門外）
（門子與況鍾同上）

門　子：馬來！
況　鍾：轅門外伺候！
門　子：是！（下）
況　鍾：轅門上哪位在？
巡　官：什麼人？
況　鍾：本府在此。
巡　官：原來是太爺，監斬辛苦了。
況　鍾：本府正為監斬一事，特來面見都爺，相煩通報！
巡　官：大人安寢已久，不便通報。太爺請回，明日早堂相見吧！
況　鍾：有要緊公務，遲延不得。
巡　官：小官前程要緊，不敢稟報！
況　鍾：倘若誤了大事，你可擔當得起？
巡　官：這個……太爺與別官不同，待小官通報便了。（下）
況　鍾：嘿！此人膽小如鼠，卻也可笑！
內　聲：唔唔！（巡官復上）
巡　官：太爺呢？
況　鍾：在。
巡　官：小官進去通報，大人十分着惱。說了太爺，纔得免責。又傳出話來，說太爺請回，明日早堂相見。
況　鍾：生死呼吸，說什麼早堂，再煩稟報！
巡　官：小官性命要緊！（急下）
況　鍾：啊呀！這便如何是好？事出無奈，待我擊鼓便了！
　　　　（擊堂鼓二記）
中　軍：（內聲）來呀！（衆應）都爺有令，問是何來魯莽小民，亂擊堂鼓。若有狀紙，先打四十，等候傳問；若無狀紙，加倍重打，趕出轅門！（衆應）
　　　　（中軍上）
中　軍：（故意地）何人擊鼓？
況　鍾：是本府。
中　軍：原來是太爺！

況　鍾：本府沒有狀紙，如何是好？
中　軍：太爺說哪裏話來？待小官去稟明都爺！（下）
況　鍾：狐假虎威，可惡得很！
　　　　（內聲：有請太爺客廳相見！中軍上）
中　軍：都爺請太爺客廳相見！
況　鍾：有勞了。（中軍引況鍾轉場）
　　　　（二道幕啟）
　　　　（周忱的客廳）
中　軍：請稍等！（中軍入內。況鍾坐，等待良久，不見周忱出，焦急。中軍自內出，況鍾以為周忱即出，起立。中軍過場下，未見周忱出。）
中　軍：（內）下面聽着：都爺命旗牌客廳伺候。（眾在內應）（況鍾以為周忱即將出，入位等候，又良久，仍無動靜。稍停，中軍過場入內，仍不見周忱出。）
　　　　（況鍾焦急異常）
況　鍾：（唱【石榴花】）
　　　　急在心間，
　　　　坐立不安。
　　　　刀下留人，時光本有限，
　　　　不料他，
　　　　身如磐石，穩如泰山。
　　　　急驚風，偏遇郎中慢，（譙樓敲三更三點）
　　　　更鼓敲得人心煩。
　　　　今方知，光陰貴，勝過黃金千萬！
　　　　侯門深似海，
　　　　見貴人，如此艱難！
　　　　（四旗牌上。中軍上。又良久，二家丁方引周忱上。況鍾打躬，周忱面帶不悅狀，坐。）
況　鍾：參見老大人！
周　忱：請座！

況　鍾：謝座！
周　忱：奉旨決囚,已經借重貴府,理合法場監斬。深夜擊鼓,却是為何？
況　鍾：只因為這兩名罪犯,罪證不實,因此深夜稟見,欲求老大人,准予暫緩行刑,查明真相。
周　忱：怎見得罪證不實？
況　鍾：蘇戌娟雖與熊友蘭同路行走,熊友蘭所帶錢數,雖説與尤葫蘆丢失之錢數相同,但經卑府查問,其中疑點尚多,不可以此即草率判定二人為通奸謀殺。老大人！
（唱【尾犯序】）
同行走,怎能定罪,
錢無憑,難斷是非。
此案可疑,
還須要,仔細查追！
周　忱：三審六問,不知經過多少問官。鐵案已定,貴府不必過問了。
況　鍾：老大人説哪裏話來！（接唱）
怎可輕易的,
判成死罪？
害良民,
成為冤鬼！
周　忱：無錫縣與常州府都是朝廷命官,國家良臣,見聞多,閲歷廣,審理此案,決不會有什麼差錯的。況且本院朝審已過,若有冤枉,早已昭雪,貴府不必多事了！
況　鍾：老大人既經朝審,不知那熊友蘭可是客商陶復朱的夥計？十五貫銅錢的真實來處,可曾查明？熊友蘭家住淮安,蘇戌娟家住無錫,不知他們怎樣相識？二人私通又有何人為證？據卑府派人前往玄妙觀前悦來客棧……
周　忱：唔！本院巡撫江南,所轄州縣甚多,國家大事,尚且無暇一一料理,這小小案件,難道還要本院親自詳細審問不成？本院審理此案，有常州府案卷可查，豈是捕風捉影的麼！

況　鍾：不過人命關天，非同兒戲。依卑府看來，此案還需慎重處理！（接唱）

證，務要真證。

憑，必須實憑。

不可空論黑白。

周　忱：貴府！本院有一事不明，請貴府指教！

況　鍾：不知有何事下問？

周　忱：監斬官職責如何？

況　鍾：驗明正身，準時斬犯回報。

周　忱：不在其位呢？

況　鍾：不謀其政。

周　忱：本院既委貴府監斬，就當謹守職責。為何擅離職守，越俎代庖？

況　鍾：老大人！那律典上載着一款：凡死囚臨刑叫冤者，再勘問陳奏。如今只求老大人做主，那被冤者就可得生矣！

周　忱：如今部文已下，本院哪裏還做得主！

（唱【前腔】）

節外生枝惹是非，

王法如山，

何人敢違？

周某官卑職小，

無斗膽，

胡亂為。

況　鍾：想我們為官之人，上報國家，下安黎民，這樣草菅人命，卑府實難從命！

（譙樓敲四更）

周　忱：貴府！

你聽譙樓，

更鼓緊催，
望貴府速回。
倘若違誤時刻，彼此都有不便！

況　鍾：老大人差……
周　忱：唔！
況　鍾：（唱）
君輕民為貴。
若百姓含冤，
為官心愧。
為民昭雪，
即丟官,不後悔！

周　忱：事關重大，本院難以做主，貴府不必多言！
況　鍾：若是大人怕擔干係，不妨推在卑府身上，卑府願一人獨當。
（唱）
卑府蒙聖上，
親賜璽書。
當為者，可斟酌而為。
僚屬不法，尚能拿問。既遇冤情，怎可不理？

周　忱：嘿嘿！
況　鍾：請大人務必高擡貴手，（唱）
多多施恩惠！

周　忱：你既可便宜行事，又何必再向本院饒舌？
（唱【前腔】）
你既奉璽書，
可隨意而為，
何必屈駕前來？
本院呵！（唱）
一生唯謹，
從來是不違常規。

況　鍾：老大人請息怒，卑府無非是為被冤者請命耳。

周　忱：決難從命！

況　鍾：啊！老大人既執意不允，也罷！卑府將此金印寄押在老大人這裏。請老大人寬限數月，待卑府親自到無錫、常州查明回報。務請准允。

周　忱：（冷笑）好個憐民的知府，却也難得！這印還請收回，本院就准你前去！

況　鍾：多謝老大人！還求令箭一支。

周　忱：要令箭何用？

況　鍾：常州、無錫非卑府所屬，有了大人的令箭，方好行事。

周　忱：取令箭過來！

中　軍：是！（下復上）令箭在此。

況　鍾：多謝老大人！（欲下）

周　忱：慢！貴府此去，只限半月為期！

況　鍾：……

周　忱：倘半月之內，不能查得水落石出，本院當奏明聖上，哼哼！題參未便！（拂袖而下）

第六場　疑　鼠

（街上）

（夏總甲上）

夏總甲：（念）為人切莫做地方，

　　　　日日夜夜奔波忙。

　　　　若是出了人命案，

　　　　裏裏外外跑斷腸！

　　　　有請眾位街坊！

（眾街坊上）

鄰　眾：夏大叔！何事呼喚？

夏總甲：只因尤葫蘆被殺一案，蘇州府況太爺前來查勘，即刻就到,特請衆位等候問話。
鄰　甲：他是蘇州府,怎麼管這常州府的案件呢？
夏總甲：況太爺是請了都爺的令箭來的！
鄰　甲：其凶實犯,都已拿到,怎麼還要查勘？
鄰　衆：是呀！
夏總甲：況太爺是清官,他說冤枉了。衆位隨我來吧！
（衆下,只有婁阿鼠一人在場）
婁阿鼠：啊喲！我只道熊友蘭蘇戌娟已做了刀下冤鬼,怎麼如今況鍾又來查勘？莫不是我婁阿鼠的案情發了？不會的,不會的！我幹這樁事情,一無人看見,二無人知道,既無人證,又無贓證,怕些什麼？待我混在街坊之中,假充好人,以便看風轉舵,見機行事。啊呀！使不得！使不得！那況鍾是：足智多謀,厲害無比,若是我露了馬腳,被他識破,到那時想逃也來不及了。俗語說得好：三十六招,走為上策。待我到鄉下躲個十天半月,且等風平浪靜之後,再回來不遲。說得有理,拔腳就走！（下）
（皂隸甲、乙、門子及過于執、況鍾先後上）
況　鍾：為民不怕跋涉苦,
過于執：官場最怕遇闊人！
夏總甲：（上）地方迎接二位太爺！地方叩頭！
況　鍾：起來。尤葫蘆家住哪裏？
夏總甲：就在前面。
況　鍾：帶路！
夏總甲：是！
（衆行至尤葫蘆門前）
夏總甲：這裏就是尤葫蘆的房屋！
況　鍾：把門打開！
夏總甲：是！開封了。（開封條,打開門。）
況　鍾：請進！
過于執：大人請進！

況　鍾：同進！（入門）
過于執：請大人查勘！
況　鍾：一同查勘！地方！
夏總甲：在！
況　鍾：尤葫蘆死在哪裏的？
夏總甲：（指地上）死在這裏的。
況　鍾：凶器放在哪裏的？
夏總甲：（指）放在這裏的。
況　鍾：幾時驗屍埋葬？
夏總甲：死後三天。
況　鍾：凶器呢？
夏總甲：已被差官帶去存案了。
況　鍾：（問過）貴縣當時可曾親自到此查勘？
過于執：真凶實犯俱已拿住，何必多此一舉！
　　　　（況鍾仔細地看大門、肉案、牆壁、床等，又仔細察看地上血跡，一面看，一面研究。）
過于執：（裝腔作勢地）啊，這是血跡！
況　鍾：是血跡。
過于執：只怕是被害者的血跡。
況　鍾：自然不會是凶手的血跡！
過于執：這血跡與凶手密切相關，倒要仔細察看。
況　鍾：自然要仔細察看。
過于執：啊呀！這血跡看來看去，也看不出凶手是哪一個啊！
況　鍾：依貴縣之見呢？
過于執：以卑職之見麼？（笑）
況　鍾：是哪一個呢？
過于執：（笑）不過大人說他們是冤枉的！
況　鍾：（向夏）蘇戌娟住在哪裏？
夏總甲：就在裏面！
況　鍾：平日為人如何？

夏總甲：平日為人穩重。
過于執：未嫁之女，與人私通，自然要假裝穩重，掩人耳目！
況　　鍾：……
　　　　　（況鍾等入內室查勘一下）
過于執：（冷笑）
　　　　　（唱【太師引】）
　　　　　罪情真，定說冤枉，
　　　　　贓證在，偏要查訪。
　　　　　把凶手，認做善良，
　　　　　可笑他，無知、荒唐！
　　　　　（況鍾上）
過于執：大人是否發現可疑之處？
況　　鍾：貴縣你呢？
過于執：（故意地）啊！處處可疑啊！
況　　鍾：哪里可疑，因何可疑呢？
過于執：若無可疑之處，大人又何必前來查勘呢！
況　　鍾：如此說來，是我多管閒事了。
過于執：唷！說哪裏話來，大人乃為民請命！
況　　鍾：貴縣你呢？
過于執：卑職才疏學淺，審理此案，雖然憑贓憑證，據理而斷，既是老大人說有差錯，想必另有高見！（唱）
　　　　　老大人才高閱歷廣，
　　　　　一經親查勘，定知端詳！
況　　鍾：只怕空來一場，徒勞往返！
過于執：大人胸有成竹，怎會徒勞往返？（笑）請查！
況　　鍾：請！咦，這地上有一枚銅錢！（拾起來看）
皂　　乙：這裏也有一枚銅錢！（交給況鍾）
過于執：這一二枚銅錢，難道也有什麼道理在內不成？
況　　鍾：（未回答）再尋！
　　　　　（眾四處尋找）

皂　　甲：太爺！床後面有銅錢半貫之多！
　　　　（況鍾急去看）
況　　鍾：（思索）這半貫多錢，好不令人奇怪！
過于執：大人！尤葫蘆賣肉為業，誤將銅錢拋落地上，也是有的，不足為奇。
況　　鍾：傳街坊上來！
夏總甲：傳眾街坊！
過于執：（獨白）眾街坊都是此案見證，對本縣審理此案，人人心悅誠服，問也如此，不問也如此！
　　　　（眾街坊上）
鄰　　眾：參見大老爺！
況　　鍾：起來！尤葫蘆平日家境如何？
秦古心：尤葫蘆停業多日，借當過活。
鄰　　眾：家無隔宿之糧！
況　　鍾：啊！（唱）
　　　　尤葫蘆，家無餘糧，
　　　　哪有錢，拋落地上？
過于執：尤葫蘆酒醉糊塗，定是停業之前遺忘在那裏的。
況　　鍾：三五枚，或可言講，
　　　　半貫錢，決難遺忘。
　　　　（眾街坊去看錢，互相議論。）
過于執：依大人之見，這半貫錢是從何而來的呢？
況　　鍾：我也正在納悶，這半貫錢，是從何而來的呢？
秦古心：依小人看來，這半貫錢，也許就是十五貫裏面的。
鄰　　甲：怎會掉下半貫呢？
鄰　　乙：也許是凶手殺人之後，手忙腳亂，把錢散落了。
鄰　　甲：可是那凶手身上，十五貫錢並沒有分文短少啊！
鄰丙丁：也許那捉到的凶手並不是真的凶手！
秦古心：那熊友蘭只怕是……
過于執：那熊友蘭只怕是不知床後有錢，若是知道，也就順手帶

況　鍾：（對皂甲）將錢拾起存案！
皂　甲：是！（拾錢後，發現一小木盒）太爺！小的又拾到一隻小小木盒。
況　鍾：拿來！原來裏面放着一副賭博的骰子。——分量為何這樣重呢？
皂　甲：也許是灌了鉛的。
況　鍾：唔！好像是灌鉛的。
　　　　（衆街坊議論）
過于執：本縣民風澆薄，賭風極盛，這骰子麼家藏户有，不足為奇！
況　鍾：貴縣！（唱）
　　　　這骰子，
　　　　內中藏鉛非尋常，
　　　　定是那，
　　　　賭徒惡棍，騙人勾當！
過于執：尤葫蘆既喜吃酒，定愛賭博。這骰子一定是他的了。
況　鍾：衆位街坊，尤葫蘆可是好賭的嗎？
鄰　衆：他經常吃酒，從不賭博！
過于執：一定是尤葫蘆的親友，遺落在這裏的。
況　鍾：他可有好賭的親友，常來常往？
鄰　衆：他的親友，我們都相識，沒有一個好賭的！
況　鍾：衆位暫且退下！（衆下）夏總甲，這街坊之中可有好賭之人？
過于執：自然有的！
夏總甲：這幾位街坊，沒有好賭之人。
況　鍾：除這幾位之外呢？
過于執：他已說過，沒有好賭之人！
夏總甲：噢，有是有一個。
況　鍾：叫什麼名字？
夏總甲：叫婁阿鼠。

況　　鍾：他與尤葫蘆可常往來？
過于執：自然時常往來，若不往來，怎會把骰子掉在這裏！
夏總甲：只因他常賒欠尤葫蘆豬肉，不給銅錢，他二人素不往來。
過于執：大人！
　　　　（唱【劉潑帽】）
　　　　深究此物，
　　　　空費心腸！
　　　　想搜羅，
　　　　車載斗量！
況　　鍾：（接唱）
　　　　要深究，
　　　　哪怕費心腸。
　　　　若是貴縣另有要事，無心查勘，
　　　　請先回，
　　　　留我一人也無妨。

第七場　訪　　鼠

（惠山腳下，東嶽廟附近）
（門子改扮貨郎模樣與秦古心同上）
秦古心：經我東打聽，西打聽，打聽了十多天，直到如今纔打聽到婁阿鼠就住在那間茅屋裏面。（指與門子看）
門　　子：老伯！那婁阿鼠是什麼模樣？
秦古心：（不回答，注視前方）咦！前面那人，好像就是婁阿鼠！是的！正是他。不要被他看見，待我躲在一旁。
　　　　（婁阿鼠上，與門子相遇，門子敲貨郎鼓，婁阿鼠驚嚇，門子下。）
婁阿鼠：是誰？……哪個？……唉！為人不做虧心事，半夜敲門心不驚。自從那個短命的況鍾來到無錫，害得我心驚肉跳，坐臥不安。十多天來躲在鄉下，實在氣悶。前面東嶽廟裏的老道，與我相識，他時常進城購買香燭，不免再去向他打聽城裏風聲如何。順便求個簽，問問吉凶禍福。
（乾板）
鄉下躲藏，
氣悶難當；
況鍾入相，
我再出將！（下）
（秦古心與門子重上）

秦古心： 就是他，我先回去了。（下）
門　子： 辛苦你了！（看着婁阿鼠走向廟內）我家太爺每日喬裝改扮，東查西訪，正為限期將滿，心中焦慮，如今有了婁阿鼠的下落，他定然歡喜。
（皂甲改裝上）
皂　甲： 事情怎樣了？
門　子： 婁阿鼠現在東嶽廟內，你快去稟報爺爺！
皂　甲： 待我進去將他拿住！
門　子： 爺爺吩咐，婁阿鼠雖然嫌疑重大，尚難斷定就是凶手。不可魯莽行事。我在這裏守望，你到船上稟報爺爺，再作道理。
（皂甲下）
（二道幕啟）
（東嶽廟大殿內）
（婁阿鼠自內出）
婁阿鼠： 老道進城購買香燭，還不曾回來，待我求上一簽，等他一等。啊呀東嶽大帝啊！若是無事呢，賞個上上。（求簽）
（況鍾扮做卜卦人上）
況　鍾： 喂！老兄！
婁阿鼠： 嚇了我一跳，什麼事？
況　鍾： 可要起數麼？
婁阿鼠： 我在這裏求簽。起數？不要不要！

況　鍾：求籤不如起數的好。
婁阿鼠：求籤不如起數的好？
況　鍾：是啊，若是心中有什麼疑難之事，問流年吉凶禍福，只要起個數，便能知道得清清楚楚，明明白白。若是想逢凶化吉，遇難呈祥，找人能逢，謀事能成，賠錢能贏，起個數，便知分曉，萬分靈驗！
婁阿鼠：啊，起數好？（放下籤筒）請教這是什麼數？
況　鍾：請看！（唱【好姐姐】）
　　　　觀枚測字，
　　　　聲名遍四方。
婁阿鼠：測字麼就是測字，什麼觀枚不觀枚！
況　鍾：老兄，你若有什麼心事，只要隨手寫一個字，便能判斷吉凶。
婁阿鼠：測不成，測不成！
況　鍾：為何測不成？
婁阿鼠：我，一字不認得，一字不會寫，可是測不成？
況　鍾：隨口說一個字也好。
婁阿鼠：啊，隨口說一個字也好？
況　鍾：是啊！
婁阿鼠：先生，小弟賤名叫婁阿鼠，這個老鼠的鼠字，你可測得出？
況　鍾：測得出，測得出！
婁阿鼠：待我拿隻凳子你坐！
況　鍾：（唱）借測字，
　　　　慢慢探真相，
　　　　但願今朝定短長。
婁阿鼠：先生請坐！
況　鍾：你測這個字，想問什麼事呢？
婁阿鼠：（左右回顧，輕聲地）官司。
況　鍾：噢，官司？
　　　　（婁阿鼠堵住況鍾的口，暗示他不要大聲）

況　鍾：（做測字狀）鼠乃一十四畫，數目成雙，乃屬陰爻；這鼠，又屬陰類。陰中之陰，乃幽晦之相。若占官司，急切不能明白。
婁阿鼠：明白是不曾明白。不知日後可會有什麼是非連累？
況　鍾：請問這字是你自己測的，還是代別人測的？
婁阿鼠：啊，啊，代別人測的，代測，代測。
況　鍾：依字上看，只怕不是代測！
婁阿鼠：（驚）
況　鍾：（故作吃驚狀）啊！倒是為禍之首呢！
婁阿鼠：怎麼解說？
況　鍾：鼠乃十二生肖之首，豈不是個罪魁禍首麼？依字理而斷，一定是偷了人家的東西，造成這椿禍事來的。老兄可是麼？
婁阿鼠：先生！你碼頭跑跑，我賭場混混，自家人，這一套江湖訣可用不着。江湖訣不要用，江湖訣不要用啊！人家偷東西，你怎能測得出呢？
況　鍾：鼠，善於偷竊，所以纔有這樣斷法。還有一說，那家人家，可是姓尤？（婁阿鼠驚，跌倒在地）啊唷！請當心！
婁阿鼠：哎，叫你不要用江湖訣，你江湖訣又來了。我不相信你把別人的姓也測得出。別人的姓怎麼能測得出呢？
況　鍾：有個道理在內！
婁阿鼠：什麼道理？
況　鍾：那老鼠不是最喜偷油麼？
婁阿鼠：對！有道理。（做偷油狀）老鼠偷油，偷油老鼠！先生！不要管他油也罷，鹽也罷，你看我往後可有是非口舌連累得着？
況　鍾：怎說連累不着，目下就要敗露了。
婁阿鼠：怎麼說？
況　鍾：喏，你問的這個鼠字，目下正交子月，乃當令之時，只怕這官司就要明白了。

婁阿鼠：（獨白）啊呀！明白是明白不得的呀！（驚慌失措）

況　鍾：老兄你要對我實講！你究竟是自己測的呢？還是代別人測的？你要説得清，我才指引得明。

婁阿鼠：先生！你等一等。（走到一旁，思考，唱鬼曲，四面望）他那裏嚇，我這裏嚇！先生！我是代……

況　鍾：唔，老兄，四海之內皆朋友也，你有什麽為難之事，説出來，我或許可以替你分憂。

婁阿鼠：不瞞你説，我是自測！

況　鍾：啊，自測！

婁阿鼠：（止住他，暗示他不可高聲）先生！你看這災星，我可躲得過麽？

況　鍾：嗯，你若是自測，本身就不落空了。

婁阿鼠：怎麽講？

況　鍾：喏！空字頭，加一鼠字，豈不是一個竄字？

婁阿鼠：什麽竄？

況　鍾：逃竄的竄字。

婁阿鼠：先生！可能竄得出？

況　鍾：要竄是一定能竄得出的。只是老鼠生性多疑，若是東猜西想，疑神疑鬼，只怕弄得上下無路，進退兩難，到那時就竄不出了。

婁阿鼠：（佩服地）先生的神數，真是靈驗，我一向喜歡疑神疑鬼的。依先生神斷，你看我幾時動身最好。

況　鍾：若是走，今日就要動身。到了明天，就走不掉了。

婁阿鼠：為什麽？

況　鍾：鼠字頭是個舊字，原是一日之意。若到明日，就算兩日，就走不掉了。

婁阿鼠：啊呀！現在天色已晚，叫我怎樣走呢？

況　鍾：哎，鼠乃晝伏夜行之物，連夜逃去，那是最妙的了。

婁阿鼠：先生費心看看，往哪一方走，才得太平無事？

況　鍾：待我算算看，鼠屬巽，巽屬東，東南方去的好。

婁阿鼠：東南方？先生再費心看看，是水路太平，還是陸路無事？
況　鍾：待我再算算看！鼠屬子，子屬水，水路去的好。
婁阿鼠：東南方，水路去，無錫、望亭、關上、蘇州……（吃驚）不對，蘇州府況太爺正在緝捕兇手，是不是叫我投到他網裏去？
況　鍾：老兄，有道是搜遠不搜近。
婁阿鼠：唉！要是有只便船，往東南方去，我"撲通"一跳，他即刻就開，那有多好！
況　鍾：老漢倒有隻便船，正好今晚開船，往蘇杭一帶，趕趁新年生意。只是……
婁阿鼠：我一定多付船錢。
況　鍾：說哪裏話來！錢財似糞土，仁義值千金，只是船行太慢，老兄若不嫌棄，與老漢同舟就是！
婁阿鼠：啊呀！你不是測字先生啊？
況　鍾：怎麼？
婁阿鼠：你真是我婁阿鼠的救命王菩薩了！我婁阿鼠這條性命就交給你了！
況　鍾：你放心就是，保你一路平安！
婁阿鼠：（唱【姐姐入撥棹】）
　　　　我好比，魚兒漏網，
　　　　急匆匆，逃入海洋。
況　鍾：（接唱）
　　　　願只願，遇難呈祥，
　　　　從今後，穩步康莊。
婁阿鼠：（接唱）
　　　　向天涯，高飛遠翔
　　　　先生！你的船在哪裏？
況　鍾：（拉鼠出門）就在前面河下。
婁阿鼠：我就住在對河那間茅屋裏面。這是起數錢，這是船錢，請你收下。讓我去拿些衣服銀錢，即刻就來。
況　鍾：速去速來，我在船上等你。

(婁阿鼠下。皂甲及門子上)

況　鍾：(向皂甲)快快跟上前去！(皂甲下。向門子)你快回到城裏帶領差役，邀集街坊，速到婁阿鼠家中查抄。若有可疑之物，連夜帶回蘇州，不得有誤！

(門子下，況鍾也下)

第八場　審　鼠

(蘇州府大堂外)

(門子上)

門　子：(念)奉命去查抄，
　　　　順風歸來早；
　　　　帶來真贓證，
　　　　後堂把令交。
　　　　昨日前往婁阿鼠家中查抄，在他床下，查出地窖一個，內藏各種開鎖的鑰匙，各種騙人的賭具。內中並有錢袋一個，據秦古心言講，這錢袋乃是尤葫蘆之物，婁阿鼠家中既藏有尤葫蘆的錢袋。兇手不是他，還有哪個？只因怕婁阿鼠狡賴，秦古心自願前來作證。(對內喊)秦老伯，快走！(秦古心上)秦老伯！你隨我到前面耳房等候，我到後堂去稟報太爺！

秦古心：是！

(二人同下)

(二道幕啟)

(蘇州府大堂)

(內敲梆，皂甲上)

皂　甲：喂！夥計！發三梆了！大門上吊原卷，二門上解犯人，太爺即刻就要坐堂了，快點伺候！(下)

(皂引況鍾上)

況　鍾：(唱【粉蝶兒】)

>　　東尋西找，
>　　喜只喜真凶擒到。
>　　水落石出，
>　　霧散雲消，
>　　擔着心，捏着汗，
>　　救出命兩條。
>　　升堂！

皂　　衆：（應）
況　　鍾：帶蘇戌娟上堂！
皂　　衆：帶蘇戌娟上堂！
　　　　　（皂帶蘇戌娟上）
況　　鍾：蘇戌娟！你可認得這錢袋嗎？
蘇戌娟：這錢袋是我爹爹的，怎麼會在這裏？
況　　鍾：既說是你爹爹的，可有什麼記號為憑？
蘇戌娟：爹爹曾把錢袋燒了一個圓洞，是我用線縫補並繡成花朵模樣。爺爺請看！
況　　鍾：暫且下去！
蘇戌娟：是！
　　　　　（皂帶蘇戌娟下）
皂　丙：（上）啟稟太爺！都爺派人前來，要面見太爺！
況　　鍾：有請！
皂　丙：是！（下）
　　　　　（中軍上）
中　　軍：太爺在上，小官拜見！
況　　鍾：不知有何貴幹？
中　　軍：太爺前往無錫查勘案情，都爺言明，限期半月，今日已經期滿，未見回報，不知何故？都爺言講，尤葫蘆被殺一案，人贓俱在，已經三審定案。太爺却依仗有聖上璽書，胡作非為，包庇死囚，延誤斬期，蔑視上司，違抗上命，殊屬不法。都爺有令，命你即刻進見，若查明確有冤情，將功折罪,若未查明,交上印信,聽候題參。

況　鍾：請稍待！(向皂)看座。
　　　　(皂取椅與中軍坐)
況　鍾：帶婁阿鼠！
　　　　(皂押婁阿鼠上)
皂　隸：婁阿鼠帶到！
況　鍾：婁阿鼠！
婁阿鼠：大老爺！
況　鍾：你幹的好事啊！
婁阿鼠：小人不曾幹什麼壞事！
況　鍾：你殺了尤葫蘆,盜了十五貫錢,還想抵賴！
婁阿鼠：小人冤枉！
況　鍾：還説冤枉！(指骰子,對皂)拿與他看！(對婁阿鼠)這可是你的？
婁阿鼠：(驚)不是我的。
況　鍾：擡起頭來,你可認得東嶽廟中測字先生麼？
　　　　(婁阿鼠擡頭看況鍾,大驚,變色。)
況　鍾：狗才！還不快快招上來！
婁阿鼠：一無贓證,二無人證,大老爺不能冤屈良民！
況　鍾：(指錢袋,對婁阿鼠)你可認得這錢袋麼？
婁阿鼠：(全身發抖)這是哪裏來的？
況　鍾：你家地窖裏的東西,怎麼就不認識了？
婁阿鼠：這是小人自己的東西！
況　鍾：既然是你自己的,可有什麼記號為憑？
婁阿鼠：記號？小人記不清了。
況　鍾：傳秦古心！
皂　隸：(應)秦古心上堂！
　　　　(秦古心上)
秦古心：見大老爺！
況　鍾：起來回話。秦古心,婁阿鼠説這錢袋是他自己的東西,你看如何？

秦古心：婁阿鼠胡説亂道，這錢袋分明是尤葫蘆的，小人與尤葫蘆是多年的街坊，常常幫他一同買豬，對這錢袋甚是熟悉。去年尤葫蘆吃醉了酒，把這錢袋燒了指頭大的一個圓洞，他女兒蘇戌娟在圓洞上面織了一朵花，大老爺請看！

況　鍾：（看袋）婁阿鼠！你還有什麼話説？

婁阿鼠：唉！想賴也賴不掉，招供就是！大人呵！（唱）
　　　　那日夜靜更深，
　　　　輸得身無分文，
　　　　尤家肉鋪未關門，
　　　　為賒肉，邁步闖進。
　　　　蘇戌娟不在房內，
　　　　尤葫蘆大夢沉沉，
　　　　只為謀財起殺心，
　　　　害得他斧下歸陰。
　　　　亂將罪名害別人，
　　　　所供句句是真！

況　鍾：可有同謀之人？

婁阿鼠：只有小人一個。

況　鍾：叫他畫供。

皂　隸：畫供！

況　鍾：你這狗才！因賭為盜，因盜殺人，律有明條，釘上枷鎖，押入死囚牢內。秦古心你暫且下去吧！
　　　　（皂釘枷鎖，押婁阿鼠下。秦古心下。）

況　鍾：（對中軍）雖然三審定案，可是直到如今方纔人贓俱獲，你道怪也不怪？

中　軍：……

況　鍾：帶熊友蘭、蘇戌娟上堂！

皂　衆：（應）帶熊友蘭、蘇戌娟上堂！

　　　　　（皂帶熊友蘭、蘇戌娟上）
況　　鍾：熊友蘭、蘇戌娟！真凶婁阿鼠已被定罪，你們二人的冤情已經平反了！
　　　　　（熊友蘭、蘇戌娟驚喜交集）
況　　鍾：將他二人刑具打開！（皂打開刑具）熊友蘭，本府與你十五貫銅錢，拿回去吧！（皂交錢與熊友蘭，熊友蘭感激淚下，忘記接錢）蘇戌娟！本府與你十兩紋銀，皋橋投親去吧！（蘇戌娟也感激萬狀，忘記接銀）拿呀！
熊友蘭　蘇戌娟：青天爺爺呀！（唱）
　　　　爺爺似，水晶明燈，
　　　　爺爺似，軒轅寶鏡，
　　　　放毫光，當頭照耀。
　　　　若比那，鐵面包公，
　　　　不差分毫。
　　　　若不是爺爺恩德高，
　　　　早做了刀下怨鬼，
　　　　早做了刀下怨鬼，
　　　　怎能够，活到今朝！
況　　鍾：回去吧！
熊友蘭　蘇戌娟：（接過銀錢）多謝爺爺救命之恩！（欲走）
中　　軍：慢！未曾稟明都爺，不得擅自釋放！
況　　鍾：（笑）放走兩個假凶手，還他一個真凶手，怕些什麼？（向熊友蘭、蘇戌娟）你們去吧！
　　　　　（熊友蘭、蘇戌娟二人出門）
蘇戌娟：客官！連累你了！
熊友蘭：大姐説哪裏話來！都是那過于執昏庸之錯，我怎會怪你呢？走吧！
蘇戌娟：是！
　　　　　（熊友蘭、蘇戌娟同下）
中　　軍：這樣的知府，真正少見。

况　鍾：少見多怪。雖然我胡作非為，包庇死囚，延誤斬期，總算案情已破，而且半月雖滿，幸未逾期。走吧，和你一同前去面見都爺。請！